SAGAS DO PAÍS DAS GERAIS

ROMANCES HISTÓRICOS DE AGRIPA VASCONCELOS

1. FOME EM CANAÃ — Romance do ciclo dos latifúndios nas Gerais.
2. SINHÁ BRABA — Dona Joaquina do Pompéu — Romance do ciclo agropecuário nas Gerais.
3. A VIDA EM FLOR DE DONA BÊJA — Romance do ciclo do povoamento nas Gerais.
4. GONGO-SÔGO — Romance do ciclo do ouro nas Gerais.
5. CHICA QUE MANDA — Chica da Silva — Romance do ciclo dos diamantes nas Gerais.
6. CHICO REI — Romance do ciclo da escravidão nas Gerais.

SAGAS DO PAÍS CHAMADO BRASIL

1. SÃO CHICO — Romance do Nordeste Brasileiro — Agripa Vasconcelos.
2. O AMANTE DAS AMAZONAS — O Romance do Amazonas — Rogel Samuel

SÃO CHICO

SAGAS DO PAÍS CHAMADO BRASIL

Vol. 1

Capa
Cláudio Martins

Desenhos
Iara Tupynambá

EDITORA ITATIAIA
BELO HORIZONTE
Rua São Geraldo, 53 — Floresta — Cep. 30150-070
Tel.: 3212-4600 — Fax: 3224-5151
e-mail: vilaricaeditora@uol.com.br
Home page: www.villarica.com.br

AGRIPA VASCONCELOS

SÃO CHICO
(Romance do Nordeste Brasileiro)

EDITORA ITATIAIA
Belo Horizonte

© Copyright by Villa Rica Editora Reunidas

A dona Clélia Continentino de Araújo e
José Osvaldo de Araújo
amigos primorosos,
provas de que a bondade ainda existe.

2005

Direitos de Propriedade Literária adquiridos pela
EDITORA ITATIAIA
Belo Horizonte

Impresso no Brasil
Printed in Brazil

ÍNDICE

Capítulo 1 – FLOR DE CANA   9

Capítulo 2 – O NINHO OSCILANTE DA REDE   35

Capítulo 3 – ANCORAGEM LIMPA   57

Capítulo 4 – A FOME DOS MONSTROS   64

Capítulo 5 – O CAVALO DE ÁTILA   87

Capítulo 6 – RAIO, NA TROVOADA   121

Capítulo 7 – AGUAMAR   150

Capítulo 8 – A FLOR DO XIQUEXIQUE   185

Capítulo 9 – SÃO CHICO   202

Capítulo 10 – FRUTA DE VEZ   225

Capítulo 11 – FORQUILHA DAS MULHERES   237

Capítulo 12 – OS ESPINHOS DO QUIPÁ   259

Capítulo 13 – CABEÇA D'ÁGUA   294

Capítulo 14 – DIREITO, COM A LEI
OU NA MARRA   329

Capítulo 15 – CANGACEIRO FOME
ASSUME O COMANDO   356

Capítulo 16 – MEL DE FLOR DE JUAZEIRO   378

Capítulo 17 – BAFO PESTILENTO DO SERTÃO   406

Capítulo 18 – FOGO CAMINHADOR   435

Capítulo 19 – SANGUE CORUMBÁ   465

Capítulo 20 – PÉ DE PAU   490

Sabeis, incrédulos, por quê não me credes?
É porque eu vos digo a verdade.
Jesus

Não tires, Senhor, nunca da minha boca
a palavra da verdade.
Rei David — Os Salmos, 118

Capítulo 1

FLOR DE CANA

Os dois cavaleiros desciam calados e a passo a Serra de Tacaratu. Quando avistaram de longe, nas areias da margem do Rio São Francisco,a cidadezinha de Petrolândia, Severino puxou uma fumaça nervosa do cigarro:

— E agora?

— Agora o quê? — O que se faz do menino?

O irmão mais velho respondeu aéreo:

— O que se faz? É criá-lo. Um de nós vai criar o bichinho. Fica melhor com você, que não tem filhos.

— É. Posso levar o pagão, na certeza de que vai dar trabalho. Se puxar nossa mana, pode dar gente, porque, por parte do pai...

— Ora, todo mundo sabe que o pai é tralha. A mana casou sem pensar, encantada não sei com quê daquele sujeito.

E mais enérgico!

— Na casa dos avós é que não fica. Não levamos hoje o sobrinho por estar muito novo. Nasceu ontem.

— Já que vai ficar comigo, daqui a um mês a Socorro vem buscá-lo. Se nesse intervalo não aparecer o pai, que tem direito ao filho.

— Qual aparecer o pai. Ele abandonou a esposa; só queria dela dinheiro. Vai lá se importar com o filho. Ainda mais ele.

Continuavam descendo a serra, em ligeiro silêncio, quando Severino desabafou:

— Não foi por falta de conselho. Antes de casar, ouviu de mim a previsão de tudo que está acontecendo. No tempo do velho...

— No tempo do velho ele não pisava em nosso terreiro, nem olhava pra tão alto. Você diz que ele tem direito ao filho. Nós o levaremos, e ele que vá buscá-lo... Uma coisa é ter direito e outra é usar esse direito. Só tem direito quem tem força pra garantir sua posse. Ter direito não vale nada. O que vale é poder assegurar a posse desse direito. Hoje me arrependo de não ter impedido o casamento. Essas coisas quem resolve são os homens da família, e não as partes. Mas vi a mana decidida a casar, alegando maioridade. Protestei quanto pude, não fazendo o que devera.

— Casar com um sujeito sem eira nem beira... Casar com um mulato. Pensei no que fariam, naquela circunstância, nossos pais. Queria ser na família, a única filha de senhor de engenho a casar com gente sem raça. Nosso tio de Alagoas, padrinho dela, protestou:

— Casar com quem? Com o bisneto do Minervino, escravo do Umburana? Casar com rasto de bacalhau de seu avô major Chico? Casa o quê! Minha afilhada não tem mais irmãos? Apelava pra nós dois. Mandou me chamar, por ser o mais velho. Saí de seu engenho com a cara pegando fogo. O velho foi a nosso engenho procurá-la. Saiu aborrecido, sem lhe pôr ao menos a bênção. Pelo que falou com o tio, estava prejudicada até na herança de nosso pai, desde que só recebera dinheiro e não também gado e terras como nós. O velho então me disse: — Estou desiludido. Ouvi o que não devia ouvir, mas lavo as mãos desse crime. Era melhor aconselhar, pra ser acatado; fui ouvido e respondido como se não fora padrinho, além de tio e não tivesse as barbas brancas. Sempre repito: No meu engenho quem manda sou eu. Os tempos estão de tal maneira mudados que já se grita com um velho. Tive saudade do tempo do mano, seu pai, quando esses assuntos eram resolvidos só por ele, sem audiência até da comadre, sua mãe. Estou mesmo horrorizado. Estou é ficando demais no mundo...

Abaixou a cabeça. Estavam chegando a Petrolândia. Severino se acusava:

— Hoje reconheço que nós dois tivemos culpa. Não devíamos ter consentido no casamento. Nisto é que resulta seguirmos o mundo, como está hoje. Se fizéssemos um alvoroço, apelássemos pra violência que foi nosso direito antigo, nada de mais aconteceria. Agora é tarde pra achar ruim. Eu não sei se o mundo está doido ou se o doido sou eu.

Pararam na porta do bar, para almoço. Foram para a mesa do fundo da sala, pedindo cerveja gelada. O garçom perguntou:

— Querem cumbá? Saiu agora e está fresquinho.

Abriu as garrafas, colocando também na mesa um prato de cumbás fritos.

Aproximou-se deles um mulato corcunda, ainda moço, que reconheceu os donos do jipe.

— O carro ainda não está pronto. Fiz a peça, mas o Zézinho ainda está trabalhando.

Severino se aborreceu:

— Ora esta. E aqui, não há peças?

— Não senhor. O Zézinho me encomendou a barra e já entreguei ela, pronta. Não sei como chegaram aqui, pois a peça veio quase partida, entortou trincando, quase quebra. Chegaram por milagre.

Não aceitou a cerveja, apanhando com delicadeza um cumbá.

— Com o sereno do chuvisco de tresantontem, apareceram cumbás como praga. Estão até de jeito.

Todos comiam o ponche com satisfação. O major Jonas quis saber:

— Onde pegam isto? No rio?

— Não, senhor. Quando chove, aparecem por todos os lados, mais nos terrenos baixos, nas vargens. Abrem um buraco, jogando terra pra fora, como tanajura. É só cavar quatro dedos e pegar eles com a mão.

Referiam-se ao cumbá, perereca verde muito magra que fritam com sal na gordura quente, sem tirar as tripas. É o ponche, tira-gosto predileto no sertão. Comem-no com cerveja, uísques, cachaça, como torresmos, amendoins torrados ou pedaços de carne frita. Trouxeram os bifes, que os homens começaram a comer com fome.

O mormaço abafava lá fora, murchando as folhas das tamarineiras. As areias da rua tremiam, irradiando calor.

Afinal, o major Jonas indagou:

— O senhor é ferreiro aqui. Muito serviço?

— Pouco; a cidade é muito parada. Eu trabalho no DNER sou ferreiro de lá, sim, senhor.

Comiam calados.

— E os senhores, são de Rio Branco?

— Não, somos de Barreiros. Temos engenhos lá.

— Ahn. Estão a passeio?

— Fomos ao enterro de uma irmã, na Folha Branca.

Não se dispuseram a mais informações.

— Esta cidade é nova?

— Tem quase 100 anos e progresso mesmo, nenhum. Foi, na antiguidade, fazenda de bodes de baianos, dizem que criminosos foragidos.

— E a Bahia é longe?

O ferreiro de novo sorriu, estirando o beiço para diante:

— É ali mesmo, começa do outro lado do rio. E, vivo, como informante sabido:

— Aqui é lugar que passa 7 anos sem chover... Às vezes menino de 7 anos não conhece chuva... Mas isto não é nada, porque no Pindurão, aqui de Pernambuco, nunca choveu.

Os viajantes riram forçado, e Sátiro parecia não gostar de sua cidade:

— Já tivemos grandes coisas aqui. Uma delas é a Barreira, que é escola prática de agricultura. Começou com uma farrompa danada, cheia de doutores, de tanta gente que até dava medo. Fizeram coisas muito boas: dividiram a terra em lotes, trouxeram máquinas que só faltavam falar.

As máquinas bufavam nas areias, reviravam tudo, fuçavam mais o chão que porco magro. A Barreira é mesmo na barranca do rio, e os sábios de lá disseram que o lugar não produzia nada porque precisava ser irrigado. Trouxeram motores caros, espicharam mangueiras de borracha pelo chão, abriram valas, que eram pra irrigar. Já tinham plantado o terreno todo, até no alto, no campo bruto de cascalho miúdo, onde só dava barba-de-bode e coroa-de-frade. Coisas assim. O senhor chefe falou grosso: — Aqui, vai dar de tudo, só falta água! Começaram a voar pelas estradas jipes, baratinhas de passeio das madamas. Ligaram os motores, puxando água do rio. Tinha mangueiras que jogavam uma beleza de água, trezentos metros em roda.

As plantas começaram a crescer, hortas, jardins bonitos, milho, alpiste, batatas, macaxeiras. Ouvi o senhor chefe dizer que a Barreira ia assombrar o Recife com verduras, gêneros baratos. As beiras do rio, que eram de areia, se cobriram de muita fartura de folhas. O povo tinha aqui emprego fácil. Abriram vendas nos arredores, os motoristas da repartição andavam fardados no seu emprego federal.

Os rapazes acabaram de almoçar, ouvindo o mulato com atenção.

— Pois não digo nada, meus senhores, um dia pareceu que a plantação estava amarelando... amofinando, indo pra trás. Chegaram mais doutores do Rio, porque as couves perdiam o verde, o milho desbotava, murchando as folhas, a modo que pesteadas.

Depois que a lavoura estava quase toda emurchecida, os doutores do Rio, descobriram que aquilo não era doença, não. É que a terra estava salinizada, lá na linguagem deles; com a rega dia e noite, o sal das areias derreteu, petecou tudo, acabando com as plantas.

O major Jonas, já de pé, indagou do informante:

— Consertaram as coisas?

— Hum, hum. Disseram que precisavam empregar remédios pra acabar com a pinha do sal no chão. Precisavam arrancar tudo pra começar de novo.

— Arrancaram?

Sátiro riu sarcástico e, acendendo o cigarro: — Por enquanto, não.

— E o pessoal foi embora?

— Foi o quê. Agora é que tem gente, pra acabar com o sal. Enquanto isso os coqueiros brotam cocos e a estação experimental vende goiabinhas que estão resistindo. Pra doce, sabem? Pra mim são goiabas de ouro, mas a pose dos doutores é grande e eu sou um pobre de Cristo, que só sei bater ferro na minha bigorna.

Partiram pelas areias escaldantes, para apanhar o jipe. Não estava pronto. A barra da direção fora batida pelo Sátiro, mas apareceram outros defeitos. Podiam ser na opinião do mecânico, o platinado, os distribuidores, a bateria, mas garantiu o conserto para dentro de uma hora.

Os irmãos se aborreceram, indo para a frente do telheiro, onde era a oficina do Zézinho. Sátiro os acompanhava como sombra. Estavam calados, com o contratempo da oficina. Mas o mulato simpático arejava-lhes o espírito:

— O Zézinho é o nosso melhor mecânico. Conhece jipe como suas mãos. Já ofereceram a ele lugar muito melhor em oficina da Capital, ele não quis.

— Tem muitos mecânicos aqui? — Não, senhor. Ele é o único.

* * *

Logo em frente ao telheiro do Zézinho se erguia o Morro do Padre. Sátiro explicou, estendendo a mão para lá:

— Aquilo é o Morro do Padre, onde um sacerdote fez bramuras no tempo antigo.

O padre Cosme era vigário do pequeno arraial do Jatobá, como se chamava isto, onde havia uma irmandade de Filhas de Maria. Pois, por partes do demônio (benzeu-se, levantando ao ar o chapelão de palha), por parte dele, o padre, depois da missa de domingo, desapareceu com a presidente da irmandade, que era moça de 18 anos, de família importante aí na fazenda do Icó, onde há hoje uma granja federal. Procuram daqui, procuram dali e ninguém atinou onde o padre fora com a menina. O arraial ficou na maior confusão, e os pais da moça, que vieram para a missa, mandaram na fazenda chamar os irmãos dela. Chegando os rapazes, começaram a indagar, de casa em casa, por notícia dos dois; se alguém vira eles depois da missa. Ninguém sabia de nada. Só ao escurecer a preta mendiga Leonilda, contou que catava lenha na barriga do morro, e viu o padre com uma devota subindo o lançante, aquele. O povo estava em alvoroço, a família da donzela trepada nas armas. Com a notícia da mulher endoidou tudo, e, com muitos amigos e parentes na cola, subiram o morro, já noitezinha. Chegando lá em cima, perto da lapa, foram recebidos com muita bala. Caiu logo um dos irmãos da moça. O que subira correndo na frente. Vendo o rapaz morto, seus acompanhantes sentaram balas na porta da gruta, balas de esfarinhar pedra. Mas quem estava na lapa estava no alto, espiando quem subia o monte, com pontaria especial. O padre fizera uma casa-forte na entrada da furna e estava lá como em casa da sogra. Ninguém subia e os que tentavam subir, foram muitos e afocinharam em sangue no cascalho. A noite inteira pipocou o tiroteio, de parte a parte. Ao amanhecer, os arredores estavam cinzentos da fumaça dos tiros, como no começo das trovoadas. Pois, meus senhores, o tiroteio continuou na segunda-feira toda e anoiteceu de mesmo jeito. Parecia uma guerra.

Parou, para sentir o efeito de sua conversa. Os rapazes estavam curiosos:

— E depois?

— Depois os outros irmãos da moça, com os cabras da fazenda no cerco, mandaram arrancar feixes e feixes de capins secos aí na vazante do rio e, de cima das pedras, passando por detrás, foram jogando aquilo na boca da mina. Só no meio-dia de terça-feira conseguiram atirar uma estopa acesa, embebida em gás, no mundo de capim da porta da lapa. Pegou fogo e o vento do rio favoreceu. As labaredas jogaram fumaça pra dentro da cova e os tiros do padre cessaram. Mas já era tardezinha e os atacantes puderam chegar perto. Eram mais de oitenta homens, como oitenta canguçus urrando de braveza. Pra encurtar, ao entrarem lá, o padre estava morto, com as armas perto dele e em cima de um monte de cascas de balas.

— E a moça?

— A moça, coitadinha, estava morta, com as costas apoiadas na parede e a cabeça e o rosto cobertos pelo véu de filha de Maria. Morreram na sufocação da fumaceira. Os irmãos dela aí picaram o padre como quem pica cobra na estrada. Cortaram certas partes lá dele, com perdão da palavra e amarraram ele pros pés, arrastando o pobre até na rua pro povo ver.

— O povo estava brabo.

— Estava brabo com razão, pois a menina era o mimo da família, com muitas prendas; tinha pai velho e mãe protetora da igreja. O que aconteceu com o padre foi menos que o acontecido, no tempo antigo, na cidade de Goiana. Um cidadão morreu por trapalhada lá deles, questões de política, e, cinco dias depois de enterrado, chegou na cidade o chefe inimigo do morto. Sabendo do sucedido, mandou abrir a sepultura, desenterrou o corpo e lhe deu na cara muitas bofetadas. Explicou que fazia aquilo pra cumprir sua palavra, de que não morreria sem esbofetear o inimigo, vivo ou morto. Depois limpou as mãos num lenço, mandando de novo enterrar o corpo...

Quando o ferreiro terminou, Jonas foi ver o serviço do jipe:

— Vai ou não vai, companheiro?

— Não demora. Estou reapertando. Veio tudo frouxo, perderam três porcas.

Severino, que ficara lá fora com Sátiro, indagou, para matar tempo:

— Depois disso o arraial não teve mais alteração?

Depois disso não sei, porque é coisa velha mas quando eu mudei pra aqui, um dia as ruas encheram de repente de soldados. Era a chegada de Prestes, com muita gente.

— Fez bagaceira?

— Eu era meninozinho e vinha com meu pai carregando uns bambus, quando o velho gritou:

— Corre, meu filho, que o Prestes taí. Corremos e o povo todo trancou as casas.

— A confusão começava.

Sátiro emproou como pôde o corpo corcunda, para responder com incrível orgulho:

— Não começou, não senhor, pois estava também entrando na cidade o capitão Virgulino Lampião, com 380 cabras no fuzil, tudo bem montado. Foi chegando e, ao saber que Prestes estava com seu pessoal na Vila Velha, subúrbio daqui, tocou pra lá no meio galope de sua cavalhada de fiança...

Foi chegando e despejando bala. Prestes, não esperava e começou a trocar tiros com o capitão. O povo falou: — Agora as duas cascavel se engole...

Parou, cruzando os braços, em gesto muito seu, com crítica desprezível:

— Engoliu nada... Quando Prestes soube que era o cabra macho das catingas que estava chegando, jogou a cavalhada n'água, no rio logo aí em cima, passou pra Bahia...

Mostrara-se contente com a fuga de Prestes e ficou eloqüente:

— Lampião podia cercar Prestes, pois conhecia todos vaus e os escorregadores do São Francisco. Não quis. Parece que o revoltoso estava cansado, com gente a pé e a cavalo, com farda e à paisana. Tinha muito cavalo frouxo, manco. Chegou aos grupos, uns longe dos outros, gente de cabeças baixas... Lampião gritou-lhe pra o outro lado muito nome sujo, voltando pra rua, parando na venda do João Leal, que está aí vivo e forte pra contar o caso. Parou na venda, que mandou abrir, e com seus cabras comeu lá o que era pra comer e bebeu tudo quanto era raça de bebidas do negócio do velho.

Preparou-se para notícia importante:

— Comeu e bebeu, mas pagou tudo na nota! João Leal ficou bobo com o homem. Pagou tudo, como lhe digo, e saiu na frente da cabroeira, sem maltratar ninguém, sem ofender um pinto na rua! E assim passou pelo Brejinho, pela Barra do São Francisco, indo dormir, dizem, na Forquilha das Mulheres, mesmo na boca do Raso da Catarina.

Também ele tinha muitos compadres, muitos afilhados e protegidos nesses lugares.

— E Prestes?

Respondeu com desprezo:

— O Prestes roubou cavalos dos matutos que encontrava no caminho, nem dando bola.

— Voltou aqui?

— Graças a Deus, não. Da Bahia tomou rumo.

Severino encarou o amigo suarento, que parecia desanimado.

Vocês têm visto coisas... Lampião assombrou muita gente deste sertão velho...

— E o senhor não sabe de uma pior. Lá no Tacaratu, o coronel velho que hoje é prefeito, teve uma dúvida com dois negociantes dali. Todo mundo obedecia ele, que arrastava mala: — Neste município quem manda sou eu. Nem uma só pessoa me faz oposição. Mas dois negociantes resolveram ficar contra os abusos do chefe. Ele procurou chamá-los à realidade, isto é, a seu domínio absoluto. Por esse tempo os rapazes estavam galopando o prestígio do tal, e esperavam as eleições pra mostrar as unhas. Muita gente, nas ocultas, já estava com o partido dos contrários. Pois ele, que era presidente da Câmara, vendo as coisas perigando, fez o que poucos acreditam: Mandou chamar Lampião, pra pôr ordem na sua cidade. Um dia o cangaceiro entrou em Tacaratu, com 84 cabras, mandando chamar os dois oposicionistas do Nhonhô. Eles com medo não foram e com muita bala se fecharam num casarão dispostos a tudo, pois sabiam que

Virgulino foi lá pra acabar com eles. Como não atenderam seu chamado, Lampião mandou bala na casa velha, sendo respondido com coragem monstra. Estava escurecendo e ninguém sabe como, um dos encantoados fugiu pelos fundos da casa e o que ficou, esgotava a munição, quando teve a porta arrombada. Estava com a coxa partida por tiro de fuzil, esgotando muito sangue. Mesmo assim sustentava o fogo. Lampião chamou o coronel e perguntou:

— O serviço tá feito! Sangro o home?

— Não. Agora deixa. Ele vai ficar muito tempo de cama e quando levantar, já levanta me tomando benção...

Severino riu com escândalo, parece que duvidando do que ouvira. Sátiro impassível continuou:

— Temos visto o diabo. Este lugar dá um passo à frente e dois pra trás. — Como?

— Só tem piorado, os antigos daqui falam que o Imperador Pedro II disse no lugar em que mandou fazer o cais de pedra, (com o beiço estirado indicou a beira do rio), disse que o Jatobá havia de ser uma das primeiras cidades do Nordeste. Estava entusiasmado, debaixo de grande esperança. Ele estava aqui ao vir conhecer a cachoeira de Paulo Afonso. Vendo a cachoeira, com calor medonho, teve sono e mandou estender seu manto no chão, debaixo de um pereiro do lado de Alagoas, bem perto do estrondo da água, dormindo feliz na sombra do pé-de-pau. Enquanto isso armaram sua barraca de campanha, onde descansou muitas horas.*

— Como chegou aqui?

— Ah, o Barão de Maceió facilitou como podia sua viagem, e o Imperador que era moço, 34 anos, atingiu o Jatobá

---

* No lugar exato onde ele se deitou no chão existe um obelisco de alvenaria, com placa de bronze em que se lê: S M I D. Pedro II visitou esta cachoeira no dia 20 de outubro de 1839. Este bronze foi colocado por ordem do Presidente da Província, em 1869, pelo Engenheiro Carlos de Mornay.

Fabricantes C. Starr & C°, Pernambuco.

O presidente da Província de Alagoas era o Doutor Manoel Pinto de Souza Santos.

a cavalo. Veio de Penedo, cavalgando 14 léguas. Animado com o lugar do cais, ele falou ao povo que o porto daqui ia ser o mais movimentado do Brasil, com navios trazendo manufaturas da Europa e levando algodão e mais coisas pra todo o mundo. Na verdade, mandou fazer o cais, onde nunca encostou uma canoa...

— E o cais?

Sorriu amargo:

— Está aí. Serve pra pescador sentar, esperando peixe no anzol. Serve pra lavadeira estender roupa pra corar. Os meninos corajosos trepam nele pra pular n'água, escondidos das mães... Foi a última coisa que o governo fez até hoje, pra favorecer Jatobá...

Lembrando melhor, teve um alvoroço:

— Não, minto. O Imperador mandou fazer também a estrada de ferro Piranhas-Jatobá.*

Nesse instante meninos pescadores chegaram na rua a gritar:

— As balsa. Tão chegando as balsa!

O povo assanhou-se como formiga lava-pés cutucadas no ninho. Saiu tudo para ver as balsas, que chegavam de longa viagem. Consistiam em enormes toras de cedro ainda com casca, amarradas de doze em doze com arame farpado, bem justo, Essas toras desciam na deriva, tendo em cima uma casucha de tábuas que abrigava a família de seu único tripulante, o qual, de varejão e remo dava rumo à balsa, evitando pedras e esbarros nos barrancos.

As madeiras vinham das florestas virgens da Malhada, em Minas, e das matas de Santa Maria, no sul baiano. De Malhada a Petrolândia gastavam quatro meses de viagem, e levando trens de cozinha, armas de fogo contra onças e viola contra a saudade, quando nas noites dormiam amarrados nas gameleiras da margem. Muitas vezes canguçus atacavam os tripulantes nos pontos de dormida e o balseiro as

---

* O ramal da estrada de ferro Piranhas-Jatobá, depois de tanto tempo de trafego útil e ativo foi suspenso,em 1965, como anti-econômico, pelo governo federal.

espantava com tiros e não raro com botes de azagaia. Dentro da cafua acendiam fogo sobre folhas de zinco e, das duas que chegavam àquela hora em Petrolândia, uma levava filho do remeiro, nascido em viagem.

Os viajantes pisaram na praia requeimados pelo sol, e pelo mormaço insuportável do sertão. Rebocada por uma das balsas, vinha canoa que serviria para regresso dos tripulantes, subindo a corrente pesada.

Aquelas toras de cedro já vinham compradas por serradores do Rio Branco e do Recife, para onde seguiam pela estrada de ferro nordestina.

Sátiro explicava a Severino a situação do cais:

— O senhor viu? Estas balsas chegam aqui duas, três vezes por ano, e estão amarradas na praia, em pedras, e em cordas a cavalos-de-pau fincados na areia. Aí são desmanchadas e trazidas para o seco, por juntas de bois. E o cais? Pra quê serve o cais? Pra nada. Veja Vossa Senhoria pra que foi feito cais tão bonito, de pedras ligadas com cimento inglês. Não sou eu quem digo, mas consta que em certas noites de luar, bem tarde ou de madrugada, os cabocos d'água deitam nele de barriga pra riba, namorando a lua.

Em varal improvisado sobre uma das balsas secavam largas mantas de surubilhau, de luangos pescados na descida.

Já no chão, ao lado do baú de roupas, a mulher de um dos balseiros penteava os cabelos de puri, enquanto a criança dormia ao sol protegida por toalha leve.

* * *

A moça olhava com indiferença o povo, e não dava conta de que a viagem terminara. Aportava no sertão como em solo estrangeiro, não falando com ninguém, completamente alheia a tudo. Mas era visível que encarava os curiosos como inimigos.

Sátiro e seu companheiro sentiram-se cabisbaixos. O major aí falou:

— Estas balsas então gastam quatro meses de viagem.

— Quatro meses. É o que também gastam pra chegar aqui as enchentes de Minas Gerais. Quando há enchentes lá, só quatro meses depois elas chegam aqui em Petrolândia.

Só às 13 horas o jipe ficou pronto.

Zézinho limpava as mãos na estopa, enquanto os senhores de engenho partiam da cidade. Ao chegarem ali para o enterro da irmã, seu jipe estava imprestável, pois a um golpe mal dado foi a barranco. Perceberam que a barra da direção entortara, mas Sátiro dissera que chegou trincada, quase a quebrar. Não aprovou o remendo de ferro em aço. Alugaram cavalos, e foram para Tacaratu, em cujos arredores estava o sítio da sogra da mana. Partiram irritados com o contratempo. Jonas estava mal satisfeito e resmungou na direção do carro:

— Se Deus permitir, não pretendo voltar nunca mais a este buraco de rato.

Eram senhores muito conceituados de engenhos no Nordeste. O coronel Prudêncio fora homem duro, mas sua palavra era uma só. No engenho Umburana, afamado no seu tempo, morava agora Jonas, e Severino em outro vizinho, o Maturi. Seu pai foi da política do Conselheiro Rosa e Silva e era homem de papo vermelho. Criou os filhos, inclusive Betânia, que acabava de morrer, com escrúpulos de homem esclarecido.

Ficando viúvo, não mais tirou o luto fechado, e também nunca mais sorriu. Era de família de muito prol no Estado e os antigos falavam que o engenho Umburana era o mais suntuoso no vale do Una, sendo que sua casa-grande nunca teve rival na zona de Barreiros. Seus filhos cursaram bons colégios, e Betânia deu lustre ao Colégio das Damas, sendo diplomada como aluna distinta. Hoje pouca gente compreende a fidalguia dos engenhos pernambucanos, onde o luxo se media pelo valor social de seu senhores, gente orgulhosa.

Terminados os preparatórios, os rapazes não quiseram fazer o curso superior, o que abatera o velho plantador de cana, que sonhara os filhos doutores. Foram para a lavoura açucareira, onde o pai, o avô e o bisavô fizeram fortuna, sem abdicar seus direitos ancestrais de mandonismo.

Pernambuco tem passado tão brilhante em todas as campanhas pela liberdade, pela República e contra o colonialismo de sua terra, que nenhuma família tradicional deixa de contar nomes de sua gente que foi grande em lavoura e nobreza, no seu invejável passado. Na monarquia, esses fidalgos tinham imensa importância política e solidez econômica. Só em algumas cidades do Sul, nas províncias do Rio de Janeiro e Minas Gerais viveram com a pompa esperdiçada desses nobres, que se firmaram na indústria do açúcar. Suas casas-grandes ainda hoje são modelos da arquitetura barroca do século XVIII e abrigaram famílias com quatro avós de nobreza, não só de sangue como no comércio e na vida social. Nesse grupo estava o engenho Umburana e mais quatro, que perfaziam o núcleo herdado e conservado pelo coronel Prudêncio.

Morrendo no Umburana o capataz de estima do lavourista, este escolheu dos filhos de seu compadre auxiliar, um menino esperto que lhe merecia atenção.

— Quero fazer dele gente. Vai ser doutor, pra louvar o nome do pai. Esse garoto era o Lelé, criado como filho do coronel.

Foi mandado para o colégio, passando as férias no engenho do protetor. Fez o curso ginasial com espantosa facilidade, e aos 15 anos estava pronto para exame de madureza em escola superior.

Foi para Recife com esse fito, e desapareceu. O coronel depois de exaustivas procuras entregou o caso à polícia que, no fim de certo prazo, confessou não atinar com o paradeiro do rapaz. Levantaram-se muitas hipóteses mas nenhuma convencia o velho.

Estava certo de que ele entrara em navio ancorado no cais, e que levantara ferros sem o visitante perceber.

— Se assim foi, tenho certeza de que me escreverá onde for deixado, pois é jovem brioso e reconhecido.

Mas o tempo passava e nenhuma notícia do desaparecido. Foram duros meses de ausência, que passaram a anos, e o coronel perdeu a esperança de sua volta,

— Deve ter sido assassinado por malfeitores, que consumiram o cadáver. Jonas casou-se e já tinha vários filhos. O pai passou-lhe os encargos dos engenhos, e dizia-se ali apenas hóspede.

— Hóspede incômodo, que vê tudo e se levanta às 5 da manhã, como nos dias da moagem. Quero morrer vendo estes engenhos safrejando, como no tempo de meu pai. O trabalho nestes tempos de confusão será o mesmo que na era dos escravos. Severino passou-se para o Maturi, onde o regime era o mesmo. Com o correr dos anos o caso do Lelé se tornou fato consumado, e o coronel nem gostava que se falasse no assunto.

— Pode mesmo ser vadiação. Os troncos não eram de lei. Talvez esteja metido com batoteiros, entre os quais vivem muitos da própria polícia. Não quero mais ouvir falar do caso neste engenho.

Às visitas que, para agradar, pediam notícias do rapaz ele respondia com dureza muito sua:

— Não sei. Não sou capitão-do-mato pra andar na cola de fujões vagabundos.

E encerrava o assunto. A família do mocinho mudou-se do engenho, foi para o Cabo, de onde não dera mais notícia. Sua nora, a bela Sílvia, notou que o sogro tomara ódio de seu protegido. Estava bem velho e doente, de modo que lhe poupavam notícias desagradáveis.

Acabou fazendo doação em usufruto dos engenhos aos dois filhos homens, reservando dinheiro e apólices para a filha.

— Não quis casar. Está com 30 anos e terras hoje só pra quem é moço e tem valentia, pra enfrentar a cabroeira da lavoura. Se lhe couber um engenho, ela é capaz de fazer dele um convento.

Saía a cavalo, antes do amanhecer, correndo os partidos de cana, indo uma vez por semana a todos os engenhos. Falava com os diaristas, era fiscal atento de tudo.

Certa manhã, chegando a um rancho, quando saía o agregado, este pediu-lhe consentimento para plantar na sua porta um punhado de feijão. Ajudava nas despesas.

— Olhe rapaz, estas terras, não podem ser desonradas com feijão, arroz, batada, são terras nobres que só dão seiva aos canaviais, pois a cana é a planta mais fidalga que Deus pôs no mundo.

No outro dia bem cedo, ao aparecer no varandão para espiar como ia o tempo, chegava antigo agregado do engenho:

— Bom o dia, seu curuné! Deus dê saúde a Vossinhuria!

— Por quê não foi pra capina e está aqui? Morreu gente?

— Vim pidir a Vossinhuria duas rapadura, que mea família onte só viu nas boca a cruz do Pelo-Sinal, e até esta hora só introu nelas o vento da rispiração.

— Você está louco, Galdião! Você endoidou. Meu baio enraçado de estribaria só come a diária de meia rapadura, e você quer dar a sua família logo duas!

— Seu curuné, o baio de Vossinhuria é um só e eu tenho em casa onze boca pra cumê!

— Eu não lhe prometi uma leitoa, pra criar de meia?

— Quem vive de promessa é São Severino dos Ramo, Vossinhuria...

O velho mandou-lhe dar as duas rapaduras e remeteu-lhe a porca para a meia.

O coronel foi envelhecendo, estava idoso e doente, fingindo sempre muita dureza. Tudo nele decaía, o porte insolente, o aprumo da cabeça. O modo de olhar, os passos, ficaram incertos menos a voz, o vozeirão que já assustara escravos na bagaceira, e agora amedrontava os escravos livres na sua servidão dura como a outra.

25

Falava sempre alto, com voz cheia de comandante de batalhão. Se fora bravo, ficara intolerante e aprazia-se em ficar só, na varanda de sua mansão, de olhar embebido nas terras, olhando as árvores plantadas por ele e por seu pai. Via o ribeirão, saindo do engenho, correr espraiado pela várzea alimentando de frescura os canaviais, orgulho das quatro gerações a que ele pertencia.

Ao regressar do giro da manhã pelas terras dilatadas trazia uma folha, uma flor do mato, por humilde que fosse, que ele mesmo depositava no vaso, ao pé do retrato de sua esposa.

— É pra ela ver que não me esqueço. Além de sentir que continua aqui, (abria a mão contra o peito), precisa ver que está sempre lembrada na minha saudade. Breve nos encontraremos. Severino casou-se. Não foi fácil convencer ao pai de que a família de sua escolhida era gente de bem. Os pais moravam em velho engenho do Cabo, pessoas desconhecidas do veterano.

— São gente que preste, filho?

— Pessoas de conceito, meu pai.

Ele porém, encarando em silêncio o espaço!

— Escute, você já comeu com eles uma saca de sal? Porque uma saca de sal custa acabar e quem come com alguém uma saca de sal tem tempo de conhecer seu caráter.

— É pessoal correto, do trabalho.

— Meu filho, você já viajou com eles?

— Não, senhor; por quê?

— Porque, viajando, a gente tem oportunidade de ouvir confidências, saber costumes e a educação do companheiro. O filho sorriu.

— Não sorria. Fizeram uma promessa pra seu avô escapar de uma queda, em que partiu vários ossos. Esteve de cama bem um ano e curou-se. A promessa era uma viagem a cavalo ao Juazeiro pra agradecer ao Padre Cícero a cura, aliás problemática para os médicos. Um amigo de seu avô sabendo da romaria, pediu pra ir com ele. Seguiram e já no Ceará, meu pai pediu pousada na fazenda de grande família,

26

que os acolheu com bondade. Tudo muito bem mas no outro dia seu avô amanheceu com febre, corpo quebrado de não lhe permitir descer da rede. E, assim doente, teve de se demorar uma semana em casa do cearense. Pois nesse intervalo, o amigo de meu pai se enamorou da filha mais velha do fazendeiro, pedindo-a em casamento. Ficaram noivos particulares pois iam oficializar o noivado no regresso. Como meu pai ficara melhor, o fazendeiro lhe participou o noivado. O velho então chamou o companheiro em particular:

— Olhe, soube que ficou noivo de filha desta família. Esqueceu sua mulher e os seus filhos, abusando de minha companhia, pois quem pediu a hospedagem foi eu. Saiba que parto hoje e você não pode seguir comigo.

— Mas por quê?

— Porque se você for comigo, na primeira oportunidade no caminho eu o matarei, sem mais conversas. Mostrou-se indigno de ser meu amigo.

— Somos amigos há vinte anos!

— E só agora, viajando juntos, foi que melhor conheci suas qualidades.

Contou ao fazendeiro quem era o noivo, arranjado às pressas e seguiu sozinho para o Juazeiro. Nunca mais cumprimentou o burlão. Por isso é que pergunto se você já viajou, pelo menos com seu futuro sogro.

— Não casarei contra sua vontade.

Casou-se e, em três anos, não apareceram filhos.

Sua esposa estava com 18 anos e o coronel via feliz o acerto da escolha.

* * *

Fazia 15 anos que Lelé desaparecera. Quinze anos desgastam muito as coisas e as pessoas.

Certo dia, ali pelas 10 horas da manhã quente, o coronel saiu para seu giro a cavalo e apeou-se para beber água, mesmo com a mão, no córrego prateado do fim da várzea.

Enquanto bebia com delícia, surgiu do lado contrário um peregrino que perguntou ao velho:

— Meu senhor, ainda é este o caminho do Umburana? Mesmo de costas, bebendo sua água, o velho respondeu:

— É este mesmo, sempre em frente, sem errada. E voltou-se, já dessedentado, para ver quem perguntava. Em pé, com a rédea na mão, encarou o passageiro. Encarava-o, de olhos arregalados não conhecendo bem a pessoa. Mas havia um susto muito grande naquele espanto.

— Coronel eu sou o Lelé. Volto formado em medicina pela Bahia, e vim lhe fazer uma visita.

O velho continuava a encarar, aéreo, em completa mudez seu visitante. Foi quando pálido, depois vermelho, roxo e sempre rijo de pé, procurou abraçar o pescoço de seu cavalo, não conseguindo. Então soltou a rédea ajoelhando-se devagar, deitando-se de lado no chão, encolhendo-se como quem se acomoda com muito sono. Seu ódio ao ver o ingrato foi tão grande que sofreu um derrame cerebral, e estava desacordado e perdido para toda a vida.

O médico tentou ajeitá-lo ao chão, estendendo-lhe o corpo e folgando a camisa e cinto. Borrifou-lhe o rosto com água fria, chamando-o pelo nome várias vezes. Vendo o caso grave, montou no cavalo do doente, indo buscar recurso no engenho.

Não morreu logo, mas não disse mais uma só palavra. Apenas gemia, inquieto. Seis dias depois, apareceu-lhe febre, e, na outra manhã, ainda inconsciente, fechou os olhos à vida.

* * *

Abalada com a morte do pai, Betânia foi para a companhia de parentes no Recife, em viagem promovida pelos irmãos. O morto deixara os negócios em ordem. Os rapazes entraram na posse do que lhes coube.

Betânia estava com 33 anos e foi-se deixando ficar longe dos engenhos, em que não tinha parte. Sua herança foi em apólices e dinheiro.

Seus parentes eram bem relacionados e a paixão da filha, para surpresa de todos, não durou muito. Os ricos esquecem depressa. Apareceu-lhe um namorado, moço de 24 anos, estudante de agronomia.

Era moreno mestiço mas se vestia bem, fazendo-se candidato à mão da vitalina. Na família e na parentalha riram do interesse da jovem pelo estudante.

— Em mocinha, nunca teve um namorado...

Mas agora a coisa era diversa. Apaixonou-se pelo acadêmico, e dentro de cinco meses estava casada. Os irmãos, conhecendo o noivo, opuseram-se ao casamento, alegando motivos de família, em que o pai era rigoroso. Nada valeu. Era maior e precipitou o que aconteceu logo.

Os parentes mais velhos, em cuja casa estivera, passaram a não aprovar o afoitamento dos noivos.

— Não sei. Betânia não é mais menina e acho o casamento desigual. Se seu pai fosse vivo...

Foi grande a reação dos que não apreciavam a família do Umburana. O tenente Junqueira esbravejou, para impugnar a escolha do mestiço para genro de Prudêncio:

— Essa gente do Umburana estrafegou muito negro nos seus engenhos, seu pai Prudêncio, seu avô Sebastião, seu bisavô Cincinato. Contava meu pai que Cincinato, morador no Umburana tinha récuas de cangaceiros pra cumprir suas vontades.

Todos moravam nas terras do engenho mas pela manhã eram obrigados a ir tomar a benção do Sinhô, que já estava em mangas de camisa na varanda. Tinha muitos inimigos e, de vez em quando, dava um trote neles. Quando desejava fazer uma covardia, mandava tocar o búzio no terreiro para chamar a cabroeira, perto de 200, e quando estavam reunidos perguntava:

— Juruminho já chegou?

Já chegara.— E Munheca? E Croeira? E Come-Cru? E Morre-Hoje? E Antônio Catingueiro?

— Tá tudo aí, seu curuné. — E Herculano Cacheado?

— Ainda num chegou, seu curuné. — Ah, se Herculano Cacheado ainda não chegou pra meu mandado especial, não tem ninguém aí. O terreiro está vazio...

O tenente gostava de recordar coisas antigas, que tão bem sabia:

— Esse Herculano era o negro mais cruel das terras da Mata, cria das Alagoas, e que buscava as *encomendas* do bisavô da noiva de hoje. Todos eles desses engenhos esfolaram muito negro vivo, em repentes perversos. Meu pai se dava, era compadre do major Sebastião, no tempo em que seu engenho Umburana tinha o privilégio de ser o mais rico nas safras da cana. Ele criara na cozinha o preto Vitório, espécie de superintendente da escravaria, pois o que contava a seu padrinho major era crido como juramento no nome do Corpo de Deus. Vitório tomava conta de cinco ou seis vacas para leite dos Nhonhôs e pra tirar esse leite, lavava os úberes na água morna, enxugando-os com toalha aquecida na boca do fogão. O primeiro copo que tirava era pra dona Zinha, sua dona. Depois, ali na varanda, Vitório entregava os outros copos aos demais da família. Dona Zinha era mimosa e bebia seu leite tirado em copo de prata, no fundo do qual o major já pusera uma colher de conhaque especial, de França. Ora, um dia em que o negro já enxugara as tetas da vaca Lembrança, favorita de Nhanhá, Nhanhá demorou a aparecer na varanda. Vendo-se só, o negro tentado pelo perfume do conhaque encheu às pressas o copo de prata, bebendo de um trago o leite e conhaque reservados para a Sinhá. Foi sem sorte, porque o major chegava por trás e vira o ladino, em goladas fartas, beber o leite do privilégio. O major retirou então o afilhado do serviço, proibindo-o de entrar na cozinha, o que era grande castigo. Foi mandado para o eito das capinas. O velho tomou-lhe ódio mortal, passando triste aquele dia. À noite no varandão explicou à esposa o motivo de sua tristeza: — Foi a primeira vez na vida que vacilei em esfregar um negro, o bebedor de seu leite. Estou abafado.

Pois parece que o demônio estava perseguindo o negrinho. Betânia passava as férias no engenho e foram contar ao major que Vitório, vendo-a passar a cavalo, resmungou para os malungos: —Aquilo é fruita só pra o nego, aqui. Tenho tanta gana nessa fruita que se nóis drumisse junto nascia treis menino de u'a barrigada só...

Estavam moendo, e a fornalha do fogão de cozinhar garapa foi alimentada de muita lenha.

O senhor mandou buscar o negro gabola e, com gente prevenida, fez agarrá-lo pelos pés e pelos braços e metê-lo vivo no braseiro da fornalha grande. Ele se debateu, escouceou aos gritos mas foi jogado lá dentro, como pau de lenha. Em seguida bateram a porta de ferro da boca do fogão.

Respirava com grande euforia:

— Hoje o descendente desses cativos vai vingar o martírio de sua raça na pele da bisneta de Cincinato, pois me disseram que o noivo é parente de uma ex-escrava de Sebastião, avô da maluca. Ela não considerou que nossas famílias de tradição têm horror a negros e mulatos. Temos honra da consangüinidade do índio, que é maior que a do preto em Pernambuco, mas sangue de africano desmoraliza a raça que repeliu o holandês e tem é nojo do mulato. Esses preconceitos nem o Rei tira... Também se não casa agora ia casar com a idade de Sarah, da Bíblia... Ela tem tudo pra casamento de negócio: feitura, de que ninguém gosta; virgindade, que ninguém quis, e fortuna, pela qual todos se pelam...

Casou-se e foram para pensão. Esperavam montar casa com mais vagar. Agora Betânia esperava descanso de trabalhos e desassossegos pela morte do velho.

O marido interessava-se, porém, de levar a esposa e apresentá-la aos pais, pequenos sitiantes nas proximidades de Tacaratu.

* * *

Seus pais moravam no sítio Folha Branca, e o velho plantava cereais. Tinha ainda um canavialzinho vicejando, desde o quintal. A casa pobre não oferecia conforto a moça criada em opulento engenho.

Mas para ela a viagem foi de muita alegria.

— Vamos ficar aqui só uns dias, para os velhos conhecerem a nora.

Sua sogra era Donana, muito chupada pelas doenças, trabalhos e privações. Estava fraca e falando baixo, ao contrário dos sertanejos. Perto da nora, embiocada no xale usado, guardava um silêncio gemido, por vergonha da hóspede e pelo costume de gemer mesmo sem motivo.

João, seu marido, sujeito maciço, era fechado mas falava pelos dois.

Um mês depois de chegado ao sítio, o rapaz inventou uma viagem a São Paulo, dizendo estar chamado por professor da Escola de Piracicaba, que lhe propunha grande negócio de importação de medicamentos para a agricultura. Convenceu a esposa, que ainda estava babada por ele.

Depois de uma semana, discutindo pela razão de muito ciúme, Betânia encarou o marido:

— E por quê não posso ir também?

— Não. Deus me livre. Você, com a movimentação que vai ter lá, pode botar fora nosso filho. Deus me defenda disso. A moça vomitava pela manhã, com engulhos insuportáveis. Resignou-se a ficar, e o esposo partiu para a sua viagem. De lá escreveu com muitos embondos, mandando o endereço. Pois passaram sete meses e meio e o viajante não voltava, não mais escrevia, nem dando resposta às aflitivas cartas da esposa. Curtia a vida mais triste do mundo, na casa dos velhos roceiros pobres. A sogra gemia constantemente:

— Ele volta. Tem muitos negócios.

Mas o rapaz não voltava e o filho se anunciou, no meio de complicações agravadas com a demora inexplicável do futuro pai. Uma noite Donana acordou com a nora gemendo e chorando, alarmada pelas dores. Já estava em casa a parteira Luzia, que punha em ação suas habilidades práticas de muita fama. Resumindo, três dias depois de trabalhos improfícuos resolveram buscar médico em Tacaratu. Já se processara hemorragia, que o doutor julgou séria. E foi mesmo séria porque, nascendo o filho, o sangue corria com mais intensidade de modo que, no clarear do dia, Betânia faleceu. O doutor Vivi trabalhou com urgência e boa vontade, não parando de empregar suas técnicas, infelizmente fracassadas. Mas fazendo tudo que não precisava, nada fez para salvar a parturiente.

Avisados os irmãos pelo coronel prefeito, eles vieram para o enterro da mana.

Agora voltavam sem muitos comentários. Apenas Jonas, ao ver a morta, cor de cera pelo sangue perdido, falou com pena e reprovação:

— Morreu porque quis.

Não perguntaram pelo marido, jogando o derradeiro punhado de terra no caixão pobre da única irmã, sem que lhes viessem lágrimas aos olhos.

Severino avisou a João que um deles voltaria para buscar o sobrinho. Regressaram logo. À noite algumas pessoas estavam na casa do sitio, amigos, parentes dos velhos, vizinhos, lamentando o desastre. A hora era avançada e Donana chorava com humildade.

— Eu adivinhava coisa triste na minha casa. Até falei com o João. Há três dias indo muito cedo buscar o pote de água no barreiro, vi moitas de cana, aqui de perto, soltando pendão. Fiz o Sinal-da-Cruz, falando sozinha; — Seja o que Nosso Senhor quiser. Porque tenho cisma de flor de cana. Cana quando dá flor, o ano começa mal, vai aparecer muita dificuldade da vida, vai aparecer luto na família. Muita gente não acredita mas estes olhos (mostrava-os, com os dedos) já viram muita coisa na minha vida cheia de sofrimentos. Flor

33

de cana é aviso de desgraça e até de fome. O ano vai ser ruim pra os donos do canavial. O que os antigos diziam é tudo certo. Eles falavam que, quando a cana flexa, seu dono está flexado.

Enxugou os olhos no xale esgarçado.

— Está aí. Tudo que eu temia aconteceu. Perdemos a nora e não sei o que será do filho, quando souber de tudo. Vivo com o coração apertando e a cabeça avoada, não sei não, parece que Deus agora se lembrou de mim.

Sua vizinha Donata suspirou, desejando lhe dar aliívio:

— É isto mesmo, comadre, mas é a vontade de Deus.

Donana escondeu os olhos no xale, em nova crise de choro, sem soluços, ela que às vezes chorava desde que vira as flores da cana.

— Tem sinal de desgraça que não falha. Eu estava esperando ela mas o golpe foi doloroso demais pra quem, como eu, já passou dos 70 anos.

Sua paixão parecia sem consolo.

Capítulo 2

O NINHO OSCILANTE DA REDE

*U*m mês depois, Severino e a esposa foram à Folha Branca buscar o pequeno. Socorro estava ansiosa por cuidar do órfão, e fez questão de buscá-lo no seu próprio colo. Como não tinha filhos, o sobrinho viera para preencher um claro no seu coração. Oriunda de família modesta, o pai era senhor de engenho no Cabo de Santo Agostinho, onde Pinson foi o primeiro a saltar, pouco antes de Hojeda, no chão abençoado da ilha de Vera Cruz. Seu pai Matoso lá se afazendara, pois viera de Alagoas depois de se complicar em política, sendo jurado de morte por inimigos perigosos.

Socorro era a filha primogênita e viviam em paz, longe de sua terra.

A senhora ficou abatida com a pobreza da casa, onde a cunhada morrera.

— Coitada de Betânia.

Seus olhos estavam marejados. Donana recebeu-a com humildade rastejante de cadela batida, chamada para agrado. Estava seca e parecia acabrunhada pelo luto da sua casa.

Gemia muito baixo:

— Foi tudo tão depressa, minha filha. Ninguém esperava pelo sucedido.

Exprimia-se com voz soluçante, mas não chorava, pois tinha esgotado todas as lágrimas.

— Foi tudo tão depressa, que o doutor ao chegar, só pôde socorrer o filho. Coitadinho, já nasceu doente.

Abaixou a cabeça alisando lentamente a coxa com a mão, e de olhos fixos no assoalho grosseiro.

Severino então perguntou com voz desatenciosa:

— Seu filho deu notícia?

— Não senhor, ainda não escreveu. Achamos que as nossas cartas desencontraram dele. Pobre de meu filho, não sei. Encarou Socorro com ar vencido:

— Estou ainda tonta, não sei o que penso. Às vezes não sei onde estou e esqueço o nome das pessoas. Severino olhava-a com severidade, como se ela fosse responsável por aquilo tudo.

— Quer dizer que a senhora não teve notícia dele.

— Quando viajou pediu cartas para o Hotel do Comércio, esqueci em que rua.

De novo encarou Socorro um pouco descontrolada:

— Vivo assim, esqueço tudo.

Seu marido que estivera calado, limpou a garganta para dizer:

— Rua São João, 1317.

A velhinha continuava:

— Escrevi muitas cartas; a falecida escreveu, coitada, cartas e cartas. Não tivemos resposta. Dizem que São Paulo é muito grande... Por outro lado, fico pensando que ele está doente... O coronel prefeito passou um telegrama. Dês que ele foi, só a primeira carta nos veio às mãos.

Suspirou fundo:

— Vivo temerosa de alguma doença de meu filho. Rezo todos os santos dias pra ele voltar.

Um ódio incontrolável dominou Severino:

— Porque minha irmã deixou dinheiro e é preciso fazer o inventário, pra meu sobrinho não ficar sem recursos como ficou sua mãe. Na verdade ele não vai precisar de nada, vai ser criado como nosso filho. Socorro indagou:

— Onde está ele?

36

— Está na casa da vizinha, que tem filho pequeno. Ela está amamentando meu neto. Vai ver o bichinho, João. Com pouca demora apareceu uma preta cercada de filhos quase nus, trazendo nos braços o nenê.

Socorro tomou-o, começando a chorar. Estava envolto em baeta amarela, com touca de meia na cabeça. A ama falou, muito atenciosa:

—Parece que anda doente. Chora muito. As vez mama e vomita, às vez nem pega no peito. Eu até falei com sô João, pra ver um remédio pra ele.

Socorro lembrou que precisava batizar logo a criança. A avó gemeu:

— Ele foi batizado quando nasceu. O doutor batizou o pobrezinho. O padre já confirmou.

— Qual foi o nome?

— José, nome do esposo de Nossa Senhora Maria. Mas os meninos chamam ele de Zito... Severino levantou-se, abrupto:

— Vamos embora!

João de novo alimpou a garganta, falando em tom que lhe desconheciam:

— O menino fica aqui, até que o pai chegue. Pode não achar bom que ele seja levado.

O major cortou o assunto com palavras ásperas:

— Levo o guri, agora mesmo. Quando seu filho chegar, se chegar, sabe onde moro. O filho é do pai mas em menor é da mulher, mesmo em desquite contra ela, ou de quem cuide dele como é preciso.

João voltou a se opor:

— Até o coronel disse que o neto é nosso, até segunda providência.

— Que providência?

— Não falou. Severino pegou a esposa pelo braço:

— Vamos.

Socorro indagou, por indagar:

— Tem alguma roupa dele, aí?

A avó foi buscar uma trouxa que Severino apanhou, empurrando com brandura a mulher para fora:

— Até a volta. Eu vou dar jeito de saber onde anda seu filho.

Donana voltou a gemer:

— É um favor tão grande. É esmola que o senhor me faz.

João é que não gostou da saída do neto:

— Eu preciso conversar com o senhor. O menino é de meu filho. Não fica direito ele chegar aqui, sem o neto na nossa guarda.

O major se alterou:

— Ora, meu senhor quando ele precisar de se entender comigo sobre o caso, me procure no engenho Maturi, de Barreiros. Este menino não é só dele e, pelo que vejo não tem mãe nem pai.

Entrou no carro, compreendendo que aquele velho falava pela boca do outro.

Donana aproximou-se, insignificante, de Socorro já no carro: — Deixa botar a bênção no meu neto...

Socorro apertou-o contra o colo, pensando que ela quisesse arrebatá-lo. Severino estendeu a mão sobre o sobrinho e só então a avó o beijou muitas vezes nas mãos e na testa, com a boca murcha de desdentada. Começou a chorar.

Antes de partir, o rapaz falou para João:

— Diga ao coronel que já acabou o tempo em que ele chamava Lampião pra pôr ordem em sua cidade.

Arrancou, com violência. Ninguém pensou que a criança ia viajar nove horas sob calor do sertão, sem leite e água. Passaram por Tacaratu, sem diminuir a marcha. Severino apenas murmurou, ao atravessar o Largo da Matriz:

Aqui deve morar o coiteiro de Lampião...

Só na meseta do alto, antes de descer a serra, a senhora comentou:

— Viu como a criança parece com sua irmã? Virge: É o retrato, os olhos, o queixo.

Não respondeu. Com os catambis do carro a criança acordou chorando. Foi aconchegando contra os seios, sem resultado. Socorro embalava-o, conversando com ele.

— Pode ser fome.

Desciam a serra levantando poeira escura.

Ao passarem por certa encruzilhada, à esquerda, a senhora leu uma placa: Brejo dos Padres.

— Não é aqui que moram os índios?

— É. Os Pancarus.

Diminuiu a marcha, porque a estrada de terra piorava.

— Moram aí os restos sobrados da liamba, e dos maus tratos do governo.

— Uai! Fumam liamba?

— Todos e alguns de meninos. Mas parece que é pra esquecer o que sofrem com os vizinhos, gulosos de suas terras. Vivendo aí desde tempos imenoriais têm direito às terras, que são incontestavelmente deles. Pois certos aparecidos arranjam escrituras falsas, vão à justiça e querem tomar o que é dos caboclos.

— E tomam?

— Alguns tomam. Mudam cercas, arranjam testemunhas, compram serventuários da justiça e certos juízes acham que os índios é que são intrusos... Juízes piores do que Pilatos, porque ele lavava as mãos, pondo-se de fora, e os daqui, baseados em leis, dão sentenças a favor dos penetras.

— Que é isto!

— É a bagunça do Brasil, o país mais complicado do mundo. Justiça neste Nordeste é valiosa; vende-se. É como jumento, coco, rapadura. Os índios vivem brigando, matando e morrendo pra defender o que é deles. Os que desanimam, em vez de beber cachaça, que é cara, fumam liamba que eles mesmo plantam. Fumam a erva e dão pra brabos, falam, ameaçam com uma coragem que não é deles, Depois, o efeito da liamba passa e a prostração os amolece. Dormem até no mato, na beira das estradas. Todos já estão meio abobados. Muitos não trabalham mais nem pra comer.

— Mas o governo não ampara?

— Tem aí um chefe da colônia, que obriga os homens a trabalharem pra eles, brancos, como escravos. Cavaram num barranco um buraco, tapando a boca de toras de madeira. É a prisão dos brasilianos. Ficam lá dentro estirados na terra, com fome e sede que ninguém mata. É o que chamam disciplinar os bugres. Com esses tratos, eles se acobardaram, a orgulhosa raça dos Pancarus hoje vive desfibrada pela *proteção* dos brancos. Acabaram covardes e ladrões. O chefe deles era índio altivo, e precisava ser tratado como principal. Pois já esteve na referida prisão muitas vezes, por questiúnculas com colonizadores, ficando desmoralizado perante sua tribo. Abaixaram a cerviz do chefe diante de seus vassalos, que agora riem dele. Cassaram-lhe desse modo a autoridade que vinha de longe, dos seus maiores na escuridão das eras, quando o branco ainda nem sonhava com o Brasil. A gente do governo que aí vive, papa as mulheres do tapuio. As filhas. Há a maior desmoralização na colônia e, vendo isso, os famintos de terra deram pra tomar as que eram dos autóctones. Em outros lugares do Brasil são mortos pelos que desejam suas posses. Aqui os desmoralizam, prendem, descompõem até na presença dos meninos e deixam que o vício da maconha os domine. Isto é a civilização da República, a prova de sua força. Houve tempo em que esses infelizes vendiam a erva na feira de Tacaratu. Neste país tudo é mais ou menos assim. No Nordeste é pior, por causa da justiça das próprias mãos. Olhe lá em baixo Petrolândia.

O garoto chorava.

Chegando à cidade, Severino perguntou onde morava Sátiro.

O ferreiro se dispôs a levá-los até a pensão de dona Malu, onde Socorro obteve banho e leite para o órfão.

Sátiro estava, como sempre obsequioso, e ofereceu sua casa para descanso dos viajantes.

Enquanto a senhora arrranjava o bebê, o ferreiro ficou na sala da pensão com o senhor de engenho.

— Não vi o senhor passar, senão talvez não seguisse viagem.

— Por quê?

— Não gosto de infuco, mas o coronel prefeito aconselhou aos velhos a não entregarem o guri. Não entregassem mesmo, pois quem manda no filho é o pai, não consentindo absurdos na jurisdição dele. Falou que os senhores de engenho mandam é fora da lei e ele, aqui, garante tudo é na legalidade. Avisou que se chegasse um dos senhores lá fossem avisá-lo, pois está com força de seis soldados pra fazer o que ele manda.

— Pois foi uma pena que ele não soubesse, desde que fui lá e trouxe o sobrinho.

— Desde que os senhores estiveram no enterro ferve um fardusco medonho sobre o caso, e o João está garantido por ele e muita bala do governo.

— Pois foi pena. Um prefeito que, pra garantir a lei, manda chamar Lampião pra dar ordem na sua cidade era bem capaz de fazer confusão na minha chegada.

Riu na garganta, feio e forçado. Levantou-se, indo até a janela.

— Está aí uma coisa que eu deplorei, não ser empatado pelo prefeito que tem a unanimidade dos eleitores, porque as eleições são feitas dias antes, na sua própria casa...

— Pois o senhor correu um risco.

— Ninguém me avisou, mas vim prevenido. Bem vi que o safado do João não era homem pra me impedir de trazer o coitadinho mas pôs suas dúvidas, aperreou. Agora sei que foi instigado pelo valentão do Moxotó... Negro safado.

No caminho Severino contou à esposa a conversa do Sátiro. — Bem notei que ele estava se opondo que trouxéssemos o neto... Com palavras mandadas falar, ficou de corpo mole, com certeza aguardando a chegada do politicão. Não se arriscou a ir lá. Esse coronel sabe por onde é que cabrito entra na sua roça...

— E ele podia fazer isto?

— O que não se pode fazer neste geral? O menino estava lá garantindo o jogo do fujão. Levou, na certa, dinheiro da mana, mas tem direito à metade do resto, que não é pouco e será dividido entre ele e o filho. Tudo aconselhado pelo amigo de Virgulino. Esses políticos de Tacaratu roncam grosso por terem a retaguarda garantida pelos cabras do Moxotó, que são os mais brabos de Pernambuco. Gente sem lei, acostumada a matar a mandado de chefes políticos.

Estava furioso.

— Por isto é que não condeno as arbitrariedades de minha família, no passado.

Quando o Umburana era de meu bisavô, tinha pessoal de confiança pra resolver as trapalhadas políticas. Chegou a ter nas terras do engenho 200 cacundeiros escolhidos, de que Herculano Cacheado era o líder. Era o preferido, com certeza por merecer. Uma vez o velho o chamou, perguntando: — Você conhece o Zé Leite na cidade de Nazaré? O capanga que era papudo e meio gago respondeu, de cara feia: — Seu curuné, num cunheço mas já tou com raiva dele!

— Então você não serve pra levar a carta, porque ficou de repente com raiva de um homem que não conhece, pensando que eu pergunto pra você fazer serviço. Se levar a carta entrega mas é capaz de sangrar meu amigo, pois suas raivas eu sei que são de morte.

E mandou outro levar a carta.

Riu alto e deliciado, à recordação do episódio.

— Esse Herculano matara um crioulo trabalhador antipatizado pelo velho, no próprio sítio em que vivia sozinho. Era caprichoso e seu sítio estava uma beleza, com partido de canas, bananeiras, carás. Tudo bem cuidado. Dias depois do velho passar por lá, Herculano fez o serviço e enterrou o negro nas tumbas de seus carás. Mas enterrou mal-mal, e cachorros e urubus o desenterraram, espalhando os restos pela terra. Herculano teve de passar pelo sítio e chegando ao engenho falou compenetrado:

— Passei pro lá, seu curuné e coisa qui fede é carniça de nego ruim...

Severino falou em arbitrariedades e uso pessoal das leis, por políticos da situação, mas se referia também a casos em que seus ascendentes tomaram terras dos outros, à sua vontade. Mesmo fazendo carniça. Agora estava abafado com o viúvo de sua irmã:

— Jogou na certa, pra roubar. Casou-se com a mana e fez serviço mal feito, porque levou dinheiro às ordens dela não dispondo, com a pressa, de ações e apólices que estão guardadas com Jonas. Acabado o que levou, na certa volta pra abocanhar o resto da herança a que tem direito. A mana estava alucinada casando com o mulatinho mais novo que ela 5 anos, e com lábia pra fingir amor. Não teve compostura pra esperar mais tempo, quando podia se assenhorear de tudo. Mas, um dia, ele voltará. Se não agir com tato, corre o risco de desaparecer por aqui mesmo. Tudo pra isso vai ficando mais difícil mas é preciso saber que, dentro de nós, na minha família, por baixo da crosta civilizada corre quente e generoso o sangue de Cincinato...

Socorro sentia-se protegida por aqueles direitos, ainda vivos no Nordeste.

— É isso mesmo. O sangue manda muito. Na minha terra, um moço, até de boa família, matou um rapaz no dia em que nasceu seu primeiro filho, e a coisa como sempre ficou esquecida. Esse menino cresceu, e o assassino tomou rumo na vida. Herdou uns cobres do pai e vivia de explorar açougues, muito bons, em Maceió. O menino ainda pequeno soube de tudo. Pois no dia em que completava 21 anos amanheceu na porta de um dos açougues, onde já se comprava carne. O matador de seu pai cortava, pesava, recebia dinheiro. O aniversariante ficou para o fim. Quando estava só, único freguês, falou ao açougueiro: — Eu sou filho do Salu, que você matou, hoje faz 21 anos. E rápido lhe deu duas facadas,com peixeira navalhante. Aguardou ter idade, mas vingou a morte do pai.

Severino aprovava:

— Isto é bárbaro, mas é bonito. Fez muito bem. É preciso dizer que os assassinos, como esse rapaz, são gente de caráter, não esquecem os agravos quando se trata de sangue de família. Há entre nós os que *trabalham* por dinheiro, o que é meio de vida como outro qualquer. É profissão perigosa.

Socorro sabia que aquilo era verdade.

— No engenho de meu pai, em Alagoas, trabalhava um cortador de cana que fazia esses *serviços*. Morava lá com a família e tinha duas filhas muito chegadas a nós, mocinhas da casa-grande. Um dia foi procurado por um senhor desconhecido, para um serviço. Recebeu o dinheiro adiantado e no outro dia pediu as folgas que tinha do corte. Meu pai dizia ser o melhor cortador de cana que já tivera, pois cortava 500 feixes por dia, o que hoje é raro. Pois o empregado naquela noite entregou o dinheiro recebido, todo o dinheiro, à esposa, despedindo-se dos seus. As meninas nossas amigas contaram que ele chorou. Deu conselhos aos filhos e partiu de madrugada para Mata Grande, onde ia fazer serviço importante em pessoa rica da cidade. Foi e fez o serviço, mas, ao voltar, foi emboscado no caminho. Quem faz essas coisas com gente importante como ele fez tem certeza de que ao regressar será morto, a mandado de quem encomendou a proeza. É pra se livrarem de testemunha que seria, no caso, o próprio matador. Só aí é que a família compreendeu porque ele chorara tanto, antes de viajar. Tinha certeza de que não veria mais os filhos, a esposa, pois as coisas lá são assim mesmo.

Ao passarem por Caruaru, Severino recordava coisas passadas:

— Há tempo, aqui se deu um fato que diz bem o que eram as grandes famílias preponderantes no nosso Nordeste. Havia no Recife um milionário que dava recepções com almoço aos seus amigos, creio que nas sextas-feiras. Freqüentava essas recepções na casa da Boa Viagem, praia ainda de poucas vivendas, com vasto terreno sombreado de coqueiros, um sujeito, creio que bacharel. Fingia ser muito amigo do dono da casa. Um dia o demônio falou bonito e o dono da casa encontrou uma carta do amigo pra sua mulher. Carta muito íntima, que revelava longo tempo de amor criminoso. O marido silenciou e, na próxima recepção, depois do almoço, um tio da mulher convidou o amante para atirarem pombos do mato, que ciscavam as areias do quintalão. Foram para ligeira caçada e não demorou ouviram um tiro. O tio da fulana chegou correndo, com a notícia que a espingarda do bacharel disparara, matando-o com um tiro na cabeça. Nesse caso foi preciso chamar a polícia que, pela posição do tiro, ficou com sal na moleira. O delegado, que não era admirador do milionário, fez inquérito, pelo qual o tio da senhora foi incriminado como assassino. O processo parou na justiça mais de dois anos e o povo já perdera o sabor do escândalo. Pela importância dos personagens julgaram o caso abafado. Pois não estava, por não convir ao acusado. Seu defensor, na surdina, conseguira o desaforamento do processo para o foro de Caruaru. Na próxima sessão do júri, depois de amaciamentos políticos (trapaças), sem estar na pauta do julgamento (trapaças), o réu foi julgado. Quando o oficial de justiça gritou no meio do salão:

— Melquíades Joaquim Wanderlei Cavalcanti; réu! O carcereiro respondeu no mesmo tom: — Está debaixo de chave!

E saiu para buscá-lo. Houve espanto na assistência, porque o coronel Melquíades era muito conhecido como pessoa notável em todo o Estado. Houve mesmo um zunzum de surpresa. Nisto chegou c carcereiro trazendo, escoltado por dois prés um negrinho franzino, de cabelos mal-com-cristo e pés no chão. Sentou-se com desembaraço no banco de réus, mas o juiz ex-abrupto falou-lhe: — Levante-se: Qual é o seu nome?

— Melquíades Joaquim Wanderlei Cavalcanti.

Tinha a cara muito lambida e completou a qualificação como residente no Recife, sendo industrial... A assistência estava cheia de assombro, sendo dispensada, a leitura do processo. O promotor em seis minutos fez a acusação mais à-toa do mundo, O defensor falou negando o crime, e em meia hora o réu foi absolvido unanimente. Dizem que o crioulo recebeu cinco mil cruzeiros, cinco contos daquele tempo. Depois de terminada a pantomima, o absolvido saiu do foro, entrando em carro de luxo que o esperava na porta. Desapareceu numa nuvem de poeira.

— Será possível?

— Pelo menos é o que contam sem contestação. Foi mesmo exato.

Ambos se puseram a rir, enquanto o jipe corria pela estrada que começava a escalar a costa norte da Serra das Russas. Chegaram tarde no engenho. Socorro estava cansada e o pequeno resistira mal a viagem.

Já viram o sol morno da manhã florir, depois de noite lavada de chuva? Pois foi assim no engenho Maturi, depois que chegou o menino doente de Folha Branca. Felizes, mas sem filhos, o tédio às vezes bocejava pelo casarão colonial de várzea de Barreiros. O que era tristeza envolta pela mesmice da vida, esplendeu em claridade serena. Os sorrisos voltaram, porque alegria imprevista caiu como o sol depois de noite chuvosa, nas almas daquela gente.

Zito imperava, depois de lavado com sabonetes finos e com roupas enlaçadas de fitas. Socorro ganhou vida nova. Severino queria vê-lo sempre, conversava com ele. De triste só havia ali, mofino e sério, a própria razão da súbita mudança.

O menino tinha os olhos apagados, parecia trazer no corpinho a alma de um velho.

Estava no engenho o tio viúvo de Severino, morador em Maceió.

Passava tempos com o sobrinho afilhado.

Perdera a família que era pequena e, arrendando as terras de plantação de cana, vivia de engenho em engenho dos parentes, vendo o resto da vida escorrer.

Devia ser triste esse homem já velho, amarrotado pelos encontrões da sorte. Pois não era. O tenente Juca mostrava-se por natureza alegre, pilhérico e movimentado.

Pobre, porque vivia do aluguel de suas terras, sendo educado e alheio às tricas da família, todos lhe queriam bem.

Procurando o guri, curvado para ele e com as mãos nas cadeiras, balançava a cabeça:

— Feioso. É mesmo que filhote de passarinho. Sendo o único, parece grogojó de ponta de rama... E falava alto com ele:

— Eh! Como é? Que tristeza é esta, colega? Cadê os olhos bonitos de sua mãe, e a raça braba de seus tios? Não chupa cana? e laranja? Hein? Larga essa lombeira, rapaz, que a coisa aqui no engenho não é pra cochilar, não...

E para os parentes:

— Isto é fome, é falta de alimento próprio. Não demora e ressuscita. Socorro concordava:

— É isto mesmo, Juca. Estava entregue a uma negra sebosa. Chegou aqui até fedendo. Quando chorava de fome, davam-lhe um bico. Parece que desejavam matá-lo também.

O velho pensava diferente:

— Não fale coisas tristes. Não comente as derrotas. Vamos para a frente, que a vida é dos fortes. Caminhemos com as vistas altas, que há muito sol pelos caminhos, a terra é boa e só os homens gostam de volver os olhos para o que foi ruim mas passou.

Depois do jantar ficaram no varandão, em palestras calmas. Juca olhava, como enleado, a várzea, onde os canaviais boliam ao vento morno da noite a chegar.

— Já vi tudo isto em matas. Cacei muita paca nas lapas do ribeirão e armei mundéus no mato-virgem lá em baixo, perto das pedreiras. Mundéus pra bicho grande, capivaras, pacas, caxitos, guaxinins.

Socorro sentara-se e, com um gesto lento de mão, afastou os cabelos em mecha que lhe caíam pela testa mas, retirada a mão, os cabelos voltavam a lhe engraçar o rosto moreno. Severino, espichado na espreguiçadeira, lembrou conversa do pai:

— Pai contava que você armou um mondé que esmagou uma capivara e na manhã cedo quando o tio foi correr a armadilha, encontrou uma pintada tirando a capivara do tronco.

— Foi sim, é verdade. Cheguei lá assobiando e quase morro quando encontrei a onça, que já comera uma parte da caça.

— Ele dizia que você chegou aqui disparado, sem cores, a morrer.

— Não era pra menos. Nunca vira uma onça e topei com uma bem perto, no escuro da mata. E não foi só chegar assombrado. Não fui lá mais, nem gostava de ouvir falar em mato-virgem. Mas o susto foi bom porque, mais tarde atacado por canguçu, me defendi dela como de um coelho...

Socorro espantou-se:

— Foi atacado por onça?

— Pintada, da malha grande, barriga branca e cabeça deste tamanho. A senhora encarou-o, com susto.

— Estavam construindo esta casa-grande e meu avô morava no Umburana. Quem residia aqui era Roldão, negro político, tomando conta das terras onde já havia cana plantada. A mulher dele, a Catarina, fazia um torrado especial, com mistura de sassafrás, que era o que meu avô usava. A negra fazia o pó que dava para o mês inteiro e naquela manhã, depois do café, ele me mandou buscar o torrado que estava pronto. Vim a pé, brincando pelo caminho, a desfolhar moitas com o piraí. Eu era menino de 13 anos, e uma légua pra mim não valia nada. Chegando aqui pus o cornimboque no bolso da calça, cornimboque enorme, pra caber a coisa pra um mês. Peguei o caminho pra volta e o caminho era pela mata, já meio rala, pois o madeirame da casa, do engenho e das senzalas veio todo de lá. Rompi a mata cantando sem cobrosso e quase do lado de lá, perto de umas caraíbas parei assustado, pois vi o mato de folhas abrindo, parecendo pra dar passagem a um barrão grande ou a um pai-de-chiqueiro. A coisa vinha pra meu lado, quando vi a cacunda de uma pintada aparecendo por cima dos ramos. Esfriei a barriga e perdi as pernas. Aí apareceu o corpo todo de uma onça, que também se espantou de me ver, parando de repente. Seu lombo arrepiou e entreabriu a boca num rosnado mais feio que dor de barriga de puxo. Eu estava perdido, com a bicha a quinze metros de mim, com fome, pois à-toa ela não andava. Gritei com toda força que pude: — Bicho; Bicho, diabo! Gritava muito alto, mas a voz não saía. Ela estava parada, com a ponta do rabo mexendo de um lado pra outro, nas folhas. Fui então de fasto, com os braços abertos apalpando atrás de mim, sem ver, alguma coisa em que pudesse pegar. Esbarrei a mão em um dos paus de caraíba e pra salvar a vida virei rápido, subindo por ele acima, como se fosse em coqueiro pra apanhar coco. A caraíba é pau sem galhas baixas no tronco e só esgalha no alto. Quando dei acordo de mim estava escanchado lá em cima, na primeira forquilha. Foi então que olhei pra baixo e meu coração quase pára. A onça estava subindo no mesmo pau. Subia com dificuldade porque a árvore era fina pra ela abraçar, firme, nas unhas. Falei comigo mesmo: — Estou perdido, porque outro galho é muito alto e minhas forças acabaram. Já sentia o catingão do bicho mas hoje acho que era medo.Pois o bafo azedo da onça a gente só percebe quando ela está em cima de nós. Com a coisa a um metro abaixo de mim, foi que lembrei do cornimboque do avô. Abri ele e derramei pra baixo três dedadas do torrado... O pó foi mesmo na cara da gata que começou a rosnar soturno e, animado, enterrei os dedos trêmulos no pó, sacudindo aquilo na cara do trem. Ela balançava o carão pros lados, com o fumo ardendo nos olhos, escorregando mesmo alguns palmos pra baixo. Eu via perto seus dentes amarelos e o tamanho despropositado de suas patas, esparramadas pra firmar na casca do pau. Não bobeei, jogando na fuça da diaba meio cornimboque do torrado. A coisa estava valendo, porque ela procurava esfregar a cara no pau. Nesse aperto deixou as unhas (olhem o tamanho), escorregar arrancando cascas, como se quisesse descer. Eu sempre gritando: — Bicho! Bicho! derramei o resto do torrado na cara dela. De certa altura, pulou ao chão. Nesse momento eu ouvi minha voz, como voz de gente: — Bicho, diabo... Já em baixo, esfregava a fuça nos ramos e até na terra. Saiu desapontada, passou a andar de trote mole, depois galopou macio pro mato a dentro. Pensei: — Quando a dor dos olhos passar, ela volta. Aproveitei a ocasião, descendo do pau e danei pelo caminho, olhando sempre pra trás. Corri a meia légua que faltava, como veado acossado pela matilha. Caí no banco da varanda do Umburana, como saco de açúcar despencando do caminhão. Meu avô chegou aflito: — Que foi, Juca? Eu estava derretido e só voltei com o rosto molhado de água fria que ele jogou. Vendo muita gente perto de mim, só pude falar: — Onça... Só então ouvi meu avô na sua voz trovejada: Este menino está assombrado. Parece que está virando mesmo homem, porque agora deu pra mentir.

Severino e Socorro, de cara engraçada, riam sem acreditar. Deu uma tosse repentina em Juca e depois de abalar a catarreira foi sacudi-la, do parapeito para fora, no pátio.

* * *

O doutor que foi ver o menino o achou mal.

— Muito desnutrido. Intestinos inflamados, fígado grande. Está nas barras da atrepsia. Falou alto ao doentinho:

— Como é, jovem? Vai ou não vai? Vamos ver isto. Quero ver você bonito como gringuiliti verde... Voltou-se para os tios:

— E a doença de 77% das crianças nascidas no Recife. É o que se vê no seus 400.000 mocambos de palha da beira dos alagados. Em rigor, é a doença da fome e da imundície. É um crime gerar filhos para vê-los morrer desprezados, por quem de direito compete esse socorro. Aqui eles têm o direito de nascer; de viver, não. Parece que nascem apenas para buscar o atestado de óbito, que lhes dá direito ao céu. Os que escapam é pela misericórdia dos americanos, chegados com a máscara de auxílios da paz. O primeiro leite que mamam é de esmola. Não têm o carinho das mães, pois ao nascerem já são problema para a família. Nascem nas palhas, como os bichos; são mesmo chamados bichinhos, única ternura que receberam em lugar dos cuidados das mães. O leite de esmola é agora negociado no câmbio negro, e muitos padres, que o distribuem, mercadejam com ele para enriquecer. É o seu maná, caído não como o outro, mas das fortalezas voadoras Boeing. Recebem alimentos próprios para uma semana, e passam o resto do mês mamando água com açúcar e pirão de farinha de pau. Usam o que azede e inche no estômago, dando sensação de fartura. Bebem a água poluída, são lavados sem sabão e vivem morrendo, até que fechem os olhos, não sob as lágrimas dos pais, e sim com um suspiro de alívio deles: — Foi em bom tempo... Essas crianças só têm fartura nas exibições de televisão, para que o povo saiba que empregam direito o que recebem da caridade dos estrangeiros.

A Saúde Pública do Estado... O socorro às crianças dos mangues... Vergonha... Nas entrevistas a jornais, tudo está azul... A irresponsabilidade dos governadores e de seus imediatos é crime de cadeia. É um insulto aos homens do futuro. Quem quiser leite e trigo à farta é comprá-lo dos sacristãos das igrejas e dos motoristas da praça. O resultado é que o obituário das crianças pobres de Pernambuco é maior que os da China e da Índia, países famintos. O Pais de maior rio do mundo, da baía mas bela de terra, da capital mais suntuosa do universo deixa seus filhos morrerem de fome, embora recebendo, como nação atrasada, os alimentos de socorro de outros povos. Vendem esses produtos, empurram pirão de farinha de mandioca a meninos recem-nascidos... Os deputados posudos com lastro eleitoral no interior, levam para lá essas dádivas divinas, entregando-as a prefeitos, para distribuírem a desvalidos. Quem for eleitor da situação recebe, como graça pessoal, pequena parte da esmola. Os contrários não recebem nada. Os filhos doentes pagam o voto negado pelos pais, aos donos negocistas do município. Antigamente matavam os que eram contrários aos prefeitos, hoje matam de fome os filhos.

51

Chegou o café, que o doutor apreciava.

— Os americanos mandaram 7.000 volumes de alimentos, para socorrer os moribundos da fome. Os consignatários da vergonhosa esmola, para não pagarem pequena taxa à alfândega, deixaram a preciosidade apodrecer nos armazéns... Nada se aproveitou. Acendeu um cigarro.

— Os Estados Unidos enviaram como auxílio aos eternos flagelados do Nordeste, 200.000 sacos de feijão. O diretor da instituição oficial que recebeu o presente, declarou que na verdade recebera aquilo e não podia vendê-lo, que foi condição dos ofertantes; mas também não podiam distribuí-lo ao povo, para não desanimar os produtores... Por estes graves motivos, por estas molecagens, as crianças não têm leite e as mães não lhes dão o próprio leite, por não terem o que comer. São desse modo tratados os que seriam os homem de amanhã. Se pudessem, seriam alimentados como os cães, nas latas de lixo. Morrem de inanição, de tal maneira fracos que não podem nem gemer.

E encarando Severino:

— Perguntará o senhor:

E nossos deputados? Eu só poderia responder com um palavrão. Todos eles vivem na sua vaidade irresponsável, sob o influxo de Herodes, o Grande, que mandou degolar os inocentes. O outro foi com o gládio dos centuriões, os de hoje matam com a fome os pequeninos. Ave, Césares, a mãe dos moribundos os amaldiçoa.

Os senhores de engenho estavam deprimidos com a conversa do doutor

— Para cada criança morta de subnutrição nos Estados Unidos, morrem 311 no Recife. Aqui, as crianças, depois da desmama acabam entupidas de coisas impróprias, de barriga fofa em proporção igual à de países bárbaros da África . Morrem de fome escondida, de fome enganada com papas de banana verde. Os pais se alimentam com sopas de banana verde com muita pimenta e os filhos com as mesmas sopas, sem pimenta, Não agüento ver isto. Somos excessivamente

52

prosas, e vemos morrer de fome uma criança em cada 42 segundos. Severino sorriu:

— Assim, vão dizer que o senhor é da oposição...

— Por falar sem mentira, dentro de minha especialidade de pediatra humilde? Um governador, que era militar, declarou que temos 200.000 desajustados famélicos, os tais que pela manhã não sabem se vão comer. Outro governador declarou que esses famintos são 400.000, morrendo na esterqueira das cafuas.

— Falou em políticos...

— Falo em homens fascinados pela sua única profissão, que é a política. Não sabem talvez que essa profissão não deve ser apenas para motivo de grandes negócios particulares e para receber proventos, mas para promover pelo menos o bem-estar, e saúde, principalmente dos que os elegeram.

— Assim devia ser.

— Mas não me consta que carros estrangeiros, amantes caras, muita pose e um sorriso de desdém sejam o encargo que receberam nas urnas. Ontem meu chefe falou pela TV que vai desarraigar a varíola da nosografia estadual. Quando ouvirem que vão desarraigar certa doença ou epidemia, podem ter certeza de que tudo continuará na mesma. Desarraigar é expressão de demagogia barata, de gente que não sabe enfrentar os problemas. O único a fazê-lo foi Oswaldo Cruz,com a febre amarela. Desarraigar endemias, desviando as verbas para outros setores... Fechando os olhos â inoperância e irregularidades dos subordinados... Não dão valor à vida humana. Não viram no Ceará a Saúde Pública mandando vacinar contra a hidrofobia e o fizeram com vírus vivo? Sacrificaram de modo irremediável mais de 20 pessoas. Qual foi a punição? Nenhuma. Crianças lindas, fortes, alegres escolares inteligentes foram procurar imunidade e encontraram pavorosa morte. Fizeram vacina com o vírus sem atenuação. Porque não abandono o meu emprego? Por ser pobre e ter 9 filhos. Na repartição sou tido como revoltoso, por falar como é preciso. Como seria preciso em outro lugar... em outro tempo... com outros chefes. Por isto sou preterido nas promoções, mandam-me fazer coisas humildes. Não fosse minha obscura clínica particular, meus filhos não seriam educados; estariam nas portas da morte, como os outros.

* * *

Quando o doutor se retirou todos estavam sem graça. Socorro indagava impressionada:

— Será verdade o que ele disse?

Severino jogou fora o cigarro.

— Não sei. Sou alheio ao assunto. Meu mundo é a cana, o engenho. Mas o que ele falou a ser verdade, é muito grave.

Juca ficou franco:

— Deve ser verdade. Fiquei com medo dele. Muita franqueza... Mas pareceu sincero. Vamos ver se ele cura o nosso menino. Socorro precipitou-se:

— Tirou de minha cabeça esse pensamento. Oh, mas se o sobrinho não melhorar, chama-se outro, não quero e não deixo que ele morra.

Pois não passaram de susto aqueles temores. Zito reagiu, e a medicação do doutor foi acertada. Juca estava irradiante:

— Não é que o revolucionário é mesmo médico? Não andou às apalpadelas, como vários colegas, e o muxibento ganha vida.

Era exato. O menino refloria. Como depois das queimadas do sertão, as plantas que pareciam mortas pelo fogo brotam, às vezes até com a bênção do sereno e não demoram a florir gloriosamente, aquele corpinho enquijilado, com pele de velho e olhos mortos ganhou forças com o remédio do doutor

Severino sorria, todos sorriam.

— Confesso que desanimei ao ouvir o doutor, mais preocupado com críticas a tudo e a todos que com o doente. Socorro parecia defendê-lo:

— Mas ele punia é pela infância esquecida, pelos abandonados. Atacava com indignação o descontrole administrativo que esquece os meninos pobres, a escorralha dos mangues. Os políticos pensam que o mundo é só dos grandes, dos ricos. Eles estão com a razão.

Seu esposo também o aplaudia:

— Estava mesmo disposto é a chamar outro. Notei-o mais preocupado com que não está certo, que com sua ciência. O que ele falou sobre a venda do leite seria grave demais noutro país; aqui não. Gostamos mais dos cargos que dos encargos. Parece que isto está mesmo perdido.

Juca estava alegre:

— Deixe pra lá o que está errado e ninguém conserta. Demos graças a Deus é pela cura do guri. O doutor feioso lavrou um tento aqui no engenho. Bom danado. Aí no engenho Morim, no meio de 40.000 coqueiros do reino, de água salgada, frutificam seis coqueiros iguais aos outros e que têm a água e laminha doces como mel. Não são coqueiros anões. Em tudo iguais aos de água salgada, a deles é de açúcar especial. Esse doutor que trata do nosso rapaz, é como os coqueiros de água doce, no meio de milhares de colegas seus e de água temperada como pinha de sal... Severino estava absorvido pelos serviços, com as folhas de pagamento, com o tempo que se anunciava sem chuvas. Engenho com pouco movimento na sede, o Maturi formigava de plantadores e alimpadores de canas pelos varjões, nas derrubadas para novos partidos.

Andava queimado de sol, parecia nervoso, mas era o comando geral do movimento que o agitava. Ao chegar para o almoço deitou-se em sua cadeira, de bordo, para ligeiro descanso. Mas Socorro o chamou e ao tio a seu quarto.

— É pra verem o rapaz depois do banho...

Zito lavado e perfumado, ostentando roupas de menino rico, mamava seu leite na rede branca de varandas compridas. Mamava corado, bochechudo e de olhos vivos. Severino ria:

— Agora vai. Quem comanda a vida não é ditador nem gente doida, é a bóia. Ela abafa revoluções e dá paz aos lares. Juca abaixou-se para ver o parente, e brincou com ele:

— Está na hora de seu rancho, hein, camarada? Atracado na mamadeira, deixa o mundo correr. Isto é que é vida regalada. Você está como filhote no ninho, na hora de engolir as iscas. A seriema, a garça, os pombos fazem o ninho na forquilha dos paus, no lugar firme. O guacho faz o dele na ponta dos galhos, para que balance com os ventos, pra lá, pra cá. Você está como o guacho no seu ninho bonito da rede, no seu balanço gostoso de vai e vem.

Saíram para a varanda, enquanto punham a mesa. No terreiro rolas cor de caldo de feijão andavam pela areia quente. Calaram, contemplando a paisagem trabalhada. Do varandão se ouvia o despencar da água do rego, na roda grande de moagem, parada.

Ficaram ouvindo, com um pouco de sono e fome que chegava. Ficaram ouvindo. O carrilhão belga da sala de jantar começou a bater meio-dia.

Capítulo 3

ANCORAGEM LIMPA

A morte desastrada de Betânia humilhou seus parentes, próximos e distantes. A opinião geral dos mais agastados é que os irmãos foram responsáveis pelo casamento. O doutor João, senhor do engenho Morim, falava com sua proverbial dignidade:

— Foram responsáveis. Aqui, os irmãos mais velhos mandam nos outros, principalmente nas mulheres. Quis casar, não deixassem. Em nossa família, até hoje, não houve mistura de sangue mestiço. Coube à Betânia pisar no tabu, casando com um sujeito sem linhagem. Quem havia de dizer que uma filha de Prudêncio, estremado nesses assuntos, fosse a primeira a abastardar uma nobreza que chegou pura até nós, através de quatro gerações?

O primo Urbano parecia mais moderado:

— É o tempo. As coisas mudaram e há exemplos em muitas famílias.

Esses exemplos em nada influem nos troncos de tradição, que ainda têm como atuantes as leis que proíbem ser padres os que tiveram sangue negro, mouro ou judeu. A limitação do negro chegou aos mulatos, e aí a não consentir que fossem empregados públicos ou testemunhas de processo. Eu sei que tudo se vai misturando, em famílias que perderam a fidalguia, pela queda do poder econômico e pelo abastardamento dos costumes. No Nordeste, porém, há linhagens que resistem o assalto da miscigenação e agora, como nos tempos antigos, mantêm sua dignidade.

Serrano deixou esses escrúpulos para o lado:

— Estamos vivendo é hoje, doutor Seria ridículo medir nosso comportamento pelo que norteou, no passado, nossa família. Naquele tempo estava certo que explorássemos tais coisas, mas também naquela época usavam vestidos arrastando no chão, e hoje pimpam acima dos joelhos.

— Não sei. Talvez esteja velho demais para ponderar costumes, tornados plebeus pela civilização de que vocês tanto se gabam. É talvez isto. Os velhos devem morrer, se não querem concordar com os usos e costumes que aí estão.

— Ora, Betânia era maior, casou com quem quis. Foi desventurada mas não julgo o rapaz responsável por isso. Sei mesmo que os primos não queriam o casório, protestaram, ameaçaram. Foi infeliz em escolher um malandro, mas a vida é assim mesmo, cheia de surpresas desconcertantes. Acredito mesmo que a mestiçagem é que estabilizou a raça brasileira. Ganhamos a resistência, em inteligência, em mocidade. Cruzando com o índio, o português produziu o mazombo, mole, viciado, sem iniciativa. É o mestiço do negro quem nos ajuda a levar, bem ou mal, este País pra diante.

— Você diz que o mulato é que ajuda a levar a República, mas ninguém pode dizer que os donos da coisa é mestiço, porque o mundo acaba... Nos Estados Unidos...

O outro cortou-lhe a frase:

— Não venha com os Estados Unidos, porque o que há lá é diferente do que falamos aqui. Nos Estados Unidos não são os brancos que impedem a mestiçagem, são os negros que evitam por todas as maneiras os brancos. No Sul, principalmente,os negros são gente rica, independente e nem querem falar em cruzamento com os brancos, de que têm desprezo.

— Não sei, mas aqui não se pode falar que um mulato casa com branca pura.

— Apurando muito, depurando muito, vamos dar mesmo é nas senzalas. O veterano silenciou, não convencido.

— No Brasil é tão desorientado o mulato como o branco. O clima não influi nesse comportamento. Pra mim, deixo correr, não tendo seus escrúpulos porque, se tiver, perco o tempo.

Essas conversas mais ou menos ácidas eram comuns nas famílias com tradição de pureza no Estado. É verdade que elas foram diminuindo, restringindo-se, mas entre os mais ricos o preconceito do mulatismo ainda é um dogma, que ninguém ousa combater sem heresia. Pelo escândalo provocado, Betânia foi a única a preferir para marido um trigueiro. O que aconteceu é que, morrendo, se tornou vítima do casamento, o que podia acontecer casando também com um branco. Depois, a pobreza dos sogros e a situação do órfão espalhada pelos próprios parentes, provocaram uma onda de piedade pela morta.

A comparação do conforto dos irmãos de Betânia e sua condição de mulher rica indo morar na casa da Folha Branca, onde não teve a menor assistência na gravidez, comoveu a parentes e conhecidos.

— Família tão rica...Família de tanta prosápia, deixar a moça na roça, comendo mal e dormindo pior, talvez sem remédios, sujeita às ordens de dois mulatos trabalhadores braçais... Gente cuja mistura com os brancos não dá certo...

Isso foi exato, mas casada contra vontade dos manos, eles abriram mão de suas relações, e nem sabiam do que se passava. Ainda em solteira, falando ao tio, que procurava tirar de sua cabeça a idéia do casamento, acusava os irmãos de a deixarem sem terras. Mas isso foi o próprio pai que, fazendo a doação em vida, com reserva do usufruto, achou melhor que ela recebesse dinheiro e apólices. Ela não podia administrar um engenho de açúcar e acabava por perdê-lo, em venda mal feita. No engenho Roncador, reunidos muitos parentes, discutiam com acrimônia os acontecimentos:

— Foram uns frouxos. No tempo de seu pai, do avô e do bisavô, as coisas não correriam fáceis como correram. Se a moça atendesse à razão estava tudo acabado, mas se não atendesse, não casaria.

Dona Cosma concordava com certas fraquezas, mas punia por intervenção truculenta:

— Moça no caritó quando resolve casar, resolve com violência de carneiro dando marrada. Precisa ser contida pela razão ou pela força. Pelo menos foi sempre assim, na família de Prudêncio.

O major Ambrósio estava desonrado com o que se dera, e se exibia saudosista de ações saneadoras:

— No tempo de Cincinato, esse badameco não chegava de chapéu na cabeça, na escada de seu engenho. No outro dia tinha negro usando os sapatos do visitante... O doutor Coimbra voltava à carga:

— Ainda se o fugitivo tivesse comportamento razoável, desapontando os parentes afins... Mas fugiu no primeiro mês de casado, alegando viagem pra fins absurdos, inconcebíveis. Vejam se aquilo é homem pra ser chamado a São Paulo, pra altos negócios.

Marinho, do Roncador, completava a informação:

— O Jonas foi à Escola de Agronomia saber informações do estudante. Seu nome não consta da lista dos alunos. Ninguém o conhece lá.

— Era pra se supor isso mesmo. Casou-se com um pilantra, um escroque.

— Não pisa mais aqui...

— Volta. Quando quiser, quando o dinheiro acabar.

Ali estava reunida aquela gente que formava o último quadrado da resistência à mistura de sangues diferentes.

→

O que estava sendo tratado nas reuniões dos parentes de Betânia, não era o caso pessoal, mas questão sociológica sem oportunidade. Ali estava reunido o Estado Maior dos segregatícios, gente que formava o último quadrado da resistência à mistura de sangues diferentes. Todos repisavam a onipotência dos engenhos na monarquia, quando predominava a vontade aristocrática dos Barões de Moreno, Rio Formoso, Goiana e Muribeca. O major Augusto transudava intolerância, revelada por seu porte de homem que conversou com o Imperador.

— Esses assuntos até maculam o pensamento dos que beijaram as mãos santas da Imperatriz. São impróprias na presença dos jovens aqui reunidos, e que podem abastardar o seu caráter. Porque eu morreria de paixão, se minhas netas baixassem os olhos a um mestiço. O exemplo de Betânia não será imitado (e Deus me livre que o fosse), pelas descendentes de senhoras de família, que hospedaram a Imperatriz Teresa Cristina. Pois é preciso que fique bem claro que a Imperatriz era racista de nascimento e, se em 88, a filha referendou a Abolição, foi por imposição da Câmara, com o projeto vitorioso de deputado Rodrigo Silva.

Levantou-se, um pouco sufocado:

— Tudo aquilo foi obra de republicanos irresponsáveis. E tanto isso é verdade que, assinado o papelucho, um negro, Patrocínio, que, sendo ébrio habitual e fizera por negócio a campanha abolicionista, arrependeu-se e beijou os pés da princesa propondo em altas vozes que ela devia chefiar o Terceiro Reinado. Malucos do tope de João Clapp e Lopes Trovão, entre outros, discordaram e a turba de pés-rapados, que ali estava também discordou. Tudo aquilo era de se esperar, porque o povo estava envenenado pela verborragia dos sem-que-fazer que entraram na miserável campanha.

Tudo aquilo acontecia, porque Betânia se casara com um trigueiro.

Foi até uma janela, de onde se viam as colinas cobertas pelo mar glauco dos canaviais.

— Tudo no caso de Betânia foi errado. Ela errou na escolha do marido! Jonas e Severino, por não impedirem aquela triste loucura. Se lembrassem de nossos maiores, a providência seria outra. Partissem para uma viagem por mar sujo e, ao chegarem, de coração lavado, fariam para nossa honra, ancoragem limpa.

Serrano foi o primeiro a deixar a reunião dos cabeças do purismo racial. Partiu no seu zaino estrelo arreado de prata, mas, logo que perdeu de vistas o engenho, se pôs a solfejar pelo caminho:

> *Arreei o meu cavalo,*
> *na hora de viajar.*
> *Peguei a mão da morena,*
> *e ela se pôs a chorar.*

> *Não chore não, moreninha,*
> *que vou e torno a voltar.*
> *Me dê um abraço apertado,*
> *pra de mim você lembrar.*

> *E ela então me respondeu*
> *ser triste já separação.*
> *Se ela isso tanto sentia,*
> *que dirá meu coração...*

Pelo que cantava, ele se fazia desertor da fortaleza, onde acabavam de evocar as soluções drásticas de Cincinato. Perdiam terreno, conquistado palmo a palmo pela brabeza da família. Uns até lembravam com saudosismo carunchoso a viagem dos Imperadores ao Nordeste.

Serrano apertava a mão da morena, ao partir para sua viagem.

> *Não chore não, moreninha,*
> *que eu vou, mas torno a voltar...*

Capítulo 4

A FOME DOS MONSTROS

$\mathcal{H}$ávia em toda a zona açucareira uma transformação da indústria da cana.

Homens de visão aceitavam o apoio do capital estrangeiro, fundando usinas de açúcar em todo território útil do Estado, de modo especial na região da Mata, onde as terras eram próprias a essa lavoura.

Para organizar uma usina congregavam muitos engenhos, a fim de que o rendimento botasse a produção em alta escala. No começo os senhores de engenho se alarmaram, opuseram-se à novidade que era progresso, mas o bom preço por suas terras os demovia.

Houve mesmo alarma dos proprietários, mas o dinheiro da venda de seus engenhos de terras cansadas dava de sobra para casas nobres e carros de luxo na Capital.

Uma usina comprava 20, 30 propriedades de renda problemática e, iniciando cultura moderna com adubo e irrigação, ela crescia vitoriosa,

O preço aparecido pelos engenhos ronceiros nunca fora previsto por seus donos, de modo que se vendiam às centenas. No começo de tais transações, o velho senhor do Umburana esbravejou:

— Meus engenhos são jequitibás centenários, que resistirão ao vendaval das reformas. Não cairão nunca e se todos os outros forem vendidos, os meus terão o mesmo senhor, vindo de quatro gerações de agricultores.

Muitos antigos plantadores de cana pensavam do mesmo modo. Alienar propriedades que vinham dos antepassados, era crime para os de hoje. Houve resistência, protestos. Os engenhos já vendidos passaram a produzir o dobro das safras de canas, com métodos novos de plantio. Mudaram as qualidades das próprias canas. A caiana, a sarangó, a fita e a crioula estavam sendo varridas dos partidos de agora, e já brotavam nas várzeas novos tipos vindos de Cuba e Havaí.

Prudêncio irritava-se:

— Vejam só. Condenam a caiana, que por mais de um século forneceu vida aos engenhos. Não querem mais a cana crioula que veio de Duarte Coelho, e alimentou a fortuna, dando luxo a plantadores do tope de Fernandes Vieira. O major Ferreirinha, grande capitão da indústria do Cabo, protestava bastante indignado:

— Isso é intervenção do estrangeiro, na economia doméstica dos pernambucanos. Este País vai à garra. Enquanto os resistentes esbravejavam, subiam aos ares as chaminés das novas usinas, estendiam-se trilhos ao longo das terras cultivadas, para as locomotivas arrastarem até as moendas as canas que ali chegavam para o tratamento, no lombo dos pererecas.

Em vez do som rouco dos búzios chamando os operários para o serviço, agora se ouvia o apito agudo das sirenes usineiras. Movimentavam-se as novas fábricas, com máquinas da Alemanha e Inglaterra.

Aos poucos, os contrários achavam bom negócio vender as terras, e os que teimavam em as conservar eram levados a fornecer canas às novas engrenagens.

Prudêncio pouco antes de morrer, ainda insistia com seu agastamento:

— Nunca verão meus engenhos de fogo morto, e meus canaviais esmagados nas usinas.

Intermediários à cata de percentagem, procuravam convencer aos carrancas das excelências dos negócios que lhes ofereciam. Um deles, Gaudêncio, tinha lábias com história e estatística, nas palestras com o major Cordeiro:

— Suas terras estão exaustas, não valem mais nada. Desde a criação das Capitanias, a de Duarte Coelho se adiantou entre todas, como empório do açúcar do mundo. Por 300 anos seu chão deu vida a nossos canaviais, incluindo os da ilha de Itamaracá, Alagoas e parte da Paraíba. Pois essa vida acabou, foi chupada no húmus pelas plantações contínuas, sem descanso. E agora as raízes da cana, com fome desse sangue verde, estão como as bocas abertas de sede da umidade, na qual estava a riqueza.

— Temos os adubos.

— Ora, adubos. O único empregado é o restolho da própria cana, são suas folhas mortas. E convincente:

— Suas terras hoje são bagaço. O teor da sacarose agora apurado, não é mais como os fartos excessos das idades antigas... Parou para voltar ao ataque:

— Suas terras estão esgotadas.

— Como dizia, os adubos...

— Oh, falar em adubos no Nordeste... Na terra que só dá lucro tratada pelo sistema de pais, avós e bisavós, sistema rotineiro de muito trabalho e pouco lucro... Os adubos requerem máquinas, pessoal especializado, e custam os olhos da cara. Vai se ver no fim, olha o prejuízo, as dívidas por pagar, o lavourista encalacrado...

O lavrador protestou como podia, mas no fundo estava convencido.

A velha senhora do engenho Sucupira ponderou um dia, a seus parentes visitantes:

— Acho sacrilégio o que estão fazendo com suas propriedades. Neste engenho nascemos minha avó, minha mãe e eu. Aqui foram criados meus filhos, os netos, os bisnetos que muito honram nossa família. Daqui saíram auxílios, para embelezamento das igrejas do Recife. Aqui minha avó ergueu a capela de Santa Gertrudes, que ali está. Por muitos anos daqui, saíram, dos jardins tratados por minhas mãos, milhares de cravos brancos que enfeitaram o andor de Nossa Senhora do Carmo, na procissão de seu dia, no Recife. Nossas terras alimentaram muitas gerações em que há senhores rurais, padres, doutores, irmãs de caridade e mais gente boa que trás nosso sobrenome de família. Suspirou, sentida:

— Vender isto para a confusão de usina me parece sacrilégio e ingratidão. Vendo nada!

O sentimentalismo reagia, puxava para trás e, no entretanto, centenas de engenhos estavam se congregando na nova ordem de coisas. Por toda a extensão das culturas aproveitáveis já clareavam, na sua imponência, as usinas Barreiros, Catende, Pumati, Pedrosa, Maravilhas, Cruangi, Muribeca, Santa Teresa, Santa Teresinha. Desapareciam os antigos casarões de engenhos que foram movidos pelos escravos, e cada vez mais alargavam, em torno das usinas, a vastidão das terras para suas lavouras. Houve imediata valorização dos terrenos, mas diminuiu o patrimônio particular dos agricultores da cana. Aquilo era assunto debatido com exclusividade, da Mata ao Alto-Sertão. Uns contra, outros favoráveis, as fastidiosas discussões acabaram desassossegando a santa paz das famílias nas casas-grandes.

Quando almoçavam no engenho Maturi, o capataz Ribeirão chegou à porta da varanda, com um trabalhador ferido. Bateu palmas com escândalo. Uma jovem atendeu o administrador, que falou alto:

— Chame o majó, qui tem gente firida nu sirviço; Severino abandonou o almoço iniciado, e foi ver o que houvera.

— Que foi?

E, vendo o cabra ferido no calcanhar, com bastante hemorragia:

— Foi estrepe?

O capataz estava assanhado:

— Foi raposa azeda!

Explicou mais:

— Ele tava na capina, quando o bicho saiu das quixaba do rio e avançou violenta no calcanhar do irmão. Tava furiosa, e de dentes trincado na carne aí dele. Sacudia com força, rosnando muito. Custou a largá. Eu tava longe, gritei, jogano uns toco nela. Corri e ela fugiu.

Severino espantado encarava o ofendido:

— Você não estava com a enxada, por quê não acabou com ela?

Quem respondeu foi Ribeirão!

— Quando a bicha avançou, atracano nele, o irmão deu um grito, largano a enxada. Vossinhuria sabe que o animal danado num respeita grito, pedra ou pau.

O senhor, de pé, encarava o ferimento.

— É o diabo. Mais esta. O capataz então explicou, tal se houvesse resolvido logo tudo:

— Vossinhuria num se aburreça, qui meo irmão nu eito já botou sumo de folha de quixaba na ofensa. O nego tá tratado. Machucou as folha in duas pedra, e ispremeu suco in riba e agora é só isperá os efeito.

Juca chegara a tempo de ouvir o que fizera o capataz.

— Pra mim o negro está medicado. A quixabeira é uma famácia que temos à mão. Em pessoa arrebentada por queda de animal, uma colher de sumo de quixaba é cura completa.Pra qualquer ferimento, um implastro de quixaba dispensa outro remédio. Pras feridas antigas, nenhum outro retira o pus e limpa a úlcera tão depressa. Nas hemorragias de mulher é santa mezinha. Nas disenterias age como milagre. Então no cirro, a cura é certa. Em garganta inflamada, três gargarejos bastam. Em carnes quebradas é pronto alivio incomparável. Era remédio usado por meu avô major Sebastião, nos lombos feridos por bacalhau dos negros sem-vergonha. O sumo da quixaba tem tanta fama, é tão reconhecido como coisa provada, que os juizes do interior indagam se o assassinado o usou. Porque se não o usou, o ferimento por si só não era mortal, e a morte se deu por não ter o ferido tratamento médico necessário. E com isto modificam a classificação do crime, a favor do criminoso. O sumo da quixaba tem hoje a mesma fama que, em outro tempo, gozaram as sangrias e o óleo de rícino.

Mas Severino deixou de atender o que o tio dissera, mandando fazer curativo ligeiro na vítima. Feito isto o trabalhador ia se retirando. O senhor indagou: — Pra onde vai?

— Pró sirviço, majó.

— Ora serviço. Você vai é pro Recife cuidar do ferimento e tomar injeções, sem o que morre na certa.

O capataz desagradou do que dissera o senhor.

— Patrão, nosso tratamento é o que foi feito e agora vai-se por juá-de-boi com implastro de cinza quente. Pra firimento de raposa azeda, é o porrete.

— Espere ai que vou dar providência.

Entrou para terminar o almoço. Estava nervoso. Socorro indagou o que fora.

— Raposa azeda mordeu trabalhador da capina. Talvez tenha que ir ao Recife acomodar o cabra, pra ter tratamento. Juca terminara a refeição.

— Caso sério, esse, de animais azedos nos engenhos. Em Alagoas é a mesma coisa.

Severino estava aborrecido.

— Ninguém se importa com isto. Todos os senhores de engenho queixam, e não tomam providência. Ninguém se mexe, são surdos a perigo tão grande que abala o povo todo. É uma vergonha dizer-se que, nesta região quase todos os animais estão contaminados da hidrofobia. As raposas são as mais atrevidas, atacando os homens no trabalho. No rigor da seca, é o caso atual, todos correm perigo porque, além das raposas, raposões, ratos, lobos, cachorros, caxitos e gatos ficam doentes. Os morcegos vivem doentes, e, por conseguinte, cavalos, bodes, vacas e até capivaras atacam pra morder. Todos ficam azedos.

Juca ponderava:

— Já reparei que isto acontece nos grandes calores do verão sertanejo. Você fala que ninguém toma providência. Como agir, se nessa época é imenso o número dos animais atacados?

— Como agir em massa eu não sei, mas vacinando os animais com que lidamos, já é alguma garantia. Basta que se saiba que ofendido não se tratando com injeções, morre. Mas morre matematicamente, miseravelmente, a mais hedionda das mortes.

O tio não se mostrava medroso:

— Estou acostumado a ver isso. Pelo número dos animais contaminados, morre é pouca gente.

— Às vezes penso que o nosso doutor é que está com a razão. Vivemos desprezados de todo amparo do governo. Estamos entregues à misericórdia divina.

Severino achava difícil mandar o ferido, sem que tivesse pouso onde residir durante o tratamento. Ele mesmo levou o cabra no jipe.

O capataz parece que não gostou da providência necessária do patrão. Depois que o carro partiu, ele boquejou, como reprovando:

— Juá-de-boi com cinza quente curava aquilo muito bem.

Ficou marumbudo para dizer, quando se afastava da presença de Juca:

— Quem é rico tem muito embaleio e quem trabaia pra rico, apruveita esse dengo. É pra vê. O cabra é ruim de serviço e, pru causa de dentada de raposa, vai lorde pra cidade. Pra mim o mundo veve é às avessa e não vejo muita vantage nele, não...

* * *

Socorro se alarmou com a conversa do marido, de que gatos e cães do engenho estavam prestes a ficar danados. Era a razão de seu cachorro de estima fugir, desaparecer, não voltando mais.

Juca sabia de gatos azedos que fizeram na sua terra muitas vítimas, pessoas e animais. Havia no engenho três gatos de estimação, entre eles uma gatinha tartaruga muito mansa. Quando Severino chegava de seus trabalhos nas culturas arriando-se, cansado, na espreguiçadeira da varanda, ela aparecia esfregando-se nas pernas do dono. Era então posta no colo e alisada com carinho.

Juca explicava que animais eram ali atacados desde épocas antigas e, no seu tempo de rapaz, vira no Umburana coisas muito tristes.

— Meu pai comprou numa exposição de animais na Fortaleza um jumento de raça, coisa especial, pra melhorar criação de burros no engenho. Esse raçador era tratado de estribaria, com conforto que os negros não tinham. Bem cedo era lavado com sabão, indo pro curral comer milho no cocho. Ora, uma noite o bicho deu pra zurrar e patear nas tábuas, de maneira que não deixou ninguém dormir. Escoiceava por todos os lados. Ao ser retirado para o banho estava nervoso, dava de popas, brabo demais. Foi levado pelos negros com muito sacrifício, pois estavam assustados com as papeatas do macho. Não quis comer milho e, de olhos brilhantes, babava, inquieto. Amarrado como de costume na corda do pasto, não quis comer o verde. Meu pai mandou levar uma égua para acalmá-lo, e ele a recebeu com dentadas e coices. Foi ficando marmuro, de orelhas caídas e a olhar por baixo. De repente corria, dando estirão na corda. E assim ficou alguns dias, até que atacou a dentadas o seu tratador Simplício, quase o matando. Foi fechado no curral e ninguém se animava a entrar lá. O pagão virou onça, marchando para qualquer pessoa ou bicho com grande raiva. Já andava zambo, deitava, de olhos sempre vigilantes. Mas por quatro ou cinco dias em que esteve assim, não comeu nada. Uma tarde não pôde mais levantar, de cadeiras arriadas, mas, cascos das mãos fincados na terra, fazia esforços pra se erguer. Não conseguia mais. Acreditam que não tendo o que morder, cravava os dentes no chão? Socorro benzeu-se.

— Até que amanheceu morto. Meu pai mandou enterrá-lo e ficou horrorizado com o que vira. Depois de morto descobriram, no machinho de uma pata, uma porção

71

arrancada a dentes. Nessa altura, todo mundo já sabia que ele morreu danado. Socorro ficou pensativa.

— Caso sério. E Simplício?

Juca sorriu:

— O negro não teve nada. Foi mordido pelo bruto nos ombros e nas mãos, e nem se importou. Continuava humilde como sempre foram os negros velhos, no serviço dos currais e custeio da criação. Mas o preto bebia sua pinga folgada. Menos de um mês depois que o jegue morreu, ele foi mandado a Barreiros, voltando muito esquentado. Zanzou ruabecando pelos subúrbios, no faro da moça-branca, em que deu repetidas boquinhas. Voltou feliz da vida, cantando e rindo pelas estradas. Ao chegar fez maluqueiras na cozinha grande. Estava tão cheio da coisa que começou a aborrecer os presentes, ameaçando agarrá-los. Saindo dali andou sem rumo pelos caminhos, esquecendo de prender os bezerros para o leite dos senhores. Andava resmungão e apresentou-se agitado, diferente do que era. Esse Simplício foi cria da fazenda Malhada, do fim do Raso da Catarina, lugar seco, que na magrém não tinha água nem pra beber. Seu pai era escravo do major Anastácio, e tomava conta da fazenda. Uma noite sua mulher acordou com as dores.

Chamaram parteira que pelejou o resto da noite, e só manhãzinha o menino nasceu. Nasceu meio morto e a parteira não quis que ele se fosse pagão. Chamou um homem do serviço do campo, e ensinou como batizar o menino. Pediu água e não havia um pingo d'água no rancho, nem perto. O negrinho se acabava e o jeito foi batizá-lo com pinga, que a parteira não dispensava na sua bagagem. Foi batizado e botaram umas gotas de cachaça na boca do nenê. Essas gotas foram a isca pras cachaças fartas que ele bebeu na vida. Batizado com ela, só podia dar cachaceiro. Pois naquele dia da viagem a Barreiros, as pantomimas que ele fez não agradaram a meu pai, que se aborreceu com a bebedeira do escravo. Meu pai dizia: — Está inutilizado pra ir a cidade onde haja bebida. Quanto mais velho, mais sem-vergonha pra beber. Mas agora ele me paga. E mandou peá-lo nos tornozelos com peia de ferro dos cativos, coisa necessária. Além disso o amarraram de braços para trás, e assim foi jogado no grabato do rancho de solteirão velho. Acabou caindo no chão. Levaram-lhe água e comida, em que ele não tocou. No fim de dois dias o acharam teso, frio, borrado e mijado, na maior bagaceira. Meu pai foi vê-lo ainda sujigado nos pés e mãos, no estorvo de ferros e correias. O velho não se comoveu. Falou ao morto brincando com quem já não era do mundo:

— Está aí, Simplicio. Você foi feliz porque morreu como queria, na recaída de camoeca medonha. Há muitos anos você falou que desejava morrer num dia de folga, cheio da dindinha até na tampa. Negro de sorte, morreu como queria.

Agora Juca recordava aquelas coisas, explicando com pesar a morte do jumento e apenas se referindo ao que acontecera ao preto, com sorriso de prazer já gozado. Recordava o macho que morrera hidrófobo e se reportava ao escravo de seu pai, como vitimado por bebedeira, que ele sempre desejou como fim de sua vida.

Ninguém ao menos suspeitara de morte do cativo igual a do burro, já que ele fora mordido e babado pelo padreador de raça. Não tivera tratamento preventivo tal o cabra da capina e, como paga de 70 anos de serviços à família, acabara sozinho no rancho, peiado e algemado como cachaceiro. Deram-lhe, sem o saber, o trato que ali recebiam os hidrófobos na horrorosa crise final.

Porque era assim mesmo que ali morriam as pobres vítimas da raiva.

* * *

Impressionada com o caso do trabalhador e pelas conversas de Juca, Socorro alertou o marido sobre o perigo dos gatos no engenho. Tinha medo pelo menino, exposto à ameaça ali presente. Mas o major não acreditava:

— Os gatos não têm contato com os bichos azedos. Os cães sim, mas estão imunizados.

— Tenho medo. Ouço falar em gatos danados.

— Qual, eu nunca ouvi falar nisso. A gente não pode viver morrendo de medo de coisas fantásticas.

O menino crescia e engordava, agora na plenitude e na alegria da saúde recuperada. Passara a ser a primeira pessoa da casa-grande e era de fato criança linda, de cores boas, olhos vivos e inteligência pronta. Sorria para todos, era muito dado. Uma alegria nova encheu o casarão, e era bonito o berço de cortinado fino adquirido para o príncipe sertanejo, delicadeza desconhecida do casal. Ali se ouviam agora risos, quando os próprios sorrisos estavam esfriando nos lábios dos senhores.

Com os vencimentos mais altos oferecidos pelas usinas, aos operários plantadores, capinadores e do corte das canas, ficara mais difícil o trabalho rotineiro nos engenhos. Os trabalhadores mais novos saíam e só contavam com os mais velhos, gastos nos eitos duros de muitos anos. Betânia ali ficara esquecida de sua presença simpática de moça educada, para decerto ser feliz sabendo, de onde estava, quanto era querido seu filho.

Esqueciam Betânia, a mocinha casadoira do Umburano, que usava brilhantes valiosos que foram de sua mãe, e a solteirona apetecida pelos sonhadores de casamento rico. Esqueciam seu andar macio, sua cintura leve, o sorriso luminoso que era também dos olhos, quando encarava pessoas amigas. Só não esqueceram seu casamento tardio, a paixão que a levou a se unir a jovem mais moço, casar contra a vontade da família.

Lembravam sua viagem para o sertão, a visitar os sogros no sítio de Folha Branca, e principalmente sua morte aos borbotões de sangue, sem a assistência a que tinha direito. Morrera entre estranhos e, quando nasceu o filho, Betânia não era mais do mundo.

Acabara sozinha numa casa pobre, em quarto que mal cabia a cama, sem a voz do esposo a lhe dar coragem, no intervalo das síncopes por hemorragia. Disto é que falavam e não esqueciam de dramatizar seus últimos instantes, ocupando-se ainda da fuga do marido que, na opinião do povo, a deixara na miséria.

Ninguém pensava que ela fora uma criatura infeliz. As vozes eram outras:

— Foi uma doida.

Dona Benta confidenciou, muito em reserva a seus vizinhos também boateiros:

— Eu soube que ela está aparecendo no Umburana, aos gritos, antes da meia-noite. Parece que não sabe que o menino está no Maturi. Dizem que a família vive alarmada, porque ela procura o filho, quer vê-lo, quer levá-lo com ela. Até as criações do cercado se alvoraçam quando ela chega correndo, toda de branco, os cabelos pelas costas mas em plastas de sangue.

Os ouvintes penalizavam-se:

— Coitada. Está precisando é de rezas, missas.

A boateira sussurrava:

— Chega e vai entrando pelas portas fechadas, pedindo o filho. Pede com voz tão soturna (voz do outro mundo), que Socorro, sabendo de tudo, pois já ouviu, está meia lesa.

— Então está é vagando, pobrezinha, e só mesmo com muita missa pode ir pro céu.

Falavam em muita missa mas não lhe rezavam um Padre Nosso, para descanso de sua alma. Pobre Betânia, agora para seus parentes, para seus amigos, passara a alma penada.

* * *

Quando chegou o tempo da moagem os rapazes estavam em dificuldade, pois a maior parte do pessoal passara a trabalhar nas usinas Pagavam mais, dando assistência médica e escola para os filhos. Estavam com os canaviais no ponto nos cinco engenhos, sendo que três deles forneciam cana para os outros. Começaram o corte com as turmas dos mais antigos, rapazinhos e mulheres. Turma desigual. Turma fraca, incapaz de cortar as canas de cinco engenhos com fama de muita produção. Esse problema era, aliás, extensivo a todos os outros.

Juca fora a Alagoas arrebanhar cortadores e só voltou com cinco. Mesmo assim gente sem o treino necessário para vencer partidos maduros.

— A coisa lá está igual à daqui. Até os gatos pingados que trouxe vieram de corpo mole. Acho eles franzinos pra acochar facão em pé de cana.

Jonas estava apreensivo:

— Nunca vi safra tão complicada. Estamos sem pessoal e o que está aí parece que não vale nada. Até aqui escolhíamos os cortadores, agora aceitamos os que aparecem, e nem perguntamos quantos feixes cortam... Severino espichava o beiço para diante:

— É engraçado. Gente que dependeu dos engenhos a vida toda, nossos compadres, suas mulheres e nossos afilhados, residentes antigos nos engenhos, deixam o compromisso do corte aqui e vão pras usinas, porque o salário é melhor. Nós não podemos competir com elas, e vejo o futuro das safras muito ruim. Juca balançava a cabeça:

— Posso estar em erro, mas parece que está se acabando a era dos engenhos como fonte de lucro, o lucro que dava pra fartura dos senhores, gente abastada até pras demasias do luxo.

Eu não agüentei meu banguê, alugando terras e tudo pra quem tem peito.

Jonas revelava com cara desolada:

— Os derrubadores de lenha pra safra trabalham em câmara lenta. Fazem em um dia o que antigamente se fazia em poucas horas. A qualquer observação, perguntam se estamos mal satisfeito com eles. Porque se estamos, eles têm onde trabalhar.

O remédio é engolir o sapo vivo de sua preguiça, pra não ficarmos sem braços. Ontem, aceitávamos seus serviços como lhes fazendo favor; hoje os temos na derrubada como se eles nos fizessem esmola... Não sei, parece que temos no ar, além de sinais de seca, mosquitos e passarinhos, qualquer novidade entre os senhores da terra e os trabalhadores. Juca falava o que já ouvira de outros:

— Dizem que o governo quer proteger os trabalhadores, contra a exploração dos patrões. Jonas cruzou as pernas:

— Então estamos perdidos, porque o governo quando quer proteger, persegue. Pra proteger uns, os maltrapilhos sem nada, calca o dedo da lei nos que têm as coisas.

*   *   *

Naquele dia começava a moagem do engenho Maturi, pois o Umburana já iniciara a sua.

O ar do engenho era festivo, com muitos convidados, amigos, parentes e pessoas gradas, de cidades próximas. Soltavam foguetes desde o amanhecer. O terreiro do engenho estava repleto de familiares dos trabalhadores, e de vagabundos aparecidos para verem a festa.

Às 7 horas chegou o padre Pilar, que madrugara para celebração de missa na capela, quando Socorro e dona Sílvia, esposa de Jonas, e alguns serviçais comungaram com muita humildade. Todos desceram para a casa do engenho, onde montões de canas esperavam o momento de entrar para as máquinas. O padre ia abençoar as moendas de ferro, dando início à botada. A botada... O que representava para os senhores de engenho aquela cerimônia, que já fora faustosa nos bons tempos antigos... Era ocasião de encontro de velhos amigos, parentes que raro se viam, políticos chegados ali com seus ilusórios prestígios. Havia outrora banquete com várias mesas, bebidas finas, oportunidade de pazes de inimigos, casamentos, batizados. Os engenhos se enchiam de hóspedes, famílias inteiras chegavam com criadagem, para uma semana de folga.

No dia da botada havia baile de gente da alta. Muito filho de Nhonhô começava namoro naquele baile.

Agora a botada era mais discreta, não passava de festa da família; com os compadres mais íntimos, e almoço de mesa posta como nos tempos da monarquia. O sacerdote já estava paramentado, com sacristão levando o hissope de água benta. Diante das moendas bem lavadas, ele esperou que os convidados fizessem silêncio. Abrindo o livro de orações, que lia em semi-tom, ergueu o hissope com que borrifou de água-benta as moendas brunidas e enfeitadas de flores. Apresentaram-lhe grande cana caiana ainda com o penacho de folhas verdes com fitas esvoaçantes amarradas nos gomos, cana que também recebeu água-benta.

O padre então, com galanteria, entregou a cana a Socorro, senhora do engenho. As compridas fitas verdes, vermelhas, amarelas esvoaçavam ao vento da manhã.

Socorro ergueu-a bem alto para que todos a vissem, e nesse instante soltaram a água nos cubos da roda grande. As moendas se moveram ao giro da roda em velocidade crescente, enquanto soltavam bombãos e girândolas de fogos do ar.

Foi aí que a senhora calcou com força o pé da cana entre os cilindros das moendas, que a engoliram com fitas e folhas. O preto moendeiro tomou seu lugar, e continuava a encher as moendas de canas ali acumuladas à mão.

O padre apertou as mãos de Severino e Socorro, dando parabéns e desejando boa safra. Aquilo era a festa principal da botada no engenho das várzeas do Una, para continuar a tradição, vinda de antigos lavouristas da cana, fundadores das famílias nobres de Pernambuco.

Saindo para a casa-grande, o padre falou a Severino, com ar preocupado:

— Penso que é a última vez que você faz a botada de cana-caiana no Maturi.

— A última vez?

— Sim, porque a cana-caiana está condenada; apuraram que dá pouca sacarose, é deficitária. Agora a que recomendam é a PAJ, dura como pau e que dizem ser de superior rendimento.

O padre já sorria:

— Vou sentir saudade da caiana, pois um copo gelado de seu sumo desafia todas as bebidas do universo. Chegaram ao alpendre onde se esqueceram em palestras. O padre Pilar era alto, enxuto, de cabelos grisalhos e olhos vivos de gavião. Vestia com elegância batina de seda, e usava sapatos com fivelas de prata. Seus movimentos eram rápidos e, extremamente simpático, tinha palavra firme, convincente e nervosa. Via-se inteligência no seu olhar e era conhecedor profundo de seu povo e da política nordestina. Esquecendo a festa de que era parte, não achou fora de propósito um comentário político.

— Então o governador quer arrasar os 300.000 mocambos do Recife para erguer nos seus lugares palacetes ajardinados?

Severino estava um pouco alheio ao assunto:

— Li essa notícia, reverendo, mas acho difícil.

— Difícil quê? Derrubar cafuas e construir bangalôs?

— As duas coisas, padre.

— As duas não, pois já estão botando abaixo as casas. Passam em torno delas uma corrente, que caminhão puxa de arranco fazendo-as ruir. Sem os mocambos, aos habitantes deles, resta o direito de morar como bichos, nos mangues.

Balançou nervoso a perna cruzada, deixando ver a fivela bonita do sapato. E ria, sardônico, em sinal de protesto:

— Se já tivessem as casas novas e mandassem buscar para elas os moradores dos mocambos, destruindo os de palha, estava certo. Mas que tempo levam para construir um prédio, mesmo modesto? Um ano, seis meses? E nesse tempo a família vai ficar na rua? Como dorme? como fica doente? *Á la belle étoile...* No tempo, sob as estrelas... Imaginem-se mil famílias desses mucambeiros, venhamos com 5 pessoas (e isto é pouco), somando 5.000 seres humanos, expostos às intempéries e à visão pública para todos os atos. Mocinhas, senhoras novas e velhas dormindo no chão, ao pé das escadas, ao deus-dará, porque S. Exa. o governador acha feias suas casas, e quer lhes dar chalés elegantes... Teve rápida tosse nervosa, tapando a boca no lenço de linho.

— Estadista... homem público de visão moderna... Nós, que tivemos homens de pulso no timão da coisa pública, um general Barbosa Lima, um Manoel Borba, agora toleramos um violento, preocupado em por abaixo as casas dos desvalidos moradores nos mangues...

Nesse justo momento chegou ao pé da escada o fiscal da derrubada para lenha, conduzindo um amarelinho franzino de cara impassível. O fiscal estava emocionado.

— Majó, teve bagaceira na dirrubada!

— Que foi?

— Aqui o cabra Gustavinho, com sua foice afiada, com um só golpe separou do corpo a cabeça do Zé Carlo.

Falando agitado empalidecera, enquanto o assassino, muito calmo esperava a solução do senhor do engenho. O fiscal adiantava:

— Eles era intrigado na terra deles. O Zé Carlo, na hora du sirviço, jugou um ponto que ofendeu o cabra, aqui.

Ele não deu resposta:

— Disgraçou a sofia no pescoço do cumpanheiro com tanta gana que a cabeça, lá dele, pulou longe.

Todos se levantaram, para ver o criminoso. Estava sereno, parecia indiferente a seu destino. O encarregado é que estava verboso e inquieto:

— Aí eu fiz o que divia. Falei com o Gustavinho:

— Tá preso e num avoa não qui morre! Tá preso! No ingenho do majó Sivirino tem orde! Truxe ele pra intregar a Vossinhuria. E sem pausa, ainda assombrado com o crime comentava corajoso:

— Este cabra num presta, Vossinhuria; Cortou a caixa do juízo do pobre, cumo quem corta pé de cana.

Gustavinho ouvia a acusação como se não fora ele o acusado. Era cabra de turma trazida por Juca, que o encarava com assombro, parecendo com medo dele.

— Por que fez isso, Gustavinho?

— Tô proibido pur Nossinhô, de recebê disfeita.

Severino indagava:

— E o morto?

O fiscal respondeu:

— Istá lá, seu majó.

— Você vá buscá-lo e traga uns homens pra levá-lo a cova. Passe revista nele, pra ver se tem dinheiro ou coisa de valor pra mandar pra família.

— Já passei, seu majó. Num tem nem um puto vintemzin. Só achei os badulaque que istá aqui.

Mostrou coisas de uso pessoal, que pela manhã tinham dono, e agora eram trastes arrecadados de um morto. O fiscal da turma ia saindo para buscar o defunto, quando Severino lhe gritou:

— Leve também o cabra, pra trazer o corpo.

O cabra era Gustavinho, que saiu com o outro, como em serviço de sua obrigação. Quando os homens se afastaram o major explicou ao padre:

— Essa é a gente que foi trazida de Alagoas pelo tio, aqui... Trouxe gente pegadeira...

— Foi o que achei. Pelo menos valente um deles é cortou a cabeça do patrício com uma foiçada só. Se cortar lenha assim, está bom.

— O tio trouxe pessoal do Sindicato da Morte.

O padre riu alto e sadio.

— Gosto dos valentes mas aborreço os covardes. Tanto que estou com raiva dos desajustados do Recife. Estão habituados a tudo, menos a sacudir um punhal nos seus perseguidores. Este amarelo aqui, pelo menos, ofendido, derramou sangue e não se arrependeu.

Não demorou muito e Juca viu a turma apontando no tabuleiro; vinham com o morto em esquife de paus roliços. O corpo estava lívido, parecendo sem gota de sangue. Sem a cabeça, parecia pequeno mas seus pés imensos davam logo na vista. Atrás do esquife um rapaz trazia nas mãos a cabeça decepada, com a calma com que trouxesse um jerimum de sua roça. O rosto cor de cera tinha as pálpebras arroxeadas já descidas, não tanto que impedissem ver parte dos olhos frios. Havia manchas de sangue na têmpora direita, e as orelhas cabanas pendiam com se estivessem murchas.

O corte brutal descera da nuca para baixo do queixo, e ainda estava úmido de sangue. Ninguém deplorava a morte do homem: falavam da certeza firme do golpe, como um elogio ao braço e à mão que o desfecharam.

Arriaram o gradeado em frente da varanda, e o moço continuava com a cabeça nas mãos. O assassino era um dos carregadores de sua vitima.

Severino determinou que levassem o corpo para a cidade, não à perícia médica e apenas para sepultá-lo, dando dinheiro para o enterro sem caixão. O criminoso esperava ordens. O major falou-lhe:

— O fiscal tira os que vão com o defunto, e os outros ficam derrubando mato. Você volte pro trabalho, que depois vejo o seu caso. E para o fiscal, indicando o cadáver:

— Tire isso daqui e dê jeito de sair logo.

Socorro encarava o corpo sem muito sentimentalismo:

— Cruzes, gente braba; matam à-toa.

O padre apenas murmurou, sentando-se de novo:

— Como sacerdote condeno as violências de sangue, mas como homem, as justifico. Não quero ser juiz de ninguém mas o que matou deve ter as suas razões. Para corrigir a justiça cara e venal é preciso coragem, e muitos crimes por aí são correções da justiça mal feita ou omissa.

Silenciou, encarando no oitizeiro velho do lado do casarão. Retirou depois um cigarro da cigarreira de prata monogramada em ouro, começando a fumar. Todos do alpendre estavam calados. Ouvia-se o engenho arfando no safrejar animado, e gritos dos carreiros encostando os carros de bois para despejar canas.

82

— Fasta, Maranhão!

— Incosta, Corajoso!

O ar, na claridade firme, se toldava do penacho bonito de fumo do bueiro. Uma voz perdida de tangerino cantava entoada, calma, ajundando a descarregar os carros.

Eu peguei um tatu-bola,
com a cria, um tatu-bolinha...

O cheiro do bagaço e da garapa quente invadiam a casa-grande.

O moendeiro gritava para os que chegavam cana:

— Óia as cana, gênti! As muenda vai muê ferro!

O que o tangerino cantava, se ouvia bem claro na confusão dos ruídos do trabalho:

Mas falam que carne boa,
é só do tatu-galinha...

O moendeiro espevitava os auxiliares:

— Eh, gêntí, óia as cana!

Manava das moendas a garapa espumosa, que corria na bica para as taxas de cozinhar.

Em frente da varanda um cão lambia um pouco do sangue do morto, vazado na areia.

* * *

Aquela safra se fizera com muito sacrifício, por falta de pessoal habilitado que aí trabalhara por muitos anos. Se começara mal, terminou pior, pois ficaram várias toneladas de cana por moer. O massapé amarelo alimentara os canaviais com sustância de terra nova, mas não houve braços que os aproveitassem completamente, como em outros tempos.

Juca torcia o nariz, mal satisfeito com as coisas:

— Assim aconteceu comigo, e pra não perder tudo deitei com as cargas, arrendando as terras.

Apurando o açúcar, os rapazes abriam a boca. Jonas revelava a verdade de suas contas:

— Não tivemos prejuízo mas a safra não deu lucro de um cruzado. Nosso trabalho foi inútil. O outro irmão deixou cair os ombros:

— Se este ano deixamos de ter lucro, é só esperar prejuízo certo pra o ano que vem. E concordaram em vender os três engenhos que apenas forneciam cana. Cediam à pressão da usina próxima. Ninguém podia competir com ela. Juca acabou aprovando a venda, não sem reclamar com lembrança amarga:

— Estão caindo, começaram a tombar os jequitibás do mano Prudêncio. Ouvi dele muitas vezes quando se iniciava a luta dos engenhos com as usinas:

— Podem vender as terras que quiserem mas meus engenhos são cinco jequitibas, que resistirão aos vendavais. Pobre mano. Ele não contava com os avanços do capitalismo estrangeiro nas indústrias novas. Afinal, isto é a vida mesmo. Os sobrinhos são ricos e os engenhos sem lucro, que se danem. O pai de Socorro, que a visitava, contou seus negócios:

— Meu engenho é pequeno, e foi preciso trabalhar como cativo pra não ter prejuízo. Acho as coisas ruins. Não vai demorar o tempo do salve-se quem puder.

Zito estava um pouco vendido com seu avô do Cabo, terminando por se acamaradar com ele. Já chamava os tios de criação, papai e mamãe. Aquilo valia em doçura, por todo o açúcar do engenho da família. Já caminhava firme e ficara lindo. Socorro planejava coisas belas para o guri:

— Quero que seja militar brioso, de carreira brilhante.

Severino discordava, tinha idéia de fazer dele um médico.

Agora quem discordava era Juca:

— Não sei porque seu entusiasmo pela carreira de médico. Eu acho que só os medíocres, os mentalmente fracassados escolhem tal profissão. O médico não pode ter uma vida de inspirações superiores, ensolarada pela alegria.

Antes de fixar nessa carreira, aspira outras, a de advogado, que permite as púgnas de imaginação luminosa, que brilha nos diálogos pró e contra, carreira que permite a lógica da verdade, procurada por quem possui cabeça. A diplomacia é outra, em que há oportunidade de ver terras, povos, civilizações. Mas procurando a de médico, o rapaz sente com certeza pouca resistência nas asas, fixando-se na medicina, como recesso comodista a seu preparo. A medicina vive de teorias hoje certas, amanhã erradas. Os médicos são apenas repetidores do que outros já fizeram, em observações. Vejam o que eles escrevem: tudo é copiado, palavra por palavra do que os outros (estrangeiros) falaram, sobre isto e aquilo. É raro encontrar dois desses sujeitos que concordem sobre um diagnóstico. Logo, a coisa não é científica, pois se fosse seria obrigatória a concordância de todos. São um pouco chantagistas, que prometem o que não sabem fazer. Alguns alcançam o nome de sábios. Ora, o sábio é o que, pelos conhecimentos gerais, alcança a verdade. Eles estão firmados em hipóteses, como podem alcançar a verdade? O que eles escreveram ontem, lido amanhã são bobagens peremptas. Como se pode dizer que estavam com a verdade? Podem ser sábios temporariamente, condicionalmente, o que é maneira bem ridícula de ser sábios... O engraçado é que eles mesmos se convencem de sua sabedoria. Vejam como são solenes e magistrais. Caminham na rua distraídos, mas isto não é sabedoria e sim preocupação com a conta que vão cobrar por um caso à-toa, podendo ser solucionado com um simples purgante, e até sem ele. Muitas vezes esta distração é porque está pensando na mulher de alguém, pela qual se encantou e de quem viu o corpo, com partes de examinar. Os vôos destes posudos idiotas são como os do bacurau, não são vôos, são revoejos. Em mil deles, pelo menos novecentos são fracassados morais, que não enxergam muita coisa. O mais são fumaças ligeiras, ídolos por ouvir dizer, gente que não é nem de inteligência. São inocentes úteis de uma sociedade que vive de mitos e ilusões. Apenas mínima porcentagem deles tem consciência do que fazem. O mais é uma récua de políticos, jogadores, negociatas, conquistadores privilegiados, que roncam grosso pra fazer medo. Não gosto deles. Basta serem médicos, pra saber que são medíocres. Os mesmo inteligentes, não gostam da carreira. Toleram-na por ser a sua enxada, posta no ombro por equívoco. Não há um deles que se não arrependa de seguir tal profissão. Por isso é que dão pra políticos; todos sonham ser deputados, fazendeiros, capitalistas, industriais. Pra suprir as deficiências, os vácuos de seu preparo dão pra falastrões, são auto-propagandistas de uma fama de que todos duvidam. Isto é o que você quer que seu filho seja.

— Mas o que tratou de Zito é bom.

— Está na porcentagem a favor deles, dos que se salvam do dilúvio de estupidez cintilante.

O menino se aproximava deles. Socorro, de pé, bateu-lhe palmas:

— Tio Juca não quer que você seja médico. Quer que seja advogado, diplomata. Eu acho que você vai ser é mesmo príncipe ou senhor de engenho. Juca riu com ironia:

— Se até lá ainda houver engenhos. O monstro das usinas está devorando todos, com fome canina, com a rafa incontrolável do diabético. Não sei se os que restam podem se salvar da fome dos monstros.

— Ora, deixe de pessimismo agourento, tio. Você está mais agourento que sexta-feira e número 13. Olhe meu filho como é feliz. Olhe o sol lá fora como está dourado. Olhe as árvores florindo, os ipês em amarelo, os mulungus em vermelho, as colheres-de-vaqueiro em branco.

Juca, sorrindo, concordou com ela:

— Se não fosse a mentira da ilusão, ninguém agüentava a verdade triste da vida.

Capítulo 5

O CAVALO DE ÁTILA

O filho de Betânia crescia, com a saúde afrontosa dos filhos de senhor de engenho. Era vivo, de inteligência rápida. Mostrava na família polidez que lhe dava Socorro, e tinha o desembaraço insolente de Severino. Ignorava o seu passado e era ditador da casa-grande.

Com 7 anos, estudava com Mestre Maia, velho aposentado como professor público de Limoeiro, onde tinha fumaças de historiador do Nordeste. Já estava sessentão e lá vai, usando os cabelos alvos crescidos, com risca ao meio caindo até as orelhas e nuca. Seus bigodes e sobrancelhas eram pintados de preto nanquim, Estava morando na sede do engenho. Entregaram-lhe o rapaz estando satisfeitos com o que aprendia.

— Não precisa muito trabalho. Basta a lição para ele nada esquecer.

Zito era caprichoso com os livros e cadernos, tratando o mestre com a devida cortesia. Sua vivacidade era admirável, sendo curioso de aprender. Severino achava razão naquilo:

— Puxou a mãe, em menina. Era isto mesmo.

O mestre recendia de ranço político, sendo imiscuído nas tricas municipais de sua terra, defendendo as próprias opiniões na presença de qualquer pessoa. Bairrista apaixonado, tremia de ódio ao ler ou ouvir qualquer referência desairosa a Pernambuco, para ele o Estado líder do Brasil.

— É o São Paulo do Nordeste, o Estado-chave da Federação. Sendo pequeno, estamos cansados de sustentar os grandes estados do Sul. Além de impostos arbitrários, fornecemos os melhores homens para as três armas da República, não contando a flor dos intelectuais, a começar pela Academia Brasileira, em que somos majoritários.

Juca prolongava a sua temporada no engenho, a instâncias do afilhado. Vendera afinal as terras e o bangüê alagoano. Estava repousando, na palavra de Severino. Ele sorria:

— Repouso de ficar à-toa, que é o serviço mais cansativo do mundo. O mestre concordava, balançando a cabeça grave:

— Não é como eu que, aposentado, é que comecei a carregar pedras.

— Se o ordenado lhe bastava, agora com maior motivo devia sobrar, pois suas despesas de representação diminuíram.

O homem espinhou-se:

— Deveria sobrar? Pois o dinheiro não basta, uma vez que lhe descontam taxas ilegais, escandalosas, verdadeiro roubo a professor que beneficiou com as luzes do saber gerações inteiras. Para poder viver sou obrigado andar pelos engenhos, continuando minha árdua missão.

— Mas aqui você tem tudo.

— Tenho tudo mas não tenho a família, não vejo os netos a meu lado...

Pobre mestre. A mesquinhez de sua aposentadoria não proporcionava o prêmio dos netos sorrindo em torno dele. Comovente, aquela razão que revelava seus sentimentos de bom pai de família.

— Tenho tudo mas não tenho a vida do lar, ou aconchego para a velhice. A presença de um lar rico como este agrava a melancolia de quem vive na pobreza, com mulher enferma e filhos carecendo do que não lhes posso oferecer. E encarando Juca:

— Onde está sua família?

— Minha mulher está no cemitério de Maceió, dois filhos moram no cemitério de Mata Grande, uma filha casada, no de Água Branca, e o caçula, que trazia o meu nome, está no campo-santo de Penedo. Nesses lugares vive toda a minha família. Meu lar são esses lugares sagrados, onde está minha alegria da mocidade e para onde irei quando for oportuno.

Zito chegava à frente de esmulambados moleques do engenho, com a cabeça ainda úmida do banho no ribeirão.

— Eh, tio...

— Venha cá, sobrinho.

Encarou-o alegre:

— Mas você está ótimo. Forte, musculoso, queimado de sol. Soube que anda pelos matos, como índio. Falta pouco pra voltar à maloca, falta ainda menos pra dar pra comer gente, como faziam os bugres do nosso sertão.

Tirou-lhe carrapichos que trazia nas calças. Socorro chegava, penteando com os dedos os cabelos negros do filho. Quando o menino entrou com a mãe, Juca voltou a palestrar com o veterano:

— Falou em doença da senhora. É preciso saber que nós velhos, somos, por isso mesmo, mais ou menos doentes. São macacoas que não matam mas desgastam a vida.

— O senhor se engana, minha esposa não é velha, tem 26 anos; sou casado pela segunda vez.

— Isto é mau. Ser casado com mulher moça e viver longe dela, não presta não.

O mestre suspirou disfarçado.

— São situações. Fui casado da primeira vez trinta e cinco anos. Tive 7 filhos que estão vivos. Enviuvando, vi minha vida de pernas para o ar, tudo desmantelado. Casei de novo,com parenta da falecida. Mas uma filha se indispôs com o marido, voltando para minha casa com dois meninos. Com 11 bocas em casa, pois ninguém trabalha, meu ordenado passou a dar só para uma semana. Vi a fome espreitando meu povo e, antes que ela entrasse eu saí, para socorrer os meus.

— E a velha, de que morreu?

— Começou com febre violenta e constante. O doutor receitou para gripe, depois para angina de garganta. Por oito dias o feverão trabalhou a pobre. Um dia antes dela falecer, chegou meu velho doutor, que viajava. Foi ver o caso, era tifo, já com perfuração intestinal. Era tarde para socorrer minha companheira e, no dia seguinte, entregou o espírito a Deus.

— Que médico. Isso não é médico, é bredamédico.

— Pois ainda se aborreceu porque o colega foi chamado. Ficou inimigo.

— Isto foi bom porque com ele, perdia a família toda.

— Conforme quase acontece. Adoeceram mais cinco pessoas e, se meu velho doutor não acode, morreria tudo. Pois o outro, ofendido, além de cobrar roubando, ameaçou até me matar. Juca riu sem querer:

— Esse é dos bons: mata os clientes com remédios errados, e quer matar os sãos com tiros... Severino chegava de Umburana e veio nervoso. Mal cumprimentando as pessoas da varanda, foi para o interior da casa.

— Socorro, você não sabe o que se deu com Sílvia.

Seus grandes olhos ficaram maiores, respondendo que ela não sabia.

— Depois do almoço a cunhada se deitou na rede da varanda, adormecendo. A varanda estava deserta e Jonas ajudava a curar uns bezerros no cercado. Pois uma raposa azeda entrou na varanda, saltando na rede e mordeu horrivelmente Sílvia no rosto.

— Não me diga isto, Severino!

— Quando ela gritou, Jonas que estava perto, ainda viu o bicho saindo aos pinotes da varanda. Sílvia ficou muito machucada.

— E agora?

— Já foram pra Recife. Estamos com medo, porque ferido por animal hidrófobo no rosto, logo se manifesta doente. Precisamos visitá-la. Vamos amanhã.

— Que coisa! Que coisa séria!

Foram para a varanda, onde a senhora contou o acontecido. Severino estava sombrio.

— Vou mandar vacinar de novo cães e gatos daqui.

Socorro protestou com espalhafato:

— Não quero mais gatos, Deus me livre!

Severino, calado, abaixou a fronte.

— É bom mesmo acabar com eles. Vivem muito perto de nós e estou bastante aborrecido com o caso de Sílvia. O pior é que ela não confia no tratamento do Recife. Leu o caso de uma criança ofendida por cachorro zangado e que fez o tratamento lá. Onze dias depois de terminadas as injeções, a criança ficou hidrófoba.

O mestre confirmava:

— Eu li também o caso no *Diário de Pernambuco*. Até guardei o jornal.

Foi buscá-lo. Severino assinava-o, como seu pai fizera por quarenta anos. Veio a folha mostrando a notícia. Socorro leu alto.

— Que horror!

Severino acreditava que, conforme o doutor dissesse, o mano seguisse de avião para o Rio.

Repentino se revoltou:

— É uma irresponsabilidade geral. Em que situação vivemos. O governo instala um Instituto, entrega-o a quem parecia em condições de atender as vítimas. Pois não sei o que fazem, que injetam soro imprestável ou mal feito e uma criança, atendida por eles, é dada como curada, adoecendo pra morrer, como se não tratasse, e que morte! Uma semana depois. Tudo está entregue à molecagem de certos irresponsáveis que mereciam cadeia dura, por assassínio doloso.

Juca discordava:

— Cadeia não, forca!

— Imaginem os pais dessa criança. Que paz terão na vida sabendo que a filha morreu danada, presa ou mesmo morta pelo médico, pois é o caso, pra sofrer menos. É o inconsciente a quem tudo se deve, livre, alegre sem uma ave-maria de penitência.

Socorro estava assombrada com tudo aquilo. Chamou dois negros do terreiro e mandou botar todos os gatos do engenho em um velho saco de aniagem, ordenando que jogassem aquilo no poção do córrego, a um quilômetro da casa. Era o poço dos banhos, largo, fundo, azul.

Zito não sabia da ordem de Socorro, não vendo quando levaram os mansos companheiros de seus brinquedos. Os homens voltaram, com a ordem cumprida.

— Não quero mais saber de bichos dentro de casa. O que aconteceu com Sílvia foi lição, e quase ou todos os bichos daqui receberam contágio da raiva.

Depois das 5 horas, o capataz chegou com alguns cabras. Largaram o serviço e iam para seus ranchos. Preparavam a mesa para o jantar, quando a senhora gritou alto, como ferida. Severino correu a acudi-la e ela já estava subida na mesa.

— Que foi, Socorro?

Ela tremia, a chorar nervosa. Foi então que o major viu, debaixo da mesa, a gatinha tartaruga, molhada e suja de poeira, sacudindo os pêlos. Socorro ainda tremia, fechando os olhos com as mãos. Severino chamou um dos negros que levaram o saco, e ele respondeu que jogara o saco ainda fechado dentro do poço, vendo-o se afundar. Verificara antes se a boca estava bem amarrada. O major mandou que ele e o capataz matassem a gatinha a pau. Mataram-na e só então Socorro contou ao capataz o que acontecera a Sílvia.

— Já foram pra Recife ou pro Rio.

O preto respondeu, passando a mão lenta na cabeça:

— In-sim... Mais aqui mesmo curava a ofensa. Pra imso o sumo de quixaba e juá-de-boi com cinza quente é santa mézinha, Sinhá.

* * *

Severino partiu pela madrugada, com mulher e filho. Quis deixar o menino com a velha mãe-preta Bercholina, que ajudou a criá-lo. A senhora não concordara:

— Nem ver. Deixo nada, ou ele vai conosco ou não vou. Deixar o pequeno em lugar em que bicho danado entra de dia nas casas, pra morder gente?

Viajaram na incerteza de encontrarem os parentes, pela possibilidade da ida ao Rio. Viagem péssima, em estrada ruim, abalos violentos e nervosia de Socorro. Severino monologava:

— Não sei onde botam o dinheiro do povo. Por estas e outras é que todo mundo vive descontente. Somos o Estado que recebe mais verbas e nem estradas temos. Todos sabem para onde vai este dinheiro.

Zito com os olhos espertos via tudo pelo caminho, no mato. Via, querendo que a mãe visse, apontando.

Iam visitar a ferida, não devendo demorar. Juca ficou encarregado da moagem mas Severino avisou olho vivo no pessoal.

— A coisa fica sob seu comando. Dê o duro com a cabrada, senão o engenho pára. Não dê ordem sussurrada, mas gritada, que burro e cabra só respeitam grito e pau.

— Deixe comigo.

— Não bobeie porque tem negro ruim na turma, que só respeita quem fala grosso. Vou às pressas, não demoro.

— Deixe comigo...

Estava na récua um cearense, pipinando o serviço nos Estados todos. Achara emprego para moagem e falava o dia inteiro nos seus trabalhos fracassados. Na hora da bóia ele estranhou a brancura do arroz, com que não estava acostumado. Ainda de pé, cocou cabeça:

— Eta branquidão triste! Tá qui nem galinha pindurada em gancho de açougue e mulé de maleita. Na mea terra o arrois vem amarelinho cor de gema dovo du piqui cozinhado nele. Começou a comer com gana, protestando logo:

— É desinxabido qui nem moça branca...

Comeu e foi ao rego lavar a boca e beber na mão água abundante. Ao voltar ao batente, com o bucho cheio ele abriu a boca:

Eu já andei pelo Amazona,
corri todo o Piauí.
Só nesse fundo não acho o filho de uma égua
que me ofereça um piquí...

Riram, e um companheiro o alfinetou:
— Acocha o sirviço, cabeça de sapo!
Outro o gozou, botando-o para baixo:
— Trabaia calado, caburé na chuva!
O velho respondeu com calma:
— Quem bota pobre pra diente é topada.
E já parecendo recordar sua terra:
— O qui mi mata é sodade du meo Ciará! O Ciará é graças à Deus a terra de Iracema e du pai d'égua...

Cabeça de sapo e caburé na chuva faziam referência à curteza do pescoço do cearense do sertão.

Juca, de mãos nas costas, vagava pelo engenho, espiando tudo com olhos duros. Entendeu daquilo em outros tempos, mas agora não compreendia as inovações no serviço do engenho do sobrinho. Muito idoso para aquelas obrigações, deixava a vida escorrer o resto que faltava, sem desejar senão boa mesa, palestras, dormir. Passando pelo ponto de descarregar canas, viu um crioulo palestrando, a rir, enquanto os mais esvaziavam os carros.

— Ó, você aí, não trabalha?
— Só cumpro as orde do capatais.
— Quem manda aqui sou eu e, se não trabalha, chamo você nas contas.

O negro riu com tal desaforo, com tamanho cinismo que Juca se indignou:

— Você não me conhece? Quer saber quem sou?

O empregado apanhou um feixe de canas, sempre a sorrir, e espiando o velho de esguelha.

— Se você não obedece as minhas ordens, sou homem pra lhe dispensar e, com um trompaço, lhe sacudir pra o inferno.

O sujeito parou, com o corpo teso, pronto a enfrentar o ancião.

— Num seio quem é oçê, más num obedeço a brocha metido a besta.

Juca procurava no chão um pau de lenha para calar a boca do atrevido, quando o capataz chegou brabo:

— Qui é isso, nêgo? Respeita o tio do patrão, qui tá nu lugar dele nu sirviço!

O preto voltou ao trabalho, não sem resmungar:

— Sô nêgo mais num sô cachorro. Gosto de sê tratado cumo genti!

Juca tresvairava:

— O que você é é atrevido muito grande e se o capataz não chega, lhe quebrava muitos ossos...

O capataz acomodava o velho:

— O nêgo calou, meu branco, deixa o deabo pra lá. Essa gente num presta.

— Ia mostrar ele o que é senhor de engenho! Negro como este é negro pra novena de peia e bacalhau!

— Acalme, Nho Juca, vai discansá que eu arrumo as coisa aqui.

Tremia e empalidecera. Afinal foi para a casa-grande, sempre ameaçando o rapaz com as disciplinas antigas. Juca falava em novena de peia e bacalhau... Falava em disciplina, como se estivesse no seu engenho Madureira, no tempo da escravidão.

O preto bagaceiro Cristino sabia muito quem era ele, mas estava bafejado pelo espírito de hoje, que não admite direitos excessivos de ninguém. Era bagaceiro mas ajudava na descarga e tinha consciência de direito dos trabalhadores das usinas, pois elas respeitam quem trabalha dentro da ordem.

O capataz repreendeu o negro e o serviço prosseguia apertado, ao calor abafante da manhã. Juca sentou-se no alpendre, um tanto cansado pelo esforço de deblaterar com o operário. A raiva fazia-lhe mal e sentiu-se indisposto, com o coração agitado. Lembrou-se dos tempos de seu pai, quando aqueles fatos eram solucionados pela violência, mesmo que fosse injusta. Diminuído como se julgava, mais uma vez teve ódio do presente, em que não se respeitavam os velhos senhores.

— Tudo está perdido. A corja dos insolentes invade os engenhos, com o prestígio das reformas sociais que darão direitos até a negros desta qualidade...

Teve impulso de chorar e até desejo de morrer, para não ser testemunha nem vítima de tanta desorganização.

Da varanda ouvia-se o movimento da casa do engenho onde trabalhavam tantos homens, negros, mulatos e brancos sob regime que ainda era de tirania e para o velho, de desordem. Carregando braçadas de bagaços ouvia-se a voz boa do cearense andejo:

Quando me dá na cabeça
boto o cavalo na estrada,
Vou pro sertão ver as moça,
namorar moça engraçada.

Pra ser bem lindra, a morena,
ser mesmo lindra, deve
ter doce a cintura fina,
olhos negros e andar leve.

Se entende, a moça bonita
qui foi nascida na roça,
não deve ter perna fina,
não deve ter perna grossa.

A moça há de ser jeitosa,
leve como a jaçanã
mas tendo os dentes miúdo
e tendo as perna meã.

A morena pra ser boa
tem nos beiço mel e visco,
Suspira, de vez em quando,
garupa cavalo arisco...

A rapaziada mourejando na moagem agradava das cantigas do cearense:

— Cabra danado. E veio mais é quente!

— Tem é munto gosto... É home currido!

Na varanda Juca ouvia as trovas cantadas com paixão.

— Isto é o que eles sabem. Em vez de cuidar do trabalho, pensam em mulheres.

Levantou-se, chegando ao parapeito largo do alpendre, a pentear para trás, com os dedos, a bela cabeleira branca.

— Isto é o que eles sabem. Não querem pernas grossas nem finas. Querem as meãs.

Já passada a raiva sorriu:

— Safados. Têm bom gosto...

Chegou um compadre de Severino, com um presente de pobre — um balaio de umbus.

Juca alegrou-se, como menino que vê tanajura.

— Seu compadre não está, mas faço as vezes dele.

Mandou logo fazer uma umbuzada*, coisa de sua paixão.

— Olhe aqui, mestre. Nosso calor hoje acaba, por bem ou por mal.

---

* Receita para fazer a umbuzada nordestina: O umbu quando está de vez, inchado, é melhor. Lava-se, pondo-se a cozinhar e, depois de cozido, passa-se em peneira para separação dos caroços. Deixa-se o caldo grosso, chamado *garapa de umbu*, esfriar. Cozinha-se também o leite, deixando-o igualmente esfriar. Ajunta-se a garapa ao leite, no ponto de papa rala ou sopa, conforme a quantidade de leite. Adoça-se no ponto desejado com açúcar ou rapadura, ficando com esta mais saborosa. Se misturar garapa e leite quentes, a mistura talha, não servindo. Só se obtém umbuzada sertaneja misturando as partes, quando frias. Toma-se em prato fundo, com colher. É obrigatório lamber os beiços.

— O mestre olhou a coisa com olhos frios, em que não havia sinal de gula comum nos velhos. Juca ficou eufórico:

— O imbu* é a fruta melhor do sertão. Quem não gosta dele não gosta de Deus, pois o imbu foi criado pro Paraíso de Adão. O imbu tanto é misericórdia divina que não dá uma só vez, como as outras frutas. Amadurecem em várias camadas. Quando amarela uma porção, a outra está de vez e o imbuzeiro ainda fica cheio de flores abertas e de botões pequeninos pra depois. Assim, ele é o pão da fome do nordestino, porque alimenta por muito tempo aos que não têm o que comer. Dá mais força que o guaraná e é mais gostoso que o coco. Pro calor não há refrigerante que iguale. Temos o imbu amarelo e o vermelho. O sabor dele, Mestre Maia, é próprio boquinha de mulher moça. Ela ajudou a salvar gente na desgraça de 77, matou fome com sua papa e sede com seu caldo. Quem bebe um prato fundo da imbuzada pode ficar o dia inteiro sem comer mais, que a fome só volta se o cabra for sem-vergonha. Das coisas boas que Deus deixou no sertão, o imbu foi a melhor. A fruta do céu.

Gratificou o compadre do sobrinho, ainda ficando a dever obrigação. No lanche daquela tarde não comeu outra coisa.

Dona Sílvia já estava sendo medicada. Os dentes da raposa furaram e rasgaram as partes, de debaixo de um olho para a face esquerda. Precisava tratamento prolongado, e posterior operação plástica. Iniciara as injeções anti-rábicas. O casal estava desolado, Sílvia pelo inopino do ataque e por sofrer aplicações dolorosas. Tudo se complicou na viagem do casal visitante, por que o filho chegara febril e engolindo com dificuldade. Socorro alarmou-se.

— Quem sabe não foi mordido por algum bicho hidrófobo do mato, nos tais banhos? Severino parecia sereno:

— Mas que bicho podia ter sido? Ele é esperto e contava logo o que se dera, tinha sinal no corpo.

— O rato, por exemplo? Não é possível.

---

* O nome da fruta é umbu, mas todo nordestino a chama imbu.

— Não dizem que um simples arranhão, por onde entre baba é o bastante?

Despiram o menino, que sofreu exame rigoroso. Não havia nada na pele. Socorro, inconformada, chorava.

— Vamos procurar o doutor Geraldo.

Na lista de telefones procuraram o seu endereço. Não havia aparelho no seu nome, tomaram um carro, pois Severino sabia onde era sua residência, nos Afogados. Severino desceu e perguntou a moça que o atendia da janela.

— Meu pai não está. Foi para Afogados da Ingazeira, chefiar o posto médico local.

Parecia agitada:

— Ele falou no caso de seu filho, fala sempre nele. Elogia muito o senhor Mas a questão é que na Saúde Pública implicaram com ele, e com 23 anos de serviço foi designado para o tal posto no sertão. Não abandona o serviço por ter família grande e ser pobre.

Socorro já descera do carro e ouvia a conversa.

— E por que mandaram seu pai para o sertão de pouco recursos, como Afogado da Ingazeira?

— Por perseguição, senhora. O pai fazia crítica de certos processos usados lá, e por isso foi retirado daqui. O lugar que agora ocupa é lugar pra médicos iniciantes, é lugar pra castigo. Meu pai está com mais de 50 anos e é obrigado a viver naquele degredo, lugar que nem água tem, cheio de cangaceiros. Vem aqui uma vez por mês.

O major saiu indignado com o que ouvira e procurou um primo, que recomendou outro médico.

Zito foi examinado com minúcia, conforme pedira a mãe. O especialista encontrou as amígdalas inflamadas, o que para ele justificava a febre.

O doutor era novo falava muito, contando suas vantagens, mas não tinha a simpatia singela do outro. A simpatia no médico também cura.

Fez um curativo na garganta, receitando. Mas desassossegou ainda mais a senhora, aconselhando a operação das amígdalas. Naquela tarde o menino ardeu em febre, agravada por deglutição quase impossível. Sobreveio uma tosse rouca. A prima de Severino, em cuja casa estavam, mostrou-se apreensiva:

— Socorro, olhe lá essa tosse de cachorro de seu filho. Tenho horror a crupe, de que perdi minha primeira filha. Começou com febre, dor de garganta. O médico receitou, aconselhando embrocações e a menina a piorar. Eu dizia: — Doutor, minha filha está pior. Veja isto. Ele sorriu: — A senhora só viu este caso; eu vejo todos os dias casos de angina. Magdala já não dormia, sem ar, aflita, e o médico mandando insistir com os medicamentos. Vendo tudo grave, perdi a cabeça e chamei outro doutor, que ficou alarmado:

— Isto é crupe, minha senhora. Mandou fazer exame do material mas disse a meu marido:

— Mando fazer exame, por desencargo de consciência mas sua filha está perdida. O exame veio logo, positivo. Era crupe. Minha filha estava atacada de crupe! Aplicaram vacinas, mas a probrezinha só respirava aos puxos, aos guinchos, não podendo mais ficar deitada. Só nos meus ombros achava posição. Resolveram fazer a tubagem, abriram a garganta mimosa e enfiaram pelo corte uma sonda de ferro. Melhorou um pouco mas a respiração passou a ser feita pela cânula. Minha filha exclamava, abraçada comigo: — Mãe, não me deixe morrer! E, na mesma noite ela morria nos meus braços, aos 5 anos. Mande vir outro médico. Doente não é propriedade de doutor nenhum, doente é da família, é nosso. Socorro ouvia de olhos ansiosos, muito abertos.

E Severino foi buscar o doutor de confiança da prima. Examinada a criança, o especialista coçou o queixo, fazendo um silêncio pensativo.

— Major Severino, o caso de seu filho parece difteria.

O pai recebeu grande choque enquanto Socorro já tremia, indagando:

— É grave, doutor?

— Parece crupe. Já estamos no quarto dia, sem medicação.

Severino indignou-se:

— O senhor diz parece; não tem certeza?

— Só terei certeza com o exame do material da garganta.

— Mas isto foi feito!

Socorro buscou os exames negativos. O doutor tomava aspecto mais sério:

— Apesar destes exames, desejo outros.

Ele mesmo retirou material das placas brancas da garganta, e saiu com o pai para o laboratório. Era mesmo crupe, e o doutor já levou as injeções próprias ao caso. O alarma das famílias foi incomensurável. O doutor insistia em levar o doente para o isolamento, onde apenas a mãe acompanharia a criança. Severino rejeitou a sugestão, e o médico se defendia:

— Sou obrigado à notificação, que é compulsória.

— Pois isto eu não aceito. Ele fica mesmo aqui. Isolaram o doente na própria casa. Socorro estava quase louca mas controlada mesmo diante do perigo, como sabem ser as mulheres nordestinas.

— Sei que perco o filho.

Juca soube, no engenho, do que se passava.

— Esperemos a deliberação de Deus, a quem está entregue o menino. Quando Deus é o médico, tudo corre bem. Há muitos anos num seringal do Amazonas, um cearense que conheci, passou por grande aflição. Sua mulher estava com dores de parto naquele ermo, só tendo vizinhos mais perto a três léguas por água. Não havia parteira nem pessoa que entendesse de partos. Os seringueiros viviam sozinhos. A certa altura do trabalho, a mulher sentiu que o filho não nascia mesmo. Esperava há três dias e a coisa estava sem solução. O marido aí deu à esposa um copo cheio de cachaça e quando ela dormiu, com o facão de mato apenas lavado abriu o ventre, retirando a criança. Costurou tudo com agulha de fardo e cordão grosso. Horas depois quando acordou, sua esposa era mãe pela primeira vez. Ainda vive o filho, que é soldado do Exército. Pois bem. Anos depois, aí no Recife, onde nunca se fizera tal operação, um professor de justa fama, o doutor Barros Lima, homem respeitável por todos os títulos, em hospital moderno praticou a primeira cesariana no Nordeste, e a doente morreu, só escapando o filho. Eu soube depois que o primeiro a praticar com grande sucesso essa intervenção foi um caçador de porcas na Suíça, que com ela salvou uma porca e seus leitões. Por aí se vê que Deus é quem guia tudo isto, e não vai deixar nosso doentinho morrer, não.

Naquela noite, quando o doente dormia, ainda febril mas um tanto aliviado da pavorosa aflição, os irmãos senhores de engenho conversavam na sala de visitas. Severino falava com revolta:

— Veja que falta nos faz o doutor Geraldo, que foi o primeiro a tratar o menino ainda novinho. Rebaixaram-no para um posto no Alto-Sertão por falar verdades que, para seus chefes, eram claras demais. O que atendeu o menino errou de ponta a ponta e o segundo acertou, depois que a prima Alice já fizera o diagnóstico. Fez-se um exame, que veio negativo. No segundo exame, no mesmo laboratório, já era positivo. Estou desiludido ou indignado, não sei bem. Vejo tudo às avessas, apressado, sem lógica. Jonas estava de acordo:

— Tudo está muito ruim. Ouviu o que o primeiro doutor lhe respondeu, quando lhe comunicou o diagnóstico exato? Que não dava satisfações a você, nem ligava importância ao charlatão ao que deu certo no caso.

— Isto não acontecia com nosso pai, nem com Cincinato...

— Com o nosso pai ele se estrepava de uma vez e, com o bisavô, não estaria mais enganando os outros.

— É horroroso. Eu mesmo estou amedrontado com o caso de Sílvia. Ela sofre horrivelmente com o tratamento, e temo a cicatriz no rosto. Levantou-se e foi até uma janela.

— Ando preocupado com o que hoje se chama civilização. Para arrancar o Nordeste do marasmo comercial, industrializando-se isto aqui, acabam com a lavoura. A indisciplina não é só dos jovens contra os errados mas dos chefes, dos eleitos contra o povo. A família quebra a unidade antiga, a concórdia e o amor, para mistura de classes que não sabem o que desejam. O crédito bancário passou para aqueles que aceitam negócios à parte, com os gerentes. As empresas estatais só dão prejuízo aos sócios e fazem milionários os da diretoria. Criaram no País o termo *intocável* para dizer coisas bandalhas, que não podem ser criticadas, Imagino se ressuscitassem de repente o velho Rio Branco, Nabuco, o Visconde do Ouro Preto, os Andradas, Bernardo de Vasconcelos, o Visconde de Cairu e mesmo o caboclo Floriano Peixoto... A viver como vivemos, com a lógica da desordem, nisto que se chama civilização moderna, seria preferível viver no tempo de Cincinato, em que, na hora do aperto era permitido apelar, como qualquer negro bruto, pra ignorância, que resolvia tudo melhor do que hoje.

* * *

A notícia da súbita enfermidade de Zito foi recebida com desolação por Juca e pessoal do engenho, entre eles por Bercholina, sua mãe-preta. A notícia foi levada por primo de Severino, que buscava objetos e roupas dos viajantes. Parece que desiludiu os do engenho quanto à possibilidade da cura do pequeno, que estava em verdade mal.

Naquela tarde, depois que o portador regressou, Juca e o mestre ficaram sem assunto na varanda. O mestre carpia sua sorte:

— Se o garoto morrer, vocês perdem o rapaz brioso e inteligente mas eu perco o emprego.

— Qual, ele não morre.

— Pois eu quando vejo um doente mal penso no que aconteceu à falecida, e espero pelo pior. Os enganos dos doutores são mais freqüentes que o senhor pensa. A porcentagem, com tantos progressos, da salvação de um doente passou a ser a mesma das mortes por descuido e ingerência. Ainda hoje não me conformo com a cegueira descurada dos doutores. Os pobres, então... O major é rico, tem mais probabilidades de êxito. Para os médicos de hoje, a vida alheia não vale nada. Os antigos tinham uma coisa que não se usa mais — a responsabilidade. Hoje é tudo de correria, de assobio, de deixa assim mesmo. Morreu, morreu.

Fizeram o silêncio dos velhos, que é silêncio sofrido. Juca saiu dele:

— O senhor tem razão, tudo mudou muito. Mudou completamente. Mas pra pior pois podia estar mudado pra melhor, conforme a goga dos novos. Meu pai contava que na seca de 77, as mulheres é que salvaram a maior parte dos flagelados, com gritos ordenando coragem, nas calamidades e na hora de fome e sede. Gritavam que aquilo não era nada, e os moribundos levantavam com ânimo as carcaças de ossos na pele. O senhor sabe que naquela época os passarinhos, de fracos, morriam voando; já caíam mortos do ar, à procura de água. Diziam mesmo que de bichos de quatro pés, só escaparam os tamboretes. Muito gado morreu em pé, com as patas duras fincadas nos barreiros secos, com a boca mordendo o barro. Vacas morriam parindo, exaustas, com a cria nascida apenas pela metade. Foi encontrada uma fazenda com toda criação morta no cercado, e doze pessoas da família mortas e secas nas camas, mumificadas sem o menor mau cheiro. O velho estava vestido, sentado no banco da varanda, sério, com as barbas derramadas no peito e os olhos abertos. Morrera também de fome e sede, contemplando a ruína sem verdes que o cercava. Meu pai viu um grupo de retirantes com as famílias acampadas em rio seco. Cavaram a areia, que não deu nem umidade. Bebiam mijo, e

Ali adiante vamo tê água. Quem fô home, vamo! E marchou resoluta com passos largos, escorada em um galho de pau.

→

uma mulher carregava uma criança no fim do credo. A mulher estava com tanta sede que a criança, agonizante, vomitou verde e a mãe aparou o vômito com as duas mãos e o bebeu todo. Nisto o pequeno morre e a mãe o enterra, no buraco feito à procura de água. Enterrou o bichinho e endireitando o corpo, pôs-se a gritar mais alto que podia:

— Aí adiente vamo tê água. Quem fô home, vamo! Quem fô mulé, me acompanhe! Vambora!

E marchou resoluta com passos largos, cambaleantes, escorada num galho de pau. Os que estavam deitados, vencidos, com aquele gesto se levantaram, acompanhando a retirante. Dali a meia légua deram com barreiro que a todos salvou com água lodosa. Hoje nem os homens, os amigos animam os outros com a mais leve esperança. Os que têm essa obrigação de liderança, não se importam com os mais.

Novo silêncio dos velhos, ainda quebrado por Juca:

— O senhor não viu o crioulo do engenho querendo acabar comigo? Endireitou o corpo, como pra me derrubar. É valentão, de quem vou fazer a caveira com o sobrinho. Devia estar no cangaço. Como não há mais Lampião, deve entrar pra o grupo do Gasolina. Dizem que o Gasolina foi do bando do Lampião e adota os mesmos processos. O nosso bandido Cristino devia procurá-lo, que vai ter a fama do Virgulino. Ao menos assim, mais cedo ou mais tarde pode morrer de bala como o outro.

— O senhor me desculpe, nas o capitão Virgolino não morreu de bala.

— Como não morreu de bala?

— O capitão com tantos anos de andanças, ataques, fugas, sedes e cansaços estava desgastado. Isso me revelou sua simpática irmã Mocinha, casada com operário da fábrica de tecidos da cidade da Pedra, hoje Delmiro. Todos sabem que ele não temia os valentes que andavam em sua perseguição. Não dava bola para eles, mesmo esgotado como vivia. Sentindo-se doente, fez uma temporada de repouso nas covancas de Sergipe onde foi obrigado a ter relações com um safardana de nome Pedro da Cândida. Esse sujeito

106

comprava nos lugares vizinhos coisas necessárias ao bando. Estava ficando rico. Mas apareceu o prêmio de 500 mil cruzeiros, para quem prendesse ou mostrasse onde estava o Rei dos Cangaceiros. Pedro, que era ambicioso passou a freqüentar com mais assiduidade o jagunço, ganhando dinheiro para gastar nos bares e beber muito em Maceió, onde conheceu o tenente Bezerra que chefiava, *da Capital,* uma volante que perseguia o Tigre do Sertão... Conversa vai, conversa vem e Pedro cai na fraqueza, na covardia de, pensando nos 500 mil, falar com o tenente que sabia onde Lampião descansava. Dentro de poucos dias aceitou, com boa paga, a missão de mostrar a toca do bicho. Mas o tenente morria de medo de enfrentar a fera. Combinou com o traidor que esse envenenasse o cabra macho que ele, tenente, arrazaria o resto do bando... Porque o miserável tinha entrada livre no campo de Lampião, entrava lá quando queria, pois já dera prova de muita lealdade. Ora, os cangaceiros comiam ao amanhecer do dia sopa de carne e macaxeira, em vez do nosso café. Estudando qual seria o veneno, foi escolhido o cianureto e ficou acertado que o traidor jogasse o tóxico na sopa que se cozinhava muito cedo. Ele conhecia os hábitos dos amigos escondidos, lá chegando ao romper da manhã. Levou pequenos presentes para Lampião e Maria Bonita, pondo-se à vontade. O tenente ficara com seus soldados no alto do vale, de metralhadoras assestadas para lá. Pedro esteve por ali, rendendo prosa. Recebeu as notas das compras e o dinheiro do capitão. Nisto fez um cigarro e fingindo procurar fósforos, não achou. Foi à cozinha ali unida acender o cigarro no fogão de pedras soltas. Mas ao ir, de perto do amigo ao fogão, tirou do bolso um cigarro grosso de palha cheio de cianureto, em vez de fumo e fingindo acendê-lo deixou cair todo o veneno na sopa. Acendeu em seguida o cigarro de fumo, que fizera na vista de todos. Convidado a comer dispensou, *por ser cedo.*

Chegava à varanda o caldo que Juca pedira, bem forte.

— Quando Lampião enchia o prato Pedro se retirou, para voltar à tarde com as encomendas. Mal começava a comer e o capitão se sentiu mal, meio sufocado. Pedro já chegara ao alto, e estava à espera com os novos amigos da farda. Fraco da maneira que vivia, e em jejum, Lampião morreu logo. Bezerra, da sua tocaia, viu pelo movimento dos cabras haver novidade, mandando abrir fogo. Matou alguns, inclusive a mulher mas fugiram muitos, inclusive *Corisco* e mais seis. Quando tudo silenciou, depois do tiroteio do acampamento, o bravo tenente Bezerra entrou lá; o Lampião estava morto. Mesmo assim, para fazer prova de sua bravura mandou abrir fogo no defunto. Muita valentia. Assenhoreou-se dos valores, que eram muitos... Para justificar o combate, pegou a pele da face externa da própria coxa, dando um tiro de revolver. O projétil varou a pele duas vezes: entrando e saindo na pele esticada com os dedos, a propósito... Muita coragem. Foi assim que morreu Lampião que por 20 anos dominou, invicto, os sertões de seis Estados.

— E o Pedro?

— Foi bom perguntar. Foi logrado pelo tenente. Não recebeu o dinheiro do ajuste e não demorou muito foi assassinado à noite, numa rua de Piranhas... Morreu por saber muito, por saber de tudo...

Juca ficara satisfeito com a explicação.

— Logo vi que uns tenentezinho qualquer não ia cercar e matar, quase todo o bando do nosso herói. Foi o maior, no gênero, que governou o sertão nordestino.

Mestre Maia conhecia coisas.

— Na antigüidade tivemos bandoleiros de muita fama e valentia. O de mais berra foi o negro Rio Preto, nas caatingas da Paraíba, nos tempos da monarquia. Era preto alto, espadaúdo, de olhos vermelhos e grande audácia, com o que espalhava o terror em todo o sertão. Fez dezenas de mortes e não tem conta as moças e senhoras que raptou, às vezes à vista das famílias. Ele era escravo paraibano arribado, tendo nascido em Pombal. Andava com pequena escolta de negros também fugidos, e seu fraco era mulher. Um dia passando por certo povoado, chegou a uma casa onde se realizava um

108

casamento. Sem a menor cerimônia chamou a madrinha da noiva, senhora distinta, ainda bonita: — Vou levá a sinhora pra passá cumigo no mato, quinze dia. E voltando-se para o noivo: — Daqui a quinze dia venho trazê a madrinha e levá sua mulé, hoje casada, pra ficá cumigo no mato. Irmãos do noivo ouviram a conversa do bandido. Sabiam que era certa a volta dele, para cumprir a promessa. Ficaram à espera, e, quinze dias depois, Rio Preto apareceu com a madrinha, vindo buscar a récem-casada. Mal descia do cavalo na porta da fazenda, recebendo nas nádegas duas cargas de chumbo de trabuco. Nessa viagem ele só levava dois cabras e, ferido, gritou que ia buscar mais gente sua para destruir a fazenda, levando a senhora. Mesmo atirado e sangrando montou, para desaparecer debaixo da fuzilaria dos fazendeiros. Ficaram com muita gente à espera do negro que, para o mal, tinha palavra. Mas não voltou. Dias depois negrinho da fazenda o viu dentro do açude da propriedade, a uma légua. Estava mergulhado nágua até à cintura. Era exato. Com os tiros ficara com dois rombos nas popas, onde enxameavam tapuros. Não podendo mais seguir escondeu-se em moita, mandando seus cabras buscar o grosso de sua gente que estava longe. Os cabras não regressaram talvez por medo dos atacados. Com o calor e a febre ele apanhou bicho de vareja. Sofrendo, sem recurso nenhum, entrou, no açude para se aliviar. Com a notícia do negrinho os fazendeiros o atacaram, ainda metido nágua. Como estava, não pôde resistir. Foi preso e levado para Pombal onde, sem curativo o ataram na enxovia. Negro duro. Ainda resistiu treze dias, comido pelos bichos. Das grades pedia esmola de um remédio, que o delegado não deixava que lhe dessem. Morreu se lastimando:

— Não tenho remorso de ter levado pro mato só 400 moça e muléa casadas. Das morte qui fiz num mi arrependo...

Juca não se aborreceu com morte tão dolorosa.

— Recebeu o que merecia. O delegado fez foi bem...

109

— Outro danado de valente foi Jesuino Brilhante. Era também de Pombal, na Paraíba. Na estiagem de 77 ele estava no Ceará e deu para cercar as tropas, que o Imperador mandava com gêneros para os famintos. Matava os tangerinos e os soldados que escoltavam os comboios de burros. Sabe por quê? Porque não estavam entregando os gêneros aos flagelados. Os que os recebiam negociavam com eles... coronéis... políticos... Essas coisas que todo mundo sabe. Jesuino por isso cercava os comboios, porque o Imperador dissera ser preferível vender as jóias da Coroa, a deixar um cearense morrer da fome. Jesuino atacava os condutores das tropas, e distribuía os alimentos pelos pobres. Durante um ano ou mais travou combates terríveis com os prés imperiais, à frente de doze cabras. Vencia sempre. Certa vez ele atravessava uma vereda, apenas com um negro, seu cabra amigo de confiança, quando surgiu um lote de burros carregados de comestíveis. Ele estava tão atrevido que resolveu atacar a guarnição de 18 soldados, apenas com o seu amigo. Começado de longe o tiroteio, Jesuino foi ferido, passando para e retaguarda, enquanto seu companheiro sustentava o fogo com muita coragem.

Mesmo baleado, o valente cavou uma sepultura, e no fim do combate ainda estava vivo. Foi então que escreveu um bilhete, deixando tudo quanto possuía para os famintos. Nisto o fogo ia cessando e ele viu o tal amigo correr, fugindo. Aí gritou:

— Caboclo, e o nosso trato? O trato era morrerem juntos. Onde morresse um, morreria o outro... Ouvindo o seu grito, o amigo voltou, ficando à espera dos Imperiais, que se aproximavam atirando. O cabra foi também baleado e quando a escolta chegou, combatia com dois feridos à morte. Jesuino não teve dúvidas, pulou dentro da sepultura que ele mesmo abrira e, diante do espanto das praças, o cabra amigo do chefe pulou também na cova. Os soldados só tiveram o trabalho de jogar terra por cima deles... Assim morreram os cabras valentes que foram Jesuino Brilhante e seu amigo negro. Foram enterrados vivos.

— Bonito. O negro teve honra... coisa difícil neles.

O mestre falava ainda:

— Antônio Silvino é de ontem. Foi cangaceiro, sujeito branco e que se dizia protetor das donzelas. Andava com um bando pequeno de cabras, a quem vivia pregando moral. Era avarento para os mesmos e parecia mais senhor do engenho mandando seus empregados, que um cangaceiro lidando com bandidos. Não assaltava os engenhos. Chegava para visita, assentando-se na sala de receber, com seu rifle deitado nos joelhos. Seus homens o esperavam, do lado de fora da cancela de entrada. Ali almoçava ou jantava, mandando os pratos já feitos para seus homens.

Ao se retirar, cerimoniosamente pedia dinheiro, a quantia certa, por empréstimo. Certa vez em fazenda do agreste chegou para visitar o proprietário. Chamado para o almoço, pediu que os cabras comessem com ele na mesa. Um deles servindo-se de galinha, reclamou que estava sem sal. Silvino pediu ao fazendeiro que por favor mandasse vir um litro de sal grosso e obrigou o reclamante a comê-lo todo, até a última pedra. Era sujeito a crises de bravura, quando atacado no mato.

Uma volante sob o comando do capitão Angelim, saindo em sua cata, rastreou-o na Paraíba subindo a Serra do Surrão. Deu-lhe cerco rápido, com inferno de balas, prendendo 18 cangaceiros que, pelo visto, não pareciam da raça dos duros bandidos de Lampião. No tiroteio, Antônio Silvino foi o único a fugir, deixando todos os cabras presos. O capitão Angelim ficou com a munição esgotada e temeu a volta repentina do bandido, com mais gente para atacá-lo. Nesse aperto, o capitão perguntou a seus soldados: — Quem quer ganhar as 4 fitas de sargento? Pra isto, é só sangrar estes 18 presos. O soldado Zé Caetano aceitou a oferta, e, na mesma hora, sangrou os cabras amarrados. Esse miserável foi a sargento, conforme prometera seu digno comandante. Seu ato de covarde bravura custou-lhe caro, pela vida inteira. Viveu desprezado por todos os camaradas e morreu capitão de polícia sem um amigo. No entanto Silvino teve rasgos de coragem. Certa noite, estando a dormir no mato foi atacado por uma onça pintada, com a qual lutou, ficando em petição de miséria. A fera lhe quebrou a coronha da carabina, mas ele tirou o punhal, rolando com ela pelo chão. Ao amanhecer foi encontrado pelos seus muito ferido, mas a onça estava morta perto dele.

Juca se alegrou, pois conhecia o que é onça...

— Cabra bom. Gostei, porque onça não é brinquedo. Bole até com os intestinos, de repente...

— Ora, esse bandido era bandido mesmo, fingindo bom moço pra poder roubar, pedindo emprestado. Uma noite seu grupo dormiu no mato, por saber que nossa polícia estava na sua cola. Foi a derradeira noite de liberdade do santarrão fingido. Pela madrugada, quando dormia, os soldados da volante do tenente Teobaldo deram em cima dos cangaceiros. Silvino acordou perturbado pelo sono, correu para escapar ao cerco, e no escuro batendo com a cabeça num pau, caiu. Ao se levantar estava preso. Acabara-se Antônio Silvino, protetor das donzelas, o Dom Quixote sem graça, ladrão como rato. Pegou muitos anos de cadeia, cumpriu a pena e andou por aqui com cara de santo. Mas tem uma coisa. Na prisão, criava rolas sertanejas na sua cela. Tratava-as com bondade e elas pousavam nos seus ombros, na cabeça, arrulhando. Um dia parece que apanharam uma delas quando fora da prisão e Silvino, ao anoitecer, vendo que a rola não voltava, chorou com saudade dela. Não dormiu nem comeu. Pagou quem fosse procurá-la nos arredores do presídio. Nunca mais voltou. O prisioneiro, passando calado muitos dias, indagava. Para mim isto é sinal de que ele estava se humanizando. Esquecia o muito sangue que derramara e, deixando de ser fera, voltava a ser gente. A ser gente... Mas hoje gente e fera são uma coisa só. Ele estava é velho e, lendo muito, começara pensar em São Francisco que falava com as aves. Ou não era nada disso. Para mim ele cuidava das rolinhas do sertão, pensando numa filha que morreu pequena. Pode ser isso mas de qualquer modo seu coração amolecia, porque a saudade de uma filha morta

112

faz desses milagres. Juca estava nervoso porque vira Cristino quando fora ao engenho, na sua fiscalização porca.

— O miserável negro tem caixa não é pra ser bandido de meia-tigela, não; seus olhos são de cangaceiro tipo Virgulino. Tomara que ele se encontre com o Gasolina, pra ficarmos livres desse trem à-toa...

* * *

Sem aviso, Severino apareceu no engenho, Estava abatido e de cabelos grandes.

Contava que a criança esteve mesmo à morte, salvando-se por milagre. Ainda não estava livre das conseqüências do mal, pois lhe apareceram crises de asma que, no dizer do médico não eram comuns no caso. Pareciam provocadas pelo pólen das acácias, numerosas e então floridas nos jardins da Avenida Rosa e Silva, onde se hospedavam. A febre cedera no terceiro dia do tratamento, e não se fez a tubagem que horrorizava a família. Estava muito fraco e tossia.

Feitos novos exames de laboratório, tudo cessara, mas o que o dr. chamava *seqüelas*, ainda eram para atenção e vigilância. O menino também, como acontecera à prima falecida, pedia aos pais, agarrado neles, que o não deixassem morrer. Severino temia pelo estado de Socorro, que ficara nervosa e irritadiça, com a doença do filho. Também o major se mostrava triste, na sua mágoa repentina.

Sílvia prosseguia com as injeções na coxa, e estava inconsolável com a ferida na face. Seu assistente aguardava a cicatrização completa, para a plástica salvadora. A ferida infeccionada ainda estava aberta, rebelde à medicação.

Juca se aborreceu com o abatimento do sobrinho, que resistira mal às crises dramáticas da doença do rapaz.

— E o engenho? Vim ver como anda a moagem e volto hoje mesmo, porque Socorro tem medo de se agravar o caso na minha ausência.

113

— Aqui vai tudo correndo na normalidade; não queria lhe falar, mas um negro bagaceiro se revoltou contra mim, ameaçando-me de morte.

Severino assustou-se, encarando o tio nos olhos.

— Se não fosse minha energia, que escorei na dureza o valentão, talvez estivesse morto.

— Quem é o negro?

— Um tal Cristino, que avançou em mim como onça canguçu parida, e foi preciso escorá-lo com um pau de lenha. O negro parecia doido e, quando ele enfeitou pra mim, eu lhe gritei:

— Cabra da peste, pára aí senão, morre. Se der mais um passo, eu mostro a você como estrafego sua caixa de valentia de pilingrino sem-vergonha. Aí ele parou e eu, de pau na mão, ia apelar pra doideira de um velho senhor de engenho, acabando com a vida dele completamente. Foi então que o capataz chegou, agarrando-o. Eu caí em mim, retirando-me pra cá. Severino aborreceu-se:

— E por que não mandou embora o revoltoso? Devia tê-lo amarrado e hora de pau era aquela, em sova de criar bicho.

— Não quis. Esperei você voltar.

O major desceu para o engenho em pisadas duras, chamando logo o preto capataz:

— Que novidade houve aqui?

— Ninhuma, Sinhô. Tudo dereito.

— E o que houve do tio com o bagaceira Cristino?

O negro sorriu com respeito:

— Sinhô, num teve nada. Nhô Juca cismou qui o nêgo ia avançar nele, cum pau. O nêgo num deu um pio nem saiu du lugá. O nêgo preto é bão di sirviço, e acho qui Nhô Juca... sei não, Sinhô. Num teve foi nada. Eu num dexava Nhô Juca sê disacatado, in-sim.

O major supervisionou tudo, saindo sombrio da reserva da lenha empilhada.

— Acho que vamos perder cana. A lenha não dá pra moer o resto. Talvez umas 10.000 toneladas vão azedar nos

114

partidos, e isto representa um prejuízo que seria o lucro. Coisa atrapalhada.

Mandou ver o cavalo de estribaria, que fora bem tratado na sua ausência. O *Presidente* reconheceu o dono, relinxando ao vê-lo. Severino afagou-lhe a cara, batendo-lhe com carinho no pescoço.

Foi ver no lenheiro, o que já estava picado. Voltou pessimista:

— Não dá mesmo pro resto da moagem. Os derrubadores não prestam pra nada. Vou perder muita cana.

Silenciou um pouco, batendo com o rebenque na polaina.

— Bem pessoal é impossível. Falam em progresso, em dobrar a produção do açúcar, mas as usinas atraem os trabalhadores com ordenados melhores. Vai tudo por água abaixo. Vai se ver no fim, o lucro é mínimo; este ano o prejuízo é certo. Jonas também está desanimado. Vai perder cana por falta de braços. E para Juca:

— Tio, eu me inteirei do caso do negro. Vamos mandá-lo embora. Não foi tocado hoje porque deve, mas pra semana resolvo o assunto. Você continua aqui, como se fosse eu.

Desculpou-se desse modo mas desconfiava que o velho começasse a tresler.

Almoçando à pressa desembestou o jipe pelos brocotós da estrada de índios. Ficaram a sós na varanda, os velhos Mestre Maia e Juca. Depois do almoço em que fizeram as honras de feijoada com orelhas, mocotós, cambitos e focinho de porco estavam em silêncio de preguiça e sono. Havia paz no engenho e o mormaço bocejava pelos varjões, onde a negrada cortava cana.

Na hora sossegada, do alpendre ouviam um galo-da-campina, cantando escondido em árvore da chácara. Mestre Maia o ouvia atento para depois dizer:

— A felicidade é assim. A gente não a tem nem vê mas acredita nela pela alegria dos outros.

Juca não ouviu porque cochilava.

Naquele dia, logo depois de chegada a noite, esplendeu também a lua cheia. Os velhos se espantaram, pois nem pensavam em lua. Estiveram contemplando, calados, a lua que já ultrapassava as copas dos coqueiros da várzea, prateando tudo. Estiveram contemplando. Juca então falou, um pouco impaciente:

— Eu não sei, mas pra mim a lua é máquina de fabricar pecados. Devia ser presa por andar à noite pelo mundo, pra botar fogo nos corações da gente moça.

Mestre Maia gemeu, não menos inquieto:

— É verdade, devia mesmo ser presa, como incendiária e alcoviteira. E também por soprar nas cinzas do coração dos velhos a brasa quase apagada da saudade, que depois disso fica doendo lá, devagarinho...

Contudo, o mestre se alegrou com a notícia da melhora do aluno, Tinha na cabeça, mas não dizia, que seu emprego estava no papo, garantido. Para ele que tão duramente vinha sacolejado pela vida, pouco importava a saúde dos outros, desejando salvar apenas sua família. Muitas vezes vendo o discípulo bem vestido, de linho e camisas de batista, pisando sapato de búfalo alemão pensava em seus filhos, grandes e pequenos, que envergavam roupas grosseiras e tinham os pés descalços. Nesse momento odiava o aluno, revoltado contra o destino que bafeja os ricos e castiga os pobres. No íntimo, mais de uma vez se rejubilou com doenças, fracassos financeiros e morte de gente rica, pensando na sua filosofia vingadora, que a morte nivela todos os seres.

Pelo menos agora, com a convalescença do menino, o pão estava garantido na sua casa de homem pobre, lá longe, no Limoeiro.

Juca ficara um tanto agitado com a presença e a volta do sobrinho:

— É o diabo. Vamos perder toneladas de cana, por falta de pessoal pra corte de lenha. Sou dos que vêm as coisas ruins. Os engenhos todos lutam com o mesmo problema. Guardam pequena reserva de mato no topo dos morros,

116

como o avarento guarda moedas. Creio que o tempo das vacas gordas passou. Acabada a lenha, acabaram-se as moagens, os engenhos, a fartura, o dinheiro, nosso fuá de riqueza...

Mestre Maia alimpou a garganta, já tantíssimas vezes raspada, por estar nervoso naquela manhã. Estando nervoso dava para limpar as goelas, mesmo sem sentir.

— Não pensam que, por imprevidência e estupidez, já acabaram com as madeiras do nosso Estado, do nosso Nordeste. Quando aportaram aqui os primeiros caravelões portugueses, a madeira era tanta que derrubavam cajueiros velhos nas praias, para consertos no cavername das embarcações de alto-mar. Os coqueiros iam à orla das ondas, e eram umedecidos e respingados pelas vagas mais fortes. As praias eram também ensombradas pelos paus-brasil, de que partiam em cada nau milhares de toras, como lastro para a travessia. O pau-amarelo ia na mesma proporção, para os portos lusíadas. Com o tempo não foram só os portugueses que levavam isso e também os espanhóis, os franceses, os holandeses.

Os navegadores, desde Pero Vaz de Caminha, julgavam a fertilidade do descoberto, pela pujança das árvores, pela manta verde da terra. Para eles isto aqui era o próprio Paraíso Terreal, e todos juravam isto mesmo. Não viram que o solo era o mais pobre do mundo, o solo biológico a carecer da proteção para a umidade e foram metendo o machado a risco de vida. Foram desfalcando as florestas litorâneas, as Florestas Orientais Brasileiras que, vindas desde São Paulo se ostentavam aqui, com características próprias, regulando o clima nordestino. Com 445 anos de derrubadas cegas, inconscientes, as florestas foram se afastando das praias, para dentro da terra. O homem ia procurá-las, investia, derrubava. Elas fugiam pelas encostas dos morros, das serras, já que as margens dos rios estavam devastadas. O consumo das madeiras, de lei, poupadas com a Independência do Brasil, ficou tal o da madeira branca, entregue às fornalhas. Queimam-se aqui por ano 12.250.420 metros quadrados de madeira, como lenha, tendo nosso Estado 99.000 quilômetros quadrados, sacrificamos por ano 0,44% da área florestal. Quer dizer que em 230 anos está arrasada nossa reseva florestal útil. Mas é preciso ver que devastamos há 444 anos. Hoje é isto: a terra pelada, o que provocou a esterilização do solo, afinal sua pobreza. Hoje só nos lugares longínquos do sertão, em cima das serras se acha algum pau esquecido da fúria criminosa de derribar sem reflorestar. Reflorestar, nós? Cuidar do futuro das gerações de amanhã... Enquanto não houver instrução não haverá civilização e no Nordeste 90% do povo é analfabeto. Juca estava espantado:

— Parece que o senhor tem razão. Não vê aqui nós sem lenha pra moagem?

— Amanhã será pior. É triste mas é isto mesmo. Em conseqüência do desmatanento, os rios, os cursos de água sofrem, a fauna fugiu, as abelhas passaram a ser criadas em caixotes, em casa. O pobre ficou mais pobre... Voltou a acertar a garganta para seguir:

— Há no alto-sertão, a Serra Negra, com 950 metros de altitude. Está depois de infindáveis caatingas, depois de cansadas planícies de cactos e areias, sem caminhos, esquecida na vastidão desse mundo. Pois escondida nesse deserto abafante viceja grande mata de essências raras, como maçarandubas, paus-d'arco e mamalucos. São poucos hectares de mata fechada para onde acorreram os animais perseguidos no agreste, nas caatingas, na zona da Mata, de todo Pernambuco. Ali se refugiam canguçus, suçuaranas, macacos, pacas, caititus, capivaras, veados mateiros, lobos, raposas, tatus, o diabo... Não é só: aves de todas as variedades e espécies, das araras aos beija-flores enxameam a mata que é o derradeiro refúgio de flora e fauna que já foram ricas neste mundo de Deus. Ali vivem, reproduzem escondidos dos laços, mundéus e armas de fogo. E o último quadrado dos vencidos em guerra desigual, em que se batem há mais de quatro séculos. Todos estes bichos vivem ali da água da mata, frutos, pasto, ares e sossego que os protejem. Mas... até quando?

Juca sorria.

— É pra ver. Nunca soube disto. Mas, se souberem, não dou uma pipoca por mata, aves e bichos que estão lá... A ordem é acabar com tudo, reduzir a cinzas, tirar os couros. Um povo assim será sempre infeliz.

Mestre Maia puxava, pela cabeça, para provar que as coisas estavam apertadas:

— Esquecem ou não sabem do que disse John Lahor:

— Todo povo morre, depois de mortas suas grandes florestas. Para equilibrar o regime da chuva, evitando as secas de que somos os donos, são precisos 25% de florestas. Nós não temos mais nem 3%... Eu vivo aqui como pobre e pobre perto de rico ou vive humilhado ou como bobo. Vivo humilhado e como bobo, mas sei o que se passa no nosso Nordeste esquecido de Deus. Pela terra tão bonita como a nossa, de Sul e Norte passou o cavalo de Átila, que secava até as plantas onde pisasse. O que era de Deus e da natureza morreu com sua passagem. O pouco que sobrou, que não foi pisado, nossos patrícios arrasaram. Arrasaram com fúria. E é pra não deixar pedra sob pedra...

O engenho safrejava, sob os olhos verrumantes do capataz. O cearense, animando o trabalho duro alegrava os companheiros de carregar cana:

— Sabe o irmão de qui istou lembrando agorinha? Di bicota bem grandona na moça—branca! Ai, qui coisa, meu Deus! Nu meu Ciará eu tinha ela fácil na boca, era só regular a mão, pra num cair.

Da varanda se escutava sua voz solta, cantando como pinguço apaixonado:

Bicha danada é a cachaça
qui sendo a mais, me derrota.
Quando eu jogo ela no bucho,
ela me taca na grota.

Ajuntava gritando:

— Ai, meu Ciará de pinga boa com caju! Ai meu Ciará de moça bonita e sopa de cabeça de peixe!

Juca escutava o alvoroço do cearense:

— Eles só pensam em perna de moça ou em pinga boa.

Mestre Maia debaixo de sua cara de choro, sorriu desdentado:

— Pois essas coisas, na hora certa, não são ruins, não...

Capítulo 6

RAIO, NA TROVOADA

Zito restabeleceu-se, voltando ao engenho e às aulas do mestre Maia. Socorro ficara magra, excitável, depois do susto e vigílias que a doença aguda provocou. Severino ainda tentava prolongar a moagem, embora com dificuldades sempre crescentes.

Sílvia também regressara, depois de fazer em São Paulo a plástica no rosto, coisa que não ficou perfeita. Um gilvaz avermelhado, foi o que resultou de tudo, cicatriz que ela disfarçava com creme todas as manhãs.

O defeito no rosto bonito da senhora acarretou-lhe grande melancolia e desilusão. Negava isto, deixando claro:

— O que me abateu foi o medo de morrer hidrófoba. Falaram-me que de mil curas feitas pelo soro, um caso fracassa. Meu horror é este.

Mas não era. A senhora tinha justo orgulho de seu rosto moreno jambo, de cútis de rosas. Aos íntimos queixava-se:

— Ficar com defeito nas mãos, nos braços, ainda vá. Mas na face, que sempre mereceu cuidados... Sei que não foi culpa do doutor, foi má sorte minha.

Sua concunhada Socorro consolava-a.

— Ora, com pouco de creme, ninguém vê o sinal.

— A questão não é ninguém ver, mas é saber que está para sempre no meu rosto.

Aborreceu-se do engenho, só reclamando que os filhos estavam em idade escolar, e ali não queria que as filhas ficassem. Não tinha coragem de se separar delas, internando-as em colégio.

Jonas estava desanimado com a seqüência das coisas. O engenho diminuira os lucros e sua manutenção era cada vez mais dispendiosa. A paz daquele lar se alterara por várias razões, e todos viviam preocupados.

— Vou ver o que faço. O tempo resolverá tudo. Mas andava nervoso, sem a alegria e coragem de antes.

Socorro, feliz com a cura do menino, via o marido ainda interessado na plantação de mais canas. O Instituto do Açúcar e do Álcool prometia solucionar os problemas dos engenhos e, embora o Maturi e o Umburana dispensassem o empréstimo do Banco do Brasil para entressafras, havia esperança de melhores preços. A chegada imprevista das usinas coincidia com certa agitação social provocada por sindicatos operários, que reivindicavam melhores pagas para os trabalhadores, além de folgas. Advogavam menos horas de serviço, férias remuneradas e amparo às famílias. No meio dos operários da indústria açucareira salientavam-se líderes analfabetos, com proa de conhecedores do direito do trabalho. Mulheres de assalariados exigiam mais do que lhes davam e, nas usinas e engenhos de mais gente, já se generalizava perigoso descontentamento. Jornais mimeografados corriam entre a classe, e operários atrevidos começaram a falar na *causa*, nos direitos sagrados dos trabalhadores e nas *massas*, o que queria dizer o povo compacto, unido no mesmo ideal. Gente que nunca vira senão o dinheiro do labor da semana, falava em capital, no roubo do trabalho e na escravidão capitalista. Moços humildes, ralados na disciplina antiga dos donos das terras, e velhos calejados pela injustiça do salário dado como esmola ou no trabalho de sol-a-sol, já olhavam os patrões na cara.

Quem não sabia trabalhar, alegava amparo de seus Direitos pelos sindicatos de classe. Respondendo a um senhor de engenho que lhe obrigava a dobrar o serviço para complemento de tarefa, o malandro Agostinho lhe observou com a cara mais limpa do mundo:

— Eu faço o plantão, sim senhor, porque sou escravo, mas meu filho não será escravo nem seu nem de ninguém.

Começaram ameaçar greves sem motivo e, reunidos na porta do armazém do engenho, alguns desses homens falaram aos demais, em tom de discurso, que nosso mal é a subserviência do Nordeste aos países capitalistas.

Os donos de engenho levaram aquilo em conta de cachaçadas, dispensando os mais atrevidos.

Severino comentava com o tio:

— Não entendo mais o que querem. Parece que desejam ficar com o engenho, e nós como seus empregados.

— Se você que é novo não entende, quanto mais eu que estou na reta final da chegada. No meu tempo, por menos do que isto umas lambadas eram remédio. Umas lambadas e tocávamos o reclamante do engenho. Tocávamos com a família, bichos e teréns.

Jonas achava que aquilo era exploração política, insuflada por candidatos à cata de votos.

Os políticos antigos concordaram com eles.

— Querem ficar salientes para nos botar pra trás. Não passam de arruaceiros.

Socorro ouvia todas as opiniões e achava-as revolucionárias:

— Não quero que meu filho ouça essas coisas. Por mim essa gente não trabalhava mais aqui. Mandava tudo embora. Não quero meu filho metido com esses bêbados. Juca azucrinado por boatos e conversas fiadas indagou:

— Que pensa disso tudo, Mestre Haia?

— Não penso nada. Ou por outras, penso em minha família, na minha velhice sozinha e no que para ganhar minha vida ensino ao rapazinho.

Como estivessem em vésperas de eleições de deputados, prefeitos e vereadores, alguns deles apareceram no engenho dos irmãos. Jonas gostava de política, Severino odiava-a. Começaram a visitá-los candidatos a postos eletivos, fazendo sua propaganda.

Levavam com sorrisos e zumbaias aos eleitores, cartazes e cédulas impressas com muita antecedência. Um deles, Criso Napoleão de Gulden Novais, tinha fotografia no alto, à esquerda do cartaz, com letras vermelhas salientando-lhe o nome ilustre, embora novo para todos. Estava escrito lá:

— Pela democracia, tudo. Um nordestino a serviço de sua terra abandonada.

Era desse programa restabelecer as liberdades públicas. Prometia maternidades, hospitais para velhos, cooperativas para barateamento da vida, cinemas públicos, mictórios idem, bancos gratuitos de sangue, farmácias abertas dia e noite para os pobres, e o grande jornal *Diario das Reclamações Públicas*, onde, doesse a quem doesse, só se diria a VERDADE. Forçaria o governo a emprestar a longo prazo, dinheiro da Caixa Econômica Federal, em tempo recorde, apenas com endosso do candidato.

Apontaria os ladrões do Nordeste, os folgados funcionários das secas, os profissionais das secas e os inimigos do povo.

Pedia em baixo. Vote em Criso Napoleão de Gulden Novais (Zuzu) o terror dos desonestos. Doaria metade de seus vencimentos da Câmara dos Deputados às irmandades religiosas e ao Pronto Socorro. Homens e mulheres, votai no vosso candidato.

Já ganhou! Já ganhou! Já ganhou!

Distribuía cartaz a brancos, pretos e mulatos, a letrados e analfabetos. Apresentou-se ao major Severino com desembaraço, não direi cínico mas irresponsável:

— Minha primeira visita é para V. Sa. Vim pedir seu voto, de sua família e de empregados. Seu pai foi amigo do meu, que dizia sempre:

— Os filhos do cel. Prudêncio são reservas morais de Pernambuco. Aproximem-se deles. A ocasião chegou, e vim cumprir o dever de solicitar os votos de filho de um homem que partia mas não vergava!

124

Ao se retirar, apertou a mão de todos, até dos varredores do terreiro e saiu bufando importância, porque declarou ao subir no carro:

— Com o apoio do major Severino, já me julgo deputado!

À tarde lá surgiu com pequena comitiva o cidadão Aristides Climaco Vanderlei Sobrinho, pedindo para expor seu programa de candidato a deputado federal.

— Sou despachante aposentado do Porto do Recife e fui o primeiro a me alistar nas hostes revolucionárias de 30, integrando o Batalhão dos Voluntários do Nordeste, que estava pronto a seguir para o Rio, a fim de depor o Presidente Washington Luis. Quando o bandido Lampião invadiu o interior organizei uma volante de funcionários públicos, com o fim precípuo de prender o cangaceiro. Foi a Volante dos Patriotas Nordestinos, composta de 32 voluntários decididos a tudo, e só não seguiu para seu destino, por falta de verba. Organizei o quadro dos praticantes das Docas, com índice onomástico e datas de admissão, promoções e comissões, trabalho elogiado pelo engenheiro Conegundes Benedito, chefe de minha secção. Pertenci no passado ao Batalhão dos Descalços, que garantia o senhor general Dantas Barreto, contra a desordem dos mofados da oposição. Sou 2º secretário da Sociedade dos Aposentados do Porto do Recife e membro de várias associações religiosas do bairro de São José.

Respirou fundo e seguiu embalado:

— Meu programa é ler, no dia da minha posse, o nome de todos os contrabandistas do Nordeste, denunciando os ladrões das verbas destinadas ao povo, nas calamidades cíclicas de secas e enchentes. Vou dar nome aos bois, dos deputados que recebem verbas polpudas para obras fantasmas de caridade, hospitais, colégios, irmandades de São Vicente e clubes de futebol, coisas que nunca existiram nas tais cidades sertanejas.

Um seu companheiro de comitiva deliciava-se:

— Vai dar o nome de todos, chefe?

— De todos. É meu ponto de honra não deixar um só, sem receber o ferrete da execração pública. Serei cruel, se for preciso, mas só desço da tribuna depois de citar todos os ladrões descabelados.

Dirigia-se ao major:

— Venho do Umburana, onde entendi com o major Jonas, de quem sou íntimo e que se mostrou entusiasmado com minha plataforma. Sei que vou também contar com o apoio de V. Sa.

Ao sair deteve-se, antes de tomar o carro:

— Não ensarilharei as armas, sem dizer no Sul quais são os espoliadores do dinheiro público, que impedem a redenção do Nordeste.

Juca sorria e o major ficara irritado, com programa de candidato tão importante, ao cargo de deputado federal. Juca achava divertido ouvir aquelas coisas ditas com seriedade de Catão moço, verberando a liberdade de costumes dos homens. Severino só então falou:

— Não fiquei nervoso com tantos projetos. Tive foi pena do aposentado, que já ultrapassou os 60, a se preocupar com futilidades de menino. Parece que não estou bom da cabeça, ou fumo liamba. Posso até mesmo estar doido.

Juca se engasgava de rir.

— Que achou do canditado, Mestre Maia?

— Não achei nada. Não sou político. Sou apenas professor aposentado, e na ativa. Aposentado, por tempo de serviço e na ativa, para não morrer de fome.

Há 40 anos em todas as eleições do Limoeiro, aparecia um voto cativo, irremovível e inarredável para o Mestre Januário Felisberto da Assunção Maia, que era ele, o Mestre Maia. Há 40 anos era votado para Presidente da República, presidente e depois governador do Estado, deputado federal, estadual, vereador. Apurado e voto, o professor se retirava da seção eleitoral, da sala de apuração, não digo satisfeito mas vingado. Porque aquele voto era ele próprio quem botava na urna. Mestre Maia era candidato vitalício a todos os lugares, e seu único eleitor. Candidato único também no mando, porque não pedia votos nem na família. Mestre Januário Felisberto da Assunção Maia, 1 voto. Aquilo era bastante a eleitor da própria pessoa, voto de consciência e de raiva, de consciência por se julgar merecedor; de raiva, por não ser lembrado para candidato a nada na vida. Mestre Januário Felisberto da Assunção Maia, 1 voto.

Nunca fora registrado candidato, porque ninguém se lembrava dele para cargo eletivo. Mas ele próprio não se esquecia. Seu voto no próprio nome era infalível.

— Mestre, o senhor teve um voto pra Presidente.

— É. Soube disso. Alguém se lembrou do velho, por quê não sei.

Ninguém se lembrara dele, o voto era próprio, do professor mesmo, eterno partidário da sua pessoa. Um amigo certa vez lhe falou:

— Que diabo. Seus partidários não aumentam. Você há quase meio século só recebe um voto da boca da urna.

— Não aumentam nem diminuem. O honroso, o bonito é isto. Quem me julga merecedor, não desiludiu comigo. Continua confiando. Sei de centenas que tiveram ótima votação, foram eleitos e em novos pleitos não conseguiram mais sufrágios, enquanto o meu partidário continua a me considerar digno de ser eleito para cargo de importância.

Pobre mestre. Seu eleitor cada vez mais desiludido de sua saúde, de sua vida de velho no fim da existência, continuava a se julgar o candidato mais respeitável. Sabendo muito bem desse voto exclusivo, nem sua falecida mulher, nem a segunda, nem os filhos da primeira ou os netos tiveram lembrança de votar no chefe da família. Entrava ano, saía ano, em todas as eleições aparecia aquela cédula crônica, uma só, para Mestre Maia. Mestre Januário Felisberto da Assunção Maia, 1 voto. Esse voto mantinha viva e verde esperança de quem já tivera veleidades políticas que ninguém acolheu; de ser eleito, de brilhar, de ser mestre, conselheiro e líder do povo.

Insinuara agora a sua candidatura a ex-alunos, a vizinhos, a compadres, a parentes dele e das esposas, Não adiantava mas também não reduzia seu *eleitorado*. Mestre Januário Felisberto da Assunção Maia, 1 voto.

— Não dou opinião, porque não sou político. A política que se lixe.

* * *

Socorro não permitia muito aperto no filho:

— Está fraco pra estudar com excesso.

Mas Zito era aplicado. Para o ano estava pronto para o ginásio, e desde agora Socorro perdia o sono com medo de ter o menino longe, no colégio interno, sem seus carinhos de mãe, Zito lia estórias, contando-as depois. Lendo uma de jaburu que ficara viúvo e carregado de silêncio triste, perguntou à mãe:

— Ficou como o mestre, não é? O mestre ficou viúvo?

Tinha pena do velho que parecia mesmo, alto, magrelo, sempre calado e triste, um jaburu do brejo.

Naquele domingo aportou ao engenho um carro com o pára-brisas cheio de retratos, trazendo muitas pessoas. Era outro candidato, agora para vereador. Severino agastava-se com aquelas visitas indesejáveis.

O que chegara era dono de casa de vidro e molduras na Rua Augusta, e se sentia chamado ao dever de representar e povo na Câmara Municipal do Recife.

Seu cartaz da propaganda era modesto e curto:

— Votem em Cipriano Aurelino Pires, o filósofo amável da transparência. Filósofo amável da transparência, por lidar com vidros. Prometia pouco: moralizar os serviços públicos, fazer um cinturão de verduras na Capital, para abastecê-la, Maceió, João Pessoa, Fortaleza e Salvador, por aviões diários; proibir porte de armas a qualquer pessoa, mesmo os parlamentares; mandar os gatunos do Recife para uma colônia, onde plantassem cereais para fartura do mercado municipal; enviar os presos da Casa da Detenção do Recife e das cadeias do interior para Fernando de Noronha, a fim de exportar o fosfato (guano) para a América Central e Estados Unidos; retirar do meretrício local as prostitutas de menos de 20 anos, e educá-las para enfermeiras; iniciar no Horto Zoobotânico de Dois Irmãos uma criação em larga escala de capivaras, para fornecer carne, forçando os marchantes a abaixarem pela metade o preço da carne bovina; fazer um metrô da Avenida Guararapes ao Engenho do Meio, descongestionando o tráfego do centro da Capital; proibir a venda de qualquer bebida alcoólica aos sábados, domingos e feriados; proibir a venda de alimentos pelas calçadas; obrigar à Prefeitura a fazer casas salubres para os pobres, acabando com os mocambos; fundar uma fábrica de doce-de-coco para exportação; fazer um redondel para touradas à feição de Madrid, desapropriando terreno de clube de futebol; proibir a criação de cães no Recife, que seria a primeira cidade do mundo a se livrar deles; proibir, sob pena de ir para a Ilha Fernando de Noronha, a presença na Capital de batedores de carteiras, punguistas, faquistas, ventanistas e descuidistas; linha grátis de helicópteros para conduzir operários para Carpina, Cabo, Vitória de Santo Antão, Jaboatão, Moreno, Gravatá, Bezerros e Caruaru. E finalmente grande prêmio anual, em dinheiro, para moça vestida com mais decência.

Juca, depois de ler o boletim de propaganda, entusiasmou-se:

— Está aqui um candidato que nos convém, principalmente se forem cumpridos pelo menos três itens: acabar com os cachorros do Recife, conseguir a criação de capivaras e darem, em concurso, grande prêmio anual à moça vestida com mais decência. Porque as despidas já os têm todos os anos, com a eleição da miss Brasil, e estão o dia inteiro nas ruas.

O filósofo amável da transparência abraçou o velho, murmurando com dilatado sorriso:

— Então já é meu partidário porque farei, não três mas todos os itens do meu programa.

Severino estava calado, mas agradou da saída do tio. O filósofo amável então declarou:

— Os senhores não votam no Recife mas têm família lá, numerosa família de muito prol. Vim aqui para obter esses votos.

Juca prometeu, em nome da família e o velho candidato saiu comunicativo.

Severino estava abismado:

— É incrível que um postulante a vereador vá resolver na sua doideira, como simples edil, coisas que competem ao Estado a à União. Está delirante, e faz uma plataforma que serve até pra Presidente da República.

Juca ria, gozando a política:

— O melhor é que ele aceitou a minha adesão, como se eu fosse senhor do engenho e o líder de nossa família no Recife. Veja como está maluco. Está doido como deputado que perdeu a eleição.

Severino agora sorria:

— Achei ótima a idéia da criação de capivaras, pra baixar o preço da carne de boi. É muito original. Faz honra a um economista da Tamarineira;* é transparentemente burro e louco. Juca estava satisfeito com o seu candidato:

— Ó Severino, então você queria que pessoa inteligente quisesse ser vereador do Recife? Voltou-se para uma sombra esquecida no banco:

— Não pensa comigo, Mestre?

— Não penso nada, por não entender o assunto.

Estava pensativo sim, mas futuras eleições do Limoeiro, onde teria com certeza pelo menos 1 voto, pra prefeito. Era o seu, o voto matemático que a si mesmo se dava há 40 anos em todas as eleições

* * *

---

* Hospital Neuro-Psiquiátrico Estadual, *casa dos doidos* para o povo.

Sílvia aniversariava dali a dois dias e Jonas pedira a Socorro a ajudar no preparo da casa, para festinha que ia fazer.

— Sílvia vive triste pelo que lhe aconteceu e não quer festa nenhuma. Tem razão, pois eu mesmo ando acabrunhado com a plástica.

O doutor explicara que, sendo arrancada a pele, saiu também parte do músculo e a plástica em parte falhou. Agora não adiantava chorar e o remédio era ir para a frente.

— Vão jantar com ela os primos do Recife e o padre Pilar. Devem aparecer os parentes de Barreiros, e minha sogra já está no engenho. Por que vocês não vão hoje?

— Vamos amanhã bem cedo.

— E o rapaz?

— Graças a Deus está bom.

Gritou para dentro da casa:

— Zito!

O menino beijou a mão do tio, que o abraçava. Falou para a cunhada:

— Pois é, você não imagina o susto que tivemos, Eu não quis falar, mas pra mim o caso dele era sem jeito.

— Não gosto nem de lembrar. Foi o golpe mais horrível que já sofri.

Entristeceu.

Não gosto de lembrar, Emagreci nove quilos, que não recuperei até hoje.

— Não fale mais nisso.

E alisando a cabeça do garoto:

— Está pronto pra outra, não é meu bem?

Sorria:

— Você precisa ficar forte como o tio Juca.

— Eu quero ficar forte como o papai.

Juca aproximou-se:

— Olhe aqui, malandro. Não quer ter a pinta do tio Juca? O tio é considerado bonitão nas Alagoas.

Todos riram.

— Eu mesmo me considero gostosão e além disto, sou valente, sou cabra curado. Seu pai não era capaz de avançar como eu em uma onça pintada, fazendo-a correr como eu fiz...

Socorro ria baixo, gostando da conversa. Zito encarava o tio.

— E a onça correu mesmo, tio?

— Se correu? Dei-lhe um tranco tão grande que ela caiu do pau, fugindo aos saltos.

Com os olhos maiores encarava Socorro:

— Foi mesmo, mãe?

— Foi; seu tio tem muita coragem.

— E nesse tempo eu era quase do seu tamanho. Até hoje sou afamado, sou respeitado como caçador de onça.

Os sobrinhos sorriam, complacentes. Jonas levantou-se:

— Então espero vocês. Mas vão cedo.

Ficaram combinados. Quando Jonas saiu, Zito voltou-se para o tio velho, impressionado com a conversa:

— E a onça era grande, tio?

— Olhe o tamanho. Deste tamanho, como um bezerro de ano, já desmamado.

O menino ficara pensativo.

— E você não teve medo?

— Medo? Eu ter medo? Quando moço morava no Umburana,e fiz bravuras que até hoje ninguém mais fez. Certo dia dois negros da senzala revoltaram contra o seu avô e resolveram matá-lo. Eram dois pretos imensos, escravos cabindas acostumados a caçar leões na África. Meu pai foi obrigado a castigá-los e eles tomaram ódio do velho, combinando fugir. Meu pai não sabia de nada, ninguém da família no engenho sabia da trama. Mas um escravo antigo muito leal a nós preveniu que ficássemos de olho nos negros, que estavam mal intencionados. Quando os cativos voltaram do eito, passavam aqui na varanda pra tomar a benção ao senhor. Eles ficaram atrás de todos, pra serem os últimos. Tomaram a bênção e eu perto do velho, de olhos neles. Pois o mais atrevido puxou de uma faca e pulou em meu pai, quando eu, com o cabo do piraí, dei-lhe uma porretada na munheca e tirei uma garrucha, disparando no preto os dois tiros de uma vez. O outro avançou com um chuço tirado da calça e vi meu pai morto, porque a garrucha só tinha dois tiros que eu dera no primeiro negro. Como disse, tirou o chuço e deu um pulo pra alcançar meu pai, quando encobri o corpo dele com o meu, dando na barriga do assassino um ponta-pé tão bruto que ele abaixou o corpo, apertando as tripas. Não cochilei, não. Sentei-lhe o cabo de pau-ferro do piraí na cara e o sangue correu. Ele, com o estoque na mão, deu um bote em meu pai, não alcançando, porque o pai se afastara quando dei a paulada no escravo. Minha mãe que chegava, ao ouvir os tiros, gritou, e apareceram muitas pessoas, que a custo amarraram o cativo. Eu estava ferido no braço pelo estoque manejado, quando o demônio avançou no primeiro pulo. Amarraram o negro que estava ferido, mas salvei meu pai.

— E o outro negro?

— O outro estava sangrando no chão.

Contava por alto a história, que foi exata. Evitara dizer ao sobrinho que o primeiro negro estava é morto, e o outro foi para o tronco, morrendo de noite. O ferimento não dava para morrer e falavam (foi verdade) que à noite, gente mandada (foi o capataz de então o Melquíades), acabou com ele.

O rapazinho estava preso aos lábios do velho, cujas palavras lhe abriam mais os olhos para aquela história maravilhosa. Estava ouvindo na vida real, o que sua mãe lhe contava de feito de heróis de tempos passados. Pois tinha ali, diante de seus olhos, um vencedor de assassinos a ferro frio.

Na manhã seguinte viajaram para o Umburana.

Enquanto na casa-grande esfuziava a alegria familiar de gente feliz, no início da chácara dos fundos matavam animais para o banquete do outro dia. O trabalho ocupava muitos escravos e o azáfama era grande.

Viam-se presos por cordas alguns cabritos e carneiros, para as buchadas. Um velho escravo amarrou um cabrito pelos pés, guindando-o, em laço passado no galho de jaqueira. O bode berrara com escarcéu, agitando mãos e cabeça, enquanto por perto se riam daquele aperto. O velho, antegozando o feito, verificou com a polpa de um polegar o acurado do fio da lâmina de uma faca pontuda. E agarrando as mãos do bicho suspenso no ar, enterrou-lhe a arma na garganta, degolando o animal que se agitava em frenesi. Em seguida, meteu a faca no peito de sua vítima, para a ferir no coração. De fato o bode parou os desordenados movimentos, quando foi arriado para o chão. Começaram a lhe tirar o couro, com o moribundo ainda movendo as pernas.

Nesse instante um crioulinho de seis anos, gordo e buchudo no seu camisolão, estava agachado perto de um dos carneiros presos por corda comprida a uma árvore. O negrinho, com vara fina espetava-o. Aquilo durava muito, o brinquedo irritante parecia não ter fim. Mas o menino insistia, indo para a frente do bicho, procurando agora lhe cutucar o nariz. Nesse instante o carneiro se afastou do moleque quatro passos e partiu para ele como um raio, marrando-lhe num zupo bruto o estômago.

O menino foi atirado longe para trás, caindo de costas com os braços abertos no chão.

Pessoas que tratavam o bode morto, correram a socorrer a vítima da marrada.

Ele morrera instantaneamente, sem um gemido. Depois da marrada, o bicho voltou ao lugar de onde partira, ficando de novo humilde e triste como sempre fora na vida. Muitos homens da casa-grande acorreram, procurando reanimar o morto. Foi em vão. Molharam-lhe com água fria a barriga, o peito, o rosto. Estava mole, desgovernado. Juca abandonou os movimentos ritmados, para fazer respirar o buliçoso.

— Está morto pra sempre. Já está no céu, pra onde vão as crianças.

Ajuntara gente para vê-lo. O velho Juca ia comentando:

— Morreu de imprudência. O carneiro, o mais pacífico e sereno dos animais matou-o, por não suportar a insistência de suas provocações. Até o carneiro, que andou no começo da era cristã no ombro de São João Batista e é considerado o símbolo da concórdia, tem seu instantes de ira, quanto mais eu que vivo dominado por dores e desilusões.

A morte do filho da arrumadeira entristeceu os presentes à festa. Foi mandada para casa ao lado do filho morto e, quem foi consolar seu justo desespero?

Jonas mandou tratar do enterro e o magarefe dos animais para carne do banquete, puxou o carneiro para debaixo da jaqueira. Ele acompanhou-o, obediente. O auxiliar das matanças agarrou-o pelos chifres, enquanto o negro matador lhe enterrava a faca no peito. Não valeu aquela facada que sangrou, mas não foi onde devera. Outra mais funda entrou pelas carnes. Notaram que o animal jogava o corpo para diante, como ajudando o ferro a lhe cortar por dentro, Não pulou, esquivando-se da lâmina nem deu berros como acontece nesse instante a todos os animais. Na terceira chuchada foi atingido no coração, como depois se viu. Então se arriou sobre as patas, mole deixando a cabeça cair na terra. De seus olhos sempre humildes começaram a cair lágrimas grossas. Lágrimas que talvez fossem o único protesto pela morte terrível, que exigiu três furadas a fundo. Zito que vira o menino e o carneiro mortos, perguntou à mãe:

— Porque mataram o carneiro?

— Porque ele ofendeu o menino.

— E por que foi que ele matou o menino?

Ninguém respondeu.

No salão de visitas, onde os móveis de jacarandá abrigavam os hóspedes, padre Pilar comandava as palestras. Quando ele apeara do carro, seu velho amigo Juca perguntou à dona Sílvia:

— Que é aquilo? O padre de cabelos negros, ele que já estava com eles cor de gambá?

Sílvia esboçou um risinho malicioso:

— É a moda, Juca. Padre Pilar é vaidoso.

Dera para pintar os cabelos, a cabeleira que fizera e faria inveja aos rapazes de hoje. Quando se acomodou na poltrona colonial estofada, larga e majestosa, Juca se lhe aproximou:

— Preciso saber o segredo de sua mocidade. O senhor é pouco mais moço do que eu, e parece meu neto. O padre riu alto e curto, como era de seu hábito.

— Ora você dizer que é pouco mais moço que eu. Você parece caducar. No colégio eu era dos menores, e você dos grandes.

— Nós dois éramos da mesma classe, dos médios. Lembro-me que o padre Abdias falou uma vez com você: — Moço, isto aqui não é parada de vaidade, e o senhor vive preocupado com os cabelos, mais do que com a gramática latina. Já aí seu colega José Albuquerque (era o Juca), não penteia os cabelos a não ser com os dedos. Vocês estão nos extremos, de cuidado demais e relaxamento.

O padre de novo riu, um tanto desapontado.

— Nem me lembro disso. Você podia ser colega, mas de outra classe.

Foram colegas de Seminário, mas padre Pilar era de fato mais moço que Juca, e orçava pelos 60 anos rijos e floridos. Sendo de velha família política nordestina, originária de Afogados da Ingazeira, seus pais sofreram ali perseguições mesquinhas, dos donos do sertão do Pajeú. Foram para a Capital, onde o filho cursava o Seminário. Seu pai respondia sempre:

— Não mudamos pra cá. Fomos tocados de nosso sertão. Ou vínhamos à força, ou morríamos de fome ou na peixeira dos jagunços alugados contra nós.

Sua esposa comentava de olhos tristes, onde havia sombras de recordações de seu agreste nativo:

— Não esqueço minha terra. Uma saudade tão teimosa, tão dolorida...

Vinham-lhe lágrimas repentinas. Ordenado, o padre Pilar tencionava ser Vigário de sua cidade perigosa. Não conseguiu, por imposição política. Seu desejo era escorraçar da região agressiva o chefes miseráveis, que perseguiram e amarguraram os dias de seus pais. Tinha idéias de governar o município com honestidade e dureza, não como padre, mas como anjo vingador, com auxílio do povo também perseguido de Passira, Sertânia e Flores. Não com os políticos ladravazes dessas cidades, porém com os jagunços disfarçados do vale do Pajeú, onde havia gente sem justiça, roubada e diminuída, sendo por isso mesmo região de criminosos ainda impunes.

Não saiu do Seminário para amar seus inimigos, senão para ser pior que eles, para dizimá-los com ira insopitável. O tratamento sofrido por seus velhos, determinou uma reversão nas suas idéias de bondade e paz. Sentia-se inflexível com os perseguidores de dois velhinhos fracos, duas sombras despejadas do sertão pela ruindade de homens que, no governo municipal, passaram agindo como bandoleiros com garantia da força pública, e com os poderes do ódio, para tomar terras alheias e expulsar seus donos.

O padre ficou duro e não deixou de sonhar a vindita, que se tornara o escopo máximo da sua vida. Todos os bandoleiros do alto-sertão, todos os bandidos do Pajeú começaram do mesmo modo, e acabavam responsabilizando o povo pelos agravos por eles sofridos.

Para essa escorralha do poder ilegal, dentro de um simulacro de leis, pois eram autoridades, se não havia a correção dos governos estaduais, havia a bala e o ferro frio, a vingança e a desforra.

O padre foi ficando no Recife, sob as asas do Arcebispo Dom Valverde, mas no seu coração, em vez do amor ao próximo, brotavam, como cactos espinhentos, todos os ódios de que um homem pode dispor.

— No sertão, a justiça é feita à maneira dos chefes políticos. Juízes outrora dignos caem sob a imposição dos prefeitos, seus asseclas e espiões, distribuindo essa justiça errada, tendenciosa e partidária. Os processos são feitos ao gosto daqueles crápulas e, terminados, comprometem inocentes e inimigos da situação, pois a prova testemunhal, a testemunha de vista que fez a prova, é sempre contra o perseguido. Levantava a cabeça, como pensando certo:

— Oh, como isto é baixo, como isto é desumano. Enquanto o processo faz a vontade do chefe político, a justiça há de ser uma burla, uma arma do ódio pessoal, uma infâmia e não justiça isenta. Por isso não acabam mais os crimes do sertão. Justiça ruim, vingança certa. Vingança em quem determinou o erro, em quem armou a mentira, em que fez a prova comprada. Isto é belo.

Padre Pilar achava a vingança coisa bela. Não podendo consertar o seu mundo, foi envelhecendo, foi esquecendo as lições de bondade e do seu coração, como fonte perene, manava o ódio que não morre. Amigo da família, estava ali para o aniversário de Sílvia. Não deu muita importância à morte do negrinho.

— A cada provocação responde uma reação. Um nervo reage, independente da nossa vontade. Morreu porque quis. Se aprendesse amar os animais não estaria morto.

No salão de visitas, o assunto era apenas político. Comentavam as possibilidades dos candidatos, os que eram fortes, os que eram bons, os arrivistas. Debatiam com muita paixão os casos municipais. O padre era radical:

— O governo estadual cabe ao mais hábil, os municipais às famílias de tradição. Mas, há uma coisa em que vocês não pensam: dois padres, em duas cidades próximas, estão pregando no púlpito a favor dos trabalhadores. Parece que o Arcebispo Dom Carlos Coelho consente nesse movimento. Isto é muito grave. Um desses padres fala do púlpito que o capital é roubo (por outras palavras, é certo) e que o direito dos trabalhadores tem que ser garantido por vontade do governo, ou pela força. Ora, isto é a revolução em trânsito, e provocação que ameaça as leis em vigor. Estão organizando sindicatos operários, e há ameaças para estabelecimento do que chamam os seu direitos. O doutor João, do engenho Morim, descria desse movimentos:

138

— Isto é fogo de palha. Não conseguirão nada, pois os senhores de engenho, que são a força tradicional da lavoura canavieira, deixam de concordar com esses loucos.

— Pois é engano seu, doutor. A época é mesmo dos loucos e o errado é que está certo, o absurdo é a lógica atual.

— Não creio.

— Pois tenha certeza de que vão surgir tempos difíceis. Há dias em Vitória de Santo Antão, uma professora discursou a empregados de engenho, revoltados contra a falta de pagamento, e falava em Marx, em direito das gentes em república sindicalista. Disse que o que garante o operário é o direito da greve, a sabotagem aos exploradores do trabalho mal pago. Não resta dúvida que atrás desses exaltados há gente escondida, que instiga o povo à desordem. Já falam em comícios populares que a propriedade é roubo, e tudo é de todos.

— São idiotas influídos pelo Prestes, inocentes úteis e desesperados apátridas. Tudo isto é questão de comida. Quem está com a barriga cheia não pensa nessas fantasias.

— Aí está o perigo. O Nordeste vive subnutrido. Temos 400.000 desajustados, só no Recife. Os governos esquecem o povo, que ontem foi amorfo e hoje toma corpo. Parte desse povo está vivendo dos alimentos para a paz, dos americanos. O desemprego é assombroso. Vejo barricadas, antevejo guerrilhas e muito sangue correndo nas ruas, e nos canaviais.

Chamaram para o almoço. Zito já comera e descansava, sob a vigilância materna. Não esquecera o negrinho morto, ele que nunca vira um defunto, e pensava que o mundo todo fosse a alegria enfeitando as coisas e as pessoas.

O almoço começou como festa dos ricos, com piadas e graçolas, dos que eram gastrônomos. Sílvia foi posta à cabeceira da mesa com o seu protesto, pois julgava que o lugar pertencia ao doutor João, patriarca da família do marido. Ele não concordou.

— A cabeceira á sua. Além do direito vitalício da dona da casa, o dia de seu aniversário aumenta esse direito.

— Qual, eu não ligo essas coisas. Gosto é que todos comam bem, pois preciso ver o que fazem lá dentro. Minha mãe quer que eu faça sala a vocês, que suas negras cuidam de tudo como escravas.

A mãe de Sílvia confirmava a referência a escravos:

— Ah, o tempo da escravidão! Havia ordem, respeito e as ladinas eram de correção inatacável. Algumas tomavam conta da casa toda, melhor que eu. Não havia certos problemas, como agora o das empregadas. Havia paz nas casas-grandes. O doutor João confirmava, batendo a cabeça:

— Se havia. Os tempos eram outros. As famílias cresciam sem os atropelos de hoje, as terras eram mais férteis, ainda não lavadas de todo pela erosão. Muita fartura...

A mãe de Sílvia completou:

— ... muita festa nos engenhos. Festas de oito dias ... noites esplêndidas.

O padre dava razão aos mais velhos, dona Joana e doutor João:

— Não sou desse tempo mas só a paz valia tudo. Trabalhavam cantando, que é uma forma de ser feliz. O mais doce dos sentimentos que é o amor, floria das almas e nos corpos,como bênçãos. Quanto maiores as famílias, mais orgulho para a Nação. O Imperador respeitado, que digo? venerado pelo povo, fazia grande o País, que marchava devagar mas firme. Nossa moeda valia ouro, nosso nome era considerado, nas outras terras. O nome brasileiro era padrão de dignidade e não como de velhaco e mestre de trampolinagem como hoje, que está significando para outros povos gente que não tem vergonha na cara. Foi nossa *belle epoque*. Juca vivera também nela:

— A gente era mais pobre porém tudo era mais barato e mamava-se o leite grosso da felicidade, sem dar satisfações a ninguém. Até os escravos eram políticos, descobriam-se na presença dos brancos, pediam a bênção... Os senhores eram seus Nhonhôs, as senhoras suas Sinhazinhas.

Ficou um pouco agitado:

— Quando é que um negro daquele tempo sorria de crítica, ao ser observado por seu dono mais velho? Nem mais velho nem mais moço; respondia sempre: In-sim, Nhonhô...

Juca falava aquilo ainda com ódio do crioulo Cristino, que sorria, quando o fidalgo ameaçou quebrá-lo ao pau de lenha...

O padre comia, como bom garfo que era:

— Não viviam como hoje vivemos, sob ameaça de ver divididas nossas terras, por valdevinos sem ter onde cair vivos. Dizem que a escravidão tinha defeitos mas eram os escravos que faziam a fartura, sendo os seus braços os que iniciaram aqui a civilização da mandioca, em São Paulo as plantações do café, no Ceará a de algodão. Tínhamos crédito externo, tínhamos vergonha nos rostos, pois comíamos e bebíamos o que era nosso e comprávamos a dinheiro, lá fora, o que nos faltava. Os engenhos do Nordeste e as fazendas do Sul viviam com os celeiros estourando das colheitas fartas, sabíamos gozar a paz e fazer a guerra. E os homens que havia! No Paraguai nossos comandantes mais bravos foram um Caxias, um Marquês do Herval, um Cabrita, um Andrade Neves. Não pensem que os escravos não estiveram lá. Foram aos milhares, já libertos, porque os paraguaios diziam que nosso Exército era só composto de cativos. Partiram como homens livres, e mesmo os que não eram brasileiros se portaram como bravos.

Tossiu nervoso.

— E hoje? Falam em direitos do homem, como na Revolução Francesa, falam na *causa*, falam nas *massas* e que a propriedade é roubo... Parece que a sua Bíblia é certo livro de judeu alemão Marx. Mas não dizem que um deles, Lenine, morreu de paralisia geral, que é forma trágica da sífilis. Tudo isto é resultado da turbulência moderna, essa loucura de desejar o alheio e dividir o que é dos outros entre marginais. Esperam o pior. O que está acontecendo é um assalto de cínico modernismo político, frontalmente contra a ordem social estabelecida.

O doutor João bebeu um gole de vinho maduro:

— Isto não conseguirão e, se conseguirem, eu talvez não presencie tudo, porque estou com a morte à vista.

Todos protestaram.

— Não, enquanto parte de meu sangue correr em gente moça, como os sobrinhos presentes, os assaltantes não terão êxito no avanço para roubar.

O padre cortou a conversa com muita elegância:

— Sabem de uma coisa? Estamos falando inconveniências, pois hoje é dia de júbilo para todos. Devíamos discretear sobre coisas belas, pois é aniversário de dona Sílvia e nós falando em assuntos estúpidos.

Estavam servindo os doces da sobremesa. O padre levantou-se para uma saudação.

— Como sou dos mais velhos, não o mais velho desta sala festiva, devo fazer am brinde. Este brinde devia ser feito por ilustre pessoa, o doutor João ou por meu antigo colega major Juca.

— Protesto, por ser muito mais novo.

— Além do mais, sou um padre honrado com a confiança da família desde muitos anos, confiança transformada em sólida amizade. Mesmo que os mais velhos aqui presentes falassem, eu tinha o dever de também me unir a eles. Sou aquele que fala dos púlpitos, o que é missão espinhosa, mas neste instante vou falar entre rosas, falar sorrindo, porque felicito uma senhora que une a espiritualidade de sua alma à floração do corpo. Neste lar que já viu grandes senhoras, ela irradia sua presença como espalhando graças. Sempre a vi encantando o lar, que foi de meu saudoso cel. Prudêncio e é hoje seu e do major Jonas. Na família dos donos desta casa-grande não há melhores nem piores, todos são igualmente bons. E, com a chegada de dona Sílvia este lar voltou a ser santo, como já fora no tempo de comadre Alexandra.

Aprumou-se, fazendo pose doutoral!

— Agora andam por aí uns simplórios maus atirando lama nas famílias, com o sonho de dividir, por bem ou por mal, as propriedades. Nesta casa honrada eles não entrarão, porque mora nela uma santa. Ser portadora de tão altas virtudes é dom recebido, como lição para os homens sem Deus. Mas se vierem, se invadirem este templo, não terão conta no seu sangue derramado, nem talvez tenham tempo de ver as lágrimas de suas famílias. Para eles não poderá haver piedade.

Pigarreou seu catarro nervoso:

— Mas esqueçamos a miséria dos doidos sem grade. Bebo à saúde de dona Sílvia, pedindo a proteção de Nossa Senhora do Carmo para sua vida.

Todos os presentes ficaram pasmados da coragem do padre que, pedindo no começo para mudarem de assunto, que era imundo, voltou a ele com mais violência no discurso, aconselhando reação armada contra uns socialistas da esquerda, conforme eles se chamavam. É verdade que ele fora traumatizado em rapaz pelo caso de seus pais, no sertão. Estava sob impacto da campanha reivindicadora a favor da coletividade, de terras legítimas em meio conservador como os dos engenhos nordestinos. Mas Juca apertou-lhe a mão:

— Brabo, mas bom. No seu terreiro, nem o diabo mais velho do inferno pisa. Me encheu a gaiola da alma, que é o meu corpo todo.

O padre agradeceu sem brincar. Estava na verdade apreensivo.

* * *

Depois do banquete, as visitas principais foram para o salão de receber, continuando a comentar a propaganda eleitoral, que fervia por todo o Estado. O doutor João estava aborrecido:

— Os novos, isto é, os intrometidos, querem desbancar os chefes da política tradicional de nossa Província. É a invasão dos bárbaros, contra nossa solidez econômica. Vejo alguns dos nossos simpatizando com os badamecos. É inconcebível, mas no fundo esses sacripantas não são mais que traidores. Jonas num gesto nervoso, sacudiu para a frente a manga direita do paletó.

— Creio que podemos ficar tranqüilos, porque o nosso candidato tem muitos amigos.

O doutor João balançou a cabeça, em lição de velhice:

— Não julgue os homens por seus amigos, que podem falhar, e, sim, por seus inimigos. Quanto piores forem estes inimigos, mais digno será o homem que se afastou de gente que não presta.

Juca se intrometeu agitado:

— Pois veremos se nossos amigos falham! Nunca falharam.

O padre achava grave o momento:

— É preciso união. Pois se não nos unirmos, lá irá tudo quanto Marta fiou. Sou de olho por olho, de dente por dente. Querem agir contra nós com armas, esquecidos de que as temos melhores. Não sou homem de panos quentes. Ameaçam invadir nossas propriedades; resistamos a essa invasão a fogo e a ferro branco. É o direito sagrado da legítima defesa, da defesa da vida e dos bens.

Estava no engenho o primo Ananias, do engenho Roncador. Chegou em esplêndido cavalo fouveiro estrelo de canas pretas, apenas repassado. Viera do Sul e fora comprado ma exposição de animais do Cordeiro, no Recife. Refugador espantadiço, era animal valente e arisco, dos que bufam assustados à aproximação de estranhos. Ananias informava:

— É um aborto de andares; cômodo, brioso, mas não está certo de boca, pois ainda anda de bridão.

Severino engraçou-se pelo potro, já que os pernambucanos de posses são fanáticos por animais de raça. Ananias ofereceu:

— Quer repassar? Você é cavaleiro.

— Já fui, mas o jipe vai destreinando a gente. Atualmente só tenho cavalos de serviço, mas gosto da estampa de seu manga-larga.

144

Ananias reapertou a barrigeira afrouxada ao chegar, e Severino se aproxima para repasso no campeão. Não foi fácil montar, o bicho estranhou, inquieto e espantado. Cavalgou mesmo sem polainas, calçando antes as esporas, enquanto o primo explicava:

— Não conhece esporas. Tem o queixo um tanto difícil, duro, por estar sendo acertado agora.

Severino enfiou a tala pela mão, e deu uma volta pelo terreiro. O primo dizia:

— No terreiro você não pode apreciar a marcha do bicho. Ande um pouco na estrada.

O major saiu pelo caminho do Maturí, contendo o animal que, muito árdego, pedia rédeas.

Zito apareceu na varanda, perguntando pelo pai.

— Está repassando meu cavalo.

No salão estava difícil o acordo político. O doutor João, nobre veterano de antigas campanhas eleitorais, não mudara seu ponto de vista:

— Combatê-los, mas nas urnas. Não devemos ligar muita importância ao que dizem. Seu modo de trabalhar é fazer confusão. Aumentemos o alistamento, e esperemos a coisa. O padre discordava, bastante enérgico:

— Pensem que já existem padres com eles. Infelizmente, o Arcebispo consentiu que esses sacerdotes se metam com os malucos, talvez na intenção de conciliar. Estão se alastrando como ramas de jerimum ao inverno. Combatê-los nas urnas, sim, mas também não lhes tolerando o atrevimento de mudar tudo, de estalo. Não silenciar diante das provocações. Na guerra, como na guerra.

* * *

Zito estava encantado com o comedor para pássaros que havia ao lado da varanda. Era tabuleiro no topo de poste, onde espalhavam alpiste, arroz, fubá e xerém.

Rente fora fincado no chão galho seco onde pela manhã espetavam frutas. Desde bem cedo o menino estava embebido nos passarinhos que ali iam comer. Alguns eram lindos, os galos-de-campina, xexéus coloridos de preto e amarelo, saíras-de-sete-cores. Juca lhe dava o nome de todos; naquele instante mostrava um bem-te-vi e canário do campo vermelho-sangue.

A tarde em claridades cegantes, estava quente, com céu azul claro de aço.

Sem que ninguém esperasse, um corujão imenso, pardo e cinza, revoava em frente da casa, entrando pela varanda em cujo peitoril pousou.

— Que é isto, tio?

— É uma coruja-boi. É ave noturna, e não sei como veio aqui com este sol.

O próprio Juca estava admirado:

— Deve ser fome.

Ela estava imóvel, com a cabeça feia salientando o bico recurvo e penas dos lados, como orelhas. Olhava estática, sem se mover e tinha as penas bonitas.

O velho continuava ainda surpreso:

— Nunca vi uma coruja de dia e esta é mansa. Parece abobada com a claridade.

Nisto chegou Socorro à procura do filho e foi-lhe mostrada a indesejável visitante.

— Olhe, mãe, uma coruja.

A senhora teve um estremecimento:

— Coruja? Cruzes! Tenho cisma disto!

— O tio disse que ela está com fome.

Zito estava encantado com o comedor de pássaros que havia ao lado da varanda. Iam ali comer galos-de-campina, xeréus, saíras-de-sete-cores.

$\rightarrow$

A ave impassível e imóvel parecia espiar as pessoas, movendo a cabeça quando alguém entrava e saía da varanda. Socorro estava espantada:

— Tenho horror disto, Juca!

Nesse momento, ela abriu as compridas asas pedreses de cinza e negro, revoando pelo varandão para desaparecer no rumo da casa da moagem. Socorro persignou-se de olhos muito abertos.

Ananias estava no salão, ouvindo a interminável palestra política dos parentes.

Eles chegavam à conclusão de que o movimento dos socialistas era perigoso e o governo estadual omisso. O padre falava com base nos fatos:

— O governador parece abúlico e não vê o perigo ameaçar o povo. Essas coisas se combatem com a força, pois a indisciplina invade as instituições e ninguém vê. Firma-se em eleitores que vivem desiludidos de providências a seu favor, e há mesmo animosidade do povo contra os poderes constituídos. A prova é que, de ano para ano, de eleições para eleições, diminui a porcentagem dos eleitores que vão às urnas. É péssimo sinal, prova de que eles se desinteressam pelos candidatos, em vista do descaso que, sendo eleitos, votam às coisas públicas. Fugindo a coruja, que várias visitas apareceram para ver, esperavam curiosos sua volta.

Nesse instante um barulho estranho, um estrépito de cavalo em disparada se ouviu, no rumo do caminho que ia ao Maturí. O rumor insólito aumentava, e apontou na reta de chegada do Umburana um animal em carreira louca, arrastando alguma coisa. Do salão também perceberam a bulha desusada e Ananias, acompanhado pelos mais visitantes corre para a varanda. O poldro fouveiro chegava ao pátio correndo desabrido, e ao mesmo tempo escouceando, à procura de se desvencilhar do que arrastava. Ananias gritou:

— Socorro, gente! Socorro! É Severino!

O cavalo entrou pelo curral e adoidado, a fungar alto, tinha preso por um pé no estribo, Severino, que fora arras-

148

tado na galopada. Fecharam a porteira. Muitas pessoas tentaram se aproximar e o orelhudo não consentia, ainda escouceando, a avançar para os que se aproximavam.

Lançaram o redomão, que foi encostado no pau da jaqueira da porta. O animal bufava, assombrado. Cortaram o loro do estribo, apanhando o major. Estava irreconhecível.

Foi levado para um banco do alpendre. Seu rosto era uma ferida só. Estava esbandalhado. Parecia ter todos os ossos partidos e a perna presa ao estribo fora destroncada.

Levantou-se então na casa-grande um clamor tão alto, gritos tão desvairados, choros tão doidos como ninguém ouvira no mundo.

Capítulo 7

AGUAMAR

Socorro não quis ir logo para o Recife, onde tinha casa, a mesma em que moravam os primos e onde estivera pela doença do filho. Estava desolada.

— Não quero mais nada com a vida. O que me prende ao mundo é meu filho, o resto pouco me importa. Ficara rica, tendo, além do engenho e duas casas, na Capital, a herança em dinheiro do marido, que incluía a que ele recebera dos pais.

A fortuna dessa gente vinha de longe, sempre acrescida por bons negócios e usurpações, feitas desde o bisavô Cincinato. Ao falar nos bons partidos, os rapazes comentavam nas reuniões boêmias:

— O melhor é a viúva do major Severino. Além de bonita, engraçada e espirituosa tem ouro às pampas. E nova, quase em folha.

— Nova?

— Sim, 26 anos de gente bem tratada, que não trabalha. Está com a força toda. Fiquem sabendo que mulher sadia, com essa idade, vale mais que uma de 17 anos.

— É mais sabida.

— Não é isto. É que só então ficou mulher com sua forma completa, está na posse da mocidade amadurecida. Riram maldosos. Zuza voltou a Socorro:

— Como foi que o major morreu? Caiu do cavalo?

— Depois do fato acontecido, apareceu uma testemunha de vista. Foi um roceiro que passava perto. Diz que Severino abria uma porteira, quando o poldro negou o corpo e ele caiu. Seu pé ficou preso no estribo, e o animal dava coices furiosos pra se livrar dele. Saiu disparado pela estrada e o corpo foi batendo, no arrasto, em paus e pedras. Era cavalo possante e o galope foi pavoroso. Dizem que chegou no engenho, como posta de carne. Ninguém sabia onde era nariz e boca. Também foi arrastado por meia légua. Os arreios viraram e não caíram por estarem firmes na barrigueira e peitoral.

— Foi horroroso. A viúva hoje sofre sozinha, porque não quis mais ficar no engenho.

Tomou pavor de lá.

— Mas tem um filho.

— Um filho, mas adotivo, e filho de uma cunhada, Betânia. Falam que no inventário, o irmão da morta tinha parte, pois o casal não teve filhos. Mas o irmão desistiu em favor da viúva.

— O garoto deve ser registrado como filho.

— Não. Ele tem pai, que mora em São Paulo. Quando Betânia morreu, ele mandou procuração a um advogado para o inventário e os bens foram divididos entre o viúvo e o menino.

— É verdade. Ele nunca mais voltou aqui.

— Mora em São Paulo, é sócio de firma importante. Uns dizem que casou, outros que não. Creio que não conhece o filho, que também não precisa dele pra nada. Foi criado por Socorro e o major era doido por ele.

Depois de viúva, a senhora passou um mês na casa dos pais, no engenho do Cabo. Apurados os negócios, voltou para o engenho, sempre assistida pelo major Jonas.

O Maturi passou a ser engenho de fogo morto. A cana plantada ali, começou a ser moída no Umburana. O rapazinho fez a admissão no ginásio e a mãe se mudou para a Capital a fim de assistir ao filho. Seu engenho, onde raro ia, ficou dirigido pelo cunhado. Juca, bastante velho, é que foi

151

com ela para a nova residência onde é companheiro indispensável.

Depois da morte do sobrinho, o velho passou uns tempos meio abobado. Temeram que estivesse leso, mas Socorro deu-lhe trato, e de novo arribou. A prima Alice que vivia agora em outra casa falava sempre com pena dele:

— Coitado! Perdeu toda a família e anda pelas casas dos sobrinhos, como cachorro sem dono. Bem se diz que pra quem come de favor, farinha não tem caroço. Seu marido não concordava com a comparação:

— Vive tratado a velas de libra. Os sobrinhos sempre tiveram por ele muita consideração. Quando Severino morreu, já havia tempo que ele estava em sua casa, e não o deixaram sair. Vendeu mesmo o engenho de Alagoas e vivia sossegado. Juca é homem rico, mas procura na companhia dos parentes, a própria família que perdeu. Agora parece mais feliz, porque tem o filho de Betânia como se fosse um dos seus, que estão no céu. Socorro trata-o como parente considerado.

Quando o menino passou no exame de admissão, o Mestre Maia foi despedido. Alegrando-se com o êxito do discípulo, abateu a fronte pensativa por perder o emprego. Ficou acabrunhado, de triste que até ali sempre fora.

Mestre Maia devia voltar ao Limoeiro, ser reintegrado na confusa família, de que era escravo e servidor. Juca bateu-lhe no ombro:

— Vou perder o companheiro de solidão. Ficarei só, na babilônia deste engenho. Dizendo só, não digo bem: fico com as sombras queridas dos meus que se foram, porque minha família somos eu e essas doridas sombras. Vocês não as vêem mas convivo com elas, conversamos, somos unidos e vivemos juntos como se todos nós fôssemos vivos. Estou, pois, um pedaço aqui no mundo, um pedaço da carcaça. No outro mundo, invisível para vocês, está a outra metade, na paz da confraternização familiar. Eu e o mestre vivemos muito tempo juntos, não comigo inteiro como já fui, mas com a minha carcaça, a que é parte insignificante de meu todo. Pois agora vamos nos separar. Você volta pra sua família, pra o sossego do lar, onde sua velhice é alegrada pela mocidade de sua esposa. Deus siga na frente, iluminando o seu caminho!

Mestre Mala não precisava chorar, para que sua cara fosse sempre de choro.

— Para mim este dia é tristemente alegre. Deixo este solar onde fui tratado com respeito, e em que iluminei o cérebro de meu aluno. Feliz do senhor, que vive com suas sombras. Na minha casa é o contrário: os vivos convivem com uma sombra, que sou eu. Estão no mundo, onde gozam a alegria de viver e eu os incomodo, porque sou a sombra de um morto, entre eles que estão vivos. Não lhes podendo dar o conforto de que precisam, me diminuem e me humilham, julgando-me demais na terra. Sou um intruso entre eles, pois carecem do que um morto não pode dar. Sabe de vivos que já morreram e de mortos que estão vivos? O vivo que já é sombra sou eu; o senhor é morto que ainda vive, porque está mais entre as sombras dos que passaram a outro lado. Consertou a garganta:

— Aqui tive alimento e paz que sobram na família, e na minha casa vivo da sobra do afeto dos que eu sustento. Para dormir aqui, fecho os olhos e lá desejam que eu os feche e não abra mais. Agora vou levar minha velhice, para viver com os moços de minha família. Hoje só sirvo para levar minha velhice para aonde vou. Não levo alegria, nem bem-estar, nem amizade. Conduzo apenas a velhice para importunar os outros. Tenho culpa de ainda estar vivo. Vivo, a fraqueza me acusa de incômodo; morto, a mentira me lembrará com saudade. Deixo todos desta casa, como quem morre deixa, por força da morte, a quem quer bem. Despeço-me das árvores, dos pássaros, das águas das lavouras, dos humildes do engenho, com pesar de quem deixa o que lhe pertence. Confundi-me com tudo isto; foi preciso me arrancar com as raízes deste chão, para ir embora.

Encarou fixo o rosto do amigo:

— O senhor sofre, eu sei, mas é velho verde. Pode ainda casar.

Juca sorriu, para entristecer de repente:

— Quando eu vejo as moças de hoje, mais falta sinto do caquinho velho, a minha mulher, que hoje é sombra perto de Deus. Nosso amor dura até hoje, pois, ao fechar seus olhos, eu lhe disse no ouvido que, mesmo separados, eu seria só dela, até que fosse de novo para a sua companhia. Ela era o massapé, de onde brotaram as canas-caianas abençoadas que foram nossos filhos. Ainda sinto na boca a doçura daquelas canas, e sei que é triste sofrer no mundo o cheiro dos bagaços, que a safra de suas vidas deixou perto de mim. Esses bagaços são a saudade que não morre.

Agora Mestre Maia partia. Fora feliz, vivendo ali três anos, obrigado a umas tantas necessidades aborrecidas.

Ali o mestre assistia a parte da campanha verbal dos candidatos a postos eletivos. Estava a par das aspirações de todos. No íntimo, para ele ninguém servia. Agora ia votar na sua terra e andar sondando amigos e parentes, com os quais falou na incapacidade de todos os pretendentes. Concordavam. Daquela vez foi mais franco:

— É uma tristeza votar em gente estúpida. Revolto-me contra essa politiquice baixa. Eu, se fosse o caso, aceitava o cargo de prefeito, para incrementar progresso, para restabelecer a justiça. Seria um sacrifício feito por amor do meu povo. Iniciaram mesmo um trabalho em favor dele:

— Está aí um candidato excelente. É de preparo, sem partido, apolítico e ama nossa terra.

Vários cidadãos concordaram.

— Eu nem me lembrava dele. É candidato de primeira, ordem.

O mestre passou a visitar amigos, discutir o assunto, bem recebido por clero, nobreza, povo e tropas. Estava cotado, até pelo padre Giovani que declarou com ênfase:

— Parece que desta vez ele vai. Tomara que vá.

* * *

Quando terminou o 1º ano do ginásio, Zito, que sempre fora sadio, apareceu com crises de asma. Levado a uma clínica, não teve resultado. Não tirou resultado com muitos outros.

Afinal um deles aconselhou levá-lo a uma praia.

— Ele não é asmático. Tem crises e, se para uns a asma agrava nas praias, para outros a melhora é imediata. Não vá para praia do mar-alto, mas para uma abrigada, com pouca freqüência. Uma que lhe convém é a de Atapus, praia particular e sem nenhum conforto. É aconselhada porque, na praia, está o Rio Capibaribe e o mar depois dele, mais longe. O rio se une ao mar, descendo para Ilha de Itamaracá. Do outro lado de rio estão as praias do mar.

A praia era de amigo de Jonas, que arranjou uma das quatro casas de alvenaria para a senhora. Foram apenas ela, o filho, a cozinheira e a velha mãe-preta. Juca ficara guardando a casa. Uma onda de assaltos varria a cidade, e a polícia não sabia de nada. Quem fosse reclamar ouviria dos psicólogos da polícia uma só desculpa:

— Não temos verbas nem pra transportes, nesta terceira cidade do Brasil,e de gatunos já fichados estamos com 50.000.

Foi esta uma das razoes pelas quais Juca ficou guardando o solar. Um caminhão levou as coisas principais para a casa de praia de temporada, inclusive as duas pretas.

Na manhã fulgurante daquele dia de verão o jipe deixou na ponta de Arataca a estrada de Goiana, entrando pelo cadinho de terra do Gambá. Zito praguejava os socalcos e buraqueira, admirando os coqueiros macaíbas marginais, altos, finos em baixo e em cima do tronco, e muito grossos no meio, lembrando uma sucuriú que engolisse bicho volumoso.

Foram andando por terreno arenoso de marés, até atingirem a lavoura de abacaxis do velho Sebastião. Sebastião tratava da planta de abóboras e abacaxis, que em Goiana trocava por cachaça.

Seus abacaxis eram miúdos e azedos, quando, ali mesmo perto, em Também, se colhia o abacaxi melhor do mundo. O pico-de-ouro é fruta para paladares finos, saboroso e de gosto de mel silvestre. Mas Sebastião não vendia sua safra, trocava-a pela bebida bruta, principalmente pela Pitu, vinda da Serra Grande e com fumaças de ser coisa pura. Levava suas carroças de fruta e voltava com elas carregadas de garrafas, o que causava grande gaudio à sua enorme família, onde todos bebiam, até os meninos. Seu vizinho Gamaliel sabia de sua vida:

— É uma vítima do irmão, que cometeu crime bárbaro na Paraíba. Matou de dia na estrada pra roubar, e o crime foi descoberto. O assassino foi preso e Sebastião teve pena do mano, criado por ele, por morte do pai. Sabendo-o encarcerado, apresentou-se como autor do homicídio, para inocentar o acusado. Teve condenação alta, de muitos anos, mostrando-se bem comportado na Penitenciária. Sua família, está aqui, é imensa: Além de três moças solteiras (moças bonitas), tem em casa outra, separada do marido e com quatro filhos. Tem ainda mais três menores e a sogra que mora aí. São quatorze bocas para comer e beber muita pinga. Isto sem contar ele próprio que é maior consumidor da água braba. Mas todos ajudam na roça, trabalham como podem na plantação de abacaxis.

— Então foi condenado.

— Foi condenado e, como preso modelar, mandaram-no com turma da Penitenciária que trabalhava nas estradas. Fugiu na primeira oportunidade, e agora vive aqui na obrigação de beber todo o seu trabalho.

— E o irmão?

O irmão, criminoso covarde, há pouco apareceu por aqui, com desculpa de lhe fazer uma visita. Esteve por uns dias na sua casa e uma noite arribou com a filha mais engraçada do mano. Levou a sobrinha e a última notícia é que moram na Várzea do Sousa, perto do açude Boqueirão. Falam que a mocinha já está grávida. Sorriu conformado:

— Há gente pra tudo no mundo...

Sebastião vivia ali sob o perigo de ser preso a qualquer hora, para cumprir a sentença pegada para defender o irmão. Pode ser preso hoje, amanhã. A qualquer hora pode ser levado pra purgar muitos anos por crime do outro. Não verá mais sua roça de abacaxis nanicos, o sorriso dos filhos e a brancura da dindinha. Pobre homem.

Mas o velho sorria, sempre bêbado entre os seus também bebidos, A recompensa do matador foi levar-lhe a filha, que já está de bucho alto.

Socorro chegou à praia ao escurecer. As negras dispuseram os móveis, varreram a casucha, acendendo lampião de gás.

A tarde vinha do mar, por trás do rio, e a viúva, sentada, via, pela janela, as sombras compactas dos coqueiros da ilha de Itamaracá, onde a noite já chegara. Via as sombras dos coqueiros e o mangue rasteiro de quixabas, com outras sombras no coração. Via alguém moço, desempenado, chegar do serviço do campo. Alguém que hoje era também sombra na sua dorida lembrança. Na aldeia de pescadores acendiam-se luzes vermelhas de óleo de peixe, nas cafuas de capim de beiras no chão.

*   *   *

A noite foi pouco dormida. O barulho dos coqueiros, com o vento do mar, era áspero. Às vezes fazia medo.

Às lufadas marítimas vergavam os coqueiros mais altos e suas frondes descabeladas pareciam murmurar, protestar, gemer. Sem demora tudo serenava.

O sono ia vazando em Socorro o esquecimento de sua saudade. Madorna doce a levava. Mas de novo revinha o vento a remexer nas folhas, a entrechocar as espatas secas e o barulho surdo, depois vivo, a acordava. Não raro o marulho era distante, amainando. Não demorava a subir de tom, a bramar nas folhas dos coqueiros mais próximos, rentes da casa. E todos eles da praia sussurravam juntos, impedindo o sono desabituado daquilo. Pouco dormiu suas madornas assustadas.

Ao clarear, quando se via o primeiro sol na copa dos coqueiros mais elevados, ela estava de pé e chegou à janela para ver o dia. O sol apenas dourava em cima das palmeiras e a claridade era muito viva.

Foi à porta dos fundos para conhecer o quintal, para ver as coisas. À esquerda, na grimpa de coqueiro velho, um galo-de-campina cinzento e vermelho cantava claro e alto:

— Padre, filho, esprito-santo...

Outro, em desafio, à direita, no grelo de coqueiro novo respondia em tom marcial:

— Mulé... mulé é o diabo...

Procuravam-se, desafiavam-se, cada qual disputando a chefia de seu bando na região. Um xexéu negro e amarelo na folha de bananeira do quintal, obrigava a garganta acostumada a cantar como todos os pássaros:

— Xé...xé...xé...xé. Rrrxexé-iii...

Rolas cafutes pequeninas já andavam nas areias das ruas e do quintal:

— Ru... ru... uu-uuu...

Todas cinzentas claro, têm leves pintas negras nas asas e salpicos no peito redondo. São graciosas, leves, delicadas. Seu bico parece de pouca resistência para quebrar um grão de alpiste. Vivendo nas caatingas, seu arrulho é baixo e harmonioso. Têm a tristeza da região silente onde vivem.

Aparecem às vezes nas praias, tão maneiras que podem ser tangidas pelos ventos. Sua voz, de poucas notas, sai de peito fraco e já vem da garganta como suspiro dolorido.

Os pássaros da praia, ficando alegres com o sol, o recebiam com seus cantos. Só o João-Garrancho, pardo, feio, sem graça, pulava de seu ninho enorme de gravetos, com um pio desafinado, que era o que podia fazer, era seu canto completo:

— I-iu! I-iu!

Para reforçar sua voz ridícula eriçava o topete de penas. Sua figura de palhaço lembrava certos homens.

— I-iu!I-iu...

Cada um dá o que tem. João Garrancho só tinha aquilo.

Zito levantou-se tarde, quando o sol queimava a praia. Para lá do rio, já no mar, se viam velas brancas de jangadeiros afastando-se. Pareciam paradas.

O mar cintilava reflexos de luzes cruas.

Socorro saiu com o filho para o banho recomendado. O banho era de águas misturadas com a do mar. O rapaz deteve-se na margem lamacenta, para ver as marias-farinha cor de osso correndo velozes de um lado, às vezes para trás. Fugiam rápidas entrando nos buracos. Procurou pisar em uma, não conseguiu. Eram sem préstimo para comer-se, sem préstimo para nada, como certas pessoas.

Passara mais ou menos a noite, tendo crise moderada na antemanhã, quando esfriava.

— Vamos, filho, entre nágua.

Ele nem ouvia. Andava atrás das marias-farinha. Quando foi para o banho, com esforço se livrou da lama submersa. Queixava frieza mas deu umas braçadas de nadador de ribeirão e parou em pé olhando à esquerda, longe o morro de coqueiros de Catuama e, embaixo, aberta para as areias do mar alto, a aldeia ao sol da Barra de Catuama. À direita parecia perto o sul da ilha de Itamaracá, ensombrada pela floresta de coqueiros velhos que chegavam perto das ondas.

Deu mais uns nados-de-cachorro e saiu com frio. Almoçou com fome e à tarde já se acamaradara com filhos de pescadores. Socorro foi visitar a igreja pobre de São Benedito, construída no centro de coqueiral da praça de mocambos. A igreja era sem enfeites, como as dos protestantes. Orou, ajoelhada diante da imagem do santo preto.

— Coitado, tão feinho.

Achara-o feinho, mas era horroroso. Apavorantemente feio se bem que milagroso, na opinião das mulheres praianas. Voltou ali muitas vezes, rezando convicta. Pedia por quem não era vivo a não ser na sua lembrança e pelo filho.

Naquela tarde correu na aldeia uma notícia, nunca ouvida ali pelos pescadores. Dera na praia do mar, lá fora, em frente de Atapus, imensa baleia.

— Baleia deu na praia! Um mundo de baleia!

— Tem baleia dada na praia! Uma baleia medonha! A população alvoroçou-se. Partiram canoas das muitas amarradas mesmo em frente da rua principal, levando famílias pobres para verem o monstro encalhado no seco.

Zito agitou-se queria ir também. Socorro alugou um bote e foi com o filho ver a coisa.

A baleia fora jogada na praia por um vagalhão furioso e estava atolada na areia. Ainda vivia, gemendo. Aquela montanha de carnes gemia. Parece que não se esforçava por sair do solo úmido, porque estava imóvel e tinha parados os olhos minúsculos, muito limpos. Sua pele rugosa em ondas, lembrando telhados antigos, já secara a água do mar. Os únicos sinais de vida do monstro eram os gemidos abafados. Lembravam trovões surdos, abemolados pelas distâncias.

Já havia muita gente em seu redor. O menino estava atoleimado com aquilo.

— Que é isto, mãe?

— É baleia, bicho do mar.

Nisto viram no mar um filhote da baleia, chegando o mais perto possível da mãe, inquieto pela separação. Gania como cachorrinho recém-nascido, gania impaciente por estar só nas águas. Seu aparecimento foi festa para a gurizada:

— Olhe o filhote!

Uma jovem filha de canoeiro estava encantada:

— Que bonitinho!

Quando as ondas mais se aproximavam ele vinha até perto, voltando ao refluxo da vaga. Desaparecia para de novo se aproximar sempre ganindo.

160

Nessa altura pescadores com facões começavam a espostejar o cetáceo. Fincavam nas carnes o facão para começar o corte, prolongado por mais de metro. Arrancavam gordura branca e a punham em panelões, latas e frigideiras, em trempes improvisadas na areia.

Eram inúmeros os cortadores do animal, atacando-o por todos os lados. Arrancavam extensos lapos alcochoados por toucinho alvo.

As areias embebiam o sangue abundante.

Já trepavam pelo monstro, retalhando pedaços, do largo dorso para os flancos. Muitos homens tentavam cortar com machados e foices a cauda monstruosa, que lembrava o leme dos grandes navios transatlânticos postos a seco no estaleiro de conserto. Apesar do espostejamento, a baleia ainda gemia. Os fogaréus fritavam-lhe as postas apurando o óleo precioso da babilônia de carnes, enxúndias e barbatanàs. Contudo ainda estava viva, gemendo. Em alguns ângulos do vasto corpanzil apareceram ossos e a cauda descomunal resistia às machadadas.

Chegavam mais canoas, com gente preparada para fritar banhas. Na orla do mar, com o arquejo das ondas, o baleote vinha com elas, a procura da mãe, que via de longe.

Foi quando a um alarido dos moleques escorreu leite das entranhas da sacrificada, leite branco, leite igual a de todos os leites animais. Não marejava, escorria, vazava no areal empapando-o, e correndo para o pé das ondas. Meninos o aparavam com as mãos em concha, sorvendo, chuchurreando-o com gula. Alguém empunhou uma fisga, com que procurava acertar no filhote. Era difícil, pois chegava e era levado pelas ondas espumejantes.

Socorro e o guri demoraram vendo a carnificina do animal. Sem que ninguém percebesse, a maré começou a vazar, deixando largo trecho de areias descobertas. Nesse chão agora posto a seco se viam centenas de conchas, búzios e estrelas do mar. Para a senhora aquilo foi surpresa pois nunca vira, no mar, suas estrelas quietas no fundo. Havia-as alvas, brilhantes, rajadas de negro, cor de cinza claro, salpicadas de roxo. Eram de todos os tamanhos, desde as minúsculas como miniaturas japonesas, até as grandes com raios de dois palmos.

Estavam estateladas no fundo ainda úmido, e sua imobilidade era de morte. Expostas ao ar livre, algumas mudavam de cor, como ressentidas pelo bafejo dos ventos. Entre elas passeavam nas marchas tortas, horrorosos caranguejos. Estrelas e caranguejos. Mas essas estrelas eram do chão de lodo.

Socorro e o pequeno apanharam algumas, as mais belas. Para os praieiros elas davam boa sorte. Ninguém procura outra coisa na terra.

Socorro voltou à aldeia. Sentia engulhos de ver tanta carne, gordura em abundância enjoativa. Trabalharam na carcaça, todo o dia e a noite. Da rua do povoado quando anoiteceu, se via o clarão das fogueiras da praia onde trabalhavam nos óleos da baleia. Aquele fogaréu triste era o bivaque dos farroupilhas praieiros que lutavam com a dádiva do mar, para a miséria descuidada de todos.

Na manhã seguinte pairavam sobre os restos da carniça, urubus da cabeça vermelha.

Zito passou o resto do dia e o outro, impressionado com o cetáceo e sua sangrenta carnagem. Naquela noite estava cheio de preocupações.

— E o filhote?

— Com certeza morrerá, pois é pequeno e ainda mama. Não viu o leite correr nas areias?

* * *

Na outra manhã, o menino voltou ao banho e pedia para ver de novo a baleia. Socorro não concordou:

— O que era pra ver, você já viu.

— E o filhote?

— Foi embora, não sei. Esquece essas coisas tristes.

Acamaradado com os garotos da aldeia, ele começou a apanhar siris-cereados, os siris-corredores.

Muita gente não comia siris, porque devoram cadáveres no mar. Na praia isso não tinha importância, e deles faziam pirões comidos com avidez.

Um dos novos amigos levou Zito para caçarem aratus, que são pequenos caranguejos vermelhos, cor de sangue e vivem nas marés vazantes. São espertos e ariscos, correndo de gente e afundando em buracos e poças d'água.

O menino do convite levou uma lata vazia de querosene, e foram para o mangue, não longe das casas de palha, aonde as marés crescentes chegavam. Naquela hora já desciam e a areia, entre as quixabeiras e sangues-de-drago, ainda estava molhada.

O companheiro de Zito deixou a lata deitada no meio do mangue, pedindo ao amigo que ficasse com ele bem quieto, agachado atrás da lata. Começou então a bater cadenciado, com uma pedrinha no fundo da vasilha, com pancadas constantes. Esperou um pouco, em silêncio, sempre batendo.

Surgiu um aratu, que parou à certa distância, pondo-se em pé, esticado nas patas, parecendo muito maior. Foi depois caminhando cauteloso, até entrar na lata, acomodando-se no fundo. Não demorou e surgiu de um buraco, parando como a ver o que era aquilo, outro aratu que entrou na lata onde o praieiro batia sem cessar. Emergiram da poça de lama três outros, que também entraram na armadilha. Com o ritmo das batidas, de cada pé de pau saía um bicho que caminhava para se juntar aos outros.

Em meia hora a lata não cabia mais aratus, apertando-se, como encantados pela música fascinante. O dono da pescaria então virou a lata de boca para cima, parando as batidas. Os aratus aí ficaram bravos, assanhados, procurando subir pelas paredes de flandres, o que era impossível porque escorregavam. Zito levou a presa para casa, irradiante de alegria que não era dele. Estava contente de rir à-toa, agora que aprendera a pescar aratus. Socorro espan-

163

tou-se dos bichos que não conhecia. Mas Bercholina fez para seu menino uma fritada, de que, no almoço todos comeram.

No dia seguinte seus companheiros o levaram para a pescaria de caranguejo-uçá.

— Pescar? E os anzóis?

Um deles tirou do bolso um embondo de cordões sujos.

— Estão aqui.

Chegando ao mesmo mangue, ainda banhado pela vazante, o praieiro tirou do bolso um pedaço de cana descascada amarrando-o na ponta de um cordão.

— Que é isto?

— É o anzol de pescar caranguejo-uçá, caranguejo de andada.

Quebrou vara verde do mato, amarrando na ponta um dos cordões com a cana.

Fê-lo descer no buraco. Em poucos segundos sentiu que tracionavam o cordel para o fundo. Puxou e grande caranguejo-uçá saiu, à força, de sua toca atracado com as pinças dianteiras na cana, que não largava. Zito estava sorridente.

— Que coisa...

Pescaram muitos. O rapazola apaixonou-se pelo novo esporte, e parecia esquecido de seu puxado. Era tal seu entusiasmo, que na tarde de mesmo dia obrigou os amigos a irem com ele aos caranguejos.

— Pois vamos, pra pescá os amarelo.

Os amarelos eram maiores que os outros, e preferidos para a mesa. Ferventavam uma dúzia ou mais deles em panela e, assim inteiros iam para a mesa, com pernas, pinças e tudo. Não se alimpam esses bichos? Ferventam-se e comem-se.

Os da praia, naquele almoço, levaram para o doente umas tabuinhas e um martelo de pau. Arrancam-se as patas do pitéu e, sobre as tábuas, partem-se-lhes as patas com o martelo, chupando-lhes a gordura e carne tenra.

Foram apanhar os caranguejos amarelos. O sistema é idêntico ao usado para os uçás: um pedaço de casca de manga ou laranja na ponta do cordão, em que pegam e não largam mais. Nos meses sem r têm mais gordura, é manjar dos gastrônomos. Em maio, junho, julho e agosto valem o dobro e estão no ponto de pesca.

Para engordá-los prendem-nos em cantos, cercados de paus unidos onde se alimentam com frutas, comidas de sal e castanhas de cocos verdes. Quando muito gordos, morrem. Engordando em liberdade, mudam a carapaça, a casca, e sem ela são moles, nojentos, sendo nessa época procurados como prato raro. Trouxeram um amarrado deles, vivos. Zito já sabia pescá-los e chupava-lhes com os beiços, deliciado, a gordura saborosa. Certo dia o tempo mudou, como é natural no verão nordestino. Alguns trovões se escutavam, no dia brusco. Lula, o amigo de Zito, foi chamá-lo.

— Vamos que dia de pesca guaiamum é hoje.

Socorro discordou, pois ameaçava chuva.

— Vai chovê não, dona. É só ameaço. Hoje é dia de guaiamum.

Afinal foram, mas não no mangue e sim, para o campo, no caminho da casa de Sebastião. Ficaram entre os alagados e o teso do morro, quando começaram a surgir guaiamuns alvoraçados, de pinças para o alto, saídos do brejo para os morros. Lula explicava:

— É os truvão que indoida eles.

Era certo. Com o dia ardente e enevoado, os trovões assustam os guaiamuns grandes de casca roxa, que fogem sem rumo para os tabuleiros altos. Fogem às centenas, aos milhares e sua pega assim é fácil.

É o melhor dos crustáceos, e a carne de suas patas é para os paladares mais exigentes. Zito levou muitos para Bercholina trabalhar.

Com uma semana de praia, o rapazinho estava adaptado à vida local e tinha amigos. Já andava com eles pelas pedras surgidas nas vazantes à cata de caranguejos.

165

A pesca do dia foi emocionante. O mar lá fora estava empolado. Foram, com a senhora, em canoa de velho pescador. As ondas jogavam nas rochas belos e ferozes caranguejos-tigres. Tigres, por terem a carapaça mosqueada de negro, como esses animais. Pegam-se com uma forquilha que os espreme na rocha. Jogados nos rochedos agarram-se a eles e então se apanham, enquanto vão se firmando nas ranhuras. São espertos, raivosos e apanhado um dedo com as imensas pinças, com certeza o decepam. O caranguejo tigre á o maior do litoral. Levaram alguns, não muitos, porque não são numerosos. Apanharam ainda do mesmo modo uns poucos guajás-preguiçosos, todos pretos. São do alto-mar, sendo como os tigres atirados pelos vagalhões nas pedras.

Zito já pescava o caranguejo-tesoura, rajado de preto e branco e o chié pequenino e vermelho. É chamado espia-maré, sendo manso.

Ao descerem da canoa, o estudante viu na areia a pata arrancada de um caranguejo amarelo. Curioso, com uma varinha, colocou a ponta na pinça terminal da pata. Pois separado do caranguejo, decerto há muitas horas, ela trincou a vara, quebrando-a. Nas praias isto é fato conhecido.

Chegaram cansados e famintos. Na beira da praia, em frente da casa de Socorro alguns pescadores só de calção, consertavam redes suspensas em varais. Ao entrar na casa ela ouvia a voz dolente de um deles, cantando com preguiça.

Morena me deu um beijo
e eu quase caio pra trais.
Depois fiquei sem-vergonha,
toda hora quero mais.

Você vive me dizendo
que está triste e não passeia.
Mas ontem de manhãzinha
eu vi seu rasto na areia.

Ficou escutando. A voz plangia:

Eu não entendo, morena.
um caso esquisito assim.
Eu não esqueço você,
você nem lembra de mim.

A euforia do mocinho contaminara Socorro.

Como o dia amanhecesse de sol, acompanhou os canoeiros que foram pescar de anzol ao mar. O mestre da canoa deu parecer autorizado:

— Hoje é dia de pescá camarão.

A pesca era na confluência das águas do rio com o mar, águas em mistura de doces e salgadas. Por muito tempo os anzóis estiveram no fundo claro das águas. Em alguns lugares as areias brancas eram visíveis a pouca profundidade. Quando um dos garotos puxou a linha pegara um lagostim. Zito gritou de júbilo e o mestre o acomodava:

— Cum gritaria num pega nada.

Foram mais adiante e desceram na praia marinha onde havia rochas semi-submersas, e era lugar bom para a pesca. Viam-se lagostins e camarões deslizando em graciosos volteios, quase à flor d'água. Os camarões nadam em pé e ambos fogem para as locas de pedra, ao ouvirem barulho. Mas os praieiros metiam as mãos nessas locas, agarrando alguns. Ao longo das praias se encontravam filhotes de polvo, do tamanho e feitio de mão humana, com os dedos para baixo. Corriam rápidos nas areias, como aranhas mas dando pulos bambos.

O mestre da canoa pegara um, amarrando-o na ponta de uma vara, e assim o levou até as fendas das pedras onde se escondiam os lagostins. Estes, ao verem do fundo da loca o polvo na vara, saíam precipitados sendo então colhidos com as mãos pelos meninos. Os lagostins têm horror aos polvos, que se alimentam deles com apressada gula.

Tudo aquilo era novidade para Socorro, e o rapazola, criados nas zonas canavieiras de Alagoas e Pernambuco, sendo maus pescadores. Já em terra, andavam à beira dos mangues, vendo coisas. Em certo lugar mestre Cracará (era o cacoeiro), que ia adiante, impôs silencio com o dedo aos lábios. Apontando para debaixo de quixabeira, mostrou no chão molhado uma extra grande com as velas abertas. Por trás dela, cuidadoso, chegava um caranguejo a espiar atento, com os olhos para fora do corpo. Nisto apanhou com a pinça da pata um graveto e foi chegando, foi chegando por trás da ostra. Foi-se aproximando e com o graveto na pinça, com delicadeza travou as molas das valvas abertas, de modo que a ostra não as podia mais fechar. Vitorioso no seu trabalho sutil, passou para a frente e pôs-se a comer com sofreguidão a massa da ostra. Metia a cabeceira pela fresta escancarada, e estava com tudo.

A senhora apertava as mãos, com espanto:

— Nunca pensei que pudesse acontecer!

O velho sorria, maldoso.

— O caranguejo é sabido, e com isso vai vivendo...

Regressaram cansados. Zito estava moreno de sol do mar, e Socorro sentia arder a delicada pele de jambo. Chegando em casa banhou o rosto em água, refrescando-o com um creme. Vendo o filho queimado pela sol, sorria:

— Você está praieiro. Queimado de sol como pescador velho.

O caso é que ele melhorava da asma. Em certas madrugadas não sentia mais crise alguma.

A mãe-preta sorria também:

— Eu bem falei. Pra puxado, só praia ou sebo de carneiro capão, esfregado aos peito.

Zito ajuntava búzios vistosos, conchas delicadas de matizes de catasol. Havia-as pequenas como botões de

Zito ajuntava búzios vistosos, conchas delicadas de matizes. Havia as pequenas, as maiores.

$\rightarrow$

camisa, havia-as maiores, havia-as imensas. E as cores dessas prendas! Havia-as alvas, cremes, pardas, azulegas. Outras eram cor de céu longe, quase transparentes. Algumas não eram conchas, eram jóias frágeis, saídas de mãos divinas e umas poucas se apresentavam como miniaturas, do tempo dos Ming.

Suas cores eram as do íris e de milhares de combinações, que os pintores não sabem fazer. E entre eles, algumas impalpáveis, foscas, salientavam delicadeza tão etérea que um sopro as poderia partir. Não se concebia que vivessem no leito do mar, no embate das ondas indo e vindo.

Tudo aquilo o rapaz colecionava, olhando-as com surpresa, como quem encara um mundo que acaba de ser revelado. Depois do banho sentia a cabeça doer. A mãe decidia:

— É o sol, pode ser o sol que esteja entrando em sua cabeça.

Quis levá-lo para a cama. Ele preferia ficar deitado na sombra dos cajueiros, com a visão do mar verde na festa de sua alegria.

Na quebreira da tarde, ouviam-se rolas gemendo nas folhas dos coqueiros. A praia adormentada no mormaço espreguiçava paz e silêncio. Eis que gritos de crianças foram ouvidos à beira-mar:

— Óia as caravela! As caravela êvém!

Alguns dos companheiros correram a chamá-lo. Levantou-se da sombra para ver o que havia. Mães retiravam da água os filhos pequenos que patinavam na raseira. O vento do largo impelia para a praia comum bolas coloridas que, à flor d'água pareciam sobreflutuar nas marolas fracas.

Eram globos roxos, vermelhos, amarelos, rajados de escuro, sulferinos. Chegavam na angra as caravelas, umas grandes, vistosas, outras pequenas e vulgares. Aproximavam-se devagar, e pescadores de linha saíam da água a lhes dar pela cintura.

A caravela é animal de tentáculos finos, à maneira de cordões mergulhados na água. O menor contato desses filamentos com a pele queimam-na, de modo tão formidável que deixam lesões de vários graus. Os atingidos por suas radículas gritam de dores insuportáveis. Os feixes de fios segregam um ácido corrosivo, de efeito instantâneo, como o ácido fênico ou muriático. Os banhistas das praias vigiadas têm ordem dos guarda-vidas para saírem da água, mal as avistam velejando para o porto.

Zito viu-as coloridas ao sol da tarde, ao ser tocadas pelo vento e marolas. Afinal foram atiradas na praia, como um vômito das ondas. Ali perderam as cores e a imponência de balões inflados. Murchas, mostram o molhe de radículas de dois, três palmos, secando à aragem. Estão mortas nas areias e, mesmo assim, quem tocar esse lixo se queima. Vivas, não servem para nada a não ser mostrar sua beleza perigosa. Mortas, ainda fazem mal, são cáusticas. São como certos homens que, em vida, de nada serviram, tirando a mentira de suas palavras e, mortos, suas idéias ainda fazem mal pela sua podridão venenosa.

Naquela noite ao regressar da pesca, um praieiro descia da canoa, quando pisou no estrepe de uma arraia escondida na lama do porto. A arraia é um peixe mole, uma trouxa arroxeada de roupa. De dentro dela sai um punhal de ponta fina de um palmo e mais, que segrega terrível veneno de ação imediata.

O ferido começou a gritar de dor, indo a custo para sua cabana próxima. Gritava com desespero e a família e vizinhos acudiram, com panacéias e simpatias. Nada adiantou e a dor aumentava.

Socorro soube do fato e ficou alarmada pelo filho. Os gritos do infeliz cobriam toda a aldeia e nenhum remédio usado dava o menor alívio. Passadas algumas horas, o pescador já estava rouco. Seus gritos de sofrimentos tenebrantes entraram pela madrugada, e pouca gente dormiu.

Antes de amanhecer foram pedir à senhora seu jipe, a levar o doente para o Hospital de Goiana. Quando o carro levando o homem se afastava, ainda se ouviam seus gritos cansados. No hospital foi necessário entorpecente, para dominar a pavorosa dor. Socorro assustou-se com aquilo.

— Meu filho não entra mais no mar!

Não entra mais no mar... Com algumas precauções, no outro dia o sertanejo estava no banho receitado. Cedo esquecera o desastre e o rapazelho voltou à vida nova de praiano, pela qual estava caído.

* * *

Um pescador recém-chegado à praia teve licença de levantar um rancho e, ao abrir a cova para o pé direito, a dois palmos debaixo da areia deu com uma sacola de couro cru.

Dentro dela estavam uma lisbonina de ouro e dezenove moedas de cobre de 40 reis, além de 41 vinténs. Quem enterrara aquele dinheiro no areia sem marca, ao lado de um cajueiro velho? Provavelmente um escravo que trabalhara na suas folgas uma vida inteira, para acumular aquela fortuna. Poupou, passando fome para amealhar aquilo tudo e, com sua riqueza na mão, resolveu enterrá-la para se precatar de roubos. Decerto marcara, com base no cajueiro, a tantos palmos dele para o mar, onde ficara sua riqueza. Um dia, liberto ou fugido, tencionava buscá-la. Com essa usura poupada o escravo estava rico. Podia viver sem penúria, ir para longe, casar.

Na dureza do cativeiro, seu depósito enterrado aparecia em sonho como certeza de vida melhor. Com a estupidez das surras, nas vigílias no tronco a farinha e água, essa bolsa de dinheiro era o seu alívio único. Podia fugir, levando-a. Mas um dia decerto adoeceu na praia pestilenta e, morrendo, deixou seu capital para sempre enterrado. Para sempre, não, pois o pescador deu com ela ao furar o buraco.

Socorro comprou as moedas velhas, guardando-as. Nem pensava estar ali gozando o tesouro do escravo, tesouro perdido, que foi por muitos anos a grande esperança do cativo morto mais pobre do que Job. A moça olhou aquilo, jogando o ouro e os cobres no fundo de um malão. Não acariciou as peças, de olhos arregalados, contando uma por uma várias vezes, como fazia o cativo. Ele as contou horas e horas e, para ganhar uma delas, suava no sol a sol nos eitos, viajava léguas para um mandado. Tudo o que elas lhe valeram foi acariciá-las, talvez beijá-las além de as unir no coração. Talvez na outra vida se lembrasse delas, mas não tinha mãos para arrancá-las, de novo as contemplar, acariciar.

Pobre escravo, as moedas que valem para Deus são outras, e pelos sofrimentos do cativeiro é provável que você já chegasse rico de virtudes perto dele.

* * *

Uma coisa dava logo na vista. Socorro esquecia depressa o esposo, que perdera no pavoroso desastre.

Evitava falar nele e, se o recordava, essa lembrança não punha marcas de tristeza no seu rosto ainda belo. Estava com 27 anos, mocidade demais para ser entristecida pela evocação de um morto. Viúva muito cedo, sua melancolia dava esperança de ser eterna.

Como se houvesse alguma coisa eterna na vida.

Passados breves anos, ela reflorira como roseira podada, abrindo botões ao chegar a primavera. Sua beleza morena ficara intacta e a alegria voltava a brilhar aos sorrisos, nos risos e nos olhos. Moça, rica, cheia de saúde, aceitara a dor abatida sobre ela com pouca resignação. Mas aquilo passara. Agora, respirava suave, cantarolava, ia ao mar nos banhos e pescarias, acompanhando o filho pelas vazantes das marés.

Há quase um mês estava na praia, sem o menor conforto, mas abençoando aquela viagem que restabelecera a saúde do rapaz. Tinha necessidade de conversar com os vizinhos pescadores e com suas mulheres. Estava comunicativa, parecia nascida ali, ao pé das ondas, ouvindo os ventos nas frondes das palmeiras.

Às 23 horas de uma noite de lua cheia bateram-lhe na porta. Bercholina foi ver quem era, pois na aldeia não havia malfeitores e todos se davam com os novatos. Quem batia era um homem ainda moço que precisava falar com a dona da casa.

— Comigo? O que quer a esta hora?

Vestiu-se e embrulhada num paletó de lã foi ver o que era. Pensou em doença de sua família e em recado de sua mãe, pois o pai não andava bom.

— Senhora, sou prisioneiro em Itamaracá, condenado a 18 anos. Fugi e venho lhe pedir a caridade de algum dinheiro, pra que possa seguir pra minha terra.

— De onde você é?

— De Guarabira, na Paraíba, sim senhora.

— Então você foge pra ficar em Guarabira, que é ali mesmo?

— Vou só ver minha mulher e filhos. Depois afundo no sertão, vou ver se alcanço São Paulo.

A humildade do fugitivo penalizou a senhora. Deu-lhe dinheiro que chegava para a fuga.

— Beijo os pés de V. Sa. Deus lhe dê vida e saúde.

— Vai com Deus, homem.

Recolhendo-se de novo custou a dormir. Ficou pensando na sua vida e nas vidas dos transviados do mundo. Lá fora enchia a noite com os ventos do mar alto, a marejada triste das folhas dos coqueiros.

Ao amanhecer chegou, na aldeia força militar do presídio, indagando pelo fugitivo. Ninguém sabia, pois não viram o moço passar pelo arruado. Eram comuns as fugas por ali, em vista de Itamaracá ser bem perto de Atapus.

Estavam no verão e as noites sufocantes impediam de dormir. Uma noite ninguém podia ficar nas casinholas abafadas, e Socorro com o filho e as negras foram para a frente da casa, mandando levar um banco para debaixo dos cajueiros. Ali estava mais fresco pelo vento bafejado do mar, tarde da noite. Chegou mestre Cracará, indagando a que horas iam sair na manhã seguinte para o banho e pescaria na praia de fora. Zito queria ver a ossada da baleia e trazer um osso da espinha para banco de assentar.

Cracará agachou-se na areia e palestrava com a senhora, quando ela enxergou do outro lado do rio, no começo do mar, uma luz movediça.

— Há muito tempo vejo aquela chama. Parece que anda. Que é aquilo, Cracará?

O velho falou com muita convicção:

— Aquilo é o João de la Foice, patroa.

— Que é isso?

— No tempo antigo, isto aqui não era o lugar grande que é hoje... Não tinha a montoeira de gente que hoje tem... Era um lugar morto, com poucas cafuas de palha. Nem igreja tinha. Moravam aqui uns pescadores pobres, oito ou dez com suas famílias. Um aparecido pôs uma venda de fruta, doces e cereais (poucos), ali onde começa a rua larga. As casas eram no meio do mato de quixabas, guajirus, cajueiros e coqueiros (estes coqueiros)já antigos, de muitos anos. Morava aqui uma viúva muito velha, com o neto chamado João, crioulinho miúdo já crescido, aí pra 8 anos, trem de pouca saída. Ele pescava nas praias siris pra comerem, ele e a avô. A velha tinha um tear de mão e fazia panos pra vender, besteirinha pra toalhas, pra camisa de pescador. Mas estava mal da vista, vista muito ruim devido à claridade que V.Exa. ainda vê aqui, graças a Deus. A viúva juntou uns cobres de 40 reis, que guardava com muito resguardo.

Mudou de posição, sentando agachado, em outro calcanhar.

— Um dia em que eles estavam sem nada pra comer, pois os siris andavam vasqueiros, chamou o neto: — João, você vai na venda e compre um vintém de farinha e um vintém de gordura pra janta. O menino foi comprar a encomenda o quê! Andou vadiando com os companheiros, com o cobre sempre na mão. Mas tanto zanzou com os outros vadios que perdeu o dinheiro. Quando chegou em casa já era noite velha e a avó pediu as compras. O coisa à-toa contou que perdera o dinheiro. A avó danou-se e pegou a chorar, dizendo que estava com fome e não tinha nada pra boca. Acabou falando que, se o neto não achasse o cobre pra trazer a farinha, ela ia pôr a maldição nele, coisa muito triste pra vó fazer com o neto. Falou que, se não descobrisse o seu dinheiro, não voltasse mais pra casa, ficando a vagar no mundo. Joãozinho então pediu a avó uma lamparina e foi pra rua caçando o que perdeu. Andou por todos os lugares onde brincara, na vadiação. Não achou mais o 40. Da porta da casa, a velha sabia que ele estava procurando sua fortuna, porque enxergava a luz da lamparina mexendo, pra baixo e pra riba, pra alumiar o chão.

Fez uma pausa, e Zito, impaciente por ouvir o fim da historia, indagou:

— E achou o cobre?

Cracará lutava para acender o cigarro crioulo na binga:

— Como disse, a velha da porta via a luz subindo, e descendo, na mão do menino.

Depois de procurar por aqui, ele foi pra beira do rio, fossando tudo e nada. Não achara o cobre. A noite ficou mais velha e veio a madrugada escura. O 40 não aparecia. O coitadinho tinha vergonha na cara e, muito cansado, subiu por umas pedras procurando, procurando. Mas sem forças e com sono, quando estava no alto do rochedo escorregou, despencando de lá e morreu. Os pescadores no outro dia deram com ele no pé do rochedo, morto e ainda segurando a lamparina. Pra incurtar a estória, na outra noite todo mundo viu a luz da lamparina andando pelos lugares em que o negrinho brincara. Então se soube que era a alma de João de la Foice (esse, o nome dele) que, de lamparina na mão procurava o cobre da avó. Apontou, com o braço estendido:

— Não é todas as noites, como agora, olhe lá aquela luz que a senhora vê, é a alma de João de la Foice que procura a moeda de 40 réis que ele perdeu. Não sabe ainda que não é mais do mundo, e tem medo de voltar pra casa e receber a maldição. Olha a luz mudando de lugar... agora abaixou... o coitado alumia o chão procurando o cobre preto. Tem gente que já ouviu o gemido dele na porta da casa da avó, que já morreu não é de hoje. Ele não sabe, e vem ver se pode ficar perdoado e entrar pra casa. Vive muito cansado, o infeliz. Olhava com tristeza a luzerna em que o vento batia:

— E tem uma coisa. Quem perde aqui um objeto apela pra alma de João de la Foice pra procurar. Ele às vezes acha. Eu sinto pena dele porque tem muitos anos, mais de cem anos que ele procura o cobre da avó e pobrezinho, ainda não achou...

Zito fez muitas perguntas. Estava impressionado e até tarde da noite falou na penitência do crioulinho.

Combinaram sair na tarde do outro dia para pescar xaréu a linha, que era tempo dele.

Cracará aconselhava pescar à noite.

Socorro estava esplêndida de saúde e bom humor. Sempre fora comunicativa, e, como todas as mulheres do Nordeste, mulher de espírito claro, vivia otimista e adversa a tristezas sem razão. Agora cantava com freqüência coisas de seu povo admirável.

Foi descendo para canoa no seu vestido da cigana, usado em casa, blusa branca e turbante amarelo. Porque já tirara, na intimidade, o luto. Só em casos especiais o usava, com discrição de viúva muito moça.

Foi descendo para a canoa, cantarolando o que aprendera no engenho alagoano:

A sapinha da lagoa
namorava o sapo-boi...

Zito já embarcara vestido, sem calção de banho, pois não ia entrar nágua.

A canoa largou no impulso do varejão de Cracará, que vivia encantado com o trato recebido e com o dinheiro fácil da senhora. Quando a água aprofundou, ele já estava sentado na popa com remo bem dirigido.

Zito levava dois camaradinhas, e a canoa seguia valente para o mar. À direita passavam pelos coqueiros antigos de Itamaracá e, à esquerda, pelos morros de pedra cheios também de coqueiros da praia. Na frente aparecia o mar amplo, sem raias. Voltavam canoas e jangadas de velas, saídas para pesca ainda no escuro da manhã. Regressavam lentas, como cansadas da faina extenuante. Cracará passava pelo lugar onde estavam os restos ósseos da baleia, que fediam, apesar do sol cáustico.

Foram navegando. Chegara a hora de jogar os anzóis. Parecia não haver xaréus por ali e sim na orla de Itamaracá, onde eram pescados com festa. Um dos pequenos da aldeia fisgou uma guarajuba, saboroso peixe. Socorro desanimava como toda mulher que pesca, se o peixe demora a aparecer.

Anoitecera e o mar fazia medo, na sua vastidão deserta. O outro menino apanhou peixe bem grande, e serra, que é a garopa ainda nova.

O céu começou a esplender de estrelas palpitantes. Socorro aspirava fundo o ar do oceano livre. O cheiro da maresia agradava-lhe. De cabeça erguida, enchia os pulmões, para se confessar feliz por estar dentro da noite, sob as estrelas, no mar noturno. Cracará pediu silêncio.

— Com conversa, peixe num pega.

Mas aquela pescaria era mais um passeio. Às 20 horas começaram a regressar.

Nisto surgiu de repente no mar um navio sem luzes, apenas com faroletes vermelhos. Avançou cortando águas e a jogar para os lados da quilha jatos de espuma. Foi surpresa para a senhora, um navio de luzes apagadas entrar decidido pelo lado de Catuama, no Rio Capibaribe.

Entrou apressado, passando a um grito da canoa, sem diminuir a marcha, como entrando em porto de boa calagem.

— Que navio será este, mestre?

— Não sei, patroa. Deve ser carga pra Itapessoca, aí perto, pra fábrica de cimento. A corrida do bote parecia insignificante, comparada à marcha do navio. Os pescadores passavam do mar para o rio, quando o paquete deu máquinas atrás, lançando ferros bem perto da costa norte. Até os sinais vermelhos se apagaram a bordo, ficando o vulto negro parado em silêncio.

Às 21 horas a canoa entrou no rio, à vista da aldeia. Foi então que Socorro teve um espanto deslumbrado. Na noite escura, no fundo dágua, brilhava uma bela de luz submersa, variando as cores de roxo azul, a vermelho forte.

Parou a olhar, de olhos bem abertos. A luz estava limitada a certa zona das águas e era linda. A canoa avançava para ela, distava poucos metros do clarão. A senhora só pôde exclamar, de mãos apertadas:

— Que beleza! Que é aquilo, mestre?

— É aguamar, luz da água.

— Mas é luz?

— É luz dentro dágua. É uma coisa que tem luz, parece uma clara de ovo que, de noite, vira esse fogo.

Já estavam perto, chegavam à região iluminada, que clareava o fundo do mar a ponto de permitir ver peixes nadando na sua claridade. A canoa parou mesmo perto da luz fria, permitindo a visão de areia, lama, algas meio imersas, conchas, piabas. Parece que a senhora teve medo porque silenciou. O clarão fosco cambiava de cores, consoante o movimento das águas e fazia mesmo algum medo. Ouviu-se uma voz de ordem:

— Vamos embora, Cracará!

O mestre cascalhou um risinho, compreendendo. Antes de impulsionar a embarcação bateu com o remo em cima da luz, metendo-o pela coisa a dentro. As luzes se partiram em milhares de pedaços todos luminosos, que aos poucos de novo se reuniam apenas em um foco. Ao ser suspenso o remo, ele deixou cair na água gotas abundantes de luzes líquidas, e o próprio remo ficara luminoso.

Todos da canoa estavam alumbrados, mas com temor, Zito achegou-se à mãe, com algum desaponto. O canoão resvalou para adiante, com o remo ainda banhado de luzes e só com as batidas da remagem as águas foram se apagando, apagaram-se.

O rio começava a picar, e os pescadores não demoravam a ver a praia de encosto. Cracará carregou o menino para o seco, e depois a senhora. Quando estavam na praia, e canoeiro disse baixo à patroa:

— Não falei por causa dos meninos, mas o navio vem pegar café de contrabando. Às vezes vem nele até carros americanos, cigarros, rádios, relógios.

Aquilo não interessava a Socorro, que tinha os olhos presos no pestanejar de luz distante do farol da Ponta de Pedra. Subiu a rampa arenosa para casa, passando por baixo do coqueiral, e entre os cajueiros carregados de flores. As ruas escuras estavam vazias. Dentro dos mocambos de palha brilhavam luzes feias de lamparinas. Chegara cansada e sem assunto. Não lhe saíam da lembrança as luzeras furta-cores do rio e as gotas e a chuva de luzes caindo da pá do remo. Luz em foco atraente, encantada, e chuva de luzes líquidas, que eram como os restos de sonho que se apaga.

O menino comia na mesa com os comparsas amigos. Socorro sentou-se, só e pensativa, na escura sala de entrada.

Parecia-lhe que seu sonho de mulher, sonho de ontem, deixava cair as últimas gotas de luz logo apagadas.

*. * *

No domingo em que Socorro viu a aguamar, houve um concurso de pesca na praia. Vieram pescadores do Recife, Paraíba e cidades vizinhas.

A aldeia de palhoças formigou de gente, encheu-se de automóveis. Até a tarde pescaram, em competição, e quem conseguiu apanhar mais peixes ganhou o prêmio.

Ao escurecer já haviam regressado os concorrentes, e o povoado voltava à estagnação de praia de pescadores pobres. O canoeiro Venâncio recebeu nesse dia a visita de um compadre, morador em Vitória de Santo Antão. Fora assistir o concurso e visitar compadre e afilhado, que há muito não via. O vistante bebeu durante a prova numerosas pingas e à noite estava alto, contando suas bramuras e viagens, de tempo em que foi marinheiro da esquadra.

Quando Socorro voltou do passeio ouviu falas altas, em cafua do largo de São Benedito. Era o ex-marujo Ponciano com os conhecidos praieiros, a descrever suas aventuras de homem que correu muito mundo.

Desde cedo bebia e cada vez ficava mais parlante, contando sua vida de revoltoso. Às 22 horas, quando a aldeia dormia, ele não se agüentava mais nas pernas, bebendo embora para tirar do esquecimento sua vida passada, que ele julgava e talvez fosse gloriosa. Nisto chegou à cabana do compadre um rapaz, vindo do mar. Contava uma notícia que perturbou o visitante:

— Está entrando no porto um navio grande, um bitelo que parece de guerra.

Ponciano alertou-se:

— O que é, moço? Você viu se sondaram as águas? Viu a sonda descer? Viu quantas braças?

— Isto não vi. Tá escuro.

— Pois eu vou ver a coisa. Pode ser comigo. Isto de navio de guerra nesta latitude, é pra velho marinheiro desconfiar.

— Vai não, compadre, deve ser engano de Patrício. Ponciano parou, atento, procurando ouvir o barulho lá de fora:

— Escutem. Escutem. Parece que ouço barulho das máquinas. Ah, é mesmo que sino de bordo, no sinal de dar atrás nas máquinas!

Escutava, com a mão em concha no ouvido:

— Oh, é navio mesmo! É o sino mandando dar atrás. Ouçam o rangido da corrente da âncora grande, arrastando pela socavém. Ouço voz de comando, do passadiço, gritando: — Larga! Ouço o barulho da âncora nágua. É navio. Ancorou, ancorou, gente!

Levantou-se bastante aflito, do tamborete:

— Vou lá. Ah, vou!

— Compadre, é tarde...

181

— Vou lá. Marinheiro veterano conhece as manobras pelo ouvido. É navio de guerra, e precisa de mim.

— Vai não, compadre.

— Pode ser belonave em perigo, chamando marujo prático, marujo argolado!

Foi saindo, seguido pelos amigos. Ao chegar na praia, abaixou-se, com a mão em tenda aos olhos, para ver o que estava no mar.

— Não disse, compadre? É o meu *São Paulo*, meu navio de tanto amor. Olhe lá a luz vermelha de bombordo e a luz verde de boreste! Não tem luz no tope do mastro grande. É sinal de que está em perigo. Em véspera de combate!

Olhava na escuridão o vulto do navio contrabandista parado nas águas, ao lado do morro da Catuama.

— Vigi que coisa bonita, Deus do céu; é o couraçado *São Paulo* da marinha de guerra, que está rastreando destróier inimigo, barco pirata nesta longitude. É o *São Paulo*, em que servi dez anos como marinheiro!

Gritou já rouco, para bordo:

— Presente, aqui, o marinheiro 47, de 1ª classe, artilheiro da torre de vante! Sou Ponciano Maranhão Albuquerque, o 47 que foi revoltoso na belonave, comandada pelo almirante Augusto do Amaral Peixoto, que vejo aí na ponte de comando. É nêgo de muito peito e muita vergonha!

Gritava cada vez mais alto:

— Sou eu, comandante, presente! O marinheiro 47, de 1ª classe, artilheiro da torre de vante! Fui eu quem alçou para o mastro o galhardete vermelho de revolta, sob o comando de Vossa Senhoria. Sou da turma da casamata de comando, da vigilância da culatra dos canhões.

Bateu continência, ficando um instante em silêncio. Já estava com água acima dos joelhos e encarava, maluco, o seu navio rebelado.

— Compadre...

— Meu Deus, agora é que vejo o *São Paulo* sem chaminés, sem mastros! Ih, vem de combate e pôs a pique com certeza o *Minas Gerais*, seu irmão mais velho!

Esgoelou para trás:

— É a guerra, pessoal! O *São Paulo* ancorou nesta angra depois de canhoneio medonho! Falaram que ele ia comboiado pra Inglaterra. Está aí! Arrebentou as amarras, enquadrou o *Minas Gerais*, mandando bala pra arrasar mundo! Pra ele o *Minas Gerais* é titica. Fogo! Fogo! Ouçam seus torpedos zoando pra desmontar a terra toda! Ele nem fais caso do *Barroso*, do *Bahia*, do *Pernambuco*, do *Tamandaré*, do *Rio Grande do Sul*. Tudo isso pra ele é ferro velho, é cisco...

Foi entrando a falar gritado, pelas águas a dentro.

— ... porque o *São Paulo* é couraçado macho! Pode vir contra ele a esquadra toda, pode vir que seu poder de fogo é o maior do mundo! Nós comemos tudo na metralha, nós mastigamos tudo cru! Tapem os ouvidos com algodão e glicerina, senão ficam surdos, vocês aqui da praia. Fogo! Fogo! Mais fogo!

— Compadre volte, olhe sua família...

— Comandante, mande Vossa Senhoria arriar do turco um escaler, pra buscar seu comandado na rebelião, quando o *São Paulo* desafiou o mundo todo com os dois bichos de 12 polegadas da boca da torre, que tive a honra de apontar para o Rio de Janeiro!

Foi entrando águas a dentro, a gritar pela maruja revoltada.

— Almirante Peixoto, apresento-me a Vossa Senhoria! Sou o 47 de 1ª classe. Vice-almirante Castro, estou no meio da coisa! Contra-almirante Zeferino, aguardo ordens. Capitão-de-mar-e-guerra Lourenço, aqui estou eu. Capitão-de-corveta Silva, Sua Senhoria conte comigo. Cabo Floriano, olha aqui seu chapa, cabra pernambucano que nunca falhou na hora da bagunça! E fingindo-se alegre:

— Eh, marujada distorcida, gente boa, sou o nêgo danado que vocês conhecem, da cidade de Vitória de Santo Antão, que vem cerrar fileiras com vocês, pra muita bala, na hora da estripulia! Sou o 47, de 1ª classe que vem ajudar a pôr em brios os covardes que metralharam nosso santo barco! Vamos esbandalhar os puxa-sacos do governo!

— Compadre! Ô Compadre!

— Ele veio do mar alto bombardeado mas não há de ser nada. Bateria da torre de canhões grandes, fogo! Nós já mostramos o que é marinheiro do Brasil, descendo o Rio da Prata com bandeira vermelha no mastro, pra arriar ferros em Montevidéu. *São Paulo*, ainda guardo miniatura de ti, feita do bronze de canhão teu. Guardo como lembrança da revolta; está lá em casa, ao lado do retrato do padim Ciço e da imagem do Senhor do Bonfim!

— Venha embora, compadre!

— Marinheiro desengajado tem amor pelo navio de guerra, pois já mostrou ter culhões ao levante contra o governo! Não fico em terra, nem ver!

Já nadava para alcançar o couraçado. Seu compadre endoidava:

— E agora? Só uma canoa pra buscar ele.

Da praia ainda se ouvia sua voz já distante, pois parlava ardendo:

— *São Paulo*, valente danado, aqui vai o 47, de 1ª, classe! Lá vai o que primeiro aderiu a seu motim, Ponciano Maranhão Cavalcanti, nordestino que já invergou a farda de marinheiro nacional!

O compadre apanhou uma canoa e foi com os amigos buscar o paisano, que pertencera mesmo à maruja rebelada, quando o *São Paulo* se amotinou.

Não o encontraram mais. Sua voz se calara de repente. Bateram em vão, rio acima, rio abaixo. Ponciano desaparecera.

Ao amanhecer, o navio contrabandista, cumprindo o seu ofício, já zarpara mesmo de noite. Só quatro dias depois acharam o defunto, na lama da vazante, ao lado do pontilhão da Ilha de Itamaracá.

184

Capítulo 8

A FLOR DO XIQUEXIQUE

É bom não esquecer o tempo, não facilitar com ele, que passa em caminhada invisível, desgastando tudo.

Zito já fizera o curso ginasial e estava, aos 17 anos, na 2ª série de direito.

Socorro sorria no esplendor de suas forças de mulher de 35 anos, que nunca parira. Sua beleza dos tempos de casada, era agora mais viva nos seus sorrisos e nos seus olhos pestanudos. Emagrecera depois de viúva, estreitando mais a cintura fina e os quadris bem proporcionados. Não tinha o andar arrastado de suas patrícias alagoanas, e pisava com elegância graciosa de mulher alta. Entretanto, não andava a mostrar-se pelas ruas. Tinha recato e pouco saía, fazendo de sua casa um primor de ordem enfeitada. Ela própria cuidava do jardim da frente, e colhia, todas as manhãs, flores que iam sorrir na jarra de prata do estudante.

Sílvia e Jonas sempre a visitavam, talvez mais por passeio, pois Sílvia não tolerava mais o engenho. Tinha as filhas internas, em colégio de Recife. No começo pretendeu deixá-las com a concunhada, mas percebeu frieza em Socorro para aquele encargo.

— É que tenho medo, Sílvia. Tomar conta de moças é muita responsabilidade.

185

Zito ficara rapaz cortês mas voluntarioso, pelo carinho exagerado com que o criaram. Fez o curso ginasial com algum brilho e arrastava o de direito com pouco entusiasmo. Moço de boa altura, puxara a mãe ao físico, e falava dela com respeito enternecido.

Betânia tivera um duplo em Socorro, que dedicou sua vida e bondade em criar o órfão.

Zito, sendo claro e levemente alourado, tipo da ascendência materna, tinha os lábios carnudos e a presença insolente do pai.

Estavam na casa de Socorro Jonas e Sílvia, em visita à viúva e às filhas. Sabendo disso, o padre Pilar foi vê-los, já que gozava da intimidade da família de Umburana. Era o mesmo cavalheiro de sempre, batina impecável de seda, cabelos bem cuidados e palestra graciosa.

Muito brilhante, quando falava em política e na nobreza pernambucana todavia sem graça ao tocar em religião, que conhecia a fundo, parecendo entretanto, não a acompanhar. Era vigário de Santo Amaro e líder da resistência dos antigos postulados da política rosista, que resistia corajosa à salvação do general Dantas Barreto quando presidente imposto. Homem de grande simpatia, mesmo bonito, sua palavra tinha força convincente.

O major Jonas gabou-lhe o aspecto de saúde visível.

— A saúde está firme. É a única riqueza que me resta integral. De espírito é que vou mal. Vivo desiludido, Jonas. Meu coração liberal não se conforma com a decadência e morte próxima da democracia, maná que alimentou nossos màiores, no tempo em que a palavra do homem era honrada e havia paz. O povo perdeu o juízo, e ia dizer — perdeu a vergonha, acompanhando falsos líderes, e o País vai mal, vai por desconhecidos caminhos. Muito me decepcionou a vitória de gente sem ideais, de costumes condenáveis nas últimas eleições. Foram eleitos deputados estaduais e federais vindos de Lilliput, quando nossos escolhidos de outros tempos foram um Zé Mariano, um Júlio Belo, um Estácio Coimbra, um Barbosa Lima, o velho. Depois da palhaçada que chamam a Revolução de 30, as prefeituras ficaram cheias de carreiristas que são vereadores na Capital e nos municípios. Pode escrever, que nas eleições deste ano perderemos a hegemonia do critério, rolaremos por resvaladouros e talvez por abismos. Muitos representantes do povo cederam lugar para empresários de negócios, o que é a morte da República. Hoje ninguém conta com o eleitorado, que está sendo movido por barganhas e dinheiro de nações infelizes, interessadas na desordem de nossas instituições.

Ficou vibrante, batendo a mão fechada na coxa:

— Não se iludam, que certos eleitos que aí estão sem rumo, abastardando a honra republicana, são agentes de quem conspira contra nós. Só o povo não vê isto, porque vai com eles aonde ouve o tinir das moedas. Estamos perdidos. Que é de nossa lavoura, da indústria açucareira, do caroá, do agave, do algodão? Tudo se acaba e falam em industrialização, em reforma de base... Reformas de base mudando o caráter, que era digno, para venal, e indústrias com dinheiro emprestado dos comunistas... Todas as usinas de Pernambuco estão à venda, só faltando um doido que as compre. Os engenhos restantes são todos deficitários. Pernambuco tem privilégio de botar bobocas nos postos-chave, em geral deputados não reeleitos que precisam emprego. Parte dos homens públicos do Estado é de gente sem qualidade, quando temos homens probos, inteligentes como em nenhum Estado do Sul. Em qualquer ramo da sabedoria temos expoentes que honram qualquer povo — médicos, engenheiros, advogados, militares, homens de negócios, padres, escritores. O que, no entanto, aparece bafejado pelo governo é isto aí, é para fazer rir. Jonas também andava aborrecido com o rumo das coisas:

— Nem falo mais nisso. Deixe correr, que o mundo é deles...

— Pois eu não me entrego. Ficarei na estacada, mesmo só. Minha solidariedade, não terão.

Zito chegava. Cumprimentou o reverendo com urbanidade e atenção. O padre elogiou-lhe o porte, as maneiras.

— Bem se vê que vem de cepa nobre. Sua mãe era uma santa.

O rapaz, que sorria recompôs o rosto, à evocação da mãe. Socorro também sorria, satisfeita com a chegada do jovem. Ficando na sala apenas com Jonas o padre recebeu a xícara de café, esquecendo-se de bebê-lo, com ela na mão.

— É como lhe digo, vejo sombras no nosso futuro. Vejo sombras e sangue, mas nesse dia rejubilarei! Está compreendido que o sangue que vai correr é dos provocadores, dos que tentam estabelecer uma ordem absurda, ainda para nosso tempo. Sorveu um gole do café.

— Que fazem os veteranos de nossas campanhas democráticas? Onde estão os líderes de Barbosa Lima, Rosa e Silva e Borba?

Nem ele mesmo pôde responder a pergunta, porque chegavam parentes de Sílvia para vê-la. Ninguém ficou sabendo onde estavam os partidários de Rosa e Silva, Barbosa Lima e Manuel Borba.

* * *

Não foi sem dificuldade que Sílvia levou Socorro a passeio de dois dias no engenho.

Ela punha dificuldades na viagem.

— Ah, não posso ir, não posso deixar a casa um instante.

— Ora, é só por dois dias, e você precisa de ar livre do campo.

— Zito ficará sozinho.

— Ele já é homem, não tarda é a ir pro Exército.

— Coitado, ele é fraco pra mexer com aquelas coisas. Tiro até meu pensamento disso.

— Você não parece patrícia de Rosa da Fonseca.

Ela sorriu mas foi. Bercholina se encarregou de zelar pela rapaz. Jonas achava defeitos na educação do sobrinho:

188

— Está sendo tratado com muito mimo. Isto vai ser ruim pra o homem de amanhã.

— Estuda muito, às vezes até tarde, e precisa tudo na mão.

Sílvia olhava-a complacente:

— Muito mimo. Solte o rapaz aí pela cidade, que Recife tem muita moça engraçada, muita menina bonita. Quando eu estava no Sul, falavam muito da beleza das pernambucas... têm fama.

— Pois disso é que tenho medo. Rapaz da família de Severino é muito danado por mulheres.

Todos riram, inclusive Juca.

— Se me puxar, é verdade. No meu tempo, eu vivia com os olhos até calejados de tanto namorar. Chegou um dia em que eu não soube se meus olhos eram os meus, ou, das meninas que eu namorava.

Sílvia falava séria:

— Pelo menos a fama de vocês todos é medonha. Dizem que seu avô Sebastião não escolhia brancas, mulatas ou pretas. Era como pesca de arrastão, trazia tudo na rede.

— Acredito, mas houve em nossa família um que não gostava de mulheres — Cincinato.

Todos riram, porque Cincinato era o femeeiro mas guloso por mulher em todo o vale do Una.

Partiram no outro dia, Socorro viajou triste, insistindo até a última hora para não ir.

— Pra falar verdade, não gosto de ir aos engenhos. Sinto lá uma tristeza que me adoece. Certas recordações acabam comigo. Quanto mais tempo passa, mais elas me ferem.

Notaram, logo na saída, que ela ia contrariada. Viajava em silêncio, apenas respondendo. Jonas falava com a esposa:

— Viu como o padre Pilar está envelhecido?

— Achei-o mais nervoso, irritável.

— Está aborrecido com o rumo das coisas políticas. Tem medo da doideira do povo a ouvir esses pintalegretes

189

pregando reformas sociais, e vive abatido com o resultado das últimas eleições que ganhamos por pouco.

— Coisa esquisita um padre só falar em política, brigas, revoluções, barricadas. De religião mesmo, nem uma palavra.

— Ele foi sempre assim.

— Acho horroroso advogado de Cristo falar em reação, em sangue. Hoje disse que o que matar os tais reformadores não comete crime nem é pecado.

Jonas riu, dirigindo o carro pela estrada do Umburana, onde a estiagem queimara tudo.

Sílvia virou-se para trás indagando:

— Você vai bem, Socorro?

— Vou bem.

— Garanto que está pensando em Zito.

— Pois adivinhou. É a primeira vez que viajo, deixando-o pra trás. O Juca não tem energia pra tomar conta de ninguém.

Jonas ainda riu alto:

— Não tem energia? Lembre que no Maturi ele pegou um pau de lenha, pra espancar o crioulo Cristino. Ficou brabo e o capataz custou a acalmá-lo.

— Pois é. Ele tem repentes em que conta valentia, e disso é que tenho medo.

Nesses repentes ele fica meio doido.

— Nessas horas ele parece picado por cobra de vidro. Mas é um frouxo.

— No entanto, na mocidade ele deu provas de muita coragem, matando o negro que avançou em seu pai, ferindo outro.

— Isso foi na mocidade, mas hoje não delega mais nada não.

Sílvia o achava outro:

— Acho o tio bastante decadente, cochila às vezes sentado, ao ouvir as conversas. Está velho.

Socorro parecia mais calma:

— Tenho dó dele, quando lhe perguntam pela família. Responde sempre alegre: — Estão todos viajando. Se demorarem, eu vou me encontrar com eles. Finge não viver amargurado e por isso fala que estão em viagem.

Jonas também apreciava aquilo:

— Pois isso é sabedoria dele. Em verdade quem morreu está viajando, e um dia nos encontraremos com eles.

Sílvia discordava, pela educação recebida:

— Não vou nisso. Quem morreu foi pra onde Deus determinou, e não o veremos mais nunca.

— Então você não acredita no espírito?

— Acredito na alma.

— Pois espírito e alma são a mesma coisa.

—— Sei lá. Não gosto de aprofundar muito nisso.

Socorro firmou as mãos no espaldar do assento dianteiro:

— Vocês falam que Juca responde sempre alegre, aos que perguntam por seus mortos. Pois há poucos dias, na hora do Angelus, o encontrei chorando, debruçado na janela de seu quarto. Voltei sem dizer nada, e senti o coração apertar de pena dele. Na presença dos outros é um, e outro na solidão de sua dor. Aquelas lágrimas eram saudade, coitado. Estava a olhar no céu as primeiras estrelas, lembrando com certeza de que lá perto delas estavam sua mulher e os filhos. Pra ele o instante era o de se recordar de todos, de suas presenças, de suas faces, de seus gestos. Na hora do jantar perguntei se estava doente, pois podia ser. Ele respondeu: — Não estou doente. Sei porque pergunta. Aquela hora é a do coração sofrer, pois dói fundo. Faço tudo pra ninguém saber que tenho a hora de sentir uma coisa que me envergonha, que é a saudade sem remédio. A saudade é uma volta sentida ao passado, ao que se foi, e não gosto de fazer sentir aos outros que sofro. Gosto é de ir para a frente, olhos longe pra diante, pois a vida é como o remédio amargoso que a gente tem obrigação de beber até o fim, sem mostrar cara feia.

Sílvia era sensível.

191

— Outro de que eu tinha pena era do Mestre Maia. Ainda vive?

Jonas sabia:

— Vive, sempre calado, com sua tristeza. Mais acabrunhado ficou por receber nas últimas eleições apenas um voto pra prefeito. Me disseram que este voto foi o dele mesmo.

Sílvia comoveu-se:

— Coitado. E sua família?

— Foi casado e teve muitos filhos. Casou-se a 2ª vez, com mulher muito moça, que pode ser neta dele. Falam que tem 14 pessoas em casa, todos desempregados, e ele vive de aposentadoria irrisória. Quando consegue emprego nos engenhos, vai pra lá como foi no Maturi. É pena viver assim, pois é competente. Viram como preparou Zito pra admissão no ginásio? O pior é que dizem que a mulher não o respeita, e ele morre de ciúmes dela.

— É horrível. E por que não a abandona?

— Ah, ciúme de velho por mulher moça é coisa muito triste; não a abandona por gostar dela. Velho quando ama é o diabo.

Passavam por estrada onde havia variantes, com buracos e facões. O carro pulava, mesmo em marcha vagarosa. Jonas, com o pé atento no freio, esbravejava:

— É o tal caso. Impostos a matar, e estradas por fazer.

— Estão fazendo.

— Estão fazendo toda a vida. Fazem um trecho e não conservam. Vem a chuva e puxam variantes, que são a beleza que estão vendo. Em Barreiros tem gente, os tais que se elegeram, porque os velhos não fazem nem estradas. Olhem uma que eles prometeram fazer, desvios que são trilhados por nós, quebrando os carros.

Mais adiante arriou um pneu.

— Agora está bom, pois o sobressalente também não veio em condições. É um inferno.

192

Desceram para substituir a câmara de ar. Estavam em zona de cactos, região espinhenta que dezembro esturricava com mormaços asfixiantes.

Enquanto o marido subia o macaco, Sílvia passeava ali por perto, espiando as plantas em morte aparente. Socorro ficara no carro. Sílvia procurava no chão adusto um cactos pequeno para levar. Ao lado vicejava com fúria uma intrincada moita de xiquexiques, em maciço impenetrável de milhares de espinhos agressivos.

— Socorro, venha cá!

A viúva atendeu, reerguendo um pouco a saia para evitar ramos espinhentos.

— Olha aqui uma coisa que você não conhece, a flor de xiquexique.

Num galho mais alto, ao sol da manhã, estavam abertas algumas flores de cactos.

— Olhe que beleza!

Ficaram encaradas nas flores. Eram alvas, quase transparentes nas seis pétalas largas e muito finas, armando a flor. Mas essa flor era tão leve, tão delicada que parecia incrível nascer de planta de tal modo intocável. Mais tênue que papel de seda, parecia não resistir um sopro da boca ou bafejo de brisa. Na claridade da manhã nascera toda espiritual na sua semi-transparência, lembrando um pouco de espuma que não resistiria a um raio de sol, dissolvendo-se nele. Deste modo, o alvo dessa flor não era mais branco e, sim, composto de brancura e cristal. Quem a visse julgava que não tivesse peso, era quase impalpável e não brotava de cacto selvagem. Nem as asas de borboleta branca recémsaída de casulo, tinham aquela leveza sutil de lirial aparência.

Socorro chegou o mais perto possível:

— É linda. Mas será flor?

Perguntara bem. Não parecia flor e, não fosse flor que poderia ser aquilo, branquejando entre a barragem dura de milhões de espinhos?

Sílvia já ouvira no engenho, de ex-escravo Marrano, como os gentios do sertão contavam o aparecimento daquela flor.

— Não é flor de xiquexique, não. A flor de xiquexique era outra, muito mais grosseira e avermelhada, com rajas escuras. Na antiguidade esses bugres tinham maloca na boca da caatinga. De um casal deles nasceu uma menina, branca, muito mimosa e que foi criada com o mel da flor de angico, que é mel vermelho, fazendo a pele ficar muito clara, e beijus de macaxeira e de milho branco. Só apanhava o sol ainda frio da manhã, e madrugava pra sentir no corpo a orvalhada do amanhecer. Quando ela estava com seis anos, saía ali por perto. Os bichos do mato e os passarinhos paravam pra ver sua boniteza. Pois um dia, um cascabulho picou a meninazinha, que morreu logo. Seus pais a enterraram mesmo rente à moita de xiquexique. Passado algum tempo, os cactos se cobriram de botões, e o que nasceu não foram flores feias, mas estas. Levíssimas e brancas. Começaram a falar que o corpo e a alma da menina estavam brotados de espinheiro, nesta flor tão pura. Flor de gentileza tão frágil nascida de planta rasteira e rústica, só podia mesmo ser milagre, como foi a vida da criança dentro do mundo tão ruim.

Jonas chamava, que o carro estava pronto. As senhoras continuaram a viagem em silêncio, e o major a praguejar o pneu arreado, o caminho de bichos, a poeira e o calor mormacento.

Ao chegarem, estavam de mau humor, sujos e queimados de sol. Sílvia reclamava:

— Você tinha razão em não querer vir. Pra viajar nesses caminhos do governo não é preciso ter coragem, mas resignação. Muita vontade de ser santo.

Castigados pelo verão brabo, as folhas dos canaviais estavam torcidas, meio murchas.

Jonas ao ver a esposa nervosa riu forçado:

— É isto mesmo, por causa da banana, se perde a casca...

* * *

Socorro passou calada a tarde toda.

— Sente-se mal, Socorro?

— Enfadada com a viagem. O corpo todo me dói.

— O carro jogou muito. Estradas muito boas... Você dormindo um pouco fica melhor.

Todos notaram o abatimento na viúva, antes comunicativa e alegre em família. Já habituada em cidade e em avenida de movimento, sentia depressor o silêncio agreste do engenho. A enorme casa-grande fazia-lhe medo. Em hora de maior ocupação de Sílvia, Socorro chegou à varanda, na porta da qual vira seu marido surgir arrastado pelo cavalo em disparada alucinante. A dor desse desastre trabalhou no seu corpo muitos anos.

Agora ficava de olhos esquecidos na estrada do Maturí, pela qual ele apareceu em pedaços, e por onde momentos antes passava cheio de vida.

Entardecia, e Socorro sentiu coisa estranha. Não estava recordando seu marido com saudade. Revivia o que se passara naquela hora, mas sem sofrimento. Ela mesma estranhou a transformação. Seria porque já passara muito tempo? Seria porque outras ocupações da vida lhe tiravam o pensamento do esposo? Seria assim com todas as viúvas?

Teve medo de que desconfiassem daquilo. Evocou então Severino, ainda rapaz, chegando no engenho de seu pai, no Cabo, procurando falar com ela. Depois, o noivado, o casamento, quando ela estava com 15 anos. Acreditava amá-lo com loucura, e, agora, quando morto, não se enternecia à sua lembrança.

E, no entanto, sentia no corpo e no espírito ânsia crescente de viver, uma alegria um pouco assustada ao pensar em outras pessoas, no marido não. Na dolorosa verdade, a lembrança dele era-lhe agora importuna. Quando nos seus sonhos dourados de mulher rica e na sua mente via, tratava com alguém, despreocupada da vida, às vezes a recordação de Severino aparecia, para aborrecê-la.

No começo ela se envergonhava daquilo, depois afastava a lembrança, continuando a sonhar acordada. Começou a pensar: — Ora, tive dele amor, fomos felizes. Ele morreu, deixando-me meios de viver sem vexames. Mas ele morreu e estou viva.

Sílvia, naquela tarde, foi encontrá-la na varanda, malucando aquelas coisas todas. Aproximou-se dela:

— Socorro, eu sei porque você está triste. Varra de sua cabeça as recordações que lhe fazem mal. Severino morreu e você tem sido irrepreensível, guardando a saudade dele. Pense em você mesma. Espaireça, viva.

A viúva, apanhada em flagrante de repelir a lembrança, e de não sofrer nenhuma dor recordando o marido, abaixou a cabeça. Chorava. Sílvia passou-lhe a mão nos cabelos:

— Deixe de tolice. Você já tem sofrido muito. Esqueça o que lhe dá essas lágrimas.

Foi a custo que tomou o café forte da noite. Só a custo sorriu para os familiares. Quando se recolheram, Jonas confessou à esposa:

— Tenho pena de Socorro. É menina boa. Meu irmão não podia escolher melhor. Eu bem entendi que sua tristeza, ao chegar ao engenho, era por falta dele. Podia ter casado. Não quis, pra viver honrando a memória do mano.

Suspirou, não falando mais nada. Estava também triste.

* * *

Socorro deu graças a Deus ao se fechar no seu quarto. Um bem-estar indizível a invadia ao se ver só. Reparou com surpresa uma coisa em que nunca pensara: A presença dos outros me obriga a não pensar no meu sonho feliz.

Esse sonho andava há muitos meses malucando a sua cabeça. Que sonho era? Ela mesma não sabia.

Naquela noite, quando todos dormiam ela estava deitada, à espera do sono que não vinha. Rezara ao se deitar, rezara de joelhos no tapete singelo do pé do leito, apagando a luz. De olhos cerrados, quieta, não pensava, no entanto, em dormir, mas se via na sua casa da Capital, à espera do filho se recolher. Não vinha tarde, era moço morigerado e, depois que chegava, ela ia servir-lhe o café com leite, com doces e torradas. Juca já deitara e tossia sempre um pouco, ao resfriar a noite. O rapaz contava alguma novidade das ruas, um desastre, a prisão de um gatuno, a discussão escandalosa de dois inimigos que se encontraram num passeio de rua.

Quando estava em férias, deitava-se às 23 horas. Socorro ia com ele até o quarto, abria os lençóis, punha água fresca na mesa de cabeceira, e se despedia em boa-noite sorridente. Mas agora, no quarto da casa-grande no engenho, revia coisas e pessoas de seu lar, quando escutou os grasnos de pássaros noturnos lá fora. O relógio de gabinete do salão de jantar bateu 24 horas. Sem sono, esforçava-se por dormir, sentindo-se isolada, parecendo ter febre. Por que não dormia? Estranhava a cama? Não, era ótima a cama com que estava habituada. Estaria doente? Não estava. E, considerando coisas que não concorriam para sua insônia, escutava os ruídos de fora, capazes de afastar o sono de pessoas sensíveis.

Os ventos boliam nas árvores próximas, ora brutos, ora amansados. O murmúrio das águas excessivas despencadas do bicame do engenho de moer, agora se ouvia muito claro. Uma ou outra tosse por posição forçada de pessoa da casa, em outros quartos, ampliava-se na quietude da noite. Virava-se, procurando melhor jeito na cama. Agora achava, parecia em boa posição, estando em condições de dormir. Mas não dormia.

Às 2 horas da madrugada ouviu caburé piando nos sapotizeiros do oitão da casa. Ouvia muitas vezes, a espaços aquele pio. De novo rezou, acabando por notar que rezava sem a unção de sempre. Seria a alma do esposo morto que estava presente, perto dela, impedindo-a de dormir? Estaria à procura da esposa jovem, no anseio de se comunicar com ela? Não acreditava nisso. As almas eram de Deus e cada uma, segundo suas virtudes recebia o seu prêmio. Severino fora um bom e não podia estar ali, no mundo triste de tantos sofrimentos.

Procurou em vão se acalmar. De repente, sem forçar a idéia, se julgou sozinha no mundo e ao mesmo tempo se sentiu amparada por Zito.

Esse pensamento de proteção a sossegava e ela o viu, na sua adolescência saudável, falando-lhe, abraçando-a.

A longa dedicação pelo órfão, que não era seu parente de sangue, a aproximara dele para sempre. Criara-o com ternura maternal. Estava então insone, por se lembrar do filho? Não. Estava inquieta por lhe faltar Zito. Trouxe-o na idéia, para sua presença, para seu leito. Era o remédio que lhe faltava. Acalmou-se. Ouvia-lhe a respiração tranqüila a seu lado. Como a ave que antes da sobrenoite pia, chamando o companheiro ao subir na árvore para dormir, ela, com a chegada espiritual do rapaz se acalmou, estava feliz. Tão feliz que, às 3 horas, julgando-se no mesmo leito com ele, adormeceu serena.

Às 6 horas se levantou, aparecendo repousada a seus parentes. Sílvia procurou-a para o bom-dia.

— Dormia bem? Descansou?

— Dormi bem. Estava cansada.

Mentira com descaramento. Dormira bem...

Só não revelou que adormecera quando pela madrugada alta o moço chegou em pensamento, chamando por ela, para dormirem no mesmo leito.

Só então Socorro descobriu, que, agora, já não era dedicada ao jovem, por havê-lo criado. Ela amava-o também como mulher. Até então esses sentimentos se misturavam, e ela mesma não sabia daquilo. Ausente dele, só, no leito de viúva moça, não pensava no filho mas no homem que criara. Só descobrira tudo na noite indormida, coisa que sempre ignorou. Estava espantada com a revelação. Sentiu-se com

198

vergonha. Seria possível? Alguém já desconfiara desse afeto, que ela mesma até ali ignorava?

Foram precisas a viagem e a insônia, para ficar ciente de tudo. Não era somente a criança enferma a quem dera seus afetos que a preocupava. Era o jovem forte, inteligente, que vivia com ela na mesma casa, e pelo qual, só naquela noite descobrira grande amor de mulher jovem pelo rapaz bonito.

O mais fino é que ela estava em alvoroçado desaponto com a descoberta. Mas era segredo tão grande, que teve medo que o adivinhassem. Estava certa de que o amava desvairadamente, mas esse amor insensato não podia ser conhecido de ninguém.

Agora ficara mais senhora de si. Gozava uma paz interior, que era também felicidade de pessoa que, de surpresa, achasse no caminho um diamante azul. Sentia saudade carnal do jovem que julgava seu, e não sentia escorrer um minuto em que não o tivesse em espírito ao seu lado. Sílvia alegrou-se com a transformação que ela apresentava:

— Você hoje está outra! Foi porque descansou.

— Dormi muito. Cheguei me sentindo mal, com o calor e os balanços do carro.

— Não temos estradas. O padre Pilar tem razão de estar insatisfeito. Não ouviu o que ele disse? Que os novos políticos estão ganhando força na opinião pública, porque os antigos não fazem nada pelo povo.

— É isso mesmo.

E passou o dia satisfeita, o que agradava aos da casa. Naquela tarde, depois do almoço, enquanto Socorro descansava em sua cama, Sílvia sentada perto, lhe fazia confidências:

— Você é muito estimada por mim e pelos parentes meus e de Jonas. Pra nós você casava logo. Ficou rica, é moça e não tem filhos. Jonas esperava que você casasse.

— Não quis; nem pensei nisso. Fui feliz no casamento e acho difícil encontrar outro marido igual ao que perdi.

— Por isto, não. Há rapazes dignos por aí, mesmo em nossa família.

Socorro sentou-se na cama, porque lembrara o que descobrira de madrugada. Falou enérgica:

— Não, não quis. Sou mulher muito sincera e pra mim Severino ainda está vivo perto de nós.

Mentia escandalosamente a si própria, desde que a lembrança dele agora a importunava.

— Não quis, Sílvia. E agora estou velha.

— Velha? Com 35 anos? Você parece ter 30. É muito conservada. Isto é de família, porque sua mãe não tem uma ruga, nem um cabelo branco.

— Não quis, Sílvia. Minha desilusão foi grande.

Naquele instante aborrecia-se da presença da concunhada. Queria ficar só, para se imaginar perto de Zito, não como a mãe de criação e sim, como apaixonada por ele. Uma ânsia momentânea de vê-lo, apertá-lo nos braços, a perturbou.

— Casamento é um só...

— Eu também penso assim, desde que o primeiro seja acertado.

— É um só...

Passou o dia com presença agradável para todos, mesmo porque recebeu visitas de parentes dos engenhos vizinhos. Perguntaram pelo rapaz:

— E o menino?

— O menino está moço, já no 2º ano de direito.

— Foi feliz, encontrando você como outra mãe.

Aquela referencia a contrariou:

— Faço o que posso.

De novo seu coração batia por ele, não como menino, mas como homem, que ela na véspera descobrira amar com muito fogo. Pensava nele, com urgência de vê-lo, estreitá-lo bem num abraço quente. Queria-o só para ela, para pagar com loucura seu amor exclusivo, que devia ser ardente, como os da família de seu marido.

200

Pensava que decerto o estudante herdara a violência de Cincinato para as mulheres, conforme era tradição na família.

Ao se recolher ao quarto, naquela noite, estava como noiva que no dia seguinte ia encontrar o noivo depois de ausência. Deitou-se com delícia, imaginando que o moço estava ali bem junto dela, todo guardado para ela.

Nos anos de viuvez sua carne apenas repousava, recebendo os fluidos de seu sangue voluptuoso, as seivas ardentes da terra. Agora ia voltar ao sol do amor, com a luxúria que o marido conhecera.

Uma claridade nova cegava-lhe os olhos. Socorro voltava à sua vida, ainda vibrante de uns restos de mocidade. Era mulher para muita febre, vibração para satisfazer seu noivo ainda adolescente.

Estava tarde e ainda não dormira. Só ela conhecia o mundo fluido que estava vivendo, a sorver na respiração agitada os pólens de flores errantes pelo ar. Sentia necessidade de proteger aquele amor com segredo muito avaro, até que não fosse mais possível ocultá-lo do mundo. Ele era flor delicada que brotara entre as arestas da terra bárbara, igual à flor de xiquexique, aparecida na galha eriçada de milhões de puas venenosas.

No outro dia regressou a casa, de coração alvoroçado pelas aleluias de sua alma. Viajou em silêncio.

É que pensava na flor leve do agreste, que um bafo mais forte de vento podia despetalar.

Capítulo 9

SÃO CHICO

*F*oi recebida com alvoroço por Juca e o rapaz. Encheu-se de alegria por ver a face do filho, que falou franco:

— Esta casa é inabitável sem você. Parece que esteve fora muitos anos.

O velho apoiava:

— Ficamos tristes com sua falta. Andávamos tontos por esta casa, em que faltava tudo...

Aquelas delicadezas não passavam por seus ouvidos como vento. Sentia que o moço precisava dela, ressentira-se, porque estava ausente.

O abraço apertado, que ele lhe deu ao chegar, tinha calor. Beijou-a no rosto com os lábios quentes. A viúva sentiu naquilo a correspondência de seu amor exaltado. Beijou-o também no queixo ao lado da boca, mas agora como mulher apaixonada.

— Esta casa é inabitável sem você...

Para ela tudo aquilo agora tinha outro sentido, falava da falta da mulher desejada por sangue novo. Juca falava por falar. Normalizada a vida caseira, só uma pessoa não era a mesma, a dona da casa. Sentia subir das profundezas de seu ser uma vida diferente, que conhecia quando namorada de Severino. Entretanto agora, aquilo era forte, mais visível e atingia, em sua ascensão, todo o corpo já habituado à renúncia das sensações. Parecia um estremecimento subterrâneo que agitava camadas internas de seu organismo, em crispações de minerais partidos. Não se tratava de renascimento normal, terra a terra. Era orgânico, das células ao espírito, sendo, portanto um fluido nervoso influindo no cérebro.

Socorro renascia, como a flor agonizante do agreste às primeiras trovoadas. Ela toda se empolava em renovos, que seriam flores amanhã.

A própria senhora se achava leve, com idéias claras, movimentada. Muitas vezes se surpreendia cantando. Que era aquilo? Desde a morte do marido não cantava nem cantarolava mais, suas modinhas bonitas da terra das Alagoas.

Pois tudo voltava, até os cantos de amor, que aprendera quando mocinha. Também quando se aproximava a hora do estudante voltar, ela estava lavada com sabão de França e água fria, vestida com elegância e de lábios pintados. E os cabelos lindos, e as unhas cuidadas, as sobrancelhas bem feitas?

Juca sorria, agradado daqueles requintes:

— A sobrinha viu passarinho verde...

Suspeitou que houvesse em tal transformação coisas de amor, arrependendo-se logo da suspeita:

— Não. Isto não é possível. Socorro vive para a saudade de Severino.

O certo é que, numa mansão onde errava uma sombra, amargurando sua viuvez, agora desabrochavam sorrisos da alegria de viver. Como cantasse a manhã toda com voz simpática ajeitando os luxos da sua casa, o velho tio disse uma vez:

— Vive cantando como os passarinhos. Cada vez me convenço com maior evidência, de que não entendo mais a vida. O diabo leve a velhice, a velhice que se trombique como quiser.

* * *

Zito levou um colega de academia, para jantar na sua casa. Era o Orestes, rapaz do Ceará, alegre e bem conversador. Socorro concordava com tudo que o filho fazia, e recebeu a visita com boa vontade.

Mandou servir uísque com cajuada e muito gelo. Declarou, também empunhando seu copo:

— Dizem que a cajuada é melhor mistura para o uísque. Nossos cajus são os melhores do mundo.

O visitante sorria, levantando uma questão:

— Concordo com a senhora, mas lembro que os cajus do Ceará até hoje, pra mim, não têm rival na terra.

Socorro parecia não acreditar, atrás de um sorriso de dúvida:

— Pode também ser bairrismo seu, pois os cajus-banana da praia do Rio Doce passam pelos primeiros do Brasil.

— São de fato bons mas nós temos os cajus-massa, que não têm acidez nem o travo dos outros. Parecem mel e chegam a pesar 600 gramas, mais de meio quilo.

Os presentes se admiraram e Juca pilheriou:

— Eu toda vida ouvi dizer coisas incríveis do Ceará, que é a terra de Iracema e do pai-d'égua...

Socorro estranhou a expressão:

— Que é isto Juca?

— Ora, pai-d'égua no Ceará é coisa grande, notável, de peso. É comum se ouvir lá:

— Você é um amigo pai-d'égua, aquele sujeito é um pai-d'égua... é importante.

A senhora sorria com espanto da explicação, com o que Orestes concordou. Foram para a mesa e Zito provocou o amigo!

— O Orestes vai contar o que aconteceu aqui, com seu primo Otoniel.

— Ah, você gostou de que aconteceu ao primo... Otoniel veio de Baturité, muito pobre, tentar a vida no Recife. Lutou muito e a custa de muitas andanças, empenhos e fomes, conseguiu lugar modesto na organização comercial do sírio

204

Abdalah Maluf. Este gringo possui várias fábricas, onde trabalham mais de 500 pessoas. Com o emprego, o primo casou-se e estava com três filhos, vivendo satisfeito da vida. Acontece que seu patrão foi à Síria em viagem de repouso, e indagou de todos os empregados do escritório o que desejavam que lhes trouxesse de lá. Uns pediram o fumo especial, outro um narguilé, ainda outro um quilo de tâmaras. Houve quem pedisse coisas pequenas, uma gravata, um par de sandálias.

— E o senhor, seu Otoniel?

— Chefe, meu pedido não é fácil de ser satisfeito.

— Mas qual é?

— Eu desejava ter na sala de visitas de minha casa, uma urna com terra do cemitério de Damasco, onde estão enterrados seus santos pais. Em vista do que o senhor tem feito por mim, é o que desejo, para dizer a meus filhos que aquele punhado de terra é do cemitério da Síria, onde estão sepultados os progenitores do homem que é nosso pai. Abdallah estremeceu, emocionado. — Seu Otoniel, o senhor será atendido. E voltando-se para os demais empregados: — Nunca pensei ter no meu serviço um coração de tamanha nobreza. Viajou, demorando-se nas suas férias. Ao regressar, trouxe os presentes escolhidos por todos e uma urna envernizada de cedro, com a terra do cemitério. Entregou o que os outros escolheram, apanhando a urna que estava em seu birô: — Otoniel, o senhor é um homem digno. Está aqui a terra do cemitério de Damasco, pedida pelo amigo. Aproveito a ocasião para lhe comunicar que o senhor está promovido a Chefe de seção de minhas organizações e passará a residir com a família, sem o menor pagamento, na minha casa recém-construída na Avenida Norte. Isto é prêmio a seus bons sentimentos, exemplo a todos que trabalham comigo. Meu primo quase desfalece e tremia, sem poder falar nada. Passou a residir no palacete da Avenida, e seu ordenado subiu a igual aos dos que mais ganhavam na empresa. Otoniel recebeu vida que nunca sonhara. Bom ordenado e morando grátis em palacete, sua mulher deu pra freqüentar cinemas caros e os filhos foram pra colégio de renome. Nos sábados e domingos, o casal jantava peixe no Maxim's, de Pina. A vida de Otoniel ficou invejável. Deu pra moralista e, um dia, me falou: — Vocês queixam dificuldades é por não terem cabeça. A cabeça não é só pra ter cabelos, mas também fazer planos inteligentes. Como seu dinheiro estava sobrando, deu pra aparecer à noite no bar Savoy, pra bebericar seus drinques.

Zito acompanhava a narração com o máximo interesse.

— Vejam bem o que aconteceu.

Juca e Socorro sorriam, na expectativa.

— Mas aconteceu que Abdallah tem um sobrinho, um tal Abdo, sujeito descontrolado, que estava sujo com o tio, que o botara pra fora de sua casa, onde morava, por doideiras que ali praticou. Abdo gostava de uma cervejinha e, uma noite, deu com Otoniel no Savoy. Começaram a beber, e, a certa altura, o rapaz deu pra se queixar do tio. Contou suas misérias e já um tanto esquentado se lastimou, que o tio trouxera presentes para todos, esquecendo-se dele. Otoniel já bebera bastante, estava com pena do moço: — Ora, você não se importe com isso, que seu tio também foi ingrato comigo. Em vez de trazer coisa que preste, me trouxe um punhado de terra de cemitério. Levei a caixa pra casa e a mulher sabendo o que estava ali, deu o grito: — Cruzes! Onde é que você está com a cabeça, trazendo terra de cemitério aqui pra casa? Isto é coisa da macumbagem, que só serve pra despachos, pra matar gente e deixar na desgraça quem pegue nestas porcarias. Estava tão furiosa que seus olhos tremiam, esbugalhando-se. E gritou logo para o marido: — Eu sei o que vou fazer com isso! Pegou na urna e mandou a empregada jogá-la na maré do fundo da ponte no Limoeiro, que era perto. Otoniel então comentava: — Foi o modo de me ver livre daquela besteira. Por aí você veja que tenho mais razão do que você, de me queixar de seu tio. Trabalho com ele porque subi por meu mérito a chefe de seção mais credenciado, porém sua desfeita ainda me dói. Pois não demorou e Abdo fez as pazes com o tio, contando-lhe

206

tudo quanto meu primo lhe dissera. O industrial ficou doido de ódio e, no mesmo dia dispensou os serviços de seu chefe de seção mais credenciado, pedindo a casa pra uso próprio. Otoniel não pôde sair da casa e está sendo despejado... Não sabe o que vai fazer, sem dinheiro, porque gastava tudo, sem emprego e sem casa pra morar...

Juca e Zito acharam importante a leviandade do cearense, mas Socorro interrompeu:

— Coitado. Como vai viver?

— Vai viver como vivia, ao chegar aqui: andando a pé, pra descobrir casa e emprego. Está leso e não demora.

No fim do jantar Zito comunicou à viúva:

— Um dos colegas do Centro dos Acadêmicos, o Zé Lúcio, tem irmã que vai casar em Petrolândia, ao fim do mês e nos convidou pra festa. Eu estou querendo ir, se você for também.

— Se quiser podemos ir. Tenho vontade de conhecer o alto-sertão.

* * *

Um dia antes do casamento partiram ao amanhecer. No carro de Socorro, guiado por Zito, levavam Orestes, Osmarino, que estudava engenharia, e Zé Lúcio, irmão da noiva e colega de Zito. Orestes era pilhérico e Osmarino, mais reservado, caboclo de Araripins, cidade da subida da Serra de Araripe.

A seca estiolara o sertão, do agreste às caatingas, estando desfolhadas todas as árvores, arbustos e ervas, menos os juazeiros heróicos.

Havia por onde passavam um rancho e algumas cabras. Os juazeiros amadureciam os frutos pequenos, amarelos. Os viajantes repararam que certas cabras tinham no focinho um embornal, que as impedia de comer. Curioso de saber porque era aquilo, Zito parou o carro para indagar. Soube então que as cabras com focinheira estavam prenhas e, se comessem as frutas de juazeiro, botavam fora as crias. No quintalejo da rancho derrubavam todas as bananeiras. A senhora se intrigou com aquilo:

— Por que estão cortando as bananeiras? Vejo isto pelo caminho. Na Placa não vi nenhum pé. Estavam acabando de decepá-los.

Osmarino foi quem respondeu:

— Quando a seca é longa e o calor muito, no sertão cortam as bananeiras ao rés do chão. Isto é porque elas esperdiçam a água que têm na respiração das folhas grandes e, cortando-as, poupam esta água e assim ela faz brotar novos pés na moita podada. O clima hostil obriga o homem a proceder com inteligência.

Foi lição para todos, que ignoravam o motivo de estarem derrubando as bananeiras.

Socorro estranhava as árvores completamente sem folhas. A queda das folhas era defesa das plantas, uma vez que por elas se evolava água da respiração, água guardada nas plantas desde o último inverno. Era por isso que cortavam as bananeiras.

A paisagem sertaneja estava cinzenta, e a monotonia da cor de chumbo pesava nas almas. Onde estavam os pássaros cantadores do sertão, os galos-da-campina, os xexéus, as patativas, os avinhados, os casacas-de-couro? Não se via nenhum ou se ouvia o canto deles. Apenas na desolação da terra, um ou outro canela-seca mais coaxava do que cantava invisível:

— Ra -chi, ê, ê, xi - i, i, i, rás, rás...

Socorro esconjurou-se:

— Que canto feio; de que é?

Zé Lúcio acudiu:

— É o canela-seca, passarinho à-toa. Só canta quando tem sede. Nesse tempo o sertão não ouve os seus pássaros afamados. O que se escuta é só o canela-seca e o cracará, bicho ruim.

Quando o carro deixava longe o litoral, apareciam como tapumes umas árvores que também não secam: os aveloses,

208

sempre vicejantes perto de miseráveis habitações e sítios, sem água para os homens beberem. Zé Lúcio sabia coisas de seu geral:

— O evelós têm leite que cega qualquer cristão ou bicho. É um terrível cáustico. Com ele tiram verrugas e falam que, empregado no local, cura até o cancro. Todo mundo sabe que este leite curou o cirro de um juiz de direito, que já tinha o rosto escalavrado. Pois os bodes e os jumentos comem o avelós como quem come rapadura. Pra eles esse leite é até refresco. As moças groteiras marcam com ele o nome dos namorados nos braços e nas coxas. Custa a sair a tatuagem. Às vezes quando ele sai, o namorado já é outro... Pra cortar o avelós o foiçeiro não pode trabalhar sem óculos, pois já tem muita gente cega deste leite da diaba mais velha do inferno.

Nas estradas de retas de areias viam-se, no caminho adiante do carro, as tremulinas do vapor d`água, subindo do chão, a ferver no ar, Osmarino chamou a atenção dos companheiros:

— Isto é a caatinga. É o começo de deserto, que vai ser este sertão todo. O deserto do Saara passou por esta fase, até ficar só nas areias. Todos os anos ele se alarga 150 quilômetros, englobando o que resta da vida vegetal. A caatinga é um deserto quase pronto pra não prestar pra mais nada. Dentro de algum tempo isto aqui será deserto desolador. O curioso é que a caatinga não tem elementos pra recuperação do solo, e é adubado precariamente por fatores aéreos. No fim do verão a atmosfera está saturada de azoto. Com as trovoadas de inverno, libertam-se o ozone, a amônia e os mais óxidos de azoto, descendo ao solo nas chuvas como adubo considerável. Porque esses chãos não guardam a menor camada de húmus, estão lavados, erosados, estéreis pra toda vida. O húmus resulta de mataria orgânica, depositada no solo pelas folhas mortas. Pois o sol sertanejo combure, queima de tal modo estas folhas, que elas perdem todo poder de se transformar em adubo. O gado que ainda vive aqui é comendo a folhagem no tempo das chuvas e na magrém, ou emigra ou morre sem remissão. Só resistem à vida nessa pobreza a cabra e o jumento, já adaptados à fome e à sede. Mesmo assim os animais que conseguem sobreviver nesse areal, não tendo carnes, que minguam de geração em geração, têm o couro mais precioso do mundo, por ser grosso e resistente como ferro. Temos a cabra Morotó, amarela clara, cor sem graça, com o lombo preto, que é prodígio de resistência e fartura de leite. Quase não comendo ou comendo cascas de pau, vive gorda e sadia, sendo animal longevo. Esta cabra é produto de adaptação em centenas de anos, e é quem resiste ao clima insuportável, como produto dele. Qualquer outra raça européia que introduzam aqui, em poucas gerações regridem, degeneram e desaparecem. Nossa cabra do sertão é a mais prolífera da terra, e ganhou vitória contra a natureza por se adaptar a ela.

A certa altura Osmarino pedia que parassem o carro. Vira alguma coisa para mostrar. Um bode chifrava uma cabeça-de-frade, das que dão flores vermelhas na coroa.

— Olhem ali por que vivem gordos os bodes da caatinga.

O bode chifrava o cactos, abrindo nele orifícios até que conseguiu parti-lo. Meteu então a boca no miolo úmido, começando a devorá-lo com avidez. Em poucos momentos comia-lhe a massa de recheio, ficando comido e bebido, só deixando a casca espinhosa.

Passaram pelo Hotel do Peba, rancho de capim onde os viajantes comiam, pois o estirão a Petrolândia era de mais de três horas.

Os rapazes desceram para conhecer a vendola aberta. Socorro, do carro, via passar no momento um grupo de retirantes, a caminho de Placa. Seus olhos ariscos davam rajadas verdes de olhares, que assustavam os olhos sem vida das caminheiros.

Ao chegarem à margem do Rio Moxotó, completamente seco, pararam para encher pneu, quando Orestes viu, pouco acima, um jumento escarvando o leito de areias do rio. Chamou a atenção de Socorro:

— A senhora nunca viu uma coisa daquela.

— Que é? Porque dá patadas no chão?

O jegue escarvava, jogando areia para trás, mas escarvava com obstinação de quem faz serviço necessário. Urgente. Aprofundou um pouco a cova, passando a aumentá-la com as patas traseiras, em coices firmes. Às vezes cheirava o chão, pesquisando alguma coisa, depois insistia com as patas dianteiras a limpar o buraco, à proporção que a cava afundava, ele com a cabeça baixada parecia examinar se seu trabalho dava certo. Quando a loca ficou mais funda, meteu a cabeça por ela, parecendo que chupava areão, pois ao erguê-la tinha os beiços semeados de areia. Todos espiavam o urgente serviço. Oreste só então explicou tudo:

— O jegue está cavando pra procurar água. Parece que merejou, pois tem beiços e ventas sujas de areia. Está morrendo de sede e é assim que consegue água, quando consegue.

Socorro suspirava com desalento:

— Sertão triste, Deus me livre disto.

O jegue se afastou pelo leito seco abaixo, de cabeça pendida.

— Não achou a água procurando outro lugar, pra repetir a escavação. Hoje está sem sorte.

Foram ver o cavado. Tinha quatro palmos de fundura e nem merejara água. Socorro lastimava:

— Pobre bicho. Com um calor deste, com sede e sem sorte. Coisa horrorosa é morar neste deserto.

Iam entrando no carro, quando descia uma família pelo leito do rio abaixo, rio que era caminho. Esperaram para vê-los de perto. Era, um casal pobre com sete filhos, todos esmulambados. O homem caminhava firmado em varapau, trazendo nas costas um matolão e enxada.

A velha levava na cabeça imenso tacho, dentro do qual vinham panelas de barro, peneiras e vassoura atravessada em cima. Os meninos conduziam umas poucas galinhas e um deles, uma cabra pela corda. Orestes falou em tom de grito:

— Eh, amigos de onde vêm?

O homem respondeu, sem se deter:

— Do Najá.

— Espere um pouco; preciso de uma informação.

O caboclo parou, de cara amarrada.

— E pra onde vai, patrício?

— Pra Paulo Afonso.

— Pegar no duro? Andando sempre neste caminho?

— E apois?

Vinham de longe, pelo caminho que era o leito do rio seco. Caminharam léguas e léguas, pisando na areia ardente. Seguiam para Paulo Afonso, à procura de serviço. Levavam os teréns, entre os quais a cabra baia lombo preto de estima, que era da família, já chamada comadre-cabra.

Najá era a terra dos cabras valentes e dos toqueiros afamados, que não erravam tiros, por saberem dormir na mira.

Os viajantes de Inajá haviam caminhado umas braças, quando voltaram ao ponto onde o jumento cavara. O homem depôs sua carga e com a enxada, em golpes secos, com fúria aprofundou, alargando, a cava. De repente se deteve, puxando a comadre-cabra para perto e ela, sedenta, abaixou a cabeça no cavado, ajustando a boca na areia. Chupava a umidade agora marejada. Chupava com força, visível pelos movimentos da garganta ao deglutir. Parece que engoliu mesmo qualquer coisa, pois levantou a cabeça, limpando os beiços com a língua. Só então a velha abriu toalha fina sobre o fundo do poço, e deitada no chão, com a boca também fez como a cabra, chupando a água apenas a marejar. Em seguida as crianças e o velho, deitados, cada um por sua vez chuchurriava, pela toalha apenas molhada mal, a água difícil.

Orestes sorriu para sua turma, observando bem:

212

— Viram como é o sertanejo? Primeiro deu de beber à cabra, que eles chamam comadre-cabra, que já é da família, depois os outros, inclusive a esposa velha. A cabra é que dá leite a todos, tem preferência para enganar a sede. E porque sabem que nos dias maus ela dá o leite sanando a falta de jerimum da roçada, o tatu do mundéu e o punhado de farinha de pau. Valorizam a cabra, e assim ela tem prioridade sobre a mulher e os filhos, no sugar a água escassa. Qualquer outro sangrava o bicho, nas fomes, para comê-lo. O sertanejo não; é amigo respeitoso dos animais e os salva, na hora da fome.

Socorro estava cansada da longa viagem e só via o que lhe mostravam, porque sua atenção era toda para o motorista. Vendo-o de perfil na direção, namorava sua cabeça de cabeleira negra de ligeiros anéis. Via-lhe o nariz forte, mais de branco que de mestiço como era seu pai e os beiços, estes sim, que acusavam sensualidade com certeza de herança paterna.

Parecia de fugida com a mãe, principalmente na testa alta e os olhos negros muito brilhantes. Todo conjunto do rapaz, atraente e desembaraçado era dela, Socorro, com direitos de quem o cuidara desde menino.

Suspirou ligeiro cerrando os olhos, a pensar na intimidade que se habituara a ter com ele, no seu louco pensamento febril. Mas para isto lhe faltavam ali o silêncio e a penumbra. Estava coberta da poeira da estrada mas recebia as atenções do rapaz, e era disso que ela precisava.

* * *

Há muito desciam, sem perceber, a rampa começada nas caatingas. De repente, à direita, sem que ninguém suspeitasse, apareceu, lá em baixo, grande rio. Zé Lúcio agitou-se com a visão, gritando em entusiasmo espontâneo:

— Eh rião bonito danado! Êh São Chico velho de guerra...

213

Todos olharam curiosos o caudal a correr lento, protegido por barrancos de areias. Zé Lúcio ainda gritava:

— Olhem o São Chico valentão, gente, o meu rio... Vejam o rio que não dá confiança a ninguém... E comunicativo, para os companheiros:

— Este é o rei dos rios...

Osmarino sorriu com indiferença e desprezo:

— É grande rio, mas para os outros Estados, pra nós não vale nada.

Zé Lúcio pulou no seu lugar:

— Está doido, rapaz? Não vale por que?

— Porque pouco nos serve. Banha uma nesga de Pernambuco, de Petrolina à Petrolândia, correndo em terrenos mortos entre areias, e em cima da erosão milenar. Sua rampa, seu vale foi desmatado, está sem a manta verde e as enxurradas levaram o húmus que já teve. Em baixo das areias se mostra o tauá infecundo, que não vale mais nada. Essas coisas estão matando o rio, que se alarga com o desbarrancamento das margens arenosas, ficando mais raso do entulho descido das caatingas. O rio São Francisco está morrendo, e talvez seja no futuro um rio temporário. Passando por esta região de grandes calores e de ar sem umidade, suas águas sofrem formidável evaporação diária de milhares de metros cúbicos de água. Isto não é só em Pernambuco, mas o fenômeno vem desde Minas Gerais, onde ele nasce. Suas margens e as de seus volumosos afluentes sofrem bárbaro desmatamento, permitindo a erosão e entupindo o rio de terra sem vida. Com as enxurradas, ele fica mais raso e comendo as margens fica mais largo. Deste modo, a superfície líquida sofre maior evaporação. As matas impediam parte da erosão das chuvas e, sem elas, as águas carregam as terras e as areias, como querendo acabar com o rio. Em rigor, o rio está se matando. Correndo em zona em que essas coisas acontecem, suas águas sofrem evaporação inacreditável, e em conseqüência disso, a cachoeira de Paulo Afonso está diminuindo. A média de sua descarga líquida, há 50 anos, era muito maior que hoje.

Cuidamos com a nossa reconhecida incúria, de acabar com o rio da unidade nacional...

Enquanto os outros ouviam, Zé Lúcio fazia cara incrédula.

— Vejam vocês: suas margens em Pernambuco são estéreis, exceto algumas braças das vazantes, que se prestam a plantações de verduras.

Zé Lúcio protestava com vigor.

— Você está doido. Em Belém do Cabrobó...

— Eu sei que em Belém do São Francisco puseram bombas que irrigam suas margens pra plantar cebolas. E há outro problema. As pragas perseguem estas plantações, já quase no tempo da colheita. Com o dia enublado as folhas da cebolas se enroscam, com o que lá se chama o *mal das sete voltas*, e planta doente é plantação perdida. Por estas razões ainda desconhecidas, as cebolas arrancadas ali apodrecem logo, o que dificulta o mercado para as mesmas.

— Disto eu não sabia, é coisa remediável, mas quanto à irrigação há projeto de erguer o São Francisco, para perenizar os rios temporários das caatingas.

Projetos estatais no Brasil... Coisa pilhérica. Eu sei que desde o tempo de Pedro II se fala nisso, pois o São Francisco é mais baixo apenas 52 palmos que as caatingas irrigáveis. Mesmo que isso aconteça ficarão milhares de quilômetros de terras inúteis, sem suas águas. A caatinga sem préstimo de Pernambuco há de continuar solo de areia sem vida.

— Quer dizer que, na sua opinião, o São Francisco vale pouco pra nós...

— Em rigor, não vale nada.

— Parece que os estudos de engenharia estão baralhando os miolos de sua cabeça... Mais tem uma coisa que você não sabe: Na ocasião do inverno aqui, as águas do São Chico diminuem.

— Isto não precisa ter miolo pra responder. É que nessa ocasião é época de secas em Minas Gerais, pátria do rio, onde ele recebe maior número de tributários. Agora, na seca do Nordeste como é tempo das chuvas mineiras, ele está volumoso.

Zé Lúcio estava vencido mas tentava ainda ganhar. Quando o rio foi descortinado em grande extensão, Osmarino pediu que Zito parasse o carro, para verem melhor a caudal a meio barranco.

— Abençoados sejam os olhos de André Gonçalves e Vespúcio, que foram os primeiros civilizados que, andando pela costa, viram o São Francisco na sua foz! Tinha então o nome indígena de Opara e, como isto foi no dia de São Francisco, botaram esse nome nele. O rio chama, o rio puxa, o rio atrai homens e bichos. Umas poucas braças de sua vazante valem milhares de hectares do agreste duro. Água, temos aqui e muita, banhando terras lavadas de todo húmus, há milhares de anos. São terras é pra fazerem caminhos compridos e pra criar mocó, que não bebe água... Se tivéssemos aqui as terras amarelas da China, as vermelhas do Havaí, as roxas do Canadá e as pretas da Rússia, todas de fertilidade milagrosa, dentro de poucos anos elas estariam como este tauá. A terra é como mulher, pra ter saúde precisa ser bem tratada, pra não ficar velha mesmo ainda moça. Ninguém cuida de nossas terras e querem ter lavoura... Ninguém cuida dos nossos rios e querem ter água...

Seguiram viagem, e Zé Lúcio não gostara das opiniões do companheiro:

— Muito estudo baralha as idéias. Quem quer saber muito, já começa a ficar maluco.

— Você está bobeando.

— Não estou e vou lhe dizer outra que você ignora. Sabe que ninguém aqui toma banho no rio?

Osmarino riu.

— Por quê?

— Não se sabe se por medo do volume de água, ou por medo de que esse banho seja ruim pra saúde ... O certo é que ninguém se banha nele.

— Mais esta. A única vantagem que ele nos pode dar é de asseio de nossos corpos, e isto não acontece. Sabe o que nós do sertão do Araripe sentimos ao ver este rio? Ódio, e muita raiva. Uns têm tanto e outros nada...

Estavam chegando e Socorro resistira bem à viagem desconfortável. Foram para a pensão de dona Malu.

A senhora recebeu uma bacia dágua para se lavar, e os rapazes só banharam o rosto e cabeça, porque não havia banheiro em toda a cidade.

Socorro ficou na salinha da pensão, onde havia flores em vasos de vidro. Ela então viu um buquê de flores que desconhecia.

— Que flor é esta?

A sobrinha da dona Malu respondeu atenciosa:

— É flor de água.

Socorro aproximou-se para melhor vê-la.

Tratava-se de flor desconhecida dos botânicos e só ali vista nos degraus de pedra da cachoeira de Itaparica, mesmo em frente da cidade. Era de arbusto de folhas ralas, que floresce quando as águas começam a descer e surgem as pedras nos precipícios da catarata. O rio já estivera mais cheio e descendo um pouco, apareceram as flores. A planta não cresce mais de 5 palmos florescendo em ramalhete de flores pequenas, do porte da polpa de um dedo e têm a cor de água clara. São transparentes e sem perfume.

Onde as águas deixam nus os socalcos de pedra, à beira dos abismos, aí cresce o arbusto sem nome e desabrocham as flores de água. Apresentam-se de delicadeza incomparável, e sua presença de elegância e beleza atrai mesmo os indiferentes a essas coisas. A viúva quis ver a planta e mais tarde a mocinha foi com ela a beira do rio onde, à distância o arbusto floria. Colhidas, ficam vários dias viçosas no vaso com água.

As cores não foram empregadas na flor, que tem as tonalidades transparentes da água, às vezes ao sol, com fugidios laivos azuis.

— Vou levar mudas...

A moreninha sorria, amável:

— Não pega. Muita gente já tentou e não conseguiu um pé da flor. Numa planta florescem apenas dois ou três galhas e por muitos dias são vistos, de longe. Muito raros os que tiveram coragem de lhe apanhar um ramo florido.

Socorro suspirou, calando-se. Depois sorriu para a companheira:

— Há muita coisa assim, que a gente vê mesmo de perto e não pode ter nas mãos...

A moça não entendeu. Ela pensava com certeza em Zito.

No bar, onde os jovens bebiam, estava um homem corcunda, pequenino e grisalho. Aproximou-se aos poucos da mesa dos rapazes e, apoiando as mãos no espaldar da cadeira, perguntou com brandura:

— O senhores são do Rio Branco?

— Não; do Recife.

— Ahn. Já conheciam o Jatobá?

— Que é Jatobá?

— É isto aqui, Petrolândia.

Só Zé Lúcio conhecia, por ser dali.

O mulato fez um silêncio atencioso, para dizer depois:

— Está muito desdeixada.

— O quê?

— A cidade. O prefeito não liga. Já foi melhor e hoje está decadente.

— Por quê?

— Não sei. O povo fala que foi depois que plantaram tamarinos na arborização das ruas.

Só então Zé Lúcio reconheceu o corcunda:

— Você não é o Sátiro?

— Sou eu mesmo. Um seu criado.

— Pois eu sou filho do Sérvulo Nunes.

— Ah, então é o rapaz que está no estudo?

— Eu mesmo.

— O senhor vive fora há tempo, nem conheci. Conheço você desde tamaninho. Deste porte.

Marcou com as mãos o tamanho de um menino.

O estudante interrogava-o:

— Por quê você fala no negócio dos tamarindos?

— É o que se viu também na Floresta, em Santo Antônio da Gloria. Depois que plantaram tamarinos, essas cidades deram pra trás.

Os rapazes riram incrédulos. Saiu de um reservado do bar, onde jogavam, um homem alto, moreno, forte, elegante de corpo, que passou pelo grupo sem cumprimentar. Sátiro falou a Zé Lúcio:

— Não conhece?

— Não. Quem é?

— É o doutor Joaquim Moreira, nosso doutor. Está aqui de pouco.

— É o juiz?

— É doutor médico.

E espiando para os lados, estava doido por dar má notícia:

— É bom doutor, mas é dominado pela orelha da sota. Joaquim era um caboclo, muito simpático e de trato pessoal cortês. Dormia de dia e passava as noites no jogo de azar, em que era mestre. Naquela tarde começara cedo a ronda pelos reservados, onde se jogava com cacifes altos. Seu pai era fazendeiro de gado e jumentos na serra d'Umã, onde naquele tempo, todos os homens, mesmo os ricos eram bandidos. Forneciam cabras aos prefeitos da região, para desforras pessoais e vinditas políticas. Na serra, o doutor era respeitado por sua valentia muito conhecida, e pela perícia com que montava jegues orelhudos. No jumento laçado e já no esteio, ele o prendia com as mãos pelas orelhas, e pulava em cima do bruto, em pêlo. Resistia a todos os pulos para diante, com o animal de cabeça entre as pernas urrando, e os saltos de fintas para os lados, de que só escapavam os cavaleiros mestres campeões. Não se importava que o bicho, em pinote para cima, boleasse, isto é, caísse de costas. Nesta emergência, o cavaleiro saltava fora muito airoso, e antes do pagão levantar, ei-lo de novo em seu lombo.

219

Era inimitável em tal proeza, só ali repetida por dois ou três amansadores de fama. O doutor era o homem mais belo do município. Quanto ao médico falavam que não era mau, tendo no entanto horror à medicina, ojeriza encontradiça em quase todos os seus colegas. Dizia mesmo, a título de brinquedo aos amigos:

— Nasci pra amansar burro brabo. A medicina que se fumente...

Era casado com senhora de cabelos amarelo-sujos, cor de onça suçuarana, crente em feitiços, maus-olhados e despachos. No seu quintal, cercado de esteiras de tabocas, havia dezenas de sapos de todos os tamanhos, que ela empregava para suas práticas e sortilégios.

Apanhava um sapo, costurando-lhe a boca, a dizer:

— Só tiro esta costura quando tal pessoa mudar daqui.

Era inimigo, a quem desejava afastar da cidade. Havia sapos que estavam de beiçorras costuradas há um ano, pois o doutor promotor estava por este modo sendo por ela tocado do lugar. Para as mulheres de quem sentia ciúmes do marido, vizinhos com quem antipatizava, e mais pessoas que ela jurara, tinha no seu quintal sapos encarregados de lhes dar rumo.

Como aconteceu ser satisfeita em alguns casos muitos contados na cidade, era temida e considerada mestra de macumbas.

Era seu vizinho um negociante com quem se indispusera e que a ridicularizava em público, pelo costume de fazer malefícios. Tratava-se do comerciante mais rico da praça, e que achava delicioso ouvir contar casos de que ela vinha cuidando por intermédio de sua saparia. Seus quintais eram comunicantes, separados pelo muro alto de esteiras que fechava os batráquios. Certa manhã o vizinho indo ao quintal, aproximou-se da esteira, e, por uma fresta procurou ver se enxergava no fecho da feiticeira, algum dos costurados.

A senhora estava lá com um sapo antanha seguro por empregada velha, sua auxiliar nas coisas feitas. A feiticeira tirou alguma coisa do canudo do cachimbo que a empregada fumava, esfregando-a na axila do bicho. Em seguida com agulha de fardo e cordão costurou a boca do antanha, soltando-o. Mas ele não fugiu. Começou a pinchar diante dela, mas de modo nunca visto. Saltava para cima, para os lados, procurando ficar em pé teso nas pernas e com os braços espichados para frente. Depois saltava para trás caindo de costas, erguendo-se, dançando em pulos ridículos de plástica impressionante.

Deitava-se de costas, de pança obesa para cima, tamborilava as mãos nela, com desenvoltura. Feito isto, ficava de pé a se esticar nas pontas dos dedos, inchado, com os olhos pulando para fora da caraça.

Saltou por fim bem alto, três, quatro palmos, dando cambalhotas de palhaço.

A senhora e a preta velha assistiram a tudo, sérias e caladas. Como a macumbeira prometeu acabar com seu negócio, que era o mais importante dali, o comerciante deixou seu posto de observação verdadeiramente alarmado. Passou o dia com medo e todos o notaram nervoso e triste. Pois aconteceu que maus negócios feitos por um filho, puseram o negociante mal perante os credores. Ofereceu concordata que o juiz negou, indo sem demora à falência.

Como todos sabiam da ameaça da esposa do doutor, passaram a tratá-la como coisa perigosa. Quanto ao que madame esfregou no subaco do sapo, e pôs assombrado o vizinho, porque fez o batráquio dançar com gatimônias, foi sarro de canudo de cachimbo da anciã sua serviçal. No sarro é encontrada grande quantidade de nicotina do fumo forte, que determinara a pronta intoxicação tetanizante do animal.

Sátiro estava ali falando, sem o saber, com o rapaz que há 17 anos passara pela cidade novo de um mês, doente e no regaço da tia. Viajaram em jipe para o qual fizera a peça, quando os senhores de engenho foram assistir ao enterro de sua mãe.

Nem por sombra ele e o moço sabiam com quem falavam. O menino crescera, Sátiro envelhecia e a cidade pobre, ilhada nas areias,entrava em decadência cada vez maior.

As tamarineiras estavam também ficando velhas...

* * *

A irmã do estudante casou-se à tarde.

Socorro teve aborrecimentos desde a chegada, primeiro pelo desconforto da pensão, depois porque Zito se afastou com os amigos, só voltando na hora do casamento e bastante bebido. O jantar da festa foi farto, mal feito e pessimamente servido. A viúva quase não comeu, indisposta com as palhaçadas e molecagens dos companheiros do sobrinho.

— Que vim fazer aqui, meu Deus!

A noite, antes do baile, souberam de mais uma bagaceira na Bahia.

Em Santo Antônio da Glória, certo rapaz pacato de família boa mas modesta, se reuniu com amigos num bar. Bebiam cerveja e já alegres começaram a cantar embora com disciplina, sem escândalo algum.

Já era tarde quando chegaram no bar dois soldados em serviço e, por ordem do tenente delegado especial, determinaram que os rapazes fossem embora. Um deles, o Rosalvo, que convidara os amigos para a farra, objetou com respeito:

— Não estamos fazendo desordens, somos filhos de famílias honradas e estamos reunidos sem perturbar o sossego público. Ademais estamos na zona boêmia, e rapazes se reúnem aqui todas as noites. Um soldado se espinhou, gritando: — Tá preso! E marchou para Rosalvo que, maneiro, deu rasteira mestra em um e tremenda cocada de capoeira em outro, derrubando-os e fugindo logo. Não quis ir preso, para evitar as costumeiras violências do delegado.

O tenente Ranulfo tomou as dores dos praças, e foi à casa de Rosalvo indagar por ele. Queria mesmo prendê-lo para fazer das suas, provar quem era. Á mãe do procurado respondeu que ele estivera ali a momentos, saindo sem dizer para onde. O tenente, alterado de ódio, deu um coice no peito da velha senhora, ofendendo-lhe um seio que começou logo a sangrar, molhando o vestido pobre. Impensado, o militar entrou na casa, sem licença, e fez ruidosa vistoria à procura do moço encontrando apenas, numa cama seu pai de 80 anos, e que não andava mais. Como também ele declarasse não saber do paradeiro do filho, o afoito tenente esbofeteou-o várias vezes no rosto pálido.

E saiu triunfalmente, arrastando muita valentia.

O procurado se escondera, mesmo sem crime, para evitar arbitrariedades mais do que certas do oficial.

Passou-se algum tempo e o tenente foi recolhido, sendo mudado o destacamento. Rosalvo, então, voltou a casa e, sabendo por seu compadre e vizinho Silviano do que se passara, indagou da mãe se era verdade o caso do ponta-pé. Ela negou, mas a cidade toda sabia do fato.

Não demorou e o rapaz soube que o tenente ia a Santo Antônio da Glória, para diligência especial. Comprou um rifle, dos negociados lá pela revolução de 30, e facão do mato afiado como navalha.

Combinou sua vida com o compadre, ficando à espera. Certo dia chegou o tenente, que ia com o juiz de direito para diligência em Rodelas, levando cinco praças.

Rosalvo e Silviano os foram esperar, ao partirem para a diligência, numa ponte de rio seco, uma légua para lá da Glória. Esperavam calmos e, quando avistaram a poeira dos cavaleiros, Silviano ficou escondido em moita e Rosalvo fez seus cálculos. Ao aparecer a cavalgada legal, o moço como se viajasse, entrou na boca da ponte, justamente quando a comitiva chegava ali. Rosalvo, de fuzil na mão e sorriso de amigo, parou para saudar o tenente, olhando-o nos olhos: — Tenente, o senhor se lembra de mim? — Não lembro. — Ora, o senhor lembra. Eu sou filho daquela velhinha em que o senhor deu coice nos peitos, peitos em que eu mamei. O senhor agora lembra? — Não; é tanta gente...

223

E rápido como um gato disparou-lhe um tiro por baixo do queixo, que saiu no alto da cabeça. Aí ele gritou: — Chega, depressa, compadre! O juiz e os soldados vendo o tenente cair e aos gritos chamando mais gente, dispararam cheios de horror os cavalos para trás. Rosalvo então com a faca do mato, num repensangue, esquartejou pela virilha a perna direita que dera o coice, mandando seu compadre botá-la no saco já preparado para tal carga. Feito isto esconderam-se no mato até tarde da noite, quando Rosalvo bateu na porta de sua casa: — Mãe, está aqui a perna que deu o coice em seus peitos, tirando sangue.

O delegado Sivininho, de Petrolândia, fora avisado para empatar a viagem do assassino, na fuga que podia ser por ali, bem perto de Santo Antônio da Glória.

Todo mundo na cidade baiana justificava a desforra do rapaz, que até ali fora cidadão criterioso.

Socorro se horrorizou com o crime, sabido na hora do baile do casamento.

— Fiquei com a cabeça em fogo. Vou-me embora amanhã cedo!

Estava nervosa desde que chegara. Socorro via sombras más, sombras indesejáveis diante dos olhos bonitos. Não demorou no baile, sentando-se na porta da pensão, ao lado de dona Malu. O calor era insuportável e, mesmo sendo noite, dos telhados das casas e das frentes dos prédios era visível uma fulguração trêmula dos vapores d'água, se desprendendo no ar, como em dias de muito sol se vê nas telhas e no cimento das estradas no rigor dos mormaço. Socorro, a suar, abanava-se com uma revista antiga. Não conversava, mas seus olhos magníficos perguntavam pelo filho.

Capítulo 10
FRUTA DE VEZ

$\mathcal{S}$ocorro assistindo ao casamento e comparecendo ao jantar, estava mal impressionada e não queria ir ao baile. Zito se aborreceu:

— Se você não for, eu também não vou. Você é a pessoa mais importante da festa, depois dos noivos. Se não for ao baile, acho melhor irmos embora hoje, agora mesmo, porque fico envergonhado com meu colega e sua família.

A viúva, com voz decisiva do rapaz, resolveu comparecer ao baile.

— Vou, pra lhe ser agradável. Estou sempre pronta a não lhe negar nada.

O baile foi na casa nova do comerciante, casa confortável de cômodos grandes. O salão, enfeitado, estava um brinco. O que era escolhido na sociedade local se deslocou para lá, em grande forma. A senhora compareceu, depois de começadas as danças, e todos pararam para vê-la. Em verdade sua distinção era primorosa e o vestido e jóias que usava, espetaculares. A mãe da noiva segredou para a irmã, do outro lado do salão:

— É viúva, mas é uma beleza! Sendo mãe de Zito, parece mana dele.

— É bela e distinta como ninguém. Vale por muitas moças solteiras, que aqui estão babando de inveja dela.

Mesmo os rapazes admiravam, sem coragem de a tirar para as danças. A noiva foi falar-lhe, ainda vestida de branco. Nessa altura Zito apareceu, com mocinha pela mão:

— Vou lhe apresentar Maria, irmã da noiva. É a menina mais bonita do sertão. Bonita, inteligente e simpática. Socorro sorriu sem vontade, ao apertar a mão da apresentada. O rapaz continuou, atencioso:

— Ontem não falou com você por estar cheia de dedos, na fabricação de doces. É perita em babas-de-moça.

A senhora continuava a sorrir triste, incomodada de tantos elogios. O moço saiu dançando com a jovem, e Socorro, de longe, policiava aquele começo de intimidade. Uma perturbação agitava sua cabeça, e a senhora se sentiu logo indisposta. Pessoas da família em festa lhe trouxeram refrigerantes gelados, contra o calor incômodo.

Havia muita confusão na sala de baile e na roda de rapazes. Zé Lúcio se lembrou de valsar com Socorro. Ela desculpou-se:

— Não danço, pra não quebrar promessa muito importante na minha vida. Não fora isso eu dançava com você, pois gosto de baile.

O acadêmico desapontou, ficando a conversar com ela.

— Olhe o Zito como está cheio de atenções com a mana. Ficou entusiasmado com ela, por ser bonitinha. A irmã é inteligente e passa por orgulhosa, por não dar bola a rapaz nenhum. Riu-se, vaidoso.

— Mas com Zito foi diferente. Caiu logo por ele e está encantada por seu filho. Se a coisa continua como vai, terá nora à vista.

Socorro sorriu descorado:

— É muito jovem pra casar.

— Zito?

— Não, sua irmã.

— Maria tem 14 anos, estuda, mas onde entra o amor descontrola muita coisa.

A senhora sentia a cabeça latejar nas fontes, e indisposição repentina abalou-a toda. Levava a mão à testa, como se a apalpar a dor.

— Sente-se mal?

— Sim. O barulho me faz mal. Até desejo ir pra pensão, e você podia ir comigo.

— Só se for por doença, pois mamãe está acabando o arranjo da mesa de doces, pra vir conversar com a senhora.

No salão, o par sobre que falavam rodopiava no final da contradança. Logo que pararam, Zito voltou com a mocinha a procura da mãe. Estava irradiante de alegria agitada. A senhora conservou-se fria e não olhava para a menina.

— Não estou bem; dor de cabeça horrível e preciso ir pra pensão.

— Neste caso vou buscar um caché.

— Não, não, minha dor de cabeça passa com o repouso.

Veio a mãe da noiva:

— Soube que a senhora está com dor de cabeça. Vou fazer um chá que resolve tudo.

— Minha dor só se cura com repouso. Vou me deitar um pouco e, melhorando, volto.

Zito deplorava aquilo:

— Neste caso eu também vou com você.

— Não, você pode ficar, que Zé Lúcio me leva.

O rapaz mesmo foi com a mãe, sob o pesar de todos do baile.

— Se melhorar, volto logo.

Saía com o filho e Zé Lúcio. Zito segurava-a pelo braço e desceram a avenida arborizada por tamarineiras, onde estava a pensão. Foi logo para o quarto, só entrando com ela o filho.

— Você pode voltar, que eu vou ver se durmo um pouco.

Dona Malu apareceu oferecendo o que estivesse a seu alcance.

— Tenho cachês, a senhora aceita um?

— Não, só o descanso me cura a enxaqueca. Zito, apague a luz.

O rapaz apagou o lampião, indo para a sala onde já estava o amigo. De lá se ouvia a orquestra do baile. Zé Lúcio elogiava o companheiro:

— Você dança muito bem, menino.

— Qual nada, estou aprendendo agora. Quem dança muito bem é a Maria.

— Você sabe que ela tem apelido?

— Qual é?

— Florzinha. Veio de pequena. Foi dengo de Velho. O outro calou-se um pouco para depois falar, aéreo, olhando o ar:

— Maria... Florzinha...

Conversaram boa meia hora. Levantou-se e, pisando leve, foi descerrar a porta do quarto.

— Mãe... Está dormindo?

— Não.

— Está melhor?

— Sim. Está passando.

— Em vista disso vou dar um giro pela baile e volto logo. Não demoro...

Não teve resposta.

— ... pois prometi a Florzinha dançar mais duas vezes com ela. Posso ir?

— Pode. Como não? Deve mesmo ir.

Mal saiu, Socorro murmurou baixo, como delirando:

— Florzinha...

E fechando a porta abalou, descontrolada, no choro mais doloroso do mundo.

* * *

O baile terminou ao dealbar do dia.

Zito se deitou, depois que dona Malu e as sobrinhas já estavam levantadas. Nem perguntara pela mãe, cuja porta estava trancada. Osmarino chegara antes e já dormia. Orestes e Zito ficaram no mesmo quarto. Ao se despir para deitar, Zito revelou ao colega:

— Conversei ontem, com o rosto perto do rosto de Florzinha. Sua boca, seus lábios vistos como vi, lembram a polpa do ingá maduro na beira do ribeirão da mata. Sua voz na intimidade é música em surdina, e faz lembrar o canto da patativa gelada no começo do inverno. Acariciei sua cabeleira, e pude sentir que ela tem a macieza dos cabelos do milho que acabou de embonecar.

Orestes só pôde dizer:

— Coisa muito importante.

Zito já deitado, completou a conversa:

— Aproximei-me dela esbraseado de desejos pecaminosos, e acabei a palestra tão puro como se acabasse de nascer. Tudo nela é suave como luar da madrugada com orvalho caindo, e seus olhos de perto têm o brilho da estrela da manhã. Seu hálito cheira a boninas na hora do entardecer, e seus cabelos têm o aroma da madeira sassafrás. Com as outras mulheres a gente já conversa a pecar, mas a essa criatura a gente ouve, rezando. Ela é pra mim o que o São Francisco é pras terras do sertão de Minas, razão de tudo quanto vive no seu vale.

Orestes bocejou com sono:

— É o São Chico de sua vida, sempre à beira da estiagem da tristeza.

Orestes cochilava, embora bobo do que ouvia:

— Muito bem, eu não acreditava em milagres, mas agora acredito. O coisa ruim perde em você o seu melhor freguês...

A viúva muito cedo estava de pé, carregada de arrependimentos da viagem. Dona Malu e as mocinhas se acercaram dela, para saberem como passara.

— Passei bem; a enxaqueca cedeu, mas tenho até os cabelos doloridos.

Tomou o café simples, dispensando a papa. Foi então sabedora de que o filho se deitara pouco antes de Socorro

229

abrir a porta. Abaixou a cabeça, como humilhada. Teve ódio do filho e, de repente, de Florzinha.

Dona Malu, de pé, conversava com ela.

— A senhora conhece a família da noiva?

— Muito, é gente daqui mesmo, isto é — a mãe. O pai é da Paraíba. Mas mora aqui há muitos anos. Casaram aqui.

— E Florzinha?

— É a filha mais nova deles.

— É bonita?

— Muito. E muito mimosa. A senhora não conhece Florzinha?

Conhecia mas negava:

— Mostraram muitas moças, não vi bem pelo nome qual é.

— Florzinha é boa menina, todos gostam dela. Está estudando no Rio Branco. Vai ser professora.

— Mas já é moça pra casar?

Dona Malu sorria, compreendendo que ela pensava no filho:

— Pra mim Florzinha é uma beleza, mas é nova pra casar. Não está ainda madura pra casamento. É fruta de vez.

Sorria de novo:

— Há quem goste de casar com mocinhas. E isto depende de gosto, a senhora não acha?

A sobrinha mais velha de dona Malu atrapalhou a conversa:

— Dona Socorro, eu pedi ao Juza pescador pra apanhar hoje a flor de água pra senhora. Ele vai ver se traz.

— Ah, muito bem. Vamos ver se ele traz mesmo.

Conversei ontem, com o rosto perto do de Florzinha. Seus lábios lembram a polpa de um ingá maduro.

→

Dona Malu torceu o outro assunto:

— É difícil apanhar essa flor, porque vive nos despenhadeiros. Juza, de uma pedra de lado, laça a planta, puxa, arranca e tira a flor.

Mas Socorro estava desinteressada de tudo. Não achava importante saber mais nada sobre a flor de água.

Osmarina já estava preparado. Eram 10 horas quando os companheiros de viagem de Zito chegaram, para acordá-lo. A senhora explicava seu sono:

— Chegou tarde, chegou hoje com o dia claro.

Zé Lúcio justificava sua imprudência.

— Ele pediu que o chamássemos, que deseja ir a Paulo Afonso.

— A Paulo Afonso?

— Ele quer ir lá mais cedo, pra ver se voltamos hoje ainda pra Recife. Mãe não quer que voltemos hoje, mesmo porque a senhora teve enxaqueca ontem. Foi muito sol, muito calor.

— Eu não vou nem um metro adiante daqui. Quero é voltar.

Zito apareceu, amarrotado da festa e sono tardio. Zé Lúcio flauteou-o:

— Eh, rapaz, que cara é essa?

O jovem marchou até onde estava Socorro, apertando-a em abraço, e deu-lhe um beijo no rosto. Zé fez beiço pessimista:

— Dona Socorro não quer ir ver a cachoeira.

— Não quer, como? Mãe vai sim. Eu não indo lá agora, não vou mais nunca.

A viúva amolecia o corpo:

— Estou cansada, filho.

— Você vai; não me nega nada, quanto mais um passeio ali mesmo.

Aquele dizer desarmou a raiva não dormida de Socorro. O filho se arranjou logo, bebendo um café sem açúcar, e mesmo assim com cara de enjôo. Zé foi logo ao fundo:

— O Osmarino é que passou daquele jeito. Vomitou muito. O filhinho de mamãe não agüenta um fogacho mais forte. Esta vomitando verde até de ver água. É uma vergonha você, que é de raça de valentões da Serra do Araripe, ser derrubado por beber, dançando, uma só noite.

— Eu não sou você que tem pai da Paraíba, terra do campeão mundial da cachaça.

Dona Malu se assustava com aquela expressão:

— Cruzes; O que é isso?

Zé Lúcio era curado de bebidas continuadas e passou a explicar:

— Houve há pouco em Campina Grande um concurso internacional, pra ver quem bebia mais cachaça. Havia bom prêmio em dinheiro e medalha ao vencedor. Foram inscritos muitos candidatos, afamados pinguços, e jornalistas do Recife fizeram a cobertura da festa, levando pra vencer, um marinheiro sueco e outro inglês, de navios cargueiros que carregavam açúcar no porto dali. Os candidatos já haviam começado a beber, quando chegou no local um amarelinho paraibano, pedindo inscrição, que foi feita e ele deu início à maratona. O candidato preferido nas apostas foi um lobo do mar inglês, porque houve apostas altas. Depois de muitas horas de prova pública, bem controlada, o sueco enrolou a língua, sendo desclassificado. O inglês não demorou a cochilar, o que eliminava o candidato. No fim da olimpíada, quem ganhou a coroa foi o amarelo da Paraíba, que bebeu, no tempo legal 12 garrafas de pinga. Ganhou disparado o prêmio e as medalhas. Zé Lúcio está honrando o patrício de seu pai, e merece o prêmio da noite passada, pois não parou de beber nem cinco minutos. Dona Malu estava incrédula do concurso mundial:

— E o tal campeão paraibano, morreu?

— Morreu nada. Está lá bem siliguistri, perguntando sempre quando vai ser o outro grande prêmio que anunciam Mas o chefe de polícia da terra do *Nego* proibiu a coisa. O certo é que o retrato do nosso amarelinho foi publicado na revista *Time*, de Nova Iorque.

233

Dona Malu se benzia:

— Deus me livre de ser vizinha desse timbu.

— Mas parece que é parente do doutor Zé Lúcio. Doutor apenas em duas qualidades de bebidas, as nacionais e as estrangeiras.

Todos riram, porque o Zé não estava bom, e correu a uma janela para fazer vômitos secos.

Passada a crise ele disse ao Osmarino:

— Você me chama doutor em bebidas mas esquece seu diploma.

E mesmo enjoado ficou alegre:

— Orestes, conte à dona Malu o caso do diplomado advogado Quintino Cunha, de Fortaleza.

— Houve em Fortaleza um bacharel boêmio, conhecidíssimo, chamado Quintino Cunha, aliás coração de ouro e poeta dos mais distintos do Nordeste. Pequenino, magro, nervoso, bebia por dez, mas era chefe de família exemplar. Vivia sempre em dificuldades de dinheiro e, no júri, era quem mais defendia e absolvia réus. Andava metido com brigas de galos e passarinhos, apelava pra tudo à cata de dinheiro. Ficou popular, era o sujeito mais querido de Fortaleza. Um dia ele estava esperando um bonde no poste de parada, quando chegou com o mesmo fito um preto que ele desconhecia. O negro sem cumprimentá-lo perguntou:

— Que está fazendo aqui, Quintino?

Ele começou a ciscar com a bengala, preocupado, um monte de lixo que estava perto, só então respondendo:

— Estou procurando aqui meu diploma de bacharel em Direito, que recebi na Faculdade do Recife, diploma que me dá o privilégio de ser chamado Doutor...

Riram, até Socorro que amanhecera embezerrada.

Zé Lúcio criticava Orestes e Osmarino e ao entanto ele bebera talvez mais, não baqueando por ser veterano da guerra para acabar com o álcool.

Osmarino lembrou-se em boa hora:

— Outro que podia concorrer em Campina Grande é o delegado Silvininho. Chupou firme a tarde toda, varou a noite nas águas e, só ao amanhecer, se lembrou de sair numa batida pra prender o esquartejador do tenente. Então se aprumou, anunciando a diligência:

— Não posso ficar mais, porque tenho responsabilidade! Recebi telegrama pra prender, vivo ou morto, o monstro que retalhou o tenente Ranulfo. Escolhi minha guarnição e vou ver se cerco o bandido Rosalvo. Não fico mais porque primeiro a obrigação, depois a devoção. Quem seu cu aluga não se senta à hora que quer, e vou cercar as matas do Bem Querer e do Icó, pois o assassino pode estar por ali. O delegado não delegava mais nada, pois já babando é que se lembrou do telegrama do chefe de polícia da Bahia, pedindo cercar o assassino ao passar por Petrolândia.

Quando ia sair, o delegado chamou o Zé Lúcio:

— Zé, veja um trago forte, pra rebater... Vou apressado e não posso esperar mais!

O riso foi geral. Osmarino terminava:

— A autoridade saiu, nas mãos de Deus. Ao terminar o gole final babava, como se estivesse com aftosa. Retirou-se, caindo de sono, mas com goga valente:

— Zé, vou prender o Rosalvo, na dureza! Ficamos despedidos, pois no cerco posso também morrer, porque me avisam que a fera ainda quer sangue! O mais certo, porém, é que prenda o desgraçado, pois em serviço não brinco! Não posso fiar nos meganhas. Meu olho é que engorda o meu boi. Já comi toucinho com cabelo... Mas quem não quer padecer, nasce morto. Rosalvo está mais bravo que sogra. Parece surucucu-pico-de-ananás.

Saiu cercando galinha de pinto, pra prender Rosalvo... Ao vê-lo sair, a preta Mariana esconjurou-o:

— É mais feio qui inchenti i mais cumilão qui cimuntero...

Zito tinha coisa boa para sua terra:

— Pois olhem que esse delegado pode derrotar o amarelo, tirando o prêmio de Campina Grande o ano que vem...

Os rapazes saíram para ver como estava o carro, enquanto Zito prevenia:

235

— Você se arranje, mãe, que vamos partir agora e ainda hoje estaremos em casa.

A senhora foi se preparar para a viagem mas estava desorientada. Ouvia no seu quarto a voz de dona Malu pela manhã: — Florzinha é uma beleza... Não está ainda madura pra casamento, é fruta de vez.

Estava tão chocada com o namoro do rapaz, que não podia raciocinar, sentindo-se confusa de idéias, doida. Queria chorar, correr pedindo socorro, cair na cachoeira da flor de água. Não demorou e estava pronta para a viagem.

Capítulo 11

FORQUILHA DAS MULHERES

$\mathcal{À}$s nove horas chegaram para buscar Socorro. Zito buzinara o carro na porta, e a viúva saiu pronta para a viagem, Mas, ao subir para o veículo, quase cai. Florzinha estava no assento traseiro e Zito foi falando:

— Florzinha resolveu ir.

E para os companheiros:

— Vocês se ajeitem aí atrás, que o carro cabe todos.

A viúva ao subir para o seu lugar na frente, cumprimentou cortesmente a moça, sofrendo embora grande abalo com sua presença. Zé Lúcio bufava e a menina tinha a testa rorejada de suor.

Os rapazes estavam parlantes e pilheriavam sobre episódios do baile. O carro arrancou. A uma légua adiante passaram pela aldeia do Brejinho, de casinholas de sapé. Essas casas foram construídas debaixo e entre coqueiros do reino, os coqueiros da Bahia. Na área do lugar tudo era verde, e o chão estava tapetado de gramas amargosas e capina-deflexa verdes, como verdes eram também todas as árvores e arbustos, o mato, que cercava o povoado. Osmarino se espantou com aquilo, pois em volta só havia agrestes, tabuleiros e ariscos, onde a estiagem arrasara a vegetação:

— Olhem aqui um oásis, com olhos dágua correndo água límpida, florido no deserto de areias mais horroroso do sertão. É igual aos oásis do deserto do Saara. Aqui também

237

vive tudo, palmeiras, laranjeiras, limoeiros, água manando de cacimbas rasas. Vejam o chão com muitas flores; nos oásis do Saara brotam até lírios. Aqui se abrem trepadeiras e boninas brancas. Não havia ali um palmo de chão sem verdes. Zé Lúcio explicava:

— Vivem aqui as mulheres rendeiras mais hábeis do Nordeste. Todas as mulheres, até as meninas, trabalham em rendas finíssimas, verdadeiras teias de aranhas. Essas rendas são compradas por alto preço, por senhoras do Rio e São Paulo, Socorro então pediu para parar numa das casas. Desceu. Saudou uma velhinha curvada sobre o almofadão de rendeira, onde havia uma selva de alfinetes espetados e, envoltos em papel sujo, muitos metros de renda já feita com grande beleza delicada. Admirou, espiando muito de perto, o lavor finíssimo do trabalho perfeito, querendo comprá-lo.

— Ah, num posso vendê.

— Por que, minha amiga? Eu pago bem o seu serviço.

— Num posso pru que tem munto tempo qui passou aqui u'a moça de São Paulo, pedino pra fazê essa renda pra ela, Tá quagi pronta, e si ela chega e num incontrar a incumenda. Fica ruim pra mim. Fico sem lugá pra pô a cara.

— Qual, a moça não volta mais, não.

— Óia, mea fia, palavra é palavra. Ela pode voltá e eu prumiti guardá a renda pra ela.

Há muito tempo passara por ali aquela pessoa, de quem não sabia o nome, encomendando o trabalho. A velha ignorava quem fosse a viajante, nem sabia onde morava em São Paulo. Talvez não voltasse mais ali. Como a rendeira prometeu, estava cumprindo e não quis vender a renda para ninguém, pois a moça podia voltar e ela, vendendo para outro, não sabia onde botar a cara. Estava ali o caráter sertanejo em toda a sua nobreza, no cumprir o que prometera e dava a Socorro uma lição de dignidade.

Socorro tinha um primo engenheiro em Paulo Afonso e ia parar em sua casa, para que ele lhes mostrasse os trabalhos, a cachoeira. Logo que viu o rio, Zé Lúcio de novo gritou:

238

— Ei, São Chico, meu nêgo! Rio macho danado!

Aquele era o grito do bárbaro no rapaz moderno e, com ele, expressava seu amor pelo rio, que pouco valia a seus patrícios da região. Socorro teve medo da correnteza das águas, e Zé Lúcio explicou orgulhoso:

— Vai doido por estrondar na cachoeira! Não pára nem pra beber café...

Seguiram caminho, atravessando o rio na balsa de Santo Antônio da Glória. Entraram na balsa sem descer do carro. Logo depois do rio, vingada a rampa, surgiu como surpresa a cidade de Santo Antônio da Glória. Passaram por lá sem se deterem. Zé Lúcio ia informando:

— Aqui é que o tenente deu o coice nos peitos da velha, e por isso foi esquartejado. O assassino sumiu. Bicho bom, cabra de culhões roxos, destorcido!

Pararam na porta do primo de Socorro, Muito bem recebidos, viram tudo, que é maneira de ver pouco as coisas.

Atrás de grupo iam Zé Lúcio e Osmarino. Enquanto o engenheiro explicava à prima a grandeza e a finalidade da obra, Zé Lúcio exclamou com ufanismo patrioteiro:

— E dizer que tudo isto foi feito por engenheiros nacionais!

Osmarino gaguejava sem querer:

— Falam isto. Hoje falam isto. Sei que trabalharam aqui alguns técnicos brasileiros, mas os que deram rumo ao cometimento foram franceses, belgas, suecos e americanos.

— Não diga bobagem!

— Esses estrangeiros foram os corregedores dos dois projetos da barragem, escolhendo o mais viável. Foram esquecidos, mas a verdade é pra valer. Houve erros graves na perfuração do túnel pra assentamento das turbinas, e um francês pôs as coisas nos eixos.

— É obra muito importante.

— Importante, mas até hoje deficitária. Vive de dólares emprestados e não começam nunca a fazer a redenção do Nordeste, coisa pra que foi executada.

— Você é um derrotista perigoso.

— No Brasil gostamos muito da mentira, não há nada sem muita mentira neste Brasil de começa e não acaba. Ninguém planeja como nós. Ninguém arma como o brasileiro projetos que pasmam o mundo. Na hora do pega pra capar, ficamos cheios de dedos... a teoria nos estraga, o complexo de gigantismo nos embaraça. Sai muita coisa às avessas ou não sai coisa que preste...

Na frente do grupo Socorro ouvia, sorrindo forçado, por ter perto dela, airosa e fresca, Florzinha. Foi-lhes mostrada a cachoeira.

— Esta é a célebre Paulo Afonso. Paulo Afonso é nome de um padre que, viajando no rio a serviço de Deus, foi chupado pela cachoeira. Foi o primeiro civilizado a despencar por ela abaixo.

— Ahn! Mas onde estão as máquinas? Lá em baixo da queda?

— Não. A cachoeira propriamente, não move máquina alguma. Ela serve de testemunha para aquela represa, que dá água pra mover a maquinaria subterrânea.

Zé Lúcio caminhava deslumbrado de tudo, a recitar Castro Alves descrevendo a cachoeira:

Que grito é este sepulcral, bravio,
Que espanta as sombras ululantes, sevas?
É o brado aterrador da catadupa,
De penhasco batendo na garupa!

O engenheiro ouviu os versos e sorriu de crítica, explicando com desprezo:

— Ele descreveu a cachoeira mais ou menos, de oitiva, pois nunca a viu. Nunca esteve aqui.

Sempre para trás do grupo de engenheiros, Zé Lúcio confundia Osmarino:

— Veja a bobagem que você falou, que o rio está arrasando, com as terras erosadas de Pernambuco. Esta cachoeira chupa essa terra toda e nem chega...

— Eu sei que por esta cachoeira vazam 12 toneladas de lama por minuto, mas isto é parte pequena do muito que corre para o rio, a começar em Minas Gerais. Desde que ele nasce na Serra da Canastra, um quilômetro abaixo começa a receber tributários com terras erosadas nas águas. Antigamente os vales dos rios mineiros eram protegidos por florestas que impediam, em parte, esta lavagem das chuvas, as enxurradas. Depois foram devastando as matas em todo o curso do São Francisco em Minas. Deságuam nele, só na zona mineira, além de centenas de ribeirões, os grandes rios Das Velhas, Abaeté, Paracatu, Sono, Pará, Urucuia, Paraopeba e outros. Todos estes rios estão desmatados, e seus vales perdem o húmus que cobre terras estéreis. As terras arrastadas de todos esses vales vão para o São Francisco e, quem viaja nos seus navios sabe que o rio está se arrasando na estiagem. O resíduo que não se firma no seu taluvegue é que escorre por esta cachoeira, pois é preciso considerar que seu curso aqui, está chegando ao fim. No começo, os navios que desciam do porto de Pirapora tomavam lenha cortada, mesmo na barranca. Essa lenha foi acabando e hoje vem de 10, 15, 20 léguas. O consumo adoidado desse combustível recuou a mata pra tão longe. A falta dessas florestas que protegiam o solo facilitou a lavagem, a corrida de terra com as chuvas de seis meses em Minas. Tudo cai nesse rio, que é o estuário gigante dos muitos afluentes. Por aqui você sabe quanto entulho escorre para o rio, que tem na sua correnteza e nesta cachoeira uma vazante de excesso móvel do lamaçal. Não fosse a corrente, o São Francisco já estava aterrado. Na Bahia recebe poucos tributários e em Pernambuco, poucos ribeirões. Que eu saiba só o Ipanema, nascido na Serra do Mimoso, cai no São Francisco.

Terminadas as visitas às obras, Zito quis ir à cidade de Pedra, para ver no caminho o Alto do Rei, de onde o Imperador Pedro II contemplou o cânion pétreo do rio. Ficaram de voltar para o almoço. Seguiram para a Pedra e desceram, para pisar no mesmo ponto de onde o Imperador viu a corrente raivosa espumando, espremida entre os paredões da rocha.

De pé no alto barranco, viram e ouviram a imensa massa revolta escachoeirar pelo gargantão abaixo. Estavam-se fartando dessa contemplação quando Orestes gritou, assustado:

— Olhem!

Todos se voltaram para a caatinga, de onde saía, andando como era possível, uma vaca magra. Agitava a cauda e a cabeça, espantando uma pequena nuvem de morcegos que a perseguiam. O assalto parecia vir de longe, pois a rês magra vinha cambaleante e trazia nas costas, no pescoço e nas orelhas vários morcegos famintos colados no couro. Revoajavam rápidos em torno dela, seguiam-na em ataque renitente. Já lhe vazava, escorria sangue pela cara e pás, manchando o couro alvação. Agitava as orelhas onde se empencavam e procurando se livrar dos encarapitados nela, roçava o corpo, ao passar nas umburanas de cambão da caatinga.

Alguns voavam mais baixo, trombando a vítima, voltando sobre ela, já desanimada na sua marcha fraca e sem rumo. Os morcegos, sendo noturnos perdiam a vergonha do dia claro, atacando a vaca sem temor de suas lambadas inúteis de rabo, e do balanço nervoso da cabeça. Ela não parava, comboiada e investida, para valer, por morcegos cinzentos pequenos, maiores pardavascos, grandes negros, rajados de marrom fosco. Eram vespertílios, orelhudos, cabanos e caianos, os maiores, que voejavam dançando sobre a alvaçã já chupada pela fome da magrém.

Chegavam novas levas de atacantes, em reforço e ela marchava desatinada como podia na sua fraqueza, tropeçando nos xiquexiques, ferindo-se sem escolher caminho. O bando se tornara numeroso e os instalados nas suas costas, quietos, lambiam-lhe o sangue fraco, a correr dos cortes abertos no couro, por dentes navalhantes. No dorso do animal os enganados por seu sangue se empurravam, repe-

242

liam-se brigando por não deixar a fonte sangüínea, que degustavam com atenta avidez.

A novilhona ia sempre adiante debatia-se, tentava um coice mas as forças não deixavam, e ela dominada pelo pavor da agressão em conjunto, fugia da caatinga para o limpo da beira do rio, tentando se livrar das feras. Os inimigos batiam-lhe as asas fofas na cara, nos olhos e ela escorrendo sangue não se dava por vencida, não se entregava, já carregando no lombo meia centena dos ratos de asas.

Seus passos eram lentos e cansados, e os inimigos valentes e atrevidos.

Andou zanzando até que esgotada de toda energia caiu de joelhos, ficando imóvel, quase entregue. Aquele ato de fraqueza alvoroçou os voadores, que caíam às braçadas sobre a curraleira. Só então berrou, triste e surdo, como último protesto de que era capaz. Não urrou, apenas — urrou gemendo soturno como arquejo final de moribundo, urro débil como balido de dor. Parecia vencida. E estava vencida, porque também se deitou espichada na terra. Ainda movia as pernas repelindo as asas nojentas, não podendo mais agitar as orelhas onde os morcegos estavam encartuchados. De novo tentou movimentando o corpo, se erguer urrando, ainda no tom de piedade dolorida. O que se viu então foi arrepiante. A vaca ficou semeada, coberta de asas cabeludas, sob as quais sua cor clara quase desaparecia.

Os excursionistas estavam abismados, e Socorro se lembrou dos comentários do Umburana, que todos os morcegos do Nordeste estão contaminados pela raiva.

— Vamos embora! Tenho pavor desses bichos! Os cães com a raiva morrem logo e os morcegos vivem muito tempo, espalhando a desgraça.

Entraram para o carro e Orestes ainda fora, encarava c banquete trágico:

— Adeus, vaquinha crioula. Você não vai ver mais o barulho das trovoadas, nem a primeira chuva do sertão. Não verá mais o bredo brotar no inverno nas peladas do arisco, nem os barreiros encherem da água de Deus. Não ouvirá

243

mais no silêncio do agreste a voz conhecida dos seus vaqueiros, aboiando para o cercado as reses que sobraram da seça braba.

Zé Lúcio espevitou-o:

— Vamos embora, cabeça chata. Deixe de besteira, senão agora mesmo você vem com a conversa de Iracema e com os verdes mares... É capaz até de falar no pai-d'égua...

Entrando calado no carro, assim ficou até mais adiante, quando disse bastante chocado:

— Terra infeliz, a do Nordeste. Ninguém dá jeito nisso. Lutar contra os homens é coisa à-toa, mas viver perseguido de Deus, é danado.

* * *

Chegaram à Pedra ainda emocionados. Visitaram a fábrica, falando com as pessoas nas ruas. Como Socorro queixasse dor de cabeça foram à farmácia ver um remédio. Lá estava uma senhora ainda moça, branca, muito simpática. O farmacêutico apresentou-a a Socorro:

— Esta é dona Mocinha, esposa de empregado da fábrica.

Depois sorriu:

— É irmã do capitão Virgolino.

— Não diga!

Encarou a apresentada com espanto:

— É verdade?

— É, sim, senhora. Ele era meu irmão. Sou a caçula da irmandade.

Sua presença humilde e modos delicados encantaram os viajantes. Conheciam-na dos grupos fotográficos da família, quando ela posava, ainda menina, ao lado do irmão bandido. Orestes salientou-se, a perguntar:

— O capitão era valente desde menino?

Ela respondeu, bem senhora de si:

244

— Valente qualquer um é, quando precisa. Ele foi sempre muito trabalhador, ajudava o pai levando couros de bode pra Geremoabo. Bom irmão, bom filho. Não saía de casa pela manhã sem a benção de mãe. Era o pião de burro mais afanado de lá, da Terra Vermelha, nossa terra. Não bebia nem jogava. Todos gostavam dele. Cantava e dançava, como todo rapais. Depois implicaram com ele.

— E por que foi que implicaram?

— Tudo começou por causa de um chocalho de bode. Sumiu um chocalho de bode do vizinho, e ele disse que viu o tal chocalho em vaca de meu pai. No outro dia um jegue de pai apareceu com as orelhas cortadas, rente. Meu pai não quis questão, deixando a coisa pra lá. Mas os irmãos foram perguntar o vizinho o que fora aquilo. Tiveram bate-boca, nascendo inimizade. Inimizade foi que o vizinho sendo político, fez a cavera de pai com a polícia. Meu pai, então, mudou pra perto de Mata Grande. A polícia foi lá e matou pai. Tudo mandado, pelo capitão Lucena. Mãe morreu de paixão, de tanta covardia dos praça. Aí ninguém mais teve mão nos mano. Virgolino era de vergonha, e deu pra cangaceiro. Deu pra ruim e ninguém pôs a mão nele até que... até que 20 anos depois, um covarde invenenou ele no Sergipe. Foi só. Com licença...

Ia sair e ninguém pôde detê-la. Ofereceu seus préstimos e sua casa, retirando-se.

* * *

Chegando a Paulo Afonso, o engenheiro já projetara passeio para a prima:

— Olhe, Socorro, depois do almoço vou com vocês dar um giro pela estrada de Geremoabo, pra você ver nosso sertão. Vou levar um preto pra tirar mel de uruçu pra você.

Não é tempo de muito mel, mas pra provar se acha.

245

Durante o almoço Socorro confessou ter medo de lugar como aquele, que tinha gente ruim de todo o Nordeste e Norte do Brasil.

— Devem estar aqui criminosos desalmados.

O doutor confessou:

— Isto é verdade. Já trabalharam aqui, no começo das obras até dois cabras do grupo de Lampião, Cobra Verde e Serra Azul. Mas estavam já disciplinados por muitos anos de cadeia. Há gente perigosa aqui. Mas temos polícia severa, e às vezes cruel. Colegas me contaram que, no início, tivemos um chefe de polícia, um tal Matos, que fez misérias no cargo. Era um nevropata com carta-branca. Naquele tempo um rapaz matou três na feira, a faca e tiro. Tinha certa razão, porque o primeiro a morrer perguntara, cara a cara, à noiva do assassino, que estava presente, se ela queria fugir com ele. Surgiu briga e o noivo matou o atrevido, e outro, que na hora se doeu por ele. Um tiro perdido do noivo que foi às armas matou um feirante, alheio ao caso. O noivo foi preso e como a cadeia aqui não estava pronta, levaram-no pra Barra de São Francisco, pra onde conduziam também os mortos. O médico que foi lá fazer o exame, ao entrar na tal cadeia se negou à pesquisa, porque o chefe Matos mandara amarrar peito contra peito, o assassino e o que morreu primeiro. Os dois estavam inteiramente amarrados da cabeça aos pés. Pois durante cinco dias os dois infelizes, o morto e o vivo, estiveram ligados por cordas, e só quando os urubus pousavam na cadeia e em frente dela, na rua, é que desataram os dois. Por aí se vê que o chefe Matos era em extremo covarde. Acabou saindo daqui como ladrão.

Socorro deplorava o absurdo:

— Nunca ouvi falar em semelhante barbaridade. Ave Maria!

Quando iam entrar no jipão do passeio estava perto dele u'a mulher ainda moça, vestida de farrapos e usando chapéu de homem, enfeitado de pena de galo e muitas flores do mato. Seu pescoço exibia várias voltas de colar de contas de caeté, coquinhos e frutos secos de bolsa-de-pastor. A saia vermelha era suspensa de um lado, deixando ver a parte externa da coxa. Socorro teve medo:

— O que é isto primo? Verdadeiro espantalho! É doida?

— É a Ana dos Bailes. Fala que anda cansada de bailes que lhe oferecem.

Chamou-a, dando-lhe uma esmola.

— Vem cá, senhorita. Converse um pouco com a moça aqui.

— Está bonita, Ana. Muito bem vestida.

— Ah, minha filha, eu só trabalho pra vestir bem, pra meus luxo. Não tenho pra quem deixar meu dinheiro...

O jipão partiu, levando também o preto conhecedor de abelhas.

— Este é o melador, Socorro. É o Bastião.

Ele entrou no carro gemendo embolado, parecendo que com aquele grugulejar surdo pedia desculpas, por se reunir à gente limpa. Era velho baiano beiçudo, sem dentes, de carapinha intensa, branco amarelada, e barba rala também alva, sem trato. Vestia camisa limpa e tinha os olhos vermelhos de carniceiro curtido.

Mascava fumo porque tinha um pedaço já babujado atrás da orelha. Seu encargo era limpar os fundos e arredores da casa do engenheiro, varrer o lixo e ir a mandados na rua. Pelas datas que lembrou e os fatos que presenciara, o doutor fixava sua idade em 80 anos, mas era duro, teimoso e bem criado.

Uma hora depois da ponte do Cangambá, o doutor, parou o carro, descendo todos. Foram entrando pela caatinga e não haviam caminhado um quilômetro, o primo chamou a atenção da senhora para um jegue que comia o cactos alastrado, de ramas estendidas na areia. O alastrado é cheio de tantos espinhos compridos e agudos, que não dá espaço para se botar um dedo na sua carne.

O jegue com as patas dianteiras raspava os espinhos em patadas secas, arrancando-os e, com a rama limpa, comia aquilo, a derramar a gosma do petisco pelos cantos da boca. Ficaram olhando.

Quando havia espinhos mais duros, raspava-os das ramas com os pés e, baixando a cabeça para ver o trabalho, se punha a comer, com delicia, o manjar.

— Não é curioso? Não há capim, que não viça por aqui, nem folhas, e ele não se aperta: prepara o galho, quebra-lhe os estrepes, comendo-o tranqüilo. Como um filósofo que só pensa em si.

— Engraçado...

— Está adaptado ao meio. Ficou pequeno, magro, feio mas não morre de fome. Come. Come o que todo animal rejeita, o cactos bravo, folhas secas, cascas de paus, e com isto vence a magrém.

Bastião examinava as árvores, encostando o ouvido nas cascas para sentir o zumbido das abelhas lá dentro. Perqueria com vista perfeita árvores e árvores enfezadas, tortas e cascorentas da caatinga. A certa altura o doutor exclamou satisfeito:

— Olhe ali um juazeiro; vê como está verde, é sempre verde mesmo na seca mais dura.

Rodeavam a árvore frondosa mas aparada por baixo, em roda, até onde podia chegar a boca um boi ou jumento que, para isto ficava de pé nas patas de trás.

— Veja outra coisa que você não conhece, o imbuzeiro.

Havia uma galha com folhas e o resto parecia morto, sem um rebento. Entre essas folhas o doutor descobriu dois umbus raquíticos, ainda verdes. Entregou-os à prima, que os mordeu.

— Azedos. Conheço, mas quando amarelos; no Umburana tem um pé. Mas o de lá é árvore alta, não enquijilada como esta.

Dona Malu ofereceu à hospede um pedaço de cardo com flor aberta. Socorro, a senhora gosta de flor! →

Socorro mastigou os umbus ácidos, e dali a momentos chuchurreava o ar com os beiços entreabertos. Parecia assobiar para dentro.

— Esquisito. Estou com os dentes sensíveis demais, estão doendo tanto que não lhes posso tocar a língua. Até o ar dói neles.

— Que será?

— Ficaram crescidos, parecem imensos e doem até com a saliva.

O doutor, ficava incomodado.

— Serão os imbus?

— Parece que foram. Depois de os mastigar, fiquei sentindo. Vamos embora que estou com medo disto. Nunca senti tal coisa e não tenho nos dentes uma cárie sequer.

Bastião que ouviu a conversa ria grosso, respeitoso e deu palpite:

— Isso é dente disbotado, Nhanhá. É a friage. Foi a fruita. Vale nada não, Nhá-sim.

Largou no chão foice e machado, saindo com muita pressa pela caatinga. Andou às tontas, emborcado para o chão, como a procurar alguma coisa na areia; foi para longe, desapareceu na caatinga rala. Na beira de uma grota encontrou o que procurava, duas florinhas amarelas, do tamanho de amor-perfeito pequeno. Apanhou-as e com elas na mão suspensa voltou glorioso, como se conduzisse um troféu de guerra.

Marchou para os companheiros em passo largo de carga, e já chegou sorridente com as gengivas manchadas de roxo.

— Tá qui, Nhanhá, passa essas fulô nos dente, esfregando elas inté elas sumi.

Socorro recebeu as flores, ficando em dúvida de obedecer. O doutor animou-a:

— Passe as flores nos dentes, Socorro. Bastião é negro sabido, conhece tudo no mato.

250

Passou-as, desconfiada, nos incisivos, depois em todos os dentes. Esfregava tudo caprichado, por fora, por dentro da arcada dentária. Pois dentro de dois minutos sorria:

— Acreditam que sarou?

Ninguém acreditava.

— Sarou completamente!

Bastião também sorria feio, de olhos baixos, ainda preceito do cativeiro. O doutor estava curioso:

— Que flor é essa, Bastião?

— É fulô do mato, in-sim.

— Mas como se chama a flor?

— O nome é fulô do mato; di curá friage e disbotado dos dente, in-sim.*

Socorro interessou-se por aquilo:

— De fato no começo parece uma friagem, como de muito gelo nos dentes, depois vem a dor, que o contato do ar torna insuportável.

Entravam pela caatinga adentro, andando à procura da casa das abelhas nos ocos de paus.

Mais adiante, o engenheiro sorriu com maldade:

— Conhece o cavalo-de-cão? Olha ali.

Ela viu espantada um desconhecido marimbondo negro, de polegada e meia de altura, para duas de comprido, dançando, muito agitado, em torno de imensa caranguejeira preta, de cerdoso abdome castanho. Ela parecia ferida e se arrastava aos arrancos procurando fugir.

O cavalo-de-cão observava-a de perto, pousado no solo, para de novo decolar em vôos rasantes tocando-lhe o corpo com ferroadas. Em cada *raid* rapidíssimo atingia-a nas costas, na cabeça, no traseiro. De novo aterrisava chegando

---

* Nunca li notícia desse fato em ninguém que escreveu sobre o Nordeste. Senti pessoalmente a friagem e os dentes desbotados, curando tudo em minutos com a flor empregada por Bastião. Experimentei mais tarde se o efeito era da polpa do umbu verde ou da casca. É da casca, de fruta ainda bem verde. Repeti a experiência em várias pessoas, curadas logo com a ação tópica da flor, cujo nome ninguém sabe. Para o sertanejo, "flor do mato" já é nome, para todos os efeitos.

perto de sua vítima, como a avaliar o efeito de seu violento veneno.

Parecia atacar a aranha há bem tempo, pois o carreiro do arrastro na areia vinha de longe. Ferida, ela se locomovia em fuga difícil, com o agressor sempre alerta, em renovados ataques de muita fúria. Com as últimas picadas amolecia, movendo as patas trêmulas, ao se arrastar a custo no chão.

Em freqüentes decolagens e descidas, o inimigo atacava-a vigiando de perto, até que ela não pôde mais se defender. O cavalo-de-cão aí, em vôo planado agarrou-lhe uma pata começando a puxá-la a voar, para rumo diverso do que vinham.Frágil na aparência para tal carga, a agonizante ia puxada pelo vencedor, que às vezes descansava de pé, à distância de seu fardo.

Todos observavam aquela manobra, que lembrava um tanque de guerra tracionado por helicóptero.

Muitos metros mais longe chegaram a um orifício antigo, cavado no areal. O marimbondo entrou, e, de dentro empuxava a trouxa para o buraco. Aos poucos ela desaparecia na furna para onde a forçava seu condutor. Foi metê-la dentro, sendo aos poucos engolida para o fundo. Ficaram observando. Momentos depois, acomodada a coisa no bojo da toca, o caçador reapareceu, sumindo-se no ar. Socorro nunca vira essa manobra.

— Levou a aranha pra comer?

— Não. Dizem que depositará nela os ovos, para os filhos terem ao nascer alimento à mão.

Zito levava Florzinha pelos dedos, e Socorro fazia projetos de grande barulho para depois. Os namorados estreitavam a intimidade, crescendo a desilusão acabrunhadora da viúva. Depois de uma hora de marcha pela caatinga desolada, começou a soprar um vento mais duro, vento de bafo morno de boca.

Estavam na região de tufos de cactos rasteiros derramados pelas areias, subindo nas pedras. Socorro pensava em propor o regresso, quando viu Zito com a ponta do lenço a tirar um cisco do olho de Florzinha.

Parece que não conseguiu, e o argueiro era agora sentido nos dois olhos. Caminharam um pouco e a moça levantava as pálpebras com os dedos, sentindo ardor. Zé Lúcio tentou também em vão retirar os corpos estranhos. Osmarino quis experimentar sua habilidade, mas confessou não ver nada.

As dores estavam aumentando, finas, já insuportáveis. O doutor perguntando o que havia, foi ver se enxergava os ciscos. Nada viu. A mocinha chorava, tapando os olhos com as mãos abertas.

Zito fazia-se ansioso:

— Vou voltar com ela, pra ver se um médico tira esse negócio que está ardendo nos olhos de Florzinha.

Já então ela chorava alto, com exclamações que a todos inquietavam:

— Vou ficar cega! Eu fico cega! Não agüento mais!

O doutor gritou Bastião, para irem embora. O negro apareceu, desiludido de abelhas.

— Vamos embora, Bastião, a moça adoeceu.

O preto espantou-se, acercando-se do grupo:

— Qui é, Sinhazinha?

Zé Lúcio respondeu:

— Cisco nos olhos, não conseguimos ver onde está. Ninguém consegue tirar.

Bastião de cara solene balançou a cabeça:

— Pois num é cisco. É trem pirigoso, é ispinho de quipá!

E contou que o espinho do cacto chamado quipá é tão fino e transparente, que ninguém vê.

Quando os espinhos secam no cacto, caem à-toa, quando se balança a planta, quando o vento passa por ele. Quando passa o vento, ele leva os espinhos no ar e infeliz daquele em cujos olhos caem. Caem lá de ponta, e esfregar é muito pior. Vários médicos fracassaram tentando retirá-los. Não conseguiram. Os próprios espinhos são cáusticos e a dor que a menina sentia era verdadeira. Zé Lúcio com a explicação do negro ficou mais nervoso:

— Como se tira isso, Bastião?

O preto coçou a carapinha e respondeu com calma:

— Uai, Nhonhô, eu tiro eles.

— Tira como, com essas mãos sujas de mexer no mato e na terra?

— Eu tiro, in-sim. Quanto mais demora a tirá pió fica. Eles vai interranu no bago dos zóio e aí é qui ninguém tira eles mêmo.

Florzinha não resistia mais as fincadas aceitando a intervenção do negro que passou a dirigir os brancos.

Zito foi mandado sentar no chão e o velho pôs a cabeça da doente no colo do rapaz, firmada por Zé Lúcio. O preto deitou-se de bruço, com a cara no rosto da moça. Com os dedos imundos erguendo bem a pálpebra de um olho, passava a língua por dentro dele,como a lamber bem devagar. Florzinha gritava, esperneando, a pedir que a soltassem mas o negro deu ordem para que firmassem a cabeça na posição indicada. Sua língua se metia por baixo da pálpebra, vagarosa, minuciosa como de gato que lambe.

Os presentes estavam com mal-estar mas o velho agia com consciência, repassando a língua sob a pálpebra, nos cantos, na alva do olho. Dentro de alguns minutos Bastião falou:

— Este tá pronto.

Abrindo o olho curado a doente falava chorando:

— A dor deste passou mas o outro dói muito e queima como fogo.

Bastião repetia no outro olho o trabalho feito. Lambia, o olho, a esclerótica, por dentro da pálpebra. No delicado serviço atento, fungava, babando, a bafejar seu hálito azedo no rosto da mocinha, hálito em que havia odor de fumo, bodum e cachaça.

Quando a limpeza terminava a jovem se levantava, queixando tonteira. Equilibrava-se mal, em pé. Mas isto passou logo. Estava pálida mas sorria. Zito limpava com o lenço a baba escorrida da boca fétida nas pálpebras e no rosto mimoso da namorada. Socorro perguntou por perguntar:

— Está melhor?

— Estou é boa. Está dolorido mas não dói nem arde mais.

Estava com os olhos muito irritados, vermelhos. De pé, humilde e respeitoso, sujo e esmulambado o velho esperava mesmo aquela declaração. Encararam-no com olhares respeitosos. O doutor quis saber dele:

— Quem lhe ensinou isto, Bastião?

Ele não sorria ao responder:

— Foi Desu Nossinhô, in-sim.

Foram procurar o carro para a volta. Florzinha ainda estava com os olhos injetados, não sentindo mais nada, a não ser dolorimento.

Bastião colado, atrás de todos, carregava seus ferros de melar e a cabaça vazia. Socorro brincou com ele:

— O mel deu em água de barrela, heim, Bastião?

Ele se perturbou, com desculpa do fracasso:

— Hoje num foi dia de abêia, Sinhá. Tem dia delas. Caminhavam para o carro. Florzinha sorria amarelo, sob a bênção do alívio.

— Estive quase sofrendo uma grangulina, quando o negro começou a cura.

Zé Lúcio ficara comunicativo:

— Se você morresse, ia ter sentinela muito bonita, lá em casa.

Orestes estava de acordo:

— Eu ia cantar a incelença com voz até boa.

Todos riram, menos Socorro, sempre calada e amarga. Sentia na alma, além de uma cabeça de velho, um galho de jurema, que tem espinhos peçonhentos, até nas folhas.

O carro apareceu a um lado da estrada. O calor era pesado, dificultando a respiração.

* * *

No carro Socorro conversava com o velho:

— De onde você é, Bastião?

— Sou nascido na nação da Bahia, Nhá-sim.

— Foi escravo?

— Fui, Sinhá. Na liberdade eu tava cum 40 anu.

— Foi casado?

— Nhá-não.

— Tem filhos?

— Um, Sinhá, qui é ladino de Nossinhô no céu. Lá véve cum us preceitu qui insinô ele a Virge Maria.

— Você conheceu o Antônio Conselheiro?

Ensaiou um riso grosso, sem olhar a senhora:

— Quem era eu pra vê ele, Sinhá? Fui muntas veis no Canudo, levá tropa de bala e bóia pros legal. Navegava di Geremoabo e da Quemada.* Vi o canhão grande** urrano de tremê terra, no morro da Favela. Vi munto legá caí e fui cercado duas veis, perdeno as carga. Cairu ni nóis e mataru metade dos tropêro. No tiroteio eu rolei no chão fingino de morto, escapanu. Os cabra tava apressado, levaro a tropa de 16 burro, 2 lote, tudo de mantimento. Eu então danei na canela pra trais, cheganu dispois de muntos dia no Geremoabo, com os lovor de Deus Nossinhô.

— Depois você voltou com as tropas de burros?

— Nhá-não. O pirigo era munto. Caí no mato, vim escondê na Furquia das Mulé, com os favor da Virge Maria.

— Onde é a Forquilha das Mulheres?

O doutor foi quem respondeu:

— É hoje Paulo Afonso. A cidade foi construída onde era a aldeia da Forquilha das Mulheres. Ainda existe aí conservada uma cafua do tempo da aldeia.

— E Lampião, você conheceu?

— Nhá-não!

---

* Cidade baiana de Queimadas, ponto de concentração das tropas combatentes.

** O canhão Withwort Crupp, de 32, que pesa 1700 quilos. Ainda está no alto da Favela, em plataforma de cimento, mandada fazer creio que pelo Exército.

O doutor não gostou da negativa:

— Diga a verdade, homem. Esta senhora é minha parenta.

Socorro voltou à carga:

— Conheceu, não foi, Bastião?

Desconcertado, alimpou a goela, ainda com medo das volantes que perseguiam o cangaceiro:

— Ele era bão home. Fais munta farta. Aí na Furquia e na Barra. Eu tenho sodade dele.

Entristeceu.

— Fais munta farta. Vi ele pur derradero na Barra.*

Entristeceu, levantando de novo a cabeça:

— Mais as coisas no mundo é assim mêmo...

Estavam chegando a Paulo Afonso. Já em sua casa, o doutor contou à prima que o negro velho foi coiteiro de aviso de Lampião.

— Quando ele morreu, o velho chorou. Não vê como ficou triste ao ouvir falar no cangaceiro seu amigo?

---

* Arraial da Barra de São Francisco, perto de Paulo Afonso, onde Virgolino esteve doente, com pé ferido a bala. O Arraial é porto de passagem para Alagoas. Virgolino gostava do lugar onde tinha afilhados e coiteiros, seus velhos amigos. Quando ali esteve por um mês, ferido, quase a perder o pé, as tropas estaduais da Bahia e Alagoas passaram várias vezes em sua perseguição debaixo da janela do quarto da casa alta de esquina onde ele estava doente. Todos os moradores da lá eram seus amigos incondicionais. Tempos depois, já curado, certa noite ali chegou faminto, e enquanto esperava a comida, seus cabras (125) lavavam a cavalhada no rio São Francisco, a poucos metros da rua. O capitão conversava, confiante, com os moradores. A noite estava clara e tudo era paz, com o povo satisfeito e honrado com sua presença. De repente ele deu um pulo e estrilou o apito de comando, em sinal de perigo. Mandou selar com urgência os cavalos, montando logo, e desceu a rampa do porto, onde jogou os cavalos nágua, na travessia para Alagoas. Mal chegara do outro lado, surgiu no arraial um contingente da tropa baiana no seu encalço. Por 10 minutos escapara, coisa que se deu com ele muitas vezes. A Barra de São Francisco está na testa do Raso da Catarina, naquele tempo ignorado até dos vaqueiros e que Lampião conhecia com minúcia.

Os viajantes não demoraram, pois ficava tarde. A família do engenheiro acompanhou-os ao carro. Ainda insistiam a ficarem naquela tarde.

— Venho breve passar uma semana com vocês.

O carro já estava ligado, quando o primo falou alto:

— Volte mesmo, pra conhecer melhor a Forquilha das Mulheres.

Os da casa e do carro riram, com alvoroço. Quando iam saindo, Socorro viu Bastião com a mão estendida, pedindo a benção. Com a outra mão segurava o chapéu de palha que ele tirara respeitoso.

— Adeus, Bastião. Até a volta!

Capítulo 12
OS ESPINHOS DO QUIPÁ

O regresso a Petrolândia, no caminho para o Recife, foi triste para Socorro, e abundante de comentários dos outros sobre a excursão. Sobre todos os assuntos, a intervenção do preto velho aos olhos de Florzinha provocava gargalhadas dos rapazes e molecagens quanto à jovem, a respirar o hálito nauseabundo de Bastião.

Depois de atravessarem o rio na balsa, ao subirem a rampa de areia e pedregulho ao lado de Pernambuco, Florzinha desejou lavar o rosto e as mãos na água corrente.

Desceu com Zito e Osmarino foi ver de perto uma planta que chamara a atenção de Socorro. Era planta de folhas largas, muito verdes, com pêlos brilhantes. Estava a poucos passos da estrada, no começo da terra ruim e era a única a estar ali verde no rigor da seca.

O acadêmico partiu-a pelo caule baixo, esmagando uma folha a sentir se cheirava, encostada no nariz e foi entregá-la à senhora. Mas, antes de chegar ao carro sentiu as mãos queimando e também o nariz, onde encostara a folha. O prurido crescia e ele jogou longe a planta, tirando o lenço a esfregar o nariz.

— Que diabo será isto? Coça terrivelmente e queima. Queima como brasa.

259

Correu ao rio para lavar as mãos. Não adiantou. Ao lavá-las indagara do balseiro se conhecia a planta. Ele foi ver, mas a olhou no chão, sem pegar.

— Ih, isto é orelha-de-onça, moço! É folha que queima e pela mais que cansansão.

Voltou a examinar as mãos ofendidas que já empolavam, vermelhas.

O rapaz balançava-as no ar, com muitas dores e coceira insuportável. O negro balseiro palpitava:

— Pra isto só tem um remédio: é implastro de café frio com açúcar.

Seguiram às pressas e, chegando à cidade pararam na porta da farmácia. O farmacêutico espiou mal-mal as mãos, o nariz, falando com autoridade:

— Aí só água vegeto-mineral. Mas isto demora a ser preparado. Vou dar logo um pronto alívio.

Com calma exasperante o cientista chegou à frente de prateleira de vidros, procurando com os olhos, de baixo acima a droga prometida. Não encontrava. Foi a outro armário, tirou várias caixas e com uma delas na mão chamou o doente para ser curado. Untou mãos e nariz, que já estava inchado.

— Agora é esperar o efeito. Isto melhora. Por seguro vou preparar a água-vegeto.

Foram para a pensão e o rapaz estava em fogos. Zé Lúcio se aborrecera:

— Está melhorando?

— Nada, cada vez arde mais e coça insuportavelmente. São as labaredas do inferno que trabalham em mim. Minhas mãos parecem até as mãos de Múcio Scevola, que as deixou arder no fogo, por ter errado o golpe contra Porcena.

Dona Malu reprovava aquelas palavras sobre o inferno:

— O senhor não deve falar esses nomes, porque o queimado que fala eles não sara tão cedo.

Osmarino deitou-se vestido e não conseguiu ficar quieto. Meia hora depois perdeu a paciência:

— A senhora tem café coado? Pois então traga e um pano pra compressa.

Com o lenço retirava a pomada inútil, colocando nas partes doentes grandes compressas embebidas em café. Não passados cinco minutos, as dores e o prurido infernal cessaram por encanto.

— Que alívio! Que felicidade!

Dentro de dez minutos estava rindo, mas falou nervoso:

— Diabos levem a medicina. A indicação de um negro barranqueiro sertanejo me valeu mais que a pomada do boticário. Estes remédios dos matutos são experimentados e usados às vezes há séculos, são a conseqüência da falta de recurso do sertão. Valem mais que as drogas sintéticas deste século conturbado por cientifismo comercial, cada vez mais ganancioso.

Sentou-se, embora com as mãos envoltas em panos. Orestes voltou a pilheriar:

— A orelha-de-onça quase acaba com você, com a braveza da própria onça...

— Não sei como vivem nestas furnas os trogloditas. Gente infeliz.

Zé Lúcio completava:

— Gente forte, povo privilegiado, de nervos de aço, resignação espartana.

Os rapazes saíram para uma cerveja, e Socorro ficou só com dona Malu. Como fosse dia de feira, a viúva foi convidada para uma volta, por onde ela estava. Não queria ir, mas instada, foi ver como era a feira de lá. Muita pobreza, farinha grossa de pau, sambamba mal feita, cheirando a podre, carnes de bode às pampas. Nenhuma verdura, frutas amadurecidas à força.

O que havia é muita gente, verdadeira multidão com poucos compradores. A feira era mais diversão popular do que mercado público.

Socorro quis comprar laranjas para o caminho.

Dona Malu sorriu sem graça:

— Compre não, dona Socorro. Não prestam, são de carbureto.

E eram. Apanham as frutas verdes, na ganância de dinheiro, deixando-as por duas horas abafadas com o pó do carbureto sacudido em cima. No fim da operação a fruta ganha a cor natural de madura, mas não tem sabor, nem doce. Só estão maduras para a vista. Assim vendem laranjas, bananas, jacas, mamões, sapotas e cajus. Socorro deplorou aquilo:

— Onde está o governo, onde está a saúde pública? As frutas melhores do mundo são as nossas, mangas, sapotis, mangabas, azaças-da-praia, mutambas, o caju milagroso, fruta dos pobres que só ele alimenta uma família, abacaxis-pico-de-ouro, o melhor da terra. Somos a terra privilegiada para todas as doçuras amadurecidas nas nossas árvores. E deixar abafá-las ao carbureto, para impingi-las como maduras, roubando ao paladar seus sabores delicados, e ao turista o dinheiro. País de governo de manchetes, de fachadas vistosas e desordem geral. Estado sempre desgovernado. É uma tristeza saber que estão acabando com o Nordeste e com sua riqueza, dada de presente ao estrangeiro, com seu povo morrendo de fome. Só lembram dela para extorsivos impostos, para obras sem razão, a preço da vida. Compram tudo ao estrangeiro, mas não se lembram do povo bom e generoso como o do Nordeste abandonado. Votam verbas que não chegam à população desnutrida, dinheiro que dá até pra propaganda de políticos, menos pra penúria de seus eleitores... Ah, estou ficando mais braba que o padre Pilar...

Aa senhoras voltavam vagarosas, vendo coisas estragadas no chão, nos caçuás, nos tabuleiros cheios de moscas.

Nesse momento passava negrinho esperto, com uma caixa de sapatos aberta nas mãos. Gritava, oferecendo mercadoria:

— Ossos de anjinho! Quem precisa de ossos de anjinho? Treis por dois cruzado! O menino sacudiu os ossos na caixa, para atrair fregueses:

262

— Ossos de anjinho! Quem quer ossos de anjinho?

Um mulato parou para examinar o produto.

— Isso é osso de gente mesmo?

— Pode pegar pra ver. É osso de anjinho, tudo bem lavado, sem pirigo. Não tem almisca ninhum.

O mulato não quis e o vendedor foi adiante, a anunciar com voz enfadonha:

— Ossos de anjinho! Tirado de cimitério de Geremoabo, na sexta-feira. Quem quer ossos de anjinho?

Viam, examinavam, tocavam neles sem comprar. O garoto corria a feira gritando com paciência:

— Quem quer ossos de anjinho? Tá pra acabar...

Um rapaz comprou três, que o menino embrulhava em papel sujo. E saiu mais animado:

— Óia os ossos de anjinho! Treis por dois cruzado. É de Geremoabo...

Socorro chamou o moleque:

— Que é isso aí, menino?

— Osso de anjinho. Quer? Treis por dois cruzado.

— Pra que serve isso?

Ele sorriu com finura:

— Pra despacho, pra catimbó, pra responsu, pra coisa feita, dona.

Saiu indignada:

— Será possível, dona Malu? Vender na feira ossos de anjinho pra fazer feitiço? Que horror. Nunca ouvi falar em semelhante absurdo.

Dona Malu sorriu com frieza:

— Já vi isso também na feira de Geremoabo...

Socorro apressou o passo, doida por sair daquele lugar.

— Nunca mais volto ao sertão. Perdi neste dia de viagem as ilusões todas que ainda tinha na vida.

— Por quê, dona Socorro?

— Viagem cheia de incidentes, aborrecimentos, agonias, cinismos.

Dona Malu pensando em contrariedades íntimas, não indagou o que houvera.

— Perdi o interesse por muita coisa. As únicas coisas que valem na vida são saúde, esperança e paz. O resto não vale nada.

* * *

Os rapazes saíram, iam descendo a avenida. Osmarino caminhava calado, e mais adiante falou sério:

— Acreditam que fiquei impressionado com a cura de Florzinha? Um boçal como Bastião, resolver caso importante que doutor nenhum conhece! Há muito mistério no mundo, que ninguém explica. Certa vez um empregado, negro velho de meu pai, foi campear um jegue e voltou leso quase de todo. Sua cara estava mudada, como de defunto abatido em luta com o matador.

Disse que andava a pé, à procura do jumento, quando ouviu um aboio muito longe, aboio bonito mas triste, que feria o coração. Ficou escutando e não demorou a perceber tropel de gado tangido por vaqueiro. Foi quando surgiu o vaqueiro, que só então reconheceu ser o Corpo Seco, montado em cavalo também seco, sem olhos, e que tocava três vacas, dessas que morrem de fome e de sede no sertão. Os ossos de todas elas e do cavalo furavam o couro esturricado, mal cobrindo as ossadas. Na criação faltavam o rabo, parte da cara e em uma um chifre, mas o resto chocalhava de se ouvir longe. A barulheira dos ossos, com o andar rangia na couraça, estalando, rangendo em raspados ásperos. Aquilo passou perto do negro, com matraquear dos ossos nas juntas, nos couros trincando de secos, passou muito lento e o vaqueiro, coitado, cantava um aboio que arripiava os cabelos do preto. Ficou espiando o boiadeiro sumir com seu gado, pelos xiquexiques a dentro. Depois correu, perdendo o cabresto e o chapéu, pra chegar lá em casa assombrado. Chorava e tinha febre. O certo é que nada no mundo fez com que ele voltasse ao lugar da aparição. Contou o fato até que morreu, há pouco tempo. O certo é que a vaqueirama toda das catingas já viu esta visagem, que é medonha. Tem muita coisa que ninguém explica.

* * *

Os rapazes bebiam no bar de dona Teodora. Lá estava, sempre calado, Sátiro. Zé Lúcio, ao vê-lo, foi dizendo:

— Você sabe que o prefeito comprou duzentas mudas de tamarindo, pra arborizar a Rua São Sebastião?

Ele se aproximava, devagar:

— Arrume lá. Isso é com ele...

Ficou preocupado, com ar nervoso.

— Ele deve saber o que tem acontecido com lugar em que plantam tamarindos nas ruas. Se não sabe é porque não quer. Também aqui não tem mais onde ficar ruim. Quem fez benefícios aqui foi só Dom Pedro II, mais ninguém.

Contou o caso do cais e da estrada de ferro.

— Mais ninguém.

Entrou Silvininho, com os cabelos despenteados.

— Ah, vocês já voltaram?

Sentou-se e Zé Lúcio apalpou-o:

— Vamos a uma bier, delegado?

— O delegado está num aperto filho da mãe. Tem andado mais do que má notícia. Soube que Rosalvo estava no Bem-Querer, e dei uma barruada lá, com todo o destacamento. O bandido tinha fugido, adivinhou...

Bebeu deliciado de seu copo com pouca espuma.

— Agora estou às voltas com outro Cangaceiro, o Gasolina. O diabo encrespou e ataca na estrada, pra roubar. Cerca o triste e pede dinheiro. Cerca gente de a pé e mesmo de carro. Esse negro é um perigo, pois esteve (diz ele) no bando de Lampião, onde ganhou o apelido pela velocidade nos ataques. Dizem que Lampião falou: — Esse nego corre cumo muvido pro gasolina...

— Mora aqui?

— Perto. Comprou umas terras, coisa pouca, pra sítio, em que passa a estrada do Bem-Querer. Ele não quer que ninguém passe por ali, prometendo bala. Eu mandei falar com ele pra parar com este abuso, e ele nem liga.

Zito fez uma pergunta:

— Em vez de recado, pra que não mandou prendê-lo pra uma esfrega?

— Hum. Você fala isto porque é de fora. E porque não conhece meu destacamento...

— Se é mau peça reforço, mais gente.

— Maus meus soldados? Não são ruins, o que são é medrosos.

Os rapazes riram com palhaçada. Sátiro deu opinião franca:

— Porquê não fala que você morre de medo do Gasolina?

O delegado embrabeceu:

— Meus senhores, ainda não foi parido o homem de que eu tenha medo. Saiba você que estou com o dedo com calo de apertar gatilho, topando negos danados. Topados cara a cara, na dureza! Prendi até o cabra Virgulino, eu com as mãos abanando.

Sátiro riu uma risadinha maldosa:

— Aqui ninguém sabe disso... Eu, pelo menos, nunca ouvi falar que você topasse alguém...

Silvininho chegou o indicador bem duro perto do nariz do ferreiro:

— Olha aqui o calo, seu Sátiro!

O corcunda afastou a mão do delegado, com gesto de desprezo:

— Isso é calo de tanto matar cachorro dos outros. Meus mesmo, você já queimou dois. Vai ver que você vai contar aos moços que foi você quem prendeu o *Beija-Flor*...

— E quem foi? diga!

— *Beija-Flor* chegou aqui assuntando a granja do Icó, onde Lampião queria fazer uma entrada. O bandido se escondeu numa moita e foi descoberto por empregados da granja, que lhe deram uma surra tão grande que o cabra morreu. Quando você soube que o cabra estava preso foi lá com suas praças, ficando valente com ele: — Viu, bandido, o que é a polícia de Petrolândia?...

Os moços riram alto, como apoio às palavras do mulato. Silvininho estava vermelho da cerveja e de ódio de seu crítico.

— Você fala essas besteiras pra agradar os doutores, aqui. Se você estivesse no juízo eu te dava a você a resposta. Vou mandar fazer em você um exame de sanidade mental.

Ficara mais vermelho:

— Olha, idiota, quando eu soube que um sujeito equipado de cangaceiro passou por aqui, a pé, fui sozinho no rastro dele. Encontrei o jagunço na vargem do Icó e gritei pra ele:

— Você é o *Beija-Flor* afamado, que zurra como jumento no fogo de Virgulino. Conheço você pelo retrato do bando e seu dia chegou! *Beija-Flor* pegou a tremer e eu aí cantei nele o porrete, protegido por este pau de fogo. Machuquei ele muito. Quando chegou gente da granja ele já estava no chão na peia e sangrando das cacetadas.

Sátiro teve um acesso de riso, terminado em sufocação de tosse. Quando pôde falar, disse ainda rindo:

— Valentão da peste! Você tem mais garra que o Lampião...

E de olhos arregalados, fixos nele:

— Quando você chegou, no Icó, *Beija-Flor* já tinha perdido a fala. Você chegou lá, depois de mim! Você chegou gritando que a polícia daqui era de respeito e o cabra já estava abrindo a boca, na ânsia da morte. O compadre Juca Paraíba falou direito: — Um cristão não morre sem vela acesa, porque Nossinhô num vê ele chegar no céu. Lembro bem que ele pôs um punhado de areia numa folha e uma braza viva em cima da areia, deixando tudo na palma da mão do agonizante, que foi o jeito de deixar ele morrer com luz nas unhas. Você até falou: — Tirem esta brasa da mão do cabra safado, que eu ainda quero chamar ele nos ferro. A gente põe brasa na areia é na mão dos valentes e não na palma de um bandido do cangaço. Você na verdade gritou no ouvido dele: — Viu trem à-toa, quem é o delegado Silvininho, de Petrolândia? Diga a seu chefe que espero ele aqui, com muita bala. Você só teve coragem de mandar recado pra Lampião, porque o do bando já estava morrendo... O pobre roncava aos arrancos, se ultimando. Quando ele expirou tirei a folha com a brasa e fechei os olhos dele, por ser cristão.*

Sungou de arranco as calças, como era de seu hábito, completando:

— Se minto a Virgem Maria me castigue e se você fala a verdade, Nossinhô está fazendo até careta de raiva, por ouvir sujeito tão mentiroso.

— Você é um borrabotas linguarudo, que sempre implicou comigo. Tenho nome limpo na polícia de Pernambuco, por ser delegado que cumpre a lei! Você sabe disso.

— Eu sei que você fez um barulho grande, falando de noite que ia prender o homem que esquartejou o tenente na Glória, e teve medo de cercar o durão, deixando ele ir embora... Os acadêmicos riram a gozar Silvininho, chamando a atenção de todos. Silvininho, apertado, teve ótima saída:

— Não dêem atenção a esse sujeito, que ele é gira... Ficou maluco vivendo no meio da matulambagem da ferraria.

— Eu não sou gira. Sou pobre, mas honrado e você é uma autoridade que não se dá a respeito. É o delegado mais covarde de Pernambuco.

Silvininho ensaiava sorriso forçado, de crítica:

— Ele ficou doido com o calor da forja. É um lambisgóia, ferreiro remendão.

---

* Foi verdadeiro esse fato. O cabra *Beija-Flor* apareceu na várzea do Icó, na estrada da Granja Federal espionando a mandado de Lampião, que pretendia atacar a granja, para se vingar de inimigo que estava lá. Foi descoberto pelos empregados, que o mataram a pau. Sátiro contou o fato com fidelidade.

— Agora, lambisgóia devia ser, com perdão da palavra, a senhora sua mãe.

Houve desapontamento geral na roda. Sungou as calças sempre a caírem, procurando entesar o corpo emborcado.

Silvininho, fazendo sinal de corcunda, sorria:

— Quando Deus marca, é pra não esquecer.

O mulato não tolerava alusão a seu defeito e, na ira, bateu o punho com mão fechada na outra mão, de olhos arregalados:

— É o que você merece.

Foi até a porta e voltou, a apontar a autoridade com sorriso perverso:

— Este é o que ia prender o cabra macho Rosalvo e que mija de medo do negro Gasolina, ladrão de galinhas...

— Perdoai-lhe Senhor, que ele não sabe o que diz... Gasolina hoje está um pouco desmoralizado pela vida, mas tem goga de muita valentia no esquadrão de Virgulino, durante muitos anos. Era igual a Luis Pedro, *Corisco*, ao *Moderno*, ao *Jararaca*, ao *Cascavel*, cujos nomes ainda tremem a caatinga nordestina.

— Você amarela de medo dele. Todo mundo sabe que ele roubou as galinhas do Benevides, e você aconselhou meu vizinho a retirar a queixa da delegacia, porque seu destacamento era só de cinco praças. Eu ouvi isso.

— Roubou as galinhas, na verdade, por estar com fome, e quem rouba pra matar a fome, sua e dos seus, não é criminoso.

— Mas a dúvida é que ele sangrou o Emerenciano em Bem-Querer e o Durvalino no Brejinho, ficando tudo por isto mesmo.

Voltou-se para os rapazes:

— Por essas e outras, doutores, é que vivemos na confusão. Já estamos calejados da justiça contra, pois da justiça imparcial, nem rastro.

O delegado justificava-se:

269

— Até hoje ninguém apresentou queixa desses crimes, porque, se apresentar, no mesmo dia chego com ele aqui, amarrado!

Os estudantes animavam aquele bate-boca, certos de que Sátiro é que estava com a razão.

Chegava no bar uma jovem, que comprava no balcão pequena utilidade. Ao vê-la, o delegado que ali aparecera com os olhos cansados, murchos, ficou com eles reverdecidos, fulgurantes. Aqueles olhos de sátiro com aposentadoria compulsória reverteram à ativa, naquele momento, com a presença da mocinha lavandeira.

Seu inimigo puxou as calças para cima, sorrindo com muita maldade, para dizer com indireta:

— Onde tem carne gorda, minha boca não chupa pelanca...

Silvininho mudava de tom:

— Você nem da terra é, pra viver nos fruticando os miolos.

Zito perguntou:

— O senhor não é daqui?

— Não, senhor.

Silvininho tomou conta das respostas:

— Sátiro é de lugar muito *bonito.* É de Quipapá. Contam que a mãe do diabo estava correndo o mundo, quando de súbito morreu. Os amigos de seu filho enterraram ela com muita dignidade, e foram avisar o diabo o que acontecera com sua mãe e dar pêsames. O diabo se conformou mas fez uma pergunta:

— Onde foi que minha mãe morreu? Um dos amigos respondeu logo: — Em Quipapá. O diabo foi logo visitar a sepultura da falecida, e chegando lá ficou agitado. — Isto também é demais! Minha mãe enterrada neste lugar horronso! Isto até depõe contra mim. E mandou na mesma hora desenterrar o cadáver da velha, pra sepultá-lo bem longe dali, explicando a razão: — Este lugar é tão ruim que se mãe ficar enterrada aqui, eu até perco minhas forças...

A risada estrepitosa dos estudantes desconcertou o ferreiro, que respondeu com desaponto:

— Eu não queria mesmo ser daqui, pra não ser do mesmo lugar em que nasceu o delegado que apanha de mulher.

Silvininho ria com cinismo.

* * *

Florzinha chegara na porta do bar, procurando o irmão. Zé Lúcio se levantou-se para atendê-la, mas, vendo-a, Zito fez questão que entrasse para um refrigerante.

Nessa altura Silvininho comandava as conversas, com suas deliciosas memórias policiais. Socorro mandou Lourdes, sobrinha de dona Malu chamar o filho para viajarem, pois ficava tarde e ela não passava bem. Socorro perguntou à portadora:

— Com quem ele está lá?

— Com os rapazes, Silvininho e Florzinha.

Ela mordeu os lábios:

— Está bem. É a razão da demora.

A viúva voltou-se para dona Malu:

— Não sei onde estava com a cabeça, quando fiz esta viagem. O bom do ruim é que ele acontece logo.

Mas Florzinha não se demorou no bar. Ao sair, já na rua, um pé de vento tentou levantar seu vestido. Sátiro, que fora até a porta, voltou com um sorriso escondido:

— O vento está malvadando...

Era o vento mineiro que sopra do rio, nas primeiras horas da tarde.

Socorro já esgotara os assuntos com a dona da pensão e descansava na cama, vestida para partir. Tinha a cabeça a arder e chorava às vezes, sabendo o moço encantado por Florzinha.

Lourdes chamou-a para um café quente. Não quis. Então dona Malu foi em pessoa levar-lhe uma xícara.

271

— A sra. pode tomar o café. Foi moído sem sangue.

— Sem sangue?

— Por aqui moem o café com sangue talhado de boi, porco e cabrito.

Ante a estranheza do fato contou como faziam.

— Temos torrefação e moagem na Barreira. Pra aumentar o pó misturam sangue seco no café torrado, que vai ser moído. Quando matam a criação tem gente encarregada de aparar o sangue, numa bacia. O sangue coalha, seca e vai pra tal mistura. Eu não gosto. É o que temos e café assim deixa um amarujo na boca. Tratamos desse café, nós mesmas.

Socorro teve um estremecimento de nojo, pensando: — Pobre gente. A usura dos ricos reduz a pobreza dos outros à doença. Doença de porcaria, que provoca outras. Onde vim parar.

Só bebeu dois goles, para ser amável.

No largo do bar, com a retirada de Sátiro, chamado à tenda, Silvininho contava a acusação que o promotor Onézimo fizera ali de um assassino profissional:

— O júri *naquele tempo* era uma palhaçada e o toqueiro Piau estava sendo julgado. A política resolvera que ele não fosse condenado e os do júri já estavam com a ordem de absolvê-lo. O doutor Onézimo, ao subir a tribuna, começou fazendo-se engraçado: — A coisa aqui está ficando ótima pra os pescadores. Há tempos acusei uma assassino de nome José Bacalhau. Há três anos outro, com o nome de João Piaba. No ano atrasado, um uxoricida chamado Antônio Sardinha. No penúltimo júri acusei um Manoel Bagre e hoje vou acusar um João Piau. Pelo que vejo, querem fazer da cadeia de Petrolândia um jiqui...

Zito quis saber:

— E saiu livre?

— Ora, o júri foi pra legalizar a morte; foi pra confirmar a molequeira, como disse.

Já vi nesta terra coisas importantes. Há muitos anos morou na cidade uma família alagoana, gente de dinheiro mas muito braba. Parece que vieram de lá por crimes. Pois o filho mais velho dessa família aniversariou e, como tinham amigos, convidou-os para festinha caseira de doces, cervejas. Apareceram mais pessoas que esperavam. A casa se encheu de amigos, que a mãe do rapaz recebia no salão de entrada. Ao chegar, o Plotino lhe deu também parabéns. Ela balançou a cabeça com tristeza: — É uma pena que o Zico faça hoje 21 anos, tendo matado, em sua defesa, só vinte 20 pessoas. Ficava tão bonito completar 21anos com 21 mortes... Plotino entrou pra abraçar o Zico, que estava bebendo com os amigos na sala de jantar. Nesse momento eu chegava lá, pra um abraço, quando houve confusão na sala onde estavam e saiu um tiro. Em seguida Plotino chegou correndo na sala de fora, falando com a velha: — O Zico matou o João Crespo, em discussão. A velha, que eu cumprimentava, ergueu as mãos postas para cima: — Graças a Deus, agora, sim. O Zico tem 21 mortes!

Osmarino estava abalado com aquelas novidades.

— É incrível. Não sei como acreditar nessas coisas. Seu amigo Zé Lúcio confirmou tudo, perguntando ao delegado se se lembrava do crime do Hotel do Peba.

— Muito. Vocês sabem que esse hotel é uma casa de sapé, de chão batido, que tem quartos pra dormir e comida boa. Não sei como vivem ali sem água. A que bebem lá vai em pipas, da Placa. Ora, o velho hoteleiro viajou com a mulher pra Rio Branco, em consulta médica. No hotel havia negócio de bebidas e besteiras miúdas, que naquele dia ficou sob a direção de duas filhas mocinhas, uma de 15 e outra de 16 anos. Não havia ninguém mais na casa e como sabem, o hotel não tem vizinhos. Ninguém mora naquele deserto a não ser o povo do hotel. A certa hora chegou lá um caminhão das Caraibeiras, do Moxotó, levando três rapazes, o chofer e dois amigos. Começaram a beber, e não demorou que um deles se engraçasse das meninas, propondo aos companheiros agarrá-las à força, abusando delas. Falou mesmo:

273

— Eu fico com a loura e vocês com a moreninha. Cerveja vai, cerveja vem e, ficando esquentados, os doidos concordaram com a proposta do dono do carro. As moças ouviam as conversas e estavam caladas e calmas. Quando o motorista subiu no balcão pra pular dentro do negócio, pra agarrar uma delas, a loura falou:

— Não vem não, que morre!

Os bêbados riram da ameaça, e quando o atrevido que pulava o balcão pisou lá dentro, a menina apanhando um rifle no chão abriu fogo no peito do maluco. Ele caiu e os outros, na fúria, já saltavam o balcão quando a moreninha tomou a arma, e berrou fogo nos dois. Esses dois já caíram mortos e o motorista, o primeiro, estava muito ferido. As mocinhas não fugiram e, mais tarde, passando por lá um automóvel levou o baleado pra Paulo Afonso, onde tinha hospital. O engraçado é que nós ficamos do lado das criminosas, que não foram presas e creio não sofreram nada.

Bebeu um trago de seu copo cheio.

— Meninas de berro grosso! Mocinhas de brio! Mataram pra não cair nas unhas dos tarados. Moças assim entram no céu até com chapéu na cabeça... Maria Santíssima até sorri quando der com os olhos nelas. Ainda vivem. Estão casadas e são boas mães de família. Neste sertão tem muita grandeza.

Afinal os bebedores saíram, porque Socorro não se agüentava mais de raiva. Ao saírem estava na calçada do bar um vendedor de passarinhos, com muitas gaiolas. Tinha trepado no chapéu um corrupião bonito, no ombro uma graúna das grandes, passarinhos como praga, patativas choronas e goladas, galos-da-campina, curiós, canários-de-brigas, sabiás da mata, xexéus. Todos mansos.

Retirados da gaiola pelo vendedor, alguns piavam alegres. O dono oferecia-os:

— Passarinhos de estima! Passarinhos mansos de gaiola!

Vendeu muitos, os mais belos, os mais afanados de cantos lindos.

274

Foi para a outra ponte, para a porta de outros bares, hotéis, pensões.

— Passarinhos de estima! Passarinhos pra presente! Seu ajudante de vendas entrou no bar procurando uma lambada pra ajudar o suor correr, e contou ao amigo garçom:

— Os passarinhos tão tudo bêbado. Logo cedo ele mistura cachaça ao xerém e ficam bêbado de cair. Ele sabe a medida pra regalar a passarada de pé. Amanhã, passada a carraspana, tudo fica brabo como onça. Foram pegados esta semana. Aliás isto é normal nas feiras do Nordeste. Embebedam os pássaros para os vender como criados na gaiola.

* * *

Pouco antes de terminar a feira, dois homens da roça desentenderam-se e um deles, em brados altos, vomitava nomes sujos contra o outro. Ambos se avançaram mas não de pé, procurando uma luta corporal.

Cada um deles se acocorou como sapos e, aos pinchos, se enfrentaram decididos a tudo.

Pulavam agachados, em saltos para a frente, para os lados, para trás, estudando a posição um do outro. Aproximaram-se, recuavam sempre aos pulos de batráquios. O povo se afastava de perto deles e mulheres espavoridas gritavam:

— Briga de faca! Briga de home!

Dona Malu chamou Socorro para ver da porta a contenda, que cheirava a defunto. Como brigavam agachados, o negro, num pulo feio de cururu foi rente do mulato e, rápido, em amém-jesus, num bute, ao relâmpago do ódio, fez ver no ar o corisco de uma faca e um esguicho grosso de sangue jorrou do pescoço do caboclo.

Só então o ferido se ergueu e, de pé, abriu os braços, oscilando para os lados. O sangue esguichava aos borbotões e ele emborcou o corpo para diante, caindo de cara no chão, ainda de braços abertos.

Morreu logo. Os presentes arrebanharam os teréns, fugindo do lugar. O assassino se afastava e ninguém lhe embargou os passos. Nem olhou para trás.

Socorro vira tudo, começando a tremer, a chorar. Dona Malu sorria desconsolada. Estava habituada com o seu sertão.

Só aí chegou de trote, já de revolver em punho, o delegado.

— Cadê o assassino?

Ouvia alguns feirantes que assistiram a luta. Chegaram também o doutor Moreira, o farmacêutico Barros e Sátiro. O doutor, mesmo de pé, deitou sabença:

— Facada no vão. Furou pulmão e rompeu a grossa da aorta.

Contemplava calado o defunto. Sorriu, como satisfeito:

— Este não mija mais cachaça nem come mais orelha de porco...

Cuspiu e se retirou, com seu porte de caboclo bonitão. O boticário pareceu aborrecido com aquela atitude:

— Os médicos não abdicam de seu direito milenar de saber tudo... Este, sabe um horror. Muita sabedoria. Sátiro também não gostou daquele exame sumário:

— Pra mim esse aí é igualzinho ao doutor Mateus, que é chamado pra curar o bicho doente no *Bumba Meu Boi*... Um vira-lata lambia a poça de sangue vazado no chão. Silvininho que andava indagando os nomes dos valentes, voltou para perto do morto, encostando o bico do sapato nele:

— Ninguém sabe quem é este. É da Glória. O matador é o João Bruto.

Mandou chamar seus soldados. Sátiro deu um risinho .chocalhado:

— Você está aqui e está no oco do mundo cercando o João Bruto. Olho vivo nele, que pode dar um de seus pulos de sapo em você... Estivesse eu livre da morte como ele de ser preso...

Zito e os outros chegaram na pensão, e Socorro não falou com nenhum deles. Zito foi logo dizendo que marcara viagem para a madrugada do outro dia.

A viúva sentiu súbita dor de cabeça e ódio do rapaz, coisa que nunca tivera. Ele se aproximou, abraçando-a, carinhoso. Ainda abraçado com ela, falou com bons modos:

— Não fique zangada, mãe. Eu estava me divertindo com os amigos. Amanhã, às 5 horas, vamos pra casa.

Nada respondeu e, embora agradada do abraço, foi para o interior da casa, à procura de Lourdes.

— Vamos à cachoeira ver se enxergamos a flor de água?

Ao saírem o rapaz indagou:

— Onde vai, mãe?

Não respondeu e ele sorriu:

— Está aborrecida comigo. Mas, depois, isso conserta.

Na vizinhança da cachoeira um moço de espingarda em punho negaceava passarinhos, na mangueira velha e em árvores de beira do rio. Quando ela passava, ele deu tiro e um pássaro caiu escorregado das folhas. Ele apanhou-o, pálido de alegria.

Era um curió pintão, que ele vigiava desde cedo. Lourdes conhecia o caçador e passou perto para ver o pássaro atirado.

— E curió.

— Pra que matou?

O homem sorriu, ainda com o pássaro na mão:

— Matei não. É tiro de mel...

Socorro aproximou-se para ver o passarinho. Estava lambuzado de mel grosso, de modo a não poder voar.

— Como é o tiro?

— Carrega-se a espingarda com pouca pólvora, uma bucha de papel de seda. Depois se derrama pelo cano uma colher de melado ou mel de abelhas. Não pode é virar o cano pra baixo. Dá-se o tiro e, em vez de chumbo, o mel é que pega o passarinho, que fica assim molhado. Cai e a gente lava. Eles hoje estão ariscos. Muitos pegam com chama,

277

alçapão ou visgo. Foi lavar o curió, e as moças chegaram à beira das pedras para ver a flor rara. Não viram. O rapaz lavou as penas todas, colocando o pássaro na gaiola onde havia outros, caçados do mesmo jeito. Debatiam-se apavorados contra as grades.

— Este, quanto mais bravo é quando se apanha, melhor fica pra cantar.

Andaram pela beira do rio onde, daquele lado, terminavam os quintais.

Ao chegarem à pensão, dona Malu ofereceu à hospede um pedaço de cardeiro com flor aberta.

— A senhora gosta de flor...

— Que linda. É cor de sangue.

Contemplava-a embevecida.

— Como pode, de planta tão bruta, nascer esta flor?

Dona Malu sorria sem vontade.

— O povo fala muita coisa... inventa... Ouvi em menina, pois sou sertaneja, que no começo, o cardeiro não dava flor e só espinhos. Havia no sertão um homem que criava gado, bodes, jumentos. Tinha um casal de filhos. O menino já ajudava o pai no campeio dos bichos, e a menina regulava ter 14 anos.

Gente mofina, enquijilada pela magrém. Pouca gente morava por perto e só vaqueiros passavam por lá, quando bebiam uma imbuzada, uma coalhada de leite de cabra. Entre esses vaqueiros havia amigos do sitiante, morenos moços, gente simpática. Um dia a mocinha apareceu grávida e a mãe tentou esconder aquilo do marido. Mas a coisa deu na vista e o homem perdeu a cabeça, matando a filha. Abrindo-lhe o peito, tirou o coração e com ele nas unhas, ainda pingando sangue, estava leso. E espetou o coração da filha nos espinhos de um cardeiro que estava perto da casa. O sol foi queimando o coração, foi esquentando, até que com o calorão ele se abriu como flor ainda tinta do sangue da menina. Muitos dias depois, murchou. Mas não ficou por aquilo só, não. Em novembro, no outro ano, o cardeiro apareceu florido da mesma cor, esta cor que a sra. vê e que parece sangue. Todos os anos o cardeiro florescia, e os cardeiros todos da caatinga começaram a botar flor igual a esta.

Sorriu, seu sorriso descorado:

— Foi assim que apareceu no mundo a flor vermelha do cardeiro, que a sra. tem nas mãos.

Como a igreja estivesse aberta (era domingo), Socorro e Lourdes foram lá rezar. Ao voltarem os rapazes haviam saído.

— Foram pra casa de Florzinha.

A pensão estava vazia. Com a convivência, Socorro se fazia intima de dona Malu, que contava sua vida à hospede:

— Nós morávamos em Rodelas, na Bahia. Meu marido era negociante e mexia com política. Na era de 30, quando veio a revolução, ele era vereador e acompanhava o presidente da Câmara. Esse presidente era coisa muito ordinária e correu que, com a revolução, ele ia ser deportado pra ilha de Fernando. Foram contar a ele que um tal Anastácio é que ia ficar no posto dele. João (era o marido) era pacato e estava na política por estar, pois só cuidava de nossa vida. Não tivemos filhos, mas criávamos as duas sobrinhas, que vivem comigo. Anastácio arranjou capangas e tentou assaltar a casa do presidente da Câmara, só não conseguindo porque na hora estavam lá muitos cacundeiros dele, que resistiram o ataque. A revolução acabou, e ninguém foi deposto, como falavam. Lá não mudou nada, mas o ódio do presidente pelo Anastácio ficou uma coisa medonha. Meu marido procurou fazer as pazes deles, não conseguindo. Havia em Rodelas um sujeito meio bobo, coisa muito à-toa, chamado João Banana. Vivia de pratos de comida dados pelas casas, a troco de pequemos serviços, lavar casa, aguar horta, varrer a frente das residências. Nos dias de festa ele servia pra lavar a louça e servir café pras visitas. Um dia um velho muito estimado na cidade adoeceu, e João Banana foi chamado pros serviços que fazia. Parece que o presidente soube das muitas visitas e teceu as coisas, como sabia arranjar. De noite meu marido foi visitar o velho e lá encontrou, entre outras pessoas, o Anastácio. Conversavam na sala de fora, quando João Banana chegou com uma bandeja grande de café, com as tigelinhas já cheias. Foi entregando as tigelas e só sobraram duas. Meu marido e Anastácio estavam conversando ao chegar o João Banana com a bandeja. Ao aproximar-se deles com o café, falou com meu marido: — Sua tigela é esta. Apontou uma. Meu marido no ardor da conversa, não ouviu o que João Banana falou, tirando uma que não era a indicada. Anastácio se serviu da derradeira que estava na bandeja. Nesse transe João Banana disse a meu marido: — O senhor tirou a tigela errada. A que o sr. tirou é pra seu Anastácio. É bom trocar. O marido não gostou da pantomima de João Banana e respondeu sem maldade: — É a mesma coisa. E voltou a terminar o que falava com Anastácio. Este bebeu o café e o marido, vendo o sujeito a espera com a bandeja bebeu de um trago o seu.

Com a mão lenta alisava o vestido preto na coxa.

— Ah, dona Socorro, não digo nada. Foi só meu marido beber o café e perder o fôlego, roxo, gritando:— Me acudam! Levantou da cadeira sufocado e não agüentando mais, caiu morto. Chamaram o boticário e ele disse que em vista da violência da morte, o que matou meu marido foi cianureto no café. Só tempos depois o João Banana contou que deram a ele as tigelas já cheias, mostrando a que era pra o Anastácio, e que meu pobre esposo apanhou. A mulher do tal velho doente era comadre do presidente da Câmara, e acho que aí é que começaram as coisas. Na liquidação do negócio, quem devia a meu marido não pagou. O restinho deu pra montar esta pensão. Eu e minhas filhas vivemos como a senhora vê, com a modéstia mais poupada.

Chegara uma irmã pequena de Florzinha, dizendo que os rapazes iam jantar lá.

Dona Malu sorriu intencionalmente, para a nova amiga. Depois de silêncio das duas, Malu arriscou:

— Estão no tempo. São novos. Casamento começa é assim mesmo.

— Eu é que estou decepcionada com isto. Meu filho sempre teve muito juízo, fazia tudo pra não me aborrecer.

Lourdes perguntou se podia tirar a janta. Súbito bimbalhar gracioso de sino chamou a atenção da cidade, ao mesmo tempo que foguetes espocavam no ar. Socorro indagou:

— É festa de igreja? Dona Malu sorria:

— É sinal de que nasceu menino. A parteira Mocinha faz questão desse barulho. Ela é a parteira mais acreditada aqui e é quem resolve os partos perigosos.

— É diplomada?

— Não, e é solteirona gordíssima, que vive de partejar na cidade e lugares vizinhos, nas roças, é feliz nos seus trabalhos, e ricos e pobres gostam dela. O costume de tocar sino e soltar foguetes é antigo neste continente. O povo todo tem muita história com Mocinha que é já bem velha. Quase todos a conheciam. São seus compadres e afilhados então... Quando sai à rua, por todos os lados gritam: — Bença, madrinha? Ela a todos abençoa, imponente como um Bispo. O engraçado é que ninguém sabe o nome dela, pra todos é Mocinha mesmo.

* * *

Socorro deitou-se muito cedo, recomendando que não deixassem ninguém acordá-la. Mas não dormiu. Recolheu-se cedo, para ficar sozinha e chorar.

O repentino sonho adoidado de amor que lhe agitava a seiva para a floração da carne, explodia quando naquela nova primavera, os primeiros renovos brotavam da planta humana de seu corpo.

Faltava-lhe o húmus que alimenta as raízes, e por isso murchavam os ramos já floridos nos primeiros botões.

Os cantos de amor que lhe saíam da garganta, naturais como os dos pássaros, no início dos acordes se mudaram em soluços, que ela agora amargava na solidão de um quarto que não era seu. Começara a erguer na alma jardins suspensos tão belos quanto os de Semíramis, e as árvores que mandara vir para ali plantar, estavam começando a morrer.

Ele vivia naquele instante, no alumbramento por Florzinha, esquecido de tudo quanto lhe estava a dever em dedicação e calor humano de bondade. Revoltava-se contra o destino que lhe arrebatara em sangue o marido, e agora lhe afastava outro que o sonho insensato lhe oferecera. Alta noite lhe ouviu a voz, perguntando por ela. Alvoroçou-se, pronta a perdoar e procurá-lo, como o renovo da trepadeira, na sombra, procura a luz do sol.

Avisado de que ela não queria que a chamasse, voltou com os amigos para a rua.

Sentiu as almofadas umedecidas por lágrimas. Quem possuía agora da sua presença, o fogo de seus olhos e a música de sua voz era outra, que mal abrira os olhos para as festas da vida. Tentou rezar, e no meio das preces sentiu que os seus pensamentos eram para ele. Uma angústia insuportável abarcava-lhe a cabeça, as idéias, o coração. Sentia-se agitada e tinha medo.

Nesse nevoeiro, de que acreditava não sair, foi perdendo contato com o mundo, ficara leve, parecia esquecer tudo. Mas só aí dormia pedaços de madornas, quando ouviu os galos de quintais vizinhos cantando a primeira vez.

Às 4 da manhã bateram-lhe na porta.

— Mãe, o carro está pronto. Vamos?

Sem demora se arranjou e apareceu confiante, mesmo derrotada. Tudo pronto, esperavam o café matinal para sair. Consultou o relógio de pulso. Eram quatro e meia.

Foi à porta da rua para ver o tempo, costume hereditário dos sertanejos. No céu começado a clarear havia estrelas, mais brancas com a claridade do amanhecer. Mas estavam apagando-se no dealbar da madrugada.

— Elas se apagam com o dia e minha estrela, com a noite do mais triste ciúme.

* * *

Chegara a noite, na pensão, um passageiro para a Capital. Viajaria às 5 horas. Um compadre fora vê-lo e conversavam na sala de frente, também à espera do café.

— Então você está desanimado.

— Como não hei de estar, com a magrém do gado, as barreiras na lama, a criação morrendo com os olhos de gente que sofre dor? Estou buscando água de seis léguas de distância, comprada no açude do governo, em terra particular. Ou compro ou não trago.

— Reclame!

— Reclamar absurdos no Nordeste... mandar ofícios... fazer apelos... Reclamar de quem?

O governo é como a gente rica; não liga importância aos pobres, não quer ser importunado. Meu gadinho ainda estava com o recurso das palmas. Por mal dos pecados, apareceu lá a praga dos preás, que é igual à dos gafanhotos. Apareceram às centenas, aos milhares e roem os pés, derrubando as palmas pra comer. Numa noite fazem a derrubada do que gastei meses a plantar.

— Mate esses bichos! Bote cachorros...

— É ilusão de quem vive na cidade e aconselha o que devemos fazer na roça. Mata como? se eles vêm de noite; bota cachorro como? Se os cães estão fracos, perderam a coragem... Pior é que o filho mais velho adoeceu no Maceió. Tenho de ir e, voltando, não sei se a fazenda estará acabada ou não.

E nervoso, excitado, olhou o compadre nos olhos:

— Você acredita que não guento mais o gemido, triste do gado com fome, na minha porta?

— Gemido, como?

— Geme como nós, criaturas de Deus. Geme baixo quando chega, reconhecendo o cercado, geme como gente ferida ao sentir que não há água pra beber nem pasto pra devorar. Então abaixa a cabeça e geme fundo, como criança

283

doente. Esse gemido é soturno, doloroso e exprime a certeza de que não achou comida e água, que morre sem ninguém que o valha.

O gemido que, ao chegar, era esperança de socorro, no fim tem o tremor do suspiro que dói e do arquejo de quem morre. Você sabe que a criação sadia ao chegar no cercado muge forte, reconhecendo o lugar onde é bem tratada. Esse berro é que, na magrém, passa a gemido de miséria, de forças perdidas, de agonia. O gado geme tremido, em tom cavo de dor muito sem alívio, muito desesperançada. A dor dos bichos é irmã da nossa dor, e seus gemidos lembram nosso próprio sofrimento. Mas a voz das reses com fome e sede tem entonação de tal modo dolorosa que nos magoa, nos fere. Esses seres depauperados nessa altura deitam, não podem mais levantar. Temos de ouvir seus gemidos, que doem também em nós. Temos de ver as cabeças espichadas na terra e mesmo assim, muito baixo, geme, nos abalando por dentro. É assim que o gado geme na magrém infeliz. O fazendeiro abaixou a cabeça. Não chorava lágrimas, porque chorar não adiantava mais nada, e o nordestino na desgraça é duro como ferro.

— As poucas reses que me restam estão deitadas na frente da fazenda, tratadas na mão.

Foram pra lá nos paus.

— Nos paus?

Ficaram sem força pra caminhar, pra ficar em pé. Caíram, não guentam mais levantar. A gente vai, tem amor à criação, levanta elas nos paus e leva pra frente da casa. E muito triste levantar rês nos paus.

— Como é isto?

— O dono sabe, o dono vê que a rês caiu pra ficar ali mesmo. Com o coração cortando, leva três companheiros e dois paus roliços. Passa um por trás das mãos e outro nas virilhas, um homem segurando na ponta de cada pau. Todos quatro pegam, suspendem a criação... a infeliz fica em pé nas escoras. A gente vai sustentando o corpo, leva ela pro curral.

Pra quê? A vivente já está nas últimas e, mesmo assim, vendo a casa do dono, muge... Não é mugido nem berro fraco, é o gemer em que falei e que corta o coração. É gemido que sai da boca esturricada e dos bofes secos. Nem gosto de pensar nessas coisas, porque estou vendo minha criação no finzinho, tudo deitado.

Ambos silenciaram e depois o fazendeiro falou baixo, deprimido:

— No começo da seca foram os marimbus. Na fazenda tem muitos baixios fundos, que enchem com as enxurradas. Alguns não secam nunca de todo, viram brejos cobertos de capim verde, que vive mesmo da frescura da água. Não secam de todo mas viram barro mole que não guenta uma criação. A rês besta o dia todo caçando água e vê aquilo, tudo verde, fresquinho, vai na gana do pasto, entra no marimbu, pra não sair mais.

— Atola?

— Atola não. O marimbu engole a rês, chupa, atrai, puxa ela pra dentro dele, pro fundo.

Em poucos momentos a criação que está fraca suverte lá dentro, engolida pelo manancial. Toda rês que entra ali vai ao fundo. E não é só vaca magra que ele engole, consome bichos pequenos, pacas, coelhos, preás. Engole até anta que pula nele, fugindo de porrada.

O único vivente que atravessa o marimbu sem dar satisfação é o suçuapara. Bicho valente, que não respeita visgo nem chupão de marimbu nenhum do mundo! Mas minhas pés-duros já estragadas pela fome... com a língua rachando de sede... fracas de andar sem pernas... Pro meio da seca, os cacimbões enxutos , tudo piorou. Já não tenho mais gado, restam poucas vaquinhas. Seu compadre animava-o:

— Mas pode ser que escape alguma rês. Ontem eu ouvi o pai-da-coalhada.

Ele balançava a cabeça em negativa:

— Não ouvi, eu que não espero ouvir outra coisa! Todos os sinais são de seca; num barranco de beira do Rio Moxotó, hoje, eu vi os buracos dos ninhos dos fura-barreiras muito baixos, quase rentes no chão. Isto é sinal certo de que não chove tão cedo. As portas das abelhas jataí estão dormindo abertas, outro sinal ruim. Em cima das serras do Mimoso e dos Cariris Velhos não se vê neblina, pior ainda. Ninguém sentiu dor nos calos e os reumatismos velhos não agravaram. O canela-seca está cantando na boca da noite... Tudo isto é sinal de estiagem firme, de muita seca, de fome por demais. E teve um repiquete de forças:

— Olhe, tudo está nas mãos de Deus. Seja o que Deus quiser.

O compadre o mimava, embora desiludido:

— Pode escapar alguma rês... uma vaca... uma novilha...

Seus olhos baços ganharam brilho fugaz.

— Ah, se escapar alguma, está muito bem. Salvando uma rês, eu refaço o rebanho...

Caboclos fortes, com lição de resistência à fome, à sede e à desgraça. Gente única no mundo. Se se salvar uma rês, estará tudo bem, voltarão os dias de fartura... Essa esperança, embora fugidia, faz dos homúnculos sertanejos nordestinos os gigantes da resignação, da confiança na vida. Gente de Deus.

* * *

O carro estava na porta. Socorro desceu as escadas para sua difícil viagem. Dona Malu também desceu para a despedida.

— Adeus, dona Socorro! Nossa Senhora a leve.

Lourdes e Geni batiam as mãos trigueiras:

— Até a volta.

A viajante também sacudia a mão, sorrindo à força. O carro partiu no rumo da Barreira.

Zito indagou:

— Está bem, mãe? Quer que vá mais devagar?

— Tudo está muito bem.

Nisto Zé Lúcio gritou alarmado:

— Pare aí, ó Zito. Esquecemos os embrulhos da Florzinha!

Freiou o carro.

— É verdade. Como você faz uma desta. O jeito é voltar.

Socorro contrariou-se:

— Voltar?

— É um instante só.

Voltou à porta de Zé Lúcio. Florzinha estava na janela, de vestido branco e lenço amarrado na cabeça graciosa. Recebeu-os com um sorriso de saudade.

— Iam esquecendo os doces... São pra fazer sede.

Amanhecia já com calor bárbaro. Céu longínquo e ventos mortos. O rio parecia estagnado e só espumas pardas navegavam por ele abaixo.

Na saída da cidade Zito viu uma jovem de mão na nuca, espreguiçando-se, a bocejar em pé na porta. Gritou ao passar:

— Moreninha gostosa, olhe essa preguiça! Vá lavar a cara.

Socorro repreendeu-o:

— Que é isto, rapaz. Você está doido?

Os outros riram. Ficaram para trás os derradeiros mocambos de palha, e Zito com a mão esquerda balançada fora do carro falou gritante:

— Até um dia, Petrolândia, terra de moça bonita!

Socorro pensou: Está com saudade de Florzinha. Está pensando nela, no seu vestido branco, no lenço amarelo da cabeça. Está vendo a covinha de seu rosto, o sinal preto no queixo, seus lábios polpudos de moçoila assanhada.

Teve ânsia de suspirar mas alimpou a garganta, em tique nervoso. Osmarino quis saber:

— É poeira, dona?

— É poeira sim, poeira que arde mais do que orelha-de-onça.

Nunca saberiam no que pensava. Ainda riam da resposta. O carro avançava pela estrada de terra, à vista do rio grande. Zé Lúcio gritou para o lado:

— Até breve, São Chico! Não vá matar mais moça no Jatobá!

Há tempos morrera nele uma jovem que lavava roupa; escorregou afogando-se. Osmarino procurava conversa com a senhora:

— A senhora gostou da viagem?

— Muito. Gostei muito.

— Gostou de Paulo Afonso?

— Muito.

— E de Petrolândia?

— Muito. Demais.

Zé Lúcio desculpava as faltas:

— Foi pena que não pudéssemos tratar melhor a senhora.

— Melhor? Não era possível melhor tratamento.

— Minha mãe ficou encantada com a senhora!

— E eu com ela, com Florzinha, com todos.

Orestes, para ser gentil, entrou na conversa:

— Pretende voltar ao sertão, madame?

— Ah, pretendo; virei sempre aqui! Aprendi o caminho. Respondia forçada, sem sorrisos.

— Por aqui tem certas coisas perigosas... imbu verde, orelha-de-onça, o Gasolina. Rosalvo, os morcegos, João Bruto... Há mais coisas.

Os rapazes riram ruidosos.

O carro vencia as distâncias, pouco se ouvindo o ruído de seu motor. Zito gabava-o:

— Na estrada é que se conhece este carro.

Osmarino estava de acordo:

— Carro, só o americano. Chegam quase à perfeição mecânica. Aliás tudo americano é garantido. Sua manufatura á a melhor do mundo. Eu não morro sem visitar a Norte América. São grandes em tudo, na ordem, na indústria, na paz e na guerra.

288

Orestes estava também com a mesma idéia:

— Ai de nós se não fossem eles. Estamos vivendo no Nordeste de suas ajudas financeiras, de seus alimentos, na seca e nas trovoadas.

Zito fez uma objeção:

— Quando a esmola é muita o santo desconfia. Acho que o auxílio americano é por sermos vizinhos demais da África, e a África é hoje em grande parte comunista.

Orestes dava razão aos distribuidores da esmola:

— Se assim é, devemos é agradecer sua atenção, pra termos amparo em males futuros.

Zito estava na dúvida:

— Não haverá nisso algum faro de minérios?

Osmarino contestava:

— Que minérios? Não temos isto por aqui, não. Uns montinhos de cassiterita no Rio Grande do Norte... em Pernambuco, umas lambujens de ferro sem probabilidade comercial...

Terra pra lavoura não temos, tudo estéril demais, cansado. A adubação é precária pela porosidade excessiva do solo, que consome o adubo em poucas horas de inverno. Por isto e por outras, é que a indústria canavieira está fracassada. O Brasil não tem dinheiro pra ajudar o Nordeste, pois o que nos dão desaparece... não é nas areias não... Sai de lá e não chega aqui... Você parece contrário aos americanos, mas já pensou o que seria de nós sem eles agora? Não estão dando esmolas aos famintos, mas nos emprestando. Teremos que pagar... Esmola quem nos dá é o governo do Brasil mesmo. Nas calamidades mandam-nos uns cobrinhos pra abrir frentes de serviço, de estradas que não servem pra nada e acabam sem dúvida amanhã. Vejam a tolice ingênua dos açudes grandes. Valem de alguma coisa? Só pra quem tem terra em torno deles. Não prestam pra irrigação, e isto mesmo falou público e raso um técnico de Israel que os viu. Entreguem isso aos israelitas, pra ver se água espirra ou não. O certo é que não podemos contar com o Brasil, a não ser que empreguem as verbas sem desvios, roubos, trapaças políticas, sumidouros misteriosos, e outras safadezas. Porque as verbas nacionais que vêm pra cá... não chegam. Políticos sem honra, coisa esquisita! Foi por isto que o deputado paulista Cincinato Braga aconselhou da tribuna da Câmara Federal que abrissem mão do Nordeste, da Bahia pra cima. Somos um grande povo de miniaturas gigantescas, de homens que resistem à penúria sorrindo e cantam pra disfarçar a fome. Nossos muitos sofrimentos são a fonte perene da riqueza dos políticos, que absorvem as esmolas que nos mandam, as nacionais e as estrangeiras.

E indignado:

— Olhem, por isto é que há uma reação muito séria de gente que deseja mudar todo este governo na violência, pois legalmente o expurgo desses bandalhos é impossível.

Zé Lúcio brincou, muito desapontado:

— Osmarino está com pinta de estadista, economista, sociólogo e ditador. Quando se formar, vai também comer das verbas futuras das futuras enchentes do Orós... das secas... das calamidades inventadas... Tivemos um governador que, numa sexta-feira, pediu verbas federais urgentíssimas pra flagelados das secas e, como na segunda-feira seguinte choveu em todo sertão, ele telegrafou reclamando as verbas em caráter urgente, agora pras cheias calamitosas, são uns artistas, ventanistas, descuidistas, paquistas.

Estavam chegando no Hotel do Peba, palhoça apalacetada, que era hotel de muita freqüência.

Zito parou o carro pra comprar melancias, e ver de perto o lugar do crime das meninas valentes. Socorro estava com dor de cabeça. Um sapo magro pinchou da beira do rancho para o mato. Orestes olhou-o com admiração:

— Como pode um sapo viver aqui, longe de qualquer barreira ou água corrente?

Zé Lúcio também se espantava:

— Água, só daqui a cento e tantos quilômetros ou mais. E vivem aqui sapos, cobras, preás, jegues, tatus. Jegues e cabras se arranjam com os cactos, e os outros? Eles não têm quase orvalho, o calor é tremendo, como é possível viver?

Osmarino tinha hipóteses:

— Parece que já estão adaptados ao clima e à alimentação destituída de água. Cabras e jegues são aqui os vencedores do meio hostil. Vivem da seiva das entrecascas, porque as folhas caem nessa emergência. Os sapos em várias gerações foram criados em regime sem água. Já me disseram que esses sapos postos n'água morrem afogados. Não creio mas também não duvido, porque só têm líquidos aqui ao chover, de ano em ano ou mais.

Socorro do carro chamou-os:

— Vamos embora! Vocês conversam demais.

Ao passar por placa, Zé Lúcio lembrou uma cerveja, que ali havia gelada em resfriador a querosene.

— É em homenagem aos sapos secos do chapadão sem água...

Ao saírem do carro, fato nunca visto por eles acontecia perto do bar. Pararam para ver.

Subia a rua um carneiro raçador com três ovelhas e na praça, em frente do bar estava outro carneiro garanhão, acompanhado de cinco ovelhinhas. Ao se defrontarem, os rivais tomaram atitudes de desafio. O que chegava firmou as pernas tesas na ponta dos cascos dando saltos duros, no que foi correspondido da mesma forma pelo outro.

Tomando distância para desforço frente a frente, o da praça correu como bólide a marrar o adversário. Chocaram as testas em pancada seca, brutal. Em seguida ambos recuaram oito, dez passos para renovar as marradas. Toparam-se testas e chavelhos, em arremesso de catapulta derruindo fortaleza.

Avançavam em alta velocidade, em zupos ouvidos de longe, em testadas brutas, repetidas em novos recuos, cada vez com mais campo para o choque das testas. As topadas não eram choques, eram canhonaços, tal a violência com que se castigavam. A impressão dos presentes é que naqueles baques iam cair os chifres, e se esmigalharem os ossos das cabeças.

Estando zero a zero, os bichos procuravam abrir contagem, mas não conseguiam, naquele prélio duro. Já houve casos de carneiros matarem bois, no trompaço das colisões ferozes. O mais brando dos animais, naquele encontro, ganhava de sobra a brutalidade dos touros selvagens e cavalos orelhudos, com pontaços e coices.

Estrondavam as testaças, até ali taco a taco. Mas o carneiro da praça, numa dessas trombadas bestiais, ganhou a melhor, porque o outro se retirava, atrás de suas ovelhas. Mas não pensem que ficara humilde e corresse. Saiu altivo, com a cabeça erguida, transpirando coragem e grande empáfia. Retirou-se com seu grupo, como se fosse o vencedor.

O campeão voltava às ovelhas de sua guarda, glorioso protetor alerta de suas fêmeas.

Socorro estava espantada com o desforço daqueles rivais. Os rapazes riam, entrando no bar.

Na mesa imunda do restaurante, Orestes se lembrou:

— E os doces de Florzinha?

Zito, lembrado, ergueu as sobrancelhas:

— É verdade, vamos a eles.

Orestes foi buscar o embrulho no carro. Eram coisas finas, pasteis de nata, cocadas, sonhos e pés-de-moleque. Socorro não aceitou nenhum e, no carro, enquanto eles comiam, bebendo, pensava ralada do ódio: Ele come as coisas feitas por ela, para gozo do namorado. Pensa nela, nas suas mãos bem tratadas, nos seus olhos calmos e brilhantes debaixo das sobrancelhas bem feitas. Pensa no talhe da menina, nas pernas bonitas, no sorriso agradável e venenoso. Falou nele muitas vezes até aqui. Lembra que apertou suas mãos, falou-lhe vendo bem de perto os olhos, sentindo-lhe a respiração ofegante. Ele tem na cabeça a lembrança da mulher que matou meu sonho, a esperança mais verde da minha vida.

Sentiu os olhos molhados. Enxugou-os, com calma, embebendo no lenço fino as lágrimas que não correram. Murmurou para si mesma: — Meu coração está mais vazio do que ninho antigo... O que sentia na alma era dor funda, paixão fatigante e anuladora. Sentia na alma os espinhos do quipá do ciúme ardendo e doendo, perigosos, trem de perigo, como disse Bastião. Talvez ninguém os pudesse tirar nunca.

Quando chegaram no topo da Serra dos Russos a noite começava a quebrar as barras do dia com tal dispostismo de sangue, que o vermelhão do ocaso espantava até os bichos do mato.

Chegaram em casa quando a boca da noite acabava de engolir o dia.

Capítulo 13

CABEÇA D'ÁGUA

Na viagem de volta, Socorro não conversou com o rapaz, tão ferida estava do entusiasmo dele por Florzinha, e pelas desconsiderações que julgara haver sofrido daquele a quem tanto queria. Deixá-la só na pensão de gente desconhecida e passar a tarde com os amigos, no bar... Esquecer-se a maior parte do tempo em casa da jovem, sem supor que ela estava contrafeita na pensão, entre estranhos... Fora demais.

Sempre se considerara afetuosa, e gostava de palestrar com ele. Agora estivera sem as delicadezas devidas, passando a crescer o rancho dos colegas bebedores, enquanto ficava só. Durante toda a viagem robusteceu o pensamento de o tratar com dureza, porque afinal, não sendo sua mãe, fizera bastante para merecer mais atenção. Realizara a viagem para alegrá-lo, para viver mais perto dele, que hoje era mais da rua, das aulas, dos passeios e das praias, do que companhia de sua solidão. Tudo fora às avessas. Estivera tratada com certa indiferença, no entusiasmo pela nova amiga.

Tratada com alguma indiferença...

Voltara no propósito de abdicar a grandeza dos sonhos que lhe vieram, às súbitas na insônia do engenho Umburana. Abria mão daquela felicidade, como de punhado de diamantes encontrados no caminho.

Chegou em casa, de poucas palavras com ele. Quando porém, depois do banho, apareceu no pijama usado, mas rescendendo a água de colônia inglesa e perguntou se ela gostara do passeio, Socorro viu cair os planos de indiferença por ele:

— Gostei; foi apenas acidentado e volto cansada.

— Toda viagem é assim, mas é preciso ter espírito esportivo, pra desculpar os imprevistos. Eu voltei satisfeito. Não podia deixar só os colegas, que foram a meu convite. Depois, tive de ir mais vezes à casa do Zé Lúcio. Precisava ser delicado com a turma.

Uma alegria embora moderada, se apossou da senhora. Pensou que aquelas palavras subentendiam uma desculpa, por seu agarramento com Florzinha. Seus projetos de desprezo iam se evaporando e, no tronco decepado de sua indiferença, de sua fantasia, começou a sorrir a borbulha de um renovo que podia amanhã ser folha e flor.

Naquela noite recebeu visitas de parentes e vizinhos mais chegados. Juca estava exultante pela volta dos dois e não cansava de repetir, sempre de pé na sala:

— Voltaram dois sertanejos tostados de sol. Voltaram até brabos, pois andaram na zona que foi de Lampião, quase encontram com o grupo que o Gasolina está engajando no geral do alto-sertão.

Sua prima dona Alice perguntou com espanto:

— Quem é Gasolina? Socorro explicou:

— É um bandido que mora perto do Bem Querer, e que se diz cabra do bando de Lampião. Assalta pessoas no caminho, e desaparece. Dizem que é negro mau. Costuma entrar tarde da noite em Petrolândia, quando está bêbado e todo mundo foge dele. O delegado de Petrolândia tem-lhe horror e vive apetrechando seu destacamento pra prendê-lo. Há pouco fizeram queixa que o cabra furtara umas galinhas de um de lá, e o delegado mandou pedir ao Gasolina o favor de ir falar com ele... Riram e Juca aparteou:

— Esse delegado com certeza também foi cabra do Tigre de Sertão. É muito valente.

Socorro falava tudo:

— Para mim o tal delegado morre de medo de Gasolina e de um tal Rosalvo que matou por lá um tenente baiano.

Quando saímos, ele estava ocupado com um João Bruto, que matou rapaz na feira. Mas ocupado só em conversa, porque não saía pra prendê-lo.

Zito chegou na sala e Juca picou-o:

— Você voltou depressa por ter receio do Gasolina? Corre aqui que ele está absoluto no sertão...

— Quem amarela de medo dele é o Silvininho, delegado de lá.

Socorro muito expansiva narrava e ouvia o filho falar sobre os casos de Petrolândia. Nisto, Juca indagou:

— E o doutor, aqui, não encontrou namorada no sertão?

Socorro apagou a alegria instantaneamente.

— Não, Juca. Eu não sou de namoros.

Estava também desapontado. Juca insistia:

— Talvez por temor do negro, você nem saísse à rua.

— Não, saí. Mas aquilo estava um bocado chato.

— Não é como seu tio aqui, que tem fama de ser o maior gostosão do vale do Una.

Socorro calara. Os assuntos lhe fugiram e a conversa bem começada caiu de repente. Dona Alice queria saber:

— Muito calor por lá?

— Horrível. Quase não dormia, abafada por mormaço insuportável.

Veio café e as visitas não demoraram.

— Vocês devem estar cansados.

— Viajamos o dia inteiro e Zito que veio guiando parece estar exausto.

— Um pouco dolorido nas costas. É da posição.

Socorro pensava: Não dormiu as duas noites que lá passou. Bebeu os dias inteiros com os colegas, com Florzinha.

As visitas se retiraram. Juca foi com elas até o portão. Socorro aproveitou e disse com palavras mansas:

296

— Você queixa dores no corpo, não só por guiar o carro. Passou, duas noites quase sem dormir. Pouco o vi.

Ele explicou delicado:

— Foi por causa dos colegas. Eles me obrigaram a aquilo tudo. Pensei até que você estivesse aborrecida comigo. Eu pensava sempre que você estava sozinha, na pensão detestável. Noutra não caio.

Juca voltava:

— Pois eu estou pensando em ir ver de perto o Gasolina. Se for, volto com ele nas cordas.

Não acharam graça. Era hora do jantar.

* * *

Socorro deitou-se logo, pois estava vencida.

— Nunca fiz viagem mais sem conforto. Sinto-me alquebrada.

Zito e Juca ficaram na sala conversando.

— E a seca por aí?

— A coisa vai mal. O gado está morrendo aos magotes. Todos estão com pensamento em 77.

— Deus nos livre! Não desejo mais ver outra 77!

O Nordeste acabou. Não foi só o gado. O povo em peso sofreu horrores. Basta dizer que não ficou rato nem cobra que não comessem. Comeram até defunto. Vendiam escravos comprados por 600$000, a 50. Perderam quase todos os negros, por não poderem sustentá-los, nem de farinha seca. Morreram de fome quase todos os bichos do mato, que dependem de ervas. Morreram de sede quase todas as onças, caititus, mãos-peladas, caxitos, capivaras.

— Mas não morria gado? As onças, os carnívoros podiam comê-lo.

— O gado ficou tão magro que ao morrer, estava seco. Depois o gado acabou. Além de tudo, morriam mais de sede do que de fome. Se havia defuntos e gente fraca pra comer em mocambos e estradas, não havia água.

Balançou a cabeça:

— Muito triste. Chegue a boca pra lá; e não fale na repetição de 77. Basta dizer que no sertão vendiam moças novas e bonitas. Cada uma custava meia rapadura. No Ceará um fazendeiro enlouqueceu de sede e matou uma filha, a filha que mais adorava, pra beber seu sangue.

Bebeu-lhe o sangue quanto pôde e sumiu pela caatinga, não aparecendo mais.

— E o governo?

— O governo se comoveu com a miséria do povo e disse que era preferível vender a última jóia da Coroa, a morrer alguém de fome no Nordeste. Isto foi só frase bonita. Na verdade mandou tropas de gêneros, mas os famintos as assaltavam pelos caminhos. Outros atacavam, matando os tropeiros, pra vender as cargas. Mas uma tropa ou outra não podia matar a fome do povo de várias províncias, e muito menos a sede que é inadiável. Você sabe que o governo é padrasto, como o nosso aqui, e o resto sabemos como ninguém, é como Mateus, só protege os seus. Governo é como topada, nenhuma presta.

— Não presta, meu tio, porque o povo é cego. Dizem que em Minas existe a mina de ouro do Morro Velho, onde, a 2000 metros de fundura trabalham burros puxando vagonetes. Passam lá dentro o ano inteiro e, quando, na Sexta-feira da Paixão, sobem do fundo pra passar um dia sem trabalho, ao chegarem na superfície, pulam, zurram, dão pinotes, mas ficam cegos com a luz do dia. E cegos descem no outro dia para a mina, para o mesmo trabalho. Em tantos anos de escravidão oficial e oficiosa dos pretos antes de 88 e dos brancos dali pra cá, o povo perdeu a personalidade, ficou débil mental. Completamente cego. É preciso reeducar esse idiota, dar remédio. Este sim, é preciso educar tratando de sua doença, com caridade. Se não for possível, só educando à força.

— Que negócio é esse de educar à força?

— É coisa que não lhe posso explicar, meu tio.

298

— Olhe lá, rapaz. Há por aí doidos varridos jogando pedras.

— Isto não sei, mas que precisamos mudar tudo, de alto a baixo, está na vista. Tirar do poder os ratos velhos os viciados nas catrambagens, nos conluios de enriquecer sem trabalhar.

— Você é de família liberal por tradição, já é estudante, e os estudantes serão governo amanhã.

Zito falava sério, bem determinado:

— Amanhã não queremos nos ombrear com esta corja que aí está. Queremos um País novo e limpo, sem subserviência ao capitalismo de nação nenhuma.

E forte e bravo:

— Remendos não consertam, panos quentes não curam nada. Você quer saber como isto endireita?

Juca levantou, pondo as mãos abertas contra os ouvidos:

— Não quero saber de nada. Boa noite. Deus o proteja.

Zito ainda raivoso de seu repente, entrou para o quarto.

* * *

Juca perdeu o sono com a conversa do sobrinho. Aquilo era muito grave.

— Será possível que ele falasse com sinceridade? Mau, mau. Acho que o padre Pilar é que está com a razão.

Deitou-se preocupado e só de madrugada adormeceu.

Quem pouco dormiu também foi Socorro. Não conversara com o rapaz coisa com clareza, mas ouvira por indiretas desculpas do seu comportamento na viagem.

No dia seguinte, Zito convidava os companheiros de excursão para almoçarem na sua casa. Era delicado e os moços não faltaram. Estavam ótimos, como se não viajassem, acidentados de surpresas e canseiras. Tinham muita verve, e achavam delicioso o uísque com refrescos de caju que Socorro fizera. Mas preferiam como os nordestinos, o uísque apenas com gelo.

— Isso vai mal, arriscou Socorro. — Vocês estão eliminando o que é gostoso, pra beber gelo que não tem sabor.

Sentou-se bebericando uma dose *for woman.*

— Como é? estão com saudade do Jatobá?

Osmarino estava um pouco, Orestes nem sabia responder. Zé Lúcio estava, mas preferia a Capital. Sorriu:

— Aquilo é uma cidade muito fuçada, pra falar como o Sátiro.

Socorro se lastimava:

— Senti não conhecer esse sujeito; pelo que vocês falam, é notável.

— Mas só é notável pra botar Petrolândia pra baixo e quando discute com o delegado.

Assim também pensava Osmarino:

— É um indivíduo feio, pessimista, que pouco ri e, se ri, é pra debochar de alguma coisa. Sua teoria sobre a decadência das cidades arborizadas com tamarineiros é muito boa.

Orestes lembrava outros ângulos:

— E a corajosa crítica de corpo presente a Silvininho?

Zito achava-o excelente:

— Como diz coisas graves, com impassível seriedade! Fez a caveira de Silvininho na cara dele. Aquele Silvininho é um número.

Zé Lúcio sorria, ouvindo as referências a seu patrício.

— Há anos ele teme o Gasolina e nunca teve coragem de prendê-lo.

Socorro indagava:

— É verdade que o negro já foi cabra de Virgulino?

— Ele próprio é quem diz isso. Ninguém sabe se é verdade. Talvez seja pra se valorizar, mas é negro ruim, não há dúvida. A acusação de Sátiro ao delegado, que mandou pedir o bandido o favor de ir à delegacia, é antológica. E Silvininho não negou.

Orestes lembrava:

— E, quando Silvininho alegou estar com calo nos dedos, de tanto matar gente?

Riram em coro, com prazer.

— Sátiro respondeu que ele estava mesmo com o calo, mas era de tanto matar cachorro nas ruas...

Juca estava alegre como os rapazes:

— Afinal, quem é Silvininho?

Zé Lúcio explicou:

— É um bom amigo, muito serviçal, pobre como Pedro Sem e que vive apenas de ser delegado, é dirigido pelo cabo do destacamento, pelos praças. Anda cheio de problemas policiais, sem resolver nenhum. Tem boa presença, é de boa família e tem imensa honra de sua delegacia no sertão. Gosta de contar casos que solucionou com muita coragem, coisa que ninguém viu ainda nele.

Chamaram para o almoço. Já nos seus lugares, Juca indagou de Osmarino:

— Você veio há pouco do sertão. Como vai a estiagem na Serra?

— Na Serra do Araripe a seca é mais branda; mesmo sem chover, as noites são mais frescas. Minha cidade fica ao pé da serra e tem sofrido muito. Está sem água, o gado morrendo, grande desânimo de todo mundo. A chapada do Araripe sempre foi no seus 950 metros de altitude, um pouco mais arejada. Mas é engraçado, fornece água boa e farta do lado do Ceará, de que é divisa, e pra Pernambuco fornece apenas muita poeira. O Crato vive afogado de água de lá e, na vertente pernambucana, Exu morre de sede.

Socorro queria saber:

— E é grande a serra?

— Alta, como disse, mede 60 léguas de extensão, vai até ao Piauí. Mas voltei triste. A serra era coberta de milhares de pequizeiros velhos, mangabeiras, cajueiros antigos que sombreavam aquele mundo todo. Essas árvores foram de sementes das praias que, nos tempos passados os índios cariris que moravam na chapada, levavam pra lá. Quando as frutas amadureciam no litoral eles vinham buscá-las, pois o pequi é precioso alimento. Os índios desciam às centenas pra o mar e eram repelidos pelos habitantes estabelecidos na Mata. Faziam verdadeiras guerras com os brancos, pra levar as frutas, as chamadas *guerras dos pequis e dos cajus*. Desse modo a serra ficou toda coberta dessas belas árvores que amenizavam o clima da montanha, abaixando de 4 graus do das caatingas. Pois nessa viagem vim saber e ver que os fabricantes de carvão reduziram aquelas árvores todas a cinzas. Acabaram com as florestas da Serra do Araripe. Essas florestas tiveram o adubo nas poeiras trazidas em milênios pelos ventos transatlânticos, das costas da África. Em milhares de anos talvez, a Serra recebeu este presente da África, e, com o clima suave, as matas do Araripe cresceram pujantes. Pois agora a imprevidência acabou com elas. Esse fenômeno das terras africanas caírem no chapadão do Araripe se repete no litoral cearense, onde correntes marítimas vêm trazer as terras arrancadas da costa africana. Pois hoje a serra do Araripe acabou, sem as matas a produção decaiu, ela empobreceu. Com as queimas altamente criminosas, as cidades de Maniçobal, Serrita, Salgueiro, Araripina e Exu sofrem a mais dura crise das secas. Isto é coisa sem remédio... E olhem que há no papel, um Parque Nacional da Serra do Araripe. Coisa oficial, coisa dispendiosa. Juca não sabia daquilo:

— Quer dizer que derrubaram as florestas da Serra do Araripe.

— Não ficou um pau pra manguara de cego. E sabem por quê, major? Há muitos anos é endêmica na serra a peste bubônica. É conhecido lá o Cinturão da Morte, que circunda as cidades circunvizinhas, sem saneamento que o vença. Já foram lá grandes médicos e não diminaram a coisa. De 11 em 11 anos ela irrompe por ali, matando muita gente. É mal que vem do tempo dos flamengos, e em que ninguém até hoje deu jeito. Parece que a doença fica nos animais selvagens, coelhos, ratos, macacos, cachorros-do-mato, raposas, até que os ratos domésticos fiquem contaminados, passando ao homem a peste. A periodicidade da endemia é matemática, e ninguém sabe porque de 11 em 11 anos ela chega e arrasa o mundo... Com desculpa da peste acabaram com as matas.

Juca gemeu:

— Mais esta. Nem gosto de saber dessas notícias. Minha alma já vive calejada de sofrer por mim, e ainda querem que eu sofra pelos outros. Tanta desgraça... Será que o mundo vai acabar?

Socorro presidiu o almoço e mudou de assunto:

— Vocês como vão de saudade das namoradas de Petrolândia?

Orestes rápido e impensado, mesmo na presença de Zé Lúcio, respondeu por si:

— Isto é com o Zito. Voltou meio noivo...

Lembrou-se do colega, que estava sério:

— ... segundo penso. E a moça é linda! Juca se apressou em generalizar:

— Puxou o tio, que pegava todas as oportunidades que passavam perto dele, pelos cabelos.

Socorro, de cabeça baixa ouvia com mal-estar indisfarçável. Os outros rapazes nada disseram, em atenção aos colegas presentes, o Zé Lúcio e Zito. Orestes percebeu sua *gaffe* e procurou saída:

— A gente quando se encontra brinca muito. As moças de lá são distintas. Gostei de tudo na terra do Zé Lúcio. Este pilheriou, para desanuviar a névoa seca do ambiente:

— O perigo lá é o Silvininho que às vezes precisa da carceragem, e prende muita gente.

Socorro procurava fugir da armadilha, que ela mesma armara:

— Senti não conhecer o delegado e o Sátiro.

Ela esquecera de que conhecia o Sátiro há muitos anos, quando foi buscar o filho de Betânia em Tacaratu.

Zé Lúcio ficara calado e sério depois da pergunta da viúva, que se referia a sua irmã Florzinha. Parece que Juca percebeu a mudança e voltou a sindicar de Osmarino:

— Quer dizer que na Serra do Araripe não há sinal de chuva.

— Não, tudo esturricado. Parece que vamos ter outra 77.

— Não diga isso rapaz, que os anjos podem dizer amém.

— Passei na fazenda de um primo que tem barreiro resistente por muitos anos às secas mais trágicas. É o único a ter água naquele deserto e centenas de criadores de gado desapertam nele. Vem gado de longe beber aquela água cor de chumbo, pesada, salobra mas abundante. Algumas reses chegam até cambaleando e amparadas por vaqueiros. Bebem tanto que em seguida deitam, de cabeça no chão e olhos cerrados. Foram satisfeitas e às vezes alguma rês morre, depois de beber demais.

Todo o criatório dos arredores bebe é lá. Tem dias que são tantas as reses, incluindo jegues, éguas, cavalos, burros, bois, vacas, bezerros e cabras, que o barreiro parece uma feira de gado.

Bebeu três goles do seu vinho riograndense:

— Esse barreiro serve para os banhos da família do primo, ali se lavam os animais do serviço, roupas sujas dos parentes e dos que vão lá. Bichos entram nele para matar a sede de água, da água pras pessoas da fazenda beberem e pra todos que passam por ali. O poço é menor do que este salão, e sua água já está grossa, amarga e cozinhada pelo sol. Está virando uma papa repelente. Se vocês vissem conforme eu vi como animais e pessoas a bebem com prazer, saboreando-a como novidade rara na caatinga teriam pena, compaixão de tanta desgraça. Pra eles é água milagrosa, uma dádiva de Deus a tanta sede que suplicia e mata.

— Como podem beber isto, Deus meu?

— Bebem com ânsia, com volúpia, com sofreguidão. Acontece que às vezes vomitam e tornam a beber, como a linfa mais pura da terra. Pois meu primo está com receio de que seu barreiro vá secar. À tarde já fica pela metade e cada vez chegam mais pedintes de homens e animais, de sua esmola de beber. O primo tinha 145 rezes e já perdeu 112 mas no dia em que estive lá estava muito satisfeito porque, na véspera, ouviu pela madrugada uma sericória cantar no varjão morto da fazenda. Quando sericória canta no sertão, chove mesmo. Não soube se choveu, mas tenho minhas dúvidas, porque a esperança está perdendo valor pra o sertanejo. Pois acreditem que ao amanhecer do outro dia deu um borrifo de chuva? Foi coisa ligeira, que não apagou o pó mas choveu. Essa visita da chuva foi um bom sinal. Mas o dia chegou com o ferverão de calor que acabava com qualquer coragem.

Juca ficara triste com a conversa:

— E você bebeu da tal água?

— Como não? Bebi, pois era a só que havia. Minha prima coa a água num pano limpo e deixa-a no sereno, pra ser bebida no outro dia.

Socorro fez uma careta discreta, estremecendo-se toda. Juca ainda perguntava:

— Então seu primo está alegre, porque perdeu só 112 reses e ouviu a sericória cantar de madrugada.

— Sim. Perdendo 112, ainda fica com 35 e sabe que, se chover, refaz seu rebanho. E outros vizinhos que já perderam o gado todo? O sertanejo fala que, tendo a semente, a roça já promete.

— Pois estou horrorizado. O coletor Carvalho, de Carpina, acaba de chegar de Belém de São Francisco e contou que um fazendeiro do sertão já perdeu na seca perto de 200 reses. De seu rebanho sobraram só 20 cabeças, tudo nos ossos, a morrer. O fazendeiro já descrente de chuva, mandou levar o gado pra começo de caatinga, e, com um machado, acabou de matar o resto de sua criação. Matou tudo, voltando pra casa doido varrido. Nunca se viu isto em nosso geral.

Estava abatido e sua voz tremia.

Zito esmagava com calma um pedaço de pão, fazendo bola.

305

— Eu já sabia do caso desse fazendeiro que acabou maluco. Isto acontece, por que tudo está errado. Quem é responsável por tudo, não faz nada. Esquecem que tudo tem dono, que é o povo.

Juca limpou a garganta levantando-se:

— Está quente. Vamos beber o café no salão?

Osmarino sorriu.

— Parece que vocês se admiram de eu beber água de barreiro da fazenda Carqueja. Eu estava de passagem por lá, vindo de Araripina e era preciso visitar os parentes. Depois de beber dois copos de água cinzenta, me convidaram pra coalhada da tarde, que é o lanche de vocês aqui. Eu estava com fome, pois viajara desde cedo, sem comer no caminho. No tabuleiro de areia, ao sol mormacento, sabem no que eu pensava? Não era no futuro negativo de nossa terra, nem nos que subtraem as verbas para melhoramentos. Eu pensava numa coisa só: num copo bem cheio de sorvete do Gemba, sorvete de pitanga, abacaxi ou goiaba. Imaginava estar com o copo repleto diante de mim, e bebia aquela gostosura com sensualidade. O sol faiscava nos cristais miúdos da areia, eu procurava proteger a vista do calor abafado, quando de novo via o copo de sorvete, escorrendo umidade por fora do vidro... Nesse não pensa e pensa, nesse bebe e não bebe o sorvete, a sede estava me queimando a garganta.

Chegando na casa, a primeira coisa que fiz foi pedir água. Enquanto não vinha, o copo de sorvete me tentava. Bebia água morna, salobra, bebi outro copo. Convidado para a coalhada e bebendo água, o copo de sorvete desapareceu. Na mesa, agarrei meu prato de coalhada, derramando em cima açúcar mascavo, começando a comer. Nesse momento a prima perguntou se eu queria pipocas. Queria. Gosto delas. Veio então a empregadinha com uma peneira grande cheia de pipocas estouradas e piruás. Sabem que pipocas eram? Tanajuras. Apareceram depois do barrufo da chuva da madrugada, e estavam sendo comidas aos punhados. Muita gente preferia comê-las cruas. Juca sorria com gaiatice:

306

— E você comeu?

— Se comi? Comi algumas, mas meu estômago já civilizado enjoou logo. A coalhada é que foi toda. Na volta, viajando sem estrada no meio da caatinga, a sede de novo apertou. Falar em água ali era sinal de doidice, mas adiante uma família de retirantes apagava grande fogueira debaixo de imbuzeiro. Acenderam o fogaréu e agora o apagavam, jogando longe os paus fumegantes. Paramos pra ver, e os homens da família começavam cavar o chão; iam tirando as raízes do imbuzeiro, que são como cabaças maiores e menores. Abriam nelas um buraco, virando-as na boca avidamente. Perguntei com a goela escaldando: — Que é isso amigos? — É água, irmão.

Era água o que eles bebiam, como num coco por cima cortado. Bebiam todos, mulheres, meninos. Davam de beber a comadre-cabra que levavam, bebeu o vira-lata magrelo. Pedi uma cabaça pra matar a sede. Havia muitas já retiradas. Bebi com fartura aquela água grossa e adoçada pela terra, que para os pobres tem sabor divino. Meus companheiros beberam e quis pagar.

— Paga não, irmão. Nóis neste mundo si num for uns pros outro tamos male, por que Deus está esquecendo de nóis. Foi então que soube que a polpa de raiz de imbuzeiro é a massa que vira água com o fogo que botam em cima da terra. Nosso sertão é triste mas tem recurso pra qualquer sofrimento de seus filhos. Só quem passou sede como eu, pode calcular como a água é boa. Fico passado quando vejo um rio cheio, pensando no meu sertão, que vive seco até do orvalho do céu. Na minha terra valorizam muito a água. Tem lá uma árvore grande de casca lisa chamada mamaluco. No inverno, em baixo de seu tronco aplicam uma calha, um coletor de água feito de couro e aí recolhem o que escorre dos galhos numa pipa, quando chove. Ajuntam numa noite chuvosa até cem litros.

* * *

O padre Pilar foi ver Socorro, que chegara do sertão.

— Eu ainda sou do tempo em que se procuravam os amigos. Sou da velha guarda das amizades que hoje perdem o valor, mas que continuo a obedecer.

E dirigindo-se à senhora:

— Agora pergunto por sua saúde e como foi de passeio.

— De saúde, muito bem. De passeio, mais ou menos.

— Mais eu menos, para o tempo de hoje já serve. O ótimo agora é bom, o bom é regular e o regular é péssimo. Eu sou saudosista da *belle époque*, do tempo da paz e da vergonha. Orestes riu alto. O padre parece que não gostou.

— Você ri, porque é novo. Estamos em estado de guerra contra a concórdia social, e querem impor à família assombrada, aos velhos, às mulheres e crianças a lei marcial em que todos os direitos ficam cassados.

Voltou-se para Socorro:

— Muito folgo ao vê-la cercada de jovens. Jovens estudantes, os homens do futuro. Felizmente estes não estão contaminados da infecção reformista, dos desvairados mitingueiros que andam por aí. Os homens públicos que estão no governo estão cegos: cegos que não querem ver. Estão pregando doutrinas extremistas, que respondem aos postulados das leis com o estrondo dos dinamites. Propagam suas idéias carbonárias há muito tempo, cochichando nas usinas, nos engenhos, vilas e arraiais do interior. Agora já ousam falar alto nas esquinas da cidade maurícia.

Juca estava satisfeito com o silêncio dos rapazes, Zito ajuntou:

— Propagar idéias não é crime. Crime é concordar com idéias contrárias ao povo, aplaudir os energúmenos que nos envergonham no governo.

— Sim, o povo é soberano, mas os que o governam foram eleitos por ele.

— Eleições nem sempre legítimas, livres. Eleitores de curral, votos comprados com dinheiro, favores e ameaças de perseguições.

— Em parte, é verdade. Mas nas últimas eleições foram favorecidos alguns dos novos evangelistas do demônio, que não têm feito senão desordem. Noto que você, vindo de família tradicional, parece simpatizar com eles.

— Eu simpatizo com todos aqueles que combatem com unhas e dentes, os entreguistas. Os estrangeiros açambarcam tudo, a imprensa, os laboratórios farmacêuticos, os colégios, os minérios.

Socorro interveio:

— Zito, não discuta nem contradiga o padre Pilar.

O padre estava aborrecido:

— Não gosto mesmo de discutir, com quem tenha idéias preconcebidas sobre o assunto. Jovem, pense, para depois agir. Lembro-me de que o caranguejo da praia anda para trás, é porque ouviu cabeça dos outros... As eleições que se aproximam dirão ao país que Pernambuco ainda não esqueceu seus heróis de todos os tempos, para mostrar como manterá a tradição de seus maiores. Vêm aí as eleições e elas serão um teste definitivo sobre o futuro governo de Pernambuco.

Zito obedeceu à mãe, apenas dizendo:

— Eu aceitarei, nós aceitaremos o teste. O senhor defende a gente que aí está, eu sou contra.

Ressentido, o padre dirigiu-se a Socorro:

— Aceite a visita do velho amigo da família de nosso saudoso Severino, e também seu.

— Sem o café o senhor não saí.

— Então lá se vão 7 anos que está viúva, bela, rica e moça. Parece que foi ontem que os casei no engenho de seu pai, no Cabo de Santo Agostinho. Severino fez questão que eu fosse o sacerdote e lhes dar a bênção. A vida passa tão depressa que a gente, quando se lembra dela, está envelhecendo.

Juca ponderou, abatido, o que não lhe era comum:

— Quando a gente toma pé na vida, as pernas já não prestam, e a gente quer deitar pra ir embora, levado pelos outros. A morte quando vem sobre nossas desilusões, chega como a esperança mais desejada. Nós, velhos, já não somos deste mundo a não ser pra rirem de nós, da nossa velhice e da nossa fraqueza.

Estava claro que o padre e Juca ficaram magoados com Zito, que se conteve por ordem de Socorro. O padre Pilar não o encarou mais naquela visita, nem se dirigiu a ele.

Enquanto saboreava o café, elogiou o das terras nordestinas:

— É o melhor do Brasil e o da fazenda das Furnas, em Garanhuns, não tem rival em São Paulo. É sabido que o café da Colômbia é mais saboroso que o nosso, pois só exportam de lá os cafés finíssimos. Na ganância de vender, não cuidamos de apurar o nosso, mas o de Furnas tem gosto especial. Vocês sabem que o sabor do café não está nos grãos, mas resulta de fermentação espontânea operada na polpa da cereja madura. Nossa zona cafeeira abrange Triunfo, Bonito, Altinho e Garanhuns, o que espanta os homens do Sul, que só vêem no Nordeste terras de fogo.

Depôs a xícara na bandeja de prata trabalhada:

— Mas... ai de nós. Vexo-me em dizer que esses preciosos cafezais estão descurados, estão morrendo. Já produzem cafés inferiores, por falta de cuidado e proteção às árvores. Abrimos mão de riqueza certa... não se lembram de manter a tradição dos cafés finos, que foram orgulho desta nossa civilização da mandioca... Sou dos que confiam no futuro, quando é a continuação de um passado digno. Nossos homens, revoltando-se contra os falsos profetas, voltarão a ter olho no que é nosso, e o delicioso café pernambucano volta, bem cuidado, a ser o que já foi, um elixir dos deuses.

Socorro embora não achasse boa a ligeira discussão do acadêmico e do padre, considerava admiráveis os argumentos de Zito contra o visitante. Admirou-se de sua presença de espírito, da inteligência revelada de quem estava dia e noite em sua cabeça. Para a senhora só havia ele.

— Só ele no fundo... Não há outro.

Às 20 horas da noite Osmarino telefonou, chamando a viúva. Falou que, ao sair de sua casa, achara na pensão um presente que lhe mandaram de Araripina.

— É coisa muito importante.

— Posso saber o que é?

— Não senhora, só vendo. Este presente, que o mano de lá me mandou, vai ser da senhora hoje.

— Meu, como?

— Vou levar aí. É surpresa, Zito já chegou?

— Não, mas deve vir já. Foi a cidade pra mim.

— Então até já.

Socorro ficou bastante curiosa:

— Que presente será esse?

Chegava Zito, sabendo da notícia.

— Que será? Serra do Araripe parece que não tem mais nada. O que era bom, as fruteiras, eles queimaram. Serão pipocas de tanajuras?

— Se for isto ele não entra aqui.

Ás 21 horas o rapaz chegou com pequena caixa. Aberta, apareceu um bicho de 30 centímetros de altura, pardo fosco, de focinho comprido, cauda branquicenta com pêlos sedosos. Zito nunca vira aquilo:

— Que negócio é este, ó Osmarino?

Ele ria, deliciado.

— É um tamaanduá-i.

Tirou o animal da caixa e ele ficou de pé, em guarda, ameaçando abraçar. Osmarino prevenia:

— Cuidado com as unhas!

Socorro, de mão aberta contra a boca, examinava abobada aquele estranho presente.

— Morde?

O rapaz deu risada sadia.

— Só come o que sua língua comprida leva pegado nela. É um tamanduá-bandeira em miniatura e foi apanhado na Serra do Araripe, num formigueiro. Formigas são seu alimento, quase exclusivo. Pouca gente sabe que existe este bichinho. Ignoram coisa importante.

311

Juca espiava-o de esguelha:

— Eu, pelo menos, nunca vi semelhante coisa.

Socorro estava encantada com o presente e mandou levá-lo, para no outro dia lhe dar uma casa. Osmarino recomendava umas luvas de couro fino, para meter nas mãos da coisinha.

— O perigo são as unhas!

Juca sorria.

— Isto não é perigoso só em tamanduá, não. É perigoso até em mulher...

* * *

Dias depois, voltando a casa, Osmarino foi encontrar seu protegido, de pé, andando pelas salas. Ao se aproximar dele, viu-o em defesa, como um tamanduá-bandeira grande, branco e negro, mas já com as luvas de pelica e de braços abertos para abraçá-lo como inimigo.

Tal se o esperasse para aquele amplexo de morte, à sombra das árvores restantes da chapada de Araripe.

Mas Socorro não se interessava por nada na vida, a não ser pelo estudante de direito.

Cercava-o agora de atenções, diferentes daquelas que sempre recebeu de sua bondade. Via-o no momento como o desejado, o escolhido, como aos 15 anos, quando noiva. Ela própria se espantava de sua situação e mil vezes se inqueria se o seu fascínio pelo rapaz não seria doença, crime ou pecado. Tinha horror ao pensar que os outros da família descobrissem segredo tão grande.

— Que dirão Sílvia e Jonas? Julgar-me-iam louca?

Louca, se não era do mesmo sangue do moço e apenas mãe adotiva? Sua convivência com ele em criança fora uma exaltação de amor materno, e agora passava a ser o desejo exigente da mulher moça, pelo homem feito. Zito fora criado com o rigor das antigas famílias provincianas, mas, no entanto seu contato com o rapaz modificou seu procedimento, guinando para o sexo, que é a exaltação da própria vida...

Pensando na reação que seu sonhado casamento com ele provocaria, julgava-se com direito de mulher madura ainda cheia de encantos e justos desejos.

A ligação social que tivera com Florzinha, recebera-a como formidável impacto, que destruiu por momentos seus projetos cerebrais de amor. Passara na viagem horas de terrível prostração, por ver fugir a esperança em duro castigo. Passado o fascínio pessoal, notou que Zito não falava na mocinha e seu jeito quando ela perguntara aos rapazes pelas namoradas, foi discreto e muito elegante. Não pilheriou, mas não respondeu.

Manteve-se comedido.

Em vista destas coisas, a esperança, julgada morta, reverdeceu no verde lindo, refloria.

Voltou a febre que a avassalava.

Tudo em sua volta perdeu o interesse e, único e só, o moço resplendia de novo na sua vida tão cheia de lances dramáticos, Estava mesmo disposta a mudar-se com ele para longe, viver em cidade do Sul, onde podia concluir o curso, mas a seu lado como esposo e não como filho suposto. A febre voltava sem remitências.

E ela passou a viver a vida de seu desvairado sonho. Naquela tarde teve uma surpresa. Depois das aulas, Zito chegou com os colegas camaradas, pedindo a Socorro que fosse com eles a João Pessoa, onde iam correr bingo de muitos automóveis. Ela acedeu logo, vendo na sua concordância um favor ao rapaz. A viagem era no outro dia, domingo.

Os parentes afins de Socorro reparavam que ela se tornara muito mais vaidosa que antes, não dispensando cabeleireiro e manicure todas as semanas. Andava bem vestida, mais que antes, e na família várias vezes boquejavam aquilo.

Preparou-se para a viagem e, no domingo, de vestido alvo, lenço lilá na cabeça e de sapatos altos, desde cedo estava às ordens para a excursão. Juca observou, olhando o céu:

313

— Pelas notícias más de seca há tantos meses, vivo com os olhos cansados de tanto preocupar no céu sinais de chuva. Todos acreditam em determinados indícios de inverno. Eu creio muito nos andorinhões subindo os rios. É o que vejo desde ontem no céu do Capibaribe.

Osmarino que chegara pronto para viajar, sorriu com pessimismo:

— Tive ontem notícia de que meu primo na Serra do Araripe está descrente do canto da sericória, pela madrugada. Tivemos um chuvisco quando passei por lá, e até hoje chover mesmo não choveu. O calor das caatingas, chegando à serra, sofre uma queda de temperatura, determina umas nuvens que podem dar chuva. Foi o caso dos chuviscos e ficou naquilo. O gado de primo continua a morrer. Fiquei triste é com a notícia que os fura-barreiras este ano fizeram buracos pra ninho muito baixos no barranco. Isto é mau. Muito ruim. Juca insistia como bom sertanejo, em acreditar nos sinais leves de chuva.

— Pois estou palpitando que o inverno não demora. Também dez meses sem chuva é castigo demais pra nós. Não são só os andorinhões dando sinal de chuva. Quando os rios sujeitos às marés correm pra cima com dobrada velocidade, apressados, é que vai chover. Em geral eles voltam no seu curso, desandam pra cima e as correntes tornam a voltar de onde vieram mas calmas, de modo que mal se sabe que estão voltando, que estão com medo do mar. Quando fazem isso com violência, subindo por onde desceram,é chuva certa. Chuva de que estamos precisando mais que da paz. As canoas, que antes desse sinal deslizaram na corrente, agora precisam de remos pra descer, porque o rio se danou pra trás, quer voltar, volta arrependido de sua descida... Pra mim as chuvas vêm aí. Velho não engana e, quando engana, é que já está caduco.

Partiram, em ruidosa folia de gente moça que viaja. Até Juca reparou na boniteza, mocidade e elegância de Socorro.

314

— Está de fazer panquinho. Muito empiriquitada. É a mais jovem dos cinco. Parece irmã deles. Mocidade vale muito.

* * *

Manhã de rosas. O dia até amedrontava de tão claro e belo. Os rapazes viajavam cantando coisas, decerto ouvidas em boates. Até Socorro cantarolava.

Foram passando por lugarejos insignificantes, de grande miséria. Tudo seco, tudo acabado pela estiagem infernal. Ao transporem um areal, viram um grupo de mulheres lavando roupas em volta de caldeirão fundo, que exigia corda para puxar água numa lata. Socorro quis ver o poço. E ao lado dele haviam feito escavação por onde se entrava, descendo escada de terra em degraus largos. A senhora espiou. Na fundura de três metros verdejavam plantas.

— Que é isto?

— É horta.

No fundo daquele buraco havia espaço para cultura de couves, cebolinha, tumbas de batata inglesa, amendoins, pés de arruda. Cavada a mina no leito do rio seco, que era aquele areal, a terra em baixo era úmida e servia para horta dos habitantes das cafuas próximas. Orestes pilheriava:

— É uma horta subterrânea, horta bossa-nova.

Socorro não achou graça.

— Fico horrorizada de ver essas coisas! Gente sem sorte.

Reiniciaram a viagem. Zé Lúcio reparou na tristeza da senhora:

— Está triste por ter visto aquela gente? Gostou da horta?...

— Você não devia rir destas coisas. Não ria da miséria desamparada.

315

Subiam agora por colina de terra cinzenta, quase sem vegetação. Zé Lúcio assustou a turma:

— Carro quebrado aqui é perigo! Surgem ladrões de todos os lados. Muitos já foram atacados aqui.

Começaram a aparecer ranchos de capim, depois algumas casas de telha. Não se via ninguém.

Mas, de repente, surgiu um posto de gasolina, com casa mais habitável, entre velhas jaqueiras.

Chegaram a João Pessoa. Não tiraram nada no bingo, que corria em casa de estudantes, prédio moderno com área aberta onde os rapazes bebiam, enquanto ouviam a leitura dos números.

Voltaram logo depois da farsa, que o calor era insuportável. Já haviam corrido alguns quilômetros quando Osmarino começou a rir. Explicou porque era.

— Aquele velho, em cuja mesa sentei pra beber a cerveja, é engenheiro chefe de turma do açude de Orós. Conversamos sobre empregos de emergência nos trabalhos do Nordeste, e ele me contou coisas curiosas. Disse que os técnicos de todos os ramos são ali em número excessivo, muito além da necessidade; além mesmo do possível. Comparando os técnicos em proporção com os trabalhadores braçais, a coisa ali é até inacreditável. Revelou que, não havia mais o que fazer com os técnicos protegidos pra lá mandados por políticos. Um dia ali chegou pra sua turma um engenheiro novo, muito posudo, com cartaz de sabedoria em serviço de barragem. O chefe geral o recebeu mas observou:

— Não temos aqui o lugar pra que foi nomeado. Mas fica. Vai ser até chefe: chefe da conservação do pote dágua.

Dias depois, chegou outro, nas mesmas condições. O chefe disse:

— O senhor vai ser ajudante do chefe da conservação do pote de água. Não demorou, apareceu o terceiro: — O senhor vai ser assistente do ajudante da conservação do pote de água. E eis que, uma semana depois surge o quarto: — O senhor vai ser fiscal da conservação do pote de água. Pois não ficou só naquele. Veio mais outro: — O senhor vai

316

ser superintendente do serviço de conservação do pote de água... Foi como o chefe-geral, que estava falando comigo, pôde colocar os afilhados políticos de gente da alta que manda e desmanda no Nordeste. Êta Nordeste gostoso!...

Socorro notou o tempo fechado para o Sul. Zito varreu-lhe as dúvidas:

— Isto é frio que vem aí, frio de madrugada. Deve ser onda fria deslocada da Argentina, que não passa da Bahia.

Ao ouvir a explicação, a viúva já estava febril no seu desejo incontrolável. Frio de madrugada. Aconchego em lençóis de linho, com edredom para as noites mais frias. Arrepios de pele acostumada ao calor tropical, apenas abanado por brisas. Friozinho bom de dormir com quem se ama.

Passaram pelo rio de areias da horta, varavam os tabuleiro desertos. Às 14 horas chegaram a outro rio temporário, leito largo e barranqueado de areão grosso, que não repararam na ida.

Havia nas margens até rua de mocambos e no leito do rios muita gente, pois o rio sem águas parecia a praça principal da aldeola. No leito seco havia cacimbas, e vicejavam canteiros de hortas cercadas por gravetos, hortinhas de coentros muito verdes, cebolinhos, pés de couve. Meninos pequenos nuelos e maiores, só de calça, erravam pelo área. Mulheres magras de cara austera estavam escancheladas, com as pernas nuas até nas coxas, em volta de bacias, onde lavavam roupas. Entre essa gente como se fossem da família, caminhavam nos passos cambaleados, urubus de cabeça vermelha.

O calor enlanguescia os corpos todos estavam amolecidos com o mormaço. Até jegues e cabras rondavam as cacimbas, à espera da ocasião para beber. Borboletas amarelas revoejavam no ar quente, pousando em grupos nas margens.

De pé, na sombra de uma cafua, pilando milho com preguiça, mulher imunda e descabelada cantava com voz linda:

Não quero viver no mundo
sem você perto de mim.
Tu tem perfume de rosa,
de violeta e de jasmim.

Britava o milho no pilão de cintura, suando no bochorno irrespirável.

Tu tem perfume de rosa,
de violeta e de jasmim...

Socorro parou na beira do areal, para ver de perto aquelas coisas pouco vistas. Já falava com pessoas do lugar, quando ouviu um búzio alto e claro mas ainda longe, para cima do povoado. Um movimento de alarma agitou aquelas criaturas atormentadas pela miséria.

As lavadeiras colhiam as roupas no coradouro de trepadeiras no chão, levantando as bacias na cabeça. Mães aflitas apanhavam os filhos pequenos, gritando pelos outros, que iam puxando para as margens e para as cafuas. Homens de cara de pau surgiam nas casas, levando às pressas jegues e cabras no areão esbraseado. Velhas corriam aos canteiros protegidos por gravetos, arrancando todas as hortaliças. Moças alarmadas levavam dali tábuas de bater roupas, banquinhos de pau, potes e quartas já com água.

Estabeleceu-se confusão. Todos corriam e, em momentos, a área ficou limpa de gente, trapos e animais de estima. Quem não podia correr trotava. Mas levavam tudo que atulhando as areias, dava idéia de uma feira pobre no sertão. Viam-se mulheres com enxadas, levando nas costas as aboboreiras em flor, arrancadas com raízes.

O búzio nervoso berrava mais perto, seu clamor compassado. Velhas rolavam pelo lançante acima, os últimos ancarotes cheios nas cacimbas. Um cavalo que era ensaboado, foi tangido para longe ainda cheio de espuma. Um menino puxava-o com desespero e velho aflito o esbordoava com garrancho, para que andasse mais depressa.

318

Faziam a urgente retirada, como se o lugar já estivesse vendo os primeiros soldados de uma invasão inimiga. Toda essa fuga precipitada se fazia com gritos e pragas das mulheres, com ordens de correr esgueladas pelos homens.

Enquanto a fuga terminava, o som do búzio era mais audível e alarmado. Não tardou que se visse o seu artista, um velho alto e espigado e perto dele um rapaz, que agitava na ponta de uma vara um pedaço de baeta vermelha. Vinham de cima, e iam passando. Socorro estava apreensiva:

— Que será isto?

Passavam mulheres carregando os últimos pedaços de tijolos do lugar evacuado. Zito gritou-lhes:

— Que é isto, dona? Que aconteceu?

— Que é?

Depôs no chão a gamela com os cacos de tijolos, tirando da boca o cachimbo de barro. Completou com assombro:

— Não está vendo? É a cabeça-d'água qui êvêm!

Não compreenderam. Mas o homem do búzio e o seu auxiliar da bandeira alarmante passavam, explicando melhor:

— É a cabeça d'água que êvêm danada!

— Como é que vocês sabem?

Não responderam. Novo gemido alto do búzio estava alarmando os ares e os moradores desprevenidos. Avisavam daquele modo os que moravam mais abaixo, pelos carrascos.

Foram passando, foram descendo, pela margem das areias cintilantes ao sol. Osmarino desceu do carro para saber melhor o que era aquilo. Voltou alarmado:

— Isto não é areal, é rio seco e enchente doida vem bramindo encosta abaixo! vamos embora!

Zito avançou o carro, parando do outro lado.

Apareceram então muitos homens que antes ninguém vira e com varapaus, porretes, foices, machados e espingardas passarinheiras se alinharam, em fila militar, de um lado

319

e de outro do rio seco, a impedir a passagem de animais, pessoas e veículos. Zito foi o último a fazer a travessia, pois acabavam de chegar nos dois lados pedestres, cavaleiros e caminhões, que foram retidos pela guarda em armas dos sertanejos.

Chegava empoeirado e levantando grande nuvem de pó, um reluzente carro de chapa branca. O chofer gritou autoritário:

— É carro oficial da Paraíba!

— Passa não. A inchente tá chegano.

— A cheia ainda vem longe e quem vai aqui é um secretário do governo!

— Passa não.

A barreira cerrada de homens armados fechara o trânsito. Ninguém passava mesmo.

Zito também desceu do carro. Os rapazes não conheciam aquilo e Zé Lúcio duvidava:

— Enchente sem chuva? Com este sol? Estão doidos.

O búzio agora mal se ouvia. Zoando lá embaixo suas alarmas. Quem o mandava tocar? Quem mandara fechar o caminho? Ninguém sabia mas parece que a providência era solidariedade do povo sertanejo, em ameaça de cataclismo.

Havia muita gente em ambas as margens, nos tesos laterais.Eram passageiros a cavalo, a pé e descidos dos carros estacados a força. Toda a população da aldeia viera para fora das cafuas, à espera do mais trágico. Estava entre as alas expectantes a praça deserta que fora entes casa, cozinha, fonte, quintal, horta, campo de futebol e sala de visitas da população esfarrapada. E o búzio? Como sabiam que a cheia escachoeira para ali? Quando os moradores daquele povoado de palhoças ouviam lá em cima o toque alarmante, tomavam as providências para a salvação de todos. Em pouco tempo a população da ribeira estava em vigilância, para não ser apanhada desprevenida pela cheia.

Enquanto aguardavam a solução do caso, Socorro distribuía bolos e sanduíches de sua matula, pelas crianças famintas que se aproximaram de seu carro. O importante é que a algazarra da evacuação do leito perigoso com o som do búzio se mudou em silêncio de respeito e expectativa desagradável. Ninguém falava e todos pareciam assombrados. Nisto uma velha esguedelhada, de ouvido atento, gritou:

— Óia a zuera!

Uma outra alarmou a pequena multidão:

— Vem, qui vem danada!

De fato os outros também começaram a ouvir um rumor surdo e confuso de trovão muito distante. Aumentava, crescia, como bramido soturno e apavorante. O chofer do carro oficial confessou ouvir também:

— É o ronco medonho da cabeça-d'água!

Súbito, imprevista, uma parede de água suja de quatro metros de altura apareceu, precipitando-se pelo areião abaixo, a levar na frente espumarada amarela, garranchos, árvores secas, cisco e pedaços de tábuas. Chegou e passava com velocidade e barulho de locomotiva disparada. A água não se continha no leito, crescia pelas margens e escalando as pedras, se derramava pelo plano que era o varjão.

Com sinistro, raivoso bramido escachoado, aquilo desceu pela rampa, mais a urrar que a rugir, mudando o areião em rio caudaloso. Na assombrosa correnteza desciam cafuas desmanteladas, árvores e arbustos com galharia nua presa às raízes; barricas, ancorotes, tamboretes, cabras e jegues mortos de surpresa no repentino desabar dos borbulhões ululantes. Tudo descia com o rosnado do fervedouro assustador.

A cabeça-d'água ribombava, descendo com impreçações iradas de animal vivo, da onça caída no fojo, de touro sangrado por faca cega.

Os que viram surgir de estalo, a carga d'água suja, ainda estavam de boca aberta, encarados no dilúvio avançando aos urros cavos pelo morro abaixo. A coisa estrondava em tons de pororoca e lá ia desabada, desabalada aluindo, cavando, arrastando no espasmo das águas o que encontrava na passagem. Mas o sol esplendia, o céu de aço novo brilhava com luz crua de estufa a 40 graus. O que houve em verdade nas cabeceiras, nas caídas da Serra da Borborema e em seus contrafortes da Chibata, foi uma tromba dágua improvisa desabada na terra.

Nasceu naquele momento o rio traiçoeiro que ali estava, sem vau para nada no mundo. Viajantes das filas de carros e caminhões, além de cavaleiros e pedestres esperavam nas duas margens. Mas todos humilhados, pequeninos, diante do poder invencível da cheia. Alguns sorriam amarelo, que é modo de rir sem vontade, rir sem pose.

Osmarino ficara pasmado:

— Nunca pensei que isto fosse verdade. Estou abatido. Diante deste alude despencado das montanhas a gente fica sem orgulho, reduzido a zero.

Socorro tinha olheiras e olhos espantados:

— Vocês sabem em que a gente pensa, na hora de ver isto chegar? Em Deus.

A mãe da mocinha quase nua da aldeia, a quem Socorro dera confeitos e dinheiro para o vestido da filha, aproximou-se atenciosa:

— A senhora quer ver uma coisa engraçada?

— Que é?

— Só a senhora vendo. É ali mesmo.

Apontava alguma coisa para o lado esquerdo, atrás de umas cafuas, Socorro foi, com os companheiros.

O lugar fora no inverno uma lagoinha, de fundo de terra amarela. Quando a lagoa secou, na magrém, era viveiro de milhares de sapos que à noite faziam bababá irritante. Quando secou inteiramente, os sapos desapareceram. Agora com a cheia inesperada, a lagoinha apanhou um pouco de água e a terra de sua concha amoleceu. Foi aí que se viu coisa em verdade curiosa. Ao secar, o barro endurecendo prendeu dentro dele aquela saparia toda. Ficaram enterrados, uns por inteiro, outros pelas metades, alguns com parte do corpo para fora, sendo que certos desses batráquios estavam presos no barro duro apenas pelas pernas. Não tiveram tempo de fugir. Passaram enterrados, emparedados, 11 meses, quanto durou a seca. Bastou, porém, que a água da enchente amolecesse o barro, para que os sapos conseguissem se soltar. Esforçavam-se, puxavam os corpos e libertando-se, fugiram aos pinchos da prisão prolongada. Ainda se viam, a repuxar o corpo, as pernas e a sair da lama agora amolecida. Coaxavam pela vitória, mesmo do sol da tarde, que ardia como brasa.

Não tinham medo dos presentes, pinchando esqueléticos, sapos de todas as idades coaxavam alto numa aleluia triunfal...

A sertaneja que mostrara a novidade a Socorro, perguntou-lhe:

— Dona, isso não será praga?

— Não. Isto é mesmo sapo coaxando. Não é praga nem castigo, não.

— Sapo cantá cum solão danado deste...

Benzeu-se. Os viajantes foram para o carro que em breve partiu. Os rapazes trocavam idéias sobre o que acabavam de ver, dizendo de suas emoções e dos sustos, quando a imensa massa dágua desceu rolando desembestada pelo vale.

Só a viúva ouvia em silêncio, pensando na sua vida. Sentia-se cansada da viagem, mas isto não era nada em vista do que turbilhonava na sua cabeça, em pensamento fixo e idéias confusas. A mulher moça que viajava entre jovens sadios e principalmente ao lado de um deles, para ela o melhor dos homens, era uma cria do trópico e guardava em si, virtudes e defeitos comuns ao Nordeste.

Fora criada em engenho, e o calor dos exemplos da sexualidade dos animais fizera dela mulher de volúpia. Excitada por tantos anos de continência obrigatória, sem virtude, estava agora no apogeu das forças. Vivendo na mesma casa, com rapaz vivo, alegre e belo, ficara fascinada pelo seu contato. Depois de tanta coisa acontecida, sem atinar por quê, descobrira que o amava.

Com a parada na passagem do rio, pela manhã seco e à tarde caudaloso, chegaram a casa às 18 horas. Zito convidou os rapazes a jantarem com ele. Começaram a beber uísque, voltando a falar nas irregularidades do bingo, que só dera prêmios aos amigos dos organizadores. Orestes acusava-os:

— Fizeram bingo com pedras marcadas, separadas a serem lidas.

Zé Lúcio confirmava, embora com galhofa:

— A opinião geral dos compradores era essa. Muito bandalhos. E a polícia?

Osmarino deu a nota humorística:

— Pra consertar aquilo e prender os safadinhos do bingo, só o delegado da terra de Zé Lúcio com seu destacamento...

Estavam comunicativos. Zé Lúcio achava certo:

— Silvininho consertava a joça, botando na cadeia os descuidistas de João Pessoa...

Osmarino perdera dinheiro no assalto:

— Somos o povo mais ingênuo da terra. O roubo estava na cara dos donos da muamba. Quando conversava com o engenheiro de Orós ouvi de mesa vizinha: — Aposto que o primeiro carro vai sair pra *miss* João Pessoa. Pois foi ela mesma quem ganhou o prêmio.

Bingo muito bonito... O jeito de policiar aquela ratoeira é pôr o Sátiro como fiscal do sorteio. Silvininho com Sátiro na cola alimpavam a barra...

A alegria era boa, continuava. A viúva providenciara o jantar, e estava bebericando com eles seu uísque com água de coco da Índia. Sorria:

— E a enchente?

Zito ficou sério:

— Estou abismado. Por pouco não passávamos.. Fomos os últimos. Ficaríamos do outro lado muitos dias, até a cheia descer. Teríamos que voltar à Capital do *Nego*...

Osmarino conversara no local com motorista de caminhão também retido ali:

— Não íamos ficar dias, nem voltar a João Pessoa. Soube lá que aquele mundo de águas escorria logo. Em duas, três horas a cheia passava. Amanha o rio voltará a ser de areias quentes, de novo sequinho. Agora, não há dúvida que achei a coisa importante! Fiquei mesmo maravilhado! A cabeça d'água não respeita nada, rompe, avança, avassala tudo, aluindo e empurrando de roldão, pelo vale abaixo, o que encontra na frente. Contra ela não valem as raízes velhas, as pedras fixadas no solo por milênios, os alicerces de pedra e cal da engenharia. Nem as barrancas firmes de tauá, pois tudo vai arrebentado, no impacto irresistível de sua força, que não respeita nem as leis da natureza.

Socorro ouvia as palavras do estudante, balançando a cabeça em aprovação. Com o uísque, as conversas avivadas por bom humor e presença do sobrinho, sentia bem-estar suavíssimo, que lhe embebia todo o corpo e o espírito.

Zito voltava mais queimado de sol, ao esperar a cheia. Mas todos estavam assim, ela também.

O jantar foi demorado, ainda florido pelos mesmos assuntos. Juca também bebera seu uísque com água tônica, alegando ser fraco para o veneno bruto puro.

— Não há quem agüente acompanhar estes leões que parecem chegados, não da Paraíba, mas dos desertos africanos.

Depois do jantar foram ouvir novos discos da radiola, que a viúva dera ao sobrinho. Os visitantes pediram os de suas predileções e, por fim, Zito expôs sua preferência:

— Tenho até vergonha de dizer que prefiro, sobre todas essas músicas, as toadas do nosso sertão. Porque, não sei. Sinto ao ouvi-las, uma paz triste no espírito e no coração paz que me faz bem. Talvez seja porque estas toadas foram as que ouvi em criança no engenho, em solfejos de entredentes de escravos. Pra mim essas músicas exprimem a melancolia dos párias das senzalas, afastados de suas terras nativas, e a tristeza do homem pobre do sertão doente e sem esperança de vida melhor. São coisas evocadoras, lembranças musicadas até instintivamente, pois a herança que está no corpo é que governa as almas. Ouvindo-as, revivo os tempos passados que não foram meus, mas doem em mim.

Parece que lembram alguma coisa do passado que ficou na minha organização nervosa.

Concordaram mas ninguém ali sentia aquilo. Queriam é música dançante, coisa nova de seu tempo.

E quem sabe se Zito herdara do pai mulato as impressões, as dores lamentosas dos ascendentes africanos? Era em tudo a mãe branca, mas seu complexo nervoso podia ser hereditário da parte paterna. Somos governados no organismo celular por virtudes ou taras que herdamos, e às vezes essa herança é recessiva, isto é, vem de parentes mais longe da nossa raça, anteriores mesmo a avós.

Ouvindo o sobrinho discorrer sobre música, a senhora se sentia na plenitude de seu bem-estar.

Socorro sentara-se e, com um gesto lento de mão, afastou os cabelos em mecha que lhe caíam pela testa mas, retirada a mão, os cabelos voltavam a lhe engraçar o rosto moreno.

Apesar do jantar, ouvindo os discos, voltaram ao uísque com gelo, que repugnava a Juca. Às 22 horas, o velho tio, mesmo com o bulício dos jovens, cochilava. Foi-se deitar. À meia-noite todos parlavam demais, pois bebiam desde a tarde. Socorro não tinha sono e contra seus hábitos, bebericava seu uisque misturado. Mas Osmarino, que era mais polido, levantou-se, dando por finda a visita.

— Se demoramos mais, dona Socorro manda vir o Silvinho nos levar.

Retiraram-se e Zito bebera mais do que sempre. Ia também se deitar e, em boa-noite abraçou e beijou Socorro com ternura exagerada pelo uisque. Socorro sentiu um frêmito arrepiador com aquele carinho talvez sem intenção.

A empregada fechou a casa, apagando as luzes. A viúva se recolheu a seu quarto.

Preparou-se um pouco agitada, para dormir, vaporizando por fim os cabelos, o pescoço e o colo com água de colônia inglesa. Desligou o comutador da luz, fazendo um leve pelo-sinal. Esperava dormir e não tinha sono.

Quando tudo silenciara na casa, ela se sentou na cama e, sem querer, pensou na explosão da cabeça-d'água que vira à tarde. Escachoeirava, roncando e esmagando as dificuldades do curso, vencendo tudo no rápido avanço.

Socorro se ergue na camisola fina e saiu descalça, tateando na penumbra, feita pelas luzes da rua. Atravessou vagarosa a sala de jantar, evitando esbarro nos móveis. Ia pelo corredor do quarto do jovem, que dormia com a porta cerrada. Deteve-se, e resoluta, mas de mãos sempre apalpando o ar, entrou no quarto do moço. Esbarrando na cama, sentou-se deitando-se de manso. O rapaz que resvalava para o sono, teve um susto:

— Quem é?

— Sou eu, Zito.

Aproximou-se de seu corpo e o abraçou, à procura de sua boca. O rapaz ficara impassível e ela, respirando ansiosa, beijou-o na testa, nos olhos, na boca. Ele reagiu, abraçando-a também com violência. Beijou-a com ardor, ficando presos pelos lábios esmagados na mesma febre. Não foram precisas palavras, porque naquele momento a carne falava mais alto.

* * *

Estava ainda escuro quando Socorro se retirou para seu quarto. Sentia-se leve, transparente, realizada. Tinha medo de ver o dia que raiava, e sentiu vergonha. A tensão em que vivera nos últimos tempos baixara, e teve vontade de chorar. Não dormiu mais.

Era ainda cedo quando o rapaz se levantou, pois precisava ir à Escola. Encontraram-se na sala de jantar, quando ele passava para o banheiro. Ambos cruzaram com furtivo desaponto, porém Socorro se sentia gloriosamente desapontada. Ela estava vestida, e pronta para ajudar no arranjo da casa. A arrumadeira já pusera em ordem o salão de visitas, escancarando as amplas janelas. Juca tossia ainda no quarto, lutando com sua bronquite tabágica.

Socorro abriu as janelas do lado do pomar, olhando o dia. Estava esplêndido de luzes ainda novas. Não chovera, ao contrário do prognóstico de Juca ao escurecer.

Piavam pássaros nas mangueiras antigas, achacadas de barbas-de-velho. Ficou, da janela, escutando, calada.

Amanhecia na cidade, como na sua alma.

Capítulo 14

DIREITO, COM A LEI OU NA MARRA

*A*gora dormia todas as noites no quarto do rapaz, quando não o levava para o seu, vasto e confortável.

Não se acusava de crime algum ou de pecado, que as mulheres fingem temer, mas não evitam. Seu receio era que os parentes soubessem, Jonas principalmente, que passara a chefe da família, com poderes de conselhos e censuras que vieram de Cincinato. Com Socorro e o rapaz se dera uma inversão dos costumes amorosos: primeiro foi o contato no leito, depois o namoro, que devia ser o início de tudo.

Só depois do resto Zito se apaixonou pela viúva, perdia seus olhos nos dela, no encanto de sua beleza serena.

Em Socorro, o que ocorreu foi a ressurreição dos sonhos de mocinha, medos ingênuos, ciúmes por nada e, como alívio às dúvidas, um imenso conforto moral que era também físico. Ela renascia nos ímpetos carnais, com a febre dos adolescentes. Mudara no comportamento fisiológico e na sua alegria, que então passou a ser legítima e visível.

Há mulheres que são como certas árvores da caatinga. Na estiagem vão perdendo as folhas amarelas e ao mesmo tempo se cobrindo de folhas novas, louras. De modo que ostentam por entre as folhas velhas, as novas, que são a sua primavera.

A lembrança de Severino passara a visita incômoda, que ela evitava por lhe trazer mal-estar. Parecia-lhe maravilhosa a transformação, sentindo em todos os atos e pensamentos renascer inesperada coragem, projetos de viagens, sonhos de amor de que já estava esquecida. O que havia na senhora era o renascimento, uma ânsia de viver com urgência a vida.

Todas as pessoas e problemas desapareceram para ela, e só existiam o amante e ela própria. Começou a ver em Juca testemunha aborrecível, embora nada se suspeitasse.

O que fora companhia de tantos anos, representando o sangue de Severino, passara a velho de conversas repetidas e se tornava indesejável. Ele sempre a considerou da família e passara a estranho no lar, embora educado e útil. Útil para ver quem estava batendo, atender ao telefone, guardar a casa quando saíam, préstimos de quem não vale nada.

Socorro, que não tinha nada para fazer, passou a não ter tempo para coisa alguma. Naquela manhã, depois de ler o jornal, o tio informou apreensivo:

— Todo o sertão arde na estiagem e a enchente que vocês viram foi tromba d'água caída na Borborema. Passou logo e vai ver que o rio já está seco. A coisa está ruim. Socorro, que ouvia distraída, indagou, aérea:

— O que?

— A seca.

Ela pensava é o que vivera a noite passada, na sofreguidão do adolescente, na sua passividade agressiva, no sono reparador vindo depois. Pouco lhe importavam a seca e as enchentes. Juca de jornal aberto informava, de olhos nas notícias:

— Já comem ratos no sertão. E aqui mesmo. Olhe o retrato de mulher fritando ratos caianos.

Em Salgueiro estão vendendo na rua ratos já limpos, prontos a cozinhar.

— Ontem não veio no *Jornal do Comércio* o retrato de um homem vendendo ratos, nas ruas de Olinda?

— É pra você ver. A coisa não está boa, não. O alto-sertão curte fome.

Socorro não estava se interessando muito por aquilo.

Ora, fome sempre houve por aqui. Na seca há fome, no inverno há fome. A fome em Pernambuco é crônica. Os governadores mesmo é que falam isso.

Juca estava triste.

— Osmarino ontem disse que o inverno e as secas nordestinas estão sendo provocadas pelo desmatamento em Minas e São Paulo. As chuvas do Nordeste estão ligadas aos regimes da seca e o inverno no Sul. Em São Paulo as matas estão acabando, restam poucas, pra fazerem coisas úteis, plantações de novas lavouras de café e cana. Só no Sul paulista, nas margens do Rio Sapucaí ainda restam matas, mas poucas. Em Minas arrasam tudo em carvão pra siderurgia. Diz o Osmarino que as florestas dos rios Doce e Mucuri acabaram. Não apenas as florestas, os serrados também. Lá que as matas eram 58%, passaram a 10%. Não sei que estadistas são estes que não pensam no futuro dos homens de amanhã, queimando tudo. Esses selvagens super-civilizados seguem a política do bugre, derrubando e queimando. Bons mestres e melhores discípulos. Os estadistas mineiros deixam que extingam suas florestas, e, em seu lugar, plantam uns pezinhos de eucaliptos que bebem toda água do solo. Um eucalipto adulto consome 100 litros dágua por dia, e assim eles secaram os grandes pântanos da Austrália. Quero ver quando acabar toda madeira pra carvão, o que vai ser da siderurgia. Osmarino fala que o único meio de evitar a ruína total das derradeiras matas, é nacionalizá-las. Ingenuidade dele... O governo mesmo é quem cede as terras devolutas de Minas pras derrubadas. Cedros imensos, jequitibás milenários, perobas centenárias já foram pras fornalhas. Até os pequizeiros de frutas de tanto valor, já foram pro inferno. Lá vai ficar como aqui, sem um pau pra matar cobra... Aqui já queimaram um milhão de cajueiros. Um milhão de cajueiros! A fruta milagrosa que sustentava os

Índios, é hoje novidade nas feiras. Acabaram com tudo. Juraram reduzir tudo a cinzas.

— Você amanheceu bravo, Juca.

— As notícias do sertão vieram negras. Felizes os velhos, como eu, que não verão o fim desta política de terra arrasada. Os estadistas, os madeireiros, os industriais do Nordeste e do Brasil estão possuídos da alma de Nero, queimam tudo. Coitados, não é só por ambição. Quase todos eles estimulam isso por ignorância.

Fechou o jornal, no ímpeto de revolta:

— Que vão pro inferno!

O café estava na mesa e Zito apareceu para tomá-lo. Juca espantou-se:

— Levantou cedo. Isto é fruta rara.

— Estamos cuidando das eleições na Escola. Estão se aproximando.

— Eleições na Escola?

— Eleições gerais em Pernambuco. Desta vez os usufrutuários do Estado não levam.

— Não levam como?

— Vão perder. A corja que está aí em cima vai ser escorraçada.

— Olhe lá essas idéias. Você está contando muita prosa e eu não sou mineiro pra acreditar em vantagem. Você deve ficar na trincheira, onde sempre pelejaram seus ascendentes liberais. Nada de confusão. Concorra sempre para sustentar a democracia.

— E isto é democracia? Isto é uma grande pândega, tio. Uma bambochata de madraços locupletando-se criminosamente de tudo que é nosso, o que pode reduzir a dinheiro.

Porque os pobres estão comendo ratos em Olinda. O povo não tem terra e, por isso está comendo ratos.

$\rightarrow$

Com eles, o que era digno ficou indecente, o que era vendável está sendo surrupiado por suas piratarias.

Socorro ouvia encantada as palavras do patriota. O rapaz ia adiante:

— É uma vergonha pra mim, pra nós, que já botamos os holandeses a correr e fizemos a Confederação do Equador, abaixarmos os olhos diante desses larápios com profissão política (profissão de cargos eletivos, temporários!) por medo de enfrentarmos seus cabos eleitorais e o seu prestígio feito pelo servilismo assalariado.

E, olhando Juca nos olhos:

— Isto não é mais possível!

— Meu sobrinho...

— Vocês na família foram gente braba, despunham de importância a custa de crimes e arbitrariedades. Cincinato tinha 200 cabras, Sebastião 180 escravos pra garantir seus caprichos. A polícia nunca entrou nos seus engenhos, a justiça era feita por vocês mesmos. Isto é o que ainda fazem os donos discricionários do cargos — justiça de senhores de engenho. A vontade de Nhonhô valendo mais que as leis, só vivem pra seus interesses. Agora acabou-se. O povo votava mas não tinha direito de educar os filhos, levar vida digna. Pelo menos comer, por que isso é privilegio dos donos do tesouro do Estado.

— Zito... Não estou gostando de sua conversa, não.

— Novos tempos chegaram. Quem trabalha é quem tem direito.

— Direito a quê?

— A tudo. Em breve você verá.

E já de pé:

— Por que é que os pobres já estão comendo ratos, em Olinda e Salgueiros? Porque os latifúndios estão nas unhas de poucos. O povo não tem terras e, pra não morrer de fome, está comendo ratos e cobras. Mas a aurora da liberdade está clareando, em vermelho, o horizonte.

* * *

A aproximação das eleições acarretou a volta dos candidatos, famintos de dinheiro, sem trabalho. O interior se agitava com a parolagem dos que buscavam os cargos, que não podiam ocupar. Recife estava embandeirada de faixas de propaganda: *Ruim por ruim, vote em mim.* Josafá Teles. Doutora Amélia Lima de Albuquerque: *Se eleita retirarei o Brasil da ONU.*(Era candidata a vereadora). Para deputado estadual: Joaquim Valverde. *Elevará os municípios para 500 e fará estradas para todos.* Para deputado federal: Josefino Cachamorro. *Combateu os comunistas de 35. E vai tirar os ladrões das ruas.* Para deputado federal: Celestino Fonseca: *Homem honesto.* Para deputado estadual: João de Souza Vanderlei. *Vai criar o 14º mês para o funcionalismo.* Para vereador: Aristóteles Teodoro da Silva (Totinha): *Vai afastar todos os peculatários do Estado.* Para vereador: Rosaura Amélia dos Santos. *Dará um estádio a cada clube de futebol.* Para vereador: Escolástico Aguiar Paulino. *Um programa de trabalho.* Para deputado estadual: Veridiana Gutierrez (Vivi). *Combater o roubo e proteger a lavoura.*

Essas faixas prometiam reformas e progresso. Coisas difíceis de cumprir. Quase todas impossíveis.

Pediam votos nas ruas, nas casas comerciais, nos elevadores, consultórios, bancos, ônibus, pelo telefone. Um deles queria mudar o padrão da moeda nacional, para outro em ouro; outro, um exército de 200.000 homens em tempo de paz. Certo candidato prometia expulsar os americanos do Brasil, Houve quem garantisse uma estátua de ouro ao Marechal Dutra, na Guanabara. Era muito projeto. Não digo cretinice dos senhores cidadãos candidatos. O que estava pegando fogo eram as usinas de açúcar, os engenhos, de onde alguns proprietários foram expulsos, por grupos de camponeses, armados com instrumentos de trabalho.

Foi quando apareceu, num comício dos ferroviários um moço moreno, da estatura média, de feições mongo-malaias

335

com cabeleira negra crescida, penteada para trás, de modo que cobria as orelhas, descendo em tufo até a nuca.

Seus olhos pequenos, puxados para os cantos, eram frios de maldade estudada e sua calma, ia dizer sua quase indiferença em público, fizera dele o líder dos campesinos. Chamava-se Júlio Leão e era advogado. Já publicara dois livros bem escritos, e que foram recebidos com aplausos pelos críticos imparciais. Tratava-se de um bom pai de família e labutava no foro, sempre a favor dos humildes e perseguidos. Pertencia a família de lavradores honestos, e seus irmãos nunca deixaram a lavoura de terras próprias.

Não tinha a eloqüência fogosa de seus companheiros, mas argumentava com slogans revolucionários. Sua primeira aparição foi singela, e ele se mostrava enfadado. Muitos operários estudantes falaram primeiro, todos violentos e com poucos aplausos. Foi então que ele teve vez.

Vestia modesto terno de brim e, ao lhe darem a palavra, esteve por meio minuto olhando a multidão frenética. Falava sempre baixo ao microfone, entrando sem exórdio no assunto.

— Camaradas. Quem provocou os trabalhadores? Quem nos ameaçou com o choque da cavalaria? Quem nos ameaça de botar na rua, sem aviso prévio e indenização? Quem espaldeira com a polícia os trabalhadores, suas esposas e filhas? Quem ruge em torno de nós como lobo esfaimado? Todos sabem que são os latifundiários de usinas e engenhos, subvencionados pelo capitalismo americano.

Muitos vivas, apoiados, palmas. Gritavam na multidão:

— Morra o capitalismo!

— Abaixo os americanos!

Júlio Leão de braços cruzados e face japonesa, esperava os aplausos cederem.

— O erro do capitalismo vem de longe. Os capitalistas se julgam assistidos pelos escravos libertos em 88, mas libertos na cidade e ao Sul do País, porque aqui esses ne-

336

greiros ainda se consideram senhores dos escravos brancos, que estão aos seus cambões.*

— Bravos!

— Muito bem!

— Viva o chefe invencível Júlio Leão!

Palmas gerais e agitação do povo.

— Os latifundiários ainda não se convenceram de que a terra é de todos, e que os que nela trabalham têm o direito de ocupá-la, como sua. Os escravos que suam ao cambão são todos vocês e o que é triste, o que humilha, o que fere e degrada os trabalhadores é que ninguém protesta, não se unem como um todo pra dizer não, quando chamados para essa covarde exploração do homem e da mulher pelo mandonismo colonial. As usinas são senzalas e vocês os escravos, que muitas vezes ainda são surrados por faltas à-toa, pelo sadismo dos déspotas sem lei. Seus filhos criados analfabetos estão na fila pra ocupar seus lugares, quando vocês caírem velhos e sem forças. Que é isto? Vão deixar sua companheira, seus filhos e filhas escravos do capitalismo que sempre viveu da chupar o sangue de quem trabalha?

Vozes enérgicas respondiam:

— Não! Não deixaremos!

— Chegou a hora de acertarmos as contas!

— Abaixo os usineiros!

— Morram os senhores de engenho!

O orador dialogando de braços cruzados, discursava em tom de conversa, a interrogar sempre o povo, quando sentia a aceitação de seus argumentos.

— Hoje o que manda no Brasil é uma pessoa que nunca valeu nada na República — é o povo, o povo proletário, o povo escravo da aristocracia que dá ordens a serem cumpridas. Estamos fartos da aristocracia e de aristocratas parasitas. Os que vão para o governo são assaltantes de

---

* Cambão é trabalho grátis uma vez por semana, a que estão obrigados os operários de certas usinas e de engenhos. Trabalham normalmente a semana e, nos domingos, ficam no cambão obrigatório, como presente ao capitalista.

estrada. Os das usinas vão todos os anos com as famílias para a Europa, e deixam os operários com salários de fome, morando em choças e com os filhos analfabetos. O povo não admite mais a praga dispendiosa dos aristocratas. Nabuco sempre foi um padrão de dignidade que, no parlamento, nas campanhas da Abolição da República, prestou serviços ao País. Pois esse patrício, por fazer praça de sua fidalguia, que aqui ninguém sabe de onde veio, ao voltar a Pernambuco foi recebido ao sair do navio em silêncio, sem uma palma, sem um viva mas com algumas vaias corajosas. É que o povo proletário não tolerava, já naquela época os príncipes que vivem do tesouro público, e por isso deixou de homenagear um nordestino ilustre. Para baixo a canalha fidalga!

Dizia essas coisas alto, em bom tom, à frente do microfone e da intelectualidade brilhante de Pernambuco. Prosseguia firme, impassível:

— Os príncipes viciados com dinheiro fácil do açúcar não quiseram nas suas terras fartadas senão a monocultura da cana. Só exportamos açúcar e moscas.

Risos gerais na multidão. Assobios de dedo na boca.

— Não estranhem falar que estamos exportando moscas. Vejam a que nos reduziram os liberais-democratas. Não exportamos mais algodão, nem caroá, nem agave, nem caroá linho: Exportamos moscas. Quando já caminhávamos para policultura, os piratas dos arranjos administrativos entre amigos fizeram a desgraçada Província voltar à cultura exclusiva da cana, como tábua de salvação ao naufrágio da nossa economia.

De braços cruzados e face tártara continuou arengando:

— O que está pesando agora na balança do que exportamos são as moscas.

A multidão ria debochada.

— Não falo sem provas.

Tirou do bolso um jornal que sacudia no ar, e prosseguia acanalhando:

338

— Está aqui, campesinos, trabalhadores de construções, marinheiros e estudantes. É um jornal de Havana, que anuncia a exportação de toneladas de moscas para a Inglaterra, moscas secas para os passarinhos ingleses. Eles levaram para o Ceilão as sementes de nossas seringueiras, acabando com a nossa indústria da borracha e agora nos pagam importando nossas moscas do Nordeste e do Norte*. Mas isto vai acabar. Vamos enriquecer, com exportação de produtos hoje esquecidos.

Uma voz subiu da massa:

— Isto vai acabar! Vamos exportar que baste pra nossa riqueza! Os responsáveis pagarão pelos danos!

O orador guardava silêncio, mas apreciava os apartes violentos.

— Eis a que reduziram a nossa exportação para qual entravam no nosso porto 40 navios diários. Hoje entram 2, 3...

Só os que estavam presentes conheciam o entusiasmo do povo, com essas explorações demagógicas do malaio frio que é Júlio Leão.

— A usina sempre foi em Pernambuco uma fábrica de mártires. E este regime continuará? Vocês já foram igualados às bestas dos engenhos, e ninguém se rebela contra o trabalho de sol a sol? Ora, companheiros, nós não queremos terra de ninguém. Queremos e havemos de receber o que é nosso, isto é, — o chão em que trabalhamos, porque ele também nos pertence. Foi comprado com o nosso suor, por nossa vida inteira de servidão mal paga. O latifúndio é usurpação, a propriedade do capitalismo nesse caso é roubo, e traremos o que é nosso e está no poder dos milionários exploradores no trabalho do homem e da mulher. Que lucramos com as leis trabalhistas de Vargas? Nada, por que os lordes não as obedecem. Quando o estadista francês Clemenceau esteve no Brasil, ficou horrorizado com o trabalho

---

* Mais tarde a notícia do jornal cubano veio reproduzida na publicação científica do Laboratório Carlo Erba, de Milano, *Il Nostro Mondo*, da coleção de 1964.

dos menores nas fábricas. Oh, se ele tivesse visto o trabalho desumano de mulheres no corte da cana, de homens no cambão, de crianças na guia dos bois de carro, decerto teria dito na França que a Lei Áurea de 88 foi papel sujo e o Brasil ainda tem escravos, que são todos os trabalhadores.

Parou, muito tranqüilo, enxugando a testa com um lenço.

— Agora eles querem a guerra, a polícia contra nós, porque não vamos mais em conversas e exigimos o nosso direito de plantar para uso da família, ter o domingo pra descanso intocável, o 13° mês e lucro proporcional nas usinas. Isto, eles darão, porque iremos buscar o que nos pertence. Estamos começando nossa campanha e vamos surpreendê-los com greves sobre greves, que são recurso legal no Brasil. Sabotaremos com isso o trabalho das usinas e engenhos, pois agiremos com técnica de guerrilhas pra valer.

Cruzou de novo os braços, ficando mais pálido:

— Isto eles darão, porque nós sabemos onde está. Isto eles darão, porque exigimos e teremos o nosso direito, com a lei ou na marra.

O único gesto que fez foi, na última frase, quando deu de mão fechada um murro violento no ar.

Houve delírio na multidão do comício. Cercaram o orador, que não sorria nem estava exaltado.

Aquele homem iria alterar os trabalhos de campo e iniciava, com sua criação das Ligas Camponesas, o movimento mais sério de rebeldia social que o País já vira.

* * *

Socorro passara o dia embelezando-se, pois continuava a ser vaidosa. o que chocava a atenção da prima Alice.

— Esta moça é bem tratada, parece muito mais jovem. O bom trato pessoal da mulher rica é a sua mocidade.

340

Socorro anda agora muitíssimo bem vestida, e sua elegância dá na vista.

Parecia agastada com aquela mudança.

— Pobre de quem morre e deixa a viúva rica. O primo está debaixo da terra e o que deixou, e foi muito, não demora ir pra mão de outro. Escutem o que estou dizendo: não demora e Socorro casa. Lembro bem quando Severino a conheceu. Era bonitinha, mas sem classe. Era na verdade uma boboca de família escorraçada de Alagoas, pelo Sindicato da Morte. Casada, tomou proa e hoje é o que todos vemos.

Sua filha Das Graças defendia-a:

— Não, é preciso reconhecer que Socorro tem vida exemplar. Sendo rica e bonita, não faz praça disso. Chamou o tio Juca pra ficar em sua casa, e só se ocupa com o filho de Betânia.

— Por falar nisso, eu soube que ele está metido em política, agrupado aos oposicionistas do nosso governo.

— São rapaziadas, pois até agora tem sido rapaz direito.

Zito chegou entusiasmado com a campanha política nas Escolas, pois as Escolas Superiores do Recife sempre tiveram privilégio de agitar a classe acadêmica nas campanhas sociais do Brasil. Zito estava integrado ao movimento nacionalista, que apoiava o sopro renovador, dirigido por Júlio Leão como líder dos camponeses.

Ao chegar, Socorro o recebeu com um sorriso de boa tarde, que era promessa da boa noite. Vinham com eles Orestes e Zé Lúcio. Brincou:

— Podemos beber um uísque, dona Socorro?

— Doutor Zito, esta casa é sua.

Sorria agradável. Enquanto ela servia o uísque, Zito falou muito suficiente:

— Fiquei satisfeito com o discurso do Júlio Leão, tio. Falou sobre os direitos dos trabalhadores. O homem é de coragem e tem com ele todos os camponeses do interior. Ele já pode até parar as usinas.

341

Juca emburrou:

— Pois pra mim ele não passa de comunista, pago pelos russos. É detestável e devia ser preso.

Os rapazes riam e Zito explicava:

— Já passou o tempo de se prender o líder. Se ele agora for preso, os camponeses param as usinas. Hoje está com a unanimidade dos trabalhadores, que obedecem, qualquer deliberação sua.

— Você também o apóia?

— Apoiar não apóio, mas sou socialista e vejo as coisas diferentes do tio. A democracia não está morta e ele quer um direito novo pra quem produz, mas em liberdade. Juca estava abafado com o sucesso do líder, e em especial pela simpatia do sobrinho por ele.

— Não sei. Conselho é rapé dá-se a quem pede. O conselho dos velhos já foi coisa preciosa, por ter a credencial da experiência vivida. Hoje não gosto de opinar sobre nada, uma vez que posso passar por caduco. Ouço e leio o que dizem, contam do Júlio Leão, mas pra mim ele não passa de um maluco. Reformas se fazem, mas aos poucos. Ele pretende fazê-las de uma vez, como você está dizendo, com as leis ou na marra. Não entendo. Esse revolucionário é perigoso e vai fazer muito mal a nossa política conservadora. Está falando em dividir os latifúndios das usinas e de alguns engenhos, que são também latifúndios, pela canalha faminta das terras alheias. Olhem, do Amazonas os índios recebem até bem os seringueiros. Dão-lhes ajuda, cruzam as filhas com eles, cedem-lhes até as próprias mulheres — dão-lhes tudo, portanto. Basta, porém, que uns daqueles vindiços toque com os ferros em uma pupunheira, a palmeira que produz a pupunha de que os índios vivem principalmente, a coisa muda. A indiada cresce e avança no atrevido que, se reagir, morre na certa. As usinas, eu não sei, mas os engenhos são as pupunheiras do nordestino capitalista. Quem tocar nelas, fere a palmeira dos bugres amazonenses. Ou não tocam na planta — ou morrem. Todos estão solidários com o que está ferido nos seus direitos. Se querem ver como isto é verdade, é começarem a dividir com ele um engenho. Feriram um, feriram todos os proprietários. Nosso direito é sagrado!

Zé Lúcio quis saber:

— Que é pupunheira?

— É palmeira que produz a pupunha, que frutifica em cachos com frutas tamanho de um ovo de galinha. Há a de cocos amarelos e a de vermelhos. Quando estão maduros se cozinham; têm gosto de milho verde. A pupunha alimenta mais que a carne, e sua palmeira, como ouviram, é sagrada para os índios.

Zito estava otimista:

— Júlio Leão vai mudar a civilização da mandioca em vida decente, sem deputados desonestos e vereadores ventanistas.

Juca não sabia é que o sobrinho chefiava os rapazes de sua Escola, contra o governo estadual, aproximando-se cada vez mais dos socialistas da esquerda, que eram agitadores comunistas. Socorro via tudo aquilo sorridente, orgulhosa de seu rapaz. Achava, entretanto, as conversas enfadonhas e, por seu desejo ficaria com ele, só com ele, não à noite em que passavam no mesmo leito, mas pela eternidade.

O moço correspondia-lhe os desejos flamejantes e cada vez mais, na própria carne, era o sol de sua vida.

Como as árvores de folhas de dentro daquele clima, em viúva ela ficara despida de folhas durante a estiagem, invernando na dormência da vida e logo às primeiras chuvas enfolhava e florescia, gloriosa. Retomava a posse da vida que vegetava, com a carne dormindo. E no renascimento, agora sentia a ascensão das seivas e a árvore do agreste sorria em verde e vermelho de folhas e flores lindas.

Sentia que o amante era político, enfrentava a velha bastilha de defensores viciados nas tranquibérnias de governalhos, enfrentava para vencer, como era natural que fizesse. Ela reconhecia-lhe as inesgotáveis forças físicas, esperando que ele patenteasse aos outros suas energias morais, altas e vencedoras.

Socorro estava esperando, em estado de graça, o sonho mais recuperador de sua vida.

* * *

Na manhã seguinte, quando o estudante ainda dormia, bateram palma no portão, esquecendo a campainha. Quem bateu subira as escadas a exclamar.

— É gente de paz, é velho amigo, vou entrando!

Juca fora ver quem batia, e já encontrou o padre Pilar na porta da entrada da sala de espera.

Fez-lhe festas com que sempre era recebido.

— Madruguei, para encontrar o doutor.

— Vai entrando nesta sua casa, meu padre.

Não quis ir para o salão, ficou mesmo ali. Encarou o velho:

— Vejo que o clima de beira-mar lhe está sempre favorável. Acho-o mais repousado, de semblante mais alegre.

— Isto não, padre. Minha alegria é como a flor do caroá, só aparece quando chove.

— Sua aparência é boa.

— É que a gente se acostuma com os sofrimentos, como boi com a canga. Fica-se calejado na alma e assim se vai vivendo. O padre vê a casca lustrosa, mas não enxerga o que está aqui dentro. É a saudade dos ariscos sertanejos, do choro das águas da bicama do engenho, do mugido do gado, do grito dos cracarás e do aboio dos vaqueiros chegando com as pontas magras...

— A quem diz isto! Sinto a mesma coisa, mas em horas de sossego, ali pelas Ave-Maria.

Encarou o ancião:

— E dona Socorro? E o jovem jurista?

— A senhora vive bem com a sua calma provinciana. O jurista vai levando.

Padre Pilar fumava cigarro perfumado a baunilha. Acendeu um.

— Pois é. Ontem me lembrei de vocês, determinando vir vê-los. Como vão os acontecimentos?

Zito se levantara e apareceu mesmo de pijama, interessado na visita do reverendo. Depois das saudações naturais dele, o padre repetiu:

— Como vão as coisas?

Juca se adiantou, apressado:

— Pelo menos a seca vai mal. No sertão já comem até ratos.

Zito acendendo o cigarro, aparteou com naturalidade:

— Isto é comum nos Estados de governo incapaz. Pior do que comer ratos é não ter o que comer. O padre fingiu bom humor forçado:

— É um povo admirável, até na desgraça! Nas estiagens mais sérias comem até os animais impuros que a Bíblia proíbe, sob pena de morte e abominação. Entre eles o coelho, o avestruz (comemos a ema), a coruja, o gavião, o mocho, a gralha, o rato, o lagarto, o ouriço, a rã, o camaleão, o caracol. Acho importante que o nosso povo, mesmo o do alto-sertão, respeita a impureza das mulheres. Depois do parto de menino, respeitam a impureza por 40 dias, e, sendo de menina, 72. No caso de filho lembram Maria Santíssima, que se apresentou no templo de Jerusalém, no quadragésimo dia. Respeitam esses resguardos, com muito mais escrúpulos do que vocês pensam. Tenho autoridade para dizê-lo.

Zito estava recostado, ainda com preguiça, na sua poltrona:

— Comem os animais que, em certos Estados do Sul do Brasil, são repugnantes. E isto pra não morrerem de fome. Nós estamos comparados à China e à Índia, os famintos que comovem o mundo. Mas é natural, pois nunca tivemos governo. Agora é que o Nordeste vai correr de uma vez pra sempre da administração essa canalha que vive parasitando os cofres públicos.

Afetando calma o padre indagou do acadêmico:

— E você pensa que Júlio Leão com aquelas idéias estrambóticas, consegue consertar alguma coisa?

— Não só acredito, como tenho certeza.

— Soube que ontem fez um discurso incendiário e revolucionário. Está nos jornais de hoje.

— Ainda não foi incendiário nem revolucionário. Isto ficou pra depois.

— Então tomar terras alheias na marra, não é revolução?

— Não é. É apenas buscar uma coisa que pertence ao povo. O latifúndio é roubo, é da comunidade e há 414 anos vive aqui nas mãos do capitalismo, a contar da chegada de Duarte Coelho na sua Capitania.

— Olhe, jovem, você está se voltando contra a própria família, contra você mesmo.

— Não estou, padre Pilar, tudo é de todos. A propriedade não pode permanecer só nas mãos de quem está. Nas mãos de poucos, de privilegiados.

— Você está inteira e cegamente imbuído de Lenine e Trotsky, com Marx na mão. Pense nisto, rapaz. Quem anda com porcos, tudo lhe ronca. Júlio Leão é um fanático perigoso, da marca de Antônio Conselheiro, e criminoso tão calculado como o bandido neurótico Sebastião Barbosa, o *santo* da tragédia da Pedra do Reino.

Zito sorria controlado, olhando de perto as unhas:

— São pontos de vista, padre. Cada um pensa como quer.

Socorro encarava-o, com orgulho de suas convicções bem defendidas.

— E dona Socorro, que é filha de senhor de engenho, concorda com as suas idéias?

— Não sou política e pouco ou nada entendo dessas coisas, mas o que Zito faz, pra mim está certo.

Juca estava calado, mas ferido com a guinada para esquerda de sua família ali presente.

O padre ficara pasmado do que acabara de ouvir. Calou-se um pouco, meditando e, depois de um suspiro:

346

— O Juca também está na frojoca do Júlio Leão danado?

— Eu estou onde estava, entre este mundo e o outro, Aqui como vivo, dependendo de favores da parenta e lá como morto entre os meus mortos, dependendo só de Deus.

O padre de novo suspirou:

— Estamos velhos, Juca. Não entendemos mais o mundo. Parecemos mortos.

Zito falou baixo mas obstinado:

— Os senhores não estão mortos, estão idosos. Dificilmente mudarão de idéia, estão como fechaduras enferrujadas que funcionam com dificuldade. Elas podem ser recuperadas com o uso de algum óleo. O que é preciso pensar é que só os defuntos não mudam de idéia. Os senhores não estão mortos. Ficou sério:

— Os senhores ainda podem ser úteis ao partido, em favor da causa.

O padre agradecia esta esperança:

— Nunca seremos úteis a não ser à democracia em que fomos criados e, no pouco que valemos, a Deus que nos governa.

Fez menção de sair, batendo as mãos abertas no joelho.

— O motivo de minha visita foi ouvir, de viva voz, o que falou o filho de Betânia. Que está pregando o comunismo na sua Escola, onde é tido como discípulo do irresponsável Júlio Leão.

Zito não respondeu. O padre ainda falava:

— Do fanático, do deplorável Júlio Leão, que sonha abolir a propriedade, extinguir a família e tomar o dinheiro dos ricos.

Aí Zito falou, muito lento:

— Só queremos pão, terra e liberdade.

O reverendo levantou-se:

— Permaneço na minha trincheira e vocês na que escolheram. Laboram um grave erro que um dia, com os favores de Deus reconhecerão. Nunca pensei que o filho de Betânia fosse servir na legião dos herejes que aboliram o nome de

347

Deus, e ergueram na Capital da Rússia uma estátua a Judas. Juca balançava a cabeça aprovando com calor. Firme, de pé, o padre ergueu com imponência a cabeça:

— Mas... ainda espero o apoio maciço do eleitorado, que manterá as tradições democráticas de Pernambuco.

Zito respondeu com pouco caso:

— Isto não acontecerá, porque as massas trabalhadoras estão, unânimes, com o nosso líder.

* * *

A campanha iniciada por Zito com muito fogo na Escola de Direito, escandalizava a família de seu pai de criação. Jonas raivava com fúria:

— É o sangue que puxa, o sangue do pai mulato. Sílvia deplorava o tempo perdido em criá-lo:

— Para isso é que Socorro sacrificou a parte melhor de sua mocidade. O erro de Betânia cai sobre nossa cabeça, humilhando e ferindo a todos.

Os parentes de Recife carregavam em Socorro que dera carinho excessivo ao menino, e dinheiro demais ao moço.

Dona Alice desvairava com ódio dele e da prima:

— Filho de um leguelhé sem nome, casado em família abastada, com 445 anos de tradição na história pernambucana, quando devia honrar a linhagem materna, se alia a pés-rapados pra nos desmoralizar. Este foi o favor que Socorro nos fez, educar um vadio pra dar mão à queda do poder dos senhores de engenho.

No entanto, o nome de Zito crescia em fama entre estudantes de todas as escolas, e os jornais o apontavam como chefe socialista dos acadêmicos de Pernambuco. Corajoso, com as palavras e refrões comuns a seu partido, falava em reformas de base, não dizendo quais, e carregando em cheio na corja de capitalistas pelo BID* e contra os coronéis — barões da aristocracia canavieira.

---

* Banco Interamericano do Desenvolvimento.

Era natural o entusiasmo dos acadêmicos de todas as faculdades, na propaganda desagregadora da ordem carunchada por vícios, de origem, incompetência e despudor dos senhores da situação. Esses moços eram os mais ardorosos nos comícios de Júlio Leão, e, com Zito à frente, não se importavam com o nome de suas famílias para o acompanharem com orgulho.

O Nordeste sempre foi governado por mitos. Na idade antiga, Fernandes Vieira, Camargo, André Vidal, Calabar, Henrique Dias foram mitos heróicos do povo. Depois, Nabuco, Zé Mariano, Zé Maria, João Pessoa e Agamenon acresciam o mitismo popular, com verdades e fantasias sobre suas personalidades. Esses homens passaram de vultos brilhantes nas campanhas que fizeram, a semi-deuses populares, com estatura muito maior do que em verdade possuíam. Na imaginação coletiva foram os heróis do seu tempo, e os aceitaram como seres excepcionais já mitológicos. O poviléu das aldeias mais recuadas tinha em Lampião, Cabeleira, Antônio Conselheiro e Antônio Silvino outros mitos heróicos. Lampião já passava por invulnerável a balas e tocaias, tornando-se invencível por 20 anos de banditismo. Esses 20 anos em que talou invicto, os sertões de seis Estados nordestinos, lhe deram a primazia de guerreiro lendário ainda hoje redivivo no sertão. O padrinho Cícero é mito religioso intocável no Ceará e em todo Norte-Nordeste. Ainda levanta em cidades e sertões turbas fascinadas por sua pessoa e milagres. Para muitos nem morreu, embora esteja morando nas nuvens.

Agora, na propaganda contra a ordem legal, os párias do interior, os injustiçados, os marginais, os esquecidos do poder público fizeram de Júlio Leão o mito reformador, que ia dar aos pobres o que era dos ricos, ajudando-os a viver com honra. Toda a classe assalariada, quer das usinas e engenhos como das cidades e fábricas do Nordeste, passou a ver no obscuro advogado de poucas e pobres causas, um predestinado a salvar os operários.

Uma coisa é ler e ouvir opiniões sobre o líder, o outra é ter assistido à sua campanha, convivendo com os que acreditavam no gigante fabuloso que fizeram do leguleio doente. Porque Júlio Leão era organismo sem resistência, minado por velhos males hepáticos. O extraordinário é que nos seus discursos às multidões que acorriam a ouvi-lo, nunca se exaltava, a falar com serenidade sem gestos de dominador das massas.

Havia porém, uma particularidade naquele agitador: a firmeza com que dizia as coisas mais graves, no tom natural de sua voz. Era tal a certeza com que anunciava a vivência de suas reformas, que os contrários que o ouviam tinham medo. Seu modo indiscutível de afirmar tinha tal convicção de verdade clara, de certeza, que não admitia nenhuma dúvida. O que concorria para o poder convincente de suas promessas em público, eram os olhos.

Frios e baços ao subir à tribuna de sarrafos, ao começar a prédica ganhavam eles brilho sinistro, brilho penetrante que dominava os que o ouviam na multidão atenta. Ver esses olhos era compreender logo o que o apóstolo falava, era julgar realizado o que prometia. Olhos negros pequenos e feios, tinham tamanha expressão e seus reflexos duros que eram o principal fascínio com que dominava os comparsas prontos a segui-lo. Naquela hora de pregação o homem modesto se transfigurava, agigantava-se e ele todo, em sua feiúra simpática se fazia a encarnação da verdade, que os famintos queriam ouvir.

Passada a aura de eloqüência sem gestos e sem alteração da voz, descia da tribuna como sujeito vulgar, de pouca presença, ar cansado e sem nenhum carisma do mito que já era para a população.

Zito estava agora sempre a seu lado. Por esse tempo já fora excomungado pela família de sua mãe, e pelos donos de usinas e engenhos da zona açucareira e pastoril da Mata. Sabia disto e dava de ombros. Que desejava mais, no segundo ano de direito, liderando estudantes de todas as séries, como o homem necessário? Mesmo porque ao levar para casa sua vaidade de chefe moço, encontrava a amante de braços abertos para apertá-lo, e boca entreaberta para beijos de fogo.

Socorro e Zito saíam de um cinema quando encontraram, no passeio da rua, o padre Pilar, que era esquivo em público. Socorro disse-lhe logo:

— Vamos tomar um sorvete, e o senhor vai conosco.

— Não, não posso, tenho afazeres em casa e vim à cidade de fugida.

— Não, padre Pilar, agora o senhor vai conosco.

Segurou-o pelo braço e entraram na sorveteria. Ela mesma escolheu os sorvetes, e só aí o reverendo falou com Zito:

— Nosso licurgo, pelo que vejo, vai bem.

Socorro foi quem respondeu:

— Vai bem, e agora apertado com os estudos para as provas.

— Desejo que você seja um novo Tobias, pois Tobias Barreto foi grande espírito. Em um mês aprendeu a falar alemão, para prestar concurso na sua Faculdade. Sendo homem de cor, sua inscrição não foi levada a sério. Mas nas provas assombrou os examinadoras. Foi poeta magnífico, muito correto na forma e cantava admiravelmente modinhas, compostas e acompanhadas por ele próprio ao violão. Quando estudante afrontou em pugnas literárias Castro Alves, no Teatro Santa Isabel. Sendo de gênio violento, não tinha muitos amigos e era mau vizinho, implicava com o choro das crianças que o impedia de estudar e escrever. Sempre foi descuidado no vestir e, em casa, usava chinelos sem meia. Vivia sempre na meia-miséria dos intelectuais do seu tempo, e, uma vez um conhecido o encontrou num trem indo do Recife, na 2ª classe.— Doutor Tobias, o senhor viajando na 2ª classe? — Que quer, meu amigo? Não há 3ª classe neste trem... Fundou em Escada um jornal político para ataques desumanos, até a adversários doentes. Enfermo, desprezado e perseguido até pelos colegas da Faculdade, passou faltas com a família. Não fosse Sílvio

Romero, não teria meios de pagar a luz para casa, nem o pão para a boca.

Saboreou seu sorvete delicioso.

— Disse que espero que você seja um novo Tobias, no preparo e na inteligência, no resto não.

Terminado o sorvete, Zito pagou, sob protestos do padre. Não tocaram em política e, ao saírem da sorveteria, encontraram com um jornalista, que foi dizendo ao padre:

— Soube que os camponeses das usinas entraram em greve geral?

— Não soube.

— Já seguiu força pra Usina Pedrosa. Querem danificar os maquinismos. Em També um padre declarou-se a favor dos rebeldes, e no Cabo outro. Temem que as coisas nos engenhos estejam pegando fogo. O senhor que acha das eleições? Quem ganhará? Os usineiros ou Zé Ninguém?

— É difícil profetizar...

Zito meteu o bedelho na conversa:

— Vai ganhar o Zé Ninguém. É o candidato invencível do povo. Agora a vez é do povo.

Só então o padre os apresentou:

— Aqui o jornalista Morais, o doutor José... Braço direito de Júlio Leão, na sua Faculdade.

Morais ficou espantado:

— Então é o que está na frente do movimento acadêmico?

— Na frente, não, apenas ajudo.

O jornalista encarava-o meio bobo.

— E que diz da campanha, das eleições?

— A campanha vai como desejamos, com o apoio quase total dos estudantes de todas as Escolas. Nosso candidato está eleito.

— Acha então que o usineiro vai perder pela segunda vez?

— Perde, já perdeu. A culpa não foi dele, mas da organização social arcaica das usinas, e do modo displicente que se usa de governar o Estado só com as elites. O padre esten-

352

deu a mão agradecendo e despedindo-se. Socorro e o estudante foram para o carro, prometendo uma conversa com o jornalista.

A campanha eleitoral fazia-se do modo mais violento. Os socialistas da esquerda não perdoavam as omissões dos governos de todos os tempos, clamando por um humanismo que tanto abrigasse brancos como a pretos e mulatos, como a trabalhadores sem excessão. Enquanto isto o governador usineiro aristocrata, embriagado pela altitude de seu cargo, estava como uma pessoa que sofre vertigem das alturas até de olhar a rua, de um segundo andar. Esquecera o povo, enquanto os seus opositores verberavam a liberalidade com que atendia e colocava amigos e parentes. Passou a eminente perseguidor até dos amigos dos perseguidos. Socorro e o sobrinho chegaram contentes a casa, encontrando Juca na sala de espera, com sinal de haver chorado. Zito bateu-lhe no ombro:

— Tudo bem, tio?

— A saúde acabou-se, a esperança morreu e a vida está no fim. O resto vai bem.

Mas parece que o resto não ia bem. Juca não quis jantar e o rapaz brincou:

— Nem o caldo de um camundongo?

— Você brinca com a fome, para a qual ratos e tanajuras são manjares. Mas eu não quero nada. Sinto-me opresso, com respiração difícil.

Pediu à sobrinha uma dose de água de flor de laranjeira, que tomou com água.

— Agora vai melhorar.

Foi para a cama. Os donos da casa ligaram a televisão, que estava desinteressante para ambos. Às 23 horas foram se deitar. Mas agora o rapaz é quem ia para o quarto da amante, não tarde da noite, ou pela madrugada. Já se recolhiam juntos, por insistência de Socorro.

Juca esperou o alívio que supunha estar no seu remédio predileto, deitando-se confiante. Sua respiração curta e pesada não melhorara e, por isso, o sono era impossível.

Não veio o sono e a dispnéia lhe sufocava o fôlego. Tentou, sugestionar-se, pensando:

— Isto passa. Quando dormir ficarei bom.

Esperou em vão adormecer. Insistia em se dominar:

— Isto é nervoso, não vale nada!

Às 2 horas da madrugada, sentia-se pior. O ar lhe faltava. O ar lhe fugia. Lembrou-se da água de flores da laranjeira, que estava no armário de medicamentos caseiros do quarto do sobrinho. Sem acender luzes foi na penumbra da casa, evitando o barulho, ao quarto do rapaz. Deu com o armário mas não distinguiu o frasco. Riscou um fósforo e encontrou-o. Mas o rapaz não estava na cama, que continuava estendida como passara o dia anterior. Pisando leve foi até à sala de espera, ao salão de visitas. Voltou ao seu quarto, bebeu a droga e, acendendo um cigarro, ficou assentado na cama.

— O cigarro me faz mal. Talvez, porém, me acalme. Cigarro pra mim é remédio.

Não dormiu mas a dose maior da água ou o cigarro, os dois juntos, deram-lhe um pouco de alívio. Pensava: Quando amanhecer, o ar livre lá de fora vai me fazer bem.

Amarrotado e fumando mais cigarros, ouviu o carrilhão da sala de jantar gemer 5 horas. Teve sede.

Foi beber água no filtro da copa e, quando bebia, Zito saiu do quarto da senhora. Deu com o tio.

— A esta hora já de pé?

— Não dormi. Passei mal.

O moço foi para seu quarto e o velho para sua cama. Estava pasmo. O sobrinho dormindo no quarto da viúva, falando áspero com ele ao encontrá-lo acordado. Acendeu novo cigarro, murmurando à meia voz:

— A casa dos outros só é boa pra eles.

Abria uma das janelas que davam para as árvores velhas laterais do prédio. Já clareava e ouviam-se pios de pássaros nas mangueiras vetustas.

Não havia sinal de chuva. Passavam caminhões bulhentos pela rua da frente. Ouvia vozes de empregadas conversando nos passeios.

Debruçado na janela, sentia quanto era dura sua solidão na vida.

— A solidão dos enfermos é pior que a doença. Ela só é boa com saúde e paz de espírito.

Deixando a janela aberta, foi de novo para a cama.

— O recurso é procurar os meus, minha família.

E pôs-se em silêncio, a conversar com os seus mortos.

Capítulo 15

CANGACEIRO FOME
ASSUME O COMANDO

Juca amanheceu amolentado pela noite indormida. Quando se preparava para o café em comum, ouviu tirarem o carro da garagem. Era Zito que saía cedo.

Na mesa encontrou Socorro, no seu vistoso penteador branco. Fingia cordialidade com ele, interessando-se por sua saúde:

— Vou levá-lo a nosso médico.

Sorriu triste:

— Só se for ao velho doutor que tratou o menino no engenho. Naquele eu creio. Qualquer outro lhe agradeço.

— Aquele não veremos mais. Foi aposentado com dois terços dos vencimentos, por saber muito e falar verdade. Falar verdade nos dias de hoje é muito crime. Ele mudou-se pra Maceió, levando sua récua de filhos pra não passarem fome aqui. Ninguém sabe onde mora lá.

— Zito saiu cedo.

— Está muito ocupado com os centros de propaganda do partido. Estão fazendo pressão nos estudantes, e o maior trabalho agora é sindicalizar os trabalhadores. Quem é dos sindicatos está protegido.

Fez-se um silêncio desagradável entre ambos.

— Sobrinha, você não acha que o rapaz está apaixonado demais pela política?

— Não acho. É dever dos estudantes estar na vanguarda do movimento.

Outro silêncio.

— Porque o estudante que não tiver média nas provas parciais, é obrigado a exame.

— Que quer dizer com isso?

— Que o nosso menino ocupado com política é capaz de esquecer os livros... os livros que são a fonte viva do preparo.

— Ora, Juca. Zito é aluno bem qualificado e alguns professores são íntimos dele. Sopram-lhe até coisas pra ele dizer nos comícios. Zito está considerado o maior estudante da classe. Ficou conhecido de todos. É o líder dos estudantes, e seu futuro está garantido. Zé Ninguém e Júlio Leão gostam muito dele.

— Desculpe minha conversa de gente boba. Sou um chapéu de palha, mas gosto dos parentes.

— Ora parentes. Você é o único a considerar Zito. A família toda tem ódio dele, porque tomou partido contra os podres da velha política. Todos eles têm raiva do rapaz porque pensa com sua cabeça. O futuro governador tem seu nome pra acompanhá-lo, quando for governo.

Esse candidato a governador era Zé Ninguém, apelido posto pelo então chefe do governo em homem que foi no início seu secretário, e de quem agora tinha horror.

Zé Ninguém era tipo maciço, de olhos desconfiados de gato-do-mato. Além de medíocre de inteligência, era poço de orgulho e vaidade. Em sua palavra monótona não havia nenhum brilho, e tinha o vocabulário de cortador de cana.

Botaram-lhe na cabeça que era homem providencial e, manejado por sub-intelectuais, convenceu-se de ser líder e só então se aproximou do povo, mas em conversas ao pé do ouvido. Tinha aversão a discursos, que não sabia fazer e nos palanques da propaganda, era figura apagada, mas refletia o brilho dos camaradas mais hábeis.

Armava seus projetos com cabeça fria, não delirando como seu comparsa Júlio Leão.

Sua figura retaca, sem qualquer gesto intencional mesmo de mão, notava-se pelos cabelos ruivascos de descendente de flamengo e bugre caeté. Sempre foi homem frio. Julgando-se por hábito perseguido, gozava a hora de se vingar, não sabia de quem. Considerava-se homem carismático e, ateu convicto, andava coberto de amuletos contra mau-olhado, acreditando em despachos e feitiços.

Muito simples e até cordial, impressionava pelos grandes olhos claros, sempre tranqüilos, como em perpétua ressaca de maconha. Sendo um introvertido parecia triste, mas era mau. Imbuira-se de idéias messiânicas, convencido por certo primo, brilhante psiquiatra moço, de que era predestinado a salvar o Estado e a Nação, passando a sonhar-se Presidente da República. Absorvia recalques e ambições dos que o cercavam e, quando apareceu, foi enfeitado de idéias alheias, sendo que o seu programa social era de ódio e sangue.

Convencera-se de ser homem puro, intocável e, portanto, invencível. Atrás de seus raros sorrisos breves e dos olhos desleais, uma cascavel se enrodilhava, e se ouvia o rosnado de um canguçu. Ouvia mais do que falava e quando falava, era para dizer asneiras, lugares-comuns, e prometer o que não era dele. Tal paranóico incontestável que iria derrubar a orgulhosa, mas oca, democracia do Nordeste.

Enquanto Júlio Leão vencia no campo as últimas resistências dos proprietários, com ameaças de greves e sabotagens, Zé Ninguém com seu olhar de surucucu de olho apagado vigiava suas futuras vítimas.

Os camponeses, garantidos pela fraqueza do governo, cumpriam ordens de invadir as terras e de fazer justiça com as próprias mãos. Ouviam-se em todos os grupos o *slogan* arrasador dos inconformados:

— Eu fui e sou escravo, mas meus filhos não serão escravos!

Isto representava uma promessa de redenção dos jovens e os estudantes, com Zito à frente, conturbavam a paz dos capitalistas, dos industriais e comerciantes presos ao Banco do Brasil.

Houve semanas de dois, três dias de trabalho e até no Banco do Brasil, centro de resistência conservadora, havia numeroso grupo que descontrolava seus serviços com desordens e greves tartarugas.

Zé Ninguém era chefe sem idéias, a não serem aquelas já desmoralizadas por aventureiros sociais de outros povos. Sua palavra era uma só:

— A ordem é estabelecer confusão.

Quando chegou essa ordem, a confusão já era grande e o governo estava vencido, acovardado pelos adversários. Todas as semanas o governador viajava para o Rio, a tratar de coisas que não eram de sua conta e seu Estado ia à garra, afundava-se como velho barco de águas abertas.

* * *

Foi então que a campanha dos socialistas focalizou, como programa inteligente, o problema da fome. Não exagerava nem mentia, porque a estiagem trouxera a miséria em todos os municípios que, em rigor e em verdade, estavam famintos. Famintos sem assistência.

Começaram a explorar essa situação, como inoperância do governo do homem rico, para o qual pouco importava a miséria de seu povo. Apenas desmentia não haver fome...

Os socialistas provavam o contrário, levando para a Capital famílias quase moribundas, esfarrapadas, com filhos sem alimentos há muitos dias.

Expunham esses flagelados nas praças e nas esquinas, onde crianças pediam esmola aos que passavam. Nos comícios os oradores de todas as classes arrasavam o governo, que não socorria aqueles infelizes. Em frente das numerosas famílias expostas em público e desvairadas por um pouco de farinha, paravam pessoas pobres e turistas cheios de indignação:

— É o cúmulo! Estão morrendo de fome e o governo não se abala.

— Morre gente de fome em Pernambuco. Estes, estão agonizantes.

Os mais indignados comentavam para os outros ouvirem:

— O governador foi ontem no Rio, de avião a jato com seus ajudantes de ordem e secretários, tratar de questões da ONU no Oriente Médio...

Os banquetes oficiais no Palácio da Princesa eram explorados com minúcias revoltantes. Camponeses analfabetos, insuflados por Júlio Leão, gritavam para as massas em repetidos comícios: — Ontem no Palácio da Princesa teve banquete para o cônsul da Alemanha. Comeram aspargos, atum de lata, faisões dourados e beberam muita champanha francesa. Por falar em comida, os camaradas vão ver agora, na Esquina do Lafaiete, uma família de 9 filhos estendidos na calçada. Sua fome é tanta que não ficam mais em pé.

Aquela família esteve lá por muitos dias, morrendo à míngua a mãe dos 9 menores. O jornal dos socialistas publicou larga manchete: Morre de fome na Rua do Imperador a mãe de 9 filhos! O enterro da vítima da democracia será hoje às 14 horas, com dinheiro tirado nas ruas por um bando precatório de maloqueiros. Os órfãos abandonados estão vivendo da caridade pública!

Hoje não se imagina a eficiência revolucionária de tal notícia. A revolta contra os poderes públicos crescia, assustadora. Foi quando um sindicato de operários declarou greve geral, por fome e desamparo das famílias dos trabalhadores. Grupos armados de camponeses invadiam os engenhos, matavam o gado alheio para a fome da multidão. Marchavam na frente da mole de pés no chão mulheres cuja presença fazia dó. Eram múmias andrajosas e desgrenhadas na testa dos reclamantes, com foices nas mãos, a pedir comida para os filhos, e justiça para os perseguidos.

Uma professora de Vitória de Santo Antão, com o lindo nome de Maria Celeste é que dirigia aqueles desesperados, no avanço aos armazéns e feiras para o saque. Invadiam as feiras, não para levar gêneros mas para comer. Sempre aos gritos reclamando feijão, charque e farinha, essas viragos perigosas brandiam as armas, com ímpeto de quem mata ao desespero da cólera. Marchavam de passos largos, semi-nuas e em seus olhos refulgia o lume da loucura acarretada pelos jejuns. Eram as mais violentas, as mais assanhadas, as mais cruéis.

Puxavam centenas de campesinos, com gritos de aves carnívoras e rosnados de lobos famintos.

Nunca estavam satisfeitas com os *Abaixo!* e *Morra!* da matula à sua retaguarda, pois queriam não gritos porém matar mesmo.

— Estamos com fome! Abaixo os ricos!

— Morram os capitalistas! Queremos pão para os filhos!

Não havia quem não acreditasse no que eles pediam, esgoelando. A tônica de todos os discursos revolucionários — era a fome. Em rigor, a massa trabalhadora de Pernambuco estava mobilizada para revolta. Júlio Leão disse em comício de Jaboatão:

— O cangaceiro Fome assume o comando! Vamos obedecer suas ordens, pra o que der e vier.

Milhares de famintos marchavam para Recife, que praticamente estava dominada pela canalha delirante.

Padre Pilar trabalhava muito a favor de seu candidato, velho usineiro liberal. Passando pela Rua Nova, deu de frente com seu velho camarada major Gaudêncio, senhor de engenho em Rio Formoso. Estreitou-o nos braços e, abraçados, batia-lhe a mão nas costas.

— Eis aqui um liberal democrata, que quebra mas nunca soube envergar!

E encarando-o com júbilo:

— Está preparado para as eleições históricas?

— Não voto mais, meu padre.

361

— Não vota mais por que? Por idade não é, a não ser que desse baixa ao título, o que não acontece a gente de fibra.

— Não voto porque o casal que merecia meu sufrágio adoeceu no dia 13 de maio de 88, e morreu a 15 de novembro de 89. Chamavam-se dona Vergonha e senhor Caráter. Nunca mais votei...

O padre abria a boca aparvalhado e o major completava:

— Em Minas, quando derrubam as matas seculares, deixam um pau dos grandes, pra mostrar que a terra ali foi de mata-virgem. Eu sou o pau deixado do tempo do sossego, do tempo em que ser rico era vergonha.

* * *

Zito só chegou em casa na hora do almoço.

Não teve a delicadeza de perguntar pela saúde do tio. Toda a sua atenção estava dividida entre Socorro e a causa.

Ao encontrar a amante, não a beijou por presença da criada, apertando-lhe a mão de modo significativo, que ela correspondeu.

— Demorou.

— Muito serviço. Muito trabalho. A organização dos comitês, as inscrições para os sindicatos me encheram a manhã. Tive entrevistas, (o Morais, sabe?) e outras coisas que são nada e enchem o tempo. Júlio Leão foi inspecionar nossos arquivos e saiu satisfeito.

Uma professora de Vitória de Santo Antão é que dirigia aqueles desesperados, no avanço aos armazéns e feiras para o saque. Estamos com fome! Abaixo os ricos!

→

Ria, lembrando-se de alguma coisa:

— É tão maldoso... homem prevenido. Sabe quem está ajudando muito? Zé Lúcio. Está com irmã doente mas não falha.

— Qual das irmãs do Zé está doente?

— Nem sei qual. Esqueci de perguntar. O Zé é do partido, embora tenha medo da mãe, que proibiu sua atuação. Mas é dos bons nas conversas com os indecisos. Os simpatizantes.

Socorro sentiu descer sobre seus olhos um véu negro.

— Então Zé Lúcio está com gente da família na terra. Zito que lavara o rosto no lavabo da sala, começou a enxugá-lo.

— Está. Sofreu lá umas coisas, veio tratar.

Punham a mesa e o estudante sentou-se, mesmo em mangas de camisa, na cabeceira principal. Socorro chamou alto:

— Juca, o almoço!

O velho chegou cabisbaixo, para dizer que não queria almoçar. Zito, sem o encarar, perguntou com indiferença:

— Não melhorou?

— Estou melhor.

E, já sentado, com atenção bondosa:

— Saiu cedo. Como foi de Escola?

Não respondeu, dirigindo-se à viúva:

— Ah, ó Zé Ninguém quer falar comigo, no seu comitê da Rua do Imperador. Hoje, à noite. Chamavam o candidato a governador de Zé Ninguém, apelido depreciativo que lhe pusera o chefe do governo. Seus partidários tomaram apelido como arma eleitoral e, para todos, o candidato era mesmo Zé Ninguém.

Juca sentara-se à mesa apenas por bons modos. Ninguém lhe oferecera nada, um caldo, um chá, quando dispensou a refeição.

O rapaz almoçou e de novo saiu à pressa, pois estava sobrecarregado de encargos. Mal saiu, Socorro chamou Zé Lúcio ao telefone. Não estava.

364

— Não tem ninguém da família dele pra atender?

— Vou saber.

Socorro com o fone ao ouvido esperava paciente.

— Alô. É a mãe do Zé Lúcio. Quem fala? Oh, muito obrigada. É Florzinha. Adoeceu de repente com uma crise de choro, que não passava. Chamaram o doutor de lá, não deu certo. Aconselhou trazê-la pra aqui, a ouvir especialista. Hoje o doutor Zito foi conosco ao tal médico, e ele pediu vários exames. Seu menino providenciou tudo e vamos ver amanhã os resultados. Estou muito aflita, dona Socorro!

— Florzinha está na pensão com a senhora?

— Está. Até ver em que fica. O doutor Zito me ofereceu sua casa, o que lhes agradecemos muito. Vamos ver o que o especialista fala amanhã. Ela agora está dormindo com um cachê, pois passou mal a noite.

— Então faço uma visita à menina e à senhora. Telefonarei todos os dias pra saber notícias. Isto não vai ser nada. Boa tarde.

Socorro desligou o aparelho e com a mão ainda em cima dele, voltou-se para Juca:

— Este seu sobrinho está me saindo coisa muito ordinária!

— Que aconteceu?

— Está ficando tralha muito indecente! Além de viver metido com os comunistas, deu pra mentir e gastar dinheiro a rodo, não sei em que.

Estava indignada, pálida e de olheiras de repente roxas. Sempre de pé, arquejava com ira crescente. Suas mãos tremiam.

— Está puxando seus parentes de engenho, para os quais não havia mulher que chegasse. Além de conquistador de mocinhas idiotas, deu pra mentir, o que envergonha qualquer negro. O contato dele com essa gente do Zé Lúcio, está fazendo dele um bicho. Pode-se dizer que abandonou os estudos, pois não tem médias parciais e deve prestar exame final, sem abrir um livro! Agora está engambelado com uma sujeita de Petrolândia, que não faz mais nada!

O repente do ciúme fazia-lhe revelar coisas certas e leviandades inventadas. Juca abaixou a cabeça, pois era a primeira vez que via a sobrinha perder a calma e falar bobagens alucinantes. Ele bem sabia que aquelas acusações não eram de criação, mas de fêmea preterida, em assomo de ciúme carnal. Saía da crise nervosa de mulher madura, que vê o amante alumbrado por moça ainda em flor.

Teve vontade de sorrir, pois ela devia saber que ele vira o sobrinho saindo, quase o dia claro, do quarto da amante.

A senhora sentou-se, ainda agitada pelo telefonema.

— Ele precisa se convencer de que a família de vocês não o tolera mais, desde que se enveredou no partido socialista. Meu pai tem horror dele, por quê estava em comício do Cabo e Joboatão aconselhando os trabalhadores rurais a fazerem greves sobre greves, e tomarem à força terras dos seus patrões. Você mesmo não fala, mais sinto que ele o trata com desprezo. Agora, me joga os pés, quando o seu futuro depende de eleições e eleições ninguém sabe quem ganha!

Com o cotovelo na mesa descansou o queixo na mão, ruminando cólera e talvez vendo coisas.

Juca ouvia calado, sem coragem de acusar o parente, porém magoado com ele por seguir cabeças loucas na opinião da velha guarda política em que sua família sempre formou. Notara, porém que a educação de Socorro era toda superficial e só naquela hora se mostrava mulher comum, mulher medular sujeita a destemperos incontroláveis. Defendia com bravura os últimos reflexos da mocidade, pois estava com 36 anos, nas barras da menopausa tropical.

A mocinha viera mesmo tratar-se. Adoecendo no sertão, chamaram o doutor Moreira que, não sabendo do que a doente sofria e não desejando perder seu tempo, aconselhou o especialista.

Mais tarde, contou na mesa de sua diversão, como ficara livre da doente:

— Aconselhei um psiquiatra. E psiquiatra é um literato fracassado, com ligeiras tintas de ciência, que todos os anos se renovam.

* * *

Às 20 horas o carro buzinou lá fora, pedindo para abrirem o portão. A garagem era no fundo do terreno.

Chegava com os companheiros habituais do uísque e do jantar.

Socorro entrou para seus cômodos, a se enfeitar para recebê-los. Juca foi para seu quarto, com certeza para estar vivo, mas perto de seus mortos.

Socorro não foi à sala onde bebiam o Osmarino, Orestes, Zé Lúcio e o dono da casa. O assunto eram eleições a serem realizadas na próxima semana. Júlio Leão fizera naquela tarde novo *meeting* no Cais do Porto, exibindo caminhões cheios de vítimas da fome dos engenhos. Zito se vangloriava de seus trabalhos, elogiados pelos chefes. Era ele quem iria discursar na Praça da Independência, abrindo um dos últimos comícios da campanha. Júlio Leão levaria as Ligas Camponesas com seus agitadores, entre eles o estudante Joel, atrevido comunista.

Naquele encontro Zé Ninguém apresentaria seu plano de governo, e as massas estavam preparadas para reação aos choques da polícia.

No final da campanha, Maria Celeste se destacava como monitora dos campezinos da Vitória do Santo Antão, à frente dos quais invadira e tomara o engenho Serra, na estação de Tapera. Assenhorearam-se do solar, matando reses para o poviléu.

Tomaram posse da prataria da casa-grande, ocupando a mobília de jacarandá da família rica, roupas de linho e pertences da senhora de engenho. Arrecadaram joias antigas, arrombando gavetas e queimando os livros de assentos. Não era só aquele, vários engenhos foram invadidos e,

367

naquela semana, o deputado Siqueira matou, em pessoa, seis dos que assaltaram sua usina Estreliana. Muitos senhores de engenho se transferiran para a capital, salvando a vida e a dos seus.

A opinião pública só nas classes elevadas verberava esse procedimento de desordem, porque os da arraia-miúda apoiavam com alarde tais assaltos.

Os rapazes bebiam há bem tempo, sem que a senhora e Juca fossem à sala. Zito dirigiu-se ao interior da casa, para saber o que havia.

Socorro alegou dor de cabeça e Juca sua falta de ar sempre revinda, mais forte, à noite.

Encarando o tio, Zito explodiu em ira repentina:

— Você não foi ver os rapazes, por que? Quem está aqui tem obrigação de fazer sala às minhas visitas, a não ser que seja espia da família e dos burgueses iguais a você.

O velho achou melhor não responder ao sobrinho, que bebera bastante. Silenciou-se, determinando ir embora ao outro dia.

Apenas disse:

— Amanhã eu lhe darei a devida resposta.

Ao jantar, Socorro compareceu muito discreta, respondendo com tristeza às perguntas dos amigos.

Quando o jantar terminava, resolveu dar a entender ao amante que soubera de suas andanças pela manhã:

— Zé Lúcio, você faça por mim, uma visita a Florzinha, dizendo que não a visitei ainda por estar doente, mas desejo que os exames que mandaram fazer lhe sejam favoráveis.

Era quase meia-noite quando as visitas se retiraram. Retirados os moços, Zito voltou ao quarto da tia:

— Que quis dizer ao Zé Lúcio sobre Florzinha? Como sabe que ela aguarda os exames?

— Sei, porque você a levou ao médico, e ele pediu os exames.

— E que tem você com as minhas relações, pra andar vigiando meus passos?

368

O sangue ferveu na cabeça da senhora, pela insolência com que era interrogada:

— Não lhe dou satisfações de meus atos nem de minha vida. Não tenho medo de um comunista desfibrado como você!

— O comunismo é muito elevado, pra andar na boca de uma burguesa ordinária como você é. Não me responda deste modo porque pode perder! Não diga mais nada! Ordeno que não diga! Cale a boca, sua puta!

Ela avançou num repente para o rapaz, que a empurrou num tranco. Caiu de lado na cama, gritando por Juca. Ele chegou e as serviçais.

— Que é isto, sobrinho? Está louco?

— Não se aproxime, que se arrepende!

— Respeite seu tio velho, se não sabe respeitar sua mãe!

— Eu só respeito os meus chefes e tenho nojo de vocês, ladrões do povo. Não respeito raça de burgueses enriquecidos com o sangue dos escravos!

Saiu estabanado para seu quarto e Juca foi prudente em calar, sentando-se na cama perto da sobrinha, que chorava em crise nervosa. Falou então alto, para ser ouvido pelo bruto:

— Você é um caso de polícia, está envenenado pela covardia dos herejes!

O estudante chegou à porta do quarto da senhora, gritando para o velho com ar ameaçador:

— Cale-se, que posso estapeá-lo e tocar você desta casa!

Socorro também gritou, arfando:

— Esta casa é também de seu tio, miserável! Você não tem direito a não ser de cadeia.

— Você com seu pai, estão marcados por nós. Cale-se, porque eu posso lhe dar lição de dignidade a ponta-pés! Socorro se ergueu num salto e apanhou o revólver de Severino, na gaveta da mesa de cabeceira, enfrentando com valentia o alucinado:

— Ordinária, mulher sem-vergonha, que não vale uma cusparada!

De arma em punho, Socorro de pé o esperava.

Saiu, batendo com estrondo a porta da rua. Juca tomou o revólver, repondo-o onde estava.

— Acalme-se. Ele saiu. Vou-lhe dar água de flores de laranjeira.

— Não, não quero. Não sou mulher pra calmantes. Vou é mandar chamar meu pai, pra ver o que faço.

— Chame antes a polícia, que é pra isto.

As empregadas tremiam. A arrumadeira chegou com um copo d'água sem açúcar para a patroa.

— Não quero. Feche a porta por dentro, que ele pode voltar.

As empregadas batiam os queixos, com grande susto.

— Parece que ficou doido!

— Não ficou doido. Isso é mesmo dos fanáticos, sob o veneno da Rússia.

Juca, sentado na cama da senhora, calara-se, pensativo. Lá fora, pelos quintais, os galos cantavam a primeira vez.

* * *

Naquela madrugada não voltou a casa.

A lembrança de Juca de chamar a polícia, não adiantava. O governo estadual se omitia tanto na campanha, que tudo estava descontrolado. Permitiu o ataque aos engenhos e usinas, sem mover uma palha pela ordem. O governador viajava. Tornava a viajar. Oferecia banquetes.

Por seu lado o governo federal facilitava a propaganda socialista avançada, que era o comunismo com pouco disfarce.

A situação de quase todos os lares era, mais ou menos, aquela da casa de Socorro. Havia sempre um elemento partidário simpatizante dos reformadores, a provocar discórdias.

No comício final da propaganda governista, cujo candidato era homem limpo, atacavam e contra-atacavam, mas esqueceram de alistar eleitores. Na peroração das tiradas demagógicas dos governistas, quando cada orador terminava a arenga, vasta claque de vagabundos pagos punha a praça em tumulto com berros e gritos:

— Já ganhou! Já ganhou!

O chefe do governo, inchado de gordura e empáfia, sorria acenando satisfeito ao povo, para o qual nada fizera.

Zé Ninguém, no outro setor, terminava com promessa de paz e ordem sob humanismo que ninguém entendia, nem ele mesmo.

Júlio Leão tinha o povo dominado por sua frieza oriental, mas disse o bastante para confirmar quem era.

— Nós já vencemos, o nosso direito será mantido, com as leis ou na marra!

A gentalha de macacos pagos, de fanáticos sem responsabilidade, aplaudia em tumulto:

— Já ganhou! Já ganhou! Já ganhou!...

Aquele espetáculo era ridículo, mas dava o que pensar. As eleições se realizaram e a oposição ganhou, disparada. Ganhou na quase totalidade dos municípios, com folga incrível. O humanismo imbecil de Zé Ninguém e a eloqüência de Júlio Leão desmentiram os estatísticos do governo e a previsão dos sibaritas folgados.

Na lista completa dos votos do município de Limoeiro, Juca encontrou um nome de que já ia esquecendo: Mestre Januário Felisberto da Assunção Maia, 1 voto.

Espedaçado pela demagogia dos vermelhos, ele entrou na campanha, com assanhamento de rapazinho. Contava eleger-se prefeito. Percorreu distritos, fez visitas, falou em comícios. No do encerramento da campanha, o velho gritou do palanque:

371

— Os camponeses querem terras, os camponeses precisam de terra. Terra para os enjeitados da sorte em Pernambuco!

Formara cheio de esperança, na ala dos comunas.

O resultado das eleições municipais estava ali, no *Jornal do Comércio*: Mestre Januário Felisberto da Assunção Maia, 1 voto.

Mesmo amargurado como estava, Juca sorriu.

— Este mestre Maia é uma besta. As urnas sempre refugaram voto para ele, mas o seu próprio cai lá dentro, com a constância matemática de gota chinesa.

Estava eleito o Zé Ninguém. Estava eleito deputado federal Júlio Leão e, por isso tudo, vitoriosa a ala trabalhista do estudante Zito.

Agora competia aos vencedores cumprir as promessas de dar aos companheiros rurais pão, terra e liberdade.

Juca estava estupefato, murmurando ao saber da para ele decepcionante notícia:

— Mais tem Deus pra me dar, que o diabo pra levar...

O homem de vergonha perde seus direitos, pra respeitar o direito dos outros.

Socorro ficou inquieta e decepcionada. Nos derradeiros dias precisava da derrota de Zé Ninguém.

— Creio que vou pra o engenho de meu pai.

Juca procurou acalmá-la:

— Vamos esperar. O homem pode estar arrependido.

— Você está querendo remendar pano velho com fios de ouro.

— Ele pode estar arrependido.

— Qual! Agora é que está importante! Foi convidado a trabalhar no gabinete de Zé Ninguém.

— Não sei. Essa gente não dá carreira certa.

A viúva emagrecera, depois da explosão do estudante. Chorava à noite, amanhecendo abatida.

— Nunca pensei passar pelo que sofri. A ingratidão foi muito dura. Mas tenho pena dele. No fundo é bom menino. No dia da vitória, a cidade ficou abalada pelo fracasso do governo, e pelo medo de uma administração arbitrária e violenta. As classes conservadoras estavam fendidas de alto a baixo, na sua estrutura de capitalismo mal visto.

Só o povo mártir do campo respirava aliviado duma opressão angustiante. Havia festas públicas e particulares, pela vitória insofismável dos pés-rapados. Júlio Leão com a sua figurinha vulgar, crescia no meio trabalhista com a proporção de apóstolo vencedor.

Na noite do outra dia, Osmarino chegou à casa de Socorro. Ia, em nome de Zito, parlamentar com a senhora a quem tanto ofendera nos 411 anos de seu brio intocável.

— Zito está arrependido e chateado. Zé Ninguém já escolheu seus auxiliares, e ele não teve o cargo de secretário particular prometido, nem outro correspondente na futura administração. O chefe tinha tanta certeza de ser eleito que, organizara seu gabinete, no fim da campanha. Disse-lhe que mais tarde, será aproveitado, mas isto parece desculpa de mau pagador. Por outro lado, perdeu o ano, uma vez que não teve tempo de estudar. Ele está na minha pensão, e espera vocês acalmarem pra voltar pra aqui.

Socorro estava envelhecida em poucos dias, mas era mulher de têmpera, inteligente e briosa.

— A situação dele ficou muito delicada na família de meu marido, e também na minha. Estava agindo como louco de rasgar dinheiro e o que fez comigo feriu meus pais e irmãos. Ainda mais ofendidos estão os seus tios, sendo que Juca foi por ele tocado da nossa casa. Nossa situação ficou muito crítica.

Jonas recebeu uma comissão de camponeses, impondo alterações e retalhações em seu engenho e naturalmente no nosso, que ele administra. Se ele voltar pra aqui, perco a amizade dos meus e dos de meu marido. Não sei o que faça.

Chorava calma, assoando-se, discreta.

— Criado por mim desde um mês de nascido, sempre foi bom antes de se meter em política. Passou a grosseiro e a fazer coisas que me desagradavam. Está aqui Juca, bondoso tio de meu marido. que foi tocado por ele de casa. Minha situação é muito difícil e não sei o que fazer. Amaldiçôo os políticos, os políticos do tal socialismo da esquerda, que perderam o que sempre chamei meu filho.

Enxugava tranqüila os olhos.

— Ele não precisa mais de nós. Agora sempre com Florzinha, que é moça e bela. Quando estivemos no São Francisco, ele voltou embelezado por ela.

Osmarino informava:

— Florzinha já é noiva, dona Socorro, de um agrônomo, meu patrício do Exu, que trabalha na Companhia do Vale do Rio Doce. Vão se casar breve. Está com o enxoval pronto. Só espera terminar os estudos, para o ano.

Osmarino reconhecia a gravidade da situação do amigo.

Juca então falou brutamente:

— Perdeu o ano, o que é grave pra estudante de brio. Ele nada espere dos comunistas, que são assim mesmo com os inocentes úteis. Mas quem decide é a sobrinha. Não dou opinião.

Osmarino julgava sua missão prejudicada, com a gravidade do que ouvira. Juca estava amargurado com o tratamento recebido na noite da briga, e não queria mais ver e rapaz.

— Ele não fica desamparado. Tem a herança materna, que não demora a receber. Do pai, ninguém sabe. Nós não o conhecemos.

Osmarino remoía o assunto, na defesa do companheiro. Afinal se retirou, em face da reação encontrada. Quando ele saía Socorro choramingava:

— Por mim, pelo que fez comigo, eu lhe perdoava. O que fez, porém, com meu pai e com vocês é grave demais. Na minha família, ninguém lhe perdoará.

Juca achou ruim:

— Agora, acho importante você perdoar um sujeito que lhe chamou daqueles nomes, em vista das empregadas. Quem desfez de suas virtudes, comparando-a a mulher da vida. A essa audácia não me atraquei com ele, por procurar

374

os cacos de minha calma e os mulambos do meu juízo, ficando mais controlado.

Só o velho Juca sabia do segredo entre os dois, desde que vira o moço deixar o quarto da viúva antes do amanhecer. Se revelasse aquilo, talvez o rapaz tivesse razão de chamá-la, cara a cara, o que chamou. Nunca o faria, embora, estivesse certo de que o dito, em repente leviano, era verdade. Disse o líder agitador que o cangaceiro Fome assumia o comando da batalha contra o idealismo liberal. Naquela madrugada sonolenta as duas criaturas amorosas mataram-se, um ao outro, fome não menos importante do que a dos flagelados.

$$* * *$$

Socorro saiu a tarde com a arrumadeira, pra suas preces de promessa na Igreja de Santa Rita.

Só ficaram na casa Juca e a velha cozinheira Bercholina, sua malunga do tempo do cel. Prudêncio. Bercholina conhecia toda a vida da família. Criara Jonas, Severino e Betânia, sendo amiga leal de Juca, desde quando era moleca.

Conversavam na sala de jantar, o velho sentado e a negra de pé, recostada na mesa, com a mão na face. Juca se abria com a velha amiga:

— Pois é, Berchó, nós temos visto, aqui, o que nunca vimos nos engenhos em que nascemos e fomos criados. Não viu o bruto na noite da coisa o que disse?

— Ah, Nhô Juca, vivo tristi, maginano. Tenho visto munta coisa feia... ? munto nome... No nosso tempo, tinha preceito, a genti tinha os zóio pra vê i preceito pra calá. Sei não, Nhô Juca, fico assim... pensativa... Ancê sabe... A genti vê cum perdão da palavra, tanta coisa... Cala aí, mea boca.

— É pra você ver. Não entendo mais a vida, não. Você não viu ele me tocando?

— Chorei a noite intêra cum aquele agravo, qui Sinhô nunca sofreu nu nosso tempo.

— Berchó, que há nesta casa? Olhe, uma madrugada eu senti minha aflição que você conhece, e vim procurar um remédio no quarto do homem. A cama estava estendida, ninguém deitara nela. Mais tarde fui beber água, quando ele saiu do quarto da sobrinha. Eram quase 5 da manhã. Fiquei assim, leso...

— Ah, Nhô Juca, nun fala não. Cum o Sinhô eu falo. Já vi essa sujêra muntas veis. Eles drome junto, tem munto tempo. Mea boca, mea boca... Vi ancês tudo piquenu... Munto respeito.. Issu agora é toda noite... Inté mi benzo. Discunjuro, Nhô Juca. Fico assim, pensando...

— E ela desconfia que você vê?

— Sei não, Nhô Juca. Munto isquisito. Muntu ciume dele. Ela é mulé madurona, ele é mininu. Tem genti qui é comu denti de sizo, já nace furadu... Tem gênti qui já nace Deus mi perdoi, sem-vregonha.

— Eles não têm medo de complicações, de um filho?

— Sei não, Nhô Juca. Minervina (era a arrumadeira) me contou coisa feia. Na cama dela, nas ropa. Minervina é moça donzela, mi priguntou... sei não, Nhô Juca... tudo muntu trapaiado.

— Não fico mais aqui. Vou embora. Estou aqui a pedido de Jonas, de Sílvia. Mas vejo que sou demais, sou testemunha. Posso ser testemunha... podia falar, se fosse igual a ele. Também eu vejo isto aqui muito sem jeito. Bem dizia o Matiniano, escravo de meu pai, que o juízo das mulheres está é nas cadeiras delas.

— Eu, quandu veju essas coisa, pensu na Sinhá Véia, coitada, qui já tá lá im riba... Tão recatada... Pessoa qui nun falava certas coisa... Pessoa qui nunca falou nu nome du coisa ruim. Na vista dela ninguém falava certas coisa. Coitada, tão boa. Agora aqui, cum seu perdão, essa cachorrada. Minervina é moça donzela, um dia sai daqui, conta lá fora... na casa de Nhá Alice...

— Deixe contar; nós não temos nada com isto!

— Nós tem, Nhô Juca. O nome da famia... O nome da famia é de nós tamem. A vregonha dela é tamem dos véio de oji qui sofre... Os nêgu véio qui viu tudo dereito, e ôji...

Fez o sinal da cruz.

— ... e ôji...

Enxugava os olhos leais na manga suja do vestido.

— ... num tem jeitu não. É muita vregonha pra nóis qui tamo véio.

Pobre velha, pobres velhos. Temiam que soubessem o que ali se pessava, porque ela e Juca é que ficariam envergonhados.

Santos velhos, aquelas duas criaturas de cabeça branca, imbuídas da moral antiga.

Naquela noite no Umburana, à hora de se recolherem, Sílvia estava apreensiva:

— Com o descontrole de seu sobrinho, tenho medo que ele desconsidere o Juca. Pode humilhar o velho.

— Você não conhece o tio! É idoso, mas tem muita força moral. Juca é pau de tijubá, que o vento nunca abalou.

Capítulo 16
MEL DE FLOR DE JUAZEIRO

A casa de Socorro perdeu a alegria, ainda em flor nas semanas passadas. Entristeceu como se ali morresse alguém.

Os cuidados especiais com que a viúva se enfeitava, nos últimos tempos, desapareceram de repente.

Seu pai a visitava todas as semanas e sua mãe ali passara dias, a observar a constância de propósito de não consentir a volta do estudante. Queriam levá-la para temporada no engenho do Cabo e ela por enquanto resistia, com desculpa da presença de Juca, pessoa muito considerada por Severino.

Não botou mais os pés num cinema e quando saía era por insistência dos parentes, indo com eles de carro que ela mesmo guiava, até à praia triste da Piedade.

Quem apareceu para visitá-la foi o padre Pilar. Fingia-se alegre mas estava inconformado com a derrota de seu partido, que sempre teve foros de invencibilidade.

Acolhido com atenção carinhosa, pisava naquela casa com o coração lavado, por não estar mais ali o inimigo da igreja e da democracia de seus amores.

Juca voltava a pilheriar com ele e o reverendo dizia ser-lhe preferível a morte à ascensão de Zé Ninguém ao palácio, de onde governaram homens probos.

— Homens como Manuel Borba, que, deixando o governo, não tinha uma casa sua para morar. Agora, ninguém sabe a quantas andamos com o humanismo do futuro chefe, e com esse truculento rapineiro de terras em nome do povo, que se chama Júlio Leão. São homens que chamam a religião *ópio do povo*, e declaram na praça pública que a propriedade é um furto.

Compôs sua batina de seda, para mostrar os sapatos de fivela agora de ouro.

— Olhe, Juca, há na beira do São Francisco uma praia de areias brancas. O gado que vive morrendo nas estiagens das caatingas desce de longe, procurando as águas do rio. Já exaustas da caminhada sequiosa, chegam no barranco e vêem a praia fresca, mesmo ali. A rês desce a rampa a matar a sede e, de boca e garganta secas pisa na areia com água a poucos passos. Mas as areias fogem de suas patas, as unhas se enterram por elas adentro, o chão incerto foge às pisadas. Nessa altura sente o areão já nos joelhos, a barriga enterra nele, o corpo vai se afundando. Só tem livre agora a cabeça mas o violento chupão suga embaixo, lá se vai a cabeça, lá se vão os chifres para o fundo do sorvedouro. Em segundos a rês desaparece, não atolada mas chupada pelas areias. O sertanejo chama essa praia a *Engulideira*, porque engole com violência a rês ou o que pise lá, homem ou bicho. Pernambuco elegendo o abominável sujeito, foi sorvido pela Engulideira. Não tem salvação.

Acomodou-se melhor na poltrona.

— Sei que não está mais aqui, nesta casa honrada, o braço direito de Júlio Leão.

Por isto venho como velho amigo, para uma visita. Não sei se souberam que ele perdeu o ano de direito, e Zé Ninguém não o quis no seu detestável estafe. Corre ainda que ele expulsou de casa a você, injuriando público e raso a mãe adotiva. Agora sabem que a profecia deste velho amigo foi cumprida, integral. Anda no momento com certa mocinha e seu irmão, por cinemas, praias e sorveterias, exibindo sua cabeça oca e a muito proa aprendida no contato dos ateus.

Juca esboçava um sorriso, preferindo não falar, mas Socorro esclarecia:

— Ele foi ingrato comigo, e acabou ameaçando meu pai e Jonas com as Ligas Camponesas, como desculpa, como desforra de maus tratos a operários. Falou na ocupação das terras o que, parece, é programa do novo governador.

— É para ver. Feriu-a duas vezes, na ameaça ao pai e ao Jonas, que também administra seu engenho Matari. Quem lava burro com sabão, se arrisca a morrer de coice.

— Esqueceu tudo depressa. Ainda não me acostumei sem ele nesta casa.

— Em parte tem razão, pois foi sua verdadeira mãe mas em parte está errada, por saber hoje quem é ele.

— Foram os amigos políticos que...

O padre cortou enérgico:

— Não foram eles, não! Foi o sangue paterno, indivíduo da ralé, freguês dos prostíbulos da Rua da Guia e outros, em que fez escola. O caso de Betânia disse bem o que era, um mestiço sem honra, que sacrificou sua cunhada.

Socorro, de cabeça baixa suspirou, vencida:

— O fim da vida é isto mesmo.

— Que fim de vida? Você é moça, inteligente e virtuosa. Tem pela frente muita felicidade a sua espera.

— Desde a morte de Severino...

O padre de novo a interrompeu:

— Você teve a fortaleza moral necessária para suportar aquele golpe em verdade cruel, e agora se abate por se ver livre da presença de um ateu, que num discurso em São Lourenço da Mata fez o elogio de uma criança russa que denunciou o pai, que por isso foi fuzilado. O monstro de São Lourenço pedia a espionagem dos pais até pelos filhos, que seriam beneméritos do que chama o Partido. O safadinho do menino russo tem estátua em Leningrado, e ele estimulou as crianças brasileiras a lhe seguirem o exemplo! Diógenes dizia que o mundo envelhece piorando, mas eu acho que os povos envelhecem endoidecendo.

Juca sacudia a cabeça:

— É incrível. Parece loucura coletiva dos tais humanistas, que venceram o espírito cristão dos pernambucanos.

O padre ficava eloqüente:

— Felicito-a, jovem senhora, por salvar sua dignidade, fazendo o expurgo de sua casa do vírus solerte que comprometia seu nome honrado. Como amigo de tantos anos e como sacerdote, eu lhe dou parabéns, por se ter salvo de um desastre. Lembre-se entretanto que seu nome Maria quer dizer *forte* e *amarga*, mas também quer dizer *rebelião*.

A população responsável do Estado temia o futuro governo. Os reinvidicadores do direito que nunca tiveram se banhavam em águas de rosas. Para comemoração da vitória... para comemorar o triunfo, a Capital se enchia de proletários do interior, das cidades vizinhas, de gente do sertão. Vinham de usinas, de engenhos, de mocambos de palha, empurrados por colegas audazes que obedeciam as ordens dos chefes das Ligas Camponesas. Foi triste. Trouxeram seus instrumentos de trabalho foices, machados, enxadas, facões, não para se honrarem com eles e sim para ameaça às instituições, que, embora abastardadas, eram as legais.

A Capital pertencia aos vencedores. Aqueles amarelinhos bárbaros eram a gente admirável que resistia ao clima a às fomes, eram os homúnculos sacrificados da indústria açucareira que agora tinham topete de interpretar leis e se arrogarem senhores de tudo. Eles venceram mas o Nordeste perdia.

* * *

Florzinha melhorada, voltou ao seu sertão.

A família levou Zito para descansar da árdua labuta, de que ele fora grande parte. Estava na vanguarda dos vitoriosos mas ficara esquecido. Talvez por não ser escolhido para o esquadrão-chefe do futuro governo, talvez saudade de sua casa, de Socorro, não estava parlante como os mais vencedores, e descrente do sonho pelo qual lutara, Zé Lúcio animava-o, embora lhe desse razão.

— Que é isto, rapaz? Você ganhou a jogada!

— Ganhei a jogada, mas perdi a alegria. Trabalhei pra ingratos, sacrificando coisas importantes pra mim. Talvez até me retire daqui.

— Você devia procurar dona Socorro.

— Acredito que ela me recebesse mas está lá o tio-avô, que não tem entranhas. Fez fuxico muito grande com meus parentes e com os de mãe. Fiquei odiado por todos. Foi ruim. Gente de minha família materna não esquece nenhum agravo. Esquece é os benefícios. No tempo antigo, resolviam as pendências na tocaia ou com invasões de engenhos de inimigos com negrada assassina, pra buscar a orelha do jurado e manchar de sangue os lenços como prova. Como isso hoje não é mais possível, perseguem, intrigam, fazem fofocas que tudo é sublimação das trabucadas que não podem mais fazer. Não negam na sede da vingança com que vivem, que são descendentes, por uma parte, dos bugres do sertão. Nas tocaias ninguém sofre fome. O que sofrem é a fome da desforra, injusta ou não.

— Mas você não precisa deles. Tem recursos e a situação política é também sua.

— Os que estiveram na campanha, já estão superados pelos que chegaram na hora da vitória. Os chefes fizeram a propaganda sem idealismo nenhum, e, sim com cálculos certos, por ambição.

A viagem daquela vez não teve os encantos da outra, quando ele dirigia seu carro, navegando pela reta que não acabava mais, de Ibimirim. Seus companheiros de agora não gritaram ao verem o São Francisco. Esqueciam o entusiasmo selvagem do índio que, vindo de longe, enxergava do alto do morro a maloca nativa.

Na viagem, rompendo pelos tabuleiros ensolarados ele caía em silêncio e prostração. Tudo era vulgar e cansativo para ele que nem olhava mais os alastrados rastejantes, os rabos de raposa grisalhos, as areias cintilando nas micas e cristais miúdos. Passara há pouco por ali cheio de esperanças, não sabia de que. Na viagem de agora, triste como doente na festa, ele só contava com o refrigério dos olhos verdes de Florzinha, olhos brilhantes, cheios das promessas que não eram para ele. Banhava-se em suas claridades, sabendo que gozava um bem que não era seu, fruta colhida em terra alheia.

A mãe de Florzinha cumulava-o de cuidados.

— Minha tristeza é cansaço de muitos trabalhos. Não estou mudado, é que sou outro.

No fundo, o que latejava na sua lembrança era a falta de Socorro, de sua volúpia crescente, do calor de sua carne ainda viva. Era a ausência de seus olhos cor de mel, rajados de verde-cana, em hora de raiva, alegria ou desejo. Os olhos cor de mel, rajados de verde-cana de Socorro, que ele tantas vezes vira perto dos seus, quebrados de cansaço no leito.

Ouvia, dentro do barulho do carro aos trancos pela estrada de terra, seus abafados suspiros, que ele provocara com a ardência de seu sangue. Ouvia-lhe a voz chamando-o com ternura, a mão a alisar seus cabelos despenteados. Era essa a razão de sua tristeza, que devia amargar sua vida por muitos anos.

Estava na situação de quem perde uma jóia de estima, e lembra-se de que a perdeu para sempre.

Zé Lúcio falou alto:

— Olhe o Hotel do Peba, das meninas corajosas.

Ele olhou sem interesse o casarão de sapé, onde há pouco passara alegre e brincador. Via a terra inútil sob o manto de carquejas e quixabas enfezadas, areia dos caminhos compridos cintilando ao sol, em tremulina de calor fugindo do chão. Via e não via, pois só estava presente no atormentado eu, Socorro.

— Isto é a vida, pensou.

Zé Lúcio parlava ao chegar a sua terra:

— Agora mesmo você vai ver o Silvininho ocupado em prender gente, embora de olhos vivos em Sátiro...

— Silvininho... Sátiro...

Bocejava, enfastiado. Os olhos da mocinha visavam-no. Pensava! Olhos já dados a outro... Lindos mas alheios. Continuava a pensar: Que vim fazer neste subaco de rato, esquecendo de trazer a alegria? Mas alegria, eu não tenho mais.

Desceu do carro na porta da família.

— Cansou-se?

— Não, senhora. Estou apenas enfadado.

Novo banho de luz dos olhos de Florzinha. Nova esmola de olhares que tinham dono, de direito e de posse prometida.

Falando às irmãs, a noiva contava o que trouxera para complemento do enxoval. O viajante ainda pensava: Está preocupada com o casamento, pensa no noivo, na felicidade que lhe dará, com amor e presença.

— Fique à vontade, Zito.

Desejava sem interesse que ele estivesse à vontade, mas não ia custar a aparecer o noivo, a quem estava pronta a mostrar as coisas lindas que trouxera para os dois.

Zé Lúcio fez obra de misericórdia:

— Vamos a uma cervejinha no bar?

Isto. É o que sonhava na viagem. Beber. Para se curar, com alegria que não era dele, e que durava pouco.

— Vamos. Podemos ir.

$$* * *$$

Instalou-se o novo governo e ninguém se lembrou de Zito para nada. Osmarino procurou Júlio Leão para falar sobre o amigo. O novo deputado, sempre frio, não parecia o outro, o que buscava a vitória.

— Zito? Que Zito? Ah, sei. Ainda não foi possível arranjar o que preste pra ele. Quando aparecer, mando chamá-lo. Estou ocupado com a reorganização dos campesinos. Preciso de todos vocês.

Osmarino saía calado. Mais adiante rosnou:

384

— Precisa dar prêmio aos que não fizeram nada. Coisa incrível. Fala em Zito como um desconhecido. Está mais aéreo que antes. Pra mim é idiota ou gira.

O bar não tinha mais encanto para o político. Nenhum dos presentes lhe chamou a atenção. Nem de conversas ouvia o sentido, mas vozes confusas. Aí apenas lhe interessava a cerveja que bebia e, longe, Socorro. Zé Lúcio percebeu aquela mudança, tentava interessá-lo por fatos e pilhérias ocorridas ali. Apenas sorria. Era tarde e Zé Lúcio lembrou que aproximava a hora do jantar de sua casa.

— Jantar?

— Sim, jantamos às 18 horas.

— Não vou jantar. Estou descansando, Zé. O calor...

— Não. Vamos jantar! Saco vazio não fica em pé.

Qualquer conversa, em que entrasse, retirava-o do sonho de estar perto de Socorro, ouvir-lhe a voz. Ela falava com ele, e o rapaz estava embalado no acalanto de sua voz.

Foi quando entrou no bar um moço que se dirigiu à mesa onde estava Zé Lúcio. Cumprimentou-o, e o futuro cunhado o apresentou a Zito.

— É o doutor Demétrio Gutierrez, noivo de Florzinha. De pé, apertaram-se as mãos. Mediram-se com olhares fingidamente cordiais, como dois lutadores de vale-tudo antes da luta.

— Trabalha aqui.

— Sim. Sou engenheiro agrônomo da Vale. Está em serviço? Não é do comitê das Ligas Camponesas?

— Não estou em serviço. Vim a passeio, com o Zé Lúcio.

O outro sorriu.

— É muito conhecido, de nome, no sertão.

Sentaram-se.

— É. As ligas tiveram boa aceitação.

— Perdão, mas apenas nas classes trabalhadoras.

— É o que basta, pois essa classe elegeu todos os nossos candidatos.

— O senhor vem em missão de seu partido?

385

Zé Lúcio respondeu por ele:

— Zito vem de beleza.

Demétrio sorria.

— Agora que venceram, o senhor sai de perto dos chefes?

— Depois da batalha eu descanso na sombra da árvore, enquanto amadurecem os frutos para outros comerem...

Recusou beber e saiu. Não lhe agradou a apresentação, por ser democrata convicto.

Depois que o noivo se retirara, Zito pensou que os Gutierrez do Exu, eram seus conhecidos.

Como conhecido? Não se lembrava.

— Gutierrez... Gutierrez.

Ah, recordou melhor. O tio contava que um gringo apareceu no Exu, dizendo-se geólogo.

Como ali não havia minérios, o sujeito foi ficando e acabou por abrir uma venda.

Casou-se e já tinha filhos quando uma volante passou por lá à cata de bandidos. O velho Gutierrez foi preso e então descobriram que era bandoleiro perigoso, com várias mortes.

Estava na cadeia de grades de pau, e, ninguém sabe como, certa madrugada fugiu, depois de sangrar o tenente da força que dormia no corpo-da-guarda. Ocultou-se ali mesmo, na Serra do Araripe, tornando-se ladrão de estrada. Por muitos anos viveu escondido por lá até que, atacando família vinda do Crato, do outro lado da serra, depois de matar o chefe da família, foi assassinado por um tiro de passarinheira de menino de 8 anos, filho do que matara naquele instante.

Esse fato andou na boca dos cantadores do sertão e Juca repetia alguns versos. Zito pensou: Esse sujeito, sendo do Exu, deve ser descendente do gringo assaltante de estrada.

Zé perguntou ao garçom por Silvininho.

— Não tem aparecido. Deve estar doente.

— Ou viajando. Silvininho viaja muito, em diligência.

O garçom sorriu sem querer.

— Às vezes aparece um caso urgente e ele se apresenta em traje de campanha, com bornal a tiracolo, cinto de munição, calças, botas e chapéu de cangaceiro. Com o fuzil ao ombro, conta que vai prender criminoso feroz... e fica por aí mesmo.

— E Sátiro?

— Ainda hoje esteve aqui. Anda aborrecido, porque o prefeito mandou plantar tamarinos na Rua da Praia.

— Ele deve estar ótimo. Nós precisamos vê-lo.Escute, Silvininho prenderam Rosalvo?

— O do tenente esquartejado? Prendeu nada. Não saiu daqui. Preparou a diligência por muitos dias e esqueceu.

Enquanto falavam sobre o delegado, o político pensava que o engenheiro era o dono dos olhares de Florzinha, ia ver os belos olhos perto dos seus. Era senhor do sol e do luar daqueles olhos adoçados pela ternura. Aquele jovem musculoso de ao pé da Serra do Araripe, sertanejo de rosto asselvajado, com sardas em placa iria dormir com ela, dar-lhe ordens, pedir-lhe beijos. Pensava: Ela é muito delicada, muito frágil para esses braços de cabelos vermelhos. Esses braços vão apertá-la todas as noites. Aquela boca de lábios finos gretados pelo calor iam se esmagar na boca de Florzinha. Aquela figura de chapadeiro pombo do geral ia ter a seu lado por toda a vida a meiga mocinha, cuja boca lembrava flores de cacto do arisco, vermelhas e frágeis, com cheiro de murici maduro.

Veio-lhe à mente a brabeza dos filhos do Exu, a terra sem água, onde matar não é crime, como também roubar moça não era. Crime de morte era roubar cavalo.

* * *

O jantar na casa de Zé Lúcio correu frio.

Perto da alegria borbulhante de Florzinha, a tristeza evocadora do amigo da família aumentava, sem razão aparente.

A noiva discorria sobre a viagem, os passeios e a riqueza das casas de modas do Recife.

Contava blagues, piadas e os pitos que levara do médico, por estar inventando doenças. Zé Lúcio fazia molecagens rindo alto, sob vinho que bebiam, depois das cervejas fartas da tarde. Todos estavam satisfeitos, menos Zito. Seu colega justificava sua caladice sorridente:

— Está esgotado da campanha eleitoral. Trabalhou como boi da guia. Foi quem levou os estudantes a formarem na frente nacionalista. Eu sei que isso foi duro!

Dona Mena sorria, com bondade de mulher gorda:

— Eu, pra falar verdade, não acredito que seja do partido do Júlio Leão.

Zé insistia:

— O líder mesmo disse em praça pública que o Zito foi seu braço direito. Levou os estudantes a confraternizarem com operários e operárias, soldados e marinheiros que fazem o bloco popular do partido. Eu digo que ele não só foi o braço direito como as pernas, a cabeça e principalmente a boca da vitória.

No fim do jantar chegou Demétrio. Não aceitou nada. Florzinha riu muito durante o repasto, mas o sorriso com que recebeu o noivo foi só para ele. Coisa doce e acolhedora. Demétrio fora ver a noiva depois do tratamento, já ciente por carta de dona Mena, de que a doença não era nada.Talvez cansaço na feitura do enxoval.

Ela mesma acabou dizendo com exagero:

— Apuraram que eu tinha é dengo. Fui desmascarada, mas dengo é muito gostoso...

Demétrio estava de bom humor.

— Se era dengo, não foi provocado por mim. Sempre acreditei que ela quisesse é dar um passeio.

Recebeu outro sorriso doce e lindo, um pouco amuado da noiva. Seus olhos estavam envolventes, seus olhares eram agressões de beleza.

Foram para a sala da visitas e Demétrio não se sentou.

— Vim buscá-la para um passeio na sua avenida. Não agüento o calor dentro de casa.

Em vista disto foram todos para a calçada da porta da rua, para onde levaram as cadeiras.

Mal assentaram, quando Zé Lúcio sacudiu o braço do colega:

— Olhe quem está passando.

Gritou sem linha:

— Silvininho! Silvininho!

O delegado aproximou-se para cumprimentar o amigo, dando com Zito.

— Oh, doutor, não sabia que estava na terra.

Cumprimentou-o muito cortês, dando boas-noites aos mais. Dona Mena o convidou a assentar-se.

— Não, não posso! Estou em serviço. Ando daqui pra acolá, sem ter sossego de coçar uma pulga. Tudo pra pegar gente ordinária!

— Muito trabalho?

— Hum! Nem pergunte. Chegue sua boca pra lá. Eu tenho andado mais do que São Paulo. Estou enfarado de correr mundo.

Zé Lúcio provocou-o:

— Algum caso importante, delegado?

— O Gasolina esteve ontem, tarde da noite, na cidade. Talvez volte hoje de novo, e estou me preparando pra amarrá-lo.

— O que? Ele já vem à cidade sem pensar que você está vigilante?

— É pra você ver. A delegacia aqui é um inferno!

Ele fez ontem uma baianada na Rua do Fogo,e, quando fui avisado ele já estava longe. Mas hoje, se voltar, está nos arrocho.

— E Rosalvo, foi preso?

— Dei um cerco de madrugada no mato onde ele dormia, e o soldado Salvino, que estava comigo, deu um grito por ter pisado numa cobra. Ouvindo o grito, ele fugiu e sua cama no capinzal ainda estava quente quando cheguei. Por um triz estava nas amarras!

— E agora?

— Agora não tem jeito. Criminoso que afunda na Bahia ninguém pega, não. É terra deles...

Os noivos pediram licença e foram para o passeio. Zé Lúcio decidiu:

— Vamos com o delegado, Zito. Vamos dar uma volta.

Saíram conversando pela avenida abaixo, ao fim da qual estava o bar. Zito provocava a autoridade.

— O senhor tem muito trabalho. Não sei como pode.

— E ainda dizem que não faço nada. Que meu lugar é mamata. Queria que esses faladores vissem o perigo que corro todo dia, prendendo bandidos de Alagoas e Bahia, que correm pra cá. Quando *prendi o* Beija-Flor, foi preciso topar ele nas armas, porque o bicho marchou fungando pra me estrafegar. Se não pulo nele e desarmo, estava na bala ou na lambedeira. Pois ninguém me agradeceu a prisão da fera, nem a chefia de polícia. Isto dói. Estou descrente de isto tudo.

Zé Lúcio se fez de ingênuo:

— Silvininho, o *Beija-Flor* não morreu?

— Isto foi depois, Zé. O homem já estava amarrado por mim quando apareceu gente da granja do Icó, avoando nele a pau. Eu era um só e não podia impedir o absurdo. Matar a pau um homem preso e desarmado, na garantia da lei!

Zé Lúcio concordava:

— Foi danado. Depois de você arriscar a vida, mataram o preso guardado pela lei. Foi um abuso, uma violência.

— Não foi? Este lugar de delegado não presta, não.

— E o Sátiro, por onde anda?

— Por aí, cada vez mais importuno. Há pouco ele também se arvorou em crítico dos atos do delegado, e eu perdi a cabeça, mandando chamá-lo à delegacia. Ele fez barulho e não foi. Eu não me importei, por estar ocupado com outros casos, deixando passar. É um idiota. Mas... mas o dia dele ainda chega!

— Ele devia ter obedecido à ordem.

— Eu não me importei, por estar ocupado mas, se entendesse mesmo, mandava dois praças apertados buscá-lo, ainda que fosse arrastado e debaixo do chanfalho. Na surra eu era capaz de endireitar a sua corcunda. Porque toda a gente sabe que eu não tenho medo de nada no mundo, quando estou acobertado pela lei!

— Aquele Sátiro é meio anarquista.

— Ele é coisa muito ordinária. É tipo não sei que diga.

Aceitou uma cerveja, depois de dizer estar parado com a bebida.

— É coisa muito ruim, mas eu conserto ele. O prefeito até me pediu pra dar nele uma esfrega, por viver a atacá-lo por plantar tamarino na Rua da Praia. Não tive tempo, mas vou tratar de pôr uma trava na sua boca.

No segundo copo, cobrou ânimo:

— Eu falei com o prefeito que o melhor era deportar ele daqui. Bota-se o traste num jipe pra soltar no Pajeú das Flores, ou no Exu, pra ele ver o que é doce de leite. Lá acabavam com ele na primeira piada que desse. Esse coitado não vale nada não, mas é como mosquito tira-manha, cuja picada não dói mas arde.

Fez careta de nojo e bebeu com boca boa o copo gelado, alimpando os beiços no lenço de ramagens.

— Isto aqui, Zé Lúcio, só na dureza, e no dia em que eu apelar pra ignorância, faço o diabo e fecho o circo.

Estava magro e fraco, por quase não comer. Tinha a cabeça confusa como marido enganado.

— Vivo aborrecido. Estou velho. Não sei como guento. Preciso tirar umas férias, mas não posso sair. Se sair vira tudo da pantanas. Sei não, é de endoidar.

Calou-se, olhando de onde estava, a avenida silenciosa.

— Qualquer dia largo tudo e afundo na caatinga, dando com a cabeça nos paus e, se voltar, volto mais doido que o

Prestes. Vou chegando e metendo bala, que vai morrer mais gente que imbu.

* * *

Os noivos regressaram do passeio, sendo que Demétrio foi até a porta, voltando sem se despedir. A mãe percebeu novidade.

— Por que o Dê não entrou?

Dé era seu apelido familiar.

— Não sei. Está com raiva e fala em acabar o noivado. Ficou aborrecido por que me levaram ao Recife.

— Ora esta! Você foi a conselho do doutor Moreira. Foi se tratar, e ele não tem nada com isso. Infelizmente é ciumento fora da regra, mas briga de noivos não vale grande coisa. É como arrufo de peru e de morre-joão.

Florzinha enxugou os olhos.

— Pra mim ele não gostou foi de Zito ter vindo.

— Isto é outra coisa com a qual nada tem. Zito é colega e amigo de Lúcio e da família toda. Não chore por homem, não, minha filha. Homem é coisa muito ordinária. É ruim como dor de dente. É ruim como compadre rico.

Depois de beber bastante, Silvininho deu pressa de sair para fiscalizar as ruas.

— Quem tem inimigos dorme com olho aberto, e Gasolina é negro safardana, que só anda de noite como bacurau.

Os rapazes voltaram à casa. Na sala de visitas comentavam o encontro com o delegado, e sobre a inutilidade de sua atuação na delegacia. Zito achava-o ótimo:

— Vive mais preocupado com o policiamento, que o diabético adiantado com água. Mas, enquanto Sátiro viver, ele não terá sossego...

Dona Mena apareceu e Florzinha recompôs o rosto. Zito recebeu-a com perguntas:

— Gostou do passeio? Passear com o noivo é estar no céu. É pisar em jardim de rosas sem o cuidado de evitar espinhos.

Ela sorria sem graça. Era mesmo um desses espinhos que a ferira naquela noite.

— Vocês saíram com o delegado.

— Somos conhecidos da outra viagem.

Dona Mena parecia não gostar dele.

— Há pouco ele se aborreceu com Sátiro, mandando-o chamar à delegacia. Além dele não ir, só não chamou o delegada de rapadura e servo de Deus. Silvininho andou preparando o destacamento uma semana pra prendê-lo, depois desistiu.

Zito voltava ao noivado:

— Você chegou aborrecida. Houve novidades?

— Dê é muito ciumento. Às vezes até grosseiro. Se aborreceu com a minha viagem. Não foi por querer, o doutor me mandou.

Pareceu que ia de novo chorar e o rapaz mudou de assunto. Voltou-se para Zé Lúcio:

— Por falar em doutor, como vai a senhora dele com os sapos?

Riram de jato. Zé respondeu:

— Coitada. Está feia como peru novo e cancão-de-fogo. Fala sem parar e, quando fala, baba que nem sauá. Parece absorvida apenas com a saparia. Vive mais preocupada com eles que com os filhos. O doutor cada vez mais amigo das cartas, e não dá bola pros catimbós da esposa.

— E os sapos, ficam de boca amarrada toda a vida?

— Não. Quando o que está encarregado de certa coisa feita realiza o que ela pediu, tem a boca descosturada. Pode comer. A saparia dela agora está no aperto, porque ficou inimiga de todo mundo na cidade. As macumbas têm de dar certo, de qualquer jeito.

Zé Lúcio e dona Mena entraram para o corpo da casa e Zito ficou só com a mocinha.

— Quer dizer que o doutor Demétrio é ciumento.

— Muito! Ciumento de dar raiva.

— E você não tem receio de casar com um homem assim?

— Mamãe disse que isso passa, mas não sei. Fico pensativa. Já falaram comigo que na família dele todos são o mesmo.

— Agora é tarde. Está nas vésperas do casamento. Quando a noiva é novinha como você, desperta muito ciúme.O noivo pensa que gente muito nova não tem juízo.

— Não sei o que faça. Ele hoje me ofendeu muito.

Seus olhos se abaixaram marejados de água.

— Isto é bobagem dele. Noivado não é casamento, e em país burguês como o nosso, não tem solução. Uma de nossas metas é o divórcio, porque o desquite não resolve nada. Separa os corpos, que nessa altura já estão separados. Não permite novo casamento, obrigando muitas vezes mulher honesta a parecer que não é, se se une a outro homem que ame ou venha a amar.

— Mamãe fala que casamento é instituição divina, e é um só.

O rapaz sorriu discordando.

— Em geral as mães pensam assim. Acham que roseira que se abriu em flores, não pode mais florescer em outra primavera. Isso é muito arcaico. Amor é uma questão de hábito e camaradagem. É união de carnes, provocada por afinidades simpáticas.

Florzinha abaixava a cabeça, apertando na mão lencinho de enxugar lágrimas.

— Me contaram também que o pessoal dele, no Exu, é gente braba. Que o avô ou bisavô dele foi cabra da peste, que acabou morrendo de tiro.

— Tenha calma. Nunca é tarde pra consertar o errado, mas tente viver em paz com ele. Embora toda moça pense o contrário, casamento não é boa coisa, não. Casamento é negócio que traz o infalível ônus da sociedade. É preciso sacrificar muito amor-próprio pra ser feliz. Casamento não é apenas sonho como vocês pensam, mas quem manda nele é a carne. O amor é como onça, que só se acalma quando saciada. No casamento o que menos vale, ou não vale nada é o amor espiritual. O homem de mais alto pensamento só vive no sonho nas suas febres mentais, no resto é terra como qualquer outro. Não existe amor eterno, que é tolice que só dura enquanto há mocidade. Os esposos não se amam, habituam-se uns com os outros, como o boi com a pesada canga e o burro com os varais da carroça. A comparação é grosseira, mas nada mais grosseiro que a vida.

— Não sei, estou triste.

Dona Mena apareceu preocupada, mas sorria à força.

— Você sabe que o Silvininho quis prender o Sátiro?

— Soube. São dois palhacinhos de circo infantil.

— O Sérvulo diz que pra consertar os dois, só costurando a boca de um cururu, pra catimbó de fazer pazes.

Queria disfarçar o acontecido com a filha, que estava abatida. Mas ficara também desapontada.

— Olhe, Florzinha, deixe de ingenuidade. Deste jeito vocês vão mal. Não estou vendo com bons olhos tantas brigas. Se continuarem assim, este casamento dá em água de barrela. Vocês todos dois estão errados. Você não leva a sério o seu noivo e o ciúme dele parece doença. Pelo que vejo escolheram mal um e outro. Já lhe disse que tome por modelo dona Socorro, pessoa calma e de espírito distinto.

Ao ouvir o nome de Socorro, Zito se espantou por havê-la esquecido tantas horas. Viu-lhe a silhueta esguia no penteador alvo de rendas, e seus olhos cor de mel rajados de verde-cana a contemplá-lo no silêncio de sua mansão. Ouviu sua voz velada, um tanto rouca nos momentos de febre no leito. Teve o sabor de seus beijos ávidos, chupados e mordidos.

Sua lembrança pairou sobre ele como nuvem de perfume, envolvendo-o na saudade que iria durar para sempre. Entreouviu seus passos macios de gata, acordando-o deste sonho inesperado quando Socorro estremeceu com sorriso de mulher simpática. Pensou nela com ardência e disse em mente para a mulher distante: — Sua ausência pra mim é mais amarga de que o sumo da carqueja do arisco, e é mais triste que o pio de uru.

Voltou a ouvir dona Mena. A mãe de Florzinha ainda falava em conselhos e recriminações:

— Ou vocês consertam as coisas ou deixam de casar, porque casamento não é só alegria, traz muito desgosto, muita amargura. Eu sempre digo que casamento é o modo mais prático de acabar com as ilusões da gente. Casa-se com muito amor, e um dia a gente percebe que o que se fez foi bobagem muito grande. Zé Lúcio apareceu, dizendo estar cansado. Levaram o Zito para o quarto que lhe destinaram. Florzinha já no seu, se despia em silêncio, com o coração ferido. Ao desapertar o califom, seus seios pequenos tinham marcas vermelhas da compressão de elástico. Esteve a coçar os sinais, deitando-se ainda calada. Ouvia-se na noite lá fora o biu-biu agudo e seco dos andorinhões do rio.

* * *

Juca foi até o portão com prima Alice e filhos. Ao reentrar em casa Socorro já estava em seu quarto.

Ultimamente os assuntos da família eram desagradáveis, versando sobre os vencedores das eleições e a vida do filho de Betânia. Evitavam falar-lhe o nome, como o nome do demônio, que é tabu das famílias nordestinas.

Socorro se preparava para deitar-se e ao vestir a camisola de bretanha perfumada, pensou nele. Uma saudade leve envolveu-a e, ao apagar a luz, sentiu-lhe o perfume de loção francesa dos cabelos que ela gostava de remexer.

O repelido por todos e por ela mesma, naquela hora de recordar coisas boas, voltava todas as noites à sua lembrança escondida.

No escuro do quarto passava-lhe os dedos pelos cabelos negros, pela face, pelo pescoço musculoso. Corria os dedos nos pêlos macios de seu peito de atleta sem treino, depois de o abraçar em delírio de calor repentino.

396

Entre os inimigos do rapaz ela se fingia inimiga, mas naquela hora reservada às suas recordações sentia-o perto de si, beijava-o com saudade. Repetia naquela noite, noites já passadas com ele, abusos de gente forte, cansaço.

No outro dia Florzinha amanheceu alegre. O sono fizera-lhe bem.

Ao sair do quarto tinha estampado, por compressão na face, o sinal vermelho de crivo em relevo da fronha.

Depois do café o visitante, vendo-se só com dona Mena, lembrou-lhe:

— Parece que a senhora esqueceu as recomendações do médico, de não contrariar sua filha. Não gostei de sua conversa ontem à noite, com ela. A insônia pode voltar e as outras coisas que nos assustaram há pouco. É preciso avisar o noivo as recomendações do psiquiatra. Tive pena de vê-la chorando, sem queixa. Parece que está sofrendo injustiça. Desculpe meu palpite, que é de amigo.

— Olhe, Zito com você eu falo. Não queria esse casamento, porque a filha é ainda muito menina, vai fazer ainda 15 anos e o Demétrio é bom rapaz mas violento, muito afoito. Gente de sertão do Exu quando é braba é temeridade. Mas a filha bateu pé, que queria e o resultado é o que se vê, muita discussão, muita ciumada. A coitadinha sofre com o gênio dele. Eu não sei o que faça. Aqui mesmo ele já fez das boas. Não bebe, mas quando bebe endoida o cabeção, vira um animal.

Suspiros, olhando o céu longe, sobre o rio.

— Eu tenho medo é da doença dela voltar. Você tem razão em lembrar o aviso do doutor.

Fez uma pausa.

— Não sei não, mas parece que Deus está provando minha paciência, lembrou de mim. Só digo que quem tem filho, não tem sossego. Filhos criados, trabalhos triplicados.

Florzinha veio, bem arranjada, do interior da casa. Penteara os cabelos, como viu na Capital. Zito brincou, amável:

— Florzinha está uma tetéia. É pra esperar o noivo?

Assentou-se, não respondendo. Apenas sorriu desconsolada.

— Você hoje não tem conversa, parece estar de quebranto. Algum olho seca-pimenta passou por você...

— Agora acertou. Pareço com mal-olhado.

Zé Lucio chegava suado da rua.

— Sabe com quem estive? Com o Sátiro. Disse que vem vê-lo, mas falei que nos encontramos no bar.

— Está muito gozado?

— Está é uma onça com Silvininho. Falei com ele, de passagem, mas logo vamos saber de tudo.

A mãe o preveniu:

— Chegou carta pra você. Está no seu quarto.

Era de Osmarino, às voltas com as provas. Dava notícias, perguntava por Zito, o *comissário do povo,* como lhe chamava. Fora mais uma vez à casa de Socorro, e encontrou as bocas mais fechadas. Juca estava vigilante e a senhora bastante mudada, para triste e envelhecida. Perdeu a verve. Só uma vez perguntou por Zito. Respondeu que estava no sertão, com Zé Lúcio.

— Foi ver Florzinha, foi o que disse.

Juca soltou algumas indiretas sobre gente que vai lá saber novidades e dar notícias do *membro de Presidium.* Chamava-o agora assim. A coisa estava péssima para o amigo. Osmarino teve a impressão de que Socorro se sentia infeliz sem Zito, mas as duas famílias cortaram relações com ele de uma vez. Contava as terríveis notícias da seca na Serra de Araripe, onde o gado morreu todo. O povo estava fugindo para o Crato, onde havia pelo menos água.

Zito leu a carta, sem comentário.

Chegaram cedo ao bar, onde já estava Sátiro, sapeando conversa.

Cumprimentou o moço com grande respeito, por sabê-lo pessoa influente de Zé Ninguém.

— Tudo bem, Sátiro?

— Tudo na mesma, doutor.

— A sua cidade está mais limpa, mais movimentada.

O mulato torceu a boca, já enfarada de opiniões.

— Agora é tempo da safra de defuntos, com os valentões empurrados pra cá pela fome. Tem mais cabra mau aqui do que em Pajeú das Flores e Laje de Canhoto, em Alagoas...

— Estão matando muito.

— Ouço dizer. Não sei se é verdade. Deve ser verdade.

— Mas aqui a polícia está de olhos arregalados.

Sátiro que, de pé, segurava o espaldar de uma cadeira, abaixou a cabeça com riso rasteiro.

— Está de olhos regalados é no copo e na carceragem, de gente que vai presa só pra isso. A polícia daqui é pior que rato.

Zito encaminhou a palestra:

— E como vai você com o delegado?

— Vou bem. Quando um não quer, dois não brigam.

Fez uma pausa, para desabafar:

— Há pouco tempo ele me chamou na delegacia, mas não fui. Quando a gente está por conta do demônio não procura caminho.

— Chamou pra que?

Encolheu os ombros.

— Não sei nem quis saber. Depois me disseram que o prefeito deu queixa bocal de mim, por criticar a arborização de tamarinos que está fazendo, por aí. Lá se avenha. Exemplos, cansei de dar. Por gesto de defunto até o diabo leva o enterro. Ando enfarado de tanta burrice. O caso é que a cidade está acabando.

Parecia deprimido, sem graça para conversar. Zé Lúcio lançou mão de outro estimulante:

— O doutor Zito aqui, é do estafe do governador eleito, e vai ver se ajuda nossa cidade a ir pra diante.

Sátiro fixou o político com olhos de camundongo:

— Então, deve começar trocando o prefeito e o delegado. Com estes, isto acaba. Petrolândia está ficando um viveiro de criminosos, tudo andando nas fuças da polícia.

— Mas Silvininho conta que tem prendido muitos.

— Quem? ele? Prendido quais? Aquilo mente mais do que a esperança. Olhem, meus senhores, o Silvininho é o delegado mais medroso e o homem que mente mais no alto-sertão. Prendeu Rosalvo, de Glória? Prendeu Gasolina? Gasolina é negro à-toa, que vive dando sopa e até soldado toma benção a ele... Apareceu aqui um sujeito meio tolo e Silvininho acabou dando umas piraizadas nele. Passando por aqui um tenente da polícia baiana, reconheceu no aparecido um assassino de mais de 20 mortes, na terra dele. Levou o cara mas ele antes de sair jurou voltar, pra matar Silvininho. Pois no caminho o cabra fugiu, e o delegado anda rezando pra tudo quanto é raça de santo pra eles prenderem de novo o bandido lá da Bahia.

Zé Lúcio não sabia daquilo:

— Será que o cabra volta pra matar ele?

— Baiano, pra vingança, é de mais palavra que alagoano. Volta tão certo como Jesus há-de voltar!

Zé acirrou o ódio do ferreiro:

— Ó Sátiro, mas se o delegado entender de levar você à força, por bem ou por mal, você vai?

— Vou não. Só vai preso quem é criminoso. Ou por outra, posso ir mas ele arrepende. Eu sou um pobre de Deus e ele é grande. Mas não tenho medo de morrer e ele mija de medo até de mulé bêbada. Os senhores não estão vendo que, do queixo pra cima, ele tem sete sinais de velhaco? Ele me prende e depois acabo com ele no estoque, que está aqui.

Bateu na bengala mas com fúria:

— ... acabo com ele mas com gana tão excomungada, que ele vai berrar mais que bode na faca. Eu agora topo tudo, na lei da ingnorância. Se a coisa não mudar, ele não reza mais crê em Deus Padre quando sai de noite com medo de assombração. Delegado que tem medo de alma, eu ter medo dele... Agora, uma coisa eu digo: Se for levado na lei do apulso, eu encruzo os ferros com ele, vou mostrar a esse banguela de olho de conta como se soletra no bê-a-bá o nome *já morreu.* Estou ficando leso e não conto mais com a Catarina.

* * *

Naquela noite, Dé não foi à casa da noiva. Zito e Lúcio entraram tarde, deitando-se logo.

A visita estranhou a cama, custando a dormir.

Na casa, quase à beira do rio, no começo da madrugada começou ouvir pios de águas-só no ar, biu-bius rascantes de andorinhões e cantos de três-potes. Reconheceu no ruído surdo e constante, o rumor da cachoeira de Itaparica, tombando para Paulo Afonso. Começava a clarear o dia.

As mudanças rápidas de sua vida chocavam-no. Perdera o lar, ajudara nas eleições e não recebera nenhuma recompensa. Ficou sem a amizade de Socorro e, afinal, o que era grave, sem seu amor cômodo e escondido.

Por momentos teve remorsos pelo que lhe fizera, na noite do atrito, por haver bebido. Agora flutuava na vida, sem base para viver, pensar, ser homem. Por outro lado estava ali, com Florzinha pensando no noivo brigado, chorando talvez. Florzinha estava atrás da parede quase nua, pequenina, sofrendo injustiçada.

Quem sabe se a desavença não lhe seria favorável, não firmasse as flutuações de seu destino? Mas era noiva, prometera-se a outro com sangue Gutierrez, de Exu, vindo de gringo morto a roubar na estrada.

Na insônia meditada deliberou voltar ao Recife tomando conta de sua vida, no momento entregue a forças cegas e ao sabor do ódio de duas famílias, uma das quais era a sua. Só adormeceu na madrugada muito alta.

Quando tomava o café avisou que ia viajar. Só então se referiu à herança, que estava prestes a receber. Aguardava a idade própria. Não estava desejando ficar no Nordeste. Pensava no Rio, em São Paulo, onde pretendia terminar o curso.

Ao saber da deliberação, Florzinha se pôs a chorar.

— Agora é que vou ficar mesmo sozinha...

— Fica não, Florzinha. Você tem os pais, o noivo. Isso de briguinha de noivos passa. Eu é que estou só. Deliberei ir-me embora. Muita coisa me desiludiu. Olhe, quem nasce no Nordeste, não acha graça em terra nenhuma do mundo. Este nosso mundinho sofrido de disse-que-disse, cheio de altos e baixos de justiças e renúncias é bem como o pecado. Pega os pés da gente como o massapé da Mata os pés da cana. A miséria do povo nos faz solidários com ele. Nosso povo é o mais sofredor do Brasil, e nenhum mais digno de admiração, pelo que sofre sem se importar com a penúria. Somos a raça mais inteligente do país, mais trabalhadora e desamparada. Não pelo governo federal, que nos dá tudo, e não chegamos a ver nada. Os portadores desse socorro ficam com eles. É caso pra ser resolvido, não pela justiça, que não apanha os ricos, os deputados, os governadores, mas pelos toqueiros de mira infalível, pois certos crimes só se resolvem assim. Enquanto houver justiça caolha e parcial não acabarão os crimes. O povo é bom, mas explorado por miseráveis sem alma. Eu vou me embora pra pôr minha vida em ponto de marcha. Florzinha, ao ouvi-lo, chorava sem lágrimas, que ficavam nos cílios, quase a correr.

— Vai não, Zito. Pra mim você faz falta. Não esqueço de sua bondade comigo, quando estava doente. Esqueço o quê! Procurou o lencinho na barra do decote.

— Meu noivado parece que acabou. Dé vive com ciúme de você. Não adianta você desmentir, Zé Lúcio, eu.

— É pra ver. Gosto de você, como amigo de todos da família. Sempre desejei que fosse feliz. Seu noivo é gente bruta do sertão de Araripe. Meu avô conheceu muito o gringo Gutierrez que apareceu lá. Eu sei de tudo. Agora, eu indo, o zelo acaba. Há gente que não acredita na amizade. Pensa que tem amor. Não tem.

Parou olhando a rua a fulgurar ao vapor d'água em evaporação, tremendo, nas areias.

— Parece que tem amor. Não tem.

* * *

Viajou mesmo no outro dia.

Dé, pirraçando a noiva, machucava-a com fingido desprezo. Fazia pouco caso da menina boa que era ela. Passou dias sem a procurar. Uma noite apareceu, com ar sombrio.

— Agora posso vir aqui. Penso que posso.

A futura sogra, ferida por sua atitude, falou bonito:

— A casa é sua, foi sempre bem tratado.

— Bem tratado como cachorro nordestino, que guarda a casa, cerca boi e só tem pancada e ponta-pé. Cachorro aqui é o bicho mais infeliz do sertão.

Dona Mena aí falou mais bonito ainda:

— O que não admito é que minha filha sofra por falta que não cometeu. Sofre sem crime. Está se matando sem razão, por falta dos outros.

— Uma noiva é quase esposa. Não pode viver agradando gente aparecida, gente ruim que come dinheiro comunista.

— Se é por isto que você maltrata minha filha, saiba que ele é colega de Lúcio, vivem juntos, são amigos. E o que ele tem não é de comunismo, é herança da mãe, herdado na lei. Não podemos tratar mal o companheiro do filho. Sempre será meu filho, quando vier aqui.

— Está visto que vem por Florzinha. Ele ama Florzinha, quem não vê?

— Quando estivemos no Recife com ela doente, nos levou ao médico, aos laboratórios, foi dedicado, se interessando em nos servir como parente. Você está enganado e injuria minha filha, que é moça de bem, moça direita. E, franca e resoluta levantou a cabeça:

— Quer saber? Faça o que quiser! Faça o que for de seu capricho, mas não maltrate minha filha com acusações sem fundamento. Um homem de bem não procede deste modo. Se ela não merece confiança, acabe com o noivado, que é melhor. Mas humilhar, não. Não admito.

403

O noivo saiu arrebatado, sem se despedir.

O que parecia impossível é que Florzinha aprovasse a atitude da mãe. Dona Mena voltou-se para ela:

— Agora, proceda com dignidade. Não o procure, que não é moça sem-vergonha. Seja o que Deus quiser.

Durante uma semana o Gutierrez não voltou. Passava pela porta sem olhar para a casa da moça. Corria pela cidade que o noivado se desfizera.

— O que for seu às suas mãos virá.

* * *

Na viagem de regresso, o acadêmico pensava quanto lhe era doloroso chegar ao Recife, sem casa para o abrigar. Mais do que nunca se arrependeu de suas atitudes políticas, e de ser filho-família arrebatado.

Afastava a fraqueza em que parecia cair, a pensar decidido, É isto mesmo. Nordestino é bicho duro,e na maior desgraça dá idéia de homem de sorte. Vamos pra adiante. Cochilou um pouco, mesmo aos encontros do ônibus. Socorro lhe aparecia como terra quase perdida de vista, de navio que se afasta da costa. Terra a desaparecer, ainda florida e com frutos doces corados à luz. Ainda se enxergavam, na distância azulada, as cepas das palmeiras batidas de sol. Nunca mais lhes veria as sombras frescas, nem lhes ouviria as vozes dos ventos ramalhando nas folhas verdes. Nem o pio dos pássaros vermelhos escarlates nas cepas altas.

Sentia ódio subitâneo dos chefes da campanha, do pai de Socorro, de Jonas, da prima Alice, de Juca. Sonhava recomeçar a vida no Sul, onde houvesse a alegria honesta de viver, para um homem de raça que não chora.

Ainda dentro da onda de ira se lembrou de Demétrio, o moço aço com cara de velho, o facheiro espinhento do agreste infernal do Exu.

Sobreveio outro cochilo. Os catabis de carro o impediam de dormir. De novo desperto, via a paisagem áspera, os espinheiros no seu paraíso, pedras, cactos e areias fulgurando à claridade crua. E, sem querer, viu Florzinha com os olhos molhados, procurando o lenço dentro de corpete. Falou para si mesmo:

— Florzinha... Sua presença pra mim é doce que nem o leite da comadre-cabra, e cheirosa como a semente da umburana...

Sua figura era consolo na solidão que o cercava na vida. Não era como Socorro, seiva de massapé vermelho que dá vida às árvores antigas, mas terra de húmus úmido que vai germinar as sementes amanhã.

— Socorro é vida mas Florzinha é terra fecunda, quase pronta pra semear.

O amor de Socorro foi de forças que em alguns anos se esgotariam no fluxo final dos hormônios, e Florzinha, o arrepio que aparece com o primeiro sangue da iniciação.

Fechou os olhos para ver as duas: uma, com o corpo maduro mas ardente; a outra, com o beijo que devia ser gostoso como o mel de flor de juazeiro.

Capítulo 17
BAFO PESTILENTO DO SERTÃO

*I*nstalou-se o novo governo, e Zito foi mesmo esquecida pelos humanistas vitoriosos.

Zé Ninguém passou a ser tratado por Senhor Governador e Júlio Leão por ilustre deputado. Os estudantes estavam ludibriados pelo chefe e foram eles os mais corajosos, contra os privilégios dos capitalistas; contra os escravos camponeses e operários, como falava em palanque Júlio Leão. Os estudantes gritavam nas praças a favor dos trabalhadores da cana, clamando em bom som contra usinas e engenhos. Ensinavam que os bens particulares não podiam prevalecer sobre a interesse da coletividade, ganhando com isso os ódios dos proprietários.

Zito foi mesmo acusado ao governo extinto como agitador comuna-socialista, mas aquele governo queria é as delícias do cargo, pouco se importando que o Estado fosse ao fundo. A desassombrada atitude dos estudantes, sem tempo para mais nada acarretou-lhes perda dos exames finais da faculdade, mesmo porque parte dos professores conservava a mística da democracia. Para eles, os que a atacavam em público, não tinham vez na Casa de Tobias.

Agora os liberais-democratas, degradados, se aproximavam dos eleitos, com máscara de veteranos. Muitos foram acolhidos como beneméritos da causa.

406

O que levantara os acadêmicos para arrancada da liberdade sem escravidão, sofria a sabotagem dos mestres que ainda não se haviam declarado pelo governo humanista. Decepcionado, requereu sua transferência para São Paulo e estava pronto a se desenraizar de sua terra, para meio em que não sofresse castigo por ser leal.

Uma noite, sob o uísque, telefonou para a casa que fora sua.

Quem atendeu foi Juca. Reconhecendo a voz do sobrinho, desligou o aparelho, deixando o fone fora do gancho.

Ele passou várias vezes pela frente de prédio, procurando ver Socorro. A casa estava sempre silenciosa, o carro na garagem. O velho parque lateral vegetava carregado de musgos, e com pássaros escondidos nos ramos. As mangueiras antigas abotoavam as primeiras pencas de flores e o portão vivia trancado na corrente.

Havia luzes nos cômodos, da sala de jantar para os fundos e o mais era terrível silêncio.

Foi até a esquina, viu a casa da prima Alice aberta, em luzes como para festa. Voltando a cidade, parou em mesa da confeitaria Sertã. O lugar não lhe agradou, por ver gente que o conhecia. Saiu pela Avenida Guararapes, entrando na Savoy.

Já bebia seu uísque, quando alguém lhe bateu no ombro. Era um condiscípulo, o Esteves, sertanejo de Buique, que estivera a seu lado na primeira clarinada na Escola. Começaram a beber.

Esteves perguntou em que frente fora lotado, pelo novo governador.

— Em nenhuma. Depois da vitória, me esquivei. Amo a luta, não suas vantagens.

O colega estava surpreso.

— Você devia estar de novo na vanguarda deles. Foi o herói da Faculdade.

— Entre os da causa não há heróis — há trabalhadores do partido. Todos são iguais.

— Pois eu estou desiludido. O Assis é um dos oficiais de gabinete de homem.

— O Assis? Por quê?

Encolheu es ombros.

— Não sei. Nunca foi dos nossos. Não quis assinar o manifesto dos estudantes... E é oficial de gabinete do Zé, perdão, de Senhor Governador. Outro oficial é o César Boca, jornalista que nunca passou de foca e deturpava as notícias contra nós. Combateu nossa Frente Nacionalista. Pois é um deles. O...

Zito cortou, rápido:

— Não quero saber mais nada! Já obtive minha transferência pra São Paulo e, embora a contragosto, vou me embora. Estou com isto por aqui.

Mostrou o pescoço.

— Mas você, estudante de tanto talento, deixar a Escola por causa de uma injustiça...

— Não é isto. Nossa Faculdade hoje não é mais o que foi em outros tempos. Dói dizer que tem apenas dois ou três mestres que honram os do passado. O mais é droga. Nossa Escola que se enfeita de glórias legadas pelos antigos, pode recordar e honrar com muito orgulho os nomes dos professores Tobias Barreto, Martins Júnior, Andrade Bezerra, Odilon Nestor. Seus alunos mais atuantes agora são Castro Alves, Rui Barbosa, Vitoriano Palhares, Rodrigues Alves, Fagundes Varela, Nabuco....

Esteves riu alto, enquanto o garçom renovava as doses.

— Eu também fiquei para a segunda época. Sei lá o que me espera. Estou preocupado com a seca do meu sertão. Caso terrível. Parece que tudo vai acabar por ali, mato, gado, gente. Olha o Zé Lúcio.

— Zé Lúcio? Passou aqui? Vamos chamá-lo, preciso dele!

Esteves saiu, alcançando-o. Zito se alegrou extraordinariamente ao vê-lo.

— Que é isto, Zé? Você chega e não me avisa?

408

— Quis fazer surpresa. Recebi seu endereço e ia procurá-lo, agora. Então, tudo limpo?

— Tudo com o ranço do passado. Tudo voltando ao pó como quer o Eclesiastes.

A presença de Esteves proibia outros assuntos.

— Você demorou mais do que esperava. E aquilo por lá?

— O Silvininho está na tocaia do Gasolina, que vai lá a hora que entende. Agora vive também. sem resultado, cocando o João Bruto, o negro assassino da feira. Está com os miolos muito remexidos por crimes, cercos, diligências e pedidos de Vigilância do secretário da polícia. Sátiro, naquela base... Tenho ótima pra você. Há dias meninos maloqueiros arrancaram na frente de seu mocambo umas poucas mudas de tamarindos, recém-plantados pela prefeitura. O prefeito pediu ao delegado pra saber quais eram os meninos, e ele declarou que aquilo era obra do Sátiro. O fiscal da prefeitura multou-o em Cr$ 500 e ele quase morre de raiva. Foi à prefeitura, sabendo que a acusação era do delegado. Imagine a fúria do coitado. Quando saí a coisa estava nisso e ele procurava o Silvininho mais do que agulha perdida. Senti não presenciar esse encontro histórico...

Esteves saiu, tinha que fazer.

— E os seus? Seus pais, Florzinha?

— Todos bem, mas a irmã teve um repiquete, pelos aborrecimentos com o noivo. Foi ficando calada, não comia, dormindo pouco. A mesma coisa da outra vez. Mãe repetiu os remédios e deu o duro com ela, ficou exigente. Está melhor, mas ficou magrinha, muito fraca.

Bebeu do uísque que lhe trouxeram.

— O casamento é que acabou. Depois que você saiu, as coisas pioraram, porque o rapaz foi lá com liberdades e muita bazófia. Com suas conversas, ofendia a mana, e a mãe levou o cabra na parede, no crê ou morre que se usa na hora da verdade. Ele se magoou, não voltando mais lá. Parece que o noivado se desfez.

Bebeu mais e, de olhos baixos, alisando o copo suado de gelo:

— A injustiça que fez à irmã piorou seu caso, e mãe está disposta a acabar com tudo, pra prevenir mais transtornos.

— Mas por que foi que começou a desavença?

— Por que foi? Veja você como são as coisas, foi por sua causa.

— Como?

— Ele implicou, porque você estava lá em casa, cismando que era à procura de Florzinha.

Foi panquinho de não acabar mais.

— Veja como o diabo entra na casa do terço. Eu estava lá por ser amigo de todos. Ele não tinha nada com isso.

— Nada.

— Agora, impedir que eu ache Florzinha excelente criatura não é possível.

Parou, olhando o povo desfilar pela calçada.

— Não é possível.

Ficaram em silêncio, talvez de recordação.

— Já consegui a transferência pra São Paulo. Acertei com o juiz pra receber o que baste pra minha vida lá, até a idade de entrar na posse do que é meu. Ele foi bom comigo. Vou-me embora. Talvez um dia volte aqui, quando esquecerem de mim, quando eu for feliz como já fui. Entrei na campanha, reconhecendo que o Nordeste é uma terra de privilégios irritantes. Queria dar pra baixo na aristocracia açucareira que há mais de 4 séculos domina Pernambuco, até hoje vítima da estúpida monocultura. Trabalhei com ardor, sem saber que estava cavando minha própria ruína. Agora começo a ver que os chefes de que tanto nos orgulhávamos são os primeiros a exibir seus favoritismos, a criar privilégios ainda piores que os de ontem. A aceitação dos adesistas depois da vitória, hoje campando de veteranos e pioneiros, me revoltou de modo terrível. Zé Ninguém hoje pra mim é o mesmo Zé Ninguém de seus tempos de homem medíocre, mamulengo agindo e falando por mãos e bocas de gente dos bastidores. Júlio Leão continua a ser no meu conceito atual o fanático bem calculado, principalmente o aventureiro que reclama a divisão das terras, mas não permite que ninguém pise nas suas. Levantou os nordestinos de quase todas as classes, com atitudes estudadas de ator. Ator que ensaia os gestos, diante dos espelhos. Querendo tomar terras dos outros pra os pobres, mal se elegeu está comprando latifúndios em Goiás... Estes foram os apóstolos que nos fascinaram. Falsos apóstolos, contra os quais Jesus nos preveniu.

Ficou acertado que antes de viajar para o Sul, Zito iria se despedir da família de Zé Lúcio.

* * *

Acontece que foi nomeado um sujeito do partido do presidente da República, para delegado de certo Instituto. Mas esse indivíduo não era das graças do governador humanista. Não tendo prestígio para evitar a nomeação, deu ordem aos moleques de engonço das Ligas Camponesas para lhe evitar a posse. Na manhã da investidura, que era no edifício JK da Avenida Dantas Barreto, a cidade madrugou ocupada pelos campesinos do deputado Júlio Leão. O chefe de governo tinha polícia às ordens, mas não quis nada com ela. Queria que o *povo* agisse e reagisse, uma vez que a situação era do povo para o povo.

Uma turma de camponeses tomou conta das portas do edifício. Eram gente militarizada? Sim, no cumprir ordens, pois na indumentária eram paisanos de chapéu de palha, calça e camisa, sem sapatos e cara de réus. Armados? Estavam armados com seus instrumentos de trabalho, enxadas, machados, e facões de cortar cana. Mas havia outras armas que não eram as de trabalho pacífico, porretes, azagaias, facas amarradas em pontas de paus. Cercaram as portas, e não deixaram ninguém entrar. Nem os empregados da limpeza do edifício, nem os ascensoristas, nem o diretor da

SUDENE (espécie de organização encarregada de fabricar papéis de embrulho), nem o zelador do prédio. Mas o edifício sendo imenso, abrigava também o Tribunal de Justiça. Pois nenhum dos seus membros teve licença de entrar para o expediente diário.

E quem se arriscava, se os cães de fila rajados de orelhas cortadas postos ali foi para valer e já tinham no bolso o *habeas corpus* preventivo, medida cauteladora para quem vai matar. Ninguém entrou.

Ao chegar o novo delegado, cheio de esperança e de muita pose, deu com os bichos do mato, guerreiros que venciam canaviais inteiros ao facão, que proibiam entrada de gente ou cachorro no arranha-céu imponente. Turmas volantes bem arregaladas reforçavam os juliões nas barricadas da linha *maginot*, que estenderam na frente de prédio!

E por toda noite e no dia seguinte, e nos outros dias nenhuma das sentinelas arredou pé dos batentes, que guardavam contra intrusos. O delegado não tomou posse e o Presidente não a forçou. Os camponeses não permitiam, então dito por não dito. O importante delegado perdeu a mercê e acabou-se o homem. Um popular sabido ornejou seu parecer:

— Quem não permite a posse é o povo. O povo, de onde emanam todos os poderes.

O popular autor dessa frase, era matreiro, e conhecedor das subtilezas constitucionais.

Um, outro que o ouviu rosnou admirado:

— Nego medonho. Saber há de ser assim.

Só depois de limpar a área de quem ganhou e não estava levando, os paisanos de Júlio Leão se recolheram aos quartéis de inverno de seus mocambos nos engenhos.

Tudo sem sangue, muito legal.

* * *

Marcada a partida pra o Sul, Zito foi despedir-se como prometera, dos amigos do sertão do São Francisco.

— Vou por três dias, não podendo demorar mais.

Preparou as malas de viagem e Zé Lúcio, vendo aquilo, não resistia:

— Eu vou também. Se você vai apressado, eu vou também.

Saíram ainda escuro, sacolejados no ônibus de carreira.

Aquela viagem era o único refrigério do socialista da esquerda, como se dizia nos comícios.

Passaram pelos lugares tão conhecidos, terras áridas, riachos de areia. Ao varar por um deles, Zé Lúcio gracejou:

— Estou me lembrando do cearense Solano, na discussão com o Rodrigo, na Escola.

— Eu não sou amarelo de Pernambuco: sou da terra onde se vê, na sua imponência soberana, o Jaguaribe, o maior rio seco do mundo! Estes aqui parecem tributários dele... Estavam em fevereiro e a estiagem teimava em acabar com a vida do sertão. O Zé entristeceu:

— A coisa está feia. Há doze meses não chove.

No ônibus, o assunto era a estiagem.

— Todos os sinais são de seca. Não há esperança de chuva.

— O sinal é de miséria no sertão lá em cima, no Ceará e Piauí, pois as cardinheiras estão descendo em praga pra beira do São Chico. É o que ouvi dizer. Haverá maior notícia de seca do que esta? Quando estes bichos deixam a terra deles e procuram o rio aqui, é prova de muita desgraça, muita sede, fome demais.

— Tá danado. Parece a Fome Grande que meu pai contava. A criação já foi quase toda.

Os sertanejos viajavam abatidos.

— Se a coisa continua no geral só vai sobrar chorão, cabrito e gente moça. A magrém é tanta que os pererecas estão rachando os casco.

Um velho, vindo de Oricuri, contava coisas:

413

— Nesta seca, na minha terra não sobrou cachorro que não endoidasse. Ficaram mudo debaixo das cama, dispois sairu sem distino pelas estrada. Danaram a morder gente e bicho ainda vivente, tudo doido. Todo bicho que não morreu tão ficando azedo. Perdi meu companheiro de campeio, o Javali, cachorro decente que só faltava falá. Disgraçou pelo arisco e só sinto ter morrido sem a cova, que eu tinha de dar ele. Cavada por minhas mão.

Muito amargoso.

Neca Pires, de Rodelas, da Bahia, confirmava o calorão:

— É tanto no meu agreste, que as galinhas ficam de asas abertas na sombra da casa. Têm a crista roxa e vivem de bico aberto. Se botam ovo, a gema já vem arrebentada de mistura com a clara. Duas horas depois de botado, fica podre. Ninguém güenta isso não. Tem morrido mais gente do que passarinho com o vento nordeste.

O velho Carlos, de Água Branca, espalhava seus boatos:

— No chapadão Baiano um caminhão de charque quebrou, ficando na estrada. Faltava peça importante e o motorista que viajava foi, de a pé, ao posto de gasolina de Paraguaçu, ver se dava um jeito. Por lá dormiu e, quando voltou no outro dia, os ratos de campo tinham dado na carne. Tinha os caianas, os sarnés, os cuícas, os rabudos, e os ratos vermelhos. Tomaram conta do caminhão e arrazaram quase tudo, na conta de muitos mil. Quem pode enfrentar a praga? Inda mais os ratos da Bahia, que têm a pulga da peste bubônica. Ouvi falar que o motorista fugiu pra Poções, meio leso, deixando o resto da carga pros bichos.

No ônibus as conversas rendiam:

— E o governo, não alembra dos famintos?

Um velho espigado deu o grito:

— Onde estão com a cabeça, falano in guvernu? O guvernu tá mais fracu qui cavalo pampa. Os diputadu vevi mais ligeiro nas unha qui ratu de igreja.

A opinião daquela gente era a opinião geral do sertanejo do todo o Nordeste, da Bahia ao Maranhão, sobre o governo

414

e os congressistas. Era o parecer exato de quem sofre sem socorro, de quem pena sem amparo nenhum.

Ao passarem pela Placa, uma velha, que levava baú de lata e até ali estivera calada com seu cachimbo, falou ao ver de olhos secos a terra queimada:

— Guverno... ocês fala de guverno... Ele tá valeno mesmo qui bosta.

Mais uma surpresa estava reservada aos viajantes. Quando desciam a rampa do estéril vale ribeirinho, um sujeito que estava a uma janela da direita gritou rouco, e com ódio:

— Gente! Óia o São Chico derramano água! O São Chico tá na inchente!

Todos se voltaram para o rio, que surgira do lado da Barreira, derramando a água suja pelos baixios de areia, afrontando os barrancos quebradiços. A velha do cachimbo tirou-o da boca:

— Óia o rio sem-vregonho rino da magrém. Bota água pra dilúvio, se ri de nossa sequidão. Rio filho das unha!

A cheia do São Francisco espumava pelo curso abaixo, em desperdício inútil da enchente.

Alagava terras mortas e reduzia o rumor das cachoeiras, da cachoeira de Itaparica, ali perto.

Zé Lúcio explicou o que ouvira de Osmarino:

— O rio está cheio é do começo do inverno de grandes chuvas de Minas. Em novembro lá é começo dessa chuva que agora chega aqui. Esta enchente leva três meses pra nos alcançar. Não é cheia do Nordeste, mas de Minas, meu povo.

Todos do ônibus olhavam com raiva e inveja a cheia, que estava chegando na longa viagem.

Em Petrolândia as águas babujavam os fundos dos quintais da Rua da Praia. Na cidade ninguém se alegrava com aquilo, que de nada valia para o sertão. Estavam é com raiva do rio, que arrastara na véspera um jegue de cangalha, que vinha da caatinga, louco de sede. Chegando à água, caminhou para diante, como fazem bebendo os muares sequiosos, e foi arrastado pela correnteza. Um homem do povo, um tal Boré, injuriava o rio:

— Esse coisa à toa só serve pra atrasá o sertão.

Rosnou a cuspir sua cachaça mal bebida:

— Rio filho da puta!

Não era só injuriar, rogava-lhe praga:

— Dex'tá, danado. Eu inda hei de vê ocê dano vau pra cachorro, com água na barriga! É vingança qui vou tirá de tú, mijo de coisaruim.

Era geral a aversão dos barranqueiros pelo São Chico, o rio inútil para eles, por correr entre margens lavadas e tauá improdutivo. Desde que se acabaram, em outros tempos, as matas ciliares que geravam leve camada de húmus, que as terras ficaram mais infecundas do que vidro.

A velha do cachimbo disse bem o que eram aquelas terras:

— Eh, terra boa pra interrá cabra safado e nêgo pagão!

E além, no entanto, no rigor da estiagem, o rio se apresentava majestoso na sua enchente, não dando confiança à areia, a descer vexado para o mar.

Ninguém amava o rio, como em Minas. Em Pernambuco ele não tem amigos. Para os pobres ribeirinhos ele é o cúmulo do orgulho imprestável, é rio que não dá esmola aos caatingueiros sempre com fome e sede.

Deram-lhe o apelido de São Chico para mostrar uma camaradagem sem lucro, fingida.

Também o rio não lhes serve, não dá bola aos matutos flagelados. Não o invejam, como o nordestino vê os seus rios secos. Apenas vivem como vizinhos intrigados.

Lá em baixo ele estrondava na cachoeira de Itaparica, lá ia pelas pedras abaixo, no rumo de Paulo Afonso.

Zito estava na casa de Zé Lúcio, como outrora na sua casa de Recife. Era tratado como filho embora muita gente no lugar fosse prevenida com ele, por ser comuna.

Encontrou Florzinha magra e dona Mena tristonha. Entristeceu também. Não perguntou pelo noivo, nem o vira na cidade.

Na mesma tarde da chegada, foi com Zé Lúcio, ali perto, ver a descarga do rio no começo da cachoeira, agora com barulho abrandado. Corria que o São Chico derrubara grande barranco, na curva do Matadouro.

— Muita terra caída. É pra isto que ele presta, levar o que é nosso de embrulhada pro mar.

Já escurecia, quando os rapazes chegaram na beira d'água. Lá estava, contemplando o espetáculo, o velho pescador Gavião, que experimentava um anzol em bacia da pedreira.

— Pega não. É só pru farra.

A linha mergulhada, com a corrida da água, fazia a vara estremecer. Zé Lúcio provocou-o:

— Água danada, hein Gavião?

— Água pra atrapalhá pesca de canoa...

Era um dos que consideravam o rio, só valendo para atrapalhar a vida dos cristãos.

Zé insistia nas perguntas:

— Diz que o rio está derrubando terra, Gavião?

O velho sempre frio corrigiu a pergunta:

— Caiu mesmo um barrancão no cotovelo do rio, no Matadouro. Mais num foi o rio qui dirribou ele, não.

— Quem foi?

— Ora, os mínimo num aquerdita, o tempo é otro... O povo anda discrente... Terra caída é terra, areia e barranco derrubado pelo caboclo d'água, seu Zé. Ele é qui dirruba terra da bera do rio. Vai sulapanu, vai cavano com as unha infiliz pro baixo do teso de terra; vai furano o barranco e ele imbalança, istremece, tomba na correnteza! O caboclo nesse brinquedo se vinga de quem tem terra... de quem mora na bera do rio. A terra caída derrete nele qui nem torrão de açúcar. Os qui num sabe pensa que é o rio que fais este estrupício mais num é não, é o caboclo que tá apirriano os pob'e da terra firme.

— Você já viu ele trabalhando?

— Pra falá, seu Zé, ninguém hoje aquerdita. Todos zomba do que conta as coisa que a gente viu, nas noite de pescaria. Mas eu vi u'a veiz só, mais vi. O bruto trabaiava lá em riba, na curva pra chegá na Barrera e vinha discansá sentado no barranco, co as pernas n'água. Eu vi com esses zóio. Ele tava cansado de trabaiá no fundo d' água. Tava assentado. Eu pescava perto e inculhi na canoa, fiquei piquinino de medo. Num demorou, ói o istrondo do barrancão no rio. O tal apareceu alegre, se rino, da arte que feis. Tava co os cabelo assanhado, cum areia neles. Eu intão tirei o anzol, disgracei a remá pra baxo, sem olhá pra trais. O bichão mora nas loca de fundo d'água e quando a coisa aperta pra ele, fais um engenho ao meio do rio e suverte por ele adentro. Quem fais os engenho todo do rio é ele. A remeirama toda deste rio já viu ele no trabaio e o Coelho já viu até u'a briga dele de unhas e dente co minhocão.

Esse São Chico é pirigoso por demais.

— Pois é, Gavião, a gente hoje vive descrente.

— Muito, Muito sem fé nos home de verdade... Nós véio que vê as coisa e diz que num vê nada. Pra que? O povo hoje é outro... Muita farsidade... muita inlusão.

Zito gostou da conversa de pescador assombrado.

— Gavião e gemidos dentro d'água, você já ouviu?

— Gimido? Muito. Gimido rosnado de caboclo, gimido de sucuri, gimido de jaú.

— De jaú?

— Nhi-sim, pois não. O jaú é pexe grande, bicho valente pra tiro d'água. Conhece o bagre? Pois é aquilo mesmo, mais cresce, chega a 100 quilo. Bichão danado. É cinzento e quando tá véio dá pra criá cabelo no corpo, cabelo de palmo, palmo e meio, cabelo qui parece moita de capim galinha, mais preto. O corpo de jaú fica como bicho de mato, cabeludo qui fais medo. Fica própio corpo de sairá de mato virge. Pois ele quando tá cansado chama a fema e geme, gimido medonho qui istronda suturno no fundo do robojo.

Fais inté frio. É cada um qui istremece o chão, isto é, assusta a gente. Tamem pescá jaú desse porte é besteira, num presta pra cumê. Tem muita reuma.

418

— Gavião, você que é o pescador mais velho daqui, me explique. Você diz que anda léguas rio acima pra pescar. Traz sempre peixes bonitos. Quando, longe, você pesca um luango ou moleque ele não altera com o sol e o mormaço, até chegar no porto?

— Se num tratá, artera. Mais tem jeito. A gente abre ele e tira as tripa, retaia e lava.

— Mas isto não basta. Peixe com sol de tantas horas é pra chegar alterado.

— Chega não. Dispois de lavá bem lavado, a gente mija nele, entranha bem o mije nas carne e tá pronto. Chega fresco igual ao sair d'água. Vancês admira do gimido do jaú é pruquê num ouviram o caborge.

— Que é caborge?

— Quando a gente num pega na pesca de subida, na descida é certo fisgá pexe. Quando a canoa desce serena, traia de um caborge que parece com o pacamão, agarra nes lado da canoa e dana a roncá. Roncado arto, grosso, propi de capado gordo drumino. O ronco ispanta os pexe todo. Num se pega mais nada. É peta batê remo na canoa, passá ele dos lado. O trem num sai. Vem roncano, vem bufano medonho. Só a gente vortano. Vem co as mão vazia. Eles fala que o caborge é visage. Visage de pescadô véio qui num véve mais no mundo! Eu, cum perdão de Deus, aquerdito.

Zé Lúcio concordava com ele:

— É isto mesmo. No mundo cabe muita coisa que ninguém explica.

E olhando o pescador na cara:

— Gavião, na sua casa ainda tem muita chupança nas cafuas?

Ficou indeciso para responder:

— Tê, tem. Mais o boca-doce só fais mal chupando nosso sangue, quando ele mora no casco do tatu-testa-deferro. Quando num mora no casco desse tatu, pode mordê a gente à vontade, qui num fais mal ninhum.

Despediram-se. Os rapazes voltaram à casa onde era cedo para jantar. Foram então beber uma cerveja como ape-

419

ritivo. O bar estava vazio. O garçom abriu as garrafas, satisfeito por rever os amigos.

— João Chico, e o delegado tem vindo aqui?

— Todo dia. Toda hora, mas apressado. Toma uma bicada mesmo em pé no balcão e cai fora. Fala que está armando um cerco ao Gasolina, que entendeu de prender. Hoje esteve aqui, cedinho. Talvez tenha viajado, pra unhar e negro ou trazer suas orelhas. Pelo menos foi isso que ele falou...

Riram das batidas do delegado.

— E Sátiro?

— Tem andado sumido. Teve um trompaço com o delegado. Andou violento. Não sei no que resultou a questão. Mandaram chamá-los para a janta. Foi então que Zito viu toda a família reunida. Dona Mena se queixava:

— Temos andado com muitos trabalhos, com aborrecimentos. Parece que tem tempo que a gente sofre mais. Não foi adiante mesmo porque Zito silenciou. Florzinha comia calada. O estudante olhou-a, com dó:

— Você emagreceu um pouco.

Ela apenas sorriu, sem assunto, sorriso humilde de doente de hospital de caridade. A mãe é que respondeu:

— Também não foi pra menos. Sofreu muito. Muito aperreio.

O rapaz procurou desconversar:

— Noivado é assim mesmo. Emagrece os noivos.

Dona Mena falou com desaponto:

— Florzinha não é noiva mais não. Felizmente acabou. Ele vê mais que o ciúme e ouve mais do que as paredes. Desse modo não há quem güente.

— Não sabia. Isto foi mau. Tudo pronto. Estava tudo pronto.

— Mas antes assim de que ser infeliz depois. A coisa estava ficando demais e eu acabei com o noivado. Não sou mulher pra ficar cozinhando noivo ciumento na água morna, toda vida não. Não presta, acabou-se. Ela é muito nova e não estava dando certo. Agora quero ver ele puxar panquinho.

— Não sabia. O Zé não me contou.

— Ele também não sabia. Foi trasantontem. Tirei esse peso da consciência e não se falou mais nisso aqui em casa.

— Não sabia. Foi pena.

— Você é porque não sabe de nada. Não foi pena. Foi é muito bom acabar com aquele flagelo de Florzinha. O rapaz sorriu delicado, para agradar.

— Então é por isso que você está triste, mudou tanto.

— Não mudei nada. Eu sou assim mesma; às vezes fico abatida à-toa.

Dona Mena estava senhora de si:

— Aquele homem entrou aqui como cobra mandada, Zito. Nunca se viu mais esturdio, mais ciumento, mais emburrado. Vig! Ela agora vai passar o fim das férias na casa da irmã que tenho na Glória.

* * *

Acabado o almoço, Zé convidou o amigo a irem a Tacaratu no outro dia bem cedo.

— Não. Vim só me despedir, preciso ir embora. Tanto o outro insistiu que foram no outro dia, a cavalo, em passeio a Tacaratu.

Acompanharam o rio, onde havia um pouco de verdura marginal e foram subindo a serra, em que a seca também subira com fome esganada de folhas e de verdes. Lá em cima um pouco de ventos mais frescos, e a cidade velha acachapada nos casarões sem trato. Ninguém nas ruas. Estiveram no bar, resolvendo ir adiante, até Folha Branca, para verem o efeito da magrém. Zito perguntava:

— Ver mais de que já vimos?

— Dizem que daqui por diante a coisa está pior.

Trotaram pela chão desolado da Serra de Tacaratu. Não andaram muito e surgiram: pedras cinzentas no solo

421

ardente, casinholas em cujos quintais houve plantas que eram agora desolação.

Perto da aldeia havia um rancho, em que meninos choravam na porta. Pararam, para saber o que acontecera. Em frente do rancho subia e se espalhava na gloriosa verdura heróica um juazeiro a desafiar a seca. Estava podado por baixo, até onde um animal em pé, empinado nas patas traseiras pudesse alcançar.

O mais, em cima e dos lados, inacessível às bocas famintas, era o verde, o milagre de verde vencedor.

Havia sob essa árvore um cavalo morto. As crianças que choravam fugiram para dentro da casa, quando os moços iam chegando. Apareceu então um homem grisalho, de face acobreada, que também tinha os olhos vermelhos de choro. Zé Lúcio indagou:

— Estão chorando. Aconteceu alguma desgraça?

— Aconteceu, moço. Cobra picou meu cavalo Ventania.

Comovera-se ao dar a notícia e lágrimas rolaram pelo correame cru de seu rosto. Os viajantes foram seguidos pelo homem ver o cavalo morto, já duro, de pernas tesas e olhos vidrados. No lombo havia sinais de antigas pisaduras de arreio, onde nasceram cabelos de outra cor. Zito perdera a graça:

— É isto. Perdeu o alazão.

— É como vê. Perdi o meu ganha-pão e é como se perdesse pessoa da família. Estive ontem no campeio das reses que ainda estão vivas. Cheguei tarde e soltei o cavalinho.

Hoje fui buscar ele...

Sua voz emperrou na emoção.

— ... e ele não era mais nada. Voltei com o cabresto na mão, e nem tive alma de contar em casa o acontecido. Mas a mulê viu que acontecera desgraça. Perdi o Ventania, que era um tribunal. Valia tudo no mundo pra mim.

Estava desolado.

— Mas foi cobra?

— Sim,senhor. Cascabulho. Foi picado no focinho.

Silenciou de novo.

422

— Sentindo a picada, veio pra aqui e rinchou na porta, como fazia sempre. Não estranhei, porque era costume dele, não achando pasto voltar pro terreiro. Hoje ainda escuro abri a porta e vi a bagaceira de bicho disinfiliz. O coitado não achando recurso na porta de seu dono, deitou aqui pra morrer debaixo do pé de pau, onde posso dizer que ele morava.

Parou, contemplando o cavalo morto.

— É como diz que ele foi criado na cuia, na minha mão. Este cavalinho posso falar que conversava, porque chegando nesta porta rinchava, chamando a gente. Nunca saía daqui sem um agrado, lambuge de sal, punhado de farinha, um naco de rapadura. Era meu companheiro no campeio do criatório, da pega dos bois, ao rasteio do gado brabo. Na cola do barbatão, ele nunca respeitou valo nem grota, e a espinharada dos xiquexiques pra ele era mesmo que fulô. Quando o marruá tinha tutano, meu perereca tinha mais talento.

Ninguém cercava com mais velocidade um orelhudo desgarrado, que eu topava no ferro e derrubava na seda. Ganhei fama nessa caatinga toda, nos varjão, nas quebrada das serra até nos fins dos Cariris Véio. Se vancês perguntar por aí tudo quem é o Creá, todo mundo sabe que sou eu. E por que? Porque este pobre que aí está é que me deu fama, que fez de mim o vaqueiro mais respeitado do sertão, da Serra de Mimoso até na Serra da Borborema. Não era eu, era ele que valia tudo, coitadinho, agora inchado ao calorão dessa peste de seca. O pouco que se comia neste rancho era ele quem dava com suas pata abençoada. Com sua raça de campeiro mestre. Agora, acabou. Ninguém vai ver o Creá de trepadeira firme no estribo, descendo do agreste atrás do gado fugido, caminhando pro cercado. Minha fama era a de Ventania, o bichinho mais veloz que viveu no geral de São Chico. Tudo isso acabou, no bote de cascabulho mais danado que o coisa ruim botou debaixo dos xiquexique. Perdi meu cavalinho, perdi minha coragem. Só Deus Nosso Pai sabe o que vai ser de boiadeiro velho.

Olhava, calado o chão duro.

— Na pega de boi, quando trovejar a disparada da vaqueirama de arisco, e se ouvir os grito: — Morra o boi! Morra o boi! quem aparece no limpo não vai ser o Creá de nome, em cima do Ventania, na cola do erado. Não vai aparecer com a seda de rabo de marruá enrolada na mão, pra queda bonita. Pobres de nóis, dele e do Creá que ficou de a pé, sem o irmão de fiança.

Suas filhas reapareceram. Já haviam enfeitado de folhas de juazeiro o corpo do alazão. A velha esposa de Creá pôs na testa do Ventania uma cravina aberta, a única encontrada no seu pote da janela.

— E que vai agora fazer dele?

— Enterrar, como gente. Vai ser enterrado aqui mesmo, debaixo do juazeiro, que deu sombra pra seus descanso, uma das meninas penteava as crinas curtas do Ventania, queimadas de sol e esgarçadas nos espinheiros.

— Vai ser enterrado como gente. Vou abrir sua cova, mas parece que vou abrir a minha mesmo.

Saindo dali, os estudantes estavam tristes. Zé Lúcio comentava:

— Coitado do vaqueiro. Quando voltarem as trovoadas como há de ir atrás dos marrucos da Serra dos Cariris Velhos? Como varar o arisco nos mutirões pra pega dos curraleiros alevantados? Quando os companheiros de Creá, já montados pra o cerco dos crioulos, perguntarem por ele, seu laço de marroeiro mestre estará pendurado. Pendendo do terno de sua salinha, de sua salinha de chão ao lado do cabresto do pererreca de crinas rajadas.

— Cadê Creá, gente? Os velhos peões não poderão saber que, naquela hora, ele estará pitando a relembrar seu alazão de estima, sentado debaixo de juazeiro onde ele foi enterrado. Um vaqueiro assim não terá mais voz pra aboiar o gado, puxando os boiadões a caminho das feiras.

Os rapazes voltaram convencidos da grandeza moral dos sertanejos nordestinos. Ele falava de cavalo, como se falasse de gente amiga. Tinha amizade até depois de morto, e era admirável na sua paixão de homem endurecido na fome.

Passaram pela porta da casa ataperada, que foi do avô de Zito e agora pertencia a uma das filhas do velho. Nem Zito nem seu companheiro sabia de nada do passado do filho de Betânia.

A casa estava com parte da frente com a cal descascada, e o telhado cedia na cumieira aos estragos de sol e das chuvaradas.

No quintal a cacimba secara, e um sapotizeiro cheio de ervas-de-passarinho só dava uma ou outra fruta insossa.

Moita de canavial desprezada vegetava, com raras folhas amarelentas. A cerca de lado caíra em parte, sendo substituída por folha de porta. Via-se ainda o arrebenta-peito de espremer cana para adoçar café. A porta de entrada estava aberta, e não se via ninguém. Um anu preto piava no telhado, rolas cafutes catavam areia onde fora horta.

Passaram por ali indiferentes, sem saber que, naquela casa, nascera Zito e que sua mãe, largada do pai, morrera ao lhe dar a vida. Seus avós também morreram e a miséria da filha sobrevivente era igual à casa em ruínas.

Chegaram tarde a Petrolândia e desceram no bar para uma cerveja, mandando levar os cavalos. Zé Lúcio sentira a viagem:

— Gostou do passeio?

— Mais eu menos. Ó Zé, pra que serve tanta terra deserta, pra que serve tanto chão sem préstimo?

— Não sei. Creio que serve pra pagar imposto e pra esconder criminosos. Nossa terra é ruim de espantar bicho. Só se salvam manchas úmidas da Mata, onde dá cana e poucos vales de serras pra café. O resto são terrinhas pra cará, caatingas e tabuleiros secos pra emendar distâncias.

— Talvez nas mãos de outra raça estas terras dessem água, fossem fecundas um dia. Com a choldra de políticos atuais são o que se vê, terras de ninguém, porque ninguém quer. Agora uma coisa me comoveu na excursão. Foi Creá

425

fazendo a biografia de seu cavalinho morto. Doeu muito em mim. Achei aquilo digno de nosso povo desprezado. Gente forte como bicho! O cavalo já fazia parte da família. Viu as meninas enfeitando o morto, e a velha pondo a cravina no topete de Ventania?

O garçom perguntou se o sertão do Moxotó estava seco.

— Pior do que aqui. Tudo está se acabando. De verde só periquito e juazeiro.

— Pois vai chover. Tem sinal. De madrugada ouvi a água-só piando, a voar sobre o rio. Pra mim é sinal certo. Zé Lúcio não acreditava:

— Pra mim estamos no começo de outra Fome Grande.

O garçom duvidava:

— Acho que não. Além das águas-só, o Lalau contou aqui que os fura-barreiras fizeram ninho muito alto nos barrancos. Ele já viu muitos. João Raimundo diz que as jataís estão fechando as portas de tarde. Além disso as joanas-de-barro fizeram suas casas com porta virada para o norte. Tudo é sinal de muitas chuvas, do sul, que são certas.

Cajuru que ouvia a conversa estava na dúvida:

— Pra mim, sinal certo de chuva no sertão é o cururu roncar de madrugada, e formiga lava-pés carregando os filhos pra fora dos buracos. Sem isso a chuva não vem.

Targine que chegara da Glória, concordou com o garçom:

— Graças a Deus vai chover. Meu cavalo chegou aqui suando entre as pernas, suando com espuma. Este sinal pra mim nunca falhou.

Cajuru estava obstinado:

— Eu não ouvindo o ronco do cururu e não vendo as formigas com os filhos, não acredito em nada.

O garçom repisava:

— Eu ouvindo a água-só piando de madrugada, fico certo da bondade de Deus mandando chuva.

O velho Damasceno ouvia aqueles palpites sem confiança:

— O sinal mais acreditado aqui é jumenta zurrar às 16 horas. Isto não falha. Quando zurra, chove no mesmo dia.

O garçom alertou os estudantes:

— Olhem quem está chegando.

Zé Lúcio gritou ainda de longe:

— Sátiro! Onde é que anda, rapaz?

O mulato cumprimentou-os com cara amarretada:

— Vivo no batente.

— Muito dinheiro?

— Dinheiro aqui está mais difícil de se ver do que pé de cobra e cabelo de freira.

— Quando viajei você estava com encrenca feita com o fiscal, por causa de umas mudas. Ficou tudo resolvido?

O ferreiro tirou com respeito o chapéu de palha.

— Graças a Deus.

— Graças a Deus, como? Retiraram a queixa? Você não estava acusado?

— Não retiraram a queixa, não. Acusado estava, acusado fiquei.

— Não entendo.

— Me acusaram de arrancar, ou por outras de roubar muda de tamarino na Rua da Praia. Fui intimado pelo fiscal a plantar outra, ou pagar o preço daquela porcaria. Não plantei nem paguei. Fiz foi esparramo gritado na prefeitura, endoidei perdi o juízo e faltei isso (mostrava meia unha) pra sair de lá, direto pra cadeia. Silvininho não é gente, não. Me acusou e só não ouviu de mim o que o diabo fala de santo. Falei mesmo com ele que estava com ele por aqui (mostrou a garganta) e não agüentava mais. Fiquei de olhos tortos de indignado. Gritei mesmo: — Agora nós resolvemos a coisa é nas armas, com muito sangue! Ele viu as coisas pretas, na hora da bagaceira, e me chamou de lado pra conversar. Eu disse na vista do povo: — Conversa com você só faz meu estoque, e muita chuchada vai responder suas inzonas de delegado frutiqueiro. Ele acalmou e eu fui embora, até com tremura de tanta gana de acabar com ele, pra sempre. No outro dia ele foi lá em casa dizer que houve engano e éramos amigos. Pra aí você vê quem é ele.

Ficou de novo furioso ao dizer:

— Ninguém pode ficar inimigo dele, não. Não tem isto. (Passou um dedo na face, indicando vergonha). Estou desiludido com este governo de água choca. E até digo: — Morrendo Agamenon — não ficou mais raça de homem pra mandar nesta merda. Pra consertar este Pernambuco pestiado só um cabra de tutano como o Zé Américo, da Paraíba, porque ele não alisa gente ruim.

O garçom foi à porta, voltando alegre:

— A coisa vem. O vento de chuva sopra duro.

Sátiro foi ver. Espiou o céu, e mesmo da porta, bateu a mão se despedindo.

Os rapazes saíram e nisso se ouviu um trovão fundo que há doze meses ninguém ouvia. Zé parecia convencido:

— Parece mesmo chuva. Será possível? Nem me lembro mais como ela é.

Outros trovões rolaram surdos, bem longe. Ventava forte, levantando poeira. Sucessivos coriscos, seguidos de trovões foram vistos e ouvidos. Dona Mena encolhia-se:

— Tenho medo de raios. Tenho medo horroroso!

Acendia velas bentas no altar caseiro, aos pés de Santa Bárbara. Na cozinha, ao ouvir os ribombos, a preta velha Mariana estava desassossegada:

— O barbado tá nervoso lá em riba!

Mal chegaram a casa, o tempo fechou, escuro, e caiu chuva forte, a chuva que há quase um ano pediam a Deus. Mulheres e crianças saíram à rua, molhando-se, a pular como doídos. Homens apareciam, alegres por receber a chuva na cara. Meninos pulavam em alarido de festa a gritar:

— Viva Deus! Viva Deus!

Os animais — jegues, cavalos e vacas magras puseram-se a dar desengonçados pinotes, como se dançassem. Cavalos empinavam, rinchando. Porcos magros grungrunhavam apanhando chuva, sem procurar abrigo.

428

A população em peso se molhava nas ruas e debaixo das goteiras. Alegria quase desconhecida tomou conta do povo em geral. As pessoas se abraçavam, rindo, numa fraternidade comovente. Algumas se enlaçavam, saindo a dançar na rua alvoroçadas pela chuva.

Ao contrário dos habitantes da cidade do Sul, o povo formigava nas ruas, patinando nas enxurradas, a confraternizar-se com a água, que era muita.

O pai do Zé Lúcio chegou à janela espiando o aguaceiro. Sorriu com arreganho satisfeito:

— Eh boca dágua triste, eh pé dágua medonho! Vai cair até pedaço de céu velho.

Disparou para o ar a carga toda de um rifle. Começaram o mesmo tiroteio na sua avenida, nas ruas, nos subúrbios afastados. Dentro de poucos minutos a cidade inteira estava em bombardeio de armas de todos os tipos, antigas e modernas. Aquilo foi até tarde. Quando a chuva serenou eram ouvidos longe, na Barreira, foguetes de coquinhos estourando em festa, no ar. A alegria era unânime.

Nos bares e nas casas começavam a beber, de modo que não tardou e muitos cantavam alto, comemorando a chegada fora de tempo do inverno. Dona Mena sorria exuberante, vingada da estiagem:

— Quando Deus demora, é que está no caminho. Zé Lúcio achou razão para abrir uma garrafa de uísque, guardada na cristaleira em casa, com muito ciúme. Todos bebiam. Vinda da cozinha com caneca na mão, a velha cozinheira Mariana reclamou o seu:

— A chuva choveu pro mea promessa, Zezinho. Bota aqui.

A preta velha merecia o seu trago, pois a chuva caíra como resultado de sua promessa.

A chuva era dela.

* * *

Deitaram tarde na noite da primeira chuva. Quando a família foi se acomodando e ainda chovia forte, ficaram na sala dona Mena, Florzinha e Zito. Foram fechadas as janelas que ventos de chuva fustigavam.

A senhora foi chamada por Mariana, para ver uma goteira na sala de jantar. Apareciam goteiras em outros cômodos da casa. Zito acendeu um cigarro:

— Em que ficou mesmo o noivado, Florzinha?

— Não ouviu mamãe dizer que acabou?

— Não acredito. Não creio.

Ela mostrou a mão, sem a aliança.

— Olhe, devolvi a aliança.

— Sempre julguei que vocês fossem felizes.

Olharam-se, em silêncio.

— O ciúme dele acabou aborrecendo mãe e eu também vi que o casamento assim não dava certo.

— Mas... Florzinha, ciúme por que? Você é menina mas tem caráter, é educada, não vejo razão de tanto zelo.

Encarou-a com doçura:

— Ciúme de quem, Florzinha?

Ela perturbou-se:

— De todo mundo. De qualquer rapaz com quem cismasse, até de você ficar aqui em casa.

— Eu soube disto. Mas eu vim aqui pra o casamento de sua irmã. Vim com mãe. Sou amigo de Zé Lúcio, vim sem intenção de aborrecer seu noivo.

— Pois é, mas ele botou na cabeça que você veio por mim, que me queria bem. Mãe explicou, eu falei, todos aqui disseram o mesmo. Não acreditou.

A população em peso se molhava nas ruas, debaixo das goteiras.

$\rightarrow$

430

— Então fui eu, sem querer que desmanchei seu casamento. Isto me aborrece.

Ficaram de novo calados. A chuva escorria pelas goteiras estralejando no chão de cascalho da avenida. Estiveram ouvindo aquele rumor já esquecido de todos. Ela então sussurrou com humildade:

— Ele assim entendeu e me fez chorar muito. Mas por outro lado, fiquei satisfeita que ele achasse que você me queria bem.

— Quero mesmo bem a você. Quero muito bem. Saiba que sou um homem injustiçado. Não sei se Lúcio contou minha tragédia em casa. Socorro não é minha mãe, me criou. Tive dela tudo que filho merece de mãe bondosa. Sem pensar muito, entrei na campanha dos que hoje são governo e com isto desgostei a família de Socorro, que tem engenho, e a de meu tio morto, que sempre viveu de lavoura. A coisa foi ficando séria lá em casa, e um dia me desentendi com o tio-avô, que mora com Socorro. Por isto saí de casa... e não pude mais voltar. Perdi o ano. Acabei requerendo minha transferência pra São Paulo. Agora vim me despedir de vocês, pra viajar. Vou-me embora.

— Vou ficar mais triste ainda. Vai não, Zito.

— Estou humilhado e além de tudo meus chefes na campanha, depois de vitoriosos, se esqueceram de mim. Fiquei odiado por certos mestres, meu curso aqui seria penoso. Sujeito a desforras. O nordestino quando persegue é pra valer. Não atende a atenuantes, é mole de boca e duro de coração. Vou com pesar, ainda mais agora que você me pede pra não ir. Mas eu, Flor, estou na vida como São Chico do nosso sertão sem préstimo pra nada.

— Não é assim não. Você é precioso pra muita gente, não pra políticos que são raça ruim. Pra os outros, pra mim.

— Eu, nesta casa, sou apenas querido por seu irmão. Zé gosta de mim... conhece o que sofro.

— Não é só ele. Tem mais gente. Eu sou pequenina e infeliz mas também gosto de você.

— Sou moço mas já me acostumei com palavras vãs. Com palavras faladas à-toa.

— Eu sou pequena e sem sorte mas falo verdade. Sei falar verdade.

— Verdade de hoje é só pra ferir, pra insultar as pessoas. A verdade é como cachorro doido, de que todo mundo tem medo.

— Não é não. Verdade é coisa bonita. Mostra o coração amigo.

— Por que você fala assim, Florzinha?

— Falo como quem confessa pois é proibido, é pecado mentir.

Naqueles ataques e negaceios de meias palavras ditas por dizerem, afloradas por cima, os dois ficaram se tateando, tateando as almas que são muito palpáveis. Depois delas veio o silêncio, falavam os olhos e alguns suspiros, leves.

Quando nos gestos da conversa a mão esquerda da mocinha se aproximava do rosto do rapaz, ele sentia um perfume agradável.

— Que perfume é esse, que você usa nas mãos?

— Ah, não é perfume das mãos. É da pulseira de pau-de-angola. Cheira muito. Cheira mais nas sextas-feiras, ninguém sabe porque.

Ele pegou na pulseira de contas pardas encastoadas de ouro na corrente. Depois levou a pulseira para cheirá-la, ainda no pulso da moça.

Chegou-a perto de nariz e tão perto chegou, que roçava os lábios nas contas do enfeite.

— Acho que este cheiro não é de pau-de-angola, não. Pau-de-angola cheira é nas sextas-feiras e hoje é domingo... Este cheirinho... é de moça bonita.

Florzinha corou de repente, retirando o braço para o colo. Zito falava baixo, abrindo a alma:

— Não gostei de encontrá-la triste. Você tem chorado. Todo mundo acha você diferente. Tristeza e choro fazem mal à mulher, à moça formosa. No Amazonas existe um papagaio amarelo que no tempo da chuva fica no oco dos paus, só saindo nas estiadas. Porque, se apanhar chuva descora as penas, fica cinzento embaçado. Tristeza e choro são as chuvas que acabam com a boniteza das meninas, como com as penas de papagaio amarelo do Amazonas. Enxugue suas lágrimas. Elas também matam.

Começaram ouvir na sala o ruído irritante de uma goteira, caindo em bacia na sala de jantar. Foi quando voltou dona Mena, atrapalhando a conversa da boca e dos olhos.

— É tarde. Vamos dormir. É gostoso a gente dormir com chuva, que não vê há tanto tempo. Com ela vai acabar o vento nordeste o bafo pestilento do Sertão, que, na seca tão grande, estava matando os bichos do mato, os passarinhos, o gado e as pessoas. Ele é uma desgraça de doenças que chegam de repente, enfraquecem tudo e não têm remédio nem de doutor. Quando a magrém é grande tudo seca, até as almas ficam duras como couro de rês morta de sede no arisco. Tem almas tão más que parecem couro cru de boi morto, e têm o mesmo cheiro azedo daquela podridão. Quando vem do bafo do sertão, tudo piora por demais. Ele bafeja o geral todo, chegou até aqui em casa. Com a chuva ele vai embora, muda de rumo. Que vá e não volte que estamos cansados de sofrer.

Capítulo 18

FOGO CAMINHADOR

Com a chuva o calor não cedeu. Antes, ficou mais pesado, com a umidade do ar. Os rapazes levantaram cedo e Zito propôs um banho no rio. Dona Mena protestou com espanto:

— Vocês estão doidos, Zito? Tomar banho no rio? Isto é um perigo! Ele vem envenenado das cabeceiras e banhos nele é o mesmo que suicídio.

Tomou seu banho no velho chuveiro de lata, com água de cisterna. A chuva cessou ao amanhecer, e apareceram pelas ruas meninos vendendo água em ancorotes nos jegues, água de cacimbas, nunca do rio, e agora de chuva.

— Aaaguua! Aaaguua de chuuva!

Mas faziam pouco negócio, porque nas casas puseram por baixo das goteiras quantas vasilhas conseguiram. A chuva era muito preciosa para vazar, sem ser guardada como jóia cara.

As ruas amanheceram lavadas, e as casas limpas da poeira de quase um ano. As raras folhas das árvores da arborização estavam livre de pé, e gotejando água.

— Áaagua! Aaáguua de chuva!

Ninguém queria e o menino, por vingança fustigava com uma vara o jegue, como se batesse nos fregueses já providos da sua mercadoria.

A manhã estava limpa, sem a carusma cinzenta de ar lavado pelo aguaceiro. Toda a cidade amanhecera alegre. Às 10 horas os rapazes foram para o bar, onde havia bastante gente comemorando a chegada do inverno.

Ao se sentarem aproximou-se deles um homem elevado, louro, vermelho. Era Silvininho, que assinava o ponto na sua repartição.

— Sabia que o senhor estava entre nós, mas não tive tempo de uma visita. Estou aqui neste momento como estava ontem, sem dormir. Apanhei a chuvarada toda com as minhas praças dando um rodeio ao cabra Gasolina.

Zé Lúcio perguntou sério:

— Chinchou o negro?

— Pois não amarrei o peste. Fugiu quando estávamos a poucos passos do seu rancho, porque seu cachorrinho Briguelo deu sinal de gente. O cangaceiro fugiu pelos fundos da casa, mas —por meio minuto estava na chave. Estive pra matar o Briguelo, mas o cabo não deixou. Mas peguei ele, entregando o trem à-toa ao praça Zeca. Pois não é que ele deixou o vira-lata fugir?

— Foi pena, pois não vindo na peia o assassino, vinha seu vigia.

— Pois é! Porque estando aqui a isca, a piranha vinha buscá-la e estava nos gadanhos.

Zé Lúcio ofereceu-lhe lugar na mesa, e ele já bebia sua cerveja habitual.

— Silvininho, e o Sátiro foi preso por ter arrancado as mudas?

— Não foi, porque só faltou pedir a proteção do coisa ruim, pois pediu a todos os santos do céu, a Deus e à Virgem Maria. O prefeito teve dó e mandou sustar a prisão. Bebeu com sede o copo cheio.

— Porque se não fosse isto, ele a estas horas estava na pedra amargosa, depois de um banho de refle muito merecido. Aquilo é ruim como concorrente, é ruim como vizinho. Muda mais de cara do que a lua.

Zé Lúcio intrigou sem pensar:

— Dizem que ele por sim ou por não, anda armado.

O velho riu alto, com a cabeça para trás, quando mostrava a boca toda banguela:

— Anda armado... Quem te contou você esta besteira?

Ria com vontade, já bem ruborizado.

— Sátiro andar armado nas minhas fuças... Quem é ele, Zé? Só se aquele crioulinho nascer de novo, pra andar armado! Ninguém aqui anda armado, que prendo no sufragante: Nem ele nem ninguém. Acabei com esse abuso, que era uma vergonha.

Ria ainda:

— Esta é muito boa. Sátiro andar armado...

Ficara mais vermelho do esforço de rir. Zé Lúcio então falou franco:

— Ele anda armado porque eu o vi, com um estoque perigoso, imenso, feito por ele mesmo.

O delegado parou de rir.

— Ah, estoque ele pode carregar.

— Mas não é arma?

Ele explicou, protetor:

— O regulamento fala em armas de fogo, facas, punhais e facões que não forem do mato, que são de serviço. Não fala em estoque. Eu sou homem da lei, de qualquer modo! Morro pra obedecer a lei!

Naquela noite, Zito conversava na sala de dona Mena, quando Mariana saiu para sua eterna ronda aos santos da igreja, especialmente a São Benedito. O rapaz deteve-a:

— Você não sabe o que aconteceu na igreja de Serinhaem. Um gatuno entrou tarde da noite na igreja, roubando a espada de ouro que traspassava o coração de Nossa Senhora das Dores, deixando nas suas mãos um bilhete: *Basta de tanto sofrer.* Foi depois (veja que sacrilégio horrível), foi ao altar de São Benedito e roubou-lhe as alpercatas de ouro, deixando a seus pés outro bilhete: *Pra que nêgo com tanto luxo?*

Mariana apertou as mãos, estremecendo de susto:

— Isso é o cavalo-de-cão, sô dotô! E prendero ele?

437

— Prenderam nada. Foi embora com o roubo.

— Pois esse cabra safado é o propi satanais! Vai vivê pouco, pru que taí tá na forca!

— Não temos mais forca, Mariana. Isso já está acabado.

Ela com os olhos muito acesos, arregalados contestou:

— Cabou não, Sinhô! Pra dipindurar um criminoso cumo esse, quarqué gaio de pau vira forca.

Benzeu-se, saindo de trote, como sempre andava, quando ia às entrevistas de seus santos prediletos.

* * *

Os dois moços voltaram da beira do rio, onde foram ver de perto a correnteza.

— Zé Lúcio, ontem estive conversando com Florzinha. Penalizou-me o que lhe aconteceu. Ela não pode sofrer aborrecimentos, pois esteve doente dos nervos e você esqueceu o que o doutor recomendou. Parece que o noivado dela foi desfeito.

— Foi.

— Estivemos conversando. Florzinha é criatura excelente. Sofreu muito.

Andaram uns passos em silêncio.

— Eu sou outro infeliz. Perdi tudo na vida, minhas esperanças acabaram. Hoje como você sabe, não tenho mais lar. Fui tocado do que tive por empréstimo. Você não imagina o abalo tremendo que sofri, quando o Juca mandou minhas coisas, roupas, objetos, livros pra sua pensão. Até aquele dia ainda sonhava voltar à casa, ser aceito, chamado. O resto de minha crença desabou ao ver chegar a carroça com minha mudança. Agora... Agora estou descrente de fantasias pelas quais lutamos, Não fui criado pra luta, mas, sim, com mimos excessivos: fui menino rico. Hoje não tenho onde morar. Com o que tenho, vou levar a vida a sério, no Sul. Não culpo Socorro. Culpo a vida, que a todos acaba iludindo. Sou um triste.

Deteve a marcha, encarando o amigo antigo:

— Zé Lúcio, se eu fosse candidato à mão de Florzinha você ficaria satisfeito?

— Muito. Você sabe que não minto.

— Então peço nada dizer a respeito, mesmo à sua família.

Recomeçou a chover, e eles chegaram a casa já se molhando. Zé abriu o lenço na cabeça.

— É o inverno mesmo. Abençoada chuva!

— Parece o inverno. São as trovoadas, não há dúvida.

Florzinha ainda abatida, estava mais animada, sorria com mais graça, calor de sol já sem raios no ocaso, sorriso de convalescente.

— Pensei que o delegado os tivesse prendido. Ele anda violento, ameaçando céus e terra.

Zito sossegou-os

— Ele agora está empreitado é com o preto Gasolina e seu Briguelo. O que sobra de seu tempo é para vigiar o Sátiro, pra estar de olho nele.

Na casa havia júbilo pelas melhoras morais da ex-noiva, e pela confirmação do inverno.

Depois do almoço ficaram na sala algumas pessoas da família, em palestra alegre, picada de bom humor. Quando depois de arrumar a cozinha Mariana passava na sala para ir à igreja, Zito lhe falou:

— Desde ontem não a vejo. Mais uma vez parabéns, pela sua promessa pra chover. Deu certo.

— Ah, Nhonhô, num falha! Promessa pra São Binidito é mesmu qui tê nas mão. Ele é mei tretêro é pra essas coisa de namoro, de fazê e dismanchá casamento, hum, hum. Ele num mexe nesses negócio, não. Mais pidi pra vi chuva, corta oiado, curá istrepada i dirrubá farçu tistimunho, — é cum ele. Num tem outro, in-sim. É santo danado pra atendê as promessa.

E seguiu trotando, mesmo sob a chuva, para pagar a promessa por estar chovendo. Não quis nem esperar o domingo, para agradecer e pagar o Santo favor tão grande.

Mesmo porque essa dívida se paga melhor na sexta-feira. O rosto de Mariana parecia gasto por tanto sinal da Cruz,e creio que ela já tinha calos na língua de rezar infindavelmente Padres Nossos para São Benedito.

As relações de Florzinha e Zito estavam cordiais como nunca. Palestravam com tranqüilidade horas e horas, esquecidos do mundo. A mocinha renascia para a vida. Via-se na roseira nova de seu corpo botões começando a entreabrir. Também, dias depois da chuva, as árvores da rua já botavam folhas tenras, louras, transparentes.

Em três dias estavam vestidas de roupa nova, ainda frágil mas verde. E as caatingas?

Que milagre era aquele? Trasantontem pela vastidão dos tabuleiros só havia varas, gravetos, galhas que pareciam secas, da cor de cinza. Hoje havia verdura, folhas novas.

Em três dias a caatinga se emplumou da folhagem verde mais linda, ressuscitava, acordava do sono em que hibernara na estiagem avassaladora.

Como podia ser? É que no inverno passado, as gemas dos renovos empolavam, aflorando as cascas, quando chegou a seca geral. Os renovos pararam de crescer e agora, voltando as chuvas, em três dias brotaram, cresciam, reverdeciam. Parece que estavam à espera da umidade para romperem as cascas ao sol. Não eram só as árvores, arbustos e ervas, a brotarem no verde novo. Também as trepadeiras do chão, as plântulas obscuras, sem nome.

Tudo que era vivo e dormia estremeceu com as trovoadas, acordou sem tempo de bocejar. Foi logo enfolhando e florindo.

Em cinco dias estava em flor o sertão ressurreto.

Em uma semana, nas várzeas, nas areias marginais do rio, nas árvores, arbustos, ervas de rastro e trepadeiras do chão, tudo era flor. Flores alegres e incomparáveis, vistosas, feias, horrendas, mas flores, como para casamento de moça rica ou enterro de almirante.

O major Janjão perdeu na seca seu gado peludo, e aguada, os pererecas de estica, as roças, o cacimbão da fazenda, menos os bodes e jegues.

Certa manhã depois que chovera, deu um giro de jegue pela caatinga e voltou com uma flor escarlate de cactos, fincada na fita do chapéu de palha. Sorria com todos os cacos de dentes:

— Buniteza no mato, mulé! Tudo na flor! Num tem terra no mundo inteiro como o Nordeste! Minha terra é muito por demais. Sua esposa que o vira chegar feliz da vida revidou, com ciúme:

— Sua terra só, não! Esta boa terra é, graças a Deus, minha também...

Com o flagelo da seca, os cajueiros que florescem em setembro não brotaram, no vale de São Francisco. Ficaram sem folhas e, dias depois da chegada das águas, estavam encartuchados de flores abertas e folhas novas aparecidas como milagre. Quinze dias depois de definitivo, o inverno trouxe outra noite de raios e trovoadas terríveis. No dia seguinte a essa nova fulguração de coriscos, e bombardeio de trovões, todos os cajueiros dos quintais de Petrolândia, Barreira e Santo Antônio do Gloria apareceram com as flores e folhas de repente murchas.

Mestre Tônico, de Petrolândia, explicou a coisa aos proprietários das árvores:

— Pois não sabem? Os coriscos matam todas as flores do cajueiro e suas folhas novas. Estão caindo todas, não vai ficar uma, pois não resiste uma noite de coriscos e trovões. Talvez mais tarde, se as chuvas continuarem, floresçam e enfolhem outra vez. A safra de agora está perdida.

* * *

Foram avisar a Silvininho que o preto Gasolina atravessara o rio, na balsa de Santo Antônio da Glória.

Ele deu pressa em reunir o destacamento de cinco meganhas, armando-o a rigor e, a cavalo, com as praças a pé, saía em diligência sigilosa. Passou antes pelo bar e, mesmo montado, jogou nas goelas um trago duplo, talvez para curar sua dor de garganta.

— Onde vai, delegado?

— Em diligência, pra resolver, de uma vez pra todas, assunto relevante.

Tocou o pedrês de empréstimo seguido pelas praças apertadas, de fuzil ao ombro. Desapareceu na restinga de quixabeiras e carquejas no rumo do Bem-Querer. A cidade ficou ciente da diligência pela boca dos próprios soldados, não sabendo, porém, a que era.

Mesmo porque o delegado impôs sigilo, para não prejudicar a missão.

— Quem contar onde vamos, será impedido! Não quero revelar onde vamos, pra iludir coiteiros e espiões.

A tropa ficou no mato o dia inteiro, regressando à noitinha sem preso nenhum.

O delegado entrou a passo na cidade, com a mão direita enfiada no fecho da camisa, com as tropas atrás, calada e vencida pela marcha. Silvininho parecia Napoleão à testa dos restos do Grande Exército, na retirada pela estepe russa. Meia hora depois estava no bar, onde encontrou os estudantes. Zé Lúcio alegrou-se ao vê-lo:

— Chefe, parabéns; Saiu cedo e trouxe gente nas cordas.

Sentou-se gemendo, com o corpo moído da cavalgada.

— Infelizmente não encontramos o que eu esperava. Fomos certos de trazê-lo.

— Rosalvo? João Bruto?

— Que Rosalvo! Que João Bruto. Estudei um plano que falhou. Fomos buscar o cachorrinho do Gasolina, que já deu por muitas vezes sinal, quando cercamos o rancho. Prendendo o bicho, ele vinha buscá-lo, e adeus valentia! Por azar o Briguelo foi com ele pra Glória.

442

Naquela manhã Zé Lúcio amanheceu com o pescoço a certa altura muito vermelho, empolado e doendo, Havia no lugar uma bolha d'água. Não suportava o algodão com o pronto-alívio que a mãe trouxera.

— Deitei bom e amanheci assim. Parece uma queimadura. Que será?

— Pode ser aranha que passou por aí. Pode ser também aroeirinha, cuja sombra queima.

O boticário examinou. Não sabia o que era, mas deu remédios inúteis. A velha Mariana espiou curiosa, com os olhos feios de caranguejo:

— Ih! Isto é potó-pimenta qui mijou aí! O santo remédio é cuspe. Isfregá cuspe aí é riliquia! Dona Mena então se lembrou:

— É potó mesmo. Seu pai foi ofendido por ele.

Mariana insistia:

— Só sara com cuspe e sumo de foia de dália.

Com essa medicação melhorava sem demora.

Constando o namoro de Florzinha com o estudante, começaram a desfazer no rapaz.

— Grande coisa ela fez em trocar moço distinto, formado, pelo aprendiz de comunista, que prega na praça pública a destruição da família.

— Foi uma tola. Menina idiota!

Contaram a sua mãe coisas deprimentes sobre seu hóspede, o que em parte era verdade. Num comício de Jaboatão, respondendo a um camarada que perguntou se o socialismo da esquerda aprovava o casamento, foi claro:

— Não. Só admitimos o casamento por contrato, porque o casamento religioso não existe pra nós, e o civil é contrato burguês, de vínculo indissolúvel nos países atrasados. Mulher é fôrma pra filhos e filhas, que já nascem soldados do partido. Sentimentalismo e laços de família são restos da aristocracia argentária, já perempta.

A senhora ouvia com desculpa:

— Foi o calor da política. Política é doença crônica muito grave, que só se cura com derrota eleitoral, que os não eleitos chamam desilusão. Quando um político se diz desiludido, é que foi derrotado. É meio de vida muito precário, sem efetivação, em que a falta de que fazer é só contratada. Pode haver dispensa, e isto se dá quando os votos fogem do boa vida. Zito foi influído, mas é bom menino.

Quem atiçava o fogo contra ele era Demétrio. Andava marumbudo e de maus fígados.

Atribuía ao estudante o ter ruído a torre de ouro de seu noivado. Passou a odiá-lo.

Mariana ao sair da igreja encontrou o agrônomo, que passava na rua. Parou para saudá-lo, falando com ele à feição de consolo:

— Achei ruim u casamentu acabá. S'importe não, Nhô Dé. Amor di mulé dura pocu. Pareci a fulô rainha-da-noite qui véve u'a noite só. Abre na boquinha da noite, murcha ante du sol saí. Disconfia das coisa qui fuge du sol.

O rapaz seguiu, sem nada responder.

Como em lugar pequeno ele, por ser sertanejo, ganhou logo partidários, sempre invejosos dos habitantes de grandes centros. O fato de Demétrio ser agrônomo também influía no ânimo dos nordestinos, que admiram muito quem é doutor.

A prosperidade comercial do pai da moça foi outro fator que aumentou os partidários do de Exú, pois em meio pobre os que enriquecem granjeiam antipatia. O certo é que o estudante se viu logo cercado de inimigos encobertos, que são os perigosos.

Não obstante essa guerra surda, os novos namorados estavam em flor. O estudante sentindo fecharem-se as feridas do que sofreu por Socorro, e Florzinha, esquecendo ou se fingindo esquecida do ex-noivo.

Passavam-se os dias e o estudante não falava em viajar, quando ali fora por três dias a despedir-se. Enquanto ele se esquecia preso ao sonho, que era tudo que lhe restava de tantas ilusões, crescia entre ele e Dé um ódio que era para durar muitos anos, como os ódios do sertão. Ódio de sertanejo não morre nem comporta perdão. Apenas se abranda, entorpece, fica latente, — para explodir na florada rubra do crime. Um crime provoca outro em revide, e há cem anos ali famílias se trucidam alternadamente, na potência do fogo sagrado desse ódio. Na primeira oportunidade, um se vinga do agravo que só sua família sente. Não tarda, a família agora em sangue vai à desforra da que matou por último.

Zito praticamente não tinha família, nem odiava o que fora noivo da mocinha. Mas o agrônomo odiava, e assim começam os crimes sucessivos no sertão nordestino. Conversando sobre o assunto dizia o velho Chico Silva, da fazenda do Fundão:

— Ódio velho nesse nosso geral é que nem cascabulho de pedreira: quanto mais velho é, mais peçonha tem.

Como não tinha amizades ali, tirando a família do Zé Lúcio, o estudante estava alheio àquela política municipal, onde sapo de fora valia pouco.

Em Petrolândia e em todo o nordeste, os recém-vindos são sempre bem tratados, mas não podem intervir em nenhum assunto político ou administrativo local. É visto com reservas, até que o tempo prove que ele não quer ser chefe político.

Quando Zito começou a freqüentar a cidade, foi visto sob condições, e suas palavras estudadas por muita gente. Por enquanto era suspeito.

— Sapo de fora não ronca.

Continuava a chover e Mariana pisava em rosas, de contentamento muito orgulhoso.

— Santo tem qui se cumu São Binidito. Num trasteja em cumpri o que a gente pede, im promessa. Num é cumu munto santu sem palavra, qui prometi e qui num cumpri. São Binidito é nego macho pra resorvê negoçu de fomi, de sêdi, nossu sufrimentu. Mais tem u'a coisa: se a genti num cumpri a promessa, ele indoida e é capais de virá tudo as avessa. Ninguém ingana ele não, pruquê, se inganá, ele fica pru conta do deabo e ninguém vê mais a bondade dele, istá! Ele é nego, mais é nego qui num perdoa mau pagadô. Feis, recebeu. Bão di mais!

O zun-zum a respeito dos rivais e da jovem, levou Sátiro a dizer no bar:

— Essa moça dona Florzinha está fazendo, sem querer, bramuras nesse sertão. Está como a fruta do Maranhão chamada gostosa, que posta na mesa já vem partida, um pedaço pra cada pessoa. Porque se vem inteira, quem comer o primeiro pedaço acha tão gostoso que tira ela toda, de repente e só ele come, não deixando nada pra ninguém.

Muitos riram da opinião do corcunda, mas poucos entenderam a comparação, e Juca Ceará, que estivera no Maranhão, explicou entusiasmado:

— É isso mesmo! Conheço a gostosa. É fruta parecida com fruta pão e se come cozida. E tão boa que o que come primeiro, avança no prato todo e ninguém mais come. Muito bem, seu Sátiro, você comparou a moça muito bonito. Cabra danado!

Cajuru que ouvia as conversas não concordava com elas.

— Maledicência aqui é mais do que bredo em tempo de trovoada. Falar mal da mulher casada e da moça donzela é como cheirar a flor bogarí, que é muito pura, muito branca, mas até a respiração da gente mancha de escuro a flor. Nada pega mais do que coisa ruim inventada sobre moça. Coisa inventada sobre moça é como caldo de caju, que deixa mancha muito feia na roupa. Mancha de caldo de caju só desaparece na outra safra da fruta, no outro ano. Calúnia em moça donzela é pior, mancha pra toda vida.

O escrivão da Coletoria, namorador afamado, revidou Cajuru:

— Ninguém vive falando da moça, nem está desfazendo dela. O que acho ruim é que a mãe viva com ela presa demais. Moça é como galo-da-campina, quando é pego no ninho ainda filhote, sendo criado na gaiola, não aprende a cantar... Moça precisa de liberdade, pra agradar os outros.

Cajuru era severo:

— Não sei. Ando com tanto nojo da vida, que minha alma às vezes tem vontade de vomitar.

O escrivão riu debochado.

— Você pensa como quiser, mas, pra mim, essa mocinha mesmo falada como está, vale uma usina... O que faz compaixão é saber que ela tem chorado mais que Madalena.

O velho Tonio, sentado de pernas cruzadas, num banquinho do salão, ouvia a conversa e mesmo com o cigarro na boca falou o que pensava:

— Vocês falam demais em mulher bonita. Pra mim mulher é como imbu. A gente chega num pé e vai chupando os mais bonitos, os maduros. Depois chupa os meões, passa a comer os meio verdes e, acabando todos, a gente bota na boca até os bichados. Acha bons os que tem nas mãos...

Ouvindo tantas opiniões, Zezé, escriturário da Barreira, disse o que sentia:

— Falam muito, mas pra mim essa moça é beleza, de alto a baixo. É como as jabuticabeiras de Minas Gerais, que ao florescerem, ficam todas encartuchadas de flores cheirosas, da ponta das galhas mais finas até o menor pedacinho das raízes fora da terra.

A briga ia para diante, um querendo brigar e outro não querendo. Passou a assunto principal da cidade, atiçado por muita inzona, por muita candonga de gente bisbilhoteira.

Dona Malu que não entrava nas fofocas, achava ruim moça ficar falada como sua vizinha.

— No meu tempo não era assim, não. A gente se gostava, casava e acabou-se. Ninguém tinha nada com isso. Hoje a moça não pode mais querer bem. Aparece muita coisa de entremeio, que não é da conta de pessoa nenhuma. Casamento muito falado é casamento desmanchado. No meu tempo não era assim, A moça conhecia o rapaz só na hora do casamento e era muito feliz. Nascia menino como imbu. Agora todo mundo dá palpite, todos fuçam o bem querer dos outros. O amor dessa menina está igual a mel de abelha-uruçu, tirado na presença de gente que não pode estar perto, mulher daquele jeito. Porque o mel fica azedo como limão, fica estragado que ninguém güenta. Moça que fica falada até nas vendas, no lugar onde homens bebem, não serve mais pra nada. Daí a pouco aparecem coisas mais feias na boca do mundo. Quem perde é ela, quem fica mais falada que coisa ganha na rifa é ela. Não demora e a coitada da Florzinha fica mais lambida da língua do povo que bezerrinho novo pela vaca.

* * *

Amanheceu morta a mocinha Do Carmo, filha do Erasmo, trabalhador da Barreira. Estava noiva, com enxoval pronto e o casamento era para a semana seguinte.

Até 21 horas conversou com o noivo na salinha da sua casa. Tomando a bênção aos pais, deitou-se para dormir logo. A mãe ao dar-lhe a bênção, recomendou que levantasse cedo, para ir com ela à primeira missa do domingo em Petrolândia. Do Carmo apagou a luz, para dormir seu derradeiro sono. Não acordaria nunca, seus olhos não contemplariam mais os do noivo. Iria decerto abri-los na presença de Nossa Senhora, de quem era grande devota.

Quando a mãe a chamou, era ainda escuro, e o sino da Igreja de São Sebastião de Petrolândia cantava claro na torre alta. Chamava os crentes para a missa.

Não respondendo a mãe, esta sacudiu-a para que despertasse.

Mas sentiu-lhe o corpo gelado. Do Carmo morrera durante a noite, sem um grito, um gemido. Morrera obscura como viveu, humilde, quase insignificante na sua pobreza resignada.

Foi grande o alvoroço ao saberem que a noiva morrera, sem estar doente. Só quem estava ali pode dizer a desolação da mãe, o desespero do pai vencido pela dor.

Senhoras vizinhas estavam amortalhando a morta, com o próprio vestido de casamento. Ao pentearem os cabelos tão belos, negros ondeados, o pente tocou em alguma coisa na sua nuca. Era um piolho-de-cobra, de palmo, negro, lustroso que ao cair no assoalho se contraiu tornando-se um rolo.

Supuseram que a jovem, deitada, deixou os cabelos compridos caírem do travesseiro ao chão e, por ele, o bicho subiu aninhando-se na nuca onde ficou. O horror do nordestino sertanejo ao piolho-de-cobra é intuitivo e hereditário. Ninguém tira da cabeça de um deles que esse animálculo é tão perigoso quanto o cascavel.

Dona Malu, ao saber do desastre murmurava abatida:

É horrível, mas ninguém sabe se Deus quis evitar destino pior se ela casasse. Respeito muito os mistérios divinos.

Silenciou, mas no seu coração sentido pensava no noivado de Florzinha.

— Deus é quem sabe, gente. Nós somos cegos diante da luz.

Suspirou fundo, de saudade da morta e pensando na que estava viva.

* * *

Com as chuvas, as várzeas se vestiram logo de bredos e folhame para pasto do gado escapo da estiagem. O velho tenente Zuquinha ficou tão alucinado com o início do inverno que deu para andar na sua fazenda fardado de tenente da Guarda Nacional, que era há muitos anos. Tinha rebanho de duzentas reses e perdeu 152 com o fogaréu da seca. Brotada a várzea de sua fazenda, levou para lá o restante do gado que passara da fome mais triste para a fartura esperdiçada dos verdes.

Em quinze dias sua criação ganhou alento, recuperou carnes, mugia forte. De repente tudo deu para trás. Suas reses sofriam um curso incontrolável e de novo minguavam, entristeciam. O tenente sempre fardado, certa manhã voltou cabisbaixo de seu campeio.

— Eu sei o que é isto, é o toque. Não há gado que resista a ele. Vou perder as 48 reses sobradas do incêndio da magrém.

Chamam toque o mal que ataca os bovinos que pastam do bredo novo das águas. A chuva faz saltar a areia nas folhas da pastagem, que o gado faminto devora em demasia. A areia das folhas intoxica as reses. O gado, já enfraquecido, morre sem remissão, desde que não mude de pasto. Morria por não ter alimento, agora morre por comer demais.

O tenente chegou abatido à fazenda:

— Estamos perdidos, mulé.

Em três dias perdeu vinte vacas. Retirou logo as 28 restantes para a ração de palmas já também brotada na roça da porta.

Ficou tão triste que despiu a farda de oficial, voltando à condição de paisano sem sorte.

— Estamos perdidos, mulé.

— Ora, Zequinha, não estás leso? Salvando 28 vacas, você abaixa a cabeça? E os que perdem todo o criatório, como o major Assunção, o compadre Soares, o coronel Pedro dos Reis? Deus pode castigar você, achando que tu é ingrato. Pode achar que tu não agradece a proteção dele, nos dando a fazenda mais rica do sertão do Moxotó!

As 28 reses restantes sobraram para alegria do tenente. A esposa, velha pequenina mas valente, não se vergava:

— Foi até bom. A magrém foi grande, o toque foi danado, mas Deus é maior. A gente, tendo menos gado, pode tratar ele com mais amor.

* * *

Zito, que fora por três dias, esquecera de voltar, já fazia um mês. Agora chovia sem parar no vale sertanejo do São Francisco, e as cheias repentinas começaram a castigar o Rio Grande do Norte e Ceará.

Todo o sertão esquecido de Pernambuco estava encharcado, mas também não havia pau vivo que não engalhasse e enflorescesse.

Os rios temporários passaram a torrentes perigosas. As várzeas viraram lagoas e as trovoadas há muitos anos não vinham com aquela fartura de coriscos, estrondos e água.

Corriam notícias de cheias no Nordeste de cima, quando circulou o boato de que o açude de Orós arrebentara. A fome que ali já era excessiva aumentou e milhares de trabalhadores da obra e famílias clamavam por amparo, que o governo federal não mandava como devera. Ontem a seca, hoje as enchentes... Havia lá fome tão grande de bocas que os gêneros escassos chegados para um mês, não davam para um dia. Um quilo de charque, meio de feijão e um litro de farinha, (óleo nenhum), eram para a família de nove bocas comer durante uma semana. A fome avultava com esse engodos, que não enchiam barriga de ninguém.

Os operários de Orós e os seus passavam fome, fome que comia as carnes e o resto da gordura dos famintos.

Foi quando apareceram centenas (falavam em milhares) de raposas também famintas, atacando os ranchos de palha e, deles, os velhos fracos e crianças moribundas eram levados pelas feras, para o repasto no mato. Muitas delas eram devoradas à vista dos pais, sem força para dar uma paulada.

Mas, as migalhas distribuídas pelos famintos chegaram para tamanha penúria? O governo federal é que estava omisso? Não. O socorro de gêneros seguia. O encarregado da distribuição é que o capava, subtraía. Subtraía e a fome ladrava, de olhos desvairados, injuriando, amaldiçoando o Brasil. Agora, as raposas. Atacavam em récuas os brasileiros, já morrendo nos jejuns administrativos.

Falaram em inquérito, que é a forma legal das coisas ficarem do mesmo jeito. Mas isso ficou em conversa, método brasileiro de esquecer crimes e absurdos.

Com as chuvas, começaram a aparecer em Petrolândia filhotes de jabutis, trazidos por gente chegada do mato. Apanhavam os bichos nas caatingas, à procura de rumo e frutas.

Os jabutis na estiagem enterram os ovos na areia das caatingas, e vão embora. Esses ovos ficam ali por meses, conservados ao calor e não ao sol. Basta que estourem os primeiros trovões, os ovos racham, quebram-se e deles saem os filhotes dos jabutis.

Se chovesse apenas, sem trovejar, não nasceriam. Os trovões quebram as cascas e os pequenos já saem fungando, à procura de bóia. Já nascem adaptados ao meio. Não têm os pais a ensiná-los a viver. Abrem os olhos, prontos para a sobrevivência. Já nascem sabidos.

* * *

Juca chegou da rua bastante irritado.

— Minha sobrinha, tive notiícias do homem!

— Que homem?

— O comuna. (Agora lhe chamava assim) Encontrei com Osmarino. O tal partido não quis mesmo nada com ele. Além de tudo, perdeu mesmo o ano. Pediu transferência pra São Paulo e parece que já abocanhou a herança de Betânia.

Falava tudo de um jato, cansado como chegara. Estava ofegante.

— Ele continua dando suas cabeçadas. O melhor ainda não contei. Está noivo! Vai casar! Socorro empalideceu, desapontada.

— Casar com quem?

— Com a tal Florzinha, a rapariga sertaneja. Há mês está lá e já fez grande trapalhada. A moça era noiva e ele, com artes diabólicas, em que é mestre, desmanchou o casamento. Agora pediu a moça e quem é noivo é ele. Parece que vai casar antes de seguir pra São Paulo.

— Isso deve ser arranjo do Zé Lúcio. É casamento arranjado.

Juca balançou a cabeça:

452

— Casamento arranjado pelos outros não presta. É como chapéu que outra pessoa põe na nossa cabeça. Parece que ficou bem, mas não ficou direito. Pra ficar certo é preciso que o consertemos o chapéu com a nossa mão...

Voltou ao assunto interrompido:

— Contaram ao Osmarino que ele vive no bar, acompanhado pelo Zé Lúcio. O povo da cidade não gostou de Florzinha desmanchar o noivado com o engenheiro, pessoa distinta, pra se comprometer com um pirata comunista como ele é. São estas as notícias que lhe trago do ingrato sobrinho que desejou se apossar de nossos engenhos, pra os dividir com os malucos, dos tipos à-toa que são Júlio Leão e Zé Ninguém.

Parou para respirar, com fôlego difícil com que andava.

— A verdade é que suas palavras valeram muito na campanha. Ontem mesmo a canalha das Ligas Camponesas atacou três engenhos, como já fizeram com o Galiléia e o Serra. Muita confusão.

A senhora ouvia estatelada as notícias, mas a do noivado a abatera moralmente.

Socorro sentara-se e, com um gesto lento de mão, afastou os cabelos em mecha que lhe caíam pela testa, mas, retirada a mão, os cabelos voltavam a lhe engraçar o rosto moreno.

— Quer dizer que vai casar.

— Vai casar e, depois de conseguir a desgraça de nossa terra, com a herança do que foi ganho honestamente pelo avô, se retira para o sul, talvez se rindo de nós.

Juca estava indignado, pelo menos com a situação de calamidade pública provocada pelo novo governo que, com seu sobrinho, conseguira implantar a balbúrdia na sua terra.

Ainda tinha notícias más:

— Ninguém mais trabalha. As greves começaram e a polícia das ruas está entregue à cabroeira de Júlio Leão, o líder absoluto da desordem. A polícia militar está supervisionada por vermelho, chinês até no nome. As classes conservadoras estão alarmadas.

Socorro, desde o começo da conversa, ao saber do noivado do jovem, sentia mal-estar, e leve tonteira lhe toldava o pensamento. Levantou-se, determinada:

— Ora, Juca, o melhor é deixar tudo pra lá, não dar importância a nada no mundo. O que acontecer, a gente vai ver. Deus só quer de nós o coração, não quer mentira nem fingimento. Vamos viver nossa vida com esperanças às vezes murchas, às vezes cheias.

Mais vazias do que cheias. Não é isto a vida? Juca estava nervoso e falava sem cessar, principalmente quanto ao sobrinho, como se ele fosse o responsável por tudo que acontecia no Nordeste.

Socorro, em atitude de quem ouvia, estava longe, nas bocejadas distâncias, nos cansados caminhos compridos que, vistos antes de ser palmilhados, esmorecem as pernas dando preguiça de andar por eles.

Pensava nessas estradas sempre vazias, sem sombras para descanso, sem águas nos rios de areias. Pensava nos tabuleiros de quixabeiras monótonas sem pássaros, onde a vida que havia, era de árvores reumáticas, deformadas com escassa folhagem cinzenta, viúva da alegria dos verdes. E lá longe, por trás dos chapadões, a miserável cidade abafada no areão, onde o calor sufocava e o povo parecia cansado de viver à-toa.

Ali morava Florzinha, ali sorria, ali encorpava o talhe menineiro, de olhos exaustos de ver sempre as mesmas coisas, de sonhar em vão uma felicidade que não vinha.

Pois era ela que arrastava o estudante para o sertão, para bem perto do São Chico, de águas amaldiçoadas, porque levara na correnteza moça caída nela.

Revia o rio vagaroso, com tédio de rolar seguindo terras sem vida. Correr babujando barrancos de areias mortas, onde era proibido nascer qualquer planta.

A voz de Juca despertou-a:

— Miseráveis aventureiros, pra quem a família não tem sentido, a bênção da igreja, é proscrita, a propriedade comprada com o suor de tantos anos, é furto...

Ela evocava o calor do corpo moço, sua agressividade momentânea esmagando-a, empurrando-a, como para se enterrar.

Tudo isso — ele mesmo — estava perdido, fora afastado de sua sensibilidade, por capricho dos outros. Afastaram o que lhe bastava a fome de aproximação. Sua boca entreaberta arquejava no vazio, sem outro hálito a se misturar com o seu, duas carnes ardentes procurando ser uma só.

Enquanto o velho bradava contra os poderosos, ela se revia alta noite em seu quarto, a murmurar depois de longa espera:

— Amigo como pão, bom como a água...

Pareceu acordar mesmo vigíl como estava, de novo escutando a conversa enfadonha do veterano derrotado:

— Você não acha, Socorro?

— Acha o que, Juca?

— Que é preciso uma guerra santa pra expulsar as comunas?

— Acho, Juca. Mas expulsar como? Não foram eleitos?

— Ora expulsar como! Expulsando.

— Não entendo disso. Vivo atordoada.

— Expulsar como quer o padre, a pedra, a pau, a murros, e pontapés.

— Acho isso difícil. Eles têm força, o governo, a polícia às ordens.

O velho tresvairava:

— Todos tivemos culpa e você é grande culpada.

— Eu?

— Sim, por ter criado aquele monstro que dominou a Faculdade de Direito, e multidões de pés-rapados impressionáveis.

Socorro ouvia muito desinteressada, falando baixo:

455

— Não sei se erro, mas o que deu a eles a vitória foi a fome do povo, a perseguição dos ricos, a injustiça, a perseguição aos pequenos, aos pés-no-chão.

— Quer dizer que concorda comigo?

— Quem disse isto? Eles podem repetir os erros dos vencidos. Sei que vão fazer males até mais graves, porém o que determinou a vitória dos humanistas, foi o desprezo pelos necessitados. Foi o que já disse. O comunismo de nosso povo bom não é ideal nenhum de reinvidicação e, sim, a fome, a falta de casas, a falta de escolas, a justiça parcial vendida aos poderosos. Esta é a verdade. Ninguém é comunista, todos estão é morrendo de fome. No desespero da fome ameaçam, protestam, falam verdade. Isto é o que dizem ser comunismo. Encham o estômago do povo e verão como ele é dócil, amigo da família e de Deus. A fome dos filhos é mil vezes pior que a nossa fome. Os americanos sabem disso, e é por pensar direito que eles nos dão, não metralhadoras mas remédios, além de leite, manteiga, queijo, e mais coisas que enchem barriga.

— Estou estranhando você.

— Eu sou tola, Juca. Falo o que penso. Posso mesmo não ter razão, mas os pobres do Nordeste, os do interior, os 500 mil marginais de barriga fofa dos 250 mil mocambos da Capital pensam do mesmo modo. São tratados como bichos, não viu aqui o que o padre francês Lagenest falou? Entre 10 mulheres do Recife, 7 são prostitutas. Isto é fome, é nudez, é desconforto. Vocês falam muito de justiça, fazer justiça, apelar pra justiça. Vocês gostam é da justiça do Chico Brito, da tocaia, das surras que tanto usavam, no tempo do cativeiro. Sou de Alagoas. Pois de 1950 a 1958 mataram lá por motivos políticos 800 pessoas, cujos processos não chegaram a se fazer. Os assassinos estão impunes. Foi preciso organizar o Sindicato da Morte para dar conta de tanto trabalho...

— Estou estranhando você hoje.

— Estou é com a cabeça quente. Não quero conversa mais não. Isto aqui está intolerável, e foi por isso mesmo que prima Alice foi pra o Rio com a família toda, pra não voltar mais. Saiu para seu quarto. Juca ficou sozinho no salão de jantar.

— Não sei. Acho tudo confuso. Minha cabeça também roda. Um matuto, como eu, não pode se meter em funduras. Só sei que estamos perdidos.

Bercholina apareceu com o café para seu velho amigo.

— Num tô gostano de vê Nho Juca burricido, não. A vida da gente é tão boa qui tá acabano sem a gente fazê pur onde.

* * *

A aproximação de Florzinha e do estudante era cada vez mais íntima.

A família recebia cartas anônimas sobre o rapaz, dizendo verdades e infâmias de sua vida. Quando as relações dos namorados eram de modo a não deixar em dúvida seus sentimentos, ele disse à jovem:

— Casar pra viver no Nordeste, não me convém. Estou transferido e talvez lá sejamos felizes. Você quer ir?

Respondeu que sim, com a cabeça baixa.

Não se animava a pedi-la para esposa, sentindo-se mal preparado para casar. Fizera quando militante na propaganda, uma lavagem cerebral de tudo quanto era sentimentalismo, para ser útil ao partido. Unir só os corpos era para pouco tempo. Agora reconhecia faltar-lhe flama interior, que não fosse apenas a da carne.

Quando se viu em vésperas de ficar noivo, lembrou-se de Socorro, à qual estava preso por amizade de menino e amor de rapaz. Esquecera-a, mas às vezes sua lembrança voltava a horas mortas, a rondar seu cérebro e o corpo todo.

— Perdi-a, e agora tudo se acabou.

Não foi fácil mas o tempo trabalhou no seu ofício. Procurava esquecer, esforçava por não lembrar, alheiando-se de tudo.

Considerando-se noivo particular, com resposta de que a namorada concordara a acompanhá-lo a São Paulo, resolveu ir ao Sul, pôr em ordem suas complicadas coisas (toda a sua vida), voltando não para ficar noivo de verdade, mas para o casamento.

Zé Lúcio regressara a seus deveres, e ele estava de partida. Zito nos últimos dias, passeava a cavalo pelos arredores sem vida da pobre cidade. Ia à Barreira, ao Brejinho, passava o rio na balsa para a Glória.

Toda população o considerava noivo, embora isto não fosse verdade. Estava tão só se candidatando a noivado.

Na noite passada, Demétrio esteve no bar até tarde, e a certa altura revelou sob pesar de todos:

— Estou pronto a ir-me embora daqui. Estou cheio deste lugar. E tenho outro motivo. Se ficar aqui, terei de matar certo canalha, e isto não será bom pra mim. Vivo humilhado por ele e não sou homem pra tolerar afrontas, abaixando a cara.

Uma noite saiu tarde do bar com dois amigos, a que confidenciou:

— Requeri as férias, preparando-me a passá-las fora, talvez em minha terra. Porque resolvi matar certa pessoa, pois não me convém viver no mesmo lugar em que goza a vida, o homem que vai casar com a mulher que eu escolhera para esposa. Ele deve pagar caro o ter desfeito meu noivado. Não há ninguém que tire da minha cabeça o que vou fazer com ele.

Os amigos procuraram dissuadi-lo daquela idéia, que iria interromper a carreira bem começada. Seu colega Silvério o aconselhou, sensato:

— Essas idéias são as águas novas da paixão, Dê. Esqueça tudo isso.

— Não atendo a ninguém. Ele pode se considerar morto. Preveni tudo e, se perder o emprego, não me importo. Só ficarei livre dessa agonia em que vivo, ao vê-lo se esvair em muito sangue.

Estavam na quinta-feira e Zito fazia as despedidas, já comprando passagem de ônibus para sábado de manhã. Teve convite de amigo da granja do Icó para comer lá no dia seguinte uma buchada*, prato característico do Nordeste. À tarde partiu a cavalo, sozinho, para receber a homenagem. O jantar esteve ruidoso como são os jantares nordestinos e, ao escurecer, o estudante cavalgou regressando à cidade. Saiu da granja a cantarolar, pois seus projetos estavam bem acertados com Florzinha. Regressava a passo, feliz da vida. O caminho estava todo verde do mato novo e em cada arbusto e em toda várzea rebentaram flores, que já vira ao passar em outras excursões. No começo do varjão ouviu os gritos vigilantes do espanta-boiada, que avisa a qualquer hora a passagem de gente na sua baixa, onde vivia.

Seguia respirando fundo o aroma do mato, cheiro forte e agradável de selvas, da alma da terra, misturadas em odor selvagem.

Ao chegar na várzea, a noite já descera, porque havia estrelas brancas palpitando bem perto do chão.

No fim da vargem, do lado da cidade, onde tudo é ermo e sem vizinhos, o cavalo do estudante, ao se aproximar das pedras altas que há ali, percebeu novidade, entesando as orelhas. Parece que era gente. Quem estava escondido atrás

---

* A melhor buchada é feita de carneiro gordo, podendo ser também de bode. Mata-se o animal pendurado pelos pés a um galho de árvore, aparando-se o sangue, que se deixa coagular. As patas se escaldam com água fervente sendo raspadas e nelas se enrolam as tripas finas. As grossas são dividas em porções de 5 centímetros. O sangue, fígado, coração, rins, testículos, língua e miolos são picados como para sarapatel, recebendo coentro, cebolinha, tomate, pimentão, louro, alho e um dente de cravo-da-Índia. A carne preparada deve dormir no tempero e só é cozida no outro dia, sendo então enfiada no bucho do animal, costurando-se. Tudo pronto leva-se ao fogo. Os olhos também entram no que foi picado, mas inteiros. São partes muito apreciadas no recheio. A água que sobra da fervura serve para o indispensável pirão, que acompanha o prato. Uma buchada dá para seis pessoas. Dizem que comer buchada sem o acompanhamento de cachaça forte, para matar as gorduras, é provocar muita preguiça e sede. Com a cachaça também...

das pedras engatilhou o revolver, fazendo alvo mesmo no peito do cavaleiro. Apurou a mira, deixando a vítima se aproximar para tiro certeiro.

Quando fazia a mira de mestre, recordava suas humilhações, suas insônias, os sorrisos de mofa ao vê-lo passar, sua derrocada no coração da ex-noiva.

O cavaleiro vinha a passo e agora estava no ponto de bala. Quando chegou na distância esperada para o tiro, o estudante ouviu uma voz alta e rouca de cólera:

— Pare aí, senão mando bala!

O rapaz parou. Demétrio saiu de trás das pedras, aproximando-se do inimigo.

— Desça!

O estudante, estuporado e sem arma, desceu do cavalo.

— Olhe, miserável, esperei aqui para matá-lo. Fiz alvo no seu peito, mas pensando melhor quis falar com você. Furtou minha noiva, me enxovalhando com a família dela. Resolvi matá-lo e pra isto aqui estou. Você vai morrer, agora! e lhe aviso pra saber que morre por não ser homem.

Zito balbuciou, trêmulo:

— Demétrio, eu não tive culpa. A família dela foi quem não quis que a moça casasse com você. Eu nem noivo sou, e morro inocente. De arma em punho, apontada para ele, Demétrio rugia:

— Em vista da sua atitude covarde, acusando a terceiros de um crime que é seu, acho que me enlameio matando um poltrão. Não o perdôo mas você fica vivo. Eu lhe dou agora, neste instante, sua vida, que já era minha. Fique vivo pra pensar toda vida que é um covarde e case com ela, pois são iguais em baixeza. São dignos um do outro. Pode ir pra debaixo do tundá de sua puta, mas leve esta lembrança de macho que o odeia.

E escarrou-lhe na cara, que ele não teve ânimo de limpar. A cusparada escorria-lhe pelo rosto a baixo.

— Esta cusparada corresponde a um tiro e a uma bofetada. É o tiro que você merece e a bofetada que está na sua cara. Vaimbora, cabra safado.

O estudante montou de novo com as pernas fracas de susto, não tendo coragem de governar o cavalo, que partiu de trote.

Demétrio guardou a arma e só mais tarde chegou na rua. Foi para o bar, onde começou a beber com a cara amarrada.

* * *

Socorro depois da notícia do noivado do rapaz, caiu em prostração. Pensava: A culpa foi minha, por andar por cabeça dos outros. O que ele falou comigo no dia da briga foi grosseiro, mas foi verdade, porque não sou mais do que uma puta. Tomaram as dores por mim, e não pude fazer mais nada. Agora o perdi pra uma jovem até engraçada. Tem 15 anos e eu 36. Em breve estarei velha e ele talvez nem se lembre mais de mim.

Não quis o café habitual da noite, quando sentava à mesa para ouvir as eternas falas do velho saudosista contra os comunas.

— Não quer café, Socorro?

— Dor de cabeça, Juca.

— Venha beber uma xícara, que faz até bem. Café é remédio.

Para evitar muita parola ela foi para a sala, onde a servente chegava com o café para a mesa já posta. Aquela refeição tinha o nome de café mas consistia em sopa, coalhada, munguzá e biscoitos, além do café forte. Juca fazia honra a tudo, alegando que assim fora criado e se não comesse, não poderia entrar nas barricadas contra os comunas. Socorro sorriu de testa franzida:

— Parece que vocês perderam a guerra, pois estão recuando, recuando, na frente dos governistas. São guerreiros em retirada geral.

— Você se engana. Na minha família só sabemos avançar e inimigo nenhum já viu a batata da perna de gente minha, correndo de luta.

A senhora não se demorou na mesa, retirando-se para o quarto, que trancou por dentro.

Tinha os olhos secos e sentia-se inquieta e revoltada contra a vida, que lhe dava empurrões irresistíveis. Primeiro foi a morte de Severino, depois a viuvez em que as duas famílias queriam governá-la como se ela fosse mentecapta. Agora, o noivado do estudante, seu filho adotivo de outros tempos e depois ... e depois, o resto. Murmurava arrependida:

— Fiz mal em obedecer a tanta gente. Bem diz meu avô, que o que tem conversa comprida é gago.

No Nordeste mulher de 36 anos é velha, por mais viçosa, por mais atraente que seja.

É como na Índia, onde com 20 anos, ela não casa mais. Deitou-se de costas na cama, a balbuciar de olhos fixos no teto:

— Florzinha vai casar com ele. Vai saber de seus hábitos, de suas atitudes íntimas, o calor de seu corpo que tão bem conheço. Isto é horrível, horrível! Criei-o pra outra, quando nasceu pra mim. Agora... esta saudade doida. Saudade que é um maná que me impede de morrer da fome de sua presença.

Ficando noivo o estudante, Socorro julgava sentir arrancado um pedaço da própria carne, e a ferida lhe doía. Estava ainda recostada nos travesseiros.

— Isto é pavoroso. Não fosse esse velho que se intrometeu na minha vida, a crise daquela noite passava sem interferência de ninguém. Mas tenho um fiscal, um espia de meus passos e de minhas atitudes. Vivo tutelada, como débil mental. Despiu-se vagarosa, enfiando a camisola fina para se deitar.

— Se ao menos eu dormisse...

Seu corpo, no entanto, clamava por outro, o dele, de quem sentia todas as fomes e sedes.

462

Só alta noite se sentiu cansada, o corpo dorido de uma quebreira que parecia sono. Acalmava-se e de novo lhe revinha uma intranqüilidade desagradável.

— Amanhã, hoje, pois é madrugada, vou pro engenho de meu pai. Vou sozinha, com o carro em velocidade, vou ficar lá uns tempos... esquecida de todos... vou nadar no açude, até cansar, perder as forças... ir descendo nas águas verdes, de olhos abertos... vendo tudo bonito... morrer nas águas. Não quero mais viver, pra quê? Ou então na ida, forço o carro a 120 quilometros, e deixo-o se desgovernar na beira de um abismo... rolo por ele abaixo. Talvez nem sinta as carnes esmagadas e o sangue escorrendo, os ossos partidos na queda.

Começou a chorar com raiva, depois chorava de manso, choro de soluços abafados que só ela ouvia.

Lembrou-se do fogo caminhador que vira em criança, no cemitério dos escravos de seu engenho de Alagoas. Era uma chama azulada que se movia pelo chão, espalhava-se, reunia-se de novo ia, vinha. As pessoas do engenho ouviam sempre do varandão da casa-grande o que seu pai explicava:

— Aquilo é o fogo caminhador, fogo que nasce dos restos, dos corpos que estão debaixo da terra. É o fogo dos mortos, o fogo-fátuo do cemitério. Nasce dos esqueletos que se consomem no chão... é o que resta dos que viveram, dos que já foram gente no mundo.

Tinha medo, os olhos fixos na labareda pobre, sempre a se mover no chão. Ia para a cama, impressionada com aquilo, a recordar a frase do pai: — ... é o resto dos que viveram, dos que já foram gente no mundo.

Agora via, de olhos abertos, o fogo caminhador a aparecer-lhe azulado, no assoalho do quarto, vermelho azulado, movendo-se vagaroso. O que via no momento era a chama brotada dos restos de sua vida, de seus sonhos que morreram, do seu amor perdido com o noivado de Florzinha.

Era ela inteira que se mudava na chama rastejante, como a que saía do chão dos mortos de seu engenho.

— Tudo acabou. Hoje sou fogo caminhador, de que todos têm medo. Esse, o fogo que agora vejo sair do resto de meu corpo que foi belo, de minha esperança morta, de meu amor que os outros mataram. Também quem amou com tanta loucura, com tamanha flamância do corpo e da alma, só pode mesmo se desfazer em fogo, o fogo caminhador que era eu mesma, fogo dos mortos, chama do que já fui.

Capítulo 19

SANGUE CORUMBÁ

$\mathcal{Z}$ito chegou do sertão e, no outro dia, viajou para o Sul. Não procurou nem os amigos mais íntimos, Zé Lúcio, Orestes, Osmarino.

Quando souberam que ele voltara do interior, já seguira para São Paulo. Zé Lúcio estava ofendido:

— Rapaz esquisito. Não veio nem me entregar carta de minha mãe. Botou no correio.

Osmarino sorria desiludido:

— Nem acredito que se fosse e não nos viesse ver.

Orestes explicava a seu modo a atitude do amigo:

— É a riqueza. Parece que é a riqueza; não precisa mais do nós, os bundas sujas do Nordeste. Ele hoje é paulista de 400 anos.

Osmarino, em repente, ligou para casa de dona Socorro. Foi ela mesmo quem atendeu. O estudante perguntou se sabia que seu filho fora embora. A senhora afetou calma, levando grande choque.

— Não. Não sabia.

— Pois obteve a transferência e mudou-se pra São Paulo.

— Não sabia de nada.

— Pois estamos espantados com isso. Nem se despediu de nós, os velhos companheiros.

Socorro já tremia.

— Se assim é, fez muito mal. Era tão amigo de vocês.

— Chegou do sertão num dia e no outro voou, sem um *até breve,* sem um adeus.

— Foi ingrato, não foi?

— É isto mesmo, dona Socorro. Ingratidão nele é costume. Não viu o que fez com a senhora?

— Meu caso, Osmarino, foi diferente. Como sabe, vocês beberam naquela tarde e ele voltando aqui, discutiu comigo, coisa até sem importância. Como ele estivesse na campanha dos estudantes, gente aqui em casa fez ondas contra ele, intrigou por conversinhas a família dele e a minha. O resultado foi o que você conhece. Eu não guardo mágoa dele, sabe?

— Tudo que a senhora conta eu já falei. Houve muita precipitação. Exageraram demais o trabalho dele no grupo do Júlio Leão. Ouvi até o Juca dizer que ele é quem inventou as Ligas Camponesas. Julgaram com provas inábeis.

— Aqui, em casa, tem olheiro, não sei porque, gente acostumada a resolver assuntos na violência, na marra palavra que agora está na moda. Na marra, no tronco e no *serviço* que você conhece. Treinaram muito nos escravos e nos desvalidos, de quem tomaram terras. Como dizia, ele voltou e, bebido, foi grosseiro com o velho. Daí saiu tudo que você conhece.

— Pois é. Além disso, foi infeliz com os chefes, com seus chefes amigos da política, e, sendo por quem se declarou, teve a má vontade dos professores, perdeu o ano.

— Osmarino, ele foi só?

— Ignoro, dona Socorro.

— Por quê me disseram que ficou noivo no sertão.

— Até isto não sabia. E de quem?

— Ouvi dizer que é da Florzinha. Terá casado?

— Pois nem disto eu sabia. Mas acho difícil, pode ser boato. O Zé Lúcio mora em nossa pensão e nada nos falou sobre o noivado. Eu sei é que a moça é noiva de um agrônomo de lá. Não sei de mais nada.

— Se tiver notícias dele, me avise.

Juca estava no banho e apareceu na sala de jantar, onde estava o telefone, talvez curioso da conversa.

— Olhe, dê lembrança ao nosso pessoal e diga à mãe que estou pra ir lá, no domingo. Um abraço pra você. Desligou o aparelho, receosa do fiscal que dia e noite espionava a casa.

— Meu irmão telefonou dando notícias. Não pôde vir aqui, telefonou. Vou lá domingo.

Socorro estava pálida e trêmula pela noite insone que passava, e pelas notícias desconcertantes. Juca perguntou com sua voz pastosa:

— Leu o jornal?

— Não li, passei mal com dor de cabeça, e não posso fixar a vista em nada. A nevralgia aumenta.

— Pois as coisas vão de mal a pior. As Ligas Camponesas têm até padres agitadores entre os operários. A situação torna-se muito grave e não sei onde vamos parar. Espera-se o levante do povo, contra os humanistas do governo.

Socorro irritou-se contra as bobagens do tio, e falou em tom nervoso:

— Ora, levante popular... Não foi o povo quem elegeu o governador? Não teve escandalosa maioria contra o antagonista, homem bom, e, além de tudo, senhor de engenho?

— O povo estava iludido.

— Qual iludido. O povo não é menino de chapéu de palha que se engabela com qualquer conversa. O povo do Nordeste é o mais sofrido de todo o mundo. Em sofrimento, é o mais velho da terra toda. Já nasce sofrendo e envelhece com as mesmas fomes e as mesmas injustiças de quando era criança. Depois o povo não tem idade, quem diz povo diz País, opinião, honra nacional. Ele sabia, todo mundo sabia muito bem que o candidato oposicionista era vermelho. Votou nele porque quis. Agora agüente.

Encarou o velho:

— E quer saber de uma coisa? Todos os governos daqui e do Nordeste inteiro, são a mesma coisa em ruindade e desinteresse pelo povo. Tanto é ruim o atual como o outro que era dirigido por capitão de indústria, o capitão que não cuidou. Gastavam o tempo em criticar Zé Ninguém, que lhe deu uma esfrega que acabou com os tais conservadores pra toda vida. O povo nordestino, separadamente, pessoa por pessoa, é o melhor do mundo, mas, reunido é muito burro.

— Tenho notado que você nos critica, os aristocratas de papo amarelo.

— Ora, Juca,vocês são papos amarelos e eles são cabeças vermelhas, mas no fim são o mesmo fracasso. Ninguém aqui sabe governar, esta é a verdade.

Retirou-se, não dando mais conversa. Já de pé, voltou-se para o tio:

— Estou cansada de ouvir conversas fiadas, planos de levantes. É só o que vocês sabem fazer. O padre Pilar vive falando em barricadas, regime de terror, opressões, em plebe esfarrapada, mas nunca falou em povo faminto, que come ratos e morre por falta do que comer. Você mesmo fala na miséria em que vive o povo, mas não fala que essa fome veio também dos governos passados, porque o atual apenas começa. O padre fala em tanta desgraça e veste batina de seda, calça sapatos de verniz com fivelas de ouro. Vocês são uns pândegos. Quando eu era menina, fui com o pai a Mossoró e ele me fez ver na chegada de lá miragem bonita, de muita água doce, luzes coloridas, mato verde e flores. — É miragem filha. Tudo isso que você vê é mentira, é ilusão. — Ilusão como, se estou vendo? Ele sorriu, talvez não sabendo explicar. Eu tinha muito orgulho de ter visto miragem. Mas agora estou vendo que você e o padre estão vendo miragens todo dia... fazem a base de suas trincheiras em cima delas, de sombras de luz... Estão no mundo da lua.

* * *

Na mesma noite da tocaia do agrônomo para matar Zito, o povo da cidade soube do que acontecera, e estava abismado.

O próprio Demétrio contara tudo exato, como se deu, e a covardia com que o estudante se portou. O cercado jogou toda culpa do noivado desfeito na família da jovem, e na própria Florzinha. O agressor descreveu os últimos instantes da tocaia do jurado de morte, a mira feita, de longe, no seu peito e a espera para chegar mais perto para o tiro. Não quis que morresse sem saber quem o matava, e porque morria. Ao ouvir a conversa do bandido tremia na voz, como devia ter tremido o corpo todo.

— Quando o mandei apear, quase morre de susto. Com certeza mijou nas calças. Tremia tanto que não sei como o seu corpo não virou um eme.

A população em peso ficou sabendo que, em vista disto, Demétrio escarrou no rosto de seu rival e o escarro escorria pela cara sem que ele tivesse força para alimpá-la. Ficaram sabendo que o ex-noivo dissera ao atual que não o matava para ver o casamento de dois cínicos, que eram ele e a moça. A palavra para a moça foi mais dura e desmoralizante. Não houve quem na aparência não reprovasse o atentado, mas davam razão ao toqueiro.

Falavam, entretanto, na covardia do estudante:

— Se ele fosse macho, enquanto Demétrio o insultava, queimava o agrônomo na bala.

— Não foi homem, foi maricas. Homem ouvir o que ele ouviu... Deus me livre. Está desmoralizado.

Ninguém se lembrou que a vítima não tinha arma.

Dona Mena verberava o ex-noivo em palavras ásperas chamando-o assassino, o que no Nordeste não é insulto. Florzinha chorava. Seu pai pouco dizia, ferido embora ao saber o nome da filha arrastado na lama.

— O doutor é homem violento. Desmanchou-se o noivado porque foi preciso.

Mariana chorava, trabalhando:

— Coitadinho de Nhô Zito! Tão bão. Moça casa é com quem qué, já cabou a era de casá a força, nu apulsu. Coitadinho de meo fio! O milagroso São Binidito tenha ele na sua santa guarda.

O prefeito reprovou o procedimento do agrônomo:

— Em que terra pensam que estamos? Fazer uma tocaia e vir pra rua contar o crime. Ter trabuqueiro na minha cidade, e trabuqueiro desabusado que ofende a uma família respeitável, uma pobre mocinha! No bar, aquilo era assunto exclusivo. Sátiro remexia-o:

— Está aí. Isto, o Silvininho não vê. A esta hora pode estar no Bem Querer com destacamento, cercando o vira-lata Briguelo... Parece mania, porque de João Bruto ele nem fala.

Ria, maldoso, consertando as calças. O garçom João Chico era contra o atentado:

— Eu acho o doutor Zito rapaz especial. Muito camarada e duvido que o daqui fizesse com ele o que anda falando.

O prefeito avisou o delegado o que estava acontecendo, depois da conversa, Silvininho foi para o bar.

— O prefeito quer que eu adivinhe o que uma pessoa vai fazer com outra, quando antes nada disse a ninguém. Vivo cheio de serviço que nem tempo tenho pra comer, nem pra encontrar um amigo aqui.

Sátiro ouvia de orelhas em pé as lamúrias da autoridade. Foi-se aproximando calado de sua mesa e, quando achou oportuno, pôs-se a falar:

— Você me perdoa cortar seu bom propósito, mas eu mesmo ouvi o doutor dizer que estava armado pra matar o acadêmico. Todo mundo sabia disso, menos você.

O delegado exasperou-se, encarando o abelhudo:

— Ninguém está te perguntando se você sabia ou não da tocaia, estou dizendo que "eu" não sabia.

Sátiro não se alterou, falando com exasperante tranqüilidade:

— Você tem razão, pois agora anda ocupado com as praças pra prender o cachorrinho do Gasolina.

— Ó Sátiro, um dia perco as estribeiras, viro bicho e tranco você no xadrez pra viver em paz pelo menos uma semana.

470

— Eu,você pode prender, pois já prendeu o Rosalvo, o Chico da Benta, o Gasolina, o João Bruto, o Briguelo...

A maioria da população ficou por fim do lado do estudante, verberando a violência criminosa do funcionário. As mulheres se revoltaram contra o sertanejo e, unânimes, estavam a favor de Florzinha.

E a pobre menina? Arrastada à condição de causa de tudo aquilo, retraiu-se, chorava. Chorava mas sua mãe, a corajosa senhora, não tinha condescendência com o turbulento engenheiro.

— Não casou porque eu não quis, e não me arrependo de acabar com o noivado. Não criei filha pra mulher de pistoleiro e Florzinha não há-de-ser a Maria Bonita desse Lampião sem coragem. Seu avô morreu matado por menino, quando roubava na estrada os pais de seu assassino. E raça ruim de mulata aça com gringo, é cabra safado que quer casar não deixando a noiva ir à igreja, pra não ver homem. Zito vem de família decente do engenho Umburana, de gente limpa que não se pode medir com um sujeito de quem o chefe da Vale não gosta pela sua brutalidade. Não venha querer vingar do ódio que tem da minha filha, pois não casou porque ele não presta. Minha filha tem pai e mãe e não está na rifa, pra ser tirada por qualquer um. Falava até inchar o pescoço.

Demétrio tinha o apoio, não ostensivo, de seus companheiros de serviço, pessoas de baixa condição social, que pagavam, para ver bagunça com sangue.

Silvininho voltou a carregar muitas armas, andando com um soldado nos calcanhares.

Uns diziam que era para impor a ordem, outros que era por medo de Demétrio. Sátiro sorria com calma venenosa:

— Agora ele prende. Anda com muitas armas e soldado rente. Acho que o Briguelo agora está na chincha...

* * *

Voltaram para Socorro os dias difíceis, as horas de amargor que vivera depois da morte do marido e do atrito com o sobrinho.

Vivendo com dois velhos na casa, Juca e Bercholina, não ia a diversões, não ouvia rádio por ser desagradável ao tio, não saía mais no bonito carro ancorado na garage.

Aos domingos, assistia a missa de cedo, ali nas Graças. Não conhecia muitas pessoas e era avessa a relações com vizinhos. Ficara nervosa, isolada do mundo, ao ouvir as queixas de Juca e planos guerreiros do padre Pilar que freqüentava sua casa. Ele quando não arrasava o governo vivia a fazer comentários sobre secas e enchentes. Sempre a mesma coisa. Assuntos eternos.

Naquela tarde de sábado ele chegou para a visita. Parece que corria os correligionários, para bate-papo sempre do contra.

— Leram a notícia da enchente que ia arrasando Palmares, Ribeirão, Escada e Catende?

Juca lera tudo, relera e dava seu parecer baseado em fatos do tempo antigo.

— Li e estou com o coração sangrando. Nossos engenhos devem estar debaixo dágua. O prefeito de Palmares decretou calamidade pública e Escada sofre, meio submersa, os horrores da cheia. O prefeito de Escada apelou para o governo, pedindo verba pra abrigar os flagelados e víveres, pois os que ficaram sem teto passam fome.

O padre suspirou, cruzando os braços:

— Apelou para o governo, como se tivéssemos governo... Pediu também socorro ao Presidente, que seu município está sem recursos até para charque e feijão dos sem teto. Pediu urgentes envios de vacinas e socorros para as bocas.

O padre exaltava-se, erguendo os braços em exclamação patética:

— *Vox clamantis in deserto*! Voz que clama no deserto! Pedir a quem? A um governalho avoado, a um governilho eleito por trapaças de mentecapto com delírio alucinatório crônico. Pedem a Zé Ninguém, que vive encabrestado pelos comunas ávidos de terras alheias e pelo comparsa, o doido calculado Júlio Leão. Pediu ao Presidente que vive preocupado com as suas vacas, com saudades de Mao-Tsé-Tung que visitou, babando de gozo, na própria China... Ele mandaria socorro, se a enchente fosse o Rio Amarelo que entrasse nas plantações de arroz da China Comunista. Para cheias periódicas do Rio Una ele nem liga, dá de ombros e viaja em avião oficial para seus latifúndios de Goiás e do Rio Grande do Sul. Estamos perdidos, seu Juca.

E com sua bela voz dramática:

— Estamos perdidos, se o povo não se revoltar. Como em 89, como o povo francês, que foi buscar pão por bem ou por mal, nas Tulherias! Aquilo foi o começo da Revolução Francesa, que mudou os destinos da França e da humanidade. Lá foram os *sensculote* e espero que aqui, o amarelinho nordestino repita o levante do povo, que guilhotinou na praça pública os ladrões, peculatários e reacionários sob Luís XVI.

Juca ficara atordoado com a ênfase do padre.

— Muito bem, muito bem. Eu creio que isto vá acontecer.

O padre estava pálido de ira:

— E não é só guilhotinar ladrões, peculatários e reacionários do Nordeste eterno. É também enforcar os governadores sem honra e suas rainhas mulatas, como fez o povo de França com Luís XVI e a rainha austríaca Maria Antonieta.

— Muito bem, muitíssimo bem!

— Fazer com eles o que eles planejaram fazer conosco. Foi agora descoberta uma lista de 100 pessoas graduadas, usineiros, políticos democratas, sacerdotes, banqueiros, senhores de engenho, escritores, negociantes, que serão pendurados pelo pescoço nas árvores da Praça da Independência e da Rua do Imperador; Já foram descobertas 8.000 fardas dos miseráveis das Ligas Camponesas, que serão a Guarda de Honra do Palácio das Princesas e do Governo do Estado!

Estava rouco de cólera divina contra os comunas. Bercholina trouxe o café, pedindo a bênção. Ele nem respondeu e, com a xícara na mão, estava delirante:

— Quero ver o povo nas barricadas, para cortar muitas cabeças; Eu e você, os católicos, os ateus, os indiferentes, Socorro, Bercholina, e quantos tiverem brio iremos para as barricadas, defender a democracia contra os lobos vermelhos.

Bebeu um gole do café e a negra se aproveitou:

— Bênça, sô pad'e?

— Ah, Bercholina eu nem a vi. Deus a abençoe. Como vai?

— Vou ruim, sô Pad'e, U'a dor nas junta qui num possu. Esse tempo de calô é pió pra rumatismu, sô Pad'e. Domingo num pudi i na missa, mas Nossinhô vê cumu vivo. Nhá Socorro sabe qui ando ruim dimais. Quagi num guento. Nhá Socorro tamém veve duente.

O padre encarou Socorro:

— Está mesmo mais magra. Emagreceu bastante.

— São os aperreios. Muitos aperreios. A gente vê tudo desarranjado, tudo com medo, sofre...

Padre Pilar pulou da cadeira, ainda com a xícara na mão:

— Está vendo, Juca? Ela sofre pelos enjeitados da justiça, neste desgoverno maldito; sofre pelos seus, por nós. É mais um exemplo de como vivemos nas vésperas da grande revolução comunista cujo chefe, o Prestes, anunciou na Rússia para este ano.

O velho balançava a cabeça:

— Tudo muito por baixo. Muito perigoso. Parece que vivemos as últimas horas da democracia. E nossos homens do governo não dizem nada. Cada vez mais me revolto contra o povo, contra sua inércia e penso que homem pra dar brio aos nossos covardes, só mesmo o paraibano Zé Américo.

Juca fitou-o de olhos arregalados de indignação:

— O capa-bodes do *NEGO* não tinha leleios com os comunas, não tinha. De um destes é que precisamos. Entrada neles na dureza, e faca de ponta quando é pra mamar sangue, não é graça de ninguém. Se ele estourasse no meio dos tais era como suçuarana no rebanho da bodarrada. Espirrava bicho pra todo lado, e eu pagava até pra ver esse espirro. O cabeça chata é feio, mas é do chifre furado...

— Qué mais, sô Pad'e?

— Não, Bercholina, obrigado.

— Sô Pad'e eu quiria passá água benta nos pé, num seio se é pecado. Só ela pode mi curá.

— Pode passar, Bercholina. Passe água benta e misture-a com um pouco de terebintina, pra dar mais força.

Saiu mancando, feia, bunduda e gorda dos bons tratos de boca. Lá fora voz infantil gritava:

— *Diário da Noite*! As enchenti de Palmares! Mil flageladu sem teto! A fome! Olha o *Diaru*!

Socorro ouvindo o pregão do gazeteiro benzeu-se, nervosa:

— Cruzes! Terra amaldiçoada, em que só se fala em seca, enchente e fome.

* * *

Passaram-se seis meses de vida atormentada por boatos, mentiras, verdades tristes. Socorro decaía, ficara intolerante, porque andava doente, esgotada de solidão e sofrimentos morais. Sua alma era um canteiro do jardim do agreste. Quando chovia, brotava ali uma planta verde sem nome, pé de mato, como o povo a chamava. Vindo a estiagem, a planta murchava, morria mas ficando com o bulbo na terra ia brotar quando chovesse. Essa planta para Socorro era a esperança. Esperança de que, não sabia. Talvez de mais sossego, da alegria que se acabara, de paz no coração intranqüilo.

Socorro, indo ao dentista se encontrou com Osmarino. Ele recriminou-se da ausência. Tivera a mãe doente no sertão, caso sério afinal solucionado.

— Que notícia me dá de Zito?

O acadêmico falou sentido:

— Nenhuma. Não escreveu pra ninguém de nossa turma. Não tivemos a menor notícia dele, de modo que não sei se está vivo ou morto. Zé Lúcio ficou chateado com ele por não se despedir de nós, nem escrever de lá.

— E o noivado?

— Também não sei. Isto é, depois do caso dele com o agrônomo que fora noivo de Florzinha, não sei como foi resolvido, nem o Zé sabe.

— Que houve entre Zito e o outro?

Osmarino percebeu que ela ignorava o caso e não o quis esmiuçar.

Tiveram um atrito, creio que por ciumada. Não sei em que ficou a questão. Questão séria.

— Porque séria?

Osmarino resolveu contar.

— O agrônomo fez uma tocaia pra matar Zito mas ficou tudo em nada. Não houve ferimento: foi só bate-boca. O povo ficou do lado de Zito. Zé Lúcio não contou direito o caso, de modo que sou informante muito mau.

— E o noivado?

— Isto é que não sei. Este último ano de engenharia é muito apertado, não dá tempo pra nada. Além disso, a doença de mãe. Foi muito encravo.

— Pois se você souber direito do caso da briga e em que ficou o noivado, me telefone. Diga que é meu irmão, porque o velho está de olho em mim.

Voltou atordoada, meio tonta. Chegando em casa, chamou Bercholina a seu quarto, trancando-o.

— Você soube alguma coisa que aconteceu com Zito em Petrolândia?

— Nhá-não. Qui foi?

— Soube por alto que ele brigou lá. Mas não aconteceu nada de mais. Pensei que você sabia.

— Sei não, Nhá Socorro. Forte coisa.

Balançou pensativa a cabeça.

— Coitadinho de meu fio!

Alimpou os olhos no avental velho. Socorro passou a tarde descontrolada.

— Saber pela metade as coisas que nos interessam, não podendo saber tudo, é castigo muito grande. Como teria sido a briga? Teria sido insultado, humilhado? Ah, isto ele não seria, pois tem brio de sobra.

Silenciou, de olhos fixos no chão. Falava consigo mesma:

— E o noivado? Pelo que disse Osmarino, a moça era noiva e Zito desmanchou o casamento. Será esse o noivado que dizem ser o dele?

Sentia a cabeça arder, os olhos secos e vontade de chorar.

— Bem diz o ditado japonês que as irmãs me ensinaram no Colégio. A erva ao vento se inclina. Estou vergada pelo destino como a erva obscura ao vento implacável. Estou vencida. Mandam nas minhas coisas. Jonas age e reage no meu engenho, como se fosse dele. Juca fiscaliza esta casa como se fosse dono. Eu mesma sou espionada por eles, os parentes de Severino como se vivesse em tutela, maluca de sair por aí.

Não aceitou o lanche, tomando com sede um copo de água de coco.

Quem lanchava com abundância era Juca. Comia como um cearense da Fome Grande, calado e atento nos pratos.

— Agüente a surra, mas coma feijão, era o que diziam os negros do engenho de meu tempo, quando debaixo da disciplina.

Enquanto essas coisas se davam ali, bem longe, no agreste bruto, Florzinha também sofria, os trancos da vida. Sofria com a sorte que a jogava de lá pra cá, igual a espuma na correnteza de seu rio vizinho. Começava a saborear seu primeiro noivado como polpa de ingá maduro, de galho roçando a frescura das águas. O outro, que era apenas particular, já viera com o amarujo de fruta amadurecida com o sol, fora de tempo. Que fazia no centro do nevoeiro seco, tão comum no vale do São Chico? Chorar. Chorar escondido, porque a mãe não consentia choro na vista dos outros.

Dormia cedo para ter tempo de estar sozinha, abafando os soluços na garganta.

Sendo noiva particular, esperava o moço vir pedi-la, espera tão delongada... tão triste. Não podendo recordar no bulício da casa suas coisas antigas e recentes, ia para o fundo do quintal para a sombra de velho sapotizeiro. Era perto do rio e da solidão que se comprazia, esquecida do mais.

Ouvia naquela tarde uma rola gemer. Gemer sofrida, desconsolada no araçazeiro do quintal. Aquele gemido, aquele soluço...

De novo sentia o coração opresso, a dor de noiva desprezada e de moça talvez esquecida pelo rapaz solto na cidade grande.

A rola arquejava dor legítima, dor sentida. Uma tristeza a envolveu e a mocinha caiu em soluços. A mãe desconfiara daquele silêncio e gritava da varanda dos fundos:

— Que faz aí, Florzinha?

— Leio, mãe.

Recordando, sonhando é que estava. Tinha os olhos vermelhos. Aquela angústia de fim de vida lhe chegava nos verdes anos, quando a vida começa a florir. Flores que em vez de orvalho da madrugada, já desabrochavam sob lágrimas de mocinha sofrendo pelo amor carnal de homens doidos.

* * *

Passaram-se nove meses da desfeita sofrida pelo estudante na várzea em flor do Icó. Fora humilhado pelo agrônomo, que agora ganhara fama de destemido. Fama não ganha, mas acrescida, pois a gozava desde os estudos, como Gutierrez, do Exu, gente temível.

Não tivera mais namoros.

— Uma vez me bastou. Homem não fica desiludido, fica é curado. Estou curado e não caio noutra. Ainda foi bom, que a experiência não terminou com sangue. Disto, sim, me arrependo — de ter poupado quem estava maduro pra morrer.

Muitos amigos do sertão lhe invejavam a oportunidade de fazer bagaceira, e poucos o de conceder perdão a quem o afrontava na moral bravia.

Zito fizera os exames, sendo aprovado. Era terceiranista, no caminho de bacharel.

Também ele se curara de experiência política, para nunca mais, conforme dizia. Escrevia sempre a Florzinha, prometendo visitá-la nas férias.

Certa manhã na feira da Casa Amarela, Bercholina esfregou os olhos espantada:

— Será ele? Parece ele!

Aproximou-se, encarada em alguém.

— Meo fio... Coitadinho de meo fio!

Encostava a cabeça no peito do rapaz e tremia o corpo todo.Erguia os olhos para lhe ver o rosto, pois era mais alto que ela. Foram para um canto da feira, e o rapaz pedia notícias de Socorro.

— Munto triste, munto acabada. Chora toda dia.Chora iscondidu... Eu sei qui é sodade.

Conversaram muito. O rapaz não queria que soubessem de sua estada na cidade. Só ela e Socorro podiam saber.

— Veja bem; ninguém pode saber que estou aqui. Depois você vai saber porque.

A negra esqueceu de comprar certas coisas, chegando em casa espavorida, como se visse assombração. Juca lia o jornal, chamando a sobrinha:

— Leia isto aqui. Leia pra ver como estamos. Ontem as Ligas Camponesas fizeram uma demonstração de força em homenagem a seu chefe, o idiota Júlio Leão. Foram 8.000 operários campesinos, estudantes, comerciários, marinheiros. O comício acabou no Campo das Princesas e Zé Ninguém apareceu na escada falando às massas, como aqui está dito. Estamos mesmo perdidos.

— Não vou ler nada disso aí. O que sei já me chega e me sinto meio doida de tanta política. Desejo é viver em paz, até Deus lembrar de mim.

— Então se desinteressa pela democracia, que sempre foi o ideal de seu esposo e de nossa família?

— A democracia de que vocês enchem a boca, foi a que deixou os vermelhos tomarem o comando. Essa democracia na verdade quer dizer displicência, favoritismo, negociatas, falta de patriotismo, ladroagem. É o mesmo que está aqui com outro rótulo. Sob o nome de democracia imperam muito abuso, muita bandalheira, muita injustiça. Os 800 mortos políticos feitos em Alagoas, não foram mortes praticadas por partidários de Júlio Leão e Zé Ninguém. Era tão vermelha como o governo de hoje, aqui. Os homens, vocês democratas, são igualzinhos aos comunas de agora. Basta pra isso que tenham o governo em mãos. Nunca pensaram em instrução, em saúde pública. Nunca pensaram em nada, a não ser no bem estar dos democratas... Deixaram a oposição falar à alma, à consciência do povo, abrindo-lhes os olhos. Não tinham nada pra provar o domínio do Estado em tantos anos, obras úteis, comida pra os famintos, justiça reta, liberdade pra todos, dentro da lei. Agora se lembram de falar no vazio, quando o povo disse a vocês que não, que agora chega de embromações. Falta em vocês o patriotismo inteligente, o amor ao povo e a seus problemas e não aos problemas particulares dos ricos, dos assassinos impunes, dos que roncam grosso porque têm o tesouro público às ordens.

Juca, de boca aberta, encarou a sobrinha. Estava chocado, sem poder falar.

— Estou bobo. Parece que foi trabalhada pelo comuna que morou nesta casa. Você está comunista muito importante, fiquei até amedrontado. Veja o meu coração...

Punha a mão aberta contra o peito.

— Seu coração está melhor que o meu... é coração liberal, agora ferido por uma coisa que vocês não conhecem e que se chama a verdade.

* * *

Depois de falar com Juca, Socorro foi ver as compras da velha cozinheira.

Voltou da cozinha branca e trêmula. Bercholina levou-lhe no quarto água com açúcar, onde ela derramou meia colher de Água dos Carmelitas. Tremia, batendo os queixos.

Juca desconfiou de novidade, chegando à porta do quarto:

— Está doente, sobrinha?

— Uma tonteira, de repente... mal-estar.

— Foi a raiva da discussão. Eu, não digo? Essa canalha acaba com tudo, paz, saúde, tudo.

Socorro deitou-se vestida e Bercholina estendeu-lhe nos pés um cobertor de lã. Queria ficar só e desculpou-se:

— Cerre as janelas. Quero dormir.

Juca foi para a sala remoer os restos do jornal, que lera todo. Ninguém sabia mesmo que o rapaz estava na Capital. Naquele sábado de enceramento da casa e outras arrumações, Socorro saiu à tarde, com desculpa de ir ao médico. Juca ofereceu para acompanhá-la.

— Vou com você. Esteve doente pela manhã.

— Não! Vou só. Deus me livre que esteja tão mal que não possa sair só.

Voltou outra, com unhas de mãos e pés, sobrancelhas e cabelos feitos. Levou também um frasco de comprimidos, para tomar à noite. Juca espantou-se:

481

— Ué! Sua doença era esta? Voltou empriquitada.

— Não era esta. Era o que está aqui.

Mostrou o frasco.

— O doutor mandou beber isto e aproveitei pra voltar com cara de gente.

À noite tiveram visitas. Primos de Barreiros, de engenhos. Foi vê-la a madrinha de Severino, a viúva dona Bárbara de Albuquerque Wanderley, da nobreza antiga de Rio Formoso, e que devolvia cartas em que o Wanderley de seu sobrenome não fosse grafado com W inicial e com Y ao fim. Estava velha e usava roupas e jóias de seu tempo de arrogância, fartura e mandonismo, de quando casada.

Logo ao chegar se dirigiu a Juca:

— O primo está esplêndido. Agora, sim, você tem saúde, está corado, bem disposto. Sei que leva boa vida invejável aqui, está com tudo que pediu a Deus. Não tem nada que fazer.

Sorriu:

— Você que agora tem tudo, só precisa de uma feridinha na perna, pra se entreter...

Suas roupas e jóias de preço, mas fora da moda, emprestavam à fidalga aspecto de vitrina de museu. A vida não lhe abatera o orgulho, e encarava os presentes com olhares altivos de gavião real.

Conversou muito, dando pra baixo nos costumes de hoje, para elevar os de sua mocidade nobre. Dizem que conservava o engenho de fogo morto mas sem dívidas, e sua casa-grande era ainda mobiliada com jacarandás do reino e da Bahia, embora que com estofos esfiapados. Na posse total da poltrona que enchia com as bundas fofas, no salão quente seu leque negro palpitava como asa de corvo preso a sua mão, como se agitando para fugir.

Escondia o pescoço, que foi belo, na gola muito alta de vestido de viúva, como a vedar o que já fora visto pelos olhos do Imperador, e invejado pela feiosa Imperatriz Teresa Cristina Maria.

482

Falava mal dos homens da República, nas administrações passadas e principalmente dos atuais, que puseram suas terras na lista das que seriam divididas pelo povo.

— Homens eram Nabuco e João Alfredo. Nabuco, além de belo, era elegante, sabendo encantar as mulheres com fidalguia, que esforçava por fazer legítima. Eu não me esqueço do passado de Pernambuco, quando era ainda o Leão do Norte invencível e temido. Nem dos homens da Monarquia, que foram governo. Falou muito, acabando por contar coisas do tempo de seu pai.

— Estive ontem na casa da prima Carlota, que se queixa das empregadas. Queixou-se muito e eu contei um caso passado em nosso engenho: — Havia lá certa mulata muito bonita, de nome Altina. Era mucama de minhas filhas, muito querida por elas. Altina, às vezes, visitava a mãe, que vivia doente e já estava liberta, morando em nossas terras. Eu nunca soube de namorado dessa ladina, que era exemplar no procedimento de criada em casa-grande da nobreza. Altina engordava, ficando cada vez mais engraçada. Um dia, porém, eu desconfiei. Apertei-a em confissão e nada consegui. Indo ao engenho para desobrigas médicas mensais, nosso doutor examinou a peça, contando-me que estava grávida de quatro meses. Mandei chamar sua mãe, contando tudo. Sabem o que ela me respondeu? — Sinhá, eu bem disconfiava di nuvidade. Perto di meo rancho tem um pé de pau com um mandruvá arto, qui num pudi dirrubá ele. U'a noite quando a fia tava drumino lá na mea casa, o mandruvá sumiu do pau. A liberta contou que o mandruvá cheirando moça, foi à sua cama enquanto ela dormia, entrando nela e se mudando em filho. O povo até hoje crê piamente nessa intervenção diabólica do mandruvá.

Tossiu, aliviando o calor com seu grande leque histórico.

— Meu marido, entretanto, não aceitou a versão da liberta, mandando dar uma surra na moça prenha. O capataz caprichou na sova, que foi pesada, e a mocinha pôs o filho fora.

Abortou e morreu de febre sem fim, que lhe sobreveio. Fiz tudo, nada valeu. Acreditam que a liberta acusou meu marido da morte da moça? Ela morreu na gravidez por muito chá de cabacinha e carqueja, ainda usados como abortivos. Pois a sujeita atribuiu à sova a morte, esquecendo que sua filha bebeu os tais remédios que arranjou. É como disse. Empregadas de hoje são mais civilizadas (podia dizer cínicas), e não usam beberagem pra abortar. Têm o filho e os tais Institutos dão hospital e doutor, ainda pagando pelo parto. É para ver como estamos.Coisa muito atrapalhada. Não se entende mais o nosso Nordeste, que está leso.

Juca assenhoreou-se da visita:

— Então seu engenho está na lista negra dos comunas?

— É pra ver em que tempo vivemos! Mas não vou entregando o que é nosso assim de mão beijada, não. Quando eles chegarem lá eu, de pé na cancela da varanda, vestida a rigor, abrirei os braços exclamando alto e bom som: — Miseráveis moleques, refinados ladrões, aqui ninguém entra! Para entrarem, só passando por cima do meu cadáver como sobre o da irmã Joana Angélica na portada do convento da Lapa, na Bahia, com o assalto dos soldados do general Madeira!

Abriu os braços, para dizer como ia agir na chegada das Ligas Camponesas, Juca delirava:

— Bravos! Muito bem! Assim devem fazer todos que possuem tradições da nobreza pernambucana.

Ainda de braços muito abertos, a fidalga rugia:

Suas roupas e jóias de preço, mas fora de moda, emprestavam à fidalga um aspecto de vitrine de museu. Seu leque negro palpitava no salão.

$\rightarrow$

— Morrerei assim! Barrarei assim a entrada de meu engenho! Ali não porão as patas, enquanto eu for viva! A infernal Maria Celeste não dormirá no leito para onde fui pura, com os comunas fedorentos de Júlio Leão e Zé Ninguém.

Só então fechou os braços. Juca no auge do entusiamo ficou de pé.

— Vejam como procede quem tem vergonha na cara! A prima é herdeira de honra de Clara Camarão e das mulheres do Tijucopapo!

A nobre prima se retirou, ficando outros parentes. Juca foi levá-la ao portão e, ao voltar, ainda estava trunfado do orgulho da raça:

— Ouviu, sobrinha, como pretende fazer a prima na chegada dos humanistas?

Socorro estava enfadada e não agüentava mais a parolagem.

— Ouvi. Não paga a pena morrer assim.

— Então, como paga a pena morrer?

— De modo nenhum. Melhor é viver, saboreando a vida, sem preocupações nem remorsos.

— Então você não desejava morrer como frei Caneca, padre Roma e tantos mais?

— Você está doido? Morrer trabucada, enforcada? Deus me livre. Eu quero é viver, beber a luz do sol, as águas puras, aspirar o perfume das flores...

— Pois a prima morrerá com muita decência, de braços abertos, mandando os bandidos de Júlio Leão recuar!

Socorro pôs-se a rir com escândalo. Rir como há muito tempo não o fazia. Seu riso desapontava os presentes.

— Não, morrer de braços abertos como espantalho gritando: — Para trás, moleques, pra trás, miseráveis, e ficar esmagada por eles, não é pra ninguém querer não, Juca!

— Você não conhece como morreram os heróis de nossa raça.

— Nem quero conhecer. Pra mim vocês estão é ficando malucos, mais doidos que os comunas.

486

Juca se ofendera com as atitudes da sobrinha, voltando-se para uma das visitas:

— Estão vendo como respeitam nossas idéias e desejos patrióticos? Com riso de crítica. Isto porque estamos ficando velhos. Quem é velho já passa por caducar quando fala verdade.

Viu pela cara de Socorro, que era melhor pilheriar.

— No Umburana do tempo de meu avô, havia um cajueiro que estava tão velho que começou a dar, ao lado de cajus, jacas, sapotis, laranjas, mangabas... Tudo muito doce como de pé próprio. Apanhei nesse cajueiro mangas deliciosas, abacaxis de sabor fino. Nós estamos iguais ao cajueiro do Umburana, que no engenho diziam estar caduco, frutificando sem sentir frutas que não eram pra ele dar. Em vez de dizer que estamos caducando, Socorro se ri dando a entender que nossas idéias vêm de miolo mole.

— Nós já chegamos, Juca, e os outros vêm no caminho; é nossa vingança.

O primo Zeca de Barreiros voltou-se para Socorro:

— Você está muito bem, não envelhece.

— Envelheço. Estou ficando velha; quem me dera não envelhecer.

Juca meteu no assunto sua colher de pau:

— Não vê como está moça? Moça e bonitona. Hoje então primou nos enfeites.

— Primei não, Juca. Vou a missa amanhã e, chegando desmantelada na igreja, vão perguntar porque anda assim a viúva do senhor do engenho Maturi, de família de tanta tradição.

O primo aprovou muito:

— Isto mesmo. Faz bem andando decente. Nossa família sempre foi considerada gente de linhagem clara.

Juca deu-lhe afinal razão:

— Não há dúvida. Quando sair, saio com decoro.

As visitas se retiraram e Juca as levara ao portão. Bercholina apareceu preocupada:

— Berrei sal no fogo inté istralá, pressa gente saí.

E já risonha, com modos misteriosos:

— C' me, Sinhá, tá satisfeita?

Socorro não parecia a de ontem. Recuperara a vida nova, mas estava inquieta.

— Agora eu decido minha vida, Bercholina. Vou ver o que ele quer comigo, e amanhã mato as saudades todas de uma vez. Matar saudades não é crime. Crime é viver atucanando os outros como eles vivem.

— Pois é, Nhá Socorro, isto aqui tá muito ruim. Esse véio é um incravo. Hum, hum, presta não.

* * *

Os sinos da Igreja das Graças, ainda muito cedo, cantavam alto e bonito. Socorro estava preparada como para festa.

Saiu levando o livro de missa e o véu roxo de viúva, tomando apenas uma xícara de café.

Chegou ainda antes da hora.

Ao se aproximar do templo, lá estava ele encostado no muro da igreja. Socorro sentiu as pernas desfalecidas, caminhando para ele com grande emoção. Foram andando pela rua.

Conversaram muito. A missa terminara e a sra. nem se lembrava dela. Uma hora depois do encontro, o rapaz falou firme:

— Voltei pra outro negócio, e pra de qualquer forma falar com você. Vou provar a certa gente que sou homem de verdade. Tive erros que passaram. Precisam saber que tenho sangue Corumbá, sangue bom mas brabo. Aprendi a sofrer mas sei esperar. Meu sangue não é só do pai, sangue de mestiço de bisneto de escravo, mas também de mãe vinda de curumbas afortunados, por crimes sem justiça e espoliações desumanas, desde Cincinato. Ele foi vaqueiro e tropeiro, passando a major, senhor de engenho por apropriações

488

indébitas. Meu sangue é corumbá pelos dois lados. Quem herda não furta.

Parou olhando a sra. nos olhos:

— Estamos combinados?

— Estamos. Tenho parentes, mas só possuo na vida, você.

Capítulo 20
PÉ DE PAU

Chegou a safra de cocos nos engenhos Umburana e Maturi.

Jonas não mandava fazer a desfruta dos coqueiros. Empreitava-a com velho tirador de cocos dos arredores de Barreiros. Esse homem vivia daquilo. Era sua profissão, na qual ganhara fama de caprichoso e conhecedor do que fazia. Era o desfrutador de todos os engenhos do vale do Una e dos 70.000 coqueiros do engenho Morim, o de casa-grande mais suntuosa de todo Pernambuco.

Subindo no coqueiro com peia de couro cru aos pés, tinha ligeireza de gato acossado por cachorro e, lá em cima, com a machadinha afiada ia cortando os cachos que tombavam em estrondo balofo nas areias. Cortava-os para água e laminha e, maduros, para exportação.

Ao tirar esses cocos não danificava os ainda novos, nem as flores cor de coral, pois o coqueiro produz coco ininterruptamente, sendo o corte de quatro em quatro meses. Dizem mesmo na zona de coqueiros: — Quatro meses na flor, quatro na laminha e quatro na castanha. Assim a produção não cessa e de quatro em quatro meses se colhem cocos durante todo o ano. Terminada a apanha, o velho, lá em cima cortava duas folhas, e, ajustando-as como duas asas ao longo dos braços, seguras pelas mãos, se atirava no espaço. Com aquelas asas verdes pousava no chão, passando a trabalhar em outro pé. Mas seu vôo de descida era feito com arte, chegando às areias muito mais suave que pára-quedista de avião.

O Zuca (era o seu nome), desfrutava 60 coqueiros por dia, e tinha como pagamento a carga de um pé, à sua escolha. Ganhava em média nessa labuta 150, 200 cocos, para colher os de 60 pés.

Além, disso ganhava de cada coqueiro as duas folhas que eram suas asas para aterrisar. Vendia-as com facilidade, para cobertura de cafuas e mocambos da vizinhança.

— Zuca, por que desce do coqueiro *voando*?

— É mais fácil que descer no pau, pois gasto mais tempo e esfolo as mãos. Descendo em vôo, ainda ganho as folhas do pé que desfruto, as asas, como o senhor diz.

Não era só. No trabalho, ele podia beber a água e comer a laminha ou castanha (que ele preferia), de 5 cocos por dia. Era aquilo muitas vezes seu único alimento diário.

E ninguém mais forte e alegre do que ele.

Socorro chegou a casa pisando nuvens cor-de-rosa e em flores abertas. Isto é melhor do que pisar em chão duro da vida sem esperança.

Achou em casa o irmão Malaquias e o padre Pilar, coisa que a enfadou e aborreceu.

— Ora viva nossa santinha. Vim filar o café, depois de celebrar e rezar mais que o que vai subir na forca. Está ótima de aparência, quando todos choram nossa democracia espezinhada.

— De saúde vou mais ou menos. Mais de menos que de mais. A democracia, não a conheço; onde mora?

— Mora nos corações pernambucanos, no coração do povo hoje humilhado pela sanha vermelha.

Ela se dirigiu ao mano:

— Como vão os nossos? Viajou cedo.

— Vim trazer uma resposta, pois querem dividir nosso engenho e fizeram oferta pra comprá-lo. Se não vendermos, ele será desapropriado pelo governo. Querem fazer lá uma colônia de campesinos. Júlio Leão e o padre Crespo é que inventaram isto. A resposta ficou pra hoje, e pai não brinca com essa gente.

O padre Pilar quase se levantou da cadeira, em assomo de ódio repentino:

— Ouviram? Estão ouvindo? Estão requisitando as terras, tomando as propriedades legítimas! Isto me abate.

Juca olhava espantado para o rapaz. O padre crescia de voz:

— Protestar, de que modo? Reagir, como? Propuseram comprar, creio que por fita.

Se não aceitarem — tomam. Oh, não há mais homens em Pernambuco? Onde estão os descendentes da guerra contra a Holanda, dos Camarões, dos Vidal de Negreiros, dos Henriques Dias, dos Fernandes Vieira? Onde estão os do sangue dos heróis de 1817, dos Frei Caneca, dos padre Roma, dos padre João Ribeiro, dos Domingos Martins dos Leões Coroados?

O rapaz encolheu os ombros:

— Isto não sei. O que sei é que as Ligas Camponesas querem tomar nosso engenho!

Chamaram para o café. Custaram a passar ao salão de jantar, irritados pela notícia.

Na mesa, diante de cada cadeira estava prato fundo que a servente enchia até as bordas de leite e, dentro do leite punha pedaços grandes de angu de fubá sem sal.

Juca esmagava o angu no leite, murmurando desanimado:

— Perde-se até a fome com tais notícias.

Mas foi o primeiro a comer o delicioso prato. O padre tanto falava quanto comia a doçura de seu tira-jejum predileto.

— Incrível, inacreditável.

O irmão de Socorro estava calmo e ela bebia seu café com leite com pão torrado sem manteiga.

— É de desmoralizar o heroísmo do nordestino. Gente que fez recuar os herejes na Estrada do Arraial, gente que botou pra fora os flamengos armados até os dentes...

Juca repetia o prato, desmentindo sua declaração de inapetência. O padre estava menos curioso que faminto.

— Quero morrer, disse hoje do púlpito, nas barricadas de sangue e pólvora muita, contra os entreguistas de nossa terra às hienas de Moscou. Imaginem que eles ergueram na Praça Vermelha, uma estátua a Judas. Uma estátua de bronze em que o traidor, com a mão fechada ameaça o céu com um murro.

Socorro comia calada, vendo a Rua das Graças e a porta da igreja, em que não entrou.

Ouvia uma voz, olhava para ele embevecida, caminhando devagar na tal nuvem cor-de-rosa.

O irmão saía do assunto.

— Mãe mandou a muda de burra-de-leite que você pediu.

Burra-de-leite é arvoredo que, ferido no tronco, deixa esguichar e não correr um jato de leite igual ao de vaca. O jato esguinchado em arco só minutos depois estanca.

— Vou plantá-la. Serve para embelezar meu jardim, até que os comunas se apossem dele.

O padre apanhou a deixa:

— E não demoram. Pelo que vejo vão tomar tudo.

Juca, que comia banana comprida amassada no mel, aparteou de boca cheia:

— Já estão tomando. E você é também responsável por isto, pois criou como filho um deles, futuro comissário do povo.

O padre lembrou-se:

— É verdade. Tiveram notícia dele?

Juca, de cabeça perdida no prato respondeu:

— Felizmente não. Deve é estar preso em São Paulo, que não brinca com tipos da sua laia.

— Pois ele, em verdade concorreu muito para o estado atual das coisas. Foi o discípulo predileto de Júlio Leão, segundo este mesmo berrou na Pracinha. A saída daquele sevandija desta casa restabeleceu a honorabilidade da família de sua mãe Betânia, na nossa tradição liberal. Não sei se contei aqui. Há dias me disseram que ele estava noivo, no sertão. Dizem que vai casar e a moça é linda. Bridges, o botânico inglês, ao ver a Vitória-Regia no interior do Amazonas, caiu de joelhos, agradecendo a Deus a fortuna de contemplar a mais bela flor do mundo. O nosso idiota, ao ver a sertaneja ficou de boca aberta e nem ajoelhar pôde, por ser comuna. Ele tem veia de doido. Não sei como não deu para médico.

Aquelas opiniões perturbavam a cabeça de Socorro, que só pôde dizer com ácida ironia:

— Padre Pilar, quando é que a revolução de vocês democratas sai às ruas?

Eles esporeou os olhos com raiva muita dura:

— Quando é? Quando a pressão for irresistível, e a desordem nos parecer insuportável. E mais: quando as mulheres pernambucanas se recordarem das heroínas de Tijucopapo. Quando uma senhora rica e inteligente como Vosmecê, empunhar uma bandeira, e sair pelas ruas, chamando as outras para a hora da vingança!

Socorro sorria com crítica irritante, mas ao ser citada se fez pequenina:

— Sou humilde como um pé de quixaba no tabuleiro do arisco. Sou frágil como a flor do alastrado, na moita de espinheiros do agreste. A alegria que vocês vêm em mim é fingida, porque eu, ao estar só, gemo como a cafute do sertão no fim da estiagem. Como vou fazer revolução, se vocês, que vivem falando em Frei Caneca e outros mártires, estão comendo cuscus de coco, hora em que falam em barricadas e ataques, aos que o povo fez governo?

O padre atacava o prato de munguzá, com a gana com que desejava avançar nas hostes comunistas.

Malaquias aproveitou a vasa e indagou da irmã:

— Você se lembra do nosso vizinho de engenho, o Manoel Gato?

— Não me lembro. Por quê?

— Ontem ele tirava leite de uma vaca de seu sítio e com bezerro já amarrado, gritou pra mulher levar o caldeirão de

494

guardar leite. A mulher demorou porque foi lavar a vasilha. Pois o homem embrabeceu e, quando a mulher chegava com o caldeirão, ele apanhou uma vara de ferrão de gado que estava perto e, com fúria louca, danou a espetar com ele o corpo da esposa. Ela subiu na cerca, fugindo, e ele de ferrão em cima. A pobre caiu do lado de lá da cerca e ele pulou atrás, sempre a espetá-la com a arma, até que ela desacordou. Pessoas que assistiram a brutalidade socorreram a ferida, que estava em sangue, com 48 pontadas pelo corpo, nos braços, nos seios, na barriga. Estava ferida até na cara. Foi pra o hospital, em estado grave.

— Que horror! E o bruto foi preso?

— Até quando saí, não. Vi-o lá ao passar.

O padre falou gritado:

— Viram? Nem foi chamada a polícia, e estamos em governo de humanismo. Palhaços...

Socorro estava indisposta com o padre:

— Por isso, não, que em Alagoas em 10 anos, mataram 800 pessoas por brigas políticas, e até hoje não prenderam ninguém. Aqui mesmo, só em uma sessão do júri responderam 40 assassinos e só dois, por serem pobres, ganharam penas de meses de prisão.

O padre terminava seu repasto e ia beber o café.

— Vamos mal, vamos muito mal. Se eu tivesse coragem de viver longe de minha terra, ia embora até passar o furacão.

Juca também estava desiludido:

— Pernambuco, Pernambuco, quem te viu e quem te vê! Eu também vou-me embora. Mas vou pra sempre, enojado de tudo.

O padre bebia o café quente!

— Pois você vai antes de sairmos à rua, no levante do povo?

Não espera a caldeira estourar? Para onde vai?

— Vou ficar com meus mortos no país do silêncio e da paz sem política. De minha família, esposa e filhos, sou o derradeiro a demorar neste mundo de insuportáveis tormentos, Estou ansioso por partir, e isto mesmo falo todas as noites com as sombras dos meus que me visitam, compadecidos de mim.Eu estou pronto a viajar e só espero um gesto de Deus, me chamando com a mão puríssima.

* * *

O inverno daquele ano só durou dois meses de chuvas pintadas, duras só no começo.

Em abril o sertão já estava seco e as notícias do interior eram más.

Há muitos anos só havia colheitas pobres e o povo não desanimava. O sol matava as roças e o dono plantava outra sem pessimismo, sem praguejar nada.

Um deles, pobre velho ao ver seu roçado morto pela terceira vez, no feverão do estio, acendeu o cigarro e falou monologando:

— O que tem Deus pra me dar, é muito mais do que o diabo leva.

Sua resignação dizia como se habituara a insucessos na lavoura, de que vivia. Era um fatalista muçulmano criado sem revoltas inúteis, que nos fracassos mais graves esperava sempre sua vez de ver o roçado vingar.

Pois, passado o ligeiro inverno, o sertão de novo se debatia com a seca. O sol, que matou todo o húmus das terras de plantio, castigava as areias estéreis. A vegetação se encolhia soltando as folhas, na defesa das seivas próprias, poupadas para a própria subsistência.

Muitos desses lavradores sem serviço não perdiam a cabeça, arribando para outras plagas. Para distração, cantavam. Cantavam coisas, do tempo da fartura, o a-bê-cê dos cangaceiros, a esperança dos novos verdes. E não era só o chefe da família a cantar. Também a esposa chupada pelas fomes repetidas, os filhos todos. Só abandonavam seu chão maninho, quando último olho dágua secava nos barreiros.

Lourenço era um dos que estavam na penúria e resistia à idéia de sair com os seus para Alagoas, lugar mais favorável contra as investidas da seca. Opôs-se à proposta de seu compadre Galdino de ir embora, com sorriso orgulhoso do seus molambos:

— Sair daqui? Saio não. Onde vou achar terra melhor?

A terra tá seca não é por culpa dela, é por culpa de Nossinhô, que não manda chuva. Quando chove, ela dá tudo.

Aqui tem o chão, o arvoredo, o barreiro. Até hoje tenho vivido dela, nasci nesse agreste, fico velho nela. Agora, largar a terra por que está seca? Largo não. Ela também sofre, olha a gasolina que queima tudo. Até aqui deu pra cuidar dos barrigudinhos. Só porque não dá mais nada, só porque está doente da febre danada da seca vou largar ela? Largo o quê. Se precisar morrer, nós todos morremos em cima dela. Deixá a doente e ir embora? fugir?

Riu feio, como a confirmar seu amor pela gleba esturricada.

— Isto passa. Já passou muitas vezes. Chovendo, é a terra melhor do mundo. É pequena, é pobre, mas é amiga do seu dono e de seus filhos. A gente güenta mais um bocadinho, sofre, mas agora sofre com ela. Olha, compadre, nós e nossas terras semos um só. Nosso gado miúdo morreu. Mato os dois bode do carrinho do caçula, só ficando com a comadre-cabra, que faz parte da família, mas sair pra longe? Pode não. Como disse, nós e a terra semos um só. Nem a morte me separa dela porque morrendo, eu já pedia à velha:— Vou ser enterrado aqui mesmo, vou ficar debaixo da nossa terra. Vancê pode viver sem os braços, as pernas? Pode não. Pois eu não posso viver sem ela, sem pisar no seu calor, sem deitar nela na sombra do arvoredo que vi nascer. Quando ela era rica, verdinha, nós vivia dela. Hoje que está pobre e doente, largo ela pra nada no mundo. Se for pra morrer nós morremos todos juntos. Nós e ela. Não tenho duas caras, não. Maior é a Graça de Deus. Pode ter certeza, compadre, o ruim custa a passar mas passa. Toda vida passou... Um dia chove.

Sabia, por outras palavras, que o êxodo era o último gesto do desengano e a primeira passada do desespero.

* * *

Pouco adiante do sítio do Lourenço, estava a fazenda do major Zequinha. Naquele dia que passou devagar, ele viu na barra do céu a boieira tremer muito branca. Estava com os olhos no caminho vazio do arisco.

Na hora do entardecer, quando chegava o gado para o curral só viu surgir cambaleando, a novilha Namorada. Seu chocalho do pescoço badalava rouco e triste, sem graça. O velho fincou os cotovelos na trava de cima da porteira, amparando a cabeça nas mãos.

Vendo-o, a novilha mugiu arrastado, fraco e baixo, como a gemer. Descia a rampa da casa como bêbeda, mal se tendo de pé. Vinha só, caminhando trôpega.

Zequinha, de cabeça nas mãos, via a vaca se aproximando. Então falou com ela:

— Namorada, que dê Paraíba, vaca bonita, de peitos macios? Onde está a Borboleta, de quatro olhos e leite doce? Onde foi Rosilhona, crioula erada, de chifres brancos? Onde se pôs Cabeceira, a rainha do meu criatório? E Rosa Branca, de berro fino e ligeiro? Não vejo Carijó, pintadinha engraçada, que sabia esconder leite? Onde deixou Pigarça, mansa como menina? Onde foi Bargada, de mugido triste? Onde ficou Estrela, de cara preta? Onde está Saudade, de pêlo azulego? Onde anda Malhadinha, de olhos arrependidos? Cadê Carinhosa, que vinha receber todas as tardes por esta hora a tamboeira de minha mão? Onde deixou Pretinha, vaca amojada, que moveu na magrém e andava de cara baixa e pernas fracas? Por onde anda Fartura, novilha combuca de topete anelado que era a tetéia da minha criação? Que fizeram de Fujona, vaquinha treteira? Onde ficaram

498

minhas vacas crioulas? Também não veio meu cavalinho Careta. Por quê não veio meu perereca de fábrica, criado na cuia, parecendo gente?

Por que não veio essa manada de tanta estima, se só vejo você, tão doente? Onde estão os outros, Namorada?

Perguntava por perguntar, pois sabia onde estavam suas reses que não vinham mais à porta. Estavam atoladas no caçimbão de barro engolidor, de lama pegajenta, nos trilhos da cacimba do leito do rio seco . Estavam, não sofrendo como Namorada, mas acabados por fome e sede.

Zequinha sabia onde estava seu gado. Estava todo morto e ia virar múmia, secada sem mau-cheiro. Sabia onde estavam suas vaquinhas, seu perereca, mas não os queria ver mortos na estiagem.

— Pra quê? Ver esses mortos faz mal à gente. São como filhos que eu perdesse.

Namorada chegou. O velho trouxe uma bacia de água da família e ela bebeu toda, de repente. Depois, com esforço, curvou de uma vez os dois joelhos já sem forças. Ficou ajoelhada, a cabeça pendida para o chão. Acabou por se deitar, mais caindo que se deitando.

Zequinha acocorou-se perto dela, enxugando os próprios olhos com as mãos.

— Coitada...

Passou-lhe a mão lenta na testa, como quem acaricia. Namorada era tudo que lhe restava do rebanho. O velho então tirou o lenço ramado, apertando-o nos olhos.

O major Zequinha danou-se a soluçar.

* * *

Socorro nem se importava mais com as caturrices de Juca, sobre a situação política.

— Que me importa que tudo leve a breca?

Bercholina descobriu no jardim a muda, já murcha do burra-de-leite. Agitou-se:

— Nhá isqueceu de plantá a muda.

— Deixa a muda pra lá, Bercholina, você sabe que isto não vale nada.

Sorriu com veneno:

— Juca e o padre não dizem que os humanistas vão tomar tudo dos donos?

Agora seu interesse era de se tratar, com repouso e banhos de sol pela manhã, no alpendre dos fundos. Mandara fazer vestidos, ia todos os dias ao salão de beleza.

Juca implicava com aqueles cuidados.

— Mau, mau. A sobrinha deu pra vaidosa. Senhora de engenho, devia é estar na testa da planta da cana, a aparecer bonitinha, alegando que é pra ir à missa...

Naquele sábado luminoso de céus longínquos e calor abafadíssimo, logo depois do café Socorro tirou o carro da garage, como sempre limpo e cuidado por mecânico e partiu levando Juca, para o engenho de seu pai.

Socorro dirigia, cantarolando baixo. Seguiam pela praia de Boa Viagem, onde o mar azul estava picado. Socorro via os beiços brutos do mar beijarem a força as areias morenas, em assomos espumejantes. As ondas se remexiam no cavo dos arrecifes, em doidas espumaradas. Juca viu o mar irado e falou:

— O canguçu velho está com o lombo arripiado. Quem for besta que passe ao alcance de suas garras.

Ao passarem por certo trecho da praia, o velho que ia atrás curvou-se para frente perguntando:

— Você sabe o caso do padre nessa praia?

Não sabia.

— Os padres do Convento de Santo Antônio, como quase todos os estrangeiros, não dispensam um dia de praia para o remédio do sol e banho salgado. Na véspera do dia da vinda aqui, um deles, ainda novo, contou que sonhara com um monstro do mar lhe arrancando uma perna ao entrar no banho. Seus colegas mangaram dele: — Ora você ser devorado por um monstro... devia ser engolido por ele como Jonas. No dia seguinte, na saída para o mar, o tal padre se negou a vir: — Não vou. Meu sonho foi claro demais e estou com medo.

— Triste é você, um sacerdote, acreditar em sonhos... Tanto insistiram que veio.

Entrando na água, ele que nadava bem, não quis sair de perto dos arrecifes. Os que nadavam mar a dentro o chamavam: — Venha, que a água está ótima. — Não vou, fiquei cismado. E permaneceu no raso, a banhar-se sem nadar. Repentinamente deu um grito. Fora atacado por um tubarão-tigre que, numa só bocada, lhe arrancou a perna esquerda. A seu grito, afundando e vindo à tona, os mais próximos dele viram as águas ensangüentadas.Retiraram-no nos braços. Sangrava aos jatos da ferida da perna arrancada. Deitaram-no na praia, chamando a Assistência, que chegou tarde. O padre faleceu logo.

— Que horror. Eu acredito em sonhos. Deus me livre de sonhar coisas tristes, com desgraça no meio.

Chegando ao engenho, a família se agitou, e Juca foi recebido com honras de velho rico. Mas parece que as homenagens eram mais ao rico que também era velho.

Enquanto a sra. foi para o interior da casa-grande, Juca ficou na varanda com o pai do Socorro.

— Como vai o movimento?

— Vai mal, por falta de braços. As Ligas Camponesas agora é que arbitram os ordenados. Com o preço atual do açúcar pagar o que elas querem é impossível. Mas creio que agora tomam o engenho. Apareceram para comprá-lo e dei o preço. Espero solução.

— Isso é o início. Não demora, tocam os donos pra ficar com tudo.

E Juca começava com sua serra circular de críticas e ataques ao governo, quando o chamaram para o almoço. Logo no inicio derramaram vinho no copo do visitante.

— Gosto de vinho, quando é bom — um copo. Faz bem ao sangue.

Malaquias perguntou-lhe:

— O senhor sabe o caso de um pinguço de Maceió, na festa do Colégio das Damas?

— Não sei.

— Há em Maceió um cachaceiro incorrigível, mas benemérito do colégio. Organiza listas de auxílios, barraquinhas, rifas, bingos pras irmãs. E com isso fizeram uma reforma no colégio, obra de vulto. Na sua inauguração, o orador foi o discípulo de Noé. Esse cavalheiro se tornou inimigo mortal do governador, que não quis nomeá-lo pra certo cargo público, alegando sua vida de ébrio. O governador foi convidado pra inauguração dos melhoramentos. Pois no discurso em que falou do seu esforço pelo colégio, o nosso homem ia terminar: — Eu passo por bebedor, mas bebo apenas 5 garrafas de cerveja por dia. Certa grande autoridade do Estado bebe trinta. Como a cidade consome 3.000 garrafas por dia, eu pergunto: quem bebe o resto? Pois eu com a quota de cinco passo por ser o campeão da beberrice de Maceió... Não está certo. Deve ter quem beba, mais e esse será o pinguço n° 1 da Terras dos Marechais.

* * *

Às 17 horas um jipe chegou a Petrolândia, parando na porta do bar mais freqüentado. O motorista desceu, pedindo uma cerveja e, depois de beber, esteve um pouco na porta.

Alguém perguntou:

— De passagem?

— Sim, de passagem. A que horas chega o ônibus de Paulo Afonso?

— Chega às 18 horas.

Procurando ficar calmo, o recém-chegado consultava amiúde, o relógio.

Para evitar render prosa, suspendeu o capô do carro, para espiar lá dentro. Feito isso subiu para a boléia, experimentando a partida. Tudo em ordem.

Acendeu um cigarro, pondo-se a fumar, quando entrou no restaurante uma sobrinha de dona Malu, que viu o motorista.

— O senhor por aqui? Já voltou?

— Eu não disse que voltava?

— Vai pra nossa pensão?

— Estou só de passagem e espero um irmão que chega de Paulo Afonso. Mas apareço lá pra um café.

Ela sorriu, levando a encomenda que fora buscar.

As ruas da cidade ribeirinha estavam desertas, e o calor do vale do São Francisco era africano. No bar alguns rapazes jogavam sinuca e uns poucos basbaques sapeavam a partida.

Faltavam 15 minutos para 18 horas, quando caminhavam para o bar três rapazes. Quando estavam a 50 metros do jipe, o motorista ligou-o, partindo vagaroso em sentido contrário ao dos homens.

Quando ia cruzar com eles, distante apenas cinco metros, o motorista levou um revólver à mira e, pelo pára-brisas levantado, atirou duas vezes no moço que chegava no meio.

Atirou e, dando velocidade ao jipe, partiu pela estrada da Barreira. O ferido ia cair, sendo amparado pelos amigos, que o levaram quase nos braços para dentro do bar. Foi sentado numa cadeira e estava cor de oca, tendo o peito da camisa emplastrado de muito sangue. Acercaram-se dele as pessoas presentes, e um dos seus companheiros gritou para o garçom: — Copo dágua, depressa!

Enxugavam o rosto pálido do rapaz mas ele agonizava. Falou ligeiras palavras já confusas, que os presentes não entenderam bem. De sua boca escorria um filete de sangue que manava também do nariz. Amparado pelos amigos e por pessoas caridosas respirava com ofego, nos arquejos finais. Seus cabelos caíam para a testa úmida de suor frio. Não pôde mais engolir a água e com ela molharam-lhe as fontes.

Com o ruído dos tiros chegaram curiosos e uma voz de recém-chegado gritou, com alarma:

— Atiraram no doutor Demétrio!

Acenderam uma vela que ele segurava com auxílio de amigos, e pingos de cera caíam na sua calça. Um dos presentes pediu alto em voz desolada:

— Chamem o padre!

Cajuru que acabava de chegar reclamou socorro:

— Chamem o médico! Chamem com urgência!

Seus colegas desabotoaram-lhe o colarinho e a camisa e em seu peito nu estavam visíveis as duas perfurações por bala, de onde corria sangue. Cajuru desiludiu logo os curiosos:

— Ele não espera o padre. Está morrendo!

Mas ainda respirava a espaços, agonizando. Abria a boca, buscando ar.

As ruas encheram de gente, todos com ar assombrado. Comentavam com os que chegavam:

— Mataram o doutor Demêtrio!

— Quem foi?

— Um homem que chegou de jipe. Esteve no bar e, ao sair, cruzou com ele na porta. Saía do serviço e ia entrar aqui. Era seu costume. Recebeu dois tiros.

Dentro do bar havia confusão. Alguém aventou:

— É melhor levarmos ele pro hotel.

Cajuru protestou logo:

— Não. Ninguém bole com ele, enquanto a autoridade não chegar. Ela é que faz o levantamento do morto.

Enfileiraram seis cadeiras, nas quais deitaram o corpo. Seu rosto estava plácido, mas sem cor. A respiração, feita aos puxos, se espaçava. Afinal parou, serenamente. A boca entreaberta, queixos, lábios e narinas estavam manchados de sangue. Seus olhos não se fecharam de todo, parecendo ainda ver o mundo. Mas vidravam, apagados.

O garçom acendeu duas velas postas em banco perto da cabeceira do cadáver.

Nisto chegou o padre, já paramentado, e como Demétrio já morrera, rezou alto, aspergindo-lhe com os dedos

504

água benta que levava num vidro. Depois interrogou os presentes:

— Quem é o assassino?

— Ninguém conhece.

O garçom informava, de mãos frias:

— Ele chegou aqui às 17 horas, sentando pra beber uma cerveja. Bebeu e saiu, ficando no jipe. Com pouco prazo ouvi os tiros e, ao chegar na porta, os rapazes entravam aqui com o doutor escorrendo sangue.

— Como é ele?

— É homem de mais idade, mais alto que baixo, bem apessoado e de cabelos ruivascos. Estava vestido de brim cinzento, a camisa sem gravata e tinha no pulso relógio caro. Pra pagar as despesas tirou uma carteira com muito dinheiro e ainda me deu cinqüenta mil reis.

— É homem grosseiro?

— Não, senhor. Pediu a cerveja com voz baixa e, quando trouxe a garrafa, ele pagou, sinal de que só ia beber aquela. Ao sair me bateu a mão despedindo.

Chegava o chefe do morto na Companhia, perguntando por tudo aos companheiros de Demétrio, que eram seus funcionários.

— Que horror! Que barbaridade!

Contemplava o morto, de olhos fixos.

— Morreu logo?

— Ao receber os tiros, cambaleou pra frente e nós o amparamos. Já chegou aqui dentro morrendo.

— E não falou nada?

— Ao receber os tiros pôs a mão no peito e, embolando as palavras, só disse: — Me mataram. Estou morto.

— Que coisa triste. E o delegado?

— Ainda não chegou.

O chefe indagava dos que estavam com ele, na hora dos tiros.

— Vocês sabem onde mora a família dele?

Um respondeu:

— Ele é do Exu, mas não sei se tem a família lá. Ninguém sabia. Estava afinal chegando o delegado.

— Que foi isto? Quem é o criminoso?

Que era aquilo, estava na vista, ninguém conhecia o pistoleiro. Chegaram dois soldados apertados. Um deles era o crioulo beiçudo Rogério, beleguinaço que tinha cara mais feia do que todos os cabras juntos de Lampião. Vendo a vela na mão da vítima Silvininho gritou-lhe no ouvido:

— Cristão, lembre de Deus Jesus, Maria e José e do meu padrinho Cirço, do Juazeiro!

Mas parece que não ouvia a advertência do delegado, pois já morrera. Cajuru achou melhor apagar a vela da mão do morto.

O bar ficou logo repleto de pessoas, muitas senhoras, curiosos e amigos. Dona Teodora proprietária de outro bar estava abalada:

— Coitado do doutor Dé! Foi sem sorte aqui.

O chefe mostrava-se impressionado:

— É um absurdo! Matarem o moço na rua, ao sair do trabalho. E por onde fugiu o assassino?

Começaram as dúvidas. Uns diziam que pela estrada de Paulo Afonso, outros que pela da Barreira.

Chegaram em carro empregados da Barreira, que largavam o serviço. O doutor Libório, indagado se vira passar por lá um jipe, negou.

— Estive a tarde toda no canteiro rente da estrada,e não vi passar carro algum por lá. Nem vindo nem voltando. A que horas se deu o crime?

— Às 17,45 mais ou menos. Muitas pessoas viram o homem atirar.

O delegado passava revista no corpo, recolhendo papéis, que lia ligeiramente. Talvez nem lesse. Entre eles estava uma carta de Florzinha, com letra caprichada de colégio.

Era a última carta da noiva, antes da briga.

Silvininho deu ordem para levarem o corpo, declarando a todos:

506

— Vamos abrir inquérito rigoroso! Este caso vai ser resolvido logo, custe o que custar, doa em que doer!

Quando o morto foi levado, Silvininho se sentou indagando de muitas pessoas particularidades do crime, coisas que todos já sabiam. Depois explodiu com revolta:

— É isto! Eu não posso sair nem pra diligência. Fui dar um cerco em matador da Bahia, a pedido do secretário de lá e, ao voltar, esta bagaçada!

O chefe do assassinado, ao sair do bar, mal pisou na rua disse aborrecido:

— Este inquérito vai dar em nada. Vai ser como todos daqui. Quem perdeu a vida foi o Demétrio. Deus me livre deste lugar!

Um rapazinho que conversara com o assassino, contou que a Mariinha de dona Malu conhecia o motorista, pois esteve falando com ele quando foi ao bar. Ouvida, dona Malu disse que o criminoso estivera há poucos dias em sua pensão. Contara que fora estudar a praça, pois era negociante em Aracaju e desejava vir para Petrolândia. O nome do seu registro no livro da pensão era Raimundo Nonato Alves, com 38 anos, procedência de Aracaju, onde residia.

O delegado fez sua primeira declaração.

— Esse sujeito não tem o nome deixado na pensão, e veio aqui pra conhecer o doutor Demétrio, seus hábitos, seu horário de sair do serviço. É na certa empreiteiro de matar gente.

A cidade anoiteceu alarmada.

Silvininho mandou o cabo escrivão arrolar e intimar testemunhas do crime para inquérito que ia ser muito sério, no parecer do próprio delegado.

— Prenda grandes e pequenos, ricos e pobres, que não atenderem a intimação, que a gata agora mia. Não posso ficar desmoralizado por bandido de fora que vem matar um doutor aqui, pensando que não temos polícia preventiva!

Depois de participar seu propósito foi chamado a um canto, por portador do chefe da Vale, e gritou para o cabo que ia saindo:

507

— Prenda e leve, incomunicável pra delegacia, o João da Ana e Neco Leça! Mande João Raimundo na Barreira buscar o Quincas Veloso!

Essas, as pessoas com quem Demétrio tivera esbarros. Com os cinco soldados do destacamento às ordens, Silvininho começava o inquérito sem pés nem cabeça.

O motorista do ônibus de Paulo Afonso encontrou um jipe disparado de Petrolândia, e Saba Turco da venda da Barreira,vira outro passar em velocidade alta na direção da Placa. O delegado com tais informações começou a delirar:

— Pois é. Não tenho nem um calhambeque pra fazer o serviço. Tivesse um carro, pegava hoje mesmo os que saíram daqui, sendo vistos nas estradas.

Sátiro apareceu no bar, vendo, ouvindo e calando. Já estivera na pensão onde a vítima estava exposta em cama de ferro, cercado de velas acesas, na sala da frente. Tinha o rosto velado por lenço, que os curiosos levantavam para ver-lhe a face esquálida. O comércio fechara e os bares só tinham aberta uma porta. Foi então que o sino grande da Igreja de São Sebastião começou a planger de meia em meia hora a defunto. Aquilo fora providência dos amigos do morto.

Florzinha chorava muito com a notícia do crime, e sua mãe, prevendo alteração de sua saúde, dera ordem contrária:

— Não seja boba! Morreu, acabou-se! Você não tem nada com isto e ele não era seu parente nem aderente.

Mas estava preocupada.

— É isto mesmo! Valentão vai abaixo.

E, no entretanto, Florzinha era pessoa muito boquejada, naquela tarde triste.

— Não quis o casamento com ele, rapaz de pergaminho, bem colocado.

— Mas também, se casasse, estava viúva. Deus escreve direito por linhas tortas.

A delegacia estava movimentada, e depunham as pessoas mandadas prender pela autoridade.

Sátiro dava no bar sua opinião, que ninguém pedira.

— Quem morreu foi ele. Ninguém vai saber quem matou. Eu conheço isto aqui. Silvininho já está vermelho e isto é sinal de confusão.

Às 22 horas Silvininho deixou o cabo ouvindo as testemunhas e foi comer um sanduíche no bar. Muitos quiseram saber se já apurara alguma coisa:

— Pistas como torra, mas rastro mesmo, nenhum.

Não achara rastro até aquela hora, nem os acharia nunca. Demétrio foi sepultado no outro dia e, com isto, o inquérito não sairia da estaca zero. Sátiro parecia ter razão quando falou depois do crime:

— Coitado de quem morre e pro céu não vai.

* * *

Na hora do café, Juca lia o jornal matutino. Perguntou a Socorro:

— Você já leu o jornal? Mataram o doutor Demétrio em Petrolândia. Ele não era o noivo antigo da Florzinha?

— Mataram como? Quem matou?

— Aqui não diz muita coisa. É telegrama. Apareceu lá um sujeito num jipe, fez tocaia e o matou a tiros.

— Parece que ele foi noivo da moça. Não sei bem, parece que foi.

Pediu o jornal e quis ler o telegrama que o dedo de Juca apontava.

— Leia aqui.

Leu-o curiosa como quem bebe água com sede velha. Juca mais uma vez não esquecia de alfinetar o governo:

— Mas agora descobrem. Descobrem tudo. Antigamente é que não se fazia nada.

— Descobrir criminoso no interior do Nordeste... Á policia às vezes descobre, depois torna a cobrir.

Riu com vontade.

— Descobre mas depois encobre... Muito boa.

Juca fechou o jornal, sentando-se para o café.

Ontem estive com o padre Pilar. Está cada vez mais indignado. Atualmente alicia os católicos de sua igreja, para a Resistência. Já tem lista de 87 deles, gente leal, pronta pra tudo.

— Pra tudo o quê?

— Pra revolta contra os comunas.

Socorro pôs-se a rir com cristalina alegria. Ria escarlate e branco dos lábios e dentes.

— Juca, você sabe quantos católicos do padre Pilar vão pras trincheiras desse ridículo motim? Nem um.

— Porque fala com esta certeza?

— Porque tenho certeza. Não vai nem um. O que eles deviam é ter votado contra. Ter derrotado os vermelhos.

— Você está me desapontando.

— Vocês é que estão desfrutáveis com tantas guerrilhas, tantas quarteladas, tantos entrincheiramentos. A revolução de gente sensata é a do voto certo. Vocês não deram, e agora estão falando inconveniências. Deixaram de ser canga pra ser bois. Vocês estão velhos e falando em cargas de baionetas, cerco militar, limpagem de área. Velho só levanta poeira quando cai...

Juca devorara seu cuscus com angu de leite de coco. Ao terminar, inclinou o prato, a colher todo o resto.

— Tropeçar não é cair. Você verá, quando os liberais-democratas encherem as ruas, pra derrubar a bastilha do Campo das Princesas.

Socorro sentara-se e, com um gesto lento de mão, afastou os cabelos em mecha que lhe caíam pela testa mas, retirada a mão, os cabelos voltavam a lhe engraçar o rosto moreno.

— Eu penso que vocês fariam melhor procurando viver com calma, saboreando a vida, que é curta. Tudo passa muito ligeiro. Quando a gente vai tomando gosto pela vida, ela acaba.

— No fundo você tem razão. Ando enfastiado até da vida. Não a considerei nunca um presente de Deus e desba-

510

ratei-a com ódios, perseguições, inzonas e vinditas. Agora é tarde pra voltar atrás, começar a a viver como eu devera ter vivido. Não gosto de viver em cidade. Sou homem do mato e, quanto mais longe vivo do sertão, mais me abate a nostalgia da paisagem nativa. Quem já andou como eu pela mão de Deus medonha do meu geral é que tem razão de viver triste como vivo. Ando mais esganado pelos verdes do que bode faminto.

Silenciaram, pensativos, e Juca resolveu:

— O Jonas chega hoje e volta amanhã. Vou passar com ele uma semana no engenho.

— Uma semana? Não demore muito, que não podemos passar sem você.

Sorriu, com bom humor:

— A coisa pode explodir de repente e quero ver você e o padre Pilar ao lado dos insatisfeitos, na vanguarda ululante da corja...

— E verá. Só demoro uma semana. Vivo saudoso de minhas brenhas. Sinto falta dos canaviais, da água corrente, do meu Rio Una. Sonho às vezes que vejo o vento ondeando as canas, como as águas do mar verde. Ouço o barulho surdo dos canaviais, com a brisa do escurecer. A alma dos velhos sabe muita coisa que vocês moços não entendem. Um farfalho de mato, um choro de água, um canto de pássaro acordam muita coisa no coração. A gente, quanto mais vive na cidade, mais sente falta do cheiro da bagaceira dos engenhos, do barulho da água despencando da bica da roda grande parada.

A saudade faz a gente viver de novo um tempo já vivido e, essas coisas sem valor pra vocês, são muitos grandes pra quem não possui alegria. Eu ouço sempre a voz de meu pai chamando os escravos pela madrugada: Raimundão! Justiniano! Peregrino! Clemente! Reginaldo! Eles todos, meu pai e os cativos, já estão debaixo da terra e ainda ouço suas vozes no Umburana. Escuto os gemidos dos bois que puxavam os carros de cana, o chocalho das cabras chegando à tarde para o cercado. Muitas noites me acorda a voz de minha mãe a perguntar: Onde está Margarida, onde foi Terezina, por onde anda Nazaré? Eu também me pergunto: — Onde estão estas negras da minha mãe Sinhá-Moça? Pra onde foi Rosenda, de grandes olhos negros? E Luisa, a mucama de cintura fina e andar balanceado? E Jetra, de sorriso simpático e boca polpuda de ladina mestiça?

Onde estão as cativas de Sinhá? Ninguém responde, mas parece que todas elas só vivem hoje na minha lembrança. Muito danado. Isto dói muito. Há dias em que a recordação atormenta mais com a voz dos boiadeiros longe, nas caatingas, aboiando gado pra o engenho. O aboio é triste e cantado, é a voz dos tangerinos tocando as manadas pros currais do Sinhô. Vou ficando sem jeito pra conversar, sentindo uma coisa aqui, bem dentro do peito. Respiro fundo e essa angústia cansada não passa. Não é dor que doa, mas é dor que machuca.

Parou um pouco, em frente do prato cheio do munguzá.

— Que é isto, Juca? Está chorando?

* * *

O velho viajou com o sobrinho, para descontar a saudade pirracenta.

Socorro estava de malas prontas para viagem, de que ninguém sabia. Bercholina ajudava-a emalar as roupas, os vestidos novos, as prendas de Sinhazinhá. O velho não percebera nada destes preparativos.

Uma tarde Bercholina, de pé no quarto, ao lado da bagagem da senhora, começou a enxugar os olhos.

— É divera, Nhanhá... meo coração é véio mais divinha as coisas...

— Que é, Bercholina?

Ela balançava a cabeça com muita pausa.

— Coração de quem já penou muito num ingana. Num vejo Nhanhá mais...

512

— Você está doida? Vou a Alagoas mas volto logo. Vou por três dias.

A velha continuava a pendular a cabeça branca enrolada no lenço:

— Nhá-não.

Abriu a mão contra o peito:

— A gente quando sofre muito, divinha. Num vou vê mais Nhanhá...

No começo da tarde um carro apanhou a bagagem e uma hora depois outro carro levou a senhora.

Ao escurecer o avião levantou vôo para São Paulo.

Zito a esperava no aeroporto. Instalada na casa do rapaz, ele estava orgulhoso e comunicativo mas falou compenetrado:

— Estamos de novo juntos, e ninguém mais nos separará. Você vai mandar procuração conforme combinamos pro advogado vender casa, engenho, automóvel. Suas coisas. Bebeu um gole farto de uísque com gelo.

— É esta a resposta que damos aos democratas, que desejavam minha pele. Fui chamado covarde, no sertão, por ser vítima de uma tocaia. Tocaia pra matar homem desarmado. Escarraram no meu rosto. Quem ousou isto está morto. O pé de pau não é covardia, quando a justiça não existe senão para os poderosos. Quem mandou matar o ex-noivo do Exu, protegido da política municipal, fui eu. O pé de pau será sempre o recurso do ofendido sem justiça. É a lei de honra de nossa terra onde as leis são, principalmente, contra os humildes. Mandei matá-lo no mato como ele pretendeu fazer comigo, mas foi morto na rua, pois em outro lugar foi impossível. Eu não sou mau. As circunstâncias me levaram a umas tantas atitudes, em que não foi pesada minha mocidade, influída por doidos. Agora estamos de novo juntos, e bebo ao nosso reencontro.

Socorro também bebeu, sabendo agora que o rapaz continuava a ser homem de brio.

De repente o encarou corajosa:

— Quero que agora você seja pra mim o São Chico, o rio macho, dominando minha carne ardente mas infecunda, como ele dominou pra sempre os beiços das caatingas.

Houve um silêncio entre ambos. Nesse silêncio, Socorro se viu menina, noiva, viúva, amante do rapaz que ela criara. Sua existência era um turbilhão de surpresas e fracassos em que ela sempre foi levada pela cabeça-d'água da vida. Enchente que desceu, tal a outra, dos morros das encostas da Borborema, para o vale dos rios secos, escachoeirando pelo leito abaixo. Não respeitou areia, barrancos, árvores, gados, pedras e casas. Desceu de roldão na cheia improvisa do destino, e estava ali por vontade própria mas ao mesmo tempo a mercê de forças que ninguém vence. Agora, esperava o resto. Talvez fosse uma errada, mas tivera educação deficiente no meio em que vivera até ali.

Que pode uma planta frágil da margem quando a cabeça-dágua escachoa, ronca bramindo a despenhar-se pelas serras abaixo? Nada. É deixar-se arrastar. Assim fez ela, de olhos fechados e mãos apertando a cabeça, ao ser arrebatada pela correnteza.

Todas as criaturas são dirigidas, queiram ou não, para rumo a que elas vão dar como levadas à força.

O melhor é fechar os olhos, apertar a cabeça com as mãos e descer na voragem da cabeça-d'água. Somos miseravelmente fracos para nos desviarmos dos caminhos que a sorte nos traçou. A súbita violência das enxurradas da primeira cheia, invencível, tudo arrasta no sertão que Deus esqueceu. É como a vida que também arrasta para rumo ignorado, aqueles que em breve serão esquecidos no mundo.

A presente edição de SÃO CHICO de Agripa Vasconcelos é o Volume de número 1 da Coleção Sagas do País Chamado Brasil. Capa Cláudio Martins. Impresso na Líthera Maciel Editora e Gráfica Ltda., à rua Simão Antônio 1.070 - Contagem, para a Editora Itatiaia, à Rua São Geraldo, 67 - Belo Horizonte - MG. No catálogo geral leva o número 01078/8B. ISBN.85-319-0724-1.